Gossip & Gucci

Lauren Weisberger

Gossip & Gucci

2005 – De Boekerij – Amsterdam

Oorspronkelijke titel: Everyone Worth Knowing (Simon & Schuster)
Vertaling: Sabine Mutsaers
Omslagontwerp: marliesvisser.nl
Omslagfoto: Getty Images en Zefa

Voor mijn grootouders:
misschien helpt dit u te onthouden welk kleinkind ik ben.

ISBN 90-225-4119-3

© 2005 by Lauren Weisberger
© 2005 voor de Nederlandse taal: De Boekerij bv, Amsterdam

How does it feel to be one of the beautiful people?
- Hoe voelt het om bij de mooie mensen te horen?

Uit: 'Baby, You're a Rich Man' (1967)
Door John Lennon en Paul McCartney

1

Ik ving er niet meer dan een glimp van op, vanuit mijn ooghoek, maar ik wist meteen dat het bruine beest dat over mijn kromgetrokken hardhouten vloer wegschoot een kakkerlak was. En niet zomaar een kakkerlak; het grootste, vlezigste exemplaar dat ik ooit had gezien. Hij was rakelings langs mijn blote voet geflitst en onder de boekenkast verdwenen. Ik stond te trillen op mijn benen, maar ik dwong mezelf om de chakra-ademhaling te oefenen die ik had geleerd toen ik met mijn ouders een week in een ashram zat. Mijn hartslag werd iets rustiger nadat ik een paar keer heel geconcentreerd '*re*' had ingeademd en '*lax*' had uitgeblazen, en binnen een paar minuten was ik in staat de nodige maatregelen te treffen. Eerst redde ik Millington (die ook in elkaar gedoken van angst in een hoekje zat). Daarna deed ik snel een paar kniehoge leren laarzen aan om mijn blote benen te beschermen, ik zette de deur naar de hal open om dat beest ertoe te bewe-

5

gen zich uit de voeten te maken en spoot alle oppervlakken in mijn piepkleine zit-slaapkamer in met extra sterk gif van de zwarte markt. Ik hield de spuitbus als een wapen in de aanslag; toen bijna een halfuur later de telefoon ging was ik nog steeds aan het spuiten. Het nummer van Penelope verscheen op het schermpje. De telefoon schakelde al bijna over naar de voicemail, toen ik besefte dat ze een van mijn twee enige vluchtmogelijkheden was. Mocht de kakkerlak de gifaanval overleven en weer mijn kamer oversteken, dan zou ik óf bij haar óf bij oom Will moeten gaan slapen. En aan gezien ik niet wist waar oom Will die avond uithing, leek het me verstandig om de communicatie met Penelope intact te houden. Ik nam op.

'Pen, ik word aangevallen door de grootste kakkerlak van heel Manhattan. Wat moet ik doen?' vroeg ik meteen.

'Bette, ik heb NIEUWS!' tetterde ze terug, zonder ook maar enige acht te slaan op mijn paniek.

'Is het belangrijker dan mijn kakkerlakkenplaag?'

'Avery heeft me net ten huwelijk gevraagd!' gilde Penelope. 'We zijn verloofd!'

Godverdegodver. Drie simpele woorden die ervoor konden zorgen dat de ene persoon dolgelukkig was terwijl de andere zich vreselijk ellendig voelde. Ik schakelde onmiddellijk over op de automatische piloot en herinnerde mezelf eraan dat het niet gepast was – op z'n zachtst gezegd – om nu hardop te zeggen hoe ik er echt over dacht. *Het is een loser, P. Een verwend kind in het lichaam van een grote slungel. Hij weet dat je eigenlijk veel te hoog gegrepen voor hem bent, dus schuift hij snel een ring om je vinger, voordat je dat zelf ook beseft. Als je met hem trouwt, is het een kwestie van tijd tot hij je inruilt voor een jongere, strakkere versie van jezelf en dan zit jij met de gebakken peren. Doe het niet! Niet doen! Doe het niet!*

'O, mijn god!' gilde ik terug. 'Gefeliciteerd! Ik ben zo blij voor je!'

'O, Bette, dat wist ik wel! Ik kom bijna niet uit mijn woorden. Het is allemaal zo snel gegaan!'

Snel? Hij is je enige vriendje sinds je negentiende. Doe nou niet alsof het volslagen onverwachts komt; jullie zijn al acht jaar samen. Ik hoop maar dat hij geen herpes oploopt tijdens zijn vrijgezellenfeest in Las Vegas.

'Ik wil alles weten. Wanneer? Hoe? Ring?' ratelde ik. Ik speelde de rol van beste vriendin gezien de omstandigheden tamelijk geloofwaardig, vond ik zelf.

'Eigenlijk kan ik niet te lang met je praten, want we zijn in het

Plaza Hotel. Hij wilde me toch per se ophalen na het werk?' Ze wachtte niet op mijn antwoord en ging ademloos verder. 'Er stond een auto klaar en hij zei dat dat alleen maar was omdat hij geen taxi kon krijgen, en dat we over tien minuten bij zijn ouders werden verwacht voor een etentje. Ik was natuurlijk een beetje geïrriteerd omdat hij me niet eens had gevraagd of ik dat wel wilde – hij had namelijk gezegd dat we een tafel hadden bij Per Se, en je weet hoe moeilijk het is om daar een reservering te krijgen. Toen we zaten te borrelen in de bibliotheek, kwamen ineens alle vier onze ouders binnen. En voordat ik het wist, zat hij op één knie voor me!'

'Met jullie ouders erbij? Heeft hij je publiekelijk ten huwelijk gevraagd?' Ik wist hoe geschokt het klonk, maar ik kon er niets aan doen.

'Bette, dat is toch niet "publiekelijk"? Het waren onze eigen ouders, en hij zei zulke lieve dingen. Zonder onze ouders zouden we elkaar nooit ontmoet hebben, dus ik begrijp het wel. En nou komt het! Ik heb twéé ringen gekregen!'

'Twee?'

'Twee. De echte is van platina, met een ronde zeskaraats diamant. Die is nog van zijn betovergrootmoeder geweest en is de hele familie door gegaan. Daarnaast heb ik nog een heel mooie driekaraats Ascher met baguettediamanten die een beetje draagbaarder is.'

'Draagbaarder?'

'Nou ja, je kunt moeilijk met zo'n zeskaraats joekel over straat lopen in New York, hè? Ik vind het wel slim van hem.'

'Twéé ringen?'

'Bette, je brabbelt. Daarna zijn we naar de Gramercy Tavern gegaan, waar mijn vader zowaar een heel etentje lang zijn telefoon uit liet staan en een niet onaardige toast heeft uitgebracht. Toen zijn we met een koetsje door Central Park gereden en nu hebben we een suite in het Plaza. Ik móést je gewoon even bellen!'

Waar, o waar was mijn vriendin gebleven? Penelope, die zelfs niet voor de lol mee wilde naar de juwelier omdat ze altijd zei dat alle verlovingsringen er hetzelfde uitzagen, en die drie maanden eerder, toen een gezamenlijke schoolvriendin van ons zich had verloofd in een koetsje-met-paard, nog had gezegd dat ze dat verschrikkelijk zoetsappig vond, was opeens veranderd in een van de *Stepford Wives*. Of reageerde ik nu gewoon verbitterd? Natuurlijk reageerde ik verbitterd. Zelf zou ik nooit verder komen dan het lezen van de huwelijksaankondigingen in *The New York Times* op zondag, beter bekend als de sportpagina's voor single vrouwen. Maar daar ging het nu even niet om.

'Ik ben blij dat je me hebt gebeld! Ik wil alle details horen, maar je moet nu eerst je verloving vieren. Dus hang gauw op en ga je verloofde verwennen. Goh, dat klinkt gek, "je verloofde".'

'O, Avery zit te bellen met een collega. Ik zeg steeds dat hij moet ophangen' – dit zei ze expres heel hard, zodat hij het zou horen – 'maar hij praat maar door. Hoe was jouw avond?'

'De zoveelste supervrijdag. Eens kijken… ik heb met Millington gewandeld langs de rivier, waar ze van een zwerver een koekje kreeg. Daar was ze heel blij mee. Thuis aangekomen heb ik toegekeken hoe de portier het grootste insect van het westelijk halfrond doodmaakte. Ik had Vietnamees gehaald, maar dat heb ik weggegooid toen ik me herinnerde dat ik ergens heb gelezen dat de Vietnamees bij mij in de buurt een boete heeft gekregen wegens het serveren van hondenvlees. Dus eet ik dadelijk opgewarmde rijst met bonen en een pakje oude koekjes. Jezus, dat klinkt wel heel dramatisch, hè?'

Ze lachte alleen maar. Wat kon ze ook zeggen om me op een moment als dit op te beuren? Ik hoorde een klikje dat aangaf dat ze een wisselgesprek had.

'O, dat is Michael. Ik moet het hem vertellen. Vind je het erg als ik hem erbij haal?'

'Nee, prima. Dan kan ik meeluisteren als je het nieuws vertelt.' Michael zou ongetwijfeld de hele situatie afkraken zodra Penelope opgehangen had, want hij had nog een grotere hekel aan Avery dan ik.

Er klonk een klikje, gevolgd door een korte stilte en toen nog een klikje. 'Is iedereen er?' kirde Penelope. Normaal gesproken was ze niet het type dat kirde. 'Michael? Bette? Zijn jullie er allebei nog?'

Hij was een collega van Penelope en mij bij UBS, maar sinds hij directeur was geworden (de jongste ooit), zagen we hem niet meer zo vaak. Michael had op dat moment een serieuze vriendin, en nu Penelope ook nog verloofd was, drong het ineens tot me door dat we echt volwassen werden.

'Hallo, meiden.' Michael klonk doodmoe.

'Michael? Let op! Ik ben verloofd!'

Er was een minuscule aarzeling hoorbaar. Ik wist dat Michael er ook niet van opkeek, maar hij moest natuurlijk zijn best doen om een beetje enthousiast te reageren. Het lukte hem een stuk beter dan mij.

8

'Pen, wat een fantastisch nieuws!' schrééuwde hij zo'n beetje in de telefoon. Zijn volume compenseerde het gebrek aan welgemeend enthousiasme in zijn stem, en ik nam me voor die truc te onthouden voor een volgende keer.

'Goed, hè?' zei ze. 'Ik wist wel dat Bette en jij dolblij voor me zouden zijn. Het is pas een paar uur geleden gebeurd, en ik knap bijna uit elkaar van blijdschap.'

'Nou, dat moet natuurlijk gevierd worden,' zei hij hard. 'Black Door, wij drieën, met een heleboel sterke, goedkope drank.'

'Zeker weten,' zei ik, blij dat ik ook wat te zeggen had. 'Dat moet absoluut gevierd worden.'

'Ja ja, schatje!' riep Penelope in de verte. Het was begrijpelijk dat ze amper belangstelling had voor onze borrelplannen. 'Jongens, Avery heeft opgehangen en nu trekt hij aan mijn mouw. Avery, hou op! Ik moet nu afronden, maar ik bel nog. Bette, tot morgen op het werk. Dag, lieverds!'

Weer een klik, en toen zei Michael: 'Ben je er nog?'

'Ja. Bel jij mij of zal ik jou bellen?' We hadden lang geleden geleerd dat je er nooit op kon vertrouwen dat nummer drie echt had opgehangen, dus belden we elkaar voor de zekerheid altijd even opnieuw als we wilden roddelen over degene die als eerste was afgehaakt.

Ik hoorde een gedempte stem op de achtergrond en Michael zei: 'Shit, mijn pieper. Ik moet ophangen. Kan ik je morgen bellen?'

'Prima. Doe de groeten aan Megu, oké? En Michael? Ga jij je alsjeblieft voorlopig niet verloven. Dat kan ik niet aan hoor, jij ook nog.'

Hij lachte en legde zo te horen een dolgedraaide pieper die naast de telefoon lag het zwijgen op. 'Wees maar niet bang, dat beloof ik je. Ik spreek je morgen. En denk erom: kop op. Hij mag dan een van de vreselijkste kerels zijn die we kennen, zij is gelukkig met hem. Daar gaat het toch om?'

Toen we opgehangen hadden, bleef ik nog even naar de telefoon zitten staren voordat ik me half het raam uit wurmde in een tamelijk zinloze poging de rivier te kunnen zien. De flat stelde niet veel voor, maar hij was tenminste van mij alleen. Ik had in de bijna twee jaar sinds Cameron was vertrokken geen huisgenoot meer gehad, en ook al was de flat zo'n pijpenla dat ik met gestrekte benen bijna de muur aan de andere kant kon raken en ook al lag hij in Murray Hill, was de vloer enigszins kromgetrokken en hadden de kakkerlakken de boel overgenomen, ik was tenminste baas in mijn eigen paleisje. Het gebouw zelf was een betonnen kolos op de hoek van 34th Street en First Avenue, zo'n monsterlijk gevaarte met vele vleugels vol illustere huurders, onder wie de zanger van een tiener-bandje, een profsquasher, een derderangs pornoster met al haar be-zoekers, een van de ex-bewoners van *The Real World*, een man uit een ander tv-programma en vele honderden pas afgestudeerden die er nog niet aan moesten denken voorgoed het studentenleventje achter zich te laten. We hadden schitterend uitzicht op de rivier, als je onder 'schitterend uitzicht' een hijskraan, een hoop containers en een muur met ramen van het gebouw aan de overkant verstaat, plus een reepje rivier van zo'n acht centimeter dat alleen te zien was als je allerlei slangenmensachtige capriolen uithaalde. En dat alles voor een maandelijks bedrag waarvoor je buiten de stad een huis met vier slaapkamers, twee badkamers en een apart toilet kon huren.

Nog steeds in die verkrampte houding op de bank blikte ik terug op mijn reactie op het grote nieuws. Waarschijnlijk had ik best op-recht geklonken, al was ik niet uitzinnig van vreugde geweest. Maar ik was nu eenmaal niet het uitzinnige type. En ik had zelfs nog naar de ringen – meervoud – geïnformeerd en gezegd dat ik heel blij voor haar was. Natuurlijk was er geen welgemeend of zinnig woord uit mijn mond gekomen, maar waarschijnlijk was ze te blij geweest om dat op te merken. Al met al een dikke acht voor mijn acteer-prestatie.

Mijn ademhaling was inmiddels rustig genoeg om een sigaret te roken, en ik voelde me al een tikkeltje beter. Het feit dat de kakker-lak zich niet meer had laten zien, droeg daar ook wel aan bij. Ik pro-beerde mezelf wijs te maken dat ik me zo rot voelde uit pure be-zorgdheid omdat Penelope met een enorme eikel ging trouwen, en niet uit een diepgewortelde jaloezie omdat zij verloofd was terwijl ik nog niet eens tot een tweede afspraakje kwam. Maar ik geloofde mezelf niet eens. Cameron was nu twee jaar bij me weg, en hoewel ik de nodige blind dates, borrels en zo nu en dan zelfs etentjes ach-ter de rug had, had ik in al die vierentwintig maanden nog geen fat-soenlijke vent ontmoet. Ik hield mezelf telkens weer voor dat er niets mis met me was – hetgeen ik altijd door Penelope liet bevesti-gen – maar daar begon ik nu ernstig aan te twijfelen.

Ik stak een tweede sigaret aan met de eerste en deed net of ik Millingtons afkeurende blik niet zag. De zelfhaat drukte als een vertrouwde warme deken op mijn schouders. Wie was er nou zo slecht dat ze niet eens blij kon zijn op een van de mooiste dagen in het leven van haar beste vriendin? Je moest wel heel gemeen en onzeker zijn om vurig te hopen dat het allemaal een groot misverstand zou blijken te zijn. Naderde ik nu met rasse schreden de officiële aanduiding 'verachtelijk'?

Ik pakte de telefoon en belde oom Will, in de hoop op een soort bevestiging dat ik niet helemáál waardeloos was. Will was niet alleen een van de intelligentste en meest valse mensen op aarde, hij was ook degene die me eeuwig wist op te beuren. Toen hij opnam, hoorde ik aan zijn stem dat hij aan de gin-tonic zat, en ik gaf hem de korte, minder pijnlijke versie van Penelopes ultieme verraad.

'Zo te horen voel je je schuldig omdat Penelope dolgelukkig is en jij niet zo blij voor haar bent als je eigenlijk zou moeten zijn.'

'Ja, dat klopt.'

'Nou lieverd, het had erger gekund. We kunnen in ieder geval niet vaststellen dat je blij en gelukkig wordt van haar ellende, of wel soms?'

'Huh?'

'*Schadenfreude.* Dat wil zeggen dat je emotioneel of anderszins geniet van haar ongeluk. Dat is toch niet het geval?'

'Ze is niet ongelukkig. Ze is juist dolblij. Ik ben degene die ongelukkig is.'

'Kijk, daar heb je het al! Het valt dus wel mee met je. Jij gaat tenminste niet trouwen met zo'n verwende snotneus die maar in twee dingen goed is: het geld van zijn ouders opmaken en enorme hoeveelheden marihuana roken. Of zie ik dat verkeerd?'

'Nee, natuurlijk niet. Ik heb alleen het gevoel dat alles anders zal worden. Penelope is mijn hele leven, en nu gaat ze trouwen. Ik wist wel dat het een keer zou gebeuren, alleen had ik nooit gedacht dat het al zo snel zou zijn.'

'Trouwen is hartstikke burgerlijk. Dat weet je best, Bette.'

Dat riep meteen een hele reeks beelden op van de zondagse brunches door de jaren heen: Will, Simon, The Essex House, ikzelf en de zondagskrant (in het bijzonder de sportpagina voor single vrouwen). We bespraken tijdens de brunch de bruiloften uit de krant en giechelden zonder uitzondering vals terwijl we lekker creatief tussen de regels door lazen.

Nu ging Will verder: 'Waarom zou je in vredesnaam een levenslange relatie willen aangaan die als enige doel heeft je ieder greintje individualiteit te ontnemen? Ik bedoel, neem mij nu. Zesenzestig, nooit getrouwd en hartstikke gelukkig.'

'Jij bent homo, Will. En dat niet alleen, je draagt ook nog eens een gouden ring aan je linkerhand.'

'Wat wil je daarmee zeggen? Denk je dat ik met Simon zou trouwen als dat kon? Die homohuwelijken in San Francisco zijn niks voor mij. Van m'n leven niet.'

'Je woonde al met hem samen toen ik nog niet geboren was. Dan ben je toch eigenlijk ook getrouwd?'

'Niet waar, schat. We kunnen allebei op ieder gewenst moment opstappen, zonder juridische of emotionele toestanden. Daarom gaat het zo goed tussen ons. Maar genoeg daarover, dat weet je allemaal allang. Vertel me eens over de ring.'

Ik gaf hem de details die hij echt belangrijk vond terwijl ik de laatste koekjes opat, en ik merkte pas dat ik op de bank in slaap gevallen was toen Millington 's nachts om drie uur blaffend haar verlangen uitte om in een echt bed te slapen. Ik sleepte ons beiden naar mijn kamer, begroef mijn hoofd onder het kussen en herinnerde mezelf er keer op keer aan dat dit geen ramp was. Geen ramp. Geen ramp.

2

Dat had ík weer: het verlovingsfeest van Penelope was op donderdagavond, mijn vaste eetavondje bij oom Will en Simon. Twee afspraken waar ik niet omheen kon. Ik stond voor mijn lelijke, naoorlogse flatgebouw in Murray Hill in een wanhopige poging om te vluchten naar het enorme, dubbele appartement van mijn oom in Central Park West. Het was geen spitsuur, Kerstmis of noodweer, maar er was nergens een taxi te bekennen. Ik stond al twintig minuten zonder succes op mijn vingers te fluiten, te roepen en als een idioot te springen, toen er eindelijk een taxi stopte. Toen ik het adres noemde, zei de chauffeur doodleuk 'te druk op de weg' en trok met piepende banden op. Nadat een tweede taxi me zowaar had meegenomen, gaf ik de chauffeur van pure opluchting en dankbaarheid vijftig procent fooi.

'Bettina, wat kijk je ongelukkig. Gaat het wel goed met je?'

George, de vriendelijke oude portier die me al van kinds af aan kende, stond erop de naam te gebruiken die mijn ouders me hadden gegeven. Waarschijnlijk waren ze die bewuste avond vlak na mijn geboorte zo stoned als een garnaal geweest. Ik wilde door iedereen Bette genoemd worden, en de meeste mensen deden dat ook. Alleen mijn ouders en de portier van oom Will (die zo oud en lief was dat ik alles prima vond wat hij deed) gebruikten mijn officiële naam.

'Het komt door dat gedoe met die taxi's, George.' Ik zuchtte en gaf hem een zoen op zijn wang. 'En jij, heb je een fijne dag gehad?'

'Ja, net zo heerlijk als altijd,' zei hij zonder een zweempje sarcasme. 'Ik heb vanmorgen de zon een paar minuten gezien en daar ben ik al de hele dag vrolijk van.' Ik moest er bijna van kokhalzen, tot ik besefte dat George nooit last had van 'de spreuk van de dag'.

'Bette!' hoorde ik Simon roepen vanuit de discreet aan het zicht onttrokken postkamer. 'Ben jij dat, Bette?'

Hij kwam in tenniskleding de postkamer uit, met een racketvormige tas over zijn brede schouders, en omhelsde me steviger dan een heteroman ooit had gedaan. Het zou pure heiligschennis zijn op donderdagavond weg te blijven – het was niet alleen heel gezellig, maar ook nog eens de grootste bron van mannelijke aandacht die ik de hele week kreeg (de brunch niet meegerekend). Ik ging iedere zondag met Will mee naar zijn wekelijkse brunch bij The Essex House, met als medegasten een steeds wisselende groep media- en showbizzfiguren. Will stond bekend om zijn hartelijkheid, humor, buitenissige politieke opvattingen en zijn hartgrondige afkeer van aardappelen. Gebakken, gekookt, gefrituurd, gegratineerd of gepoft, het was allemaal *verboten*. Will deed al aan Atkins toen dat nog niet trendy was, en als híj geen aardappelen mocht, kreeg niemand ze.

Will en Simon hadden in hun bijna dertig jaar samen een hoop rituelen opgebouwd. Er waren maar drie plaatsen waar ze op vakantie gingen: eind januari naar St. Barth (hoewel Will de laatste tijd klaagde dat het 'te Frans' werd), half maart naar Palm Springs en tussendoor zo nu en dan een spontaan weekendje Key West. Ze dronken hun gin-tonic alleen uit Rosenthal-glazen, zaten iedere maandagavond van zeven tot elf bij Elaine's en gaven elk jaar met Kerstmis een feest, waar de een een groene kasjmier coltrui droeg en de ander een rode. Will was één meter zesentachtig, had kort zilvergrijs haar en droeg het liefst truien met suède elleboogstukken; Simon was nog geen één meter vijfenzeventig, had een pezig, atletisch figuur, en hij droeg altijd linnen, ongeacht het seizoen. 'Homoseksuele mannen,' zei hij vaak, 'hebben carte blanche als het om mode gaat. Dat recht hebben we verworven.' Zelfs nu, net van de tennisbaan, droeg hij een soort sweatshirt met capuchon van wit linnen.

'Dag schoonheid, hoe gaat het met je? Kom, Will zal zich wel afvragen waar we blijven. Ik weet dat dat nieuwe kind iets verrukkelijks heeft klaargemaakt.' Galant als altijd nam hij mijn uitpuilende tas van me over, hield de liftdeur open en drukte op het knopje PH van 'penthouse'.

'Lekker getennist?' vroeg ik, terwijl ik me afvroeg waarom deze zesenzestigjarige een beter figuur had dan alle jonge mannen die ik kende.

'Ach, je kent het wel, een stelletje oude kerels die over de baan rennen, achter ballen aan die ze nóóit zullen halen, maar intussen doen ze alsof ze Roddick zelf zijn. Een beetje treurig, maar altijd vermakelijk.'

De deur van hun appartement stond op een kier en ik hoorde Will tegen de televisie in de werkkamer praten, zoals gewoonlijk. In de goeie ouwe tijd had Will de primeur gehad van Liza Minnelli's terugval, de affaires van Robert F. Kennedy en Patty Hearsts neergang van lid van de beau monde tot sektelid. Het immorele gedrag van de Democraten had uiteindelijk gemaakt dat hij van de glamourwereld was overgestapt naar de politiek. Hij noemde het 'de roep van Clinton'. Nu, een paar omgevlogen decennia later, was Will een ware nieuwsjunkie en lag zijn politieke voorkeur een tikkeltje rechts van Attila de Hun. Hij was vrijwel zeker de enige homoseksuele, rechtse showbizz- en societycolumnist die in de Upper West Side van Manhattan woonde en weigerde uitspraken te doen over showbizz of society. Hij had twee televisies in zijn werkkamer, waarvan de grootste altijd op Fox News stond. 'Eindelijk,' zei hij altijd, 'een zender die mensen zoals ik aanspreekt.'

Het antwoord van Simon luidde dan onveranderlijk: 'Ja, hoor. Je bedoelt die enorme doelgroep van rechtse, homoseksuele showbizz- en societycolumnisten die in de Upper West Side van Manhattan wonen?'

Met het kleinere toestel zapte Will voortdurend tussen CNN, CNN Headline News, C-Span en MSNBC, in Wills woorden 'de liberale samenzwering'. Op het tweede toestel stond een handgeschreven bordje met de tekst KEN UW VIJAND.

Op CNN werd Frank Rick geïnterviewd door Bill Hemmer over de rol van de media bij de laatste verkiezingen. 'Bill Hemmer is een

15

laf, schijterig mietje!' snauwde Will, en hij zette zijn kristallen glas even weg om een dure Belgische schoen naar de tv te slingeren.

'Hallo, Will.' Ik zette mijn tas naast zijn bureau.

'Alsof er in dit land geen andere journalisten zijn die een intelligente bijdrage kunnen leveren aan de discussie over de invloed van de media tijdens de verkiezingen. Waarom interviewen die idioten uitgerekend iemand van *The New York Times*? Moet ik hier nou echt naar de mening van de *Times* gaan zitten luisteren?'

'Nee hoor, oom Will. Je kunt de tv ook uitzetten.' Het kostte me moeite om mijn gezicht in de plooi te houden, maar hij bleef strak voor zich uit kijken. In stilte vroeg ik me af hoe lang het deze keer zou duren voordat hij *The New York Times* zou vergelijken met *Izvestia* en hij het debacle rond Jayson Blair zou aanwenden als bewijs dat de krant in het gunstigste geval gewoon niet deugde, en in het ongunstigste geval een complot vormde tegen eerlijke, hardwerkende Amerikanen.

'Uitzetten? En dan zeker missen hoe onze vriend Bill Hemmer betweterig verslag doet van de betweterige opvattingen over weet-ik-wat van onze vriend Frank Rich? Even serieus, Bette, laten we niet vergeten dat dit de krant is waar de verslaggevers eenvoudigweg verhalen verzínnen wanneer er een deadline nadert.' Hij nam een flinke slok gin-tonic en legde met de afstandsbediening beide toestellen tegelijk het zwijgen op. Vanavond maar vijftien seconden. Een record.

'Genoeg pulp voor vandaag.' Hij begroette me met een zoen op mijn wang. 'Je ziet er goed uit, lieverd, zoals gewoonlijk, maar kun je niet eens één keer een jurkje aantrekken naar je werk, in plaats van die eeuwige broekpakken?'

Hij was niet al te naadloos overgegaan op mijn leven, zijn op één na favoriete gespreksonderwerp. Oom Will was negen jaar ouder dan mijn moeder en ze beweerden allebei dat ze écht dezelfde ouders hadden, maar dat was bijna niet te geloven. Mijn moeder vond het vreselijk dat ik het bedrijfsleven in was gegaan en had gekozen voor een baan waarin ik niet in kaftan en op espadrilles op mijn werk kon verschijnen, terwijl mijn oom eerder moeite had met het nette pak als uniform, in plaats van een bloedmooie Valentino-jurk met een paar ragfijne Louboutins eronder.

'Will, zo gaat dat nu eenmaal bij een beleggingsbank.'

'Dat zeggen ze, ja. Ik had alleen nooit gedacht dat je bij een bank terecht zou komen.' Daar gingen we weer!

'Wat heb je daar nou op tegen? Jullie zijn toch zo dol op het kapitalisme?' plaagde ik hem. 'Jullie Republikeinen, bedoel ik, niet jullie homo's.'

Hij fronste zijn borstelige wenkbrauwen en tuurde vanaf de bank naar me. 'Ha ha, heel leuk. Ik heb niets tegen het bankwezen, lieverd, dat weet je best. Het is keurig, respectabel werk – alles beter dan zo'n milieuvriendelijk hippiebaantje waarin je ouders je zouden willen zien – maar ik vind je nog zo jong om jezelf al op te sluiten tussen al die saaiheid. Ga lekker de deur uit, leuke mensen ontmoeten, feesten, genieten van je leventje als jonge single in New York, in plaats van achter een bureau het geld van anderen te beheren. Wat zou je zélf graag willen doen?'

Hoe vaak hij het ook had gevraagd, ik had nog nooit een briljant – of zelfs maar acceptabel – antwoord geweten. En het was heus geen onredelijke vraag. Op de middelbare school had ik altijd gedacht dat ik later bij het Vredeskorps zou gaan. Letterlijk. In de ogen van mijn ouders was dat een logische stap geweest. Als kind had ik het nooit als een keuze beschouwd; ze hadden me geleerd dat het een soort noodzakelijke, twee jaar durende voorloper was van alles wat ik daarna zou gaan doen. Maar toen was ik naar Emory gegaan en had ik Penelope leren kennen. We kwamen uit totaal verschillende werelden, maar zoals het cliché wil, hadden we elkaar meteen het einde gevonden. Zij vond het leuk dat ik niet de namen van alle privé-scholen in Manhattan kende en niets over Martha's Vineyard wist, en ik vond het natuurlijk prachtig dat zij dat wél deed. In de kerstvakantie waren we al onafscheidelijk geweest, en tegen het eind van het eerste schooljaar had ik mijn lievelings-T-shirt van The Grateful Dead aan de wilgen gehangen. Het was heerlijk om naar basketbalwedstrijden en bierfeesten te gaan en in het footballteam te zitten met vrouwen die hun haar niet verfden met henna, hun badwater niet bewaarden voor hergebruik en die niet naar patchoeli roken. Ik was eens een keer niet 'die rare' met dat vreemde luchtje om zich heen die te veel over de natuur wist. Ik droeg dezelfde spijkerbroeken en T-shirts als alle anderen (zonder zelfs maar na te gaan of ze niet in lage-lonenlanden waren gemaakt), at dezelfde hamburgers en dronk hetzelfde bier. Heerlijk. Vier jaar lang had ik een groepje gelijkgestemde vriendinnen en zo nu en dan een vriendje, en ze gingen geen van allen naar het Vredeskorps. Dus toen de grote bedrijven opdoken en op de campus kwamen wapperen met hoge salarissen, dikke bonussen en vliegtickets naar New York voor een sollicitatiegesprek, had ik toegehapt. Bijna al mijn vrienden en vriendinnen waren in soortgelijke banen terechtgekomen – hoe kan iemand van twintig anders woonruimte in Manhattan betalen? Maar het ongelooflijke van alles was nog wel hoe snel er vijf jaar omgevlogen waren. Vijf hele jaren, zomaar verdwenen in een zwart gat van trainingsprogramma's, kwartaalverslagen en eindejaarsuitkeringen, en er was amper tijd overgebleven om erbij stil te staan dat ik een pesthekel had aan het werk waar ik mijn dagen mee vulde. Wat ook al niet hielp, was dat ik er behoorlijk goed in was. Op de een of andere manier leek dat een teken dat ik de juiste keuze had gemaakt. Maar Will wist dat dat niet zo was, hij voelde het. Alleen was ik steeds te gemakzuchtig geweest om de sprong te wagen en iets anders te gaan doen.

'Wat ik zou willen? Dat vraag je toch niet!' zei ik.

'Hoe kun je jezelf die vraag níét stellen? Als je niet gauw maakt dat je wegkomt, ben je straks voordat je het weet veertig en adjunct-directeur, klaar om van de brug te springen. Er is niets mis met het bankwezen, schat, het is alleen niets voor jou. Jij moet ménsen om je heen hebben. Lekker lachen. Schrijven. En het wordt tijd dat je betere kleding gaat dragen.'

Ik vertelde hem maar niet dat ik erover dacht om bij een non-profitorganisatie te gaan werken. Dan zou hij weer beginnen over zijn mislukte pogingen om de hersenspoeling die ik door mijn ouders had ondergaan ongedaan te maken, en dan zat hij waarschijnlijk de rest van de avond mismoedig aan tafel. Ik had het één keer geprobeerd; ik had laten vallen dat ik erover dacht om te solliciteren bij het Bureau voor Gezinsplanning. Will liet me weten dat het een zeer nobel idee was, maar dat ik op die manier linea recta zou terugkeren in de wereld der 'ongewassen langharigen', in zijn woorden. Dus hielden we het vanavond bij de gebruikelijke gespreksonderwerpen. Eerst mijn niet-bestaande liefdesleven ('schat, je bent te jong en te mooi om alleen voor je werk te leven'), gevolgd door een kleine tirade over Wills laatste column. ('Kan ik er wat aan doen dat Manhattan tegenwoordig zo ongeschoold is dat de mensen niet langer de waarheid willen horen over de overheidsdienaren die ze zelf hebben gekozen?') We keerden kortstondig terug naar mijn verleden als politiek activiste ('godzijdank is het wierooktijdperk voorbij') en eindigden weer bij ieders favoriete onderwerp: mijn erbarmelijke garderobe ('slechtzittende, mannelijke broeken zijn niet geschikt voor een date, lieverd').

Net toen hij begon aan een kleine monoloog over de vérstrekkende voordelen van een Chanel-pakje, klopte de huishoudster op de deur van de studeerkamer om ons te laten weten dat het eten op tafel stond. We namen onze drankjes mee.

'Productieve dag gehad?' vroeg Simon aan Will, terwijl hij hem begroette met een zoen op zijn wang. Hij had zich gedoucht en omgekleed in een Hugh Hefner-achtige linnen pyjama, en hij had een glas champagne in zijn hand.

'Natuurlijk niet,' antwoordde Will, die zijn gin-tonic wegzette en twee glazen champagne inschonk, waarvan hij er een aan mij gaf. 'De deadline is pas om middernacht, dus waarom zou ik vóór vanavond tien uur aan het werk gaan? Wat hebben we eigenlijk te vieren?'

Ik begon aan mijn gorgonzolasalade, blij dat ik eens iets te eten kreeg wat niet afkomstig was van een straatverkoper, en ik nam een grote slok champagne. Als ik daar iedere avond had kunnen gaan eten zonder over te komen als de grootste loser op aarde, zou ik het onmiddellijk gedaan hebben. Maar zelfs ík had nog net genoeg waardigheid om te beseffen dat het echt te ver ging om vaker dan één avond per week en op zondag voor de brunch beschikbaar te zijn voor dezelfde mensen – ook al waren die mensen mijn oom en zijn vriend.

'Hoezo, moeten we iets te vieren hebben om een glaasje champagne te drinken?' vroeg Simon, en hij schepte een paar stukjes op van de getrancheerde biefstuk die hun kok als hoofdgerecht had bereid. 'Het leek me wel eens lekker voor de verandering. Bette, wat zijn je plannen voor de rest van de avond?'

'Ik ga naar het verlovingsfeest van Penelope. Eerlijk gezegd moet ik dadelijk al weg. De moeders hebben de hele avond georganiseerd voordat Avery en Penelope hun veto konden uitspreken. Gelukkig is het feest in een of andere club in Chelsea en niet in de Upper East Side. Dat is waarschijnlijk hun enige concessie geweest om het hun kinderen nog een béétje naar de zin te maken.'

'Hoe heet die club?' vroeg Will, al was de kans klein dat hij een andere gelegenheid kende dan de gebruikelijke donkere ruimtes met houten lambrisering en veel sigarenrook.

'Ze heeft het wel gezegd, maar ik weet het niet meer. Ik geloof dat het begint met een B. Wacht even,' zei ik, en ik haalde een velletje papier uit mijn tas. 'Het is op 27th Street, tussen 10th en 11th Avenue. Het heet…'

'Bungalow 8,' riepen ze tegelijkertijd uit.

'Hoe weten jullie dat nou?'

'Schat, daar wordt zo veel over geschreven in Page Six dat je zou denken dat Richard Johnson er aandelen in heeft.'

'Ik heb ergens gelezen dat de inrichting gebaseerd is op de bungalowtjes van het Beverly Hills Hotel en dat de service er net zo goed is. Het is een nachtclub, maar volgens dat artikel hebben ze iemand in dienst die aan al je wensen kan voldoen, van zeldzame sushi tot een complete helikopter. Je hebt tenten die een tijdje in zijn en dan weer verdwijnen, maar iedereen is het erover eens dat Bungalow 8 wel eens een blijvertje zou kunnen zijn.'

'Tja, mijn sociale leven gaat er natuurlijk niet echt op vooruit als ik alleen maar in de Black Door kom,' zei ik, terwijl ik mijn bord van me af schoof. 'Vinden jullie het erg als ik vanavond vroeg wegga? Penelope wil dat ik er ben voordat al die hordes vrienden van Avery en haar familie komen.'

'Ga maar gauw. Werk vlug nog even je lippenstift bij en dan maken dat je wegkomt! En het zou geen kwaad kunnen als je een razend aantrekkelijke jongeman tegen het lijf liep,' verklaarde Simon, alsof de hele tent vol zou zitten met knappe, beschikbare mannen die zaten te wachten tot ik in hun leven verscheen.

'Of, beter nog: een knappe bruut om een nachtje mee te spelen,' zei Will met een knipoog, niet eens helemaal voor de grap.

'Jullie zijn schatten,' zei ik, en ik gaf ze allebei een zoen voordat ik mijn tas en mijn jas ging pakken. 'En jullie hebben er geen enkele moeite mee om je enige nichtje in de armen van een wildvreemde kerel te drijven, hè?'

'Totaal niet,' zei Will, en Simon knikte ernstig. 'Wees een lekkere lellebel en maak verdorie eens een keer plezíér!'

Toen de taxi me afzette bij de club stond er een enorme rij voor de deur – drie man breed en een huizenblok lang – en als het niet Penelopes feestje was geweest, had ik de chauffeur laten doorrijden. Maar nu liep ik met een gemaakte lach op mijn gezicht gepleisterd naar het begin van de rij van zeker veertig man, waar een boom van een kerel in een pak met zo'n geheime-dienstoortje in met een klembord in zijn handen stond.

'Hallo, ik ben Bette. Ik kom voor het feest van Penelope,' zei ik, terwijl ik de rij afspeurde. Ik zag geen enkele bekende.

Hij keek me onbewogen aan. 'Leuk voor je, Penelope. Als je nou netjes in de rij gaat staan, net als al die andere mensen, dan zorg ik ervoor dat je zo snel mogelijk naar binnen kunt.'

'Nee, dit is het feest van Penelope, ik ben een vriendin van haar. Ze heeft gevraagd of ik vroeg wilde komen, dus zou het handig zijn als ik nu naar binnen kon.'

'Ja, tuurlijk. Kun je even opzij gaan, dan...' Hij hield zijn hand op zijn oortelefoontje en luisterde ingespannen. Toen knikte hij een paar keer en bestudeerde de rij wachtenden, die inmiddels tot om de hoek doorliep.

'Oké, mensen,' riep hij, en er daalde onmiddellijk een stilte over de schaars geklede feestgangers. 'We zitten vol, meer mag er niet bij van de brandweer. Er mogen alleen nog mensen naar binnen als er anderen weggaan, dus maak het je gemakkelijk of kom straks nog eens terug.'

Overal gekreun. Dit werd niks. Hij begreep duidelijk niet hoe de vork in de steel zat.

'Pardon, mag ik even? Hallo?' Hij keek me weer aan, deze keer zichtbaar geërgerd. 'Ik zie wel dat er een heleboel mensen naar binnen willen, maar dit is het verlovingsfeest van mijn vriendin en ze wil echt dat ik nú kom. Als je haar moeder kende, zou je begrijpen hoe belangrijk het voor haar is.'

'Hmm, interessant. Luister, voor mijn part trouwt je vriendin met prins William, ik kan nu echt niemand binnenlaten. Dat zou een overtreding zijn, en we willen geen ruzie met de brandweer.' Hij bond een beetje in en zei: 'Ga maar in de rij staan, dan laat ik je zo snel mogelijk binnen, goed?' Het was waarschijnlijk sussend bedoeld, maar ik had het liefst zijn gezicht opengekrabd – zijn erg knappe gezicht, dat moet ik toegeven. Hij kwam me vaag bekend voor, al wist ik niet waarvan. Zijn vaalgroene T-shirt zat strak genoeg om te laten zien dat hij met gemak mensen zou kunnen tegenhouden als dat nodig was, maar de losse, wijde spijkerbroek die laag op zijn heupen hing maakte duidelijk dat hij zichzelf ook weer niet té serieus nam. Net toen ik bedacht dat hij het beste kapsel had dat ik ooit bij een man had gezien – bijna op kaaklengte, donker, dik en irritant glanzend – trok hij een grijs corduroy jasje aan, waardoor hij er nóg beter uitzag.

Fotomodel, dat kon niet anders. Ik slikte met veel moeite een hooghartige opmerking in over machtsvertoon door iemand die waarschijnlijk niet eens de middelbare school had afgemaakt en sloop naar het eind van de rij. Aangezien mijn herhaalde pogingen om Penelope of Avery mobiel te bereiken strandden bij hun voicemail en die bullebak aan de deur gemiddeld twee mensen per tien minuten binnenliet, moest ik bijna een uur wachten. Ik stond net te fantaseren over de verschillende manieren om de uitsmijter voor schut te zetten of hem op een andere manier iets aan te doen, toen Michael en zijn vriendin naar buiten kwamen en vlak bij de ingang een sigaret opstaken.

'Michael!' gilde ik, me ervan bewust hoe zielig het klonk, maar dat kon me niet meer schelen. 'Michael, Megu, hier!'

Ze bekeken de hordes mensen tot ze me zagen staan, wat waarschijnlijk niet zo moeilijk was, omdat ik zonder een greintje waardigheid stond te gillen en springen. Zodra ze me wenkten, holde ik naar ze toe.

'Ik moet binnen zien te komen. Ik sta hier verdomme al een eeuwigheid, maar die stomme kleerkast laat me niet binnen. Penelope vermoordt me!'

'Hallo Bette, ook goedenavond,' zei Michael, en hij bukte om me een kus te geven.

'Ja, sorry,' zei ik. Ik omhelsde hem en daarna Megu, de lieve Japanse studente medicijnen met wie hij sinds kort samenwoonde. 'Hoe is het met jullie? Dat jullie de tijd hebben gevonden om samen hierheen te komen!'

'Dat lukt zo'n twee keer per jaar,' zei Megu lachend, en ze pakte Michaels hand en legde die op haar rug. 'Ieder halfjaar is er een periode van twaalf uur in onze roosters waarin ik geen dienst heb en hij niet hoeft te werken.'

'En dan komen jullie híérheen? Je bent gek. Megu, wat ontzettend lief van je. Besef je wel dat je het enorm getroffen hebt, Michael?'

'Nou en of,' zei hij met een verliefde blik op zijn vriendin. 'Ze weet dat Penelope ook mij zou vermoorden als we niet waren gekomen, maar ik denk dat we nu maar gaan. Ik moet over… oei, over vier uur weer op mijn werk zijn en Megu had gehoopt vannacht voor het eerst sinds weken weer eens zes hele uren te slapen, dus we smeren 'm. Kijk, er mogen weer mensen naar binnen.'

Toen ik me omdraaide, was er een grote uitwisseling van mooie mensen aan de gang: de ene groep kwam naar buiten, op weg naar een 'echt' feest in Tribeca, en een andere groep druppelde langzaam naar binnen, nadat de uitsmijter het fluwelen koord opzij had gedaan.

'Ik dacht dat ik snel aan de beurt zou zijn,' zei ik toonloos tegen hem.

'Ga je gang,' zei hij met een weids armgebaar, terwijl hij met zijn andere hand zijn oortelefoontje bijstelde omdat er ongetwijfeld onmisbare nieuwe informatie binnenkwam.

'Nou, daar ga je dan,' zei Michael, en hij trok Megu mee. 'Bel me deze week, dan gaan we iets drinken. En breng Penelope mee; ik heb vanavond niet eens de kans gehad om haar te spreken en we

hebben elkaar al tijden niet gezien. Doe haar de groeten van me.'
En weg waren ze, vast en zeker dolblij dat ze hadden weten te ontsnappen.

Toen ik omkeek, bleken er nog maar een paar mensen op de stoep te staan. Ze stonden te telefoneren en hadden duidelijk weinig belangstelling om naar binnen te gaan. De rij was zomaar verdwenen, en nu mocht ík eindelijk naar binnen.

'Goh, fijn,' zei ik. 'Je hebt me buitengewoon goed geholpen.' Ik wrong me langs dat enorme lijf van hem heen en passeerde het fluwelen koord, dat hij opzij hield. Toen ik de enorme glazen deur had opengerukt, kwam ik een donkere hal binnen. Avery stond érg dicht bij een érg knap meisje met érg grote borsten.

'Hó Bette, waar heb jij de hele avond gezeten?' vroeg hij. Hij kwam meteen naar me toe en bood aan om mijn jas aan te nemen. Op hetzelfde moment kwam Penelope aangelopen. Ze zag er verhit uit – en al snel ook opgelucht. Ze had een kort zwart cocktailjurkje aan, gecombineerd met een roze pashmina en overdreven hoge, zilverkleurige sandaaltjes. Ik wist meteen dat haar moeder haar kleding had uitgekozen.

'Bette!' fluisterde ze fel. Ze pakte me bij mijn arm en trok me weg bij Avery, die meteen zijn gesprek met het meisje voortzette. 'Waar bleef je nou? Ik loop hier al de hele avond in mijn eentje te lijden.'

Ik trok mijn wenkbrauw op en keek om me heen. 'In je eentje? Volgens mij is er wel tweehonderd man. Ik ken je al zo lang, maar ik wist niet dat je tweehonderd vrienden had. Wat een feest!'

'Indrukwekkend, hè? Er zijn hier welgeteld vijf mensen die voor míj zijn gekomen: mijn moeder, een van de meisjes van de afdeling Onroerend Goed, de secretaresse van mijn vader en nu jij dus. Megu en Michael zijn er zeker vandoor?' Ik knikte. 'De rest komt natuurlijk voor Avery. En dan heb je de vrienden van mijn moeder. Waar zat je nou?' Ze nam een grote slok uit haar glas en gaf het met trillende handen aan me door, alsof het een crackpijp was in plaats van een champagneflûte.

'Schat, ik was hier ruim een uur geleden al, zoals beloofd. Ik heb alleen wat problemen gehad aan de deur.'

'Dat meen je niet!' Ze keek me vol afschuw aan.

'Jawel. Een lekker ding, die uitsmijter, maar ook een lul.'

'O Bette, wat erg! Waarom heb je me niet gebeld?'

'Heb ik gedaan. Een keer of twintig, maar ik denk dat je je telefoon niet kon horen. Zit er nou maar niet mee. Dit is jóúw avond, probeer ervan te genieten.'

23

'Kom, neem iets te drinken.' Ze griste een cosmopolitan van het dienblad van een rondlopende ober. 'Wat een feest, hè?'

'Ongelooflijk. Hoe lang is je moeder hiermee bezig geweest?'

'Ze had weken geleden in Page Six gelezen dat Giselle en Leo hier "innig" waren gesignaleerd, dus ik denk dat ze toen meteen gebeld heeft om te reserveren. Ik moet constant aanhoren dat ik vaker naar dit soort tenten zou moeten gaan, vanwege de "exclusieve clientèle". Ik heb haar maar niet verteld dat diezelfde clientèle elke keer dat ik me door Avery hierheen heb laten slepen stond te vozen op de dansvloer en lijntjes coke van elkaars siliconenborsten snoof.'

'Daarmee zou je haar misschien alleen maar aangemoedigd hebben.'

'Ja, dat is waar.' Een fotomodelachtig lange vrouw wurmde zich tussen ons in en begon Penelope zó onoprecht naast haar wangen in de lucht te zoenen dat ik in elkaar kromp, een slok van mijn cosmopolitan nam en wegsloop. Ik raakte verzeild in een nietszeggend gesprekje met een paar mensen van de bank die net binnen waren; ze waren het kennelijk niet gewend om zich los te rukken van hun computers. Daarna praatte ik zo kort mogelijk met de moeder van Penelope, die onmiddellijk verwees naar haar Prada-pakje en -schoenen, waarna ze Penelope naar het volgende groepje mensen sleurde. Ik bekeek de in Gucci gestoken aanwezigen en deed mijn best om niet weg te duiken in mijn eigen outfit, die ik maanden geleden om drie uur 's nachts on line had besteld bij J. Crew en Banana Republic. Will had er de laatste tijd vaak op gehamerd dat ik 'uitgaanskleding' nodig had, en dan niet uit een catalogus. Ik kreeg het gevoel dat iedereen die hier rondliep zich spiernaakt nog op zijn gemak zou voelen. Nog beter dan de kleding (die al perfect was) was hun zelfvertrouwen, en dat kwam heel ergens anders vandaan. Twee uur en drie cosmo's later twijfelde ik tussen naar huis gaan en overgeven. In plaats daarvan pakte ik nog een cocktail en liep ermee naar buiten.

De rij om binnen te komen was helemaal verdwenen; alleen de uitsmijter die me zo lang in het clubvagevuur had laten wachten stond er nog. Ik had al een vinnige opmerking klaar voor het geval hij me zou aanspreken, maar hij grinnikte alleen en richtte zijn aandacht weer op zijn boek, dat in die enorme handen wel een luciferdoosje leek. Zonde dat hij zo knap was – dat waren de rotzakken allemaal.

'Wat had ik nu precies dat jou niet aanstond?' Ik kon het niet laten. Normaal gesproken kwam ik alleen in tenten met een portier of roodfluwelen koorden als het echt niet anders kon, en als dit niet Penelopes feest was geweest, zou ik binnen vijf minuten opgestapt zijn. Dat had ik dan weer wél van mijn ouders: een grote, verontwaardigde behoefte aan gelijke behandeling. Of een enorme onzekerheid, het is maar hoe je het bekijkt.

'Pardon?'

'Je wilde me daarstraks niet binnenlaten, ook al gaf mijn beste vriendin hier haar verlovingsfeest.'

Hij schudde zijn hoofd en glimlachte. 'Het is niet persoonlijk bedoeld. Ik krijg gewoon een lijst waaraan ik me dien te houden en ik moet ervoor zorgen dat het niet uit de hand loopt. Als je niet op de lijst staat of wanneer je tegelijk met honderd anderen hier aankomt, moet ik je een tijdje buiten laten staan. Meer zit er niet achter.'

'Dat zal wel niet.' Dankzij dat fijne toelatingsbeleid van hem had ik de grote avond van mijn beste vriendin bijna gemist. Ik aarzelde even en beet hem toen toe: 'Niet persoonlijk bedoeld. Nee, dat zal wel niet.'

'Denk je dat ik hierop zit te wachten? Er zijn mensen genoeg die er veel beter in zijn dan jij om mij het leven zuur te maken, hoor. Als we dit gesprek nou eens afronden, dan zet ik je in een taxi.'

Misschien kwam het door die vierde cosmo – vloeibare moed – maar ik was niet in de stemming voor zijn neerbuigende houding. Ik draaide me om op mijn plateauzolen en rukte de deur open. 'Ik zit heus niet op jouw liefdadigheid te wachten. Je wordt bedankt,' snauwde ik, en ik beende zo nuchter mogelijk de club weer in.

Daar gaf ik Avery en Penelope allebei een kus en liep in een rechte lijn terug naar buiten, voordat iemand weer een pijnlijk nietszeggend gesprekje zou aanknopen. Ik zag een meisje gehurkt in een hoekje zitten snikken, zachtjes maar ook tevreden omdat ze toeschouwers had, en ik moest een stapje opzij doen voor een opvallend stijlvol stelletje dat zeer heftig stond te vrijen, met wilde heupbewegingen. Vervolgens negeerde ik met veel omhaal dat leeghoofd van een uitsmijter, die een pocketuitgave van *Lady Chatterly's Lover* stond te lezen (seksmaniak!). Ik stak mijn arm op om een taxi aan te houden. Helaas was de straat compleet uitgestorven en was het net gaan miezeren, waardoor het vrijwel zeker was dat ik een taxi in de nabije toekomst gerust kon vergeten.

'Heb je hulp nodig?' vroeg hij, nadat hij het fluwelen koord opzij had gehouden om drie gillende, wankelende meiden binnen te laten. 'Het valt hier niet mee om een taxi te krijgen als het regent.'

'Nee, dank je. Ik red me wel.'

25

'Dan niet.'

De minuten leken wel uren en de koele motregen was overgegaan in een ijskoude, hardnekkige plensbui. Wat wilde ik nou eigenlijk bewijzen? De uitsmijter stond tegen de deur gedrukt onder het afdakje en las nog steeds rustig in zijn boek, alsof hij niet in de gaten had dat er een complete orkaan was losgebarsten. Ik bleef naar hem staan staren tot hij opkeek en grinnikend zei: 'Ja, ik zie het, jij redt je wel. Neem vooral niet zo'n grote paraplu van me aan en loop vooral niet door naar Eighth Avenue, waar je zó een taxi hebt. Heel verstandig van je.'

'Heb je dan een paraplu?' Het was eruit voordat ik het wist. Mijn blouse was doorweekt en ik voelde mijn haar in natte, koude slierten in mijn nek plakken.

'Inderdaad, speciaal voor dit soort gelegenheden. Maar jij hebt er natuurlijk geen belangstelling voor, hè?'

'Nee, het gaat prima zo.' En dan te bedenken dat ik hem bijna aardig was gaan vinden. Precies op dat moment reed er een auto met geüniformeerde chauffeur langs – natuurlijk door een plas, zodat mijn benen nog natter werden – en kwam ik op het briljante idee om de chauffeursdienst van mijn werk te bellen om me naar huis te laten brengen.

'Hallo, u spreekt met Bette Robbins, klantnummer zes-drie-drie-acht. Ik zou graag een auto willen op de hoek van...'

'We zitten vol!' blafte de telefoniste chagrijnig, waarna ze doodleuk ophing.

'Nee, u begrijpt me verkeerd. Ik ben klant bij jullie en ik...'

Klik.

Daar stond ik dan, drijfnat, kokend van woede.

'Geen auto? Rot voor je,' zei hij medelevend terwijl hij even opkeek van zijn boek. Ik had *Lady Chatterly's Lover* vluchtig gelezen toen ik twaalf was, nadat ik al zo veel mogelijk informatie over seks bij elkaar gesprokkeld had uit tienerboeken en *Wat gebeurt er met mijn lichaam? Het boek voor meisjes*, maar ik kon me er weinig van herinneren. Het kon aan mijn slechte geheugen liggen, óf aan het feit dat ik was teruggekeerd tot het maagdendom en me al minstens twee jaar niet meer met seks bezighield. Of misschien was mijn hoofd overvol met de verhaallijnen van alle romannetjes die ik las. Hoe dan ook, ik nam me voor om het boek weer eens uit de kast te pakken.

Ik kon niets sarcastisch bedenken, laat staan een spitsvondige opmerking. 'Nee, geen auto,' zei ik zuchtend. 'Ik heb mijn avond niet.'

Hij liep een paar passen door de regen om me een grote paraplu te brengen, al opengeklapt, met aan twee kanten het logo van de club erop. 'Neem hem maar mee. Loop door naar Eigth, en als je daar ook geen taxi kunt krijgen, moet je even naar de portier van Serena's gaan, op de hoek van 23rd Street. Zeg maar dat ik je heb gestuurd, dan regelt hij het wel voor je.'

Ik overwoog nog even om hem straal voorbij te lopen en de metro te nemen, maar het idee om om één uur 's nachts in zo'n treinstel te zitten was niet bepaald aantrekkelijk. 'Dank je wel,' mompelde ik, maar ik weigerde hem aan te kijken. Die triomfantelijke blik hoefde ik niet te zien. Toen ik met de paraplu naar Eighth Avenue liep, voelde ik zijn ogen in mijn rug.

Vijf minuten later zat ik op de achterbank van een grote gele taxi, nat maar eindelijk warm.

Ik gaf de chauffeur mijn adres en liet me uitgeput achterover zakken. Taxi's waren maar voor twee dingen geschikt: om een potje te vrijen na een leuk avondje uit op weg naar huis, of met een heleboel mensen bijkletsen in mobiele telefoongesprekjes van maximaal drie minuten. Aangezien geen van beide nu een optie was, leunde ik met mijn natte haar tegen het smerige vinyl, waar vele hoofden met vet, ongewassen, ongekamd luizenhaar tegenaan hadden geleund. Toen deed ik mijn ogen dicht en dacht alvast aan de snuffelende, dolblije verwelkoming van Millington. Waar had je een man – of een pas verloofde beste vriendin – voor nodig als je een hond had?

3

De werkweek na Penelopes verlovingsfeest was bijna ondraaglijk. Dat was natuurlijk mijn eigen schuld: er zijn genoeg andere manieren te bedenken om je ouders op stang te jagen en je af te zetten tegen je jeugd zonder daarbij als bankslaafje te eindigen, maar daar was ik kennelijk te stom voor. Dus zat ik bij UBS Warburg in mijn werkhokje zo groot als een douchecel – het hok waar ik de afgelopen zestig maanden iedere dag had gezeten – de telefoonhoorn fijn te knijpen, die helemaal verkleurd was door een dikke laag Fresh Look-foundation van Maybelline (kleur Tawny Blush) en een paar vleugjes Lip Shine van L'Oréal (in Rhinestone Pink). Ik veegde de smurrie er zo goed en zo kwaad als het ging af met de hoorn aan mijn oor en veegde mijn groezelige vingers af aan de onderkant van mijn bureaustoel. Door de telefoon klonk de woedende klaagzang van een 'minimum', iemand die slechts het minimumbedrag van een miljoen dollar had belegd via mijn afdeling en die dus véél lastiger en detailgerichter was dan onze klanten van veertig miljoen.

'Mevrouw Kaufman, ik begrijp uw bezorgdheid over de lichte daling van de koers, maar ik kan u verzekeren dat we alles onder controle hebben. Ik snap dat uw neef die kapper is zegt dat er te veel bedrijfsobligaties in uw portefeuille zitten, maar onze beleggers doen hun werk uitstekend en houden daarbij altijd uw belangen voor ogen. Ik weet niet of een jaarrendement van tweeëndertig procent in het huidige economische klimaat haalbaar is, maar zodra Aaron terug is op zijn werkplek, zal ik vragen of hij u belt. Ja. Natuurlijk. Ja. Jawel. Ja, ik laat hem bellen zodra hij uit de vergadering komt. Ja. Jazeker. Uiteraard. Zeker. Het was me een genoegen, zoals altijd. Goed, tot ziens dan maar.' Ik wachtte tot ik een klik hoorde en ramde toen de hoorn op de haak.

Ik zat hier nu bijna vijf jaar en nog nooit had ik 'nee' gezegd; daar heb je schijnbaar minstens tweeënzeventig maanden ervaring voor nodig. Ik stuurde Aaron snel een mailtje om hem te smeken mevrouw Kaufman terug te bellen, zodat ze mij niet langer lastig zou vallen. Tot mijn verbazing zat hij aan zijn bureau, waar hij druk zijn dagelijkse inspiratiebullshit aan het rondsturen was.

Goedemorgen, luitjes. Denk erom dat we onze klanten moeten laten zien hoeveel energie we hebben! Alles hangt af van onze relatie met deze mensen – ze stellen ons geduld en begrip net zo op prijs als onze resultaatgerichte aanpak van hun fondsen. Het doet me genoegen jullie een nieuwe weekvergadering aan te kondigen, waarop we hopelijk kunnen brainstormen over verschillende manieren om de klanten nog beter van dienst te zijn. Deze vergadering zal wekelijks gehouden worden op vrijdagochtend om zeven uur en biedt ons een mooie gelegenheid om het hokjesdenken eens helemaal overboord te zetten. Ik trakteer op een ontbijtje, luitjes, dus je hoeft alleen jezelf en je grijze cellen mee te brengen. En vergeet niet: 'Belangrijke ontdekkingen en verbeteringen zijn altijd het gevolg van een gedegen samenwerking.' – Alexander Graham Bell.

Ik staarde zo lang naar het mailtje dat ik ervan begon te kwijlen. Wat was irritanter, vroeg ik me af, zijn eeuwige gebruik van het woord 'luitjes' en de uitdrukking 'het hokjesdenken overboord zetten', of zijn gezeur over grijze cellen? Verstuurde hij dit soort mailtjes alleen maar om de uitzichtloosheid en ellende van mijn kantoorbestaan te vergroten? Daar mijmerde ik even over, in een wanhopige poging om niet te denken aan de aankondiging van een vergadering om zeven uur 's morgens. Dat lukte me tot het volgende telefoontje, deze keer van de neef van mevrouw Kaufman, een gesprek met een recordlengte van twee uur en tien minuten. Negentig procent van die tijd verweet hij me dingen waarop ik geen enkele invloed kon uitoefenen en hield ik mijn mond; ik bevestigde alleen zo nu en dan – om de boel een beetje te bespoedigen – dat ik inderdaad zo dom en nutteloos was als hij beweerde.

Toen ik had opgehangen staarde ik nog een tijdje lusteloos naar de e-mail van Aaron, ervan overtuigd dat dit de ergste dag sinds lange tijd was. Ik begreep niet precies in welk opzicht de geciteerde uitspraak van de heer Bell op mij van toepassing was en wat ik ermee moest, maar ik wist wel dat als ik wilde ontsnappen voor de lunch, dit mijn enige kans was. De eerste paar jaar dat ik bij UBS Warburg werkte, had ik me braaf gehouden aan het verbod om in de lunchpauze het gebouw te verlaten en had ik iedere dag iets te eten besteld, maar de laatste tijd waagden Penelope en ik het erop om stiekem tien tot twaalf minuten weg te sluipen. In die paar minuten haalden we eten en klaagden en roddelden we zo veel we maar konden. Er verscheen een interne memo op mijn scherm.

P.LO: *Ben je er klaar voor? Ik heb zin in falafel. Over vijf minuten bij het stalletje in 52nd Street?*

Ik toetste de j van 'ja' in, klikte op 'verzenden' en hing mijn colbertje over de rugleuning van mijn bureaustoel om te suggereren dat ik wel degelijk aanwezig was. Een van de managers keek even op toen ik mijn tas pakte, dus vulde ik mijn beker met dampende koffie en zette die midden op mijn bureau, als extra bewijs dat ik het pand niet had verlaten. Ik mompelde iets over de wc tegen mijn medehokjesbewoners, maar die hadden het te druk met het besmeuren van hun eigen telefoonhoorns met gezichtssmurrie om het zelfs maar te horen. Met opgeheven hoofd liep ik de gang op. Penelope, die op de afdeling Onroerend Goed twee verdiepingen hoger werkte, stond al in de lift, maar als twee goed getrainde CIA-agenten deden we alsof we elkaar niet zagen. Ze liet mij als eerste uitstappen, en ik bleef even in de hal rondhangen tot ik haar naar buiten zag gaan en doelbewust langs de fontein zag benen. Toen volgde ik haar zo snel als mijn lelijke, ongemakkelijke schoenen met hoge hakken toelieten, en de hete, vochtige lucht was als een klap in mijn gezicht. Penelope en ik zeiden geen woord tegen elkaar totdat we opgingen in de massa van kantoormensen, die allemaal stil en toch rusteloos van hun paar minuten dagelijkse vrijheid probeerden te genieten en instinctief kwaad werden en gefrustreerd raakten omdat ze moesten wachten.

'Wat neem jij?' vroeg Penelope, met een blik op de drie stalletjes met sissend, sterk geurend exotisch eten dat door mannen met uiteenlopende kleding en uiteenlopende vormen van gezichtsbeharing werd gestoomd, gegrild, aan spiezen geregen, gebakken en verkocht aan de hongerige driedelige kostuums.

'Het is allemaal vlees op een stokje of deeg met iets erin,' zei ik met een blik op het walmende vlees. 'Dus wat maakt het uit?'

'Goh, wat hebben we goede zin vandaag.'

'O, sorry, hoor. Ik moet natuurlijk dolgelukkig zijn dat ik al vijf jaar slavenarbeid mag verrichten. Ik bedoel, moet je zien wat een flitsend leventje ik leid,' snauwde ik, en ik zwaaide met mijn armen om ons heen. 'Het is al erg genoeg dat we halverwege een werkdag van zestien uur niet eens een fatsoenlijke lunchpauze hebben, maar het is verdomme te triest voor woorden dat we niet eens zelf mogen uitkiezen wat we willen eten.'

'Dat is echt niets nieuws, Bette. Ik snap niet waar je je opeens zo druk om maakt.'

'Ik heb gewoon een rotdag. Nog rotter dan anders, als het verschil al merkbaar is.'

'Hoe komt dat? Is er iets gebeurd?'

Ik wilde weer 'twéé ringen?' zeggen, maar ik hield me in toen een dikke vrouw in een nog lelijker mantelpak dan het mijne, met daaronder een panty en Reeboks, een klodder hete saus op haar afgrijselijke ruchesblouse morste. Ik zag mezelf al over tien jaar en ging bijna van mijn stokje.

'Natuurlijk is er niks gebeurd, dat is het nou juist!' schrééuwde ik zo'n beetje. Twee blonde jongens die eruitzagen als studenten van een dure, exclusieve universiteit keken nieuwsgierig naar me. Ik overwoog om me even te beheersen, omdat ze er allebei heel smakelijk uitzagen, tot ik besefte dat die belachelijk knappe hockeyers niet alleen schandalig jong waren, maar hoogstwaarschijnlijk ook allebei een belachelijk knappe vriendin hadden die zeker acht jaar jonger was dan ik.

'Ik denk dat ik vandaag maar eens een Afghaanse kebab neem,' zei Penelope, en ze sloot aan in een andere rij zonder zich iets van mijn uitbarsting aan te trekken.

'Goh, reuze boeiend,' mompelde ik.

'Kom op, Bette, wat wil je nou? Het is je baan maar. Het blijft toch werk. Wat je ook doet, het is altijd minder leuk dan de hele dag in de country club rondlummelen, hè? Natuurlijk is het balen dat je iedere minuut op je werk moet doorbrengen. En ik ben ook niet bepaald dol op de financiële wereld – ik kan niet zeggen dat ik er vroeger van droomde om bij een bank te gaan werken – maar zó erg is het toch niet?'

Penelopes ouders hadden geprobeerd haar zover te krijgen dat ze bij *Vogue* of Sotheby's ging werken, als laatste stap in haar opleiding tot ideale echtgenote, maar toen Penelope erop had gestaan net als wij allemaal bij een bank te gaan werken, hadden ze zich gewonnen gegeven: het moest mogelijk zijn om daar een man aan de haak te slaan, zolang ze zich maar niet te ambitieus opstelde en ze onmiddellijk na de bruiloft zou stoppen met werken. En hoewel ze flink klaagde over haar baan, had ik het idee dat ze het eigenlijk prima naar haar zin had.

Toen ze een briefje van vijf dollar overhandigde voor onze onbestendige 'kebab'-schotels, werd mijn blik als een magneet naar haar hand getrokken. Ik moest toegeven dat de ring prachtig was. Ze straalde toen ik het zei – voor de tiende keer. Het viel niet mee om te blijven mokken over haar verloving-annex-doodswens terwijl ze overduidelijk dolgelukkig was. Avery had na zijn aanzoek alles uit de kast gehaald en zich voorgedaan als een echte, zorgzame verloofde, en dat maakte haar natuurlijk nog gelukkiger. Hij was haar al drie dagen op rij na het werk komen ophalen om samen met haar naar huis te gaan, en hij had haar zelfs ontbijt op bed gebracht. Belangrijker nog: hij was al tweeënzeventig uur niet op stap geweest – zijn favoriete tijdverdrijf. Ze vond het niet erg dat hij zo veel mogelijk tijd wilde doorbrengen in de krappe zitjes van diverse clubs – of dansend op de banken van die zitjes – als ze zelf maar niet mee hoefde. Op de avonden dat hij uitging met vrienden van het consultancybureau, ging ik met Penelope naar de Black Door, een kelderbarretje waar we samen met Michael (indien beschikbaar) bier dronken en ons afvroegen waarom je ergens anders naartoe zou willen. Maar iemand moest Avery verteld hebben dat het misschien nog net aanvaardbaar was om je vriendin zes avonden per week alleen te laten, maar dat je dat bij je verlóófde niet kon maken. Hij had verwoede pogingen gedaan om te minderen. Ik wist zeker dat het niet lang zou duren.

We liepen terug naar de bank en slaagden erin om naar binnen te sluipen zonder één hatelijke blik van de vaste schoenpoetser van UBS (die ook niet weg mocht in de lunchpauze, voor het geval er tussen een en twee uur dringend een paar brogues opgewreven moest worden). Penelope liep mee naar mijn werkhokje en ging op de stoel zitten die theoretisch bedoeld was voor gasten en cliënten, al had ik die nog nooit binnen gehad.

'We hebben een datum geprikt,' zei ze ademloos, terwijl ze zich op het geurige voedsel stortte dat op haar schoot balanceerde.

'O? Wat is het geworden?'

'Volgende week over een jaar, 10 augustus. In Martha's Vineyard, waar het allemaal is begonnen. We zijn pas een week verloofd en de moeders draaien nu al helemaal door. Ik weet echt niet hoe dat de komende tijd moet.'

De families van Avery en Penelope gingen al met elkaar op vakantie sinds die twee peuters waren; ze hadden iedere zomer samen rondgescharreld in Martha's Vineyard. (Toevallig ook met de familie van mijn snobistische ex-vriend Cameron. Er waren stapels foto's van de hele meute met chic bedoelde L.L. Bean-tassen met monogram en hun Stubbs and Wootton-schoentjes.) In de winter gingen ze samen skiën in de Adirondacks. Penelope was naar Nightingale gegaan en Avery naar Collegiate, en allebei waren ze een groot deel van hun jeugd door hun moeders de hele beau monde langs gesleept, naar liefdadigheidsfeestjes en polowedstrijden. Avery vond het allemaal prachtig en had zich gestort op iedere jeugdcommissie van elke stichting die hem maar vroeg, en hij ging zes avonden per week op stap met de onuitputtelijke creditcard van zijn ouders. Het was zo'n geboren en getogen New Yorker die iedereen kende, altijd en overal. Tot groot verdriet van haar ouders had Penelope totaal geen belangstelling voor dat soort dingen. Ze verzette zich herhaaldelijk tegen dat hele circuit en trok het liefst op met een groepje onaangepaste kunstzinnige types met een studiebeurs; haar moeder had waarschijnlijk nachten wakker gelegen van hun aanwezigheid in Penelopes leven. Penelope en Avery hadden nooit een erg hechte band gehad – en al helemaal geen romantische – totdat Avery een jaar eerder dan Penelope klaar was met school en naar Emory ging. Volgens Penelope, die in stilte altijd hevig verliefd op Avery was geweest, was hij een van de populairste jongens van school: de charmante, atletische voetballer die redelijke cijfers haalde en er zo goed uitzag dat zijn enorme arrogantie hem werd vergeven. Ik kreeg de indruk dat ze zelf altijd heel onopvallend was geweest, zoals alle exotisch mooie meisjes op een leeftijd waarop alleen blond haar en grote borsten tellen, en dat ze haar best had ge-

daan om hoge punten te halen en vooral niet op te vallen. Met succes, in ieder geval totdat Avery in zijn eerste jaar met de kerstvakantie terugkwam en hij Penelope in de jacuzzi van hun gezamenlijke
huis in de Vineyard zag zitten. Alles aan haar was lang, sierlijk en
prachtig; ze had benen als van een gazelle, supersteil zwart haar en
lange wimpers die haar enorme bruine ogen omlijstten.

Ze deed datgene waarvan ieder braaf meisje weet dat het helemaal verkeerd is – verkeerd voor haar reputatie, haar gevoel van eigenwaarde en voor de strategie die ervoor moet zorgen dat hij de
volgende dag zal bellen: ze ging meteen met hem naar bed, een paar
minuten nadat hij haar die allereerste keer had gezoend. ('Ik kon er
niks aan doen,' had ze wel duizend keer gezegd wanneer ze het verhaal weer eens vertelde. 'Ik kon gewoon niet geloven dat Avery
Wainwright in míj geïnteresseerd was!') Maar het was anders gelopen dan bij al die andere meisjes van wie ik wist dat ze een paar uur
na de ontmoeting al met een jongen naar bed waren gegaan en die
nooit meer iets van hem hadden gehoord. Penelope en Avery waren
bij elkaar gebleven, en de verloving van vorige maand was nauwelijks méér geweest dan een zeer gewaardeerde en toegejuichte formaliteit.

'Zijn de moeders nog erger dan anders?'

Ze rolde zuchtend met haar ogen. '"Erger dan anders", wat een
interessante woordkeus. Ik zou gedacht hebben dat het onmogelijk
was, maar inderdaad, mijn moeder is de laatste tijd nog irritanter
dan normaal. Onze laatste grote ruzie ging over de vraag of je wel
van een bruidsjurk kunt spreken wanneer die niet ontworpen is
door Vera Wang, Carolina Herrera of Monique Lhuillier. Ik vond
van wel, zij natuurlijk van niet. En ze was behoorlijk fel.'

'Wie heeft de discussie gewonnen?'

'Ik heb haar op dit punt haar zin gegeven omdat het me eigenlijk
niet uitmaakt waar de jurk vandaan komt, als ik hem maar mooi
vind. Ik zal nog zorgvuldig moeten afwegen op welke punten ik
haar per se níét haar zin wil geven, en één daarvan is de huwelijksaankondiging.'

'Geef eens een definitie van "huwelijksaankondiging"?'

'Niet doen.' Ze nam grinnikend een slok Dr Pepper.

'Zeg op.'

'Alsjeblieft, Bette, doe me dit niet aan. Het is al erg genoeg.'

'Kom op, Pen. Vertel. Toe maar, het wordt steeds makkelijker als
je het een keer hardop hebt gezegd.' Ik gaf met mijn voet een duwtje tegen haar stoel en boog me naar haar toe om extra van de informatie te kunnen genieten.

Ze sloeg haar lange, smalle handen voor haar volmaakte, bleke gezicht en schudde haar hoofd. 'New York Times.'

'Ik wíst het! Will en ik zullen je sparen, dat beloof ik. Het is toch geen grapje, hè?'

'Natuurlijk niet!' jammerde Penelope. 'En uiteráárd wil Avery's moeder ook niets liever.'

'O Pen, dat is perfect! Jullie zijn zo'n enig stel, en dat kan straks iedereen zien!' Ik brulde nu van het lachen.

'Je zou ze eens moeten horen, Bette. Het is walgelijk. Allebei de moeders fantaseren nu al over de dure, chique namen die ze allemaal kunnen uitnodigen. Ik hoorde mijn moeder aan de telefoon met de redactie van die advertenties, en ze zei dat ze ook vermeld wil hebben op welke scholen de broers en zussen hebben gezeten. Die vrouw zei dat het pas zes weken van tevoren te bespreken is, maar daar laat niemand zich door afschrikken: Avery's moeder heeft al een afspraak gemaakt bij de fotograaf en komt met allerlei ideeën aan voor een foto waarop onze ogen precies op gelijke hoogte zijn. Dat is een van de suggesties uit de krant. Terwijl de bruiloft pas over ruim een jaar is!'

'Jawel, maar zulke dingen vereisen veel planning en voorbereiding.'

'Dat zeiden zij ook!' riep Penelope uit.

'Kun je niet stiekem ergens in stilte trouwen?' Maar voordat ze antwoord kon geven klopte Aaron op de tussenwand van mijn werkhokje, met brede armgebaren om aan te geven dat hij het zogenaamd vervelend vond om een einde te moeten maken aan ons 'geheime besprekinkje', zoals hij ze altijd heel irritant noemde.

'Sorry dat ik jullie stoor bij jullie geheime besprekinkje, luitjes,' zei hij, en Penelope en ik mimeden de woorden stiekem mee. 'Bette, kan ik even met je praten?'

'Ik wilde toch net weggaan,' zei Penelope, duidelijk blij dat ze kon vluchten zonder met Aaron te hoeven praten. 'Bette, ik spreek je straks wel.' En voordat ik iets terug kon zeggen was ze verdwenen.

'Zeg, luister eens, Bette?'

'Ja, Aaron?' Hij leek zo veel op Lumbergh uit de serie *Office Space* dat het grappig geweest zou zijn, ware het niet dat ik het slachtoffer was van zijn 'suggesties'.

'Ik vroeg me af of jij misschien kans hebt gezien om het citaat van de dag te lezen?' Hij rochelde luid en keek me met opgetrokken wenkbrauwen aan.

'Natuurlijk, Aaron. Kijk, hier heb ik hem. "Individuele betrokkenheid bij een groepsinspanning, dat is wat ervoor zorgt dat een team pas echt werkt – en een bedrijf, een samenleving, een beschaving." Ja, dat sprak me echt aan, mag ik wel zeggen.'

'Echt waar?' Hij keek heel blij.

'Nou en of. Erg toepasselijk. Ik vind al je citaten heel leerzaam. Hoezo? Is er iets mis?' vroeg ik op mijn meest innemende, bezorgde toon.

'Nou, niet direct iets mis, maar ik kon je daarnet bijna tien minuten lang nergens vinden. Nu lijkt dat misschien niet lang, maar voor mevrouw Kaufman – die wachtte op bericht – leek het vast een eeuwigheid.'

'Een eeuwigheid?'

'Wanneer je zulke lange aaneengesloten periodes je bureau verlaat, kun je mijns inziens klanten als mevrouw Kaufman niet de aandacht schenken waarop we hier bij UBS juist zo trots zijn. Dat is toch iets om de volgende keer even over na te denken, vind je ook niet?'

'Het spijt me. Ik was even iets te eten halen.'

'Dat weet ik, Bette. Maar ik hoef je er natuurlijk niet aan te herinneren dat we hier de regel hebben dat medewerkers niet de deur uit gaan voor hun lunch. Ik heb een lade vol menu's van de bezorgdienst, als je eens de moeite zou nemen om die te bekijken.'

Ik hield mijn mond.

'O ja, Bette? Penelopes teamhoofd heeft haar waarschijnlijk net zo hard nodig als ik jou, dus zullen we proberen die geheime besprekinkjes van jullie tot een minimum te beperken?' Hij glimlachte ongelooflijk neerbuigend naar me en ontblootte daarbij de vlekken en verkleuringen die hij in zevenendertig jaar op zijn tanden had verzameld. Als hij niet gauw ophoudt, dacht ik, ga ik over mijn nek. Sinds ik op mijn twaalfde voor het eerst *Girls Just Want to Have Fun* had gezien, moest ik altijd aan de overpeinzing van Lynn denken. Ze brengt Janie naar huis nadat die heeft gespijbeld van haar koorrepetitie om te oefenen met Jeff (en daarbij natuurlijk betrapt wordt door Natalie, dat kreng met die draaiende kledingkast), en dan zegt ze: 'Als ik met een jongen of een man ben, of het nu mijn tandarts is of een vriendje, vraag ik me automatisch af of ik – stel dat wij de allerlaatste mensen op aarde waren – zou moeten kotsen als hij me zou zoenen.' Nou Lynn, je wordt bedankt. Nu vraag ik me dat ook altijd af. Helaas is het antwoord bijna altijd volmondig 'ja'.

'Goed? Wat denk je ervan?' Hij wipte nerveus van de ene voet op de andere en ik vroeg me af hoe deze zenuwachtige, sociaal onhandige man het voor elkaar had gekregen minstens drie stappen boven mij te belanden in de bedrijfshiërarchie. Ik had gezien hoe klanten letterlijk achteruitdeinsden wanneer hij ze een hand wilde geven, en toch glibberde hij de bedrijfsladder op alsof die was ingesmeerd met dezelfde gel waarmee hij zijn laatste paar lokken haar aan zijn hoofd vastplakte.

Ik wilde alleen nog maar dat hij wegging, maar daarbij maakte ik een grote inschattingsfout. In plaats van hem gewoon gelijk te geven en aan mijn lunch te beginnen, vroeg ik: 'Ben je niet te spreken over mijn werk, Aaron? Ik doe erg mijn best, maar ik heb altijd de indruk dat je ontevreden over me bent.'

'Nou, ontevreden is niet het juiste woord, Bette. Je doet het hier, eh... best aardig. Maar we willen onszelf allemaal verbeteren, nietwaar? Zoals Winston Churchill al zei...'

'Best aardig? Dat is net zoiets als zeggen dat iemand "interessant" is, of dat een avondje uit "gezellig" was. Ik draai hier weken van meer dan tachtig uur, Aaron. Ik offer mijn hele leven op voor UBS.' Het had geen zin om te proberen mijn toewijding uit te drukken in arbeidsuren, want Aaron werkte zelf nog minstens vijftien uur per week meer dan ik. Maar het was wel waar; ik werkte verdomd hard als ik niet on line zat te winkelen, met Will belde of stiekem met Penelope iets te eten haalde.

'Bette, niet zo lichtgeraakt. Met een beetje extra bereidheid en misschien wat meer aandacht voor je klanten heb je het in je om promotie te maken. Beperk die geheime besprekinkjes tot een minimum, stort je met hart en ziel op je werk en de resultaten zullen onmetelijk zijn.'

Ik keek naar de belletjes spuug die zich op zijn smalle lippen vormden terwijl hij zijn lievelingszin uitsprak en toen knapte er iets. Ik had geen engeltje op de ene schouder en een duiveltje op de andere, geen lijstje in mijn hoofd van voors en tegens, de eventuele consequenties flitsten niet door me heen, en ook geen noodscenario. Eigenlijk had ik geen enkele duidelijke gedachte; ik voelde me heel kalm en vastberaden toen ik diep in mijn hart besefte dat ik dit geen seconde langer zou kunnen verdragen.

'Goed, Aaron, ik zal geen geheime besprekinkjes meer houden. Nooit meer. Ik neem ontslag.'

Hij keek even verbaasd en toen drong het tot hem door dat ik het meende. 'Wát zeg je?'

'Mijn opzegtermijn van twee weken gaat nu in,' zei ik, met een zelfvertrouwen dat toch wel een tikkeltje begon te wankelen.

Kennelijk moest hij daar even over nadenken, en hij veegde zijn klamme (walgelijk woord, maar precies in de roos) voorhoofd af en fronste het een paar keer. 'Dat is niet nodig.'

Nu was het mijn beurt om verbaasd te kijken. 'Dat is aardig van je, Aaron, maar ik moet hier echt weg.'

'Nee, ik bedoelde die opzegtermijn van twee weken. We vinden gauw genoeg iemand anders, Bette. De arbeidsmarkt wemelt van de geschikte mensen die hier wél willen werken, al kun jij je dat misschien niet voorstellen. Bespreek de details maar met Personeelszaken en pak voor het eind van de dag je spullen in. Veel succes met je volgende baan, of wat je ook mag gaan doen.' Hij forceerde een glimlachje en liep weg; het was voor het eerst in de vijf jaar sinds ik voor hem werkte dat ik hem zelfverzekerd zag.

De gedachten tolden door mijn hoofd, te snel en van te veel verschillende kanten om ze te kunnen verwerken. Aaron had ballen, wie had dat nou gedacht? Ik had zojuist ontslag genomen. Ontslag. Zonder er eerst over na te denken, zonder plan. Ik moest het Penelope vertellen. Penelope was verloofd. Hoe kreeg ik mijn spullen thuis? Kon ik nog een auto van de zaak nemen? Zou ik in aanmerking komen voor een uitkering? Zou ik hier nog wel eens komen, speciaal voor de kebabs? Moest ik nu al mijn mantelpakjes ceremonieel verbranden op een vreugdevuur in de huiskamer? Wat zou Millington het fijn vinden om zomaar midden op de dag gezelschap te hebben! Midden op de dag. Ik kon zo vaak naar *Prijzenslag* kijken als ik maar wilde. Waarom was ik hier niet eerder op gekomen?

Ik staarde nog een tijdje naar mijn computerscherm totdat de ernst van de situatie tot me doordrong, waarna ik me naar de toiletten haastte om in de relatieve beslotenheid van een kantoorwc'tje door het lint te gaan. Je had zorgeloos en ronduit stóm, en dit begon toch akelig veel op de laatste categorie te lijken. Ik haalde een paar keer diep adem en probeerde zo kalm en nonchalant mogelijk mijn nieuwe lijfspreuk uit, maar het 'we zien wel' kwam eruit als een onderdrukte snik en ik vroeg me af wat ik in godsnaam had gedaan.

4

'Jezus, Bette, je hebt niemand verminkt of zo. Je hebt ontslag genomen. Gefeliciteerd! Welkom in de wondere wereld der onbezonnen daden. Het leven verloopt nu eenmaal niet altijd volgens plan.' Simon deed zijn best om me gerust te stellen terwijl we zaten te wachten tot Will thuiskwam, omdat hij niet doorhad dat ik me eigenlijk helemaal niet druk maakte.

De laatste keer dat ik me zo totaal ontspannen had gevoeld, bedacht ik, zou wel eens in de ashram geweest kunnen zijn. 'Het is gewoon een beetje raar om niet te weten wat er komen gaat.'

Hoewel ik wist dat ik eigenlijk doodsbenauwd zou moeten zijn, waren de afgelopen weken eerlijk gezegd heerlijk geweest. Ik had me voorgenomen om iedereen over mijn ontslag te vertellen, maar toen de tijd was gekomen om de telefoon te pakken, had ik een aanval gekregen van traagheid, luiheid en algehele lusteloosheid. Niet dat ik niet kon vertellen dat ik ontslag genomen had – het was gewoon een kwestie van een nummer intoetsen en de mededeling doen – maar telkens wanneer ik de hoorn pakte, leek het me zo lastig om uit te leggen: de reden van mijn ontslag (geen) en mijn plan van aanpak (geen). Dus in plaats daarvan, ongetwijfeld in een psychologische ontkennings/vermijdingsfase, bleef ik tot één uur in mijn bed liggen en bracht ik de middagen door met televisie kijken, Millington uitlaten en dingen kopen die ik niet nodig had, in een overduidelijke poging de leegte in mijn leven op te vullen. Ik nam bewust het besluit om weer te gaan roken, zodat ik iets te doen had na het laatste tv-programma. Ik begrijp dat het vreselijk deprimerend klinkt, maar het was de fijnste maand sinds mensenheugenis. Ik zou misschien wel eeuwig zo doorgegaan zijn als Will niet naar mijn werk had gebeld en mijn opvolger aan de lijn had gekregen.

Interessant genoeg was ik zonder enige moeite vijf kilo afgevallen. Ik had totaal geen beweging gehad, op mijn strooptochten naar voedsel na, en ik voelde me beter dan ooit, of in ieder geval beter dan ik me had gevoeld toen ik nog dagen van zestien uur draaide. Op de middelbare school was ik altijd heel slank geweest, maar toen ik eenmaal werkte was ik vanzelf aangekomen, aangezien ik geen tijd had om te sporten en ik had gekozen voor een tamelijk walgelijk dagelijks eetpatroon van kebabs, donuts, repen uit de automaat en koffie met zo veel suiker dat ik altijd een plakkerig laagje op mijn tanden had gevoeld. Mijn ouders en vrienden hadden de extra kilo's altijd beleefd genegeerd, maar ik wist dat het geen gezicht was. Ieder jaar met oud en nieuw nam ik me voor om braaf naar de sportschool te gaan; meestal hield ik het vier dagen vol voordat ik de wekker 's morgens een schop gaf en een uur langer bleef liggen. Alleen Will had me er herhaaldelijk op gewezen dat ik er niet uitzag. 'Lieverd, weet je dan niet meer dat je vroeger op straat werd aangehouden met de vraag of je fotomodel wilde worden? Dat gebeurt nu niet meer, hè?' Of: 'Bette, lieverd, een paar jaar geleden zag je er altijd zo fris uit, zonder make-up, puur natuur. Waarom doe je niet wat meer moeite om zo weer te worden?' Ik hoorde het aan en wist dat hij gelijk had, maar toen de knoop van mijn enige Seven-spijkerbroek zo diep in mijn vlezige buik verdween dat ik hem soms niet eens kon terugvinden, kon ik moeilijk nog langer ontkennen dat ik was aangekomen. Het wilde wat zeggen dat ik afviel nu ik werkloos was. Mijn huid was frisser, mijn ogen straalden en terwijl het vet van mijn heupen en bovenbenen voor het eerst in vijf jaar verdween, bleven mijn borsten zoals ze waren – een duidelijk teken van God dat ik niet hoefde te werken. Maar natuurlijk hoorde je niet te genieten van je eigen luiheid, dus deed ik nu mijn best om de gepaste combinatie van teleurstelling, spijt en wanhoop tentoon te spreiden. Simon trapte erin.

'Volgens mij is een cocktail nu wel op zijn plaats. Wat wil je drinken, Bette?'

Hij moest eens weten dat ik de laatste tijd ook in mijn eentje dronk. Niet uit wanhoop, geen eenzame drankjes om het leven aan te kunnen en omdat er nu eenmaal niemand in de buurt was met wie ik kon drinken, maar meer in de geëmancipeerde sfeer van ik-ben-een-volwassen-vrouw-en-als-ik-zin-heb-in-een-glas-wijn-of-een-slokje-champagne-of-een-vierdubbele-wodka-zonder-ijs-waarom-niet? Ik deed alsof ik er even over moest nadenken en zei toen: 'Misschien een martini?'

Op dat moment dartelde oom Will binnen, en zoals altijd werd de hele ruimte onmiddellijk gevuld met zijn energie. '*Ab fab!*' verkondigde hij, waarmee hij verraadde dat hij wel degelijk naar de BBC keek, iets wat hij stellig ontkende. 'Simon, maak voor ons ex-bankiertje eens een extra droge martini met Grey Goose en drie olijven. Lieverd! Ik ben zo trots op je!'

'Echt?' Zijn stem had anders niet al te vrolijk geklonken toen hij eerder die dag een boodschap voor me had ingesproken met de eis dat ik 's avonds bij hen thuis kwam borrelen. ('Bette, lieverd, het spelletje is uit. Ik heb zojuist die bange grijze muis gesproken die beweert dat ze nu in jouw werkhokje zit, dus vraag ik me af wat jij op dit moment aan het doen bent. Ik mag hopen dat je bij de kapper zit om highlights te laten aanbrengen. Of misschien heb je wel een minnaar. Ik verwacht je vanavond klokslag zes uur, dan kun je ons alle smeuïge details vertellen. Reken erop dat we daarna een etentje hebben bij Elaine's.' Klik.)

'Lieverd, natuurlijk ben ik trots op je! Je bent eindelijk weg bij die vreselijke bank. Je bent oogverblindend, fascinerend, fantastisch, en dat werd allemaal onderdrukt door dat suffe baantje van je.' Hij pakte me met zijn enorme, gemanicuurde handen bij mijn middel en slaakte een gilletje. 'Wat zie ik hier? Een taille? Mijn god, Simon, het kind heeft haar figuur terug. Jezus, je ziet eruit alsof je de afgelopen weken op de juiste plekken liposuctie hebt ondergaan. Welkom terug, lieverd!' Hij hief een van de martini's die Simon voor ons had gemaakt (Will mocht geen drankjes meer mixen omdat hij altijd vreselijk uitschoot met de flessen) en trok tegelijkertijd de antracietgrijze muts af die hij al had sinds vóór mijn geboorte.

Simon hief met een glimlach zijn glas en tikte er heel voorzichtig mee tegen die van ons, om geen druppel van het verrukkelijke vocht te morsen. Ik was natuurlijk minder voorzichtig en er gutste een sloot alcohol over mijn spijkerbroek. Als ik alleen was geweest, had ik de stof onmiddellijk afgelikt. Ahum.

'Zo,' zei Will. 'Nu is het officieel. Wat ga je nu doen? Voor een tijdschrift schrijven? Of misschien de mode in? Ik heb gehoord dat ze bij *Vogue* mensen zoeken.'

'Alsjeblieft, zeg,' zei ik met een zucht. De gedachte alleen al! '*Vogue*? Denk je nou echt dat ik voor die hoofdredactrice zou kunnen werken? Hoe heet ze ook alweer?'

Simon bemoeide zich ermee. 'Anna Wintour. Nee, dat denk ik niet.'

'Niet? *Bazaar* dan misschien?' vroeg Will.

'Will...' Ik keek naar mijn afgetrapte, lelijke platte schoenen en toen weer naar hem. De tijd van de Birkenstock-sandalen en vlechten mocht dan voorbij zijn, op kledinggebied was ik de fase van de middelbare school maar amper gepasseerd.

'Hou toch op met dat gejammer, meid. Je vindt heus wel wat. En denk erom, bij mij ben je altijd welkom. Als je echt wanhopig bent, natuurlijk.' Will was er voorzichtig over begonnen toen ik nog op school zat: een nonchalante opmerking over hoe leuk het zou zijn om met me samen te werken, en dat ik het in me had om research te plegen en te schrijven. Mijn ouders hadden al mijn opstellen bewaard en kopieën naar Will gestuurd, die me een enorm bloemstuk stuurde toen ik Engels als hoofdvak koos. Op het kaartje stond: 'Voor de toekomstige columniste in de familie.' Hij zei vaak dat hij het fantastisch zou vinden om me de fijne kneepjes van het vak bij te brengen, omdat het hem écht iets voor mij leek. En daar twijfelde ik niet aan. Pas de laatste tijd waren zijn columns een soort conservatieve tirades geworden, in plaats van de beschouwingen over de society- en showwereld waaraan zijn lezers jarenlang verslingerd waren geweest. Dat genre beheerste hij als geen ander, en hoewel hij altijd had geweigerd om pure roddels te publiceren, had hij zichzelf ook nooit al te serieus genomen. Althans, tot voor kort, want pasgeleden had hij in duizend woorden uit de doeken gedaan waarom de Verenigde Naties de duivel in eigen persoon waren. (Een samenvatting: *Waarom moeten, in dit tijdperk van supertechnologie, alle diplomaten in New York hier zo nodig fysiek aanwezig zijn? Ze pikken de beste parkeerplaatsen en de beste restauranttafels in en voegen alleen maar nóg meer plekken toe waar geen Engels wordt gesproken. Kunnen ze hun stem niet gewoon vanuit hun eigen land e-mailen? Waarom worden wij opgezadeld met files en allerlei ellendige beveiligingsmaatregelen terwijl er toch niemand naar hen luistert? En als ze dan echt niet elektronisch willen werken vanuit hun thuisland, waarom verhuist dat hele circus dan niet naar een of ander gehucht in Pennsylvania? Dan zullen we eens zien of ze nog steeds zo nodig naar Amerika willen komen om de wereld te verbeteren.*) Diep in mijn hart zou ik zijn vak dolgraag willen leren, maar het leek me een iets te gemakkelijke keuze. Hé, wat een mazzel! Je oom is de beroemdste en meest gepubliceerde columnist van het land en jij mag toevallig voor hem werken. Hij had een paar researchers en assistenten in dienst van wie ik wist dat ze mijn bloed wel zouden kunnen drinken als ik meteen zou mogen gaan schrijven, en ik was ook bang om onze goede relatie te verpesten. Will was mijn enige familielid dat in de buurt woonde, mijn beste vriend en zo'n beetje mijn hele sociale leven, dus leek het me niet echt een goed idee om de hele dag samen te werken.

'Volgens mijn voormalige baas heb ik nog niet eens de idealen uit één citaat van de dag onder de knie. Zo iemand wil jij toch niet in dienst nemen?'

'Je zou het beter doen dan die snotneuzen bij mij op kantoor die zogenaamd feiten natrekken terwijl ze in werkelijkheid hun gegevens op allerlei datingsites actualiseren met verleidelijke foto's en walgelijk afgezaagde versierzinnetjes,' snoof hij. 'Verschrikkelijk! Een totaal gebrek aan arbeidsethos juich ik alleen maar toe, hoor. Hoe zou ik anders iedere dag al die pulp kunnen schrijven?' Hij dronk goedkeurend zijn martiniglas leeg en stond op van de leren divan. 'Denk er toch maar eens over na. En nu gaan we, er zitten gasten op ons te wachten.'

Ik zei zuchtend: 'Goed, maar ik kan niet de hele avond blijven. Ik heb vanavond mijn leesclub.'

'O ja, lieverd? Dat klinkt bijna als een sociaal leven. Wat lezen jullie?'

Ik dacht razendsnel na en flapte er toen de eerste de beste sociaal aanvaardbare titel uit. '*Moby Dick.*'

Simon draaide zich om en staarde me aan. 'Ben je *Moby Dick* aan het lezen? Meen je dat nou?'

'Natuurlijk niet,' zei Will lachend. 'Ze leest gewoon *Passie en pijn in Pennsylvania* of iets van die strekking. Je kunt het maar niet afleren, hè lieverd?'

'Je begrijpt het niet, Will.' Ik voegde er tegen Simon aan toe: 'Hoe vaak ik het hem ook uitleg, hij wil het gewoon niet snappen.'

43

'Wat valt er dan te snappen? Dat mijn leuke, hoogst intelligente nichtje dat Engels als hoofdvak had niet alleen goedkope romannetjes léést, maar er zelfs bezeten van is?'

Simon glimlachte goedig. 'Wat versta je precies onder romannetjes?' vroeg hij, duidelijk om mij te verdedigen. 'Iedereen leest wel eens wat van Danielle Steel of zo. Daar hoef je je niet voor te schamen.'

Will zei traag: 'Danielle Steel is een literair genie vergeleken bij wat Bette het liefst leest. We hebben het hier over boekjes van drie dollar per stuk vol kapotgetrokken bloesjes en zwoegende boezems. Bette, hoe luidt precies de titel van het meesterwerk dat jullie van avond met de leesclub gaan analyseren?'

Ik staarde quasi-beschaamd naar de punten van mijn schoenen. *Hij was een bruut.* Het is net pas verschenen... na lang wachten. Ik ben kennelijk niet de enige die ervan houdt, want het is het meest bestelde boek bij Amazon.com en de wachttijd voor verzending is opgelopen tot drie weken!'

Will keek triomfantelijk naar Simon. 'Wat zei ik je? Daar kijk je van op, hè?'

Simon schudde vol ongeloof zijn hoofd. Ik kreeg de indruk dat hij duizenden vragen wilde stellen, maar hij piepte alleen maar: 'Waarom?'

Waarom? Waarom? Hoe kon ik daar antwoord op geven? Die vraag had ik mezelf al zo vaak gesteld. Het was allemaal heel onschuldig begonnen, met een exemplaar van *Heet en heerlijk* dat iemand had achtergelaten in het vliegtuig waarmee ik van Poughkeepsie naar Washington vloog. Ik was toen dertien geweest, en oud genoeg om aan te voelen dat ik het niet aan mijn ouders moest laten zien. Het was zo'n heerlijk boek dat ik eenmaal in het hotel aangekomen keelpijn voorwendde en smeekte niet mee te hoeven doen aan de protestmars waarvoor we waren gekomen, zodat ik het kon uitlezen. Ik leerde de boekjes uit dezelfde reeks al snel herkennen en had maar een paar tellen nodig om ze te vinden in de bibliotheek of de draairekken in de supermarkt, en ik rekende ze stiekem af van mijn zakgeld terwijl mijn moeder ergens anders in de winkel was. Ik verslond er twee of drie per week en besefte vaag dat het verboden vruchten waren, dus verstopte ik ze in de kruipruimte van mijn kast. Pas als alle lichten in huis uit waren las ik erin en ik vergat nooit om ze weer op te bergen voordat ik ging slapen.

Toen ik de romannetjes pas had ontdekt, voelde ik me opgelaten door de overduidelijke suggestie van seks op de omslagen en natuurlijk door de beeldende beschrijvingen daarvan. Zoals iedere jonge tiener wilde ik niet dat mijn ouders merkten dat ik ook maar iets van dat onderwerp wist, en ik haalde mijn boekjes alleen te voorschijn als ik er zeker van was dat ze het niet zouden zien. Maar tegen de tijd dat ik een jaar of zeventien was, op de middelbare school, was ik uit de kast gekomen. Ik was met mijn vader bij de plaatselijke boekwinkel om een bestelling van hem af te halen, en toen hij ging afrekenen, legde ik *Haar koninklijke lijfwacht* op de toonbank en zei nonchalant: 'Ik heb mijn portemonnee niet bij me. Kun jij dit even voorschieten? Ik betaal het je thuis terug.'

Hij pakte het boek met twee vingers op alsof het een doodgereden beest was dat hij langs de snelweg had gevonden, en aan zijn gezicht te zien vond hij het net zo onappetijtelijk. Toen begon hij te lachen. 'Bettina, toe nou. Zet dat ding terug en pak iets fatsoenlijks. Ik heb je moeder beloofd dat we niet te lang weg zouden blijven, dus we hebben geen tijd voor die grapjes.'

Ik hield voet bij stuk en hij rekende het boek af, om zich daarna zo snel mogelijk uit de voeten te maken. Toen hij die avond aan tafel over mijn aankoop begon, klonk het niet-begrijpend. 'Je léést die dingen toch niet echt, hè?' vroeg hij, met opgetrokken wenkbrauwen alsof hij grote moeite moest doen om er iets van te snappen.

'Jawel,' zei ik alleen maar, en mijn stem verried niet hoe opgelaten ik me voelde.

Mijn moeder liet haar vork vallen, die kletterend op haar bord terechtkwam. 'Dat is niet waar.' Het klonk alsof ze hoopte dat het vanzelf werkelijkheid zou worden als ze het maar vastberaden genoeg zei. 'Dat kan niet.'

'Toch wel, hoor,' zei ik opgewekt, in een halfslachtige poging om de stemming wat te verluchtigen. 'Net als vijfentwintig miljoen andere mensen. Het zijn ontspannende, meeslepende verhalen. Ellende, grote vreugde en een happy end, wat wil je nog meer?' Ik kende de feiten en cijfers uit mijn hoofd, en je kon niet ontkennen dat die indrukwekkend waren. De tweeduizend romannetjes die jaarlijks verschenen, waren goed voor een omzet van anderhalf miljard dollar. Tweevijfde van alle Amerikaanse vrouwen kocht minstens één romannetje per jaar. Een groot Shakespeare-kenner (tevens docente aan Columbia) had nog niet zo lang geleden toegegeven dat ze er tientallen had geschreven. Waar moest ik me dan voor schamen?

Wat ik mijn ouders toen niet had kunnen vertellen – en wat ik nu niet aan Will of Simon kon uitleggen – was hoe dol ik op die romannetjes was. Het was natuurlijk deels een vlucht uit de werkelijkheid, maar mijn leven was echt niet zo vreselijk dat ik het moest hebben van de fantasiewereld. Het was inspirerend om te lezen over twee bloedmooie mensen die elke hindernis overwonnen om samen te kunnen zijn en die zo veel van elkaar hielden dat ze overal een oplossing voor vonden. De seksscènes waren mooi meegenomen, maar het fijnste vond ik dat het verhaal altijd goed afliep, waarna ik me zo optimistisch voelde dat ik meteen aan het volgende boek begon. Ze waren lekker voorspelbaar, ontspannend, vermakelijk en – het allerbelangrijkste – ze gingen over relaties waarvan ik niet kon ontkennen dat ik er vreselijk naar verlangde, ondanks alle feministische bezwaren en politiek correcte theorieën over vrijgevochten vrouwen. Ieder afspraakje en ieder vriendje in mijn leven vergeleek ik met Het Ideaal. Ik kon er niets aan doen, ik was geconditioneerd om naar het sprookje te verlangen. En ik hoef natuurlijk niet te vertellen dat er in New York tussen mannen en vrouwen weinig sprookjes plaatsvinden. Maar ik bleef hopen – nog wel.

Moest ik dat nu aan Simon gaan uitleggen? Mooi niet. Wanneer iemand vroeg waarom ik dat soort boeken las, maakte ik meestal lachend een smalende opmerking, iets in de trant van: 'Ik kan de werkelijkheid gewoon niet aan.'

'Ach, nou ja,' zei ik luchtig, zonder Will of Simon aan te kijken. 'Dat is een van die maffe dingetjes waar ik als kind aan begonnen ben en die ik nooit heb afgeleerd.'

Dat vond Will kennelijk een giller. 'Wat?' bulderde hij, in een deuk van het lachen. 'Maffe dingetjes? Bette, lieverd, je bent lid van een leesclub die als enige doel heeft jouw geliefde genre te bestuderen, om er nóg meer van te kunnen genieten.'

Dat was waar. Ik was in mijn omgeving nog nooit iemand tegengekomen die het begreep. Mijn ouders niet, mijn oom niet en mijn vrienden en vriendinnen van school en uit mijn studententijd ook niet. Penelope schudde altijd alleen maar haar hoofd wanneer ze een romannetje zag in mijn flat (en dat was niet zo moeilijk, want ik had er meer dan vierhonderd, in dozen, kasten, bakken onder mijn bed en in een enkel geval, wanneer het omslag niet al te gênant was, op de boekenplank). Ik had altijd wel geweten dat hele volksstammen ze lazen, maar pas twee jaar geleden was ik Courtney tegen het lijf gelopen.

Dat was na mijn werk bij een boekenwinkel in de stad, waar ik net een romannetje uit het draairek wilde pakken toen ik een vrouwenstem achter me hoorde.

'Je bent niet de enige, hoor,' zei ze.

Toen ik me omdraaide, stond daar een leuk meisje van ongeveer mijn leeftijd, met een hartvormig gezicht en van die natuurlijk roze lippen. Haar blonde krulletjes deden me denken aan Nelly uit *Het kleine huis op de prairie*. Ze zag er ontzettend breekbaar uit.

'Pardon? Had je het tegen mij?' vroeg ik, terwijl ik snel *De droom van iedere vrouw* bedekte met een groot Engels-Grieks woordenboek dat ik van de dichtstbijzijnde plank had gegrist.

Ze knikte, boog zich naar me toe en fluisterde: 'Ik wil alleen maar zeggen dat je je niet langer hoeft te schamen. Je bent niet de enige.'

'Wie zegt dat ik me schaam?' zei ik. Ze keek met opgetrokken wenkbrauw naar het afgeschermde boek.

'Ik ben Courtney, ik ben er ook aan verslingerd. Ik heb een universitaire opleiding en een goede baan, maar ik schaam me er niet voor om toe te geven dat ik gek ben op die stomme boekjes. En we zijn met een hele groep. Twee keer per maand komen we bij elkaar om de nieuwe titels te bespreken onder het genot van een drankje, en om elkaar ervan te overtuigen dat we niets verkeerds doen. Het is deels leesclub en deels een soort therapiegroep.' Ze graaide in haar Tod's-tas en haalde er een verfrommeld stukje papier uit. Toen trok ze met haar tanden de dop van een Mont Blanc-pen en krabbelde een adres in SoHo en een e-mailadres op het briefje.

'Onze volgende bijeenkomst is maandagavond. Heb je zin om te komen? Ik heb mijn e-mailadres erbij gezet voor als je nog vragen hebt, maar het wijst zichzelf. We lezen dit boek.' Ze liet me discreet *Wie wil er nog een hartenbreker?* zien. 'We zouden het heel leuk vinden als je ook kwam.'

Misschien is het wel een teken van echte verslaving dat ik een week later inderdaad bij een wildvreemde op de stoep stond. Ik kwam al gauw tot de ontdekking dat Courtney gelijk had gehad. De andere meiden waren stuk voor stuk intelligent, eigentijds en allemaal op hun eigen manier interessant – en gek op romannetjes. Op twee tweelingzusjes na waren de vrouwen geen van allen vriendinnen of collega's; ze waren net zo toevallig bij de groep terechtgekomen als ik. Tot mijn verbazing – en verrukking – was ik de enige die openlijk voor haar verslaving uitkwam. De anderen hadden geen van allen ooit aan hun echtgenoot, vriendinnen of ouders opgebiecht wat voor leesclubje het precies was. In de twee jaar dat ik lid was van de groep had slechts één van de anderen aan haar vriend verteld over haar lievelingsboeken. Hij had haar er zo mee gepest dat het haar hele leven had veranderd: uiteindelijk had ze het uitgemaakt, in het besef dat een man die echt van haar hield (zoals de held in onze romannetjes) haar nooit belachelijk zou maken om iets wat haar zo veel plezier bezorgde. De leesclub was bij elkaar blijven komen, ondanks nieuwe banen, huwelijken en zelfs een rechtszaak, maar wanneer we elkaar op straat of op een feestje tegenkwamen, kon er niet meer af dan een korte begroeting en een veelbetekenende blik. Omdat ik de vorige keer niet was geweest, had ik me erg verheugd op de bijeenkomst van vanavond en ik was niet van plan mijn plezier te laten bederven door Will.

Simon, Will en ik vertrokken meteen, maar toen we bij het restaurant op de hoek van 88th Street en Second Avenue aankwamen waren we duidelijk niet de eersten.

'Zet je maar schrap,' fluisterde Simon toen Elaine waggelend aan kwam lopen.

'Jullie zijn laat!' blafte ze, en ze wees naar achteren, waar al een paar mensen zaten te wachten. 'Ga naar je gasten, ik breng de drankjes.'

Ik liep mee en keek om me heen in het ongedwongen maar legendarische restaurant. De wanden waren van onder tot boven bedekt met boekenkasten en ingelijste foto's met de handtekeningen van zo'n beetje alle schrijvers uit de twintigste eeuw. Door het vele hout en de vertrouwde sfeer leek het een gewoon buurtrestaurant, ware het niet dat de vijf mensen die al aan onze tafel zaten – die was gedekt voor twintig personen – allemaal bekende gezichten uit de journalistieke en wetenschappelijke wereld waren: Alan Dershowitz, Tina Brown, Tucker Carlson, Dominick Dunne en Barbara Walters. De serveerster overhandigde me een droge martini en ik begon meteen te slurpen, zodat ik de laatste druppel naar binnen had gewerkt voordat de bizarre groep mediamensen en politici aan tafel compleet was. Behalve hun beroep vertoonden ze weinig overeenkomsten.

Will proostte op Charlie Rose, ter ere van wiens nieuwe boek we bij elkaar gekomen waren. De enige andere vrouw van onder de veertig boog zich naar me toe en zei: 'Hoe ben jij hier terechtgekomen?'

'Will is mijn oom. Ik moest mee.'

Ze begon zachtjes te lachen en legde haar hand in mijn schoot, waar ik behoorlijk nerveus van werd, totdat ik besefte dat ze probeerde me discreet de hand te schudden. 'Ik ben Kelly. Ik heb namens je oom dit etentje in elkaar gedraaid, dus in zekere zin was ik ook verplicht om te komen.'

'Bette,' fluisterde ik. 'Aangenaam. Ik was vanavond bij Will en Simon en zo ben ik hier terechtgekomen. Maar het lijkt me heel gezellig.'

'Ja, vast. Dit is ook niet echt mijn smaak, maar het voldoet wel aan de wensen van je oom. Goede groep mensen, iedereen die zou komen is inderdaad komen opdagen – iets wat zelden gebeurt – en Elaine heeft zich zoals altijd keurig aan de afspraken gehouden. Al met al ben ik behoorlijk tevreden. Als we er nu nog voor kunnen zorgen dat ze niet al te dronken worden, durf ik wel te zeggen dat de avond zeer geslaagd is.'

Het groepje had de eerste cocktails al snel achterover geslagen en was begonnen aan de salade die zojuist geserveerd was. 'Wat moet ik me precies voorstellen bij het "In elkaar draaien" van zo'n etentje?' Ik vroeg het meer om wat te vragen te hebben dan uit oprechte belangstelling, maar dat leek Kelly niet eens te merken.

'Ik heb een pr-bedrijf,' zei ze, en ze nam een slokje van haar witte wijn. 'We hebben uiteenlopende klanten: restaurants, hotels, boutiques, platenmaatschappijen, filmstudio's en individuele sterren, en we doen er alles aan om hun bekendheid te vergroten via media-evenementen, de introductie van nieuwe producten en dat soort dingen.'

'En vanavond? Wie is nu je klant? Will? Ik wist niet dat hij een pr-medewerker had.'

'Nee, voor vanavond ben ik door de uitgeverij van Charlie ingehuurd om een dineetje te geven voor de media-elite, de journalisten die zélf beroemd zijn. De uitgeverij heeft zelf natuurlijk ook een pr-afdeling, maar daar hebben ze niet de connecties en de kennis om zo'n gespecialiseerde avond in elkaar te zetten. Dus hebben ze mij ingeschakeld.'

'Ik snap het. Waar ken je al die mensen van?'

Ze lachte. 'Ik heb een kantoor vol medewerkers die er hun werk van hebben gemaakt iedereen te kennen die maar een beetje de moeite waard is. Maar liefst vijfendertigduizend namen, en ik kan ze allemaal op ieder gewenst moment bereiken. Dat is ons werk. Over werk gesproken, wat doe jij eigenlijk?'

Gelukkig wenkte Elaine Kelly voordat ik een of ander leugentje in elkaar kon flansen, en Kelly vloog van haar stoel en liep onmiddellijk naar het voorste gedeelte van het restaurant. Pas toen ik mijn aandacht op Simon richtte, die links van me zat, zag ik de fotograaf die subtiel in een hoekje op zijn hurken foto's zat te nemen.

Ik dacht terug aan het eerste media-etentje waar Will me mee naartoe had gesleept toen ik op mijn veertiende bij hem logeerde vanuit Poughkeepsie. Dat was ook bij Elaine's geweest, ook vanwege het verschijnen van een nieuw boek. Ik had aan Simon gevraagd: 'Is het niet raar dat er iemand foto's van ons neemt tijdens het eten?'

Hij had even geglimlacht en was gewoon verder gegaan met zijn salade. 'Natuurlijk niet, lieverd, daarvoor zijn we juist hier. Als er geen foto in de partyrubriek komt, is het feest er dan wel echt geweest? Waarom denk je dat de uitgeverij een kapitaal uitgeeft om zo'n indrukwekkende groep mensen bij elkaar te krijgen? De aandacht van de pers die hij en zijn boek vanavond krijgen, is voor geen geld te koop. De fotograaf is van *New York Magazine*, als ik het goed heb, en zodra hij weg is, sluipt de volgende binnen. Althans, dat hoopt iedereen hier.'

Will had me al op jonge leeftijd geleerd hoe je een gesprek moet voeren. Het belangrijkste was dat je moest beseffen dat het geen mens interesseert wat je doet of vindt, dus je gaat gewoon zitten en begint meteen vragen te stellen aan degene die rechts van je zit. Vraag maar raak en doe alsof het je interesseert; ongemakkelijke stiltes vul je met nog meer vragen. Na jaren instructies en oefenen kon ik met iedereen een gesprek voeren, maar vanavond vond ik het nog net zo vervelend als in mijn tienerjaren, dus na de salade zei ik iedereen gedag en kneep ik ertussenuit.

De bijeenkomst van de leesclub was vanavond bij Alex in de East Village, dus nam ik de metro en scrolde ik in lijn 6 door de lijst nummers in mijn iPod totdat ik bij 'In My Dreams' van REO Speedwagon kwam. Zelfs het incidentje bij het uitstappen op Astor Place kon mijn goede humeur niet bederven: een heel kleine, tengere vrouw die eruitzag als een schoolbibliothecaresse knalde keihard tegen me op. Ik verontschuldigde me met een oprecht 'pardon' voor mijn rol in het geheel (mijn aanwezigheid), liet mijn hoofd hangen en liep door. Ze draaide zich met een ruk om en krijste met een vals vertrokken duivelsgezicht: 'PARDON? HET ZOU HELEMAAL NIET GEBEURD ZIJN ALS JE AAN DE GOEDE KANT VAN HET TROTTOIR HAD GELOPEN!' Waarna ze scheldend doorliep. Die kan wel een paar uurtjes met *Hij was een bruut* gebruiken, dacht ik vol medelijden.

Ik belde aan bij Alex' flatgebouw aan Avenue C en zag meteen al tegen het trappenlopen op. Ze woonde op de zesde verdieping, boven een Chinese stomerij. Alex was het stereotype van de *artiste* uit de East Village: altijd van top tot teen in het zwart gestoken, steeds een andere haarkleur en een kleine piercing in haar gezicht die leek te roteren tussen haar lip, neus en wenkbrauw. Het enige wat haar

onderscheidde van die duizenden anderen was uiteraard haar harts-
tochtelijke voorkeur voor damesromannetjes. Het was duidelijk dat
zij van ons allemaal het meest te verliezen had als haar vrienden erachter zouden komen – haar geloofwaardigheid als artistiekerig
type, zal ik maar zeggen – en we hadden afgesproken dat we op
eventuele vragen van de buren zouden antwoorden dat we hier waren voor een bijeenkomst van de Anonieme Seksverslaafden. 'Je
zegt liever dat je verslaafd bent aan seks dan dat je léést?' had ik gevraagd toen ze ons haar instructies gaf. 'Ja!' antwoordde ze zonder
enige aarzeling. 'Een verslaving is cool. Alle creatieve mensen zijn
wel ergens aan verslaafd.' Dus deden we wat ons was gevraagd.

Vanavond zag ze er nog *grungy*-er uit dan anders, in een leren
rockchick-broek en een strak 'T-shirt van een of ander concert. Ze gaf
me een rum-cola en ik ging op haar bed zitten toekijken hoe ze nog
een stuk of zes extra laagjes mascara aanbracht voordat de anderen
er waren. Janie en Jill kwamen als eersten na mij binnen. Ze waren
twee-eiige tweelingzusjes van begin dertig; Janie zat nog op school,
een of andere vage architectuuropleiding, en Jill werkte bij een re-
clamebureau. Ze waren op jonge leeftijd voor de Bouquetreeks gevallen; boekjes van hun moeder die ze in bed stiekem onder de dekens hadden gelezen. De volgende die binnenkwam was Courtney,
mijn oorspronkelijke link met de groep, die bureauredacteur was bij
het blad *Teen People* en die niet alleen ieder damesromannetje dat
ooit was geschreven móést lezen, maar die het ook nog eens leuk
vond om ze zelf te schríjven. En als laatste kwam Vika, half-Zweeds,
half-Frans, met een smakelijk accent en een nog smakelijkere Italiaanse vriend, en een luizenbaantje als kleuterjuf op een privé-
school in de Upper East Side. We waren duidelijk een samenge-
raapt zootje.

'Heeft er nog iemand wat te vertellen voordat we beginnen?'
vroeg Jill toen we allemaal gulzig zaten te drinken, zo snel als het
stroperig zoete goedje toeliet. Ze nam altijd de leiding en probeerde ons bij de les houden, een volkomen zinloze poging als je weet
dat onze bijeenkomsten eerder therapieavondjes waren dan een li-
teraire verkenningstocht.

'Ik heb ontslag genomen,' verkondigde ik opgewekt, en ik stak
mijn rode plastic bekertje omhoog.

'Proost!' riep iedereen opgewekt.

'Het werd tijd dat je stopte met die ellende,' zei Janie.

Vika viel haar bij. 'Inderdaad. Jouw baas zul jij niet missen, in
mijn overtuigink?' vroeg ze met haar vreemde, grappige accent.

'Nee, dat zeker niet. Aaron kan ik missen als kiespijn.'

Courtney schonk haar tweede drankje in tien minuten in en zei: 'Maar hoe moet dat nu met het citaat van de dag? Kun je niet vragen of iemand ze naar je doorstuurt?'

Die traditie was ik begonnen tijdens mijn tweede bijeenkomst met de leesclub, in een poging de vreugde en wijsheid van Aarons inspirerende citaten te delen met de rest van de groep. Na het inleidende praatje had ik het beste citaat van de afgelopen weken voorgelezen, en we hadden allemaal in een deuk gelegen. Later hadden de meiden hun eigen anticitaten meegebracht: valse, sarcastische of gemene epigrammen die ik had kunnen meenemen naar kantoor om ze aan Aaron te laten lezen, mocht ik daar zin in gehad hebben.

'Goed dat je het zegt,' verkondigde ik plechtig, en ik haalde een vel papier uit mijn tas. 'Deze heb ik slechts vijf dagen voor mijn vertrek ontvangen, en het is een van mijn favoriete citaten aller tijden. Luister: "Teamwork is eigenlijk niets anders dan een beetje minder 'ik' en een beetje meer 'wij'." Dat, vriendinnen, is toch een mooie gedachte?'

'Wauw,' verzuchtte Jill. 'Fijn dat je die spreuk met ons wilde delen. Ik ga beslist proberen om voortaan te leven met wat minder "ik" en wat meer "wij".'

'Ik ook,' zei Alex. 'Daar begin ik mee nadat ik jullie mijn anticitaat heb voorgelezen. Dat toevallig heel mooi aansluit bij dat van jou, Bette. Zijn jullie er klaar voor? Het is van onze vriend Gore Vidal. Daar komt-ie. "Telkens wanneer een vriend van me succes heeft, ga ik een beetje dood vanbinnen."'

We lachten en juichten allemaal, totdat Janie ons onderbrak met een tamelijk schokkende mededeling. 'Over bazen gesproken: ik heb een eh… incidentje gehad met de mijne.'

'Een incidentje?' vroeg Jill. 'Daar heb je me niets van verteld.'

'Het is ook pas gisteravond gebeurd. Jij sliep al toen ik thuiskwam en ik heb je daarna niet meer gesproken.'

'Kun je het woord "incidentje" nader verklaren?' vroeg Vika met opgetrokken wenkbrauwen.

'We konden het erg goed met elkaar vinden, zal ik maar zeggen,' zei Janie met een quasi-schuchter lachje.

'Wat?' gilde Jill, en ze staarde haar zus aan met een combinatie van afschuw en verrukking op haar gezicht. 'Wat is er gebeurd?'

'Hij vroeg of ik na de pitch voor een potentiële nieuwe klant zin had om ergens te gaan eten. We zijn naar een sushitent gegaan en daarna hebben we nog wat gedronken…'

'En toen?' vroeg ik.

'En toen hebben we nóg wat gedronken, en voordat ik het wist, lag ik spiernaakt bij hem op de bank.'

'O, mijn god.' Jill wiebelde heen en weer in haar stoel.

Janie keek naar haar en zei: 'Wat is er nou? Zo veel stelt het niet voor, hoor.'

'Nou, ik denk anders niet dat het bevorderlijk zal zijn voor je carrière,' antwoordde Jill.

'Dan weet jij kennelijk nog niet hoeveel talent ik heb op bepaalde gebieden,' zei Janie met een grijns. We begonnen allemaal te joelen.

'Ben je met hem naar bed geweest?' vroeg Alex. 'Zeg alsjeblieft ja, dan maak je mijn hele avond goed. Onze beleggingsbankier Bette neemt ontslag voordat ze een andere baan heeft en jij neukt met je baas? Ik zou bijna gaan denken dat ik eindelijk een beetje invloed op jullie begin uit te oefenen.'

'Ho, ik weet niet of je het wel echt seks kunt noemen, hoor,' zei Janie.

'Waar slaat dát nou weer op?' vroeg Alex. 'Het is seks of het is geen seks.'

'Nou ja, als hij mijn baas niet was geweest, zou ik het niet eens meegeteld hebben. Gewoon een paar keer erin en eruit, verder niks.'

'Dat klinkt verrukkelijk,' zei ik droog.

'Interessant. Ik vraag me meteen af hoeveel mannen er nog meer in de categorie niet-de-moeite-waard-om-mee-te-tellen vallen. Janie? Vertel op,' zei Courtney. Alex kwam terug uit haar piepkleine keukentje (waar alleen een koelkast en een fornuis met één kookplaat stonden) met een dienblad vol borrelglaasjes, allemaal tot de rand toe gevuld.

'Waarom zouden we *Hij was een bruut* nog bespreken als we zo'n verdorven vrouw in ons midden hebben?' vroeg ze zich hardop af terwijl ze ze uitdeelde.

En daar gingen we weer.

5

De volgende drie weken verliepen min of meer hetzelfde als mijn eerste maand als werkloze, alleen een tikkeltje minder aangenaam door de dagelijkse telefoontjes van Will en mijn ouders, die zogenaamd 'zomaar' belden. De gesprekken gingen als volgt:

MIJN MOEDER: 'Hallo, lieverd. Zijn er nog nieuwe ontwikkelingen?'

IK: 'Ik ben hard op zoek. Er zijn genoeg veelbelovende banen, maar ik heb de ideale nog niet gevonden. Hoe is het met jou en papa?'

MIJN MOEDER: 'Goed, hoor. We maken ons alleen zorgen om jou. Ken je mevrouw Adelman nog? Haar dochter is hoofd Inzamelingsacties bij Earth Watch en ze zegt dat je haar gerust mag bellen. Ze kunnen daar altijd toegewijde, gekwalificeerde mensen gebruiken.'

IK: 'Goh, fijn. Ik zal er eens over nadenken.' (Zap intussen naar CBS, want Oprah begint.) 'Ik ga maar eens ophangen, want ik moet nog een paar cv'tjes uitprinten.'

MIJN MOEDER: 'Een paar cv'tjes? Ach ja, natuurlijk. Ik zal je niet langer ophouden. Succes ermee, hè? Ik weet zeker dat je gauw iets zult vinden.'

Afgezien van die pijnlijke zeven minuten per dag waarin ik heel overtuigend zei dat het prima met me ging, dat het solliciteren uitstekend verliep en dat ik zeker wist dat ik gauw een baan zou vinden, ging het de rest van de dag écht supergoed met me. Televisie, Millington, een boodschappentas vol goedkope romannetjes en elke dag vier zakken kaneelsnoepjes hielden me gezelschap terwijl ik op mijn gemak de vacatures op internet bekeek, sporadisch iets uitprintte en nog veel sporadischer een sollicitatieformulier invulde. Ik was beslist niet somber of neerslachtig, maar dat was nogal moeilijk vast te stellen, aangezien ik amper de deur uit kwam en ik nauwelijks aan iets anders dacht dan de vraag hoe ik dit leventje zou kunnen volhouden zonder ooit nog te hoeven werken. Je hoort mensen altijd van die idiote dingen zeggen als: 'Ik zat pas een week zonder werk en ik werd knettergek! Ik bedoel, ik moet gewoon productief zijn, iets nuttigs doen, ken je dat?' Nee, dat kende ik niet. Het leven was heerlijk en ik vond het prima om onproductief te zijn en niets nuttigs te doen. Ik bracht iedere dag volkomen zinvol door met zinloos geld uitgeven, rondlummelen, eten, mensen ontwijken en gewoon een beetje de tijd doden. Natuurlijk kwam mijn financiële positie in gevaar, maar ik ging ervan uit dat er heus wel iets op mijn pad zou komen, en anders zou ik mezelf gewoon overleveren aan de genade van Will en Simon. Het was onzin om tijd te verspillen aan gepieker terwijl ik ook waardevolle levenslessen kon leren van Dr. Phil.

Hoewel ik wist dat de post om een uur of twee 's middags kwam, was ik zelden gemotiveerd genoeg om hem meteen te gaan halen. Meestal graaide ik pas 's avonds laat een armvol rekeningen en catalogi uit de bus en liep ermee naar de lift. Dertiende verdieping. Ongeluksgetal. Toen ik bij de eerste bezichtiging aarzelde, had de makelaar cynisch gezegd: 'Je gelooft toch ook niet in astrologie, of wel soms? Ik mag aannemen dat je je niet druk maakt om zoiets belachelijks. Er is nota bene airconditioning, en dat voor deze prijs!' En aangezien het blijkbaar iets typisch New Yorks was om je te laten afsnauwen door mensen die je nota bene voor hun diensten moest betálen, had ik onmiddellijk een verontschuldiging gestameld en mijn handtekening onder het huurcontract gezet.

Nu maakte ik de voordeur open, speurde de vloer af naar mogelijke kakkerlakken en zette me schrap voor de hysterische begroeting van Millington. En ook al kwam ik iedere avond gewoon thuis, zonder uitzondering, ze leek er altijd van overtuigd dat dit de dag was dat ik haar voorgoed zou verlaten, zodat ze me bij thuiskomst snuivend, niezend, springend, snuffelend en onderdanig plassend begroette, zó opgewonden dat ik bang was dat ze er nog eens in zou blijven.

Denkend aan de tips in de stapel foldertjes over gehoorzaamheid en africhting die de fokker me 'voor de zekerheid' had gegeven toen ik haar kwam halen, negeerde ik haar zorgvuldig. Ik zette nonchalant mijn handtas neer, trok mijn jas uit en ging rustig op de bank zitten, waar ze onmiddellijk bij me op schoot sprong, op haar achterpootjes ging staan en ritueel mijn gezicht likte. Haar natte tongetje werkte het helemaal af, van mijn voorhoofd tot onder mijn kin, met een niet-geslaagde poging om onderweg mijn mond binnen te dringen. Daarna hielden de kusjes op en begon het niezen. De eerste lading sproeide in mijn nek, maar ze tuimelde om voordat het festijn echt losbarstte en nieste vervolgens een enorme natte plek op de voorkant van mijn rok.

'Braaf,' mompelde ik bemoedigend, met een vaag schuldgevoel omdat ik haar op armlengte in de lucht hield terwijl haar hele lijfje schudde en beefde, maar de herhaling van *Newlyweds* begon en het genies kon best tien minuten duren. Ik had nog niet zo lang geleden het punt bereikt dat ik naar Millington kon kijken zonder te moeten denken aan mijn ex-vriend Cameron; een welkome verbetering.

Penelope had Cameron en mij aan elkaar voorgesteld op een barbecue die Avery had georganiseerd toen we allebei een jaar of twee afgestudeerd waren. Ik weet niet of het kwam door dat golvende bruine Fabio-kapsel of door dat lekkere kontje in zijn kakikleurige Brooks Brothers-broek, maar ik vond hem zo leuk dat me niet opviel dat hij de irritante gewoonte had om met interessante namen te strooien en dat hij na iedere maaltijd op een walgelijke manier met tandenstokers in de weer ging. Ik was, in ieder geval in het begin, stapelverliefd op hem. Hij sprak liefdevol over aandelen, lacrossewedstrijden en weekendjes in de Hamptons en Palm Beach. Voor mij was hij een soort sociologisch experiment, een niet al te zeldzaam maar toch vreemd wezen waarvan ik maar geen genoeg kon krijgen. Natuurlijk was onze relatie gedoemd te mislukken –

mijn ouders hadden gedemonstreerd tegen de vele bontjassen op feestjes waar zijn ouders te gast waren – maar dat weerhield ons er niet van om een jaar na die eerste ontmoeting te gaan samenwonen, op het moment dat we allebei huurverhoging kregen. Toen we een halfjaar samenwoonden drong het tot ons door dat we absoluut niets gemeen hadden, op het appartement en vrienden als Avery en Penelope na. Dus deden we wat ieder stel met een slechte relatie zou doen: we gingen onmiddellijk op zoek naar een aanschaf die ons dichter bij elkaar zou kunnen brengen, of die op zijn minst een ander gespreksonderwerp zou opleveren dan de vraag wie van ons bij de huisbaas moest gaan zeuren om een nieuwe toiletbril. We kozen voor een yorkshireterriërtje van twee kilo dat 1600 dollar per kilo kostte, zoals Cameron me later meer dan eens zou voorrekenen. Ik dreigde hem te vermoorden als hij nog één keer verkondigde dat hij in restaurants wel eens een hoofdgerecht op zijn bord had gekregen dat groter was dan dit hondje, en ik herinnerde hem er herhaaldelijk aan dat het zíjn idee was geweest. Ach natuurlijk, er was nog een klein probleempje: ik was allergisch voor alles met een vacht, levend of opgezet, in de vorm van een dier of een kledingstuk. Maar Cameron had overal aan gedacht.

'Cameron, je hebt me toch wel eens gezien als er een hond in de buurt is? Ik snap niet dat je mij – en jezelf – dat wilt aandoen.' Ik dacht terug aan de eerste keer dat ik zijn familie had ontmoet, tijdens een winterweekend in Martha's Vineyard. Ze hadden het perfecte plaatje van de gegoede familie (echt vuur in de open haard – geen afstandsbediening of blokken uit de supermarkt! – geruite pyjama's, decoratieve houten eenden en zo veel alcohol dat ze er eigenlijk een vergunning voor hadden moeten hebben) compleet gemaakt met twee rondhuppelende, uit de kluiten gewassen golden-retrieverpuppy's. Ik nieste en traande en hoestte zo erg dat zijn voortdurend aangeschoten moeder ('O, lieverd, dat is zo opgelost met een glaasje sherry!') zogenaamd grappig vroeg of het besmettelijk was en zijn openlijk dronken vader zowaar zijn gin-tonic lang genoeg wegzette om me naar de eerste hulp te brengen.

'Bette, maak je maar geen zorgen. Ik heb me er uitgebreid in verdiept en ik heb de ideale hond voor ons gevonden,' zei Cameron. Hij trok er een zelfvoldaan gezicht bij, en in gedachten telde ik de dagen tot ons gezamenlijke huurcontract afliep. Honderdzeventig. Ik probeerde me wel eens te herinneren wat we aanvankelijk in elkaar hadden gezien, wat er tussen ons was geweest voordat onze relatie werd gekenmerkt door vijandigheid, maar ik kon niets bedenken. Hij was nooit de snuggerste geweest, iets wat al die privé-scholen wel konden verbloemen, maar niet verhelpen. Zijn studentikoze, ballerige houding, in combinatie met mijn baan bij de bank, maakte mijn ouders wel érg duidelijk dat ik mijn leven niet aan Greenpeace zou wijden. Hij was onmiskenbaar aantrekkelijk, het type frisse jongen uit een catalogus van Abercrombie, en hij wist zijn charmes uitstekend aan te wenden wanneer hij iets nodig had, maar ik herinner me vooral dat het lekker makkelijk was: we hadden dezelfde vrienden, waren allebei kettingrokers en dol op klagen, en we hadden bijna dezelfde zalmkleurige broek in de kast hangen. Zou er een goed damesromannetje geschreven kunnen worden dat gebaseerd was op mijn relatie met Cameron? Nee, ik denk niet dat dat zou lukken. Maar hij bood wel een bepaalde, niet opzienbarende, vage vorm van kameraadschap, en in die maffe jaren vlak na mijn studententijd leek dat precies te zijn wat ik zocht.

'Ik twijfel er niet aan dat het een heel bijzondere hond is, Cameron,' zei ik, heel langzaam alsof hij een kleuter was. 'Het probleem is alleen dat ik al-ler-gisch ben voor hon-den. Alle honden. Dat zinnetje begrijp je toch wel, hè?' Ik glimlachte er poeslief bij.

Hij grinnikte, niet onder de indruk van mijn allerbeste vals-neerbuigende toon. Indrukwekkend. Het was dus menens. 'Ik heb een paar mensen gebeld en het een en ander uitgezocht, en ik heb – tromgeroffel, graag! – een hypoallergenische hond gevonden! Kun je dat woord uitspreken, hypoallergenisch? Zeg mij maar na, B, hypo...'

'Je hebt een hypoallergenische hónd gevonden? Worden die beesten daar speciaal op gefokt? Het laatste waar ik op zit te wachten is een genetisch gemanipuleerd huisdier dat er hoogstwaarschijnlijk voor zorgt dat ik binnen de kortste keren in het ziekenhuis beland. Dit kun je niet menen.'

'B, begrijp je het dan niet? Het is ideaal. De fokker heeft me verzekerd dat yorkshireterriërs echt háár hebben en geen vacht, dus je kunt er niet allergisch voor zijn. Zelfs jij niet. Ik heb afgesproken dat we er zaterdag een gaan uitzoeken. Het is in Darien, vlak bij mijn kantoor, en ze hebben beloofd minstens één mannetje en één vrouwtje apart te houden, zodat we nog kunnen kiezen.'

'Ik moet werken,' zei ik lusteloos, me er meteen van bewust dat deze relatie nog sneller bergafwaarts zou gaan als we er een verantwoordelijkheid aan toevoegden. Ons probleem was juist dat we te veel verantwoordelijkheden hadden en te weinig tijd. Misschien konden we er maar beter meteen mee stoppen, dan zouden we onszelf een heleboel ellende besparen. Maar het is heel moeilijk om in december woonruimte te vinden en ons appartement was zo mooi – veel mooier dan wat ieder van ons in zijn eentje zou kunnen betalen en ach, beter een hondje dan een baby... 'Goed, dat is dan afgesproken. Zaterdag. Ik werk wel een keer op zondag, zodat we ons hypoallergenische hondje kunnen gaan uitkiezen.'

Hij sloeg zijn armen om me heen en vertelde me zijn plannen om een auto te huren en misschien nog wat antiekwinkeltjes af te struinen (en dat voor de man die had gevochten als een leeuw om zijn zitzak te mogen houden toen we gingen samenwonen). Ik vroeg me af of dat gemuteerde hondje toch niet heel, heel misschien de oplossing voor onze problemen zou kunnen zijn.

Niet dus.

In de verste verte niet.

Nee, dat is misleidend. Het hondje loste niets op (wat een verrassing), maar in één opzicht had Cameron gelijk gehad: Millington bleek inderdaad hypoallergenisch te zijn. Ik kon haar vasthouden, knuffelen en haar donzige snorretje tegen mijn gezicht drukken zonder zelfs maar een klein beetje jeuk te krijgen. Het probleem was alleen dat de hond zélf overal allergisch voor was. Echt voor álles. Haar schattige puppyniesjes hadden nog heel snoezig geleken toen ze tussen de rest van het nestje in de keuken van de fokker lag. Het was helemaal niet verontrustend, het was juist ontzettend lief. Het enige vrouwtjeshondje was een tikkeltje verkouden, en wij zouden haar weer helemaal beter maken. Alleen ging de verkoudheid niet over en hield de kleine Millington niet op met niezen. Na drie weken non-stop verzorging – zelfs Cameron deed een duit in het zakje, dat moet ik hem nageven – ging het nog geen haar beter met onze kleine haarbal, zelfs niet nadat we bijna 1200 dollar hadden uitgegeven aan de dierenarts, antibiotica, speciaal voer en twee nachtelijke bezoekjes aan een noodkliniek omdat het gepiep en gesputter wel érg alarmerend had geklonken. We moesten vrij nemen van ons werk, we schreeuwden tegen elkaar en het kostte nog bakken met geld ook; alle onkosten waren maar net op te brengen van onze beide salarissen. De uiteindelijke hondendiagnose luidde als volgt: 'Uitermate gevoelig voor vrijwel alle dagelijks voorkomende allergenen, waaronder – maar niet beperkt tot – stof, zand, pollen, schoonmaakmiddelen, wasmiddel, kleur- en geurstoffen en het haar van andere dieren.'

De ironie ontging me niet: ik, de meest allergische persoon op aarde, had het voor elkaar gekregen een hond te vinden die overal allergisch voor was. Ik had er misschien om kunnen lachen als Cameron, Millington of ik in een periode van drie weken één keer langer dan vier uur achter elkaar had kunnen slapen, maar dat was niet gelukt, dus werd er niet gelachen. Wat zouden de meeste mensen doen in zo'n geval? Ik weet nog dat ik me dat afvroeg toen ik de eerste nacht van de vierde slapeloze week wakker lag. Natuurlijk, een weldenkend stel met een gezonde relatie zou de hond linea recta terugbrengen naar de fokker en een lange vakantie nemen naar een warm land, waar ze samen om het hele verhaal zouden lachen. Het zou een dierbare herinnering worden, een grappige anekdote om te vertellen op feestjes. Maar wat deed ik? Ik nam een professioneel schoonmaakbedrijf in de arm om elk haartje, elk stofje en elk vuiltje uit mijn huis te laten verwijderen zodat de hond vrij kon ademen, en ik verzocht Cameron om voorgoed te vertrekken. Dat deed hij. Penelope vertelde me een halfjaar later – iets te enthousiast, als je het mij vroeg – dat hij zich had verloofd met zijn nieuwe vriendin, in kilt op een golfbaan in Schotland. Ze verhuisden naar Florida, waar zijn familie een eilandje bezat. Dat maakte maar weer eens duidelijk dat alles precies verliep zoals het hoorde te verlopen. En nu, twee jaar later, was de hond gewend geraakt aan de geur van mijn wasmiddel, proostte Cameron op het vaderschap – volgens familietraditie met een stevige gin-tonic – en had ik iemand die iedere avond zo blij was om me te zien dat ze ervan moest plassen. Iedereen gelukkig.

Toen Millington eindelijk was gestopt met niezen, viel ze in een soort coma naast me neer, haar lijfje tegen de zijkant van mijn been gedrukt, ritmisch ademhalend op de maat van de televisie, die ik altijd had aanstaan als achtergrondgeluid. Na *Newlyweds* stuitte ik op een marathonuitzending van *Queer Eye*. Carson pakte met een soort saladetang kledingstukken uit de kast van een hetero en noemde ze 'geen gezicht 1987'. Ik besefte dat het team waarschijnlijk met evenveel afschuw op míjn kledingkast zou reageren; van mij als vrouw werd natuurlijk toch iets meer verwacht dan een paar confectiepakjes van Ann Taylor en de hopeloos verouderde spijkerbroeken en katoenen truitjes die ik als mijn 'uitgaanskleding' beschouwde. Ach, pech gehad.

Even over elven ging de telefoon. Ik wachtte tot het nummer van de beller in het display verscheen. Oom Will. Opnemen of niet? Hij belde altijd op de gekste tijden wanneer hij een deadline had, maar ik was te uitgeput van mijn dag nietsdoen om hem te woord te staan. Ik staarde nog even naar de hoorn, te lamlendig om een besluit te nemen, maar het antwoordapparaat was al ingeschakeld.

'Kom op, Bette, neem verdorie eens op,' zei Will. 'Ik vind dat zo'n belediging, die nummermelders. Heb dan op zijn minst het *savoir-faire* om me halverwege het gesprek af te wimpelen. Iedereen kan op zo'n computerschermpje kijken en besluiten om niet op te nemen, maar het is pas echt indrukwekkend als je jezelf live van een beller weet te ontdoen.' Hij zuchtte. Ik lachte.

'Sorry, sorry, ik stond onder de douche,' loog ik.

'Tuurlijk, schat. Jij stond om elf uur 's avonds onder de douche. Zeker om je voor te bereiden op een avondje stappen, hè?' vroeg hij plagend.

'Zou dat zo gek zijn? Ik ben laatst nog uit geweest, hoor. Naar het feest van Penelope. In Bungalow 8, weet je nog? Als enige persoon van het westelijk halfrond die niet wist waar dat was. Gaat er al een belletje rinkelen?' Ik nam nog een hap van mijn Slim Jim, de gedroogde worstjes die ik verslond sinds ik zeventien jaar eerder had ontdekt dat ik mijn veganistische ouders er gek mee kon maken.

'Bette, dat is al zo lang geleden dat ik het nog maar amper weet,' zei oom Will peinzend. 'Luister eens, lieverd, deze keer bel ik niet om je achter je vodden te zitten, al zie ik geen enkele reden waarom een aantrekkelijk meisje zoals jij op donderdagavond om elf uur thuis vieze worstjes zou moeten eten en tegen een hondje van drie kilo zou moeten praten, maar daar gaat het nu niet om. Ik kreeg namelijk ineens een geweldig idee. Heb je even?'

We lachten allebei schamper. Het was duidelijk dat ik meer dan 'even' had. 'Je zit er helemaal naast, meneer de beroemde columnist. Ik praat tegen een hond van twéé kilo.'

'Ha ha. Luister nou even. Ik snap niet dat ik er niet eerder op gekomen ben, ontzettend stom van me dat ik het niet heb ingezien, maar wat vond je eigenlijk van Kelly?'

'Kelly? Wie is Kelly?'

'De vrouw die naast je zat bij het etentje van Charlie een paar weken geleden. Nou?'

'Ik weet niet, ze leek me heel aardig. Hoezo?'

'Hoezo? Lieverd, je bent de laatste tijd echt hersendood. Wat zou je ervan zeggen om voor Kelly te wérken?'

'Hè? Wie werkt er voor Kelly? Ik snap er niks van.'

'Oké Bette, even heel langzaam. Aangezien jij momenteel geen werk hebt en ik de indruk krijg dat je daar een tikkeltje te veel van geniet, zat ik te denken dat je misschien voor Kelly zou willen werken.'

'Feesten organiseren?'

'Lieverd, ze doet veel meer dan alleen feesten organiseren. Ze praat veel met clubeigenaren en wisselt roddels over de cliënten van anderen uit met columnisten, zodat ze positief schrijven over haar eigen klanten, en ze stuurt beroemdheden cadeautjes om ze over te halen haar evenementen bij te wonen, zodat er veel pers op afkomt – en intussen maakt ze zich elke avond mooi om op stap te gaan. Ja, hoe langer ik erover nadenk, hoe geschikter het me voor je lijkt. Wat zeg je ervan?'

'Ik weet het niet,' zei ik. 'Eigenlijk lijkt het me wel een goed idee om eens iets anders te doen, iets... eh...'

'Zinvols?' zei hij, op dezelfde toon waarop iemand anders 'moordzuchtig' zou zeggen.

'Eigenlijk wel, ja. Ik bedoel, niet zoals papa en mama,' mompelde ik. 'Maar ik heb morgen een afspraak op het hoofdkantoor van het Bureau voor Gezinsplanning. Gewoon eens wat anders, snap je?'

Hij zweeg even, en ik wist dat hij zijn woorden zorgvuldig afwoog. 'Lieverd, dat klinkt natuurlijk prachtig. Het is heel lief dat je iets goeds voor de wereld wilt doen. Maar ik moet je er toch echt op wijzen dat wanneer je je carrière die kant op stuurt, je het risico loopt om weer in de patchoelibende te belanden. En je weet nog wel hoe dat was, hè?'

Ik zuchtte. 'Ja, ja, ik weet het. Maar dit leek me wel interessant.'

'Ik kan natuurlijk niet gaan beweren dat het organiseren van feesten net zo interessant is als de strijd voor verstandige voortplanting, maar het is verdorie wel een stuk leuker. En daar is niets mis mee, lieverd. Het bedrijf van Kelly bestaat nog maar kort, maar het is nu al een van de beste: klein, met een indrukwekkend klantenbestand. Het is een uitgelezen plek om allerlei heerlijk oppervlakkige mensen te leren kennen die alleen maar met zichzelf bezig zijn, en om te maken dat je wegkomt uit dat hol waarin je jezelf de laatste tijd hebt opgesloten. Heb je interesse?'

'Ik weet het niet. Mag ik erover nadenken?'

'Natuurlijk, lieverd. Ik geef je een halfuur voor het afwegen van de voors en tegens van een baan waarin je je brood verdient met feesten. Ik reken erop dat je de juiste beslissing zult nemen.' Hij verbrak de verbinding voordat ik iets terug kon zeggen.

Ik ging die avond laat naar de bed, en de dag erna schoof ik de beslissing voortdurend voor me uit. Ik speelde met de hondjes bij de dierenwinkel op de hoek, maakte een pitstop bij Dylans Candy Bar en zette alle zichtbare pocketboeken in mijn flat op alfabet. Toegegeven, ik was best benieuwd naar die baan. Ergens trok het me wel, de kans om nieuwe mensen te leren kennen en niet de hele dag achter een bureau te hoeven zitten. Na jarenlang bankieren had ik een talent ontwikkeld voor details, en dankzij tientallen jaren in Wills sociale omgeving kon ik met zo'n beetje iedereen praten over elk onderwerp – en nog geïnteresseerd overkomen ook, zelfs wanneer ik vanbinnen jankte van verveling. Ik mocht me dan altijd een beetje onhandig voelen, niet helemaal op mijn plaats, maar ik kon ondanks alles mijn mond laten bewegen, en daar kwam je een heel eind mee wanneer je anderen probeerde te overtuigen van je sociale vaardigheden. En natuurlijk leek het organiseren van feesten me een stuk minder verschrikkelijk dan nog meer cv's uitprinten en om sollicitatiegesprekken smeken. Dat alles bij elkaar, gecombineerd met het feit dat het einde van mijn banksaldo in zicht was, maakte dat een baan in de pr me als muziek in de oren klonk.

Ik belde Will.

'Goed. Ik zal Kelly een brief sturen en haar om meer informatie vragen. Mag ik haar e-mailadres?'

Will snoof. 'Haar wat?' Hij weigerde om zelfs maar een antwoordapparaat te kopen, dus een computer was helemáál uit den boze. Hij schreef nog al zijn columns op een rammelende oude typemachine en liet ze door een assistente invoeren in Word. Wanneer hij de tekst moest redigeren, las hij over de schouder van de assistente mee en wees op het computerscherm aan wat er moest worden gewist of toegevoegd.

'Dat is een speciaal computeradres waarnaar ik haar een elektronisch bericht kan sturen,' zei ik heel langzaam, alsof hij niet helemaal goed bij zijn hoofd was.

'Je bent een schatje, Bette. Heel grappig. Maar waar heb je haar e-mailadres voor nodig? Ik laat haar wel bellen, dan kunnen jullie een datum prikken.'

'Loop je nu niet een beetje op de zaken vooruit, Will? Misschien is het beter om haar eerst mijn cv te sturen, en als ze het wat vindt, kijken we wel verder. Zo gaat dat namelijk normaal gesproken.'

'Ja, dat heb ik gehoord.' Hij klonk nu een stuk minder geïnteresseerd. 'Tijdverspilling. Je bent geknipt voor die baan, met de vaardigheden die je bij de bank hebt geleerd: je bent detailgericht, een Pietje Precies en gewend aan deadlines. Ik weet dat Kelly een fantastisch mens is, want ze is mijn assistente geweest. Ik bel haar wel even om te zeggen dat ze heel blij met je moet zijn. Maak je maar geen zorgen, lieverd.'

'Ik wist helemaal niet dat ze jouw assistente is geweest!' zei ik, terwijl ik in gedachten uitrekende hoe oud Kelly moest zijn.

'Klopt. Ze kwam net van school. Ik heb haar aangenomen om haar vader een plezier te doen. Dat is het beste wat ik ooit heb gedaan; ze was slim en gemotiveerd en dankzij haar ben ik minder slordig geworden. In ruil daarvoor heb ik haar het vak geleerd. Ze heeft nog een tijdje bij *People* gewerkt en toen is ze de pr in gegaan. Ze wil je vast graag in haar team hebben.'

'Oké,' zei ik met een flinke aarzeling. 'Als jij denkt dat ze me wil hebben...'

'Ik weet het zeker, lieverd. Reken er maar vast op. Ik zal vragen of ze je wil bellen om de details met je door te nemen, maar ik verwacht geen problemen. Zolang je maar iets aan die garderobe van je doet – geen mantelpakjes en niets wat daar op lijkt – dan komt het vanzelf goed.'

6

Kelly stond me persoonlijk op te wachten toen ik op mijn eerste werkdag stipt om negen uur volgens afspraak de lobby in kwam. Ze omhelsde me als een verloren gewaande vriendin.

'Bette, kind, wat ben ik blij dat je voor ons komt werken!' jubelde ze, waarna ze een snelle blik op mijn outfit wierp. Heel even gleed er een verschrikte uitdrukking over haar gezicht – geen echte paniek, eerder medelijden – maar toen glimlachte ze breed en nam me bij de hand mee naar de lift.

Ik was gelukkig wel zo verstandig geweest om geen compleet broekpak aan te trekken, maar pas toen ik de kleding van alle anderen zag, besefte ik dat ik het behoorlijk verkeerd had ingeschat. Blijkbaar was mijn interpretatie van 'casual zakelijk' (antracietgrijze broek met omslag, lichtblauwe blouse en eenvoudige platte schoenen) een tikkeltje anders dan die van de rest van het personeel bij

Kelly & Company. Het kantoor had de sfeer van een loft: een enorme open ruimte met ramen van de vloer tot aan het plafond die helemaal uitkeken op Wall Street, en aan de westkant tot aan New Jersey. Aan een grote ronde tafel zaten zeven mensen die stuk voor stuk, zonder uitzondering, akelig mooi waren en allemaal in het zwart gestoken waren. Het meest ondervoede meisje van allemaal riep naar Kelly: 'Page Six op lijn twee voor een reactie op die huwelijksreportage,' en Kelly wees me een stoel en deed intussen een piepklein soort oortelefoontje in. Vrijwel meteen begroette ze giechelend en met veel complimentjes een beller terwijl ze langs de ramen aan de zuidkant ijsbeerde. Ik ging naast het broodmagere meisje zitten, maar toen ik me omdraaide om me aan haar voor te stellen, keek ik tegen haar opgestoken vinger aan; een duidelijk teken dat ik even moest wachten. Toen pas zag ik dat iedereen aan tafel druk en enthousiast zat te praten, maar zo te zien niet met elkáár. Vrij snel werd me duidelijk dat ze allemaal van die dopjes in hun oren hadden. Het zou nog een paar weken duren voordat ik me compleet naakt voelde wanneer ik niet voortdurend zo'n zelfde ding tegen de zijkant van mijn gezicht had, maar nu vond ik het alleen maar een erg vreemde situatie. Het meisje knikte een paar keer ernstig en keek in mijn richting terwijl ze iets onverstaanbaars mompelde. Ik wendde beleefd mijn blik af en wachtte tot er iemand zou ophangen en me begroeten.

'Hallo? Hallo? Wat was je naam, zei je?' hoorde ik haar zeggen toen ik de rest van de groep bekeek. Hun belangrijkste gemeenschappelijke eigenschap was dat bijna verontrustend knappe uiterlijk. Ik zat daar maar een beetje te staren toen er op mijn schouder werd getikt.

'Hé,' zei het magere meisje. 'Hoe heet je, vroeg ik.'

'Ik?' vroeg ik dom, in de veronderstelling dat ze nog steeds aan het telefoneren was.

Ze lachte. Niet vriendelijk. 'Van wie zou ik hier nog meer de naam niet weten, denk je? Ik ben Elisa.' De hand die ze me gaf was ijskoud en broodmager. Ik zag een ring met diamant die los om de uitgemergelde middelvinger van haar rechterhand bungelde, duidelijk een paar maten te groot. Toen pas kwam het bij me op om antwoord te geven.

'O, hallo. Ik ben Bette, Bette Robinson. Dit is mijn eerste dag hier.'

'Ja, dat heb ik gehoord. Nou, welkom. Kelly zit voorlopig nog wel even aan de telefoon, dus zal ik je maar voorstellen?' Ze draaide haar roodblonde krullen in een rommelig knotje en zette het vast met een grote klem. Er vielen een paar plukjes uit, die ze achter haar oor deed. Ze voelde er even aan om zich ervan te verzekeren dat er een paar lokjes uit de clip piepten; het coole, nonchalante effect dat ik altijd tevergeefs probeerde te bereiken. Vervolgens zette ze een enorme zwarte plastic zonnebril boven op haar hoofd om de boel in toom te houden. Ik zag aan de glittertjes in de vorm van twee elkaar doorsnijdende C's dat het een Chanel-bril was. Ze was chic zonder er moeite voor te doen, en ik had uren naar haar kunnen kijken.

Elisa liep naar de andere kant van de tafel en knipperde drie keer heel snel met het licht. Onmiddellijk zeiden alle stemmen in koor in hun microfoontjes dat er een belangrijk wisselgesprek binnenkwam en dat ze dadelijk terug zouden bellen. Zes gemanicuurde handen gingen vrijwel gelijktijdig naar zes oren om een knopje om te zetten, en binnen een paar tellen had Elisa zonder één woord te zeggen de volledige aandacht van alle aanwezigen.

'Mensen, dit is Bette Robinson. Ze zal voornamelijk samenwerken met Leo en mij, dus probeer het haar niet al te moeilijk te maken, oké?'

Iedereen knikte.

'Hallo,' piepte ik tegen niemand in het bijzonder.

'Dat is Skye,' begon Elisa, wijzend op een schichtig meisje in een donkerblauwe spijkerbroek, een strak zwart T-shirt met lange mouwen, een vijf centimeter brede riem met een enorme gesp vol steentjes en glitters en het schitterendste paar oude cowboylaarzen dat ik ooit had gezien. Ze was zo knap dat ze het superkorte jongensachtige kapsel goed kon hebben; het accentueerde haar vrouwelijke rondingen alleen maar. Ook nu weer had ik het liefst een hele tijd willen staren, maar ik wist op tijd een begroeting uit te brengen, die door Skye werd beantwoord met een geheimzinnig lachje. 'Skye werkt momenteel aan een opdracht voor Kooba-tassen,' zei Elisa, en ze ging verder met de volgende persoon. 'Dat is Leo, het enige andere teamhoofd, behalve ik. En nu jij dus,' voegde ze eraan toe, op een toon die ik niet goed kon thuisbrengen.

'Hallo schat, leuk dat je er bent,' zei Leo, en hij stond op uit zijn stoel om me op mijn wang te zoenen. 'Altijd fijn, een nieuwe, aantrekkelijke collega.' Tegen Elisa zei hij: 'Sorry schat, ik moet gaan. Ik heb een lunch met die jongen van Diesel. Geef je het even door aan Kelly?' Ze knikte terwijl hij een grote koerierstas over zijn schouder slingerde en naar de deur beende.

'Davide, zeg eens hallo tegen Bette,' instrueerde Elisa de enige man die aan de rechterkant van de tafel zat. Davide keek me met zijn donkere ogen broeierig aan vanonder een paar lange wimpers en een dikke donkere lok. Hij haalde zijn vingers door zijn lok en staarde naar me. Na een ongemakkelijke stilte zei hij 'Allo', met een accent waar ik onmiddellijk mijn twijfels bij had.

'Hallo, Davide,' zei ik. 'Waar kom jij vandaan, dat je zo'n mooi accent hebt?'

'Uit Italië natuurlijk,' antwoordde Elisa snel. 'Kun je dat niet horen?'

Ik stelde ter plekke vast dat er iets was tussen Elisa en Davide – dat hing overduidelijk in de lucht, en ik feliciteerde mezelf met mijn opmerkingsgave. Maar op het moment dat ik dat dacht kroop Elisa bij Davide op schoot, sloeg als een klein meisje dat bij haar pappie zit haar armen om zijn hals en kuste hem allesbehalve kinderachtig vol op de mond.

'Alsjeblieft, Elisa, bespaar ons deze aanblik,' kreunde Skye, en ze rolde met haar ogen. 'Het is al erg genoeg dat we ons moeten vóórstellen hoe jullie het in je eigen tijd met elkaar doen, dus ga die schrikbeelden nu niet in de praktijk brengen, oké?'

Hmm, ik was dus niet de enige met het talent om dit soort dingen aan te voelen. Elisa stond zuchtend op, maar niet voordat Davide een kneepje in haar linkerborst had gegeven. Ik probeerde me voor te stellen dat twee collega's bij de bank zich zo gedragen zouden hebben in de vergaderkamer, en ik begon bijna hardop te lachen.

'Dus,' ging Elisa verder alsof de kantoorhandtastelijkheden niet hadden plaatsgevonden, 'Skye, Leo en Davide zijn teamhoofd. Die drie daar,' – ze wees op drie knappe meisje, twee met blond en een met bruin haar, die over hun iBook-laptop gebogen zaten – 'zijn de Lijstmeisjes. Het is hun taak om ervoor te zorgen dat we over iedereen alle informatie hebben die we ooit nodig zouden kunnen hebben. Je kent de uitspraak toch wel dat er slechts een paar mensen op de wereld de moeite waard zijn om te kennen? Nou, zij kennen ze!'

'Hm-hm,' mompelde ik, al had ik geen flauw idee wat ze bedoelde. 'Ja, precies.'

Drie uur later had ik het gevoel alsof ik daar al drie maanden werkte. Ik zat bij een vergadering waar iedereen nonchalant over de ruimte verspreid met een flesje cola light of Fiji-water in de hand een feest besprak dat ze aan het organiseren waren ter ere van het nieuwe boek van Candace Bushnell. Skye nam een checklist door en liet zich door verschillende mensen op de hoogte brengen van de laatste ontwikkelingen met betrekking tot de afgehuurde ruimte, de uitnodigingen, het menu, sponsors, de fotografen die werden verwacht en de toegangskaarten voor de pers. Toen ze klaar was, maande Kelly de aanwezigen tot stilte en liet ze het hoofd van de Lijstmeisjes de meest recente lijst van bevestigde aanwezigen voorlezen alsof het de woorden van God zelf waren. Iedere naam leidde tot een knikje, een zucht, een glimlach, gemompel, hoofdschudden of een geërgerde blik, al waren er maar een paar mensen bij die ik kende. Nicole Richie, Karenna Gore Schiff, Christina Ricci, Giselle Bundchen, Kate en Andy Spade, Brett Easton Ellis, Rande Gerber en alle acteurs, actrices en medewerkers van *Sex and the City*. Knik, zucht, glimlach, hoofdschudden, rollende ogen. Het ging bijna een uur zo door, en toen de plus- en minpunten van iedereen op de lijst waren besproken – alles wat iets zou toevoegen aan het feest en daarmee voor extra aandacht in de pers zou zorgen, of in het slechtste geval juist níét – was ik nog erger uitgeput dan ik na een lang telefoongesprek met mevrouw Whitman bij de bank zou zijn geweest. Toen Elisa me om vier uur vroeg of ik met haar koffie ging drinken, wist ik niet hoe snel ik ja moest zeggen.

We rookten onderweg een sigaret, en ineens werd ik overspoeld door het verlangen om samen met Penelope op het bankje bij mijn oude werkgever een portie falafel te eten. Elisa bracht me op de hoogte van het reilen en zeilen op kantoor: wie het voor het zeggen had (zij) en wie zou willen dat hij het voor het zeggen had (alle anderen). Ik deed een beroep op mijn nuttige kan-met-iedereen-over-elk-onderwerp-praten vaardigheid en stelde op het juiste moment vragen om haar aan het woord te houden zonder dat ik ook maar iets meekreeg van haar antwoorden. Pas toen we met onze koffie – voor Elisa decafé, zwart – aan een tafeltje zaten, hoorde ik voor het eerst iets van wat ze zei.

'Mijn god, moet je dáár kijken,' fluisterde ze.

Ik volgde haar blik naar een lange, slungelige vrouw in een onopvallende spijkerbroek en een doorsnee zwarte blazer. Ze had een beetje vaal, bruinig haar en een middelmatig figuur; alles aan haar schreeuwde 'in elk opzicht doodgewoon'. Toch moest ze wel een of andere beroemdheid zijn, anders zou Elisa niet zo opgewonden reageren. Maar ze kwam me totaal niet bekend voor.

'Wat? Wie is dat?' vroeg ik, en ik boog me samenzweerderig naar Elisa toe. Het interesseerde me niet zo veel, maar dit leek me een gepaste reactie.

'Niet "wie", "wat",' fluisterde Elisa bijna schrééuwend. Ze kon haar ogen niet van de onopvallende vrouw afhouden.

'Wat?' Ik begreep er nog steeds niets van.

'Wat nou "wat"? Dat méén je niet!' Zie je hem dan niet? Heb je een bril nodig?' Ik dacht dat ze me voor de gek hield, maar ze haalde echt een bril uit haar enorme tas. 'Hier, zet op en kíjk.'

Ik bleef maar staren en had geen idee waar ze op doelde, totdat Elisa zich nog dichter naar me toe boog en zei: 'Haar handtas. Kijk dan, die tas. Je gaat me toch niet vertellen dat je ooit zoiets bloedmoois hebt gezien?'

Mijn blik ging naar de grote leren tas die de vrouw met haar elleboog tegen zich aan klemde terwijl ze haar koffie bestelde. Toen ze moest afrekenen zette ze hem op de toonbank, rommelde erin en pakte haar portemonnee eruit voordat ze hem weer onder haar arm klemde. Elisa zuchtte hoorbaar. In mijn ogen was het een doodgewone tas, alleen vrij groot.

'Mijn god, ik word gek. O, wat mooi. De Birkin in krokodillenleer. Het zeldzaamst van allemaal.'

'Hè?' vroeg ik. Heel even overwoog ik om te doen alsof ik wist waar ze het over had, maar dat was me op dat uur van de dag een te grote inspanning.

Ze tuurde naar me en bestudeerde mijn gezicht alsof ze zich nu pas herinnerde dat ik er ook nog was. 'Je weet het echt niet, hè?'

Ik schudde mijn hoofd.

Ze haalde diep adem, nam ter versterking een slok koffie en legde een hand op mijn onderarm alsof ze wilde zeggen: 'Luister goed, ik ga je de enige informatie geven die je ooit nodig zult hebben.' Toen zei ze: 'Hermès, daar heb je toch wel eens van gehoord?'

Toen ik knikte, was de opluchting van haar gezicht te lezen. 'Ja, daar draagt mijn oom altijd sjaaltjes van.'

'Precies. Nou, nog veel belangrijker dan hun sjaaltjes zijn hun tassen. De eerste enorme hit was de Kelly-bag, die vernoemd is naar Grace Kelly toen zij er vaak mee werd gezien. Maar de echte topper, met wel duizend keer meer aanzien, is de Birkin.'

Ze keek me verwachtingsvol aan en ik mompelde: 'Hmm, heel mooi. Een prachtige tas.'

Elisa zuchtte. 'Dat kun je wel zeggen, ja. Dat exemplaar daar kost waarschijnlijk meer dan twintigduizend dollar. Maar hij is het dubbel en dwars waard.'

Ik ademde zo snel heel diep in dat ik me verslikte. 'Hoeveel? Dat meen je niet! Voor een tás!'

'Het is niet zomaar een tas, Bette, het is een manier van leven. Ik zou dat geld er meteen voor neertellen als ik de kans kreeg.'

'Ik kan me anders niet voorstellen dat er mensen in de rij staan om zo veel geld aan een tas te besteden,' zei ik. En ik moet er ter verdediging aan toevoegen dat het me op dat moment een volkomen redelijke opmerking leek. Hoe kon ik weten dat het belachelijk dom klonk? Gelukkig was Elisa bereid me daarop te wijzen.

'Jezus, Bette, jij weet echt niet veel, hè? Ik had niet gedacht dat er nog iemand op deze planeet rondliep die niet op de wachtlijst staat voor een Birkin. Als je je nu zo snel mogelijk op de lijst laat zetten, heb je een klein kansje dat je je dochter er later een kunt geven.'

'Mijn dochter? Een tas van twintigduizend dollar? Dat meen je niet.'

Op dat punt zakte Elisa van pure frustratie in elkaar en legde ze haar hoofd moedeloos op tafel. 'Nee, nee, nee,' kreunde ze, alsof ze verging van de pijn. 'Je begrijpt het niet. Het is niet zomaar een tas, het is een lifestyle. Een statement. Het maakt duidelijk wat voor persoon je bent. Zo'n tas is iets om voor te leven!'

Ik lachte om haar melodramatische uitspraak. Ze ging weer met een ruk rechtop zitten.

'Ik heb een vriendin die vreselijk depressief was toen haar lievelingsoma net was gestorven en haar vriend het na drie jaar uitmaakte. Ze at niet, sliep niet en kwam haar bed niet meer uit. Omdat ze niet naar haar werk ging, werd ze ontslagen. Enorme wallen onder haar ogen. Wilde niemand zien. Nam de telefoon niet op. Toen ik na een paar maanden bij haar langsging, vertrouwde ze me toe dat ze aan zelfmoord dacht.'

'Wat verschrikkelijk,' mompelde ik, terwijl ik mijn best deed haar snelle omschakeling naar een ander onderwerp bij te benen.

'Ja, het was inderdaad verschrikkelijk. Maar weet je wat haar erdoorheen heeft gesleept? Op weg naar haar appartement was ik even bij de Hermès-winkel langsgegaan. Even informeren... voor de zekerheid. En wat denk je? Ik kon haar vertellen dat ze nog maar anderhalf jaar hoefde te wachten op haar Birkin. Ongelooflijk, hè? Anderhalf jaar!'

'Wat zei ze?' vroeg ik.

'Ja, wat denk je? Ze was dolgelukkig! De laatste keer dat ze had geïnformeerd had ze nog op vijf jaar gestaan, maar ze hadden bij Hermès een hoop nieuwe vakmensen opgeleid, waardoor de naam van mijn vriendin omhooggeschoven was naar anderhalf jaar. Toen ze het hoorde, is ze meteen gaan douchen en stemde ze in om met me te gaan lunchen. Dat is nu een halfjaar geleden. Ze heeft inmiddels haar baan terug en heeft een nieuwe vriend. Snap je het nou? De Birkin heeft haar een reden gegeven om voor te leven. Je kunt onmogelijk zelfmoord plegen als je er zo dichtbij bent. Dat dóé je gewoon niet.'

Nu was het mijn beurt om te kijken of ze me voor de gek hield, maar nee. Sterker nog, ze straalde helemaal door het verhaal dat ze me had verteld, alsof het haar er ook toe had aangezet voortaan alles uit het leven te halen. Ik bedankte haar voor de waardevolle informatie over de Birkin en vroeg me af waar ik terechtgekomen was. Dit was heel wat anders dan het bankwezen – en ik moest duidelijk nog een hoop leren.

7

Het was halfacht 's avonds, op mijn vierde dag als *party planner* bij Kelly & Company. Tegen de tijd dat ik uit mijn werk kwam had de kiosk bij mij in de straat nog maar één *New York Daily News*. Sinds ik het alfabet had geleerd had ik vrijwel iedere week 'Will of the People' gelezen, maar op de een of andere manier was het er nooit van gekomen een abonnement te nemen op een van de bladen waarin de column verscheen. Natuurlijk had ik niet tegen Will gezegd dat zijn column langzaam was veranderd van een overzicht van trendy plekken, mensen en dingen in New York in een platform voor zijn hersenschimmen en zijn steeds conservatievere tirades over zo'n beetje iedere sociale 'tragedie' die zijn geliefde stad was overkomen. Maar ik vond het steeds moeilijker om mijn mond te houden.

'Bette! Goede column vandaag, al zeg ik het zelf,' bulderde Seamus, de portier van mijn flatgebouw, halfdronken terwijl hij de deur voor me openhield. 'Die oom van jou slaat telkens weer de spijker op de kop!'

'Is het een goed stuk? Ik heb het nog niet gelezen,' zei ik afwezig. Ik liep door en praatte zo snel mogelijk om geen praatje met Seamus te hoeven maken.

'Goed? Het is fantastisch! Eindelijk een man die zegt waar het op staat. Iemand die plaagstootjes uitdeelt aan Hillary Clinton draag ik een warm hart toe, hoor. Ik dacht dat ik de enige in deze hele stad was die op George W. heeft gestemd, maar je oom heeft me verzekerd dat dat niet het geval is.'

'Hmm, dat zal wel, ja.' Ik liep naar de lift, maar hij was nog niet uitgepraat.

'Denk je dat je oom binnenkort nog eens bij je langs zal komen? Ik zou hem graag persoonlijk vertellen hoe...'

'Dan laat ik het je weten,' riep ik tussen de dichtgaande liftdeuren door, en ik dacht hoofdschuddend terug aan het bezoekje van oom Will en de manier waarop Seamus zich had laten gaan toen hij zijn naam herkende. Wat een vreselijk idee dat Seamus de doelgroep van mijn oom vertegenwoordigde.

Millington kreeg bijna een rolberoerte van vreugde toen ik de deur opendeed, nog enthousiaster dan anders nu ik weer hele dagen werkte. Arme Millington, dat wordt vanavond weer alleen zijn, dacht ik toen ik haar plichtmatig over haar kopje kriebelde en me installeerde om de nieuwste tirade van Will te lezen. Ze besefte kennelijk dat ze vanavond de deur niet meer uit zou gaan en liep op een drafje naar haar speciale plasbak, waarna ze op mijn schoot sprong om mee te lezen.

Net toen ik mijn map vol afhaalmenu's had gepakt, begon mijn mobiele telefoon als een opwindspeeltje over de salontafel te dribbelen. Ik twijfelde of ik zou opnemen. Het was een toestel van mijn werk dat nooit eens rust leek te nemen, net als mijn collega's. Ik was de afgelopen dagen iedere avond op stap geweest, naar feesten die door het bedrijf georganiseerd waren. Kelly had me op sleeptouw genomen naar besprekingen met klanten en ik was erbij geweest toen ze te trage barkeepers ontsloeg, vips begeleidde en perskaarten verdeelde. De uren waren nog slopender dan bij de bank – een lange dag op kantoor, gevolgd door een lange avond uit – maar ik werkte samen met allemaal jonge, mooie mensen en als ik dan toch lange dagen moest maken, hield ik me liever bezig met deejays of champagnecocktails dan met aandelenportefeuilles.

'1 bericht ontvangen,' verscheen er op mijn kleurenschermpje.

Een sms'je? Ik dacht dat alleen tieners en mensen die op een kandidaat van *Idols* wilden stemmen sms'jes verstuurden. Na een korte aarzeling opende ik het bericht.

vnvnd 9u eten? cip dwntn w.broad c u!

Wat kregen we nou? Het was een uitnodiging voor een etentje, maar waar en met wie? Het nummer van de afzender zei me niks. Ik belde het, en er werd onmiddellijk opgenomen door een ademloze vrouwenstem.

'Hé Bette! En, ga je mee?' vroeg ze, waarmee mijn hoop vervloog dat het iemand was geweest die het verkeerde nummer had ingetoetst.

'Eh, hallo. Eh... met wie spreek ik?'

'Bette! Met Elisa natuurlijk! Nou zeg, we hebben de hele week dag en nacht samengewerkt. Vanavond gaan we met z'n allen op stap om te vieren dat dat ellendige feest voor Candace is afgerond. De vaste ploeg, negen uur. Kom je ook?'

Ik had met Penelope afgesproken bij de Black Door omdat ik haar sinds mijn werkloosheidswinterslaap amper had gezien, maar ik kon deze eerste privé-uitnodiging van mijn nieuwe collega's toch moeilijk afslaan.

'Eh ja, lijkt me leuk. Hoe heette dat restaurant, zei je?'

'Downtown Cipriani?' zei ze vragend, vol ongeloof dat ik dat niet uit haar stenoberichtje had kunnen opmaken. 'Daar ben je toch wel eens gewéést?'

'Ja, natuurlijk. Leuke tent. Vind je het goed als ik een vriendin meebreng? Ik had al met haar afgesproken en...'

'Mooi! Tot over een paar uur!' kirde ze, en ze hing op.

Ik klapte mijn telefoontje dicht en deed wat iedere New Yorker automatisch doet bij het horen van de naam van een restaurant: ik pakte de *Zagat*-gids erbij. Eenentwintig punten voor het eten, twintig voor de sfeer en een toch nog respectabele negentien voor de bediening. En het was gelukkig niet zo'n naam van één woord zoals Rocco's of Butter of Lotus – dat leek misschien onbelangrijk, maar het was bijna een garantie voor een waardeloze avond. Tot zover zag het er veelbelovend uit.

'Zien of gezien worden? Dat is nooit de vraag in dit Noord-Italiaanse restaurant in SoHo, waar het bekijken van Eurobabes, *zoenen in de lucht en met je salade spelen veel belangrijker lijken te zijn dan het verrassend goede, "creatieve" eten. New Yorkers zullen zich hier misschien een vreemde voelen in hun eigen stad, maar de punten spreken voor zich.'*

Aha, dus het werd weer een *Eurobabe*-avondje, wat dat ook

75

mocht betekenen. Maar wat veel belangrijker was: wat moest ik aan? Elisa en de anderen droegen op het werk alleen maar zwarte broeken, zwarte rokken en zwarte jurkjes, dus waarschijnlijk zat ik goed als ik me aan die formule hield. Ik belde Penelope bij de bank.

'Hé, met mij. Hoe gaat-ie?'

'Jakkes. Wees blij dat je hier weg bent, bij die slavendrijvers. Heeft Kelly geen mensen meer nodig?'

'Was het maar waar. Luister eens, zou je mijn collega's vanavond willen ontmoeten?'

'Allemaal?'

'Nou nee, alleen het vaste groepje. Ik weet dat we naar de Black Door zouden gaan, maar dat doen we altijd al. Het leek me leuk om met mijn collega's uit eten te gaan.'

'Oké.' Zo te horen was ze te moe om een stap te zetten. 'Avery gaat vanavond met een stel oude schoolvrienden uit en daar heb ik weinig zin in, maar een etentje lijkt me leuk. Waar is het?'

'Bij Downtown Cipriani, ben je daar wel eens geweest?'

'Nee, maar mijn moeder heeft het er altijd over. Ze wil niets liever dan dat ik er een keer ga eten.'

'Is het niet een beetje verontrustend dat jouw moeder en mijn oom alle hippe plekken in de stad kennen terwijl wij er nog nooit van gehoord hebben?'

'Welkom in mijn leven,' zei ze zuchtend. 'Avery is ook zo, hij kent alles en iedereen. Ik vind het te veel gedoe. Veel te vermoeiend om dat allemaal bij te houden. Maar vanavond lijkt me leuk. Mensen die de kost verdienen met feesten geven, die wil ik wel leren kennen. En het eten schijnt er heel goed te zijn.'

'Ik geloof niet dat dat belangrijk is voor mijn collega's. Ik heb deze week veertig uur met Elisa doorgebracht en ik heb haar nog geen hap zien eten. Volgens mij leeft ze op sigaretten en cola light.'

'Het dieet van de snelle meiden. Goed, hoor. Bewonderenswaardig, zo veel toewijding,' zei Penelope met een zucht. 'Ik ga zo naar huis. Zullen we straks samen een taxi nemen?'

'Perfect. Ik pik je op op de hoek van 14th Street en Fifth Avenue, een paar minuten voor negen. Ik bel je wel als ik in de taxi stap,' zei ik.

'Klinkt goed, dan wacht ik buiten op je. Tot straks.'

Mijn garderobe moest zich nog herstellen van vijf ellendige jaren met mantel- en broekpakken in verschillende tinten grijs, donkerblauw en zwart, maar na een aantal pogingen koos ik voor een strakke zwarte broek met een effen zwart truitje. Ik diepte een paar redelijke schoenen met hoge hakken op die ik had gekocht tijdens een rondje shoppen in SoHo en nam de tijd om mijn dikke zwarte haar te föhnen. Dat heb ik van mijn moeder – van dat haar waar anderen altijd jaloers op zijn, tot ze inzien dat het te dik is om in een paardenstaart te dragen en ik minstens een halfuur nodig heb om er wat van te maken. Ik ging zelfs aan de slag met make-up, die ik zo weinig gebruikte dat mijn mascararoller helemaal klonterig was en een paar lippenstiften vastgekoekt waren. Geeft niks! dacht ik, en ik zong uit volle borst mee met 'In the Living Years' van Mike and the Mechanics terwijl ik me opmaakte. Dit was eigenlijk best leuk. En ik moet toegeven dat het eindresultaat de inspanning waard was: mijn *love handles* hingen niet meer over de tailleband van mijn broek, mijn borsten hadden hun omvang uit mijn mollige periode gehouden terwijl de rest van mijn lichaam was gekrompen, en de mascara die ik lukraak op mijn wimpers had gesmeerd zat per ongeluk precies goed, waardoor mijn enigszins saaie grijze ogen een sexy, zwoele blik hadden gekregen.

Penelope stond om tien voor negen al op straat te wachten en we waren keurig op tijd op de plaats van bestemming. Het stikte van de restaurants op West Broadway, en het leek wel of iedereen buiten op het terras zat, buitengewoon goed schoongeboend en akelig gelukkig. Het restaurant dat we zochten was nogal moeilijk te vinden, omdat er geen naambord of iets dergelijks buiten hing. Misschien was dat uit praktische overwegingen: aangezien de meeste hippe restaurants in New York het nog geen halfjaar volhielden, wilden ze waarschijnlijk zo min mogelijk spullen die weer weggehaald moesten worden bij de sluiting. Gelukkig had ik het huisnummer onthouden uit de *Zagat*, en we bekeken de zaak even van een afstandje. Groepjes schaars maar duur geklede vrouwen stonden aan de buitenbar terwijl oudere mannen erop toezagen dat hun glazen nooit leeg raakten, maar Elisa en de anderen van kantoor waren nergens te bekennen.

'Bette! Hier!' riep Elisa, met een drankje in de ene hand en een sigaret in de andere. Ze stond midden tussen de tafeltjes op het terras, verleidelijk tegen een van de stoelen van de Italiaan geleund. Haar ledematen zagen eruit als takken die ieder moment konden breken. 'De anderen zijn allemaal binnen. Wat leuk dat je bent gekomen!'

'Jezus, wat is ze mager,' fluisterde Penelope toen we naar haar toe liepen.

'Hoi.' Ik begroette Elisa met een kus en wilde me al omdraaien naar Penelope om haar voor te stellen, toen ik zag dat Elisa met gesloten ogen en een scheefgehouden gezicht stond te wachten. Ze rekende op de traditionele Europese zoen op twéé wangen, en ik was halverwege afgehaakt. Ik had pasgeleden een overtuigend artikel gelezen in de *Cosmo* waarin de dubbele zoen werd afgedaan als gekunstelde aanstellerij, en ik had een besluit genomen: voor mij geen Europese zoenen meer. Zoals Oprah zegt: 'Iedere vrouw heeft een kans om een heldin te zijn, elke dag van haar leven.' Dit was mijn kans op heldendom. Ik liet haar in de lucht hangen en zei: 'Fijn dat je me hebt uitgenodigd. Ik vind dit zo'n héérlijk restaurant!'

Ze herstelde zich snel. 'O ja, ik ook. Ze hebben nergens zulke lekkere salades als hier. Hallo, ik ben Elisa,' zei ze toen met een uitgestoken hand naar Penelope.

'O, sorry, wat onattent van me,' zei ik snel, en ik besefte hoe idioot mijn opmerking Penelope in de oren moest hebben geklonken. 'Penelope, dit is Elisa. Elisa, dit is Penelope, mijn beste vriendin.'

'Wauw, wat een mooie ring.' Elisa pakte Penelopes linkerhand in plaats van de rechter- en wreef zachtjes over de enorme steen. 'Wat een karaten, verblindend!' Het was nota bene de 'draagbare' driekaraats diamant en ik vroeg me af wat Elisa zou zeggen van Penelopes tweede ring.

'Dank je,' zei Penelope zichtbaar blij. 'Ik ben sinds kort verloofd. We...' Maar voordat ze haar zin kon afmaken, werd Elisa van achteren beetgepakt door Davide. Hij sloeg zijn armen om haar supersmalle taille, voorzichtig om haar niet te breken. Toen boog hij zich naar haar toe en fluisterde iets in haar oor. Ze wierp lachend haar hoofd in haar nek.

'Davide, schatje! Bette ken je, en dit is haar vriendin Penelope.'

We gaven elkaar luchtzoenen naast beide wangen, maar hij hield zijn blik strak op Elisa gericht. 'Onze tafel *ies* klaar,' zei Davide nors met zijn Italiaanse accent, en hij gaf een klapje op haar broodmagere kont en bracht zijn knappe gezicht weer naar haar hals. 'Kom maar binnen als jullie finito zijn.' Er klopte iets niet aan dat accent van Davide. Soms leek het Frans, dan Italiaans en dan weer Frans.

'Ik ben zover,' zong ze opgewekt, en ze gooide haar sigaret onder een tafeltje. 'Zullen we naar binnen gaan?'

We hadden een zespersoonstafel in een hoek achter in de zaak. Elisa maakte me snel duidelijk dat matig coole mensen altijd moeilijk deden omdat ze per se een tafeltje voorin wilden, maar dat de écht coole types juist graag achteraf zaten. Skye, Davide en Leo vormden de rest van het groepje dat de avond ervoor aan de boekpresentatie van Candace Bushnell had gewerkt, en ik was blij dat Elisa de enige was die een partner had meegebracht. Ze zaten allemaal met een drankje druk te discussiëren, volkomen op hun gemak zoals alleen mensen met heel veel zelfvertrouwen dat kunnen zijn. En natuurlijk was er niemand in het zwart gekleed. Skye en Elisa droegen bijna exact hetzelfde korte jurkje, één in fel koraalrood met schitterende zilverkleurige schoenen met hoge hakken eronder, en de ander in perfect zeegroen met bijpassende sandaaltjes, die halverwege de kuit met linten dichtgestrikt waren. Ze trokken zich er kennelijk niets van aan dat het half oktober was, en 's avonds behoorlijk fris. Zelfs de mannen zagen eruit alsof ze vlak voor het eten nog even bij Armani binnengewipt waren. Davide was de enige die zich op het werk altijd formeel kleedde, en hij had vanavond zijn antracietgrijze pak aangehouden. Het was een stuk smaller van snit dan de meeste Amerikaanse mannen zouden dragen en het stond hem schitterend, met zijn lange, goedgebouwde lichaam. Leo was de perfecte combinatie van hip en nonchalant, in een rafelige Seven-jeans, een strak vintage T-shirt met de opdruk: 'Vietnam: we waren aan de winnende hand toen ik vertrok' en de nieuwste oranje Puma's eronder. Ik wilde op de laatste vrije stoel naast Leo plaatsnemen, maar hij stond al geruisloos op, zonder zijn verhaal zelfs maar te onderbreken, kuste me op beide wangen en schoof mijn stoel voor me naar achteren – en deed daarna hetzelfde voor Penelope, die duidelijk net zo haar best deed als ik om te doen alsof dit voor haar een doodgewoon avondje uit was. Toen iedereen zat deelde Leo de menukaarten uit en wenkte de ober om onze drankbestelling op te nemen, zonder dat er ook maar een seconde stilte viel in het gesprek.

Ik pijnigde mijn hersenen om een enigszins cool drankje te bedenken, maar na jarenlang uitsluitend gin-tonic gedronken te hebben met mijn oom kon ik niets verzinnen. Absolut-wodka was tegenwoordig toch helemaal in?

'Eh, doe mij maar een Absolut met grapefruitsap,' mompelde ik toen de ober mij als eerste aankeek.

'Echt?' vroeg Elisa met grote ogen. 'Volgens mij hebben ze hier niet eens Absolut. Zullen we gewoon beginnen met een paar flessen wijn voor de hele tafel?'

'O, prima. Heel goed.' Eén-nul.

'Schaam je niet, hoor. Ik wilde een biertje bestellen,' fluisterde Penelope vanaf de andere kant van de tafel. Ik begon te lachen alsof ik nog nooit zoiets grappigs had gehoord.

Davide stond in krom school-Italiaans de ober te woord, met veel drukke gebaren. Op zeker moment zoende hij zelfs zijn vingertoppen, alsof alleen al de gedáchte aan zijn bestelling onweerstaanbaar was. Elisa en Skye keken vol bewondering toe. Daarna ging Davide, voor de eentalige idioten onder ons, weer over op zijn Engels-met-nepaccent. 'Ik heb om te beginnen drie flessen chianti besteld, als jullie dat goed vinden. En wie wil water mét bubbels en wie zonder?'

Elisa boog zich naar me toe en fluisterde: 'Davide komt uit Sicilië.'

'Je meent het. Wat interessant,' zei ik. 'Wonen zijn ouders daar nog steeds?'

'Nee, nee, hij is al op zijn vierde hierheen verhuisd, maar hij is erg gehecht aan zijn geboorteland.'

Er werd gestemd over de waterkeuze – ik was zo verstandig om niet te zeggen dat gewoon kraanwater ook prima was – en Davide bestelde van beide soorten drie flessen. Volgens mijn berekening hadden we al een kleine 300 dollar uitgegeven en er was nog niet eens een voorgerecht besteld.

'Goede wijnkeuze, Davide,' verkondigde Skye, terwijl ze met haar gemanicuurde nagels de toetsen van haar gsm bewerkte. Waarschijnlijk zat ze te sms'en. 'En ik kan het weten, want we hebben thuis jarenlang de zomer doorgebracht in Toscane en ik drink niets anders.' Ze richtte haar aandacht nu volledig op de telefoon, die was gaan rinkelen, maar na een afkeurende blik op het display stopte ze het toestel terug in haar tas.

Ik hield me druk bezig met het bestuderen van de menukaart en vroeg me intussen af of alle medewerkers van Kelly & Co misschien een enorm trustfonds hadden. De salarissen waren in ieder geval niet om over naar huis te schrijven. Zelf kon ik weinig zinnigs zeggen over de subtiele smaak van de chianti, en mijn ouders hadden me vroeger nooit meegenomen naar Toscane, laat staan hele zomers lang. Wij reden vroeger met de auto van Poughkeepsie naar Lake Cayuga bij Ithaca, waar we op de veranda een veganistische barbecue hielden met de buurtbewoners en zoethoutthee dronken.

De prijzen leken nog best mee te vallen, totdat ik zag dat de categorie tussen de 19 en 32 dollar alleen voorgerechten bevatte. De meeste hoofdgerechten kostten rond de 40 dollar, maar dat weerhield niemand ervan om een heleboel verschillende dingen te bestellen om 'een hapje te proeven'. En omdat ik wist dat in dit geen gezelschap vast niet door iedereen precies zijn eigen deel zou worden afgerekend, besloot ik het er maar van te nemen en te bestellen waar ik zin in had. Niets is immers zo erg als je eerste weeksalaris verspillen aan één etentje en dan niet eens eten wat je het lekkerst vindt.

'Was het eigenlijk heel erg, gisteravond?' vroeg Davide. 'Ik bedoel, het zat er natuurlijk dik in dat er niet één fatsoenlijke ster zou komen, hè?'

'Er waren wel een paar acteurs uit *Sex and the City*,' zei Leo peinzend.

'Nou, neem me niet kwalijk, maar ik kan Chris Noth of John Corbett niet bepaald sterren noemen. Heb jij Sarah Jessica Parker gezien? Nee, dus! Bovendien is SATC' – ze gebruikte hier echt de afkorting – 'helemaal uit. Het feest was een nachtmerrie,' zei Skye.

De groep had in opdracht van Warner Books de boekpresentatie georganiseerd voor de vierde roman van Candace Bushnell, en kennelijk was het een gekkenhuis geweest. Omdat ik er niet vanaf het begin bij betrokken was geweest, had ik die avond iets anders bijgewoond: een welkomstdiner voor de president-directeur van een nieuwe klant van Kelly & Co.

Leo zuchtte. 'Ik weet het, je hebt natuurlijk helemaal gelijk. Het was ontzettend... goedkoop!'

'Ja, toch? Ik bedoel maar, wie waren al die meiden op het terras? Ze vlogen op de champagne af alsof ze het spul nooit eerder hadden gezien. En die twee jongens met dat ordinaire accent die begonnen te vechten? Vreselijk,' voegde Skye eraan toe.

'Ja, Penelope, je hebt niets gemist,' verzekerde Elisa haar, ook al had Penelope duidelijk geen flauw idee waar het over ging. 'Maar dat is het mooie van boekpresentaties: uitgevers zijn totaal niet van deze wereld, dus ze hebben geen flauw idee of de opkomst kwalitatief goed was. Ik denk dat zij de enige klanten zijn die niet eens nagaan welke genodigden daadwerkelijk zijn gekomen.'

Davide nipte van zijn wijn en knikte. 'Deze keer is Kelly's eeuwige toespraak over "het feest valt of staat met De Lijst" ons gelukkig bespaard gebleven. Die kan ik niet meer hóren.'

Ik had sinds maandag al veel gehoord over 'De Lijst', maar Kelly had nog geen tijd gehad om me 'het meest uitgebreide namenbestand aller tijden' te laten zien. Morgen was het vrijdag en dan zou ze me de glorie van De Lijst tonen. Ik zat eigenlijk al die tijd te wachten tot Kelly haar ware aard zou tonen, want ik kon me bijna niet voorstellen dat ze echt zo belachelijk sprankelend en opgewekt was als ze overkwam. Maar tot nu toe had haar eeuwige optimisme niet gehaperd. En al had Will haar waarschijnlijk onder druk gezet om me in dienst te nemen, ik kreeg de indruk dat ze oprecht blij met me was. Ik had haar nu vier volle dagen intensief bestudeerd en mijn best gedaan om een afschuwelijke karaktertrek of irritatie te ontdekken, maar ik had nog niet één negatieve kant van haar kunnen vinden. Was het mogelijk dat ze echt zo leuk, lief en succesvol was? Het grootste minpunt dat ik tot op dat moment aan haar had kunnen ontdekken was haar gewoonte om opgewekte mailtjes vol smileys te versturen. Maar ze had het niet één keer over 'geheime besprekinkjes' gehad en nooit een paar zweethanden op mijn bureau gelegd, dus ik was maar al te graag bereid om die mailtjes door de vingers te zien.

Net toen iedereen zich bezighield met de vraag of Kelly al dan niet op de rijpe leeftijd van vierendertig een cosmetische oogoperatie had ondergaan, ging mijn telefoon. Ik wist niet hoe snel ik hem moest pakken om hem het zwijgen op te leggen, maar toen drong het tot me door dat niemand in dit gezelschap er bezwaar tegen zou hebben als ik gewoon opnam; het werd zelfs van me verwacht.

'Bette, hoe gaat-ie?'

Het was Michael, en hij klonk een tikkeltje verbaasd.

'Michael, schatje, hoe is het met je?' Schatje? Het floepte er zomaar uit. Iedereen keek nieuwsgierig op – vooral Penelope. 'Schatje?' zag ik haar geluidloos vragen.

'Schatje?' zei Michael lachend aan de andere kant van de lijn. 'Ben je dronken of zo? Zeg, ze hebben me vandaag vervroegd vrijgelaten! Als je me vertelt waar je zit, kom ik naar je toe.'

Ik lachte overdreven. Ik kon me er niets bij voorstellen: Michael die zijn lieve, onhandige woordgrapjes maakte terwijl Davide maar doorratelde over de villa in Sardinië die ze hadden gehuurd voor augustus. 'Ik zit met een paar collega's te eten, maar over een uurtje zijn we wel klaar. Zal ik je bellen als ik thuis ben?'

'Eh… goed,' zei hij verbaasd. 'Bel me maar op mijn vaste nummer, want de batterij van mijn mobiel is leeg.'

'Tot straks dan.' Ik klapte de telefoon dicht.

'Was dat ónze Michael?' vroeg Penelope zichtbaar verbaasd.

'Oooo, wie is dat?' Elisa leunde gretig over de tafel. 'Je liefje? Een lekkere bankmanager? Onuitgesproken gevoelens die eindelijk naar boven mogen komen nu jullie niet langer collega's zijn? Vertel op!'

En al was het idee dat ik met Michael naar bed zou gaan nog onaantrekkelijker dan de gedachte om met mijn eigen oom te slapen, en al was Michael stapelverliefd op zijn schat van een vriendin en wist Penelope natuurlijk heel goed dat er absoluut niets was tussen Michael en mij... ik liet me meeslepen. 'Eh, zoiets, ja,' zei ik, en ik keek expres naar de grond terwijl de aandacht van de hele tafel voor het eerst die avond op mij was gericht. 'We zijn eh... een beetje aan het bekijken hoe het nu verder moet.'

'Oooo!' kirde Elisa. 'Ik wist het wel! Zeg maar tegen Kelly dat ze hem op De Lijst moet zetten, dan kan hij al zijn verrukkelijke bankiersvrienden meebrengen naar onze feesten. Leuk, zeg. Kom, laten we proosten op Bette en haar nieuwe vriend!'

'Nou, hij is niet echt mijn...'

'Op Bette!' riep iedereen in koor, en ze hieven allemaal proostend het glas. Penelope tilde haar glas ook op, maar ze bleef strak voor zich uit kijken. De anderen namen een nipje, ik een grote slok. Gelukkig werd alles na het dessert behoorlijk wazig.

'Ik heb Amy gesproken en ze zegt dat we vanavond terecht kunnen bij Bungalow,' kondigde Leo aan, terwijl hij een lok met onberispelijke highlights uit zijn ogen veegde. Elisa had me verteld dat alle aanwezige mannen behalve Leo hetero waren, maar dat kon ik me niet voorstellen. Ik had gesprekken opgevangen over de beste schoonheidssalon in de stad en over de stijlvolle nieuwe teenslippers van John Varvatos, en ze hadden geklaagd dat het zo vervelend was wanneer de Pilates-les van hun lievelingsinstructeur tien minuten te laat begon.

'Bungalow? Is dat Bungalow 8?' vroeg ik. Mijn gebruikelijke filter was versoepeld door de rijkelijk vloeiende wijn.

Het gesprek viel onmiddellijk stil en vijf volmaakt gekapte en/of opgemaakte hoofden draaiden zich met een ruk naar me toe. Uiteindelijk was Skye degene die het kon opbrengen mijn vraag te beantwoorden.

'Ja,' zei ze zachtjes, zonder oogcontact te maken. Ze geneerde zich duidelijk dood – namens mij. 'Amy Sacco is de eigenares van Bungalow én Lot 61, en ze is een heel, heel goede vriendin van Kelly. We staan vanavond allemaal op de gastenlijst, voor het beste feest van de week.'

Iedereen knikte.

'Ik ben overal voor in,' zei Davide, die met Elisa's haar speelde. 'Zolang we maar een gegarandeerde tafel hebben. Anders trek ik het niet. Vanavond niet.'

'Uiteraard,' zei Elisa.

Toen de rekening kwam was het al na middernacht, en ook al zat

Penelope amicaal met Leo te praten, ik kon wel zien dat ze graag naar huis wilde. Maar ik had wel zin om naar Bungalow 8 te gaan, dus wierp ik haar een veelbetekenende blik toe en ging naar de wc, waar ik op haar wachtte.

'Aardige mensen,' zei ze neutraal.

'Ja, ze zijn wel oké, hè? Weer eens wat anders.'

'Dat kun je wel zeggen, ja. Trouwens, ik hoop dat je het niet erg vindt als ik zo naar huis ga,' zei ze. Het klonk afstandelijk, en niet zo'n klein beetje ook.

'Is er iets?'

'Nee hoor, niks. Het is gewoon al laat en ik weet niet of ik nog wel zin heb in eh… Bungalow. Ik heb met Avery afgesproken dat we elkaar om twaalf uur thuis zouden zien, dus ik moest maar eens gaan. Het was een leuk etentje. Ik ben gewoon moe, geloof ik, maar ik wens je veel plezier.'

'Weet je het zeker? Ik kan ook met je meegaan met de taxi, dan kruip ik thuis lekker in bed. Ik weet ook niet of ik nog wel zin heb,' bood ik aan, maar ze bespaarde me de moeite.

'Doe niet zo raar. Ga nu maar, en geniet voor ons samen.'

We liepen terug naar het groepje en gingen weer aan tafel zitten, waar de naar ik hoopte laatste fles wijn net rondging. Toen de ober met een zwierig gebaar de rekening ergens in het midden neerleg-de, hapte ik naar adem. Een snelle berekening leerde me dat ik rond de 250 dollar moest betalen. Maar kennelijk was het geen optie om de rekening te delen, want Davide pakte het leren mapje en zei non-chalant: 'Laat mij maar.'

Niemand knipperde met zijn ogen of probeerde het aanbod af te slaan.

Hij schoof een pikzwarte creditcard in het mapje en gaf het terug aan de ober. Dat was de mythische Black Card van American Ex-press, alleen op uitnodiging verkrijgbaar voor mensen die minimaal 150.000 dollar per jaar met hun creditcard betaalden. Niemand aan tafel leek er ook maar enige belangstelling voor te hebben.

'Zijn we zover?' vroeg Elisa, terwijl ze haar jurkje gladstreek over haar schattige heupjes. 'We hebben twee taxi's nodig. Leo en Skye, nemen jullie de eerste, dan zien Davide, Bette, Penelope en ik jullie daar wel. Als jullie er eerder zijn: ik heb het liefst het tafeltje aan de linkerkant het dichtst bij de bar, oké?'

'Eh, ik denk dat ik maar naar huis ga,' zei Penelope. 'Ik vond het heel gezellig, maar ik moet morgen weer vroeg beginnen. Het was leuk om jullie te leren kennen.'

'Penelope! Je kunt nu echt niet naar huis gaan. De avond begint pas! Kom op, het wordt hartstikke leuk!' kraaide Elisa.

Penelope glimlachte. 'Ik zou graag meegaan, echt waar, maar dat gaat vanavond echt niet.' Ze pakte snel haar jas, omhelsde me vluchtig en zwaaide naar de anderen. 'Davide, bedankt voor het eten. Ik vond het ontzettend gezellig.' En voordat ik kon zeggen dat ik haar nog zou bellen was ze verdwenen.

We stapten allemaal in de ons toegewezen taxi's, waarna ik op de gepaste momenten 'hmm' zei en knikte. Pas toen we voor het fluwelen koord bij de ingang stonden, besefte ik dat ik al een beetje dronken was van het etentje en dat ik, mede doordat ik nauwelijks ervaring had met coole nachtclubs, grote kans liep mezelf compleet voor gek te zetten.

'Elisa, ik geloof dat ik beter kan gaan,' zei ik zwakjes. 'Ik voel me niet zo lekker en ik moet morgen weer vroeg op om…'

Ze slaakte een schrille kreet en haar ingevallen gezicht leefde op. 'Bette! Dat kun je niet menen! Je bent nog bijna máágd als het om Bungalow gaat, en we zijn er nu en je gaat gewoon mee naar binnen. Uitgaan hoort nu bij je werk, vergeet dat niet!'

Ik was me er vaag van bewust dat de mensen in de rij – een stuk of dertig, voornamelijk mannen – naar ons stonden te staren, maar Elisa leek zich er niets van aan te trekken. Davide begroette een van de uitsmijters met een soort high five en een ritueel waarbij ze hun knokkels tegen elkaar tikten, en ik was op het punt aanbeland dat ik weinig anders kon opbrengen dan de weg van de minste weerstand.

'Oké,' mompelde ik zwakjes. 'Klinkt leuk.'

'Popje, we staan op Amy's gastenlijst,' zei Elisa zelfverzekerd tegen Davides uitsmijter. Die was bijna twee meter lang en woog zo'n honderd kilo; het bleek dezelfde idioot te zijn die bij het feest van Penelope aan de deur had gestaan. Hij leek niet gelukkig te zijn met de drukte aan de ingang, maar zodra Elisa zich van hem had losgemaakt, zei hij: 'Natuurlijk, schat. Hoeveel personen? Kom binnen. Ik zal ervoor zorgen dat de manager jullie een goede tafel geeft.'

'Heel fijn, liefje. Dank je wel.' Ze gaf hem een vluchtig kusje op zijn wang, pakte mij bij mijn elleboog en fluisterde in mijn oor: 'Die jongens denken dat ze God zijn, maar als ze hier niet aan de deur stonden, zou geen mens met ze praten.'

Ik knikte en hoopte maar dat hij het niet had gehoord, ook al verdiende hij dat niet. Toen ik opkeek, zag ik dat hij naar me stond te kijken.

'Hoi,' zei hij met een knikje.

'Hoi,' antwoordde ik gevat. Ik kon nog net de opmerking inslikken dat hij er vanavond kennelijk geen moeite mee had me binnen te laten en zei: 'Nog bedankt voor de paraplu.'

Maar hij had zich al omgedraaid om het rode koord los te maken en luidkeels aan de wachtenden in de rij te verkondigen dat hun tijd nog niet gekomen was. Toen zei hij iets in zijn walkietalkie en hield de deur voor ons open. We liepen langs de garderobe en werden meteen omringd door een wolk rook.

'Mag hier gerookt worden?' vroeg ik naïef.

Davide en Elisa staarden me aan. 'Het is een privé-feest. Je mag hier álles doen wat je maar wilt.'

'Waar ken je hem eigenlijk van?' vroeg Elisa, terwijl Davide iedereen binnen een straal van zes meter begroette.

'Wie?'

'Die deurmongool.'

'Pardon?'

'Die idioot van een uitsmijter.' Ze blies een wolk rook uit.

'Zo te zien vond je hem anders erg aardig.' Ik dacht terug aan de manier waarop ze hem om de hals was gevlogen.

'Wat moet ik anders? Dat hoort er allemaal bij. Jammer hoor, van zo'n lekker ding. Ken je hem?'

'Nee. Hij deed nogal lullig tegen me op het verlovingsfeest van Penelope een paar weken geleden. Liet me uren buiten staan. Ik weet dat ik hem ergens van ken, maar ik weet niet waarvan.'

'Hmm. Kom, we gaan er een leuke avond van maken.'

Voor wat de hipste club van het hele land moest zijn, vond ik Bungalow 8 er nog steeds niet erg indrukwekkend uitzien. Het was één rechthoekige ruimte, met helemaal achterin een bar en aan weerskanten een stuk of acht tafels die naast elkaar voor een lange bank stonden. In het midden werd gedanst en er stonden mensen aan de bar. Alleen het hoge, glazen plafond en de rijen palmbomen gaven het geheel nog iets exotisch.

'Hier, jongens,' riep Leo, die links in de hoek bij de bar zat, zoals Elisa had verzocht. 50 Cent schalde uit een verscholen deejayhok en ik zag Skye al bij een of andere man op schoot zitten, ritmisch kronkelend op de maat van de muziek. Bij onze tafel stond een soort minibar vol flessen Veuve Clicquot, Ketel One en Tanqueray, met karaffen sinaasappel-, grapefruit- en cranberrysap om mee te mixen en een paar flessen tonic en mineraalwater. Penelope had me verteld hoe peperduur haar verlovingsfeest was geweest, dus ik wist dat we minimaal een paar honderd dollar per fles zouden moeten betalen.

'Wat kan ik voor je inschenken?' vroeg Leo, die achter me kwam staan.

Ik wilde niet het risico lopen nog een keer helemaal het verkeerde drankje te bestellen, dus vroeg ik maar om een glas champagne. 'Komt eraan,' zei hij. 'Kom op, we gaan dansen. Skye, ga je ook mee?'

Hij stond op, maar Skye was de afgelopen zes minuten verwikkeld geraakt in een heftige vrijpartij met een willekeurige kerel, bij wie ze nu wijdbeens op schoot zat. We wachtten haar antwoord niet af.

Bijna alle aanwezigen waren even mooi. Iedereen viel in dezelfde leeftijdscategorie; tussen de vijfentwintig en vijfendertig, en het was duidelijk dat ze hier allemaal vaker kwamen. De vrouwen waren lang en slank en voelden zich zichtbaar volkomen op hun gemak met hun blote bovenbenen en diepe decolletés, maar zeker niet op een ordinaire manier. De mannen lieten volkomen onbezweet hun handen over heupen, ruggen en schouders glijden en waakten over de glazen van de vrouwen, die geen moment leeg waren. Het geheel leek in geen enkel opzicht op mijn rebelse tieneravondjes in de Limelight, waar ik onhandig in een hoekje naar de krioelende menigte had staan kijken.

Tegen de tijd dat ik mijn omgeving goed in me had opgenomen, had Leo een vrouw met bruin haar uitgekozen. Ze dansten samen met een ander stel dat eruitzag als een modellenpaar; alle vier volgden ze soepel de bewegingen van elkaars lichamen. Zo nu en dan wisselden ze van positie, zodat de 'meisjes' met de gezichten naar elkaar toe stonden, wild met hun heupen zwaaiend.

Toen ik terugkwam van de wc werd er een paar armen om me heen geslagen, voordat ik had kunnen zien van wie ze waren. Het was een vrouw met golvend haar tot op haar middel, in een onbestemde bruinige kleur, en ze rook naar sigaretten en mondwater, in gelijke mate.

'Bette, Bette, niet te geloven. Dat is lang geleden!' gilde ze tegen mijn schouder. Haar kin plette mijn borsten op een manier die ik tamelijk onaangenaam vond, vooral omdat ik nog steeds niet wist met wie ik van doen had. Ze hield haar omhelzing nog een paar tellen vol en liet me toen los. Ik wist niet wat ik zag.

Abby Abrams.

'Abby? Ben jij het echt? Goh, dat is inderdaad lang geleden,' zei ik voorzichtig, in een poging haar niet te laten merken dat ik niet bepaald blij was haar te zien. Ik had alleen maar afschuwelijke her-

inneringen aan haar uit onze schooltijd, en op de een of andere manier was het me gelukt haar compleet uit mijn hoofd te zetten nadat
we allemaal waren verhuisd naar de stad. Die was tot dat moment
groot genoeg geweest om ervoor te zorgen dat ik haar vijf jaar lang
niet één keer tegengekomen was. Maar nu kwam aan dat geluk
blijkbaar een eind. In die vijf jaar had ze harde trekken gekregen en
ze zag er ouder uit dan ze in werkelijkheid was. Ze had overduidelijk een neuscorrectie gehad en een dubbele portie collageen in haar
lippen laten spuiten, maar het opvallendst waren haar borsten. Die
namen zo'n beetje haar hele anderhalve meter korte gestalte in beslag.

'Het is nu Abigail,' verbeterde ze me onmiddellijk. 'Wat maf, hè?
Ik had natuurlijk wel gehoord dat je bij Kelly werkte, dus ik wist dat
ik je vroeg of laat tegen het lijf zou lopen.'

'Hmm? Hoezo? Hoe lang woon jij al in New York dan?'

Ze staarde me met een lichte afschuw aan en trok me mee naar
een van de banken. Ik probeerde mijn pols los te trekken, maar ze
liet haar dodelijke greep niet los en boog zich veel te dicht naar me
toe. 'Dat meen je niet. Heb je het dan niet gehoord? Ik verkeer tegenwoordig in de *vortex* van de mediawereld!'

Ik moest mijn linkerhand voor mijn mond slaan en doen alsof ik
een hoestbui kreeg om mijn ongelooflijke lachstuip te verbergen.
Sinds we samen op Emory hadden gezeten was het Abby's lijfspreuk
dat ze 'in de vortex' van het een of ander verkeerde – het sportteam
of de studentenkrant bijvoorbeeld. Niemand wist wat het betekende – ze gebruikte het woord gewoon verkeerd – maar om de een of
andere reden had ze zich in die uitspraak vastgebeten en weigerde
ze hem los te laten. In het eerste studiejaar hadden we op dezelfde
verdieping van een studentenhuis gewoond, en Abby had altijd feil-
loos de onzekerheden van anderen aangevoeld om hen daar op te
pakken, met gebruikmaking van een onvoorstelbare combinatie
van charme, uithoudingsvermogen en passieve agressie. Zo probeerde ze altijd te weten te komen welke jongens ik leuk vond, om
zich daarna 'toevallig' binnen twaalf uur aan diezelfde persoon op te
dringen. Ooit had ik haar op de wc aan een Aziatisch meisje horen
vragen hoe ze met een oogpotlood 'dat sexy spleetogeneffect' kon
bereiken. Ze had een keer het geschiedeniswerkstuk van een klas-
genoot 'geleend' en ingeleverd alsof ze het zelf had geschreven, en
ze had de 'vergissing' pas toegegeven toen de docent hun beiden
een onvoldoende dreigde te geven. Penelope en ik hadden Abby
rond dezelfde tijd leren kennen, tijdens een schrijfcursus in het eer-

ste jaar, en we waren het er onmiddellijk over eens geweest dat we uit haar buurt moesten blijven. Ze was van het begin af aan een eng type geweest, zo iemand die subtiele maar gemene opmerkingen maakte over je haar, je vriendje of je kleding en dan quasi-geschrokken of berouwvol reageerde wanneer je je daar vanzelfsprekend beledigd door voelde. We hadden haar altijd met de nek aangekeken, maar de boodschap was nooit echt overgekomen. Ze had steeds weer contact gezocht om ons belachelijk te kunnen maken. Zoals te verwachten was, had ze nooit echte vriendinnen gehad, maar ze had wel haar handen vol aan het afwerken van zo'n beetje het hele mannenstudentenhuis en het sportteam van Emory. Er werd gefluisterd dat ze tegen de diploma-uitreiking meer dan honderd jongens op haar naam had staan.

'Goh, de vortex van de mediawereld. Nee, dat wist ik niet. Wat doe je dan precies?' vroeg ik zo verveeld mogelijk.

'Nou, eens kijken. Ik ben begonnen bij *Elle* en heb toen de overstap gemaakt naar *Slate*. Dat is een stuk intelligenter, toch? Toen heb ik een blauwe maandag bij *Vanity Fair* gewerkt, maar daar hebben ze zulke strenge regeltjes op kantoor. Nu werk ik freelance – mijn naam staat in alle bladen!'

Daar dacht ik even over na, maar ik kon me niet herinneren haar naam ooit in een tijdschrift gezien te hebben. Geen enkel tijdschrift.

'En jij, juffertje, hoe bevalt je nieuwe baan?' kraaide ze.

'Tja, eh… ik werk er nog geen week, maar tot nu toe bevalt het goed. Ik weet niet of je het de vortex van de pr-wereld zou kunnen noemen, maar ik vind het er wel leuk.'

Mijn sarcasme ontging haar volledig, of ze deed alsof. 'Hartstikke goed, meid! Zo'n *hot* bedrijf, met alleen eersteklas klanten. O, wauw, wat een leuk truitje! Echt een heel goede keuze als je een buikje wilt verbergen. Ik draag ze ook heel veel!'

Ik hield onwillekeurig mijn buik in.

'Ja, je weet hoe dat gaat. Met jouw geringe lengte valt het natuurlijk niet mee om je figuur te houden. Als jij vijf kilo aankomt, lijken het er meteen twintig! Maar je weet het goed te verbergen, hoor,' zei ik enthousiast.

Ze glimlachte. 'Zeg, heb jij Cameron de laatste tijd nog gesproken? Zo heette je vriend toch? Ik heb gehoord dat hij je heeft verlaten voor een fotomodel, maar daar geloof ik natuurlijk helemaal niets van.'

'Cameron? Ik wist niet dat je hem kende. Maar aan de andere kant, het is een man en hij woont in New York, dus…'

'O Bette, ik vind het echt enig om je weer eens te zien,' zei ze, zonder acht te slaan op die laatste opmerking. 'Ga een keer met me lunchen. We hebben zo veel bij te kletsen. Ik wilde je al heel lang een keer bellen, maar je was gewoon van de aardbodem verdwenen! Met wie ga je tegenwoordig om? Toch niet met dat grijze muisje? Dat was zo'n schatje. Hoe heette ze ook alweer?'

'Bedoel je soms Penelope, die op school is verkozen tot het knapste meisje van het eerste jaar? Ja, ik ga nog steeds met haar om. Ik zal haar de groeten doen.'

'Ja, ja, doe dat. Zeg, ik bel je volgende week wel op je werk en dan gaan we ergens heerlijk lunchen, oké? Gefeliciteerd dat je eindelijk weg bent bij die vreselijke bank en dat je je hebt aangesloten bij de echte wereld. Ik kan bijna niet wachten om je aan iedereen voor te stellen. Er zijn een heleboel mensen die je gewoon móét leren kennen!'

Ik was net een ongetwijfeld nóg spitsvondiger reactie aan het verzinnen toen Elisa naast ons opdook. Ik had niet gedacht dat ik ooit zo blij zou zijn om haar te zien.

'Elisa, dit is Abby,' zei ik met een lusteloos armgebaar.

'Het is Abigail,' kwam Abby ertussen.

'Hm-hm. En Abby' – ik keek haar even veelbetekenend aan – 'dit is mijn collega Elisa.'

'Hallo. Wij hebben elkaar toch al eens ontmoet?' mompelde Elisa, die een sigaret tussen haar voortanden geklemd hield terwijl ze in haar tas grabbelde op zoek naar een aansteker.

'Absoluut,' zei Abby. Ze griste een pakje lucifers van het dichtstbijzijnde tafeltje en stak galant Elisa's sigaret aan. 'Heb je er voor mij ook een?'

Na deze uitwisseling begonnen ze te kletsen over een of andere nieuwe roddelrubriek, *Out & About*. Ik begreep dat die al jaren bestond, op internet en in gedrukte versie, maar dat niemand er belangstelling voor had gehad totdat er een smeuïge nieuwe column bijgekomen was, geschreven onder een zwaar bewaakt pseudoniem. Elisa vertelde dat die twee keer per week gepubliceerd werd op de internetversie van *New York Scoop*, maar dat er bij deze column – in tegenstelling tot die van Cindy Adams of Liz Smith in Page Six – geen foto van de auteur stond. Abigail beweerde dat het de onbetwiste mediahit van de afgelopen jaren was, maar Elisa zei dat de column volgens welingelichte bronnen alleen in bepaalde mode- en showbizzkringen een hype was – al voorspelde ze dat de rest snel zou volgen. Het gespreksonderwerp kon me toch zeker anderhalve minuut boeien – en toen besefte ik tot mijn grote genoegen dat ik me gewoon kon excuseren en weglopen.

Ik realiseerde me dat ik me bevond tussen een enorme meute mooie mensen die toevallig ook nog eens allemaal een fantastisch ritmegevoel hadden, terwijl ik als enige niet kon dansen. Ik was er nooit erg dol op geweest. Vroeger op schoolfeesten had ik me nog wel schuifelend gered op de pijnlijke slownummers (en uiteraard altijd wanhopige pogingen gedaan om de acht minuten durende versie van 'Stairway to Heaven' te vermijden) en in mijn studententijd had ik gewoon dronken meegehopst op de muziek uit de jukebox in het café, maar dit was erg intimiderend. Nog voordat ik een stap kon verzetten werd ik overspoeld door dezelfde angst die ik in mijn schooltijd had gehad. Het gebeurde in een fractie van een seconde, maar het voelde weer alsof iedereen naar mijn puppyvet en mijn beugel keek. Ik moest hier weg, of op zijn minst terug naar de tafel om die hel van de dansvloer te vermijden. Net toen ik dat had besloten voelde ik een hand op mijn onderrug.

'Hé, hallo,' zei een lange man met een Brits accent en een volmaakte, egaal bruine teint die hij onmogelijk in de buitenlucht kon hebben opgedaan. 'Dansen?'

Het kostte me moeite om me niet om te draaien en achter me te kijken tegen wie hij het had, en voordat ik me druk kon maken om mijn rookadem of de vraag of hij zou voelen dat mijn truitje helemaal klam was van het zweet, had hij me al naar zich toe getrokken en stonden we te dansen. Dansen? We stonden te dansen! Zo dicht had ik niet meer tegen iemand aan gestaan sinds een of andere viespeuk in de metro een keer 's ochtends tegen me op had staan rijden. *Rustig, dit is leuk, rustig, dit is leuk*, zei ik in stilte, en ik hoopte maar dat ik het zelf zou geloven. Maar daar was niet veel voor nodig; mijn hersenen hadden zichzelf uitgeschakeld terwijl mijn lichaam dichter tegen de gebronsde god aan kroop die me nog een glas champagne aanbood. Ik dronk met kleine slokjes en leegde het volgende glas in één teug, en voordat ik het wist zat ik bij hem op schoot samen met de rest van de tafel te lachen om een of ander schandaal terwijl een verrukkelijke vreemdeling met mijn haar speelde en mijn sigaretten voor me aanstak.

Ik vergat helemaal dat ik als enige in het zwart was gekleed, dat ik me zojuist had laten beledigen door een luidruchtige dwerg die me op school het leven zuur had gemaakt en dat ik totaal geen ritmegevoel had. Het laatste wat ik me herinner is dat ik zonder enige reactie toekeek hoe een van de vrienden van de gebronsde god naar

hem toe kwam en vroeg wie dat nieuwe, charmante wezen was dat
bij hem op schoot zat. Ik kreeg pas door dat ze het over mij hadden
toen hij me van achteren stevig vastpakte en zei: 'Ja, dat is mijn
nieuwe ontdekking, *brilliant*, hè?' En ik, het charmante wezen, de
brilliant ontdekking, giechelde verrukt, pakte zijn gezicht met twee
handen beet en kuste hem vol op zijn mond. En dat is gelukkig het
laatste wat ik me herinner.

8

Ik schrok wakker van een boze mannenstem. Heel even vroeg ik me af of er misschien echt iemand naast het bed stond die met een grote schep op mijn hoofd timmerde. Het gebonk was zo ritmisch dat het bijna prettig aanvoelde, tot ik besefte dat ik niet in mijn eigen bed lag. En dat mijn verkeerd gekozen zwarte outfit van de vorige avond nergens te bekennen was. Sterker nog: ik had een strakke, grijze boxershort van Calvin Klein aan, en een veel te groot zwart T-shirt met de opdruk 'Sports Club LA'. Geen paniek, hield ik mezelf voor terwijl ik probeerde de mannenstem in de verte te verstaan. Denk na. Waar ben je gisteravond geweest en wat heb je gedaan? Het was niet mijn gewoonte om bewusteloos te raken en op een onbekende plek wakker te worden, en ik feliciteerde mezelf met deze prima start. Eens denken, Elisa had gebeld, het etentje bij Cipriani, taxi naar Bungalow, allemaal aan een tafeltje, gedanst met... een erg bruine Engelsman. Shit. Het laatste wat ik me herinnerde was dat ik had gedanst met een naamloze man in een club en nu lag ik in een onbekend bed – al was het dan een erg comfortabel, ontzettend groot bed met griezelig zachte lakens.

'Hoe vaak moet ik het je nou nog zeggen? Je mag Pratesi-lakens beslist niet heet wassen!' De mannenstem schreeuwde nu. Ik vloog het bed uit en zocht naar een ontsnappingsroute, maar een snelle blik uit het raam leerde me dat ik me minstens op de twintigste verdieping bevond.

'Ja, meneer. Het spijt me, meneer,' jammerde een vrouwenstem met een Spaans accent.

'Ik zou je graag geloven, Maria, echt waar. Ik ben heel redelijk, maar dit kan zo niet langer. Ik vrees dat ik je zal moeten laten gaan.'

'Maar meneer, kan ik niet gewoon…'

'Het spijt me, Maria, mijn besluit staat vast. Ik zal je salaris van deze week nog uitbetalen, maar dan houdt het op.' Ik hoorde gestommel en zacht gehuil, en toen was er alleen nog stilte totdat er een paar minuten later een deur dichtsloeg.

Mijn maag stuurde me het signaal dat hij deze kater niet langer zou verdragen, en ik zocht verwoed naar een toilet. Net toen ik op zoek was naar mijn kleren en ik me afvroeg wat erger was, dat hij me naakt zou zien of dat ik voor zijn ogen zou moeten overgeven – want het was duidelijk dat ik geen tijd had om béíde situaties te voorkomen – kwam hij binnen.

'Hallo,' zei hij, zonder naar me te kijken. 'Gaat het een beetje? Je was behoorlijk ver heen gisteravond.'

Zijn verschijning leidde me zo af dat ik gewoon vergat dat ik moest overgeven. Hij was nog bruiner dan in mijn herinnering, wat nog werd versterkt door een strak wit T-shirt, een dunne, wapperende witte broek en de rechtste, witste tanden die ik ooit in een Britse mond had gezien. Hij leek op Enrique in *De maagdelijke bruid van de magnaat*. Een uiterlijk dat erom smeekte op het omslag van een romannetje te staan.

'Eh ja, ik geloof het ook. Dit, eh… is me nog nooit overkomen. Ik ben bang dat ik je naam niet meer weet.'

Hij leek zich nu te herinneren dat ik een mens van vlees en bloed was in plaats van een decoratiestuk, en hij kwam naast me op het bed zitten.

'Ik ben Philip, Philip Weston. En wees maar niet bang, ik heb je alleen maar mee naar huis genomen omdat ik geen tweede taxi voor je kon krijgen en ik zelf niet wilde omrijden. Er is niets gebeurd. Ik ben niet een of andere perverse smeerlap – ik ben advocaat, om precies te zijn,' zei hij met een niet geringe vleug trots, en met dat chique Britse accent.

'Goh, dank je wel. Ik had niet het idee dat ik zo veel had gedronken, maar ik kan me niets meer herinneren van wat er is gebeurd nadat ik met je had gedanst.'

'Ach ja, zo gaan die dingen. Wat een ochtend, hè? Ik kan er niet tegen als mijn rust na de yoga wordt verstoord door dit soort ellende.'

'Tja...' Hij was hier anders niet degene die wakker geworden was in een wildvreemd bed! Maar ik was niet echt in de positie om hem daarop te wijzen.

'Mijn huishoudster wilde mijn Pratesi-lakens in de kookwas stoppen. Wat heb je verdomme aan zo'n mens als je haar de hele dag moet controleren? Moet je je voorstellen wat een ramp het was geweest als ik het niet op tijd had gezien.'

Homo. Hij was overduidelijk homo. Dit was niet Enrique, maar Enriques vriend Emilio. Wat een opluchting!

'Wat zou er dan precies gebeurd zijn?' Ik waste mijn lakens thuis altijd heet en stopte ze ook nog in de droger; dat was volgens mij de beste manier om ze snel weer zacht te krijgen. Maar goed, ik had ze gewoon bij Target gekocht en ik moet toegeven dat ik er weinig aandacht aan besteedde.

'Wat er gebeurd zou zijn? Dat meen je niet!' Hij beende de kamer door en sprayde wat eau de toilette van Helmut Lang in zijn hals. 'Dan waren ze gekrompen en keihard geworden! Zo'n tweepersoonsset kost vierduizend dollar, en zij zou de hele boel naar de bliksem geholpen hebben!' Hij zette het flesje weg en begon zijn goudkleurige huid in te smeren met iets waarvan ik hoopte dat het aftershave was, maar wat me eerder vochtinbrengende dagcrème leek.

'O. Dat had ik niet begrepen. Ik, eh... ik wist niet dat beddengoed zo duur kon zijn. Maar als ik er zo'n hoop geld voor had betaald, zou ik er me er ook druk om maken.'

'Ja. Sorry dat ik je ermee lastiggevallen heb.' Hij trok het T-shirt over zijn hoofd en ontblootte zijn gladde, volmaakt gebeeldhouwde borstkas. Het was bijna jammer dat hij homo was, met zo'n aantrekkelijk uiterlijk. De badkamerdeur ging een tijdje dicht en ik hoorde de douche lopen. Toen hij weer naar buiten kwam, had hij alleen een handdoek om. Hij pakte een overhemd en een pak uit de eikenhouten inloopkast, overhandigde me mijn keurig opgevouwen kleren en verliet discreet de kamer terwijl ik me uitkleedde.

'Je komt wel thuis, hè?' riep Philip; het leek van kilometers afstand te komen. 'Ik moet naar mijn werk, ik heb een vroege bespreking.'

Werk. Jezus, ik was totaal vergeten dat ik weer een baan had! Gelukkig zag ik met een snelle blik op de wekker op het nachtkastje dat het pas een paar minuten over zeven was. Hij was al terug van yoga, terwijl we die nacht beslist niet vóór drie uur thuisgekomen waren. Ik kreeg een korte maar pijnlijke flashback van de enige keer dat ik een yogales had gevolgd. Ik was al een halfuur aan het stuntelen geweest en had me net een halve minuut geleden in een nieuwe houding gewrongen – de halvemaan, wat dat verder ook mag zijn – toen de instructrice verkondigde dat die hetzelfde weldadige effect had als acht uur slaap. Ik maakte per ongeluk hardop een schamper geluid en ze vroeg wat er scheelde. Gelukkig kon ik mezelf ervan weerhouden te vragen wat ik eigenlijk had willen vragen: waarom niemand ons ooit op de hoogte heeft gebracht van de voordelen van de halvemaan. Waarom heeft de mens eeuwenlang eenderde van zijn tijd verspild aan slapen terwijl hij ook gewoon een half minuutje dubbelgeklapt had kunnen gaan staan? Ik had in die les alleen vaag gemompeld dat het 'een gek idee' was, en zodra ze even niet keek was ik de les uit geslopen.

De hal was groter dan mijn hele appartement, en ik moest op zijn stemgeluid afgaan om de juiste kamer te vinden. Er hingen kleurrijke abstracte schilderijen aan de muur en de donkere houten vloeren – echt parket, geen goedkoop laminaat – benadrukten het effect van de strakke meubelen op metalen poten. Het geheel zag eruit als een catalogus van Ligne Roset, alsof alles rechtstreeks vanuit de showroom naar deze flat was overgeplaatst. Ik telde nog een badkamer, slaapkamer, zitkamer en werkkamer (compleet met kamerhoge ingebouwde boekenkasten, twee Mac G4-computers en een wijnrek) voordat ik hem had gevonden. Hij stond aan een granieten aanrechtblad bloedsinaasappels in een supersonisch persapparaat te gooien. Ik probeerde er niet aan te denken dat hij volautomatisch sinaasappels perste terwijl ik niet eens een blikopener had.

'Dus je doet aan yoga. Ik ken niet één man die aan yoga doet.' Dat wil zeggen, niet één hetero, voegde ik er in stilte aan toe.

'Natuurlijk. Het is een fantastische vorm van krachttraining en het maakt je hoofd heerlijk leeg. Het zal wel erg Amerikaans zijn, maar ik vind het de moeite waard. Ga een keer met me mee om het te proberen.' En voordat ik het wist had hij me op het aanrecht getild en mijn knieën uit elkaar geschoven om dichterbij te kunnen komen, en hij begon mijn hals te zoenen.

Ik probeerde instinctief op de grond te springen, maar daardoor werd ik alleen maar dichter tegen hem aan gedrukt.

'Ik moet, eh… Ben jij niet…?'

Twee heldergroene ogen keken me afwachtend aan.

'Ik dacht, eh… door gisteravond en dat Pratesi-verhaal en je yogales, dat je…'

Hij wachtte nog steeds en schoot me niet te hulp.

'Je bent toch gay?' Ik hield mijn adem in en hoopte maar dat hij niet meer in de kast zat, of erger nog: er wel uit was, maar last had van zelfhaat.

'Gay?'

'Ja. Dat je op mannen valt, bedoel ik.'

'Meen je dat nou?'

'Ik weet niet. Ik dacht gewoon…'

Hij keek met een ruk op. 'Denk je dat ik homoseksuéél ben?'

Ik voelde me alsof ik rondliep in zo'n reality-tv-programma waarin iedereen weet wat er aan de hand is, behalve jij. Aanwijzingen genoeg, maar geen concrete informatie. Ik probeerde de puzzelstukjes zo snel mogelijk in elkaar te passen, maar het lukte me niet.

'Ik ken je natuurlijk helemaal niet, maar je draagt zulke stijlvolle kleding en je huis is mooi ingericht… en je gebruikt eau de toilette van Helmut Lang. Mijn vriend Michael weet waarschijnlijk niet eens wie Helmut Lang is.'

Hij lachte die glanzend witte tanden nog een keer bloot en woelde door mijn haar alsof ik een kleuter was. 'Misschien ga je gewoon met de verkeerde mannen om. Ik ben zo hetero als je maar zijn kan, ik heb alleen geleerd van de fijne dingen des levens te genieten. Kom, als we opschieten heb ik nog net tijd om je thuis af te zetten.' Hij trok een kasjmier jas aan – Burberry – en pakte zijn sleutels.

Kennelijk had ik nog een hoop te leren. Maar eerst moest ik naar mijn werk. In de lift naar beneden zeiden we geen woord, maar onze vriend Philip drukte me wel tegen de wand en knabbelde zachtjes aan mijn lippen – iets wat op de een of andere manier totaal walgelijk en tegelijkertijd compleet verrukkelijk was.

'Hmm, wat ben je lekker. Kom, laat me je nog één keer proeven.' Maar voordat hij mijn gezicht nog een keer als lolly kon gebruiken, gleden de liftdeuren open en draaiden twee geüniformeerde portiers zich naar ons om.

'Ophoepelen,' zei Philip, die voor me de lift uit liep en afwerend zijn hand opstak naar de grinnikende mannen. 'Ik wil het vandaag niet horen.'

Ze lachten hardop; ze waren er duidelijk aan gewend dat Philip vreemde vrouwen het gebouw uit begeleidde. Zwijgend hielden ze de deur voor ons open. Pas toen we de straat op liepen, zag ik waar we waren: op de hoek van Christopher en Greenwich, helemaal aan de westkant, vlak bij de rivier. Het beroemde Archives-gebouw.

'Waar woon je?' vroeg hij, terwijl hij een zilverkleurige helm onder de zitting van zijn Vespa vandaan haalde. De Vespa stond – af gedekt met een zeildoek met monogram – op een meter afstand van de ingang geparkeerd.

'Murray Hill. Is dat vervelend?'

Hij lachte. Geen aardige lach. 'Dat weet jij beter dan ik. Ik zou er nog niet dood gevonden willen worden, maar als jij er tevreden mee bent...'

'Ik bedoelde,' zei ik kwaad, zonder nog langer te proberen zijn gestoorde stemmingswisselingen bij te benen, 'of je het vervelend vindt om me daar af te zetten. Ik kan ook een taxi nemen.'

'Wat jij wilt, *love*. Het is een kleine moeite. Ik kom er bijna langs op weg naar mijn kantoor.' Hij viste zijn sleutels uit zijn broekzak en bevestigde zijn Hermès-tas achter op de motor. Scooter. 'Zullen we maar gewoon gaan? Ze hebben me nodig op mijn werk.' Hij zwaaide zijn been over het zadel en verwaardigde zich om me aan te kijken. 'Nou?'

Ik was heel even sprakeloos, tot hij met zijn vingers knipte. 'Kom schat, neem eens een besluit. Rij je mee of niet? Zo moeilijk is het toch niet. Vannacht was je ook niet zo besluiteloos.'

Ik had altijd de klassieke vrouwenfantasie gehad waarin ik een ontzettende eikel een klap in zijn gezicht gaf, en nu werd de gelegenheid me op een presenteerblaadje aangereikt. Maar ik was zo van mijn stuk gebracht door dat vingerknippen van hem en de suggestie dat er die nacht wel degelijk iets was gebeurd, dat ik hem alleen maar de rug toekeerde en de straat uit begon te lopen.

Hij riep me na, en het klonk bijna bezorgd. 'Niet zo lichtgeraakt, *love*. Het was maar een grapje. Er is echt niets gebeurd vannacht. En ík zou het me wel herinneren.' Ik hoorde hem lachen om zijn eigen grapje, maar ik liep gewoon door.

'Goed. Dan niet. Ik heb nu geen tijd voor theatraal gedoe, maar ik spoor je wel op. Serieus, het gebeurt niet vaak dat een vrouw mijn charmes kan weerstaan, dus ik ben onder de indruk. Geef je nummer maar aan mijn portier, dan bel ik je.' De Vespa startte en ik hoorde hem wegstuiven, en hoewel hij me zojuist indirect een overdreven emotionele slet had genoemd, had ik op de een of andere manier het gevoel dat ik een overwinning had behaald. Als het waar was, natuurlijk; als ik niet toch met mijn dronken kop met hem naar bed was geweest.

Het triomfantelijke gevoel duurde maar drie kwartier. In die tijd sprong ik in een taxi, waste me thuis snel met een washandje, spoot flinke hoeveelheden deodorant onder mijn oksels, deed talkpoeder op mijn hoofdhuid en smeerde alle andere plekken in met geurige crème. Daarna rende ik mijn flat door op zoek naar schone kleren en vroeg ik me af hoe ik ooit een goede moeder zou moeten zijn terwijl ik al vergat dat ik mijn hond niet alleen mocht laten. Millington zat mokkend in een hoekje onder de salontafel om me te straffen voor het feit dat ik haar een hele nacht in de steek had gelaten. Ze had ook nog op mijn hoofdkussen geplast, maar ik had geen tijd om het schoon te maken.

Ik slaagde erin me door de menigte forenzen heen te wurmen en slechts één minuut over negen op kantoor te verschijnen. Net toen ik liep te fantaseren over het verorberen van het enige beproefde antikatermiddel – een grote meeneembeker koffie van een stalletje op straat en een dik beboterd broodje met bacon, ei en kaas – wenkte Elisa me. Ze had een plekje voor me vrijgehouden bij het zonnigste raam en wilde me kennelijk dringend spreken.

Het kantoor was één grote rechthoek, met aan alle kanten echte kantoren, met deuren en ramen, voor de vennoten en een handjevol directieleden, terwijl de teamhoofden en assistenten zo'n beetje op een kluitje in het midden zaten. Technisch gesproken waren er geen aparte bureaus, alleen twee enorme halvemaanvormige tafels die samen een cirkel vormden, op twee uitsparingen na waar de halvemanen elkaar niet raakten, zodat ze toegang boden tot de gezamenlijke printers en faxen die in het midden stonden. We hadden allemaal een eigen laptop die we 's avonds in de kast konden opbergen of mee naar huis konden nemen, en het was elke morgen een kwestie van 'wie het eerst komt, wie het eerst maalt' als het ging om de verdeling van de werkplekken. Iedereen vloog altijd op de twee of drie plaatsen in de kring af waar Kelly vanuit haar kantoor onze computerschermen niet kon zien, en Elisa was er vandaag dus in geslaagd een paar meter eersteklas kantoorruimte te reserveren. Ik zette mijn laptoptas op tafel en haalde er heel voorzichtig de beker koffie uit, zodat er geen druppel van het gouden vocht verloren zou gaan. Elisa's tong hing nog net niet uit haar mond.

'Kom op, Bette, ga nou zitten. Je moet me alles vertellen, ik hóú het niet meer.'

'Wat valt er te vertellen? Ik vond het heel gezellig gisteren. Nog bedankt voor de uitnodiging.'

'Hou je kop!' snerpte ze. Dat was kennelijk haar enige manier van communiceren. 'Hoe was het...' Pauze. Diepe zucht. 'Hoe was het bij Philippe?'

'Philippe? Ik neem aan dat je Philip bedoelt. Hij leek me niet bepaald Frans.'

'O, schat, daar gaat het dus niet om. Hij is fantastisch, of niet soms?'

'Nou, ik vond hem eerlijk gezegd nogal een lul,' zei ik, deels naar waarheid. Dat maakte hem tegelijkertijd natuurlijk razend intrigerend, maar ik vond het niet nodig om dat toe te geven. Elisa zuchtte diep en keek me strak aan.

'Wat zeg je?' fluisterde ze.

'Ik zei dat ik hem...'

'Ik heb je wel gehoord.' Ze gromde nu bijna. 'Ik kan me alleen niet voorstellen waarom je zoiets zou zeggen. Zo te zien had je het goed naar je zin toen je je gisteren aan hem vastklampte op de dansvloer. Wat is hij goed, hè? Oefening baart wel degelijk kunst.'

Ze kon het best nog steeds over dansen hebben, maar haar gezichtsuitdrukking was zo dromerig en wazig dat ik iets anders vermoedde.

'Elisa, wat bedoel je daarmee?'

'Kom op, Bette! We hebben het hier over Philip Weston.'

'Zou dat mij iets moeten zeggen?'

'O, mijn god, Bette, wat ontzettend gênant voor je. Heb je echt geen idee wie hij is? Diploma's van Eton en Oxford en rechten gestudeerd aan Yale? De jongste advocaat die ooit vennoot is geworden bij Simpson Thacher? Zijn opa is hertog, zijn vader is eigenaar van zo'n beetje alle grond tussen Londen en Manchester en ook nog eens hele lappen in Edinburgh. Zijn trustfonds kan zich in omvang meten aan de nationale schuld van het hele land. Ex-vriend van Gwyneth, momenteel het speeltje van vele beroemde lingeriemodellen, en door niemand minder dan het blad *New York* uitgeroepen tot 'Adonis van het nachtleven'. Gaat er al een belletje rinkelen?' Ze kwijlde nu bijna.

'Niet echt,' zei ik, en terwijl ik al deze informatie probeerde te verwerken, hoorde ik het bloed in mijn slapen kloppen. Hertog? Gwyneth??

'Wat is het toch ironisch,' mompelde ze voor zich uit. 'Iedere vrouw op aarde heeft als ultieme levensdoel om een keer met Philip Weston naar bed te gaan, en jij krijgt het voor elkaar terwijl je niet eens weet wie hij is. Het is bijna té erg.'

'Met hem naar béd? Pardon?' *Als je met 'naar bed gaan' bedoelt 'aanhoren hoe hij zijn huishoudster ontslaat wegens het mishandelen van lakens van vierduizend dollar', ja, dan hebben we een heerlijke nacht gehad.*

'Bette! Ga nou niet het onschuldige vrouwtje uithangen. We hebben je gisteren allemaal bezig gezien, hoor.'

Het enige wat ik op dat moment kon bevatten, was dat een man die het bed had gedeeld met Gwyneth Paltrow mij niet alleen naakt had gezien, maar ook nog eens in mijn degelijke ondergoed, met ongeschoren benen en een walgelijk overwoekerde bikinilijn.

'Er is niks gebeurd,' mompelde ik, en ik vroeg me af hoe snel ik mijn spullen zou kunnen pakken, mijn naam veranderen en naar Bhutan verhuizen.

'Tuuuuurlijk niet.' Ze lachte dubbelzinnig.

'Nee, echt niet. Ik ben inderdaad bij hem thuis wakker geworden en ja, ik had kleren van hem aan, maar er is beslist niets gebeurd.'

Ze keek me stomverbaasd en teleurgesteld aan. 'Hoe kan dat nou? Hij is onweerstaanbaar lekker.'

'Ben je zelf soms met hem naar bed geweest, Elisa?' vroeg ik plagend toen het ineens tot me doordrong.

Ze reageerde alsof ik haar een klap in het gezicht had gegeven. 'Nee!'

'Sorry, ik bedoelde er niks mee. Ik plaag je maar, ik dacht niet echt dat je…'

'Ja, wrijf het er maar in. Ik val al eeuwen op hem, maar hij ziet me niet eens staan. Ik kom hem natuurlijk voortdurend tegen met uitgaan en hij weet goed wie ik ben, dus misschien is het een kwestie van tijd…' Haar stem kreeg weer die dromerige klank.

Toen ik kuchte, keerde ze met een ruk terug in de werkelijkheid. Ik begon me al gevleid te voelen dat Philip mij die nacht mee naar huis had genomen terwijl hij ook Elisa had kunnen krijgen, maar ik kreeg de kans niet om er lang van te genieten.

'Ik bedoel, die kerel doet het met iedere mooie vrouw die hij kan krijgen, dus ik snap niet wat er mis is met mij,' zei ze toonloos.

'Iedere vrouw?' piepte ik, nog steeds van plan om me vast te klampen aan de illusie dat ik de enige voor hem was.

'Nou ja, vrijwel iedere vrouw. Daarom snap ik niet dat hij totaal

niet op me reageert. Misschien houdt hij niet van slank.'
Au. Pijnlijk, maar onbedoeld. Ik wachtte af terwijl ze de inventaris opmaakte.

'Eens kijken. Skye heeft iets met hem gehad, maar dat is jaren geleden, toen hij nog een heel ander leven had. En een van de Lijstmeisjes – de knapste – en het fotomodel dat vorige maand op de cover van de *Marie Claire* stond, en zeker vijf van de knapste vrouwen bij Condé Nast.' Ze ging verder met het opsommen van mooie, sociaal vooraanstaande vrouwen, namen die ik kende doordat ik jarenlang de roddelrubrieken en partypagina's had gelezen, maar ik hoorde haar nog maar half. Gelukkig was ze pas bij nummer vijftien toen Kelly haar kantoor uit kwam en me bij zich riep in haar dierenprinthel. Het hele kantoor was ingericht in een hallucinogene combinatie van zebra-, luipaard- en tijgerstof, aangevuld met grote harige kussens en een enorm gevlekt hoogpolig tapijt.

'Ha die Bette. Hoe gaat het met je?' vroeg ze opgewekt, en ze deed de deur achter me dicht en gebaarde naar een stoel die bekleed was met iets wat aanvoelde als een echt dierenvel.

'Eh, prima. De eerste week is me tot nu toe goed bevallen.'

'Wat fijn! Van mijn kant ook.' De breedste glimlach tot nu toe.

'Eh, ja. Echt, ik heb het hier ontzettend naar mijn zin en ik beloof je dat ik zal proberen alles snel te leren, zodat ik méér kan gaan doen dan alleen toekijken,' zei ik, en ik vond het zelf best nuchter en samenhangend klinken.

'Heel goed. En vertel me nu eens over gisteravond!' Ze klapte in haar handen en leunde naar voren.

'O ja, gisteravond. Nou, ik ben gaan eten met Elisa, Skye en Leo en een paar anderen en het was erg leuk. Je hebt een geweldige groep mensen om je heen. Natuurlijk ben ik niet van plan om altijd tot in de kleine uurtjes door te gaan...' Ik lachte zo nonchalant mogelijk, maar het was niet bepaald mijn gewoonte om mijn alcoholische stapavondjes te bespreken met mijn baas. Ik had de belevenissen van de nacht ervoor nooit 's ochtends aan Aaron verteld, maar Kelly leek ze maar al te graag te willen horen.

'Tot de volgende ochtend, bedoel je...' zei ze grinnikend, en haar stem ebde weg.

Ahum. Ik kreeg het vermoeden dat ze de grens tussen werk en privé aan het aftasten was, en ik was niet van plan die te overschrijden. 'Het was een heel gezellig etentje! Er werken hier echt leuke mensen!' Het was nogal een onnozele, nietszeggende opmerking, maar ik kon niets anders verzinnen.

102

Ze boog zich weer naar me toe, veegde haar pony uit haar gezicht en liet haar enorme maar prachtige borsten op het ruwhouten bureau rusten. 'Bette, liefje, je kunt nu eenmaal niet met Philip Weston, eh... slapen zonder dat de hele wereld het te weten komt. Hier, kijk maar eens.' Ze schoof een vel computerpapier over het bureaublad naar me toe. Ik las het met trillende handen.

Het was meteen duidelijk dat het de nieuwe column was waarover Abby en Elisa het hadden gehad: *Out & About*. Ze had hem uitgeprint van de website van *New York Scoop* en de kop luidde: GEHEIMZINNIGE VROUW BRENGT NACHT DOOR BIJ WESTON. Er werd in geuren en kleuren verteld dat Philip de vorige avond bij Bungalow 8 was 'aangeklampt' door een 'knappe jonge vrouw' die door bepaalde bronnen was aangeduid als de nieuwe medewerkster van Kelly & Company. Lezers zouden op de hoogte gehouden worden van de komende ontwikkelingen. Het artikel was geschreven door iemand die zich Ellie Insider noemde. Wat een stomme naam, dacht ik.

Ondanks het semi-compliment van de 'knappe jonge vrouw' – dat ongetwijfeld pure bladvulling was – zonk de moed me in de schoenen, en ik keek Kelly geschrokken aan.

'Ik doe er, samen met zo'n beetje half Manhattan, alles aan om erachter te komen wie die column schrijft. Geniaal. Het is toch niet te geloven hoe snel ze er steeds bij zijn? Dat zal wel het voordeel zijn van een internetcolumn, al zijn die... *blogs* in mijn ogen nog altijd niet meer dan een soort dagboekjes voor mensen die hun werk niet gepubliceerd kunnen krijgen.'

'Kelly, dit is niet wat je denkt. Ik kan het uitleggen. Na het eten zijn we...'

'Bette, ik weet precies wat er is gebeurd. Ik vind het schitterend!'

'Echt waar?' Ik wist zeker dat ze me via deze omweg zou ontslaan.

'Natuurlijk! Het is toch een ideaal scenario? Philip Weston, Bungalow 8, ons bedrijf wordt genoemd. Het enige wat ik van je vraag, is of je er de volgende keer voor zou willen zorgen dat de echte Page Six jullie ook ziet. Het is mooi dat we vermeld worden, maar ze zijn nieuw en hebben nog niet het optimale aantal lezers.'

Ik deed mijn mond open om iets te zeggen, maar er kwam niets uit. Ik geloof dat ze het niet eens zag.

'Wat een man, hè? Even onder ons: ik heb altijd een enorm zwak voor hem gehad.'

'Jij? Voor Philip?'

'Jezus, mens, wie niet! Hij is geweldig. Zijn aanwezigheid levert niet alleen vetgedrukte vermeldingen in de pers op, hij ziet er ook nog eens verrukkelijk uit wanneer hij zijn overhemd uittrekt.'

Ze kreeg nu dezelfde wazige blik in haar ogen als Elisa die ochtend.

'Heb je iets met hem gehad?' vroeg ik, en ik hoopte vurig dat het niet zo was.

'Was het maar waar! Ik ben niet lelijk, maar ook weer niet mooi genoeg voor Philip. Nee, ik ben nooit verder gekomen dan die keer dat ik hem zijn overhemd heb zien uittrekken op een liefdadigheidsavond, waar vrouwen konden bieden op een avondje uit met hem. Ik ben samen met driehonderd anderen helemaal uit mijn dak gegaan toen hij dat hemd over zijn hoofd trok. *Coyote Ugly* was er niks bij. Zie je het voor je? Schitterend, en tegelijkertijd een beetje sneu.'

Ik liet me meeslepen en vergat even – een fractie van een seconde – dat ik met mijn bazin zat te praten. 'Dat bovenlijf van hem heb ik vanmorgen gezien toen hij uit de douche kwam, en het is inderdaad schitterend,' zei ik, voordat ik goed en wel besefte wat dat impliceerde.

Kelly blikte even schichtig om zich heen en keek me toen aan met een vreemde combinatie van jaloezie en overredingskracht. 'Ik neem aan dat je weer met hem uitgaat als hij je belt?'

Het klonk niet echt als een vraag. 'O, hij belt me echt niet, hoor,' mompelde ik, en ik besefte dat geen mens zou geloven dat we niet met elkaar naar bed waren geweest.

Ze keek me indringend aan en begon toen breed te grijnzen. 'Bette, liefje, jij bent misschien de laatste die het inziet, maar je bent een mooie meid. En het is algemeen bekend dat niemand méér van mooie vrouwen houdt dan Philip Weston. Natuurlijk belt hij je. En dan zeg je ja, toch? Uiteraard mag je hem uitnodigen voor al onze evenementen, en maak het gerust zo laat als je maar wilt wanneer je met hem op stap gaat.'

Ik kreeg een vreemd opgewonden gevoel in mijn buik, als een verliefde puber.

'Eh, ja. Goed, ik zal het onthouden.' Ik kon haar ineens wel zoenen.

'Mooi. Ik vind het zo leuk voor je! En hou me op de hoogte, hè? Dan kunnen we nu beginnen.'

'Ja, doen we,' zei ik, opgelucht dat dit vreemde gesprek achter de rug was. 'Je zou me over De Lijst vertellen, toch?'

'Juist. Daar gaat-ie. De Lijst is de allerbelangrijkste sleutel tot het succes van dit bedrijf. We zijn nergens zonder mensen die we aan onze klanten kunnen beloven. Daarom ben ik jarenlang bezig geweest met het samenstellen van een van de grootste bestanden van de pr-wereld. Draai je stoel eens om, dan zal ik het je laten zien.'

Ik schoof de harige beestenstoel naar haar kant van het bureau en ging naast haar zitten terwijl ze een icoontje aanklikte. 'Daar komt hij,' zei ze. 'Mijn kindje. De meest uitgebreide lijst van smaakmakers die ooit heeft bestaan, waar dan ook.'

Haar computerscherm zag er nu uit als de zoekpagina van een website voor persoonlijke advertenties of huurappartementen. Je hoefde alleen maar je wensen te bepalen, de bijbehorende hokjes aan te vinken en op 'zoek' te klikken. Er waren vier hoofdlocaties – New York, Los Angeles, Miami en The Hamptons – maar er stonden ook kleinere, minder volledige lijsten bij van een stuk of tien andere Amerikaanse en zo'n vijfentwintig buitenlandse steden. De zoekcriteria leken oneindig. Ze waren opgesomd in een verticale rij die begon in de linkerbovenhoek, in willekeurige volgorde. Kunst, literatuur, filmproductie, kranten, mode, platenmaatschappijen, sociaal, jong sociaal, media-elite, financieel, tijdschriften, architectuur, detailhandel en 'diversen'.

'Je toetst gewoon de categorie in van de mensen die je zoekt en het programma geeft je alle informatie die je wilt hebben. Hier, kijk maar.' Ze vinkte snel 'literatuur' en 'jong sociaal' aan en liet me de duizenden mogelijkheden zien. 'We weten alles over iedereen. Volledige naam, adres, alle telefoonnummers, fax, pieper, e-mailadres, buitenhuizen, adressen in het buitenland, verjaardagen en informatie over echtgenoten, kinderen en hun kinderjuffen. Er is ook een subcategorie om het nog verder uit te splitsen, bijvoorbeeld wanneer je wilt weten of iemand homo, hetero, single, monogaam of overspelig is en of hij of zij veel uitgaat, reist of vaak wordt genoemd in roddelrubrieken. Wanneer je alles over iemand weet, wordt het heel gemakkelijk om te selecteren welke personen ergens aanwezig zullen zijn, snap je?'

Ik knikte, omdat ik geen andere gepaste reactie kon bedenken.

'Laten we bijvoorbeeld je oom eens nemen.' Ze typte zijn naam in bij een zoekvakje en daar kwam de relevante informatie al: adres en telefoonnummer aan Central Park West, kantoorgegevens, zijn precieze functieomschrijving bij de krant, naam van de column en het aantal jaren dat hij die schreef, zijn lezerspubliek, geboortedatum en de korte vermelding dat hij regelmatig naar Key West en St.

Barth ging. Onder het kopje 'verwijzing' stonden nog de categorieën 'homoseksueel', 'literair', 'kranten' en 'media-elite'. Het viel me op dat er geen categorie 'akelig conservatief' bij was, maar ik hield mijn mond.

'Goh, zoiets heb ik nog nooit gezien,' zei ik. Ik kon mijn ogen niet van het computerscherm houden.

'Onvoorstelbaar, hè? En dat is nog niet alles. Het is je misschien al opgevallen dat er in deze database geen mediamensen of beroemdheden voorkomen. Daar hebben we aparte bestanden voor, omdat het de twee belangrijkste groepen zijn.'

'Aparte bestanden?'

'Inderdaad. Kijk maar.' Ze sloot het eerste programma af en klikte op het icoontje 'pers'. 'Je hebt de media-elite, met mensen zoals jouw oom, Frank Rich, Dan Rather, Barbara Walters, Rupert Murdoch, Mort Zuckerman, Tom Brokaw, Arthur Sulzberger, Thomas Friedman, et cetera, et cetera. Mensen die je natuurlijk graag uitnodigt omdat ze in de belangstelling staan, maar je kunt niet van hen verwachten dat ze overal komen opdraven. Eigenlijk zijn ze zelf een soort sterren. Daarom hebben we nog een compleet tweede bestand van de werkende media – alle mensen bij de kranten, tijdschriften, tv en radio die ons de media-aandacht kunnen geven die we onze klanten beloven. Er zijn natuurlijk altijd overlappingen. Je kunt een bekend lid van de beau monde hebben dat toevallig ook voor een tijdschrift werkt, of een filmproducent die recensies schrijft voor een lokale krant. Daar hebben we al die verwijzingen voor.'

Ik nam de muis van haar over en scrolde door de verschillende velden. Het viel me op dat het mediabestand demografisch opgesplitst was, zodat je mensen kon vinden in de categorieën muziek, design, reizen, lifestyle, mode, entertainment, roddelbladen, sterren, sport of 'maatschappelijk betrokken'.

'Ongelooflijk. Hoeveel zijn er in totaal?'

'In alle drie de bestanden samen zo'n 35.000. En je hebt de celebrity's nog niet eens gezien, ons belangrijkste bestand.' Weer een paar muisklikken, gevolgd door een opsomming van de rijkste, beroemdste en mooiste mensen ter wereld.

'Dit is de lijst van de filmindustrie. We hebben bij alle sterren de gegevens toegevoegd van hun huidige pr-persoon, agent, manager en assistenten, met informatie over familie, inclusief verjaardagen, lopende en aankomende projecten en alle persoonlijke voorkeuren, uiteenlopend van luchtvaartmaatschappijen tot bloemen, mineraalwater, koffie, drank, hotels, ontwerpers en muziek. En dat alles wordt zo'n beetje ieder uur bijgewerkt.'

Ze opende het profiel van Charlize Theron, van wie ik zag dat ze huizen had in Zuid-Afrika, Malibu en de heuvels van Hollywood; ze had een relatie met Stuart Townsend, vloog alleen first class met American Airlines of per privé-vliegtuig, was op dat moment voor filmopnames in Rome en zou over vijf maanden aan een nieuwe filmrol beginnen. Ze had vier mensen in dienst en haar agent verzorgde tijdelijk tevens haar pr.

'Hoe wordt dat allemaal bijgewerkt? Ik bedoel, hoe wéét je dit allemaal?'

Kelly wierp haar hoofd in haar nek, zichtbaar verrukt door mijn verbijstering. 'Elisa heeft je toch voorgesteld aan de Lijstmeisjes?'

Ik knikte.

'Het is misschien niet de meest flitsende baan ter wereld, maar ze hebben de juiste connecties en we bieden ze leuke extraatjes om praktisch alles te lezen wat er wordt gepubliceerd – op papier en on line – en die informatie te gebruiken om eventuele gaten in de bestanden op te vullen. De Lijstmeisjes zijn met zijn drieën, alle drie afkomstig uit families met een groot sociaal netwerk, en ze gaan veel op stap en leren overal nieuwe mensen kennen. Vanmorgen is bijvoorbeeld een speciale Baby Power-editie van *New York* verschenen, met vijftig New Yorkers onder de dertig die behoren tot de top op hun eigen specifieke terrein. Mochten ze er nog niet in hebben gestaan, dan zouden hun namen stuk voor stuk zijn ingevoerd in ons bestand.'

'Ongelooflijk. Echt ongelooflijk, Kell.'

'Zeg dat wel. Wat zou je ervan zeggen om een oefenlijstje te maken? Laten we doen alsof we een feest moeten geven voor Asprey, ter ere van de opening van hun eerste filiaal in Amerika. Het wordt gehouden in de winkel op Madison Avenue, en de grootste zorg van het bedrijf is dat het merk bij Amerikanen lang niet zo bekend is als in Engeland. Ze willen dus meer naamsbekendheid. Ik wil vijfhonderd geschikte namen; vierhonderd uit de harde kern en de andere honderd een mix van celebrity's en bruikbare pers. Natuurlijk zouden er op een dergelijk feest in werkelijkheid niet meer dan honderdvijftig of tweehonderd mensen komen, hooguit, maar het is om te oefenen.'

Ik wilde best oefenen, maar ons lesje had de hele ochtend in beslag genomen en ik had nog niets aan mijn kater kunnen doen, die intussen zo in opstand was gekomen dat ik er echt aandacht aan moest schenken.

'Prima, ik zorg ervoor dat het maandag af is, goed?' zei ik zo op-gewekt mogelijk, en ik stond voorzichtig op om niet nog misselijker te worden.

'Heel goed. En denk ook eens na over cadeautjes voor de gasten,' zei ze. 'O ja, Bette?'

'Hmm?'

'Heb je nog plannen om Philip dit weekend te zien?'

'Philip? Wie is Philip?' Ik dacht dat ze het nog steeds over De Lijst had, maar we waren blijkbaar naadloos overgegaan op mijn privé-leven.

'Bette!' zei ze giechelend. 'Dat ongelooflijk lekkere ding bij wie je vannacht in bed gelegen hebt? Je ziet hem toch nog wel?'

'O ja, Philip. Nou, zo is het niet helemaal gegaan, Kelly. Eigen-lijk...'

'Ach Bette, hou maar op. Je bent me heus geen verklaring schul-dig. Het is jouw leven.' Ze zag kennelijk geen greintje ironie in de hele situatie. 'Ik hoop alleen dat je wilt overwegen om dit weekend met hem uit te gaan, meer niet. Misschien iets eten bij Matsuri of gezellig naar Bungalow of Marquee?'

'Nou, eh... ik denk niet dat hij me zal bellen, maar mocht dat wel gebeuren, dan...'

'O, hij belt wel, Bette. Hij belt wel. Ik ben blij dat je er voor in bent. Want eerlijk gezegd zou je gek zijn als je het niet deed! Ik ga vandaag vroeg naar huis, dus ik wens je vast een heel fijn week-end.'

'Dank je. Hetzelfde, Kelly,' zei ik, terwijl ik langzaam naar de deur schuifelde. Ik kon nog niet goed bevatten dat ik zojuist mijn bazin had beloofd dat ik vaker naar bed zou gaan met iemand met wie ik nog helemaal niet naar bed was geweést. 'Tot maandag.'

Ze pakte de telefoon, glimlachte en stak haar duim naar me op. Ik liep naar mijn plekje bij Elisa, maar op weg daarheen werd ik een paar keer aangehouden door mensen die veelbetekenend naar me grinnikten of dingen zeiden als 'Goed gedaan' of 'Mooie zet, met Philip'. Elisa was gaan lunchen (lees: een liter Fiji-water, een zakje miniworteltjes en een stuk of vijf Marlboro lights), zag ik op het briefje dat ze op mijn computer had achtergelaten. Ik pakte de tele-foon en belde Penelope.

'Hoi, hoe gaat het?' vroeg ze.

'Prima, en met jou?' antwoordde ik met mijn speciale explosie-venstem: zo zachtjes en gespannen dat je de indruk kreeg dat er ie-der moment een uitbarsting kon komen.

'Prima. Nog bedankt dat je me hebt meegenomen gisteravond. Het was heel, eh... interessant.'
'Je vond het verschrikkelijk, hè?'
'Nee! Bette, dat heb ik niet gezegd. Ik vond het helemaal niet verschrikkelijk. Het was alleen, eh, anders dan wat we normaal gesproken doen. Ik hoop dat je het niet erg vindt dat ik vroeg naar huis gegaan ben, maar ik was doodop. Hoe was het de rest van de avond?'
'Vraag je dat nou uit beleefdheid of heb je vandaag het nieuws nog niet gezien?' Ik duimde dat ze niets had gehoord.
'Ja, het was beleefdheid. Avery heeft het me vanmorgen al heel vroeg doorgemaild. Het kostte me zo veel moeite om je niet te bellen! Ik wil er álles over horen. Begin maar bij: "Toen ik hem voor het eerst zag bij Bungalow droeg hij een zwart ribbeltjesshirt en een zwarte broek, maat 34, en hij haalde een vanillewodka met Sprite voor me." En dan op hetzelfde gedetailleerde niveau verder, graag.'
'Pen, ik kan er hier niet te veel over zeggen,' zei ik gespannen, want toen ik opkeek zag ik dat de halve kring zogenaamd op zijn of haar computerscherm zat te kijken, maar in werkelijkheid met gespitste oren naar me luisterde.
'Bette! Dat kun je niet maken! Jij gaat naar bed met een van de meest begeerde mannen van het westelijk halfrond – ik hoor van Avery dat alle vrouwen in Manhattan aan zijn voeten liggen – en dan wil je me er niets over vertellen?'
'Ik ben niet met hem naar bed geweest!' schrééuwde ik zo'n beetje in de hoorn. Skye, Leo en een paar assistenten keken met een ruk op en grinnikten als één man naar me.
'Natuurlijk niet,' hoorde ik iemand fluisteren.
Leo rolde alleen maar met zijn ogen, alsof hij wilde zeggen: 'Jezus, we zijn hier niet áchterlijk.'
Heel even voelde ik me gevleid. Wat maakte het uit dat het misschien een tikkeltje sletterig was om meteen de eerste avond met iemand in bed te duiken? Ik had liever dat iedereen het op zijn minst voor mógelijk hield dat Philip Weston zich verwaardigde om met mij naar bed te gaan, dan dat ze ervan uitgingen dat hij me alleen maar mee naar huis had genomen uit medelijden en verantwoordelijkheidsgevoel en dat hij zo weinig mogelijk tijd had doorgebracht in hetzelfde bed als ik.
'Rustig maar!' zei Penelope. 'Niet zo lichtgeraakt. Oké, je bent niet met hem naar bed geweest. Ik geloof je. De enige vraag die dan overblijft, is: waarom in vredesnaam niet? Ik hoef je toch niet te

herinneren aan je huidige celibataire staat, hè? Waarom zou je je inhouden? Hij schijnt geweldig te zijn!'

Ik begon eindelijk te lachen – voor het eerst die ochtend, besefte ik nu. En inderdaad, wat was nu eigenlijk de *big deal*? Als ik niet ontslagen zou worden vanwege mijn tamelijk publieke indiscretie – en dat zat er duidelijk niet in – kon ik er maar beter van genieten. 'Ik kan me eerlijk gezegd heel weinig herinneren van wat er precies is gebeurd,' fluisterde ik met mijn hand om de hoorn. 'Maar vanavond als ik thuis ben, zal ik je alles vertellen wat ik nog kan opdiepen.'

'Ik ben er vanavond niet. Avery en ik gaan bij zijn ouders eten, dat krijg ik maar niet uit zijn hoofd gepraat. Morgenavond dan? Kunnen we niet iets gaan drinken bij de Black Door? Dan spreken we daar af.'

'Dat zou ik graag willen, maar ik heb de leesclub. In Little Italy, geloof ik.'

Ze zuchtte. 'Dan zullen we voor volgend weekend moeten afspreken, want ik zit de rest van de week voor mijn werk in Cincinnati. Zaterdagavond, kun je dan?'

Het voelde vreemd om afspraken te hebben met andere mensen dan de leden van mijn leesclub, Will of Penelope, maar het werk was intussen ook mijn weekenden binnengeslopen. 'Op zich wel, maar ik heb Kelly beloofd om met ons groepje van kantoor nieuwe locaties te gaan bekijken voor het feest van *Playboy*. Dat duurt nog maanden, maar iedereen is nu al in paniek. Heb je zin om mee te gaan?'

Penelope aarzelde. Ik merkte wel dat ze niet zat te springen van enthousiasme, maar ze kon moeilijk weigeren, omdat ze al had gezegd dat ze die zaterdagavond niets anders had. 'Eh, goed. Lijkt me leuk. We spreken het deze week nog wel af. En mocht je je plotseling iets "herinneren" over gisteravond, dan wil ik dat natuurlijk graag horen.'

'Loeder,' vuurde ik terug.

Ze lachte alleen maar.

'Veel plezier bij je toekomstige schoonouders, hè? Goed luisteren wanneer ze je precies vertellen hoeveel kleinkinderen ze willen, uitgesplitst op geslacht en kleur ogen. Per slot van rekening heb je nu een bepaalde plicht te vervullen…'

Het was fijn om haar weer te horen lachen.

'Bettina Robinson, ik betwijfel of jij momenteel in de positie bent om dat soort adviezen te geven, gezien je tamelijk opzichtige gedrag van de afgelopen vierentwintig uur… Ik spreek je gauw weer.'

'Doei.' Ik verbrak de verbinding en besloot dat ik na deze nacht en ochtend eindelijk dat broodje bacon, ei en kaas met veel boter had verdiend. Ik moest mijn lijst met vijfhonderd genodigden nog opstellen en cadeautjes voor de gasten verzinnen, maar dat kon wel wachten. Mijn kater niet.

9

Een week later – een week van gastenlijsten opstellen, een garderobe bijeen sprokkelen, flink stappen en algemene onderdompeling in de cultuur van Kelly & Co – stond ik op Penelope te wachten. De rij was ondraaglijk lang. Hele hordes meisjes streken hun met Japanse conditioner bewerkte steile haar nog eens extra glad met hun gemanicuurde handen terwijl de jongens – opgepept door maaltijden met een flinke biefstuk – hen stevig vasthielden om te voorkomen dat ze omkukelden op hun hoge hakken. De avond was koel, vooral na de snikhete zomer, maar het leek wel of niemand in de gaten had dat het geen juli meer was. Overal zag je blote huid – gescrubd, geboend, ingesmeerd, bruin en glanzend – variërend van enorme zongebruinde decolletés en licht glitterende ontblote buiken tot hele stukken dij die je normaal gesproken zelden ziet, behalve op het strand en bij de gynaecoloog. Een paar mensen deinden mee op de maat van de loungemuziek die achter de imposante stalen deur vandaan kwam, en de meesten kwetterden opgewonden bij de gedachte aan de avond die voor hen lag: die eerste martini die je bloedbaan bereikt, het gevoel van de muziek die door je heupen pulseert, de brandende maar verrukkelijke sigarettenrook en de gelegenheid om die volmaakte huid tegen die van iemand anders aan te drukken. Niets was zo bedwelmend als op zaterdagavond in New York in de rij staan bij de nieuwste, chicste zaak van de hele stad, omringd door glinsterende, mooie mensen, in die roes waar iedere fantasie werkelijkheid leek te kunnen worden... als je tenminste naar binnen mocht.

Tot mijn verbazing was Will niet bepaald blij geweest met de aandacht die mijn quasi-avontuurtje de week daarvoor in de roddelrubriek had gekregen. Ik had mijn oom dezelfde dag na mijn werk gebeld in de veronderstelling dat hij de *New York Scoop* niet las en dus van niets wist, maar daar had ik me dus lelijk in vergist. Het leek wel of iederéén de *Scoop* las, en het ergste was nog wel dat ze hem allemaal lazen voor de column van Ellie Insider.

'O, Bette, je oom staat al te trappelen. Hij zat te wachten tot je zou bellen,' zei Simon een beetje stijfjes, zonder zelfs maar te vragen hoe het met me ging of wanneer ik weer zou komen eten, zoals hij anders altijd deed.

'Bette? Ben jij het echt? Goh, onze beroemdheid belt zomaar haar oom.'

'Beroemdheid? Waar héb je het over?'

'Ach, ik weet niet. Misschien over dat stukje van gisteren? Je nieuwe vriendje is schijnbaar erg in de mode, dus worden zijn, eh... veroveringen vaak vastgelegd voor het nageslacht op die zeer journalistieke pagina's. Heb je het niet gezien dan?'

'Mijn vriendje? Ik gok dat je daarmee doelt op de zeer illustere Philip Weston, klopt dat?'

'Dat klopt inderdaad, lieverd. Hij was niet bepaald wat ik in gedachten had toen ik je aanmoedigde eropuit te gaan en iemand te leren kennen, maar wat weet ik er nou van? Ik ben maar een oude man die het moet hebben van de avonturen van zijn mooie jonge nichtje. Als jij op dat type verwende Britse erfgenamen valt, ben ik de laatste om te zeggen dat dat niet mag...'

'Will! Ik zou denken dat jíj toch inziet dat je niet alles moet geloven wat je in de bladen leest. Zo is het helemaal niet gegaan.'

'Lieverd, het is jou kennelijk ontgaan, maar tegenwoordig leest iedereen de column van Ellie Insider. Het is een gemeen loeder, maar ze heeft wel altijd de primeur. Wou je me vertellen dat je niet met hem naar huis bent gegaan? Want als dat zo is, raad ik je aan het meteen te laten rechtzetten. Dit is natuurlijk niet de reputatie die je wilt opbouwen.'

'Het is nogal ingewikkeld,' was alles wat ik kon uitbrengen.

'Aha,' zei hij zacht. 'Luister, het gaat me niks aan. Als jij maar geniet, dat is het belangrijkste. Laten we erover ophouden. Zien we je morgen bij The Essex House? We zitten midden in het hoogseizoen van de bruiloften, dus er zullen morgen wel schitterende huwelijksaankondigingen bij zijn. Kom vooral lekker valse opmerkingen maken.'

Ik had 'ja' gezegd, maar het voelde raar. Er was iets veranderd en ik kon niet precies zeggen wat het was.

'Bette, joehoe!' riep Penelope een beetje te hard, zwaaiend vanaf de achterbank van haar taxi.

'Ha, je bent mooi op tijd. Elisa en de anderen zijn al binnen, maar ik wilde je niet alleen laten gaan.'

'Wauw, wat zie je er mooi uit,' zei ze, en ze legde een hand op mijn heup en bestudeerde mijn outfit van top tot teen. 'Hoe kom je aan dat soort kleren?'

Ik lachte, blij dat het haar opgevallen was. Ik werkte nog geen twee weken bij Kelly & Company, maar dat was lang genoeg om er flink de balen van te krijgen dat ik er altijd bij liep alsof ik naar een begrafenis moest. Ik had mijn saaie pakken helemaal achteraan in de kast gegooid, een paar bladzijden uit de *Lucky* en de *Glamour* gescheurd en was regelrecht naar Barney's gegaan. Aan de kassa rekende ik snel uit hoeveel jaar het zou duren voordat ik alles had afbetaald, om vervolgens dapper mijn creditcard te overhandigen. Toen ik hem terugkreeg, zou ik gezworen hebben dat hij warm aanvoelde. Ik had in één middag niet alleen mijn suffe uiterlijk, maar ook mijn gezonde bankrekening vaarwel gezegd.

Het was geen haute couture, maar ik was heel blij met mijn nieuwe look: een Hudson-jeans die meer kostte dan ik maandelijks kwijt was aan gas en licht; een Kelly-groen zijden topje dat was afgezet met kant; een getailleerd tweedjasje dat nergens bij paste maar dat me volgens Jean-Luc, de verkoper, 'oogverblindend' stond, en het Louis Vuitton-tasje dat ik voor mijn eenentwintigste verjaardag van oom Will had gekregen, met de woorden: 'Het is misdadig om als vrouw de grens naar de volwassenheid te moeten overschrijden zonder één designerstuk in je garderobe. Welkom in een hopelijk lang leven van oppervlakkig consumptiegedrag en de verering van dure merken.'

114

Ik me had me jarenlang uit de naad gewerkt bij UBS, tachtig uur per week. En omdat ik nooit tijd had gehad om geld uit te geven, had ik zonder veel moeite een aardig spaarpotje opgebouwd. Daar was niets van over na twee maanden zonder werk en één middagje Barney's, maar ik had nog nooit zo'n mooie kont gehad in een spijkerbroek. Ik voelde me zowaar thuis tussen de slanke, mooie mensen voor de deur bij Sanctuary. Het was het geld dubbel en dwars waard geweest.

'Hallo,' zei ik, terwijl ik Penelopes dunne lijfje omhelsde. 'Vind je het mooi? Het is mijn "ik ben nooit ook maar een béétje hip geweest, maar nu doe ik hard mijn best"-look. Wat vind je ervan?'

'Het staat je geweldig,' zei ze als een echte vriendin. 'Zijn er soms plannen om vanavond een bepaalde goddelijke Engelsman te zien?'

'Nou, nee. Ik geloof niet dat Philip Weston vrouwen opbelt die niet meteen met de benen wijd bij hem in bed zijn gedoken. Trouwens, vrouwen die dat wél doen, belt hij waarschijnlijk ook niet. En hij mag er dan goed uitzien, hij was ook ontzettend arrogant en zelfingenomen.'

'En daar houdt geen enkele vrouw van, hè?' zei Penelope quasiserieus.

'Natuurlijk niet,' antwoordde ik. 'Kom, de anderen zijn allemaal al naar binnen en het is steenkoud.'

'Heb je die rij gezien? Wat is er vanavond te doen? Je zou denken dat Britney gratis *lap dances* geeft of zo.'

'Ik weet alleen dat deze tent pas sinds gisteren open is en dat het de ultieme exclusieve club zou moeten zijn, een soort vip-ruimte in het kwadraat. Kelly wilde dat we een kijkje gingen nemen, voor het geval de hype aanhoudt en dit dé nieuwe zaak wordt. We hebben al een optie voor het feest van *Playboy*.' Kelly & Co had ruim een jaar eerder van *Playboy* de opdracht gekregen om de Manhattan-versie van hun eeuwigdurende vijftigjarige jubileum te verzorgen. De feestelijkheden begonnen in Chicago en zouden spectaculair eindigen in de beroemde *Playboy-mansion* in Los Angeles, met tussenstops in Las Vegas, Miami en New York. Het was een hele onderneming; ons grootste project tot nu toe, dat vrijwel iedere minuut van elke werkdag in beslag nam. Kelly had ons de vorige dag bijeengeroepen om het aantal dagen op het aftelbord te veranderen in 115, en had vervolgens om de laatste ontwikkelingen gevraagd. De Lijstmeisjes waren al op zoek naar geschikte celebrity's uit de top en de subtop om een definitieve gastenlijst samen te stellen. Intussen zaten wij halve dagen aan de telefoon met alle denkbare personen uit zo'n beetje iedere sector die probeerden uitnodigingen los te peuteren, voor zichzelf, hun klanten of allebei. Tel daarbij op dat Hef heel paranoïde van ons eiste dat we alle details – waaronder de locatie, het tijdstip en de genodigden – strikt geheimhielden, en je had het recept voor een complete chaos.

'Ik heb Sanctuary gisteren opgezocht op Citysearch. Volgens de bedrijfsleider verwachten ze "het betere publiek uit de creatieve hoek". Daar kan ik me niet zo veel bij voorstellen, maar ik heb er natuurlijk ook geen verstand van.'

Ik had de laatste tijd geleerd dat het concept 'exclusiviteit' van levensbelang was in Manhattan. Dat was deels te wijten aan het enorme aantal mensen dat opeengepakt zat op zo'n klein eilandje. New Yorkers gingen instinctief de concurrentiestrijd aan voor de meest uiteenlopende zaken, van taxi's in het spitsuur en een zitplaats in de metro tot een Birkin-tas van Hermès of seizoenskaarten voor de Knicks. Het kostte jaren voordat je een beetje vat kreeg op ontoegankelijke raden van besturen. Kille gastvrouwen van de populairste restaurants eisten hooghartig reserveringen die een halfjaar van tevoren waren gemaakt. 'Als je ergens zomaar binnengelaten wordt,' zeiden de mensen, 'dan is het waarschijnlijk niet de moeite waard.' Sinds de dagen van Studio 54 en waarschijnlijk lang daarvoor (als er toen al nachtclubs bestonden) hadden bezoekers het als een sport beschouwd om de trendy tenten binnen te komen. En de chicste clubs, zoals die van vanavond, hadden weer verschillende toelatingsniveaus. Binnenkomen was nog maar het begin; dat lukte vrijwel iedere studente die een bloot truitje droeg. 'De gewone bar?' had ik iemand over Sanctuary horen zeggen? 'Nou, dan zit ik nog liever op zaterdagavond in een fout restaurant ergens in de provincie.' Elisa had ons uitdrukkelijk opgedragen linea recta naar de vip-ruimte te gaan; dat was kennelijk de enige plek 'waar echt wat gebeurde'. Jagger en Bowie hadden vroeger gefeest in de legendarische privé-ruimte van Studio 54; nu lieten Leonardo, Colin en Lindsay zich uit het zicht van opdringerige nieuwsgierigen omringen door bewonderaars. En alle anderen moesten in de rij staan om binnen te komen.

Ik was het gewend om bij de niet-vips te horen. Het was zelfs nooit bij me opgekomen dat 'vip-zijn' tot de mogelijkheden behoorde. Maar mijn verontwaardiging was pas echt gewekt door de opening van een vip-ruimte buiten de gebruikelijke arena van de nachtclub. In wat ik alleen maar kon beschouwen als het eerste teken van de apocalyps had Quinn, mijn tandarts, nog niet zo lang geleden een vip-wachtkamer in gebruik genomen. 'Daar voelen de belangrijke, bekende klanten van meneer Quinn zich wat beter op hun gemak,' had de assistente me uitgelegd. 'Gaat u maar gewoon in de oude wachtkamer zitten.' En daar zat ik dan, in dat verre van trendy en zeer openbare hok, met een beduimeld tijdschrift van twee jaar geleden, in stilte te wensen dat de dikke man naast me zou ophouden met zijn luidruchtige kauwgumgekauw. Ik had verlangende blikken geworpen op de deur waar 'vip' op stond en gefantaseerd over het pluchen tandenparadijs dat daar ongetwijfeld achter lag. En ik had me erbij neergelegd dat ik wel altijd bij de buitenstaanders zou horen.

Maar nu, slechts een paar maanden later, stond ik in mijn mooie nieuwe kleren voor Sanctuary terwijl binnen een hele groep fantastische vrienden op me wachtte. Er braken nieuwe tijden aan, ik voelde het.

Uit mijn ooghoek zag ik iemand die sprekend op Abby leek de portier zoeken en naar binnen gaan, maar vanaf de plek waar ik stond kon ik niet zien of ze het echt was. 'O ja, je raadt nooit wie ik laatst heb gezien,' zei ik tegen Penelope. 'Wat stom dat ik je dat nog niet heb verteld! Vortex was laatst bij Bungalow, die avond dat jij vroeg naar huis bent gegaan.'

Penelope draaide met een ruk haar hoofd naar me toe. Ze had een nog grotere hekel aan Abby dan ik, als dat al mogelijk was. Ze had haar geen blik meer waardig gekeurd sinds Abby haar in het laatste schooljaar een keer in een hoek had gedreven op de toiletten en had gezegd dat ze het vooral niet persoonlijk moest opvatten dat Penelopes vader met zijn secretaresse naar bed ging, en dat het heus niet wilde zeggen dat hij niet van haar hield. Penelope was zo geschokt geweest dat ze alleen maar had gevraagd: 'Hoe weet je dat?' Waarop Abby zelfvoldaan had gegrijnsd. 'Meen je dat nou?' zei ze. 'Iedereen weet het toch?' Het daaropvolgende debacle met het geschiedeniswerkstuk had de verhouding niet bepaald verbeterd.

'Dus jij hebt die hoerige dwerg gezien en mij er niks van verteld? Wat had ze te melden?'

'Hetzelfde als vroeger. Het zal je goed doen om te horen dat ze nu in de vortex van de mediawereld verkeert. Ze laat zich tegenwoordig Abigail noemen in plaats van Abby, dus natuurlijk heb ik zo vaak mogelijk "Abby" tegen haar gezegd. Ze heeft haar tieten laten vergroten en haar halve gezicht is verbouwd, maar verder is ze niets veranderd.'

'Dat mens zou met naaldhakken over haar eigen moeder heen lopen als ze er iets mee opschoot,' mompelde Penelope.

'Zeker weten,' bevestigde ik opgewekt. 'En het zou best eens kunnen dat ze je hier vanavond verblijdt met haar aanwezigheid. Volgens mij zag ik haar net naar binnen gaan.'

'Fijn, heel fijn. Wij boffen maar.'

Ik haakte mijn arm door die van Penelope en liep brutaal naar het begin van de rij, waarbij ik hoopte dat ik een zekere mate van zelfverzekerdheid uitstraalde. Een zwarte man die zwaar aan *manorexia* leed, met een grote afropruik op en gekleed in een gaatjeshemd met lange mouwen op een knalroze lycra maillot, tuurde door zijn glitterbril naar ons.

'Staan jullie op de gastenlijst?' vroeg hij, met een verrassend lage stem voor iemand die zich zo vakkundig als vrouw had verkleed.

'Inderdaad,' zei ik nonchalant. Stilte. 'Eh, ja, we staan op de gastenlijst. We zijn van Kelly & Company.'

Geen reactie. Hij had een klembord in zijn handen, maar hij nam niet eens de moeite om het te raadplegen. Ik nam aan dat hij me niet had gehoord.

'Ik heb vandaag de bedrijfsleider gesproken om een afspraak te maken. We overwegen om hier het feest van…'

'Naam!' blafte hij, totaal niet geïnteresseerd in mijn verklaring. Maar net toen ik mijn achternaam wilde spellen, kwamen er vier mannen in jaren-zeventigjoggingpakken en een vrouw die was gekleed in iets wat akelig veel op een *flapper*-outfit leek pal voor me staan.

'Romero, schat, hou dat idiote touw eens opzij, zodat we niet langer in de kou hoeven staan,' zei de vrouw, en ze legde zachtjes haar hand tegen de wang van de portier.

'Natuurlijk, Sophie, kom binnen,' antwoordde hij eerbiedig, en ik zag dat de *flapper* Sophie Dahl was. Haar gevolg liep achter haar aan naar binnen en knikte naar de portier, die straalde van trots en blijdschap. Het duurde zeker drie minuten voordat hij weer een beetje hersteld was, en nog eens twee tot hij zich onze aanwezigheid herinnerde.

'Robinson,' zei ik, een stuk geïrriteerder nu. 'R-O-B-I…'

'Ik kan wel spellen, hoor,' snauwde hij. Hij had nog steeds moeite om zijn opwinding te boven te komen. 'Ja, jullie hebben geluk, ik zie jullie namen hier staan. Anders was je vanavond écht niet binnengekomen.'

'Hmm,' was de enige reactie die ik kon uitbrengen op die fascinerende informatie.

Hij legde zijn hand op het fluwelen koord, maar maakte het nog niet los. Eerst boog hij zich naar Penelope toe en zei recht in haar gezicht, niet al te zachtjes: 'Even voor de duidelijkheid, dames: de volgende keer graag iets minder casual kleding.'

Penelope begon te giechelen, zich er duidelijk niet van bewust dat onze nieuwe vriend de travestiet geen grapje maakte.

'Ik zeg gewoon waar het op staat,' ging hij verder. Hij begon met de minuut harder te praten. Er was een stilte over de tot dan toe onrustige en opgewonden rij wachtenden neergedaald, en ik voelde vijftig paar ogen in mijn rug priemen. 'We zien onze gasten hier graag wat stijlvoller, wat geklederd.'

Ik dacht koortsachtig na over een ad rem antwoord, maar mijn mond verleende geen medewerking. Natuurlijk bracht ik geen woord uit, en voordat ik het wist was er een meisje naar ons toe gekomen dat zo jong en lang was en zulke enorme borsten had dat ze er alleen in LA succes mee zou hebben, om ons ongevraagd een kort maar zeer informatief lesje te leren over de huidige situatie op het modevlak.

'We hebben tegenwoordig het liefst de jaren-veertiglook,' zei ze met een allerhartelijkste glimlach.

'Hè?' haalde Penelope me de woorden uit de mond.

'Het is maar een ideetje, natuurlijk, maar het werkt perfect. Zwart-wit met felrode lippenstift, weet je wel? Misschien een paar vintage Prada-schoenen met hoge hakken of zelfs platcauzolen. Onderscheid maken, anders zijn dan anderen, daar gaat het om.' Ik hoorde op de achtergrond een paar mensen goedkeurend lachen.

Aha, anders dan anderen! Op dat moment zag ik dat ze er zelf uitzag als een mislukte kloon van het gemiddelde popsterretje.

Maar zei ik dat ook? Natuurlijk niet. Wat zeiden we dan? Wat deden we? Geen ene moer. In plaats van nog een greintje zelfrespect te behouden, een heel klein tikkeltje maar, staken we allebei braaf onze linkerhand uit voor de verplichte stempel en schuifelden we beschaamd langs het fluwelen koord, dat eindelijk opengehouden werd. De laatste vernedering kwam op het moment dat de deur achter ons dichtviel en de verbouwde giraffe tegen de circusclown zei: 'Het zou nog niet zo erg zijn als ze voor de juiste merken hadden gekozen.'

'Heb ik me dat nou verbééld?' Penelope keek net zo verbijsterd als ik me voelde.

'Volgens mij niet. Hebben we erg zielig gereageerd? Ik durf het bijna niet te vragen.'

'Er zijn geen woorden voor de manier waarop wij reageerden. Het is net als een quiz kijken op tv: ik wist alle antwoorden, maar net een paar tellen te laat.'

Op het moment dat ik wilde voorstellen dat we onszelf zo snel mogelijk zouden verdoven met alle onverdunde wodka die we te pakken konden krijgen, had Elisa ons in het vizier gekregen.

'Deze tent is zó hot,' hijgde ze in mijn oor terwijl ze naar Penelope zwaaide. 'Moet je kijken. Helemaal rechts achter in de hoek staat Kristin Davis. Vlak voor haar Suzanne Somers. Geen topnamen, dat geef ik toe, maar evengoed beroemd. Links, vlak bij de hoek, zo'n beetje op twaalf uur, staan Sting en Trudie Styler te vrijen. Op de ronde leren bank in het midden zie ik Heidi Klum en Seal, en Davide hoorde hen net zeggen dat Zac Posen ook komt.'

'Wauw,' zei Penelope, in een bewonderenswaardige poging om te doen alsof ze onder de indruk was. 'Er zijn dus een hoop mensen vanavond. Bette, zullen we wat te drinken gaan halen?'

'Ik ben nog niet klaar,' beet Elisa haar toe, en ze trok me aan mijn arm dichter naar zich toe en liet haar blik over de aanwezigen gaan. 'Ethan Hawke staat bij de zij-ingang te flirten met de serveerster. Wat nog pijnlijker wordt door de aanwezigheid van Andre Balazs, de nieuwe vriend van Uma, die rechts op de eerste bank zit met een paar zakenrelaties. En kijk daar! De lelijke lesbische trol die zo nodig op haar website moet laten weten wat ze iedere avond scoort. Ze zit daarachter op de loer om iedereen in de gaten te houden. Morgen staat het allemaal weer op die site van haar en dan doet ze het voorkomen alsof ze de avond van haar leven heeft gehad, in plaats van alleen maar een beetje te zitten gluren. En daar! Pal achter haar staat een assistent van *Rush & Molloy*. Die roteren voortdurend, zodat niemand weet wie het zijn, maar een van onze bronnen faxt altijd meteen foto's en informatie over de nieuwe mensen... Hmm, zo te zien is Philip er niet vanavond. Jammer. Jij had hem natuurlijk wel willen zien, hè?'

'Philip? Nou nee, niet echt,' mompelde ik min of meer naar waarheid.

'O? Wil dat zeggen dat hij je nog niet heeft gebeld? Wat rot voor je. Ik weet hoe het voelt, Bette. Vat het maar niet persoonlijk op, hij heeft gewoon een erg vreemde smaak.'

Ik wilde zeggen dat het me niet interesseerde dat hij me niet had gebeld, dat ik hem mijn telefoonnummer niet eens had gegeven ook al had hij daar wel om gevraagd, maar dat zou weinig zin hebben gehad. Dit lag kennelijk gevoelig en ik kon er beter niet op ingaan.

Bovendien vond ik het ook weer niet echt geweldig dat hij niets van zich had laten horen, telefoonnummer of geen telefoonnummer.

Penelope en ik liepen met Elisa mee naar een rond zitje met spierwitte suède banken – wat een onvoorstelbaar domme zet in een zaak waar de klanten niets anders deden dan eten, drinken en vrijen – en we begroetten Leo, Skye, Davide en iemand die Elisa voorstelde als 'het brein achter deze hele productie'.

'Hallo, ik ben Bette en dit is mijn vriendin Penelope,' zei ik met uitgestoken hand tegen het kleine mannetje, dat er joods uitzag maar desondanks een kapsel met een matje had.

'*Yo*. Danny.'

'Zonder Danny zouden we hier nu niet gezeten hebben,' verzuchtte Elisa, en de hele tafel knikte instemmend. 'Hij heeft het totaalconcept van Sanctuary bedacht en het hele project op poten gezet... nietwaar, Danny?'

'*Word.*'

Ik vroeg me af waarom dit kleine joodse mannetje uit een of ander gehucht in de provincie probeerde te klinken alsof hij was opgegroeid tussen de ruige zwarte straatbendes.

'O, dus jij bent ook degene die die charmante portier heeft aangenomen?' vroeg ik. Elisa wierp me een waarschuwende blik toe.

Danny zag er niets verkeerds in. 'Maffe nicht, maar *whatever*. Doet z'n shit goed. Houdt de losers buiten – het enige wat telt.'

Hmm. Penelope zat met een serieus gezicht begrijpend te knikken en stootte me stiekem aan. Ik moest op de binnenkant van mijn wangen bijten om niet in lachen uit te barsten. Vergeleken met twee minuten geleden zat Danny op zijn praatstoel.

'Goh Danny, hoe ben je eigenlijk op het idee voor Sanctuary gekomen?' vroeg Penelope terwijl ze hem met grote, bewonderende ogen aankeek.

Hij nam een slok van zijn Stella Artois en tuurde naar haar alsof hij probeerde vast te stellen wat voor taal ze had gesproken. Verbaasd dichtgeknepen oogjes, hand op het gefronste voorhoofd, een licht hoofdschudden. '*Dude*, het is overal zo'n *fucking* stresstoestand. De rij bij Bungalow is een ramp en ik heb de pest aan al die *fucking* mediafiguren bij Soho House. Ik vond dat er behoefte was aan een club die kon dienen als... Hoe noem je dat? Een soort toevluchtsoord.'

'Een *sanctuary*?' zei ik behulpzaam.

'Precies,' zei hij, zichtbaar opgelucht. Hij had een opzienbarende hoeveelheid stylingproducten in zijn haar.

Helaas bereikte deze fascinerende conversatie haar logische eind niet – waarbij Elisa nog een peppil innam en Danny zich eindelijk de naam van zijn eigen zaak zou herinneren – want ik zag een buitengewoon bekend gebronsd gezicht binnenkomen.

'O god, daar heb je hem,' fluisterde ik nogal hard tegen ons onsamenhangende clubje, voorovergedoken om me te verstoppen en tevens om hun om raad te vragen.

Iedereen keek op.

'Philip. Philip Weston komt net binnen met dat… dat fotomodel.' Het kwam er erg fel uit, maar ik had zelf niet door hoe belachelijk jaloers ik klonk. En keek.

'Bette, hoor ik daar iets van jaloezie?' fluisterde Elisa in mijn oor. 'En ik dacht nog wel dat je immuun was voor de charmes van onze vriend Weston. Het doet me deugd om te zien dat je toch een vrouw van vlees en bloed bent. Maar ja, dat jíj belangstelling hebt wil natuurlijk nog niet zeggen dat hij ook…'

'*Dude*! Philip, hierzo!' riep Danny, en voordat het ik goed en wel besefte had Philip me begroet met een zoen op mijn mond.

'Hallo *love*, ik hoopte al dat je er zou zijn. Je kunt niet zomaar voor me op de vlucht gaan.'

'Pardon?' was alles wat ik kon uitbrengen, aangezien ik er op dat punt tamelijk zeker van was dat zowel de kus als de opmerking voor iemand anders bedoeld was. Voor dat bloedmooie mens dat nog geen meter achter hem geduldig stond te wachten, bijvoorbeeld. Ze leek nergens mee te zitten.

'Je hebt je telefoonnummer niet aan mijn portier gegeven. Hoe noemen jullie dat ook alweer hier in Amerika? *Playing hard to get*. Ik hou wel van een spelletje, dus heb ik besloten het mee te spelen en je zelf maar te gaan zoeken.'

Ik zag Elisa op de bank achter hem in elkaar zakken; haar mond hing tamelijk onaantrekkelijk open en de shock was van haar gezicht te lezen.

'Spelletje?' vroeg ik hem.

'Vrouwen gaan niet voor mij op de vlucht, *love*, als je begrijpt wat ik bedoel. Zeg vriend, mag ik een Tanq met tonic van je?' vroeg hij aan Danny, alsof die onze ober was.

'Tuurlijk, *dude*, komt eraan,' zei Danny, en hij kwam zo snel in actie dat je zou denken dat hem zojuist drugs of mooie vrouwen in het vooruitzicht waren gesteld.

'O ja, en doe ook wat voor Sonja hier,' zei Philip met een blik op het meisje met de oneindig lange benen. 'Sonja, m'n poppetje, wat

122

wil je drinken? Gingerale? Groentesapje? Zeg het eens, schat.'

Ze staarde hem niet-begrijpend aan en ik moest bijna – bijna – lachen om het idee dat Philip een meisje had meegebracht terwijl hij achter een ander aan zat. Hij zat toch achter mij aan?

Elisa was weer bij Davide op schoot gekropen, kennelijk hersteld van Philips onverwachte komst. Ik zag haar discreet een zakje wit poeder uit haar felblauwe Balenciaga-tas halen en doorgeven aan Skye, die meteen in de richting van de damestoiletten verdween. Gul als altijd graaide Elisa vervolgens in het zijvakje van de tas en deelde onder de overgebleven gasten een paar pillen uit. Handen gingen gelijktijdig richting monden en de mysterieuze pillen werden weggespoeld met champagne, wodka en datgene wat Skye – onze eigen drankrecensente – had bestempeld als 'de enige fatsoenlijke cosmopolitan in deze hele *fucking* stad'.

'O, Phieieieiely, ik wil graag tomatensap, ja?' zei Sonja, en ze zoog verleidelijk op haar onderlip.

'Kom, doe gezellig mee! We hebben meer dan genoeg!' riep Elisa boven de cd van Hôtel Costes uit, die voor relaxte loungemuziek had kunnen doorgaan, ware het niet dat je met het aantal decibellen een 747 had kunnen overstemmen.

Danny ging drankjes halen voor Philip en Sonja terwijl Penelope zo sportief was om te doen alsof ze het druk had met de champagne die iemand haar zojuist had overhandigd. Ik stond daar maar een beetje, me er sterk van bewust dat ik vast onhandig en dom overkwam, maar ik had de kracht niet om er wat aan te veranderen.

'Zeg Philip, stel me eens voor aan je… vriendin,' wist ik uit te brengen, terwijl ik me afvroeg hoe het protocol luidde wanneer de man in wiens bed je een week eerder had geslapen de moeite nam om je op te sporen – met zijn vriendin in zijn kielzog.

'Doe ik, *love*. Sonja, dit is het verrukkelijke wezen dat me laatst heeft afgewezen, al zul je dat moeilijk kunnen geloven. Ze was natuurlijk straalbezopen, dat is de enige aannemelijke verklaring.' Sonja knikte, wat niet per se wilde zeggen dat ze er iets van begreep. Philip schakelde over in het Frans en het enige woord dat ik verder nog verstond was 'naam', zodat ik er onmiddellijk van uitging dat hij haar liet weten dat hij de mijne niet meer wist.

'Bette,' zei ik met uitgestoken hand tegen Sonja, Philip negerend.

'Son-yaaaah,' reageerde ze giechelend. Op de spierwitte tanden die ze ontblootte was niet één nicotinevlekje te zien.

'Sonja's ouders hebben haar deze week aan me toevertrouwd. Ze is hier omdat ze op gesprek gaat bij alle modellenbureaus,' legde hij uit met dat irritant aantrekkelijke Britse accent van hem. 'Onze ouders hebben aangrenzende villa's in St. Tropez, dus ze is altijd als een zusje voor me geweest. Vijftien jaar pas, ongelooflijk, hè?' Heel eerlijk gezegd keek hij er totaal niet verlekkerd of wellustig bij, maar zo voelde het wel.

En weer bevond ik me in de tamelijk ongemakkelijke positie van iemand die geen woord kon uitbrengen of enigszins samenhangend kon reageren, dus ik was dolblij toen Penelope aankondigde dat ze naar huis ging.

'Ik weet dat we net binnen zijn,' fluisterde ze in mijn oor, 'maar dit is niks voor mij. Red je het wel in je eentje? Je hele kantoor is hier, dus dat moet lukken, toch?'

'Pen! Doe niet zo gek, ik ga met je mee,' zei ik gretig, blij met een excuus om weg te kunnen, en slechts een klein beetje spijtig omdat ik graag nog even met Philip had willen praten.

Danny kwam terug met een serveerster die Philip en Sonja hun drankjes overhandigde en zo attent was om mij een flesje Piper met een roodgestreept rietje in de handen te drukken. Penelope kreeg niks.

'Hier, neem nog wat te drinken voordat we gaan,' zei ik, en ik stopte haar het flesje toe.

'Bette, ik heb het wel gehad, oké? Jij blijft gewoon hier en…'

'Avery!' snerpte Elisa opeens, en ze stoof met haar uitgemergelde lijfje van de bank af, recht in de armen van een lange, blonde jongen in een opzichtig studentikoos roze overhemd. Penelope en ik keken tegelijk om en zagen hoe haar verloofde mijn collega omhelsde alsof ze elkaar al jaren kenden. 'Kom eens hier. Mag ik jullie voorstellen aan Avery Wainwright, mijn favoriete feestbeest? Avery, dit is…'

Blijkbaar was de blik op onze gezichten genoeg om haar halverwege de zin het zwijgen op te leggen, iets wat ik voorheen niet voor mogelijk had gehouden.

'Hallo, schat, ik wist niet dat jij vanavond hierheen zou gaan,' zei Avery, die zich losmaakte uit Elisa's kenmerkende armgreep en Penelope nogal onhandig omhelsde.

'Nee, ik wist ook niet dat jij hier zou zijn,' zei ze zonder hem aan te kijken. 'Jij ging vanavond met je vrienden uit eten, zei je.'

Ik had Penelope het liefst in mijn armen genomen en meegevoerd naar de Black Door, waar we samen die vieze smaak – hij had niet echt iets verkeerds gedaan, maar ik wist dat ze er toch een rotgevoel over zou hebben – zouden wegspoelen met een misselijkma-kende maar effectieve combinatie van citroenshooters en bier, maar nu kon ik niets anders doen dan proberen de aandacht af te leiden van hun tweepersoons optreden.

'Ik bén ook met de jongens gaan eten. Bij Sparks, en de meesten wilden daarna naar huis, maar het leek me leuk om hier even een kijkje te gaan nemen met Rick en Thomas. Kijk, daar staan ze, zie je wel?' Hij praatte heel snel; de woorden rolden over zijn lippen op de paniekerige toon van iemand die zojuist betrapt was.

We draaiden ons met de hele groep om en konden inderdaad be-vestigen dat Rick en Thomas op de aangewezen plek stonden. In de halve minuut sinds hun komst had een groepje piepjonge meisjes de uitnodiging aangenomen om zich bij hen aan hun vip-tafel te voe-gen, en precies toen wij omkeken begonnen ze op de suède banken te dansen. Penelope zag eruit alsof ze ieder moment kon gaan over-geven. Ik kon zien dat het langzaam tot haar doordrong, het besef dat als zij niet toevallig hier was geweest, Avery nu hoogstwaar-schijnlijk tegen een van die meisjes op zou staan rijden.

'Hmm,' mompelde ze, terwijl ze toekeek hoe Rick en Thomas dansten met een meisje dat tussen hen in geklemd stond. 'Ja, ja.'

'Pen, schatje, kom eens hier. Het is niet wat je denkt. Ze kennen die meisjes van het werk en ze willen gewoon aardig doen.'

'Van het werk?' Haar stem was kil en haar ogen veranderden in ijs. Iedereen wachtte op een gigantische ruzie, dus ik begon druk te-gen Elisa, Philip, Danny en Sonja te praten en gebaarde naar Pene-lope dat ze een stukje verderop moest gaan staan om een scène te vermijden.

'Sonja, bij welke modellenbureaus ga je op gesprek?' vroeg ik, terwijl ik me in stilte afvroeg of Philip niet 'scholen' had bedoeld. Ze was nog heel, heel jong.

'Ach, je kent het wel. De gebruikelijke namen: Elite, Ford, Wil-helmina. Phie-ly zegt dat ik een goed model zal zijn.'

'Reken maar, pop. Ik vind haar al prachtig sinds ze als klein hum-meltje rond de villa scharrelde in haar luier. Illegáál jong natuurlijk, maar wel prachtig.' Hij wierp haar nu officieel een wellustige blik toe.

'Illegaal? Wie ies hier illegaal?' vroeg ze, met een schattig ge-fronst gezichtje.

'Niemand, schat. Ga jij hier maar mooi zitten wezen, dan kan ik even met Betty praten, oké?'

'Ik vind Betty best een leuke naam, hoor, maar ik heb toch liever dat je me gewoon Bette noemt,' zei ik zo vriendelijk als ik kon – en ik geef toe dat dat niet al te vriendelijk was.

'Wat ben je toch een felle donder,' zei hij, en hij legde zijn handen op mijn heupen en trok me naar zich toe, maar hij probeerde me niet te zoenen. Het viel niet mee om me te concentreren op zijn gave, gebeeldhouwde gezicht terwijl ik op de achtergrond de smekende stem van Avery hoorde.

'Schatje, ik weet echt niet waarom ze me "feestbeest" noemde. Elisa is gewoon een domme kip die zwaar aan de coke is en die toevallig weet waar de goede feesten zijn, meer niet.'

De schoft. Hoe durfde hij het over Elisa's cokegebruik te hebben terwijl zijn eigen kaken zo gespannen waren dat het wel leek of hij onder stroom stond. Penelope had een hoop talenten die wij niet hadden – ze kon cadeaus inpakken, op de juiste momenten bedankbriefjes sturen en een eettafel dekken zoals het hoorde – maar ze wist pijnlijk weinig van Avery, drugs of de combinatie Avery en drugs. Skye kwam eindelijk terug van de wc, en ook haar kaken waren gespannen als een veer. De deejay ging van rustige loungemuziek over op OutKast; voor Elisa kennelijk het teken om zich op Davide te storten en voor Skye om op de bank te gaan dansen. Ze kon haar ogen niet van Philip af houden, maar hij leek het niet te merken. Haar naaldhakken maakten volmaakt ronde gaatjes in het witte suède, en ik voelde me bij elk knappend geluidje een beetje beter.

Maar dat duurde niet lang. De stem achter me was onmiskenbaar, en de moed zonk me in de schoenen.

'Bette! Wat grappig om jou hier te zien!' Abby rukte zo hard aan mijn arm dat mijn champagne over het suède gutste.

'Hé, Abby,' zei ik zo toonloos mogelijk, en ik zocht al om me heen naar een ontsnappingsmogelijkheid voordat we oogcontact hadden gehad.

'Het gaat er nogal heet aan toe tussen Philip en jou, hè?' Ze knipoogde, en ik overwoog om die grijns van haar gezicht te krabben.

'Hmmm. Wat doe jij hier?'

Ze deed lachend haar schoen goed, waarvan de twaalf centimeter hoge hak haar geringe lengte niet kon verbloemen. 'Heeft een mens soms een goede reden nodig om een avondje plezier te maken? O, mijn god, is dat Avery Wainwright? Ik heb hem al tijden niet gezien. Hij is érrug knap geworden, vind je ook niet?'

'Hij is verloofd,' beet ik haar toe. 'Met Penelope. Je kent Penelope toch nog wel?'

Ze deed alsof ze geen flauw idee had wie ik bedoelde. 'Ach, je weet wat ze zeggen...'

'Nee, vertel het eens?'

'Het is pas definitief wanneer het jawoord wordt uitgesproken...' Ze wreef in haar handen alsof ze zich verheugde op iets heel lekkers of spannends.

Toen ze mijn reactie zag, zei ze: 'Bette, rustig maar. Het was maar een grapje! Er gleed een gespeelde blik van afschuw over haar gezicht. 'Je moet echt iets aan je gevoel voor humor doen, hoor. Over gevoel voor humor gesproken...'

'Abby, het was enig om je weer eens te zien, maar ik moet terug naar mijn vrienden. We zijn min of meer aan het werk, snap je?' Ik dook weg en wilde uit haar buurt verdwijnen.

'Natuurlijk, maar laten we binnenkort echt eens gaan lunchen, oké? Ik wil álles horen over Philip en je nieuwe baan en zo. Iedereen heeft het over dat stukje in de *New York Scoop* van vorige week,' riep ze me na.

Ik wilde me ervan verzekeren dat het goed ging met Penelope, maar Avery had haar in een hoek gedreven en ze keken geen van beiden erg gelukkig, dus liep ik terug naar het tafeltje van mijn collega's. Davide overhandigde me een drankje.

Penelope kwam meteen naar ons toe gelopen. 'Bette, ik denk dat wij maar gaan,' zei ze mat. Het klonk alsof ze nog liever zelfmoord pleegde dan dat ze hier bleef – of wegging.

'Gaat het wel? Even serieus, als Avery nou gewoon hier blijft, dan kunnen wij samen ergens gaan eten. Ik wil hier best weg, voordat ik iets doe waar ik spijt van krijg. Met Philip naar huis gaan, bijvoorbeeld, en wild en hartstochtelijk met hem vrijen, ook al vind ik hem de onhebbelijkste man die ik ooit ben tegengekomen.'

Ze zuchtte. 'Nee, dank je. Ik geloof echt dat we naar huis moeten. Maar wel lief van je. Ik bel je morgen.'

Ik vroeg me af of ze die nacht een oog dicht zouden doen. Avery was zo opgefokt door de coke dat hij een paardenmiddel nodig zou hebben om in te slapen. Of misschien zou hij flashbacks krijgen van alle LSD die hij in zijn studententijd had gebruikt, waarna hij had geprobeerd een parkiet op te eten of uit het raam te vliegen. Arme, lieve Penelope.

'Bette, *love*, zullen we gaan?' vroeg Philip, en hij sloeg zijn arm om mijn schouder alsof we al tijden vaste verkering hadden en hij niet zomaar een man was met wie ik niet naar bed wilde. 'Kom, laten we naar mijn flat gaan. Misschien ben je deze keer niet te dronken om...'

'Hè, ja, gezellig. Laten we een logeerpartijtje houden, jij en ik en Sonja,' zei ik, iets verwaander dan de bedoeling was. 'Hartstikke leuk!'

'Wat ben je toch een pittig ding,' zei hij, en hij liet zijn hand over de achterkant van mijn niet bepaald beschermende kanten topje glijden. 'Niet zo'n grote mond. Ik meen het, *love*, je maakt je veel te druk. Ik regel gewoon een hotelsuite voor Sonja en dan kunnen wij er samen een mooie nacht van maken, goed?'

Voordat ik iets terug kon zeggen, fluisterde Philip in het Frans iets tegen Sonja, waarop ze weinig anders deed dan enthousiast knikken, haar volmaakte wenkbrauwen optrekken en giechelen toen hij was uitgepraat. '*Oui, oui*, natuurlijk vind ik het goed dat jullie samen willen zijn,' zei ze, waarmee ze ons toestemming gaf voor een potje enigszins benevelde en tamelijk willekeurige seks.

'Mag ik even, Philip?' vroeg ik, terwijl ik nog helemaal niet wist hoe ik zou gaan verklaren dat ik geen zin had om met hem mee te gaan – iets waar ik zelf nog niet zo zeker van was. 'Je kunt het niet maken om haar in een hotel onder te brengen terwijl ze maar een week bij je logeert. Ik bedoel, ze is pas vijftien, moet je niet een oogje in het zeil houden? Ze kan nog drie stappen zetten zonder dat ze een kerel achter zich aan krijgt.'

Hij trok een peinzend gezicht, alsof hij in dat hele 'bezorgd om Sonja'-verhaal van mij trapte. Toen knikte hij. 'Je hebt gelijk, *love*. Ik breng haar naar mijn huis en stop haar in bed, en dan nemen wij samen een hotelkamer. Goed idee. Mensen, we zijn ervandoor,' verkondigde hij tegen de anderen, die alleen even opkeken en knikten. Elisa hield net lang genoeg op met staren om niet al te subtiel haar duim naar me op te steken.

Het leek me gemakkelijker om het tweetal af te zetten bij Archives en de taxi te laten doorrijden naar Murray Hill dan erover in discussie te gaan, dus gebaarde ik terug naar Elisa en volgde Sonja en Philip naar de uitgang. Ik voelde me het mollige, onhandige kind van twee olympische atleten.

'Jongeman, regel jij eens even een taxi voor ons,' zei Philip, en hij knipte met zijn vingers naar de portier. Het was natuurlijk een ontzettend lomp gebaar, maar aangezien diezelfde figuur zo misselijk tegen Penelope en mij had gedaan, vond ik het volkomen aanvaardbaar. Totdat ik zag dat het niet de ondervoede idioot met de pruik was, maar de knappe (en botte) uitsmijter van Bungalow 8. Hij keek om, wierp Philip een giftige blik toe en zag nog net dat ik me probeerde te verschuilen. Zijn blik kruiste de mijne met een flits van herkenning, maar toen richtte hij zijn aandacht op de weg en hield zwijgend een van de tientallen langsrazende taxi's aan.

Sonja stapte als eerste in en Philip dook naast haar, zodat ik in mijn eentje op een paar centimeter van de uitsmijter stond toen hij het portier voor me openhield. Ik weet niet waarom ik bij die twee instapte, maar ik deed het toch. Het was alsof mijn lichaam een of ander onzichtbaar scenario volgde.

'Dank je,' mompelde ik zachtjes, precies op het moment dat Philip zei: 'Vriend, er gaan twee mooie vrouwen met me mee naar huis, als je begrijpt wat ik bedoel. Kun je een beetje opschieten?' Sonja giechelde en legde haar tere hoofdje op Philips schouder; de uitsmijter keek me nog één keer aan, uitdrukkingsloos, en gooide met een klap het portier dicht. Toen de taxi optrok, zag ik Vortex op de stoep een sigaret staan roken, en ze zwaaide enthousiast toen ze me zag. Het was te laat op de avond: ik deed alsof ik haar niet zag en staarde naar een punt ergens achter haar. En al kon ik niet precies aangeven waarom, ik was er vrij zeker van dat ik wel een potje had kunnen janken.

10

'Hoe kun jij zo veel eten en toch zo dun blijven?' vroeg ik voor de duizendste keer sinds we elkaar kenden aan Penelope. Nu een uur wachten zaten we eindelijk aan een tafeltje bij EJ's. Ik had zo'n honger dat ik het liefst de hele menukaart had besteld, maar ik was te blij met mijn nog altijd slanke lichaam om dat te riskeren. Het was me gelukt om te stoppen met mijn uitstapjes naar Dylan's en ik at 's ochtends bijna nooit meer een broodje bacon, ei en kaas – mijn enige uitspatting was zo nu en dan een Slim Jim. Het was al bijna een gewoonte geworden om streng voor mezelf te zijn als het om eten ging. En dat maakte het des te onbegrijpelijker dat Penelope gewoon hetzelfde nam als altijd: een kaasomelet van drie eieren met spek en rösti, met als 'bijgerecht' chocoladepannenkoekjes met een smeuïge, smeltende klont boter zo groot als een babyknuistje. Ze trok even haar wenkbrauw op toen ik een omelet van alleen eiwitten met spinazie en tomaten en twee sneetjes droge volkorentoast bestelde. Ze was zo vriendelijk er niets van te zeggen, op een gemompeld: 'De invloed van Elisa?' na. Ik deed alsof ik haar vreugdeloze lachje niet zag en begon snel over iets anders.

'Gaat het weer een beetje tussen Avery en jou?' vroeg ik zo begripvol als ik kon, want ik wilde haar wel uithoren, maar het mocht niet te kritisch klinken. Ik had machteloos toegekeken hoe ze de avond ervoor weggingen bij Sanctuary; al wist ik dat ze van streek was, ik kon niets voor haar doen. Toen ze me die ochtend al vroeg had gebeld en aarzelend had gevraagd of ik zin had om met haar te gaan ontbijten, omdat dat al zo lang geleden was, had ik meteen mijn zondagse brunchplannen met Will en Simon afgezegd en een taxi genomen.

Ze ontweek mijn blik en concentreerde zich op haar pannenkoeken, die ze in kleine, gelijke stukjes sneed. Snij, prik, mond, herhalen. Die cyclus zag ik drie keer voorbijkomen voordat ze antwoord gaf. 'Het gaat prima,' zei ze toonloos. 'Toen hij het me eenmaal had uitgelegd, zag ik in dat het allemaal één groot misverstand was.'

'Ja, natuurlijk. Maar je zult wel even raar opgekeken hebben toen je hem daar ineens zag opduiken,' spoorde ik haar aan, in de hoop dat ze dat op z'n minst zou bevestigen.

Ze lachte lusteloos. 'Ach, je kent Avery. Die kan overal opduiken, op de gekste tijden. Het is misschien maar goed dat nog een van ons een sociaal leven heeft, anders zouden we knettergek van elkaar worden, de hele dag samen in ons appartement.'

Goh. Ik wist niet wat ik daarop moest zeggen, dus knikte ik alleen maar.

'En jij? Zo te zien had je het prima naar je zin toen ik wegging, met Elisa en Philip. Heb je een leuke avond gehad?'

Ik staarde haar aan en dacht eraan hoe vreemd ik me had gevoeld bij Elisa en Philip, als een indringer in een wereld die alleen toegankelijk was voor een select groepje; een gevoel waarmee ik tamelijk vertrouwd was geraakt sinds ik bij Kelly & Company werkte. Ik dacht eraan hoe ik in die taxi was gestapt en erop had gestaan alléén afgezet te worden, en dat Philip daar – tot mijn grote verbazing – totaal niet tegenin was gegaan. Ik bedacht hoe leeg mijn flat had gevoeld toen ik thuiskwam; zelfs Millington, die opgerold naast me in bed was gekropen had me geen beter gevoel kunnen bezorgen. En ik keek naar Penelope en vroeg me af wanneer we toch zo mijlenver uit elkaar gegroeid waren.

'Ach, het ging wel. Ik had gehoopt wat meer tijd met jou door te brengen...' Ik hield snel mijn mond toen ik besefte hoe beschuldigend het klonk.

Ze keek me fel aan. 'Sorry hoor, ik had die toestand met Avery ook niet verwacht. Bovendien dacht ik dat we samen zouden zijn, maar jij moest weer met al je vrienden van het werk afspreken. Die zijn tegenwoordig niet meer weg te denken.'

'Pen, het spijt me. Het klonk anders dan ik bedoelde. Ik wil alleen maar zeggen dat ik veel liever met jou samen ben dan met hen. Het werd nog erger toen je weg was. Philip speelde babysitter over een of ander kind dat hij van vroeger kent en ik ben met hun taxi meegereden omdat ik geen scène wilde maken daar in die club, maar eh... er waren mensen die me zagen instappen en ik voelde me verschrikkelijk. O ja, Abby heeft het ook gezien. Het was één grote puinhoop en ik heb spijt dat ik niet tegelijk met jou ben weggegaan.'

'Ben je met hem naar huis gegaan? Waar heeft dat meisje dan geslapen?'

'Nee, ik heb alleen dezelfde taxi genomen, omdat dat gemakkelijker was dan een hele discussie aangaan. Ik heb me als eerste laten afzetten, maar dat gelooft natuurlijk niemand die ons heeft gezien.'

'Waarom ben je niet met hem mee naar huis gegaan? Wat kunnen die andere mensen jou nou schelen?' Ik hoorde dat ze haar best deed, maar ze was de draad al een beetje kwijt.

'Philip kan heel overtuigend zijn, maar ik weet niet of ik daar al aan toe ben. Bovendien is het extra ingewikkeld omdat hij iedereen op mijn werk heel goed kent, en dat maakt het nog lastiger.'

'Ik zou het niet weten. Je hebt hem niet aan me voorgesteld,' zei ze luchtig.

Ik voelde het verwijt en wist dat ze gelijk had, maar ik wilde er geen discussiepunt van maken. 'Niet? Ach ja, het was gisteren allemaal een beetje hectisch. Maar ik kan je vertellen dat je er niks aan hebt gemist. Hij is heel knap, dat heb je gezien, maar verder is het gewoon een verwend kind dat veel op stap gaat – en dat toevallig een heerlijk accent heeft. Het is eigenlijk jammer dat hij er zo lekker uitziet.' Ik zuchtte hoorbaar.

'Je toespraakje klinkt goed, maar je had jezelf moeten zien toen hij binnenkwam met dat fotomodel. Ik dacht dat je dood zou neervallen. Je vindt hem leuk, hè? Geef het maar toe.'

Het leek me ineens veel te vermoeiend om het allemaal uit te leggen. Hoe moest ik verklaren dat ik me natuurlijk tot hem aangetrokken voelde, maar dat hij tegelijk iets afstotelijks had? Ik wilde niet hardop zeggen hoe gevleid ik me voelde dat iemand zoals Philip iets zou willen met iemand zoals ik, ook al was hij dan misschien niet eens aardig. Ik wilde niet beginnen over de hele situatie op het werk, dat ik vermoedde dat Elisa jaloers was omdat Philip belangstelling voor me had, en dat Kelly bereid leek me als een hoertje in Philips armen te drijven omdat dat gunstig was voor de zaak. In plaats daarvan deed ik schouderophalend zout op mijn omelet en zette mijn beker koffie aan mijn mond, zodat ik nog niets hoefde te zeggen.

Penelope begreep wel dat ik er niet over doorging. Het was de eerste keer in de bijna negen jaar sinds we vriendinnen waren dat we samen aan een tafel zaten en allebei bewust informatie achterhielden voor de ander. Zij had geweigerd me te vertellen hoe ze echt over haar relatie met Avery dacht en ik had geen commentaar gegeven op Philip. De stilte was niet echt ongemakkelijk, maar wel vreemd. Toen zei ze: 'Ik ken niet het hele verhaal en natuurlijk weet ik dat je je eigen boontjes wel kunt doppen, maar beloof je me alsjeblieft dat je voorzichtig zult zijn? Die Philip zal best heel aardig zijn, maar ik heb te veel meegemaakt met de vrienden van Avery, en nu met jouw collega's, om te weten dat ik de zenuwen krijg van dat wereldje. Het is niets concreets, maar ik maak me zorgen om je.'

Ze legde haar hand op de mijne, en op dat moment wist ik dat het uiteindelijk allemaal wel weer goed zou komen tussen ons. Intussen zouden we het moeten doen met ongerustheid op afstand.

11

'Oké jongens, stilte,' zei Kelly toen ze de vergaderruimte in kwam lopen op haar onafscheidelijke hoge hakken. 'Heeft iedereen kans gezien om *Dirt Alert* te lezen?'

'Reken maar,' begon Leo aan het andere eind van de glazen tafel, die eruitzag alsof hij eerder thuishoorde in een Four Seasons-hotel dan in een kantoor. 'Onze favoriete nieuwe collega wordt weer vermeld.'

Het inmiddels vertrouwde draaierige gevoel in mijn buik kwam weer op. Ik was die ochtend tien minuten te laat geweest en had *Dirt Alert* niet gelezen; dat was duidelijk een flinke misser. Een van de assistenten begon dagelijks haar werkdag om zes uur om voor ons de dagelijkse *Dirt Alert* samen te stellen: een soort bloemlezing van alle columns, kranten en artikelen die op wat voor manier dan ook te maken hadden met onze klanten of onze bedrijfstak. Om ne-

134

gen uur lag het verslag op alle bureaus, maar de meesten van ons bekeken 's morgens meteen na het opstaan alle websites, uiteenlopend van Drudge, Page Six, Liz Smith, Rush en Molloy, *USA Today*, *Variety* en de *New York Scoop* tot een heel assortiment weblogs en columns en de belangrijkste koppen in de algemene pers. Je kon het maar beter zo snel mogelijk weten wanneer er iets vervelends was gebeurd en je telefoon de hele dag roodgloeiend zou staan, dus was *Dirt Alert* in de praktijk eerder een formaliteit dan een echte nieuwsbron voor ons. De enige relevante informatie die we iedere ochtend kregen was *Celeb Alert*, met informatie over wie er in de stad waren, wat ze kwamen doen, waar ze logeerden (en onder welke naam) en wat de beste manier was om contact met hen op te nemen en hun te smeken of hen over te halen om een van onze evenementen bij te wonen. Twee weken lang had ik binnen vijf tellen na het opstaan mijn computer aangezet en iedere denkbare website geanalyseerd – aangevuld met het professionele verslag een paar uur later – en de enige dag dat ik niet volledig op de hoogte was van het allerlaatste roddelnieuws was natúúrlijk de enige dag die telde.

'Eh, ik heb vanmorgen nog niet de kans gehad om het te lezen. Bovendien kan ik me niet voorstellen wat er over mij in zou kunnen staan, aangezien ik dit weekend samen met jullie bij Sanctuary ben geweest – en daarna naar huis ben gegaan. Alleen,' voegde ik er snel aan toe, alsof ik mijn collega's een verklaring schuldig was.

'Nou, eens kijken,' zei Kelly, en ze pakte een uitgeprinte versie van de internetcolumn. '"Nieuwe medewerkster Kelly & Co lijkt zich vast voorgenomen te hebben om het tempo van haar eeuwig feestende collega's bij te benen. Volgens onze bronnen wist de nieuwe medewerkster van het evenementenbureau, van wie de naam ons onbekend is, werk en privé niet te scheiden toen zij zaterdagavond Sanctuary bezocht om de zaak te bekijken als potentiële locatie voor het ultrageheime *Playboy*-feest – en vertrok met Philip Weston en een niet nader aangeduid fotomodel. Hun eindbestemming? Daar hebben wij zo onze ideeën over..."' Kelly liet de laatste woorden wegsterven en keek me grijnzend aan.

Ik voelde dat ik vuurrood werd.

'Wat suggereren ze nou eigenlijk? Want ik heb nog niet één bewering gehoord die ook maar in de verste verte klopt. En wie heeft dat verdorie geschreven?'

'Ellie Insider natuurlijk. Er staat een foto bij waarop je in een taxi stapt met Philip en een ontzettend mooi meisje, dus het is niet zo moeilijk te raden wat ze suggereren...' Kelly grijnsde nog steeds.

Het leek wel of ze het fantastisch vond dat haar nieuwe werkneemster in alle roddelbladen stond vanwege een vermeend triootje met een rijke, irritante playboy en het vijftienjarige buurmeisje van zijn ouders.

Was het niet uitermate bizar om dit te bespreken tijdens de weekvergadering, die zogenaamd bedoeld was om het 'werk' van de vorige avond door te nemen?

'Kelly, het spijt me verschrikkelijk als dit invloed heeft op jou of het bedrijf. Ik snap niet dat iemand zich er druk om kan maken, maar je moet me geloven als ik zeg dat het in werkelijkheid niet...'

'De meest besproken persoon van dit moment werkt bij Kelly & Co, snap je dan niet hoe mooi dat is? Ik hoop maar dat ze de volgende keer je naam vermelden. Waarschijnlijk hebben ze die niet op tijd kunnen bevestigen omdat je nog niet bekend bent in het wereldje.'

Ik zag dat het Elisa moeite kostte om te blijven glimlachen.

'En dat niet alleen, er staat ook bij dat wij "eeuwig feestende collega's" zijn,' deed Leo trots een duit in het zakje.

'En er wordt reclame gemaakt voor het feest van *Playboy*!' zei Skye.

'Ik snap niet van wie ze die informatie hebben,' mompelde ik. 'Het is niet eens waar.'

'Bette, het kan me helemaal niet schelen of het waar is. Als er maar over wordt geschreven. Je hebt ontzettend veel betekend voor het team, in de korte tijd dat je bij ons werkt. Ga zo door.' En met die woorden gingen we over op Kelly's specialiteit: brainstormen.

'Oké mensen, denk met me mee. Volgende maand hebben we de première van *Shrek 3*. De uitnodigingen moeten binnen twee weken de deur uit. Skye heeft de leiding. Wat zijn de lokkertjes?'

'Ik begrijp nog steeds niet waarom we de première van een kinderfilm organiseren,' klaagde Skye. Het viel me op dat ze erg veel klaagde tijdens vergaderingen. 'Waarom kan de studio dat zelf niet doen?'

'Dat was een retorische vraag, neem ik aan? We verzorgen premières omdat het een makkie is en omdat het goed betaalt. Je weet dat ze bij DreamWorks een eigen pr-afdeling hebben, maar je weet ook dat ze het druk hebben met al die award-shows en de publiciteit van grote films, en bovendien zit de belangrijke pers bijna volledig in New York. Wij hebben een relatie met mensen die zij niet kennen.'

'Ik weet het, ik weet het,' verzuchtte ze niet bepaald teamgericht.

Ik zag dat Elisa haar een blik toewierp, en Skye ging een beetje rechter zitten. 'Kinderfilms zijn gewoon heel saai.'

'Skye, als je geen zin hebt om de supervisie op je te nemen, weet ik zeker dat Elisa, Leo, Bette of zelfs Brandon het graag van je overneemt...'

'Nee, natuurlijk doe ik het. We hebben dit al zo vaak gedaan. Goed, heeft iemand het verslag van de *Harry Potter*-première die we vorige zomer hebben georganiseerd?'

'Ja, hier.' Leo pakte een paar aan elkaar geniete vellen papier uit een map. 'Zondagmiddag in augustus, op het landgoed van Christie Brinkley in Bridgehampton. Het feest begon om elf uur 's ochtends en de film werd vertoond van twaalf tot halftwee, zodat iedereen de tijd had om terug te rijden naar de stad. Het vermaak voor de kinderen bestond uit zwembadjes vol ijsjes en pakjes vruchtensap, ponyrijden, een kinderboerderij, suikerspinnen, een softijsmachine en een paar rondlopende clowns. De grote mensen werden beziggehouden door zeer attente, aantrekkelijke serveerstertjes die sociaal aanvaarde 'overdagdrankjes' rondbrachten vanuit een verborgen bar binnen: champagne met jus d'orange, bloody mary's, wodka-jus, margarita's, sangria en zo nu en dan op verzoek een daiquiri of piña colada. Matt Lauer, Susan Sarandon, Katie Couric, Aerin Lauder, Russell Simmons en Courteney Cox hadden allemaal kinderen bij zich, net als honderden anderen die misschien iets minder herkenbaar waren, maar net zo fotogeniek. Er zijn plaatjes van verschenen in *People, US Weekly, Star, Sunday Styles, Gotham, W* en een stuk of tien internetrubrieken, waaronder *New York Social Diary* en de website van Patrick McMullen. Warner Brothers was laaiend enthousiast.'

'Oké jongens, dus we hebben een voorbeeld en we weten wat werkt. Natuurlijk geven we het feest nu niet in de Hamptons, maar verder houden we de grote lijnen aan. Het Clearview in Chelsea lijkt me wel geschikt, want daar doen ze niet moeilijk over drukte in de lobby,' zei Kelly, die efficiënt haar lijstje afwerkte. 'En verder?'

'Het eten: de gebruikelijke kinderdingen,' zei Elisa. Knakworstjes, minihamburgers en snoep.'

'De kinderen mogen zelf ijscoupes maken,' voegde Leo er onmiddellijk aan toe.

'Ballonnen, goochelaars, taartjes versieren en bellenblaasmachines,' zei Skye zonder een greintje enthousiasme.

'Een man in een Shrek-pak.'

'Kindergezichtjes groen schminken.'

'Ouders hebben een bloedhekel aan schmink. Er zijn genoeg andere dingen te verzinnen. Misschien van die minitrampolines?'
'Ben je gek? Veel te gevaarlijk. Dan kun je net zo goed neonverlichting ophangen met de woorden: "Klaag ons aan!" Over verlichting gesproken: wat dacht je van het woord "Shrek" in groene gloeilampen tegen een enorme achterwand?'
Iedereen knikte. Ik begon me een beetje opgelaten te voelen omdat ik nog geen enkele bijdrage had geleverd, maar ik was nog nooit naar een filmpremière geweest en ik wist er niets van, behalve dat de sterren over een rode loper aankwamen.
'Kunnen we niet een groene loper nemen in plaats van een rode?' zei ik, zonder erover na te denken hoe stom het klonk. Ik zette me schrap, maar de anderen keken best tevreden.
'Een heel goed idee, Bette. We nemen een groene loper en een groen podiumpje aan het eind waar iedereen gefotografeerd kan worden. Groen levert gegarandeerd meer foto's op. Zo te horen verloopt dit allemaal heel soepel, dus laten we overgaan op de belangrijke zaken. Hoe staat het met het *Playboy*-feest?'
Elisa zag niet meer zo bleek en ze leek haar houding hervonden te hebben. Ik vroeg me even af of ze soms jaloers was op de ophef die Kelly had gemaakt over Philip, maar ik besloot meteen dat iemand als Elisa onmogelijk jaloers kon zijn op iemand als ik. Ze stond daar kaarsrecht in haar overslagjurkje van Diane Von Furstenberg en wees met haar Mason Pearson-haarborstel het witte bord aan.
'Zoals jullie zien, hebben we nog maar een paar maanden. Na veel zoekwerk en overleg hebben we gekozen voor Sanctuary als locatie. Leo, hoe staat het er logistiek gezien bij?'
Leo keek Elisa aan alsof hij wilde zeggen: 'Sinds wanneer moet ik aan jou verantwoording afleggen?' Maar hij schraapte zijn keel en deelde de aanwezigen mee dat hij gesprekken voerde met productiemaatschappijen (die alles konden regelen, van meubilair tot verlichting) en dat hij aan het eind van de week de lijst met kandidaten zou inleveren. 'Het wordt ongetwijfeld weer Bureau Batek,' zei hij. 'Zoals altijd.'
Daarna duurde de vergadering nog anderhalf uur (waarin we presentjes voor de gasten, mogelijke sponsors en de uitnodigingen bespraken) tot we weg mochten voor de lunch, met de aansporing om ergens heen te gaan 'waar alles draait om kijken en bekeken worden'. Ik wist me eronderuit te praten om met de anderen naar Pastis te gaan en liep een paar straten in westelijke richting, naar

een groezelige pizzatent waarvan ik zeker wist dat ik er niemand van kantoor zou tegenkomen. Zodra ik aan mijn piepkleine tafeltje bij de toiletten zat, belde ik Will op zijn werk. Tot mijn verbazing kreeg ik hem meteen te pakken.

'Dat je er zomaar bent,' zei ik. 'Je hebt vandaag niet eens een deadline.' Will werkte maar een of twee keer per week in zijn kantoortje bij de krant – en als het even kon nog minder.

'Hallo, lieverd. Ik zat een beetje te worstelen met de column van deze week.' Hij zweeg heel even en voegde er toen aan toe: 'Eerlijk gezegd worstel ik tegenwoordig iedere week met mijn column.'

Het klonk gefrustreerd en tegelijkertijd berustend, twee gemoedstoestanden die ik niet van Will kende.

'Gaat het wel goed met je? Wat is er aan de hand?' vroeg ik, en ik dwong mezelf om mijn eigen problemen even opzij te zetten.

Hij zuchtte diep. 'Er gebeurt in ieder geval niets interessants, lieverd, dat is een ding dat zeker is. Het aantal lezers van *Will of the People* is dit jaar flink gedaald en er zijn weer een paar kranten gestopt met de plaatsing. Mijn nieuwe, zesendertigjarige hoofdredacteur heeft geen gevoel voor humor en zegt steeds dat "de lezers van tegenwoordig" een stuk "sociaal gevoeliger" zijn en dat ik er daarom naar moet streven "wat politiek correcter" te zijn. Ik heb natuurlijk gezegd dat hij dood kan vallen, maar hij zal zich niet lang gedeisd houden. Maar ja, waarom zouden de mensen nog naar mijn column kijken als ze ook kunnen lezen over knappe, jonge pr-vrouwen die aan de boemel gaan met rijke, beroemde mannen?'

'Je hebt het gezien.'

'Natuurlijk. Mag ik ervan uitgaan dat er een kern van waarheid in dat smakeloze artikeltje zit?' vroeg hij.

'Natuurlijk niet!' brulde ik, zo hard dat de vrouw achter de kassa zich naar me omdraaide. 'Ik heb Philip dit weekend gezien bij Sanctuary, toen ik daar voor mijn werk was. We hebben samen een taxi genomen omdat dat gemakkelijker was. Dat andere meisje was een kennis van zijn ouders. Een minderjarige kennis. Er is totaal niets verkeerds gebeurd.'

'Nou, dan doet die Ellie Insider haar werk goed, zou ik zeggen. Troost je met het feit dat ze je naam niet heeft genoemd, lieverd. Maar denk erom dat dat ook niet lang meer zal duren.'

'Weet jij wie het is, Will? Je zult haar toch wel eens ontmoet hebben, neem ik aan.'

Ik hoorde Will gniffelen en ging meteen uit van het ergste. 'Ik heb een heleboel namen horen noemen, maar er zijn geen keiharde

139

aanwijzingen. Sommige mensen beweren dat het iemand uit de beau monde is die uit de school klapt over haar eigen vrienden, en andere denken aan een relatief onbekende met een paar goede, welgeplaatste bronnen. Maar voor hetzelfde geld is het die voormalige moderedactrice, hoe heet ze ook alweer? Dat mens dat alleen nog maar negatieve boekrecensies schrijft? Ik zie haar er wel voor aan om dit soort pulp te publiceren.'

'Ik vind het gewoon eng. Van mij mag de auteur zich nu wel weer op anderen gaan richten. Op iemand die een beetje interessanter is dan ik en die écht schandalen veroorzaakt. Daar kom ik niet voor in aanmerking.' Ik nam een hap pizza en stelde vast dat ik nog nooit zoiets lekkers had geproefd.

'Ik begrijp het wel, lieverd, echt waar. Maar vergeet niet dat Philip wél aan die voorwaarden voldoet. Sorry dat ik nu al moet ophangen, maar mijn column schrijft zichzelf niet deze week. Spreek ik je snel weer? En kom je donderdag eten?'

'Natuurlijk,' zei ik automatisch, voordat ik besefte dat ik die donderdag naar de introductie van de nieuwe geur van Gucci moest. Ik wist dat ik Will later zou moeten afbellen, maar ik kon mezelf er niet toe zetten om nu al nee te zeggen. 'Ik zou het voor geen goud willen missen. Ik spreek je gauw weer.'

Toen ik mijn hemelse pizzapunt op had, bestelde ik er nog een, die ik ook in recordtijd naar binnen werkte. Net toen ik lusteloos in een beduimelde *Post* bladerde die iemand had laten liggen, ging mijn telefoon. 'Thuis', stond er op het schermpje.

'Hallo?' nam ik op, want ik wist niet of het mijn vader of mijn moeder was – of allebei, want ze belden ook nogal eens met twee toestellen, zodat we met z'n drieën konden praten.

'Bette, ben jij dat?' schreeuwde mijn moeder bijna. 'Hoor je me?' Ze praatte zoals gewoonlijk onnodig hard, want ze was ervan overtuigd dat mobiele telefoons een bovengemiddeld stemvolume van alle betrokken partijen vereisten – en dus schreeuwde ze altijd wanneer ze me op mijn gsm belde.

'Ik kan je prima verstaan, mam. Hoe gaat het?'

'Ik heb niet zo veel tijd, want ik heb een bespreking, maar ik hoorde vandaag van een van de meisjes in de kliniek dat ze je foto had gezien op een of andere website. Samen met een beroemde man een nog een meisje, kan dat? Zoiets was het.'

Onmogelijk! Mijn moeder, die pas sinds kort haar eigen e-mailadres had, ontving nu informatie over de inhoud van een internetcolumn? Ik ontkende het onmiddellijk. 'Dat stelt niks voor, mam.

Gewoon een foto van mij toen ik ergens was voor mijn werk.'

'Bette, dat is fantastisch! Gefeliciteerd! Ik kan haast niet wachten om het te zien. Ik heb al aan papa gevraagd of hij het wil opzoeken en uitprinten, maar hij kreeg de site niet geopend of zoiets. Kun je het voor ons bewaren?'

'Natuurlijk,' zei ik. 'Maar echt, het stelt niks voor. Gewoon iets van mijn werk. Ik moet nu terug naar kantoor, is het goed als ik je later terugbel?'

'Natuurlijk, lieverd. Nogmaals gefeliciteerd. Je werkt daar nog maar zo kort en je haalt nu al de krant!'

Ze moest eens weten, dacht ik toen ik ophing. Gelukkig was de kans klein dat het mijn vader zou lukken zich te registeren als gebruiker van de rubriek *New York Scoop* waarop lezers zich gratis konden abonneren. Zolang niemand de column uitprintte en aan mijn ouders liet lezen, was ik veilig. Voorlopig, althans.

141

12

'Ik wil deze bij-
eenkomst openen door te proosten op Bette,' zei Courtney, en ze
hief haar mojito boven haar hoofd.

Ik had net een sms'je gekregen van Kelly waarin ze me beleefd
verzocht (lees: opdroeg) 'mijn gezicht te laten zien' op de première
van *Hitch*, die was georganiseerd onder supervisie van Skye en Leo.
De film zou precies om elf uur afgelopen zijn, hetgeen betekende
dat ik nog even naar de afterparty bij Bungalow kon en toch om
halfeen thuis kon zijn en om één uur in bed kon liggen – zeker een
uur vroeger dan de afgelopen weken. Die berekening had ik in gedachten net afgerond toen ik opgeschrikt werd door het horen van
mijn naam.

'Op mij? Waar heb ik een toast aan verdiend?' vroeg ik afwezig.

De hele groep staarde me aan alsof ze niet konden bevatten dat
ik zó dom was. Janie was de eerste die haar mond opendeed. 'Sorry

hoor, je denkt toch niet dat wij op een andere planeet leven of zo? Dat we geen leven hebben buiten de leesgroep?'

Ik bleef maar zitten staren. Ik had wel een vermoeden waar dit naartoe ging, maar ik probeerde het te voorkomen.

Jill stampte nog wat limoenen met suiker fijn in een kom en schepte een beetje van het troebele drankje in mijn glas. 'Bette, we lezen allemaal de *New York Scoop*, hoor. Iederéén leest het. En jij bent tegenwoordig zo'n beetje elke dag de meest besproken persoon. Wanneer had je ons verdorie willen vertellen dat je iets hebt met *Philip Weston*? Ze zei het zo langzaam en met zo veel nadruk dat iedereen begon te lachen.

'Ho, dames, wacht even! Ik heb niks met hem.'

'Nou, Ellie Insider denkt daar heel anders over,' deed Alex een duit in het zakje. Haar haar had vanavond een onsmakelijke kotsgroene kleur en ik verwonderde me erover dat zelfs kunstenaars uit de East Village blijkbaar die vreselijke column lazen.

'Ja, dat is waar,' voegde Vika er peinzend aan toe. 'Je bent elke avond met hem samen. En waarom ook niet? Hij is ongelooflijk, verrukkelijk lekker.'

Daar dacht ik even over na. Hij was inderdaad zeer smakelijk om te zien, en iedere vrouw tussen de vijftien en vijftig leek iets met hem te willen, dus waarom zou ik niet iedereen in de waan laten dat hij mijn vriend was? Als ik het niet vertelde, zou niemand weten dat ik niet meer bij Philip thuis was geweest sinds die ene keer dat ik er per ongeluk 's morgens wakker geworden was. Waarschijnlijk zouden ze zelfs niet eens geloven dat we elkaar nooit belden en nooit iets afspraken; er werd gewoon van me verwacht dat ik minstens even mijn gezicht liet zien bij ieder evenement dat door Kelly & Co werd georganiseerd – of ik er nu zelf aan meegewerkt had of niet – en daardoor kwam ik Philip nu al een paar weken vrijwel iedere avond tegen. Het was per slot van rekening mijn werk om goede feesten te verzorgen, en Philip had zichzelf de taak opgelegd om ze allemaal bij te wonen.

Waarom zou ik proberen uit te leggen dat we meestal maar een paar minuten met elkaar praatten, dat hij altijd naar me toe kwam en zijn arm om me heen sloeg (of zijn hand op mijn kont legde, zijn drankje voor mijn borst hield of zijn mond in mijn hals drukte) zodra er toevallig een fotograaf in de buurt was? Voor wie het allemaal bijhield leken we onafscheidelijk, terwijl we nooit méér hadden gedaan dan samen iets drinken. Wat werd omschreven als 'heftige vrijpartijen' had in werkelijkheid net zo veel met seks te maken als

143

mijn dagelijkse knuffels met Millington. Maar waarom zou iemand dat willen horen?

Ik wist het antwoord wel. Omdat hij het snoepje van de week was en ik het met hem deed.

'Hij is leuk, hè?' zei ik dus. En het was waar. Philip Weston mocht dan een van de arrogantste mannen zijn die ik ooit had gekend, het zou belachelijk zijn om te ontkennen dat ik me absurd sterk tot hem aangetrokken voelde.

'Eh, ja. En laten we niet vergeten dat hij de meest volmaakte Bouquetreeks-man is die je je in het echte leven maar zou kunnen voorstellen,' verzuchtte Courtney. 'Ik denk dat ik hem als model ga gebruiken voor de held in mijn nieuwe romannetje.'

'Wie, Philip?' Ik kon me de held in de Bouquetreeks moeilijk voorstellen als iemand die zeurde over het wassen van zijn dure lakens, maar misschien werd het ook wel tijd dat het genre met zijn tijd meeging nu het nieuwe millennium was aangebroken.

'Bette! Hij is lang, knap, wilskrachtig en invloedrijk. Het is verdorie zelfs een buitenlander,' zei ze, terwijl ze met een exemplaar van *Woest aantrekkelijke liefde* zwaaide en naar de kolossale man met de lendendoek om op het omslag wees. 'Hij ziet er zelfs nog beter uit dan Dominick, en dat wil wat zeggen als je bedenkt dat Dominick getékend is.'

Daar zat wat in. Philip benaderde het ideaal van de romanheld dichter dan alle andere mannen die ik ooit had ontmoet, op dat ene probleempje van zijn karakter na.

Zo gingen we nog een halfuurtje door, maar ik stapte vroeg op omdat ik nog naar huis moest om me om te kleden voor de afterparty. Waar de eerste de beste die ik binnen tegen het lijf liep natuurlijk Mr. Weston in hoogsteigen persoon was.

'Bette, *love*, kom even mijn vrienden uit Engeland begroeten,' zei hij, gevolgd door een korte maar eerlijk gezegd verrukkelijke zoen vol op mijn mond.

Ik kon het niet laten; ik keek over mijn schouder. Ik had me voorgenomen beter op de fotografen te letten, maar ik zag niets ongewoons, alleen de gebruikelijke menigte mooie mensen.

'Hallo,' zei ik. Het viel me op dat a) hij nog meer op de fictieve Dominick leek nu hij voor mijn neus stond en b) Courtney gelijk had gehad: Philip was knapper. 'Ik spreek je dadelijk wel, goed? Ik moet nu naar Kelly om te kijken of het allemaal goed verloopt.'

'Prima, *love*. Breng je dan meteen een cocktail voor me mee? Dat zou fijn zijn!' En hij maakte zich uit de voeten om met zijn vriendjes te gaan spelen, blij als een klein jongetje in het park.

Ik kreeg het voor elkaar om me in nog geen uur tijd te melden bij Kelly, aan Leo en Skye te vragen of ik iets voor hen kon doen, te zwaaien naar Elisa, die met Davide zat te vrijen, mezelf voor te stellen aan twee potentiële klanten (de zwaar aanbeden ontwerper Alvin Valley en iemand van wie ik nog nooit had gehoord, maar die door Kelly werd omschreven als 'de meest gewilde visagist van Hollywood') én Philip een cocktail te brengen. Vrij snel daarna glipte ik naar buiten en om kwart over twaalf was ik thuis, maar liefst een kwartier vóór op schema; om halfeen sliep ik als een roos, na de vaststelling dat onzinnige avondrituelen als tandenpoetsen en je gezicht wassen pure tijdverspilling waren. Ik hoef je niet te vertellen dat ik er zesenhalf uur later, toen de wekker ging, niet goed uitzag.

Ik printte *Dirt Alert* uit en las het in de metro, met een grote beker koffie en een kaneel-rozijnenbroodje. Natuurlijk was het bovenste artikeltje in het pakket vandaag de *New York Scoop*, en zoals ik al had verwacht stond er een grote foto bij – een close-up maar liefst – van Philip die me de vorige avond had gezoend. Je zag alleen de achterkant van zijn hoofd, maar op de een of andere manier was de camera op mij ingezoomd terwijl ik met halfopen, vaag dromerige ogen bewonderend naar hem keek. Of dronken, het is maar net hoe je mijn dichtgeknepen oogjes interpreteerde. Ik had het misschien kunnen verwachten, maar ik had geen camera gezien. Nu ik de paginagrote foto voor mijn neus kreeg, deinsde ik letterlijk achteruit. En het artikel van vandaag was extra gedenkwaardig; zoals voorspeld was ik niet langer 'Philips metgezel' en *'party girl'* of 'de prexpert in opleiding', maar werd mijn eigen identiteit vermeld. Pal onder de foto – voor het geval er in de staat New York nog iemand over was die niet precies wist waar ik dag en nacht uithing – stond mijn naam in grote, vetgedrukte letters en het onderschrift luidde: 'Het is kennelijk een blijvertje... Bettina Robinson weet wat feesten is.' Ik voelde een vreemde mengeling van schaamte omdat iedereen me in die staat zou zien, verontwaardiging vanwege de misleiding en het vage maar hardnekkige besef dat ik totaal geen privacy meer had.

Het wandelingetje van de metro naar kantoor leek wel tien kilometer te beslaan in plaats van drie straten, en het werd er alleen maar erger op toen ik twee meisjes hoorde praten over 'de nieuwe vriendin van Philip, hoe heet ze ook alweer?'.

Ik had mijn laptoptas nog niet op de ronde tafel gezet of het hele kantoor stond om me heen.

145

'Jullie hebben het dus al gezien?' zei ik terwijl ik me op een leren bureaustoel liet zakken.

'Er staat niets in wat we nog niet wisten,' zei Kelly. Het klonk teleurgesteld. 'Ze schrijven alleen dat een zekere Mr. Philip Weston de laatste tijd zo vaak wordt gezien in het gezelschap van ene Bettina – heet je echt zo? – dat we mogen aannemen dat ze een stel vormen.'

'Een stel?' vroeg ik vol ongeloof. Door mijn afschuw bij het zien van de foto en het onderschrift was ik vergeten de begeleidende tekst te lezen.

'Ja, hier staat dat een niet nader genoemde bron beweert dat jullie vrijwel iedere nacht samen doorbrengen na avondjes stappen in alle hippe tenten zoals Bungalow en Marquee.'

'Ik heb geen verkering met hem,' hield ik vol.

'De foto's liegen niet, Bette. Het lijkt er toch echt op dat je wél verkering met hem hebt.' Kelly draaide haar platte 20-inch Macmonitor naar de groep, zodat iedereen kon genieten van de foto's van Philip en mij.

En voor de zoveelste keer vroeg ik me af hoe het had kunnen gebeuren dat mijn privé-leven niet alleen vervlochten was geraakt met mijn werk, maar dat die twee zelfs volledig van elkaar afhankelijk waren geworden. Iedere idioot kon zien dat ik het aan mijn connectie met Philip te danken had dat ik zo goed werd opgenomen in het team en het bedrijf, met een snelheid waar ik hoofdpijn van kreeg.

'Verkering is zo'n groot woord,' zei ik opgelaten. Waarom begreep toch niemand het?

'Wat je ook met hem doet, Bette, ga er vooral mee door. Wist je al dat we zijn ingehuurd door T-Mobile, puur en alleen omdat jij iets hebt met ene Mr. Weston?'

Ik dacht: puur en alleen?

'Verrassing, Bette! We kregen vanmorgen een telefoontje van hun interne pr-afdeling. Ze willen dat we de nieuwe BlackBerry introduceren bij het jongere publiek in New York, en ze hebben voor ons gekozen omdat wij duidelijk toegang hebben tot dat wereldje. Natuurlijk doet BlackBerry het al fantastisch, zeker bij het Wall Street-publiek, en iedereen die iets voorstelt in Hollywood heeft er al een – en ook een heleboel mensen die niks voorstellen, trouwens – maar hier slaat hij minder goed aan dan ze hadden gehoopt. We gaan natuurlijk ons best doen om daar verandering in te brengen. Ik kan je tot mijn genoegen mededelen dat jij de leiding krijgt over dit project en dat je alleen aan mij rapporteert en om goedkeuring vraagt.'

'De leiding?' stamelde ik.

'Hun accountmanager zei dat ze dolgraag zou zien dat Philip en jij die avond als gastheer en gastvrouw optreden, dus dat zou ideaal zijn!' zei ze zangerig, zich er totaal niet van bewust dat Philip waarschijnlijk niet eens wist hoe ik precies heette, laat staan dat hij gastheer zou willen zijn op een feest alleen omdat ík het vroeg.

'Skye helpt je wel als je iets niet weet' – een snelle blik op Skye leerde me dat ze verre van gelukkig was met deze aankondiging – 'en we zijn er allemaal om je te steunen. Het feest staat gepland voor 22 november, de dinsdag voor Thanksgiving, dus ik zou maar meteen aan de slag gaan.'

Ik begon vlug te rekenen en besefte dat dat over minder dan drie weken was. Dat zei ik dan ook.

'O, Bette, maak je niet zo druk,' zei Elisa met een geërgerde blik. 'Het stelt niks voor. Zoek een locatie, regel sponsors, maak uitnodigingen, pak De Lijst erbij en wacht met de pers tot de laatste week. Met Philip als gastheer krijg je genoeg aandacht in de bladen, dus zo veel werk zal het niet zijn.'

Toen de bespreking eindelijk afgelopen was sloop ik met mijn laptop de deur uit en ging naar Starbucks, in een paniekerige poging om uit te zoeken wat ik allemaal moest doen voor het BlackBerry-feest. Ik hoopte bijna dat Philip me zou belonen met het gastheerschap wanneer ik voor die tijd met hem naar bed ging – en schaamde me meteen voor mijn eigen gedachte. Natuurlijk ging iedereen ervan uit dat we onze relatie, als je het zo mocht noemen, allang fysiek hadden bekrachtigd, maar dat was niet het geval. Objectief bekeken was hij te lekker om niet met hem naar bed te gaan, maar in werkelijkheid leken we het allebei uit de weg te gaan. En dat was niet zo moeilijk, want hij raakte me alleen aan als er camera's in de buurt waren. Verder dan een paar halfslachtige verzoekjes om met hem naar huis te gaan en natuurlijk volop suggestieve opmerkingen was hij nooit gegaan, en hij leek bijna opgelucht wanneer ik weer weigerde en avond na avond alleen naar huis ging. Ik had nog niet veel tijd gehad om erover na te denken, maar misschien had hij een uiterst geheime vriendin (of vijf) die hij ergens verborgen hield en vond hij het al lang best dat het grote publiek dacht dat wij een stel waren. Ergens had het iets beledigends – dat ik niet met hem naar bed wilde betekende immers niet dat ik niet dolgraag wilde dat híj wel met mij naar bed wilde – maar het leek wel of we een soort stilzwijgende afspraak hadden om de situatie te laten zoals hij was.

Net toen ik een berichtje achterliet op het kantoor van Amy Sacco met de vraag of we Bungalow konden reserveren voor het Black-Berry-feest, belde Penelope me op de andere lijn.

'Hé, wat krijgen we nou? Kun jij me zomaar midden op de dag bellen? Hoe is het eigenlijk met Aaron?'

'Weet je wel hoezeer mijn leven is verbeterd sinds jij hier weg bent?' vroeg Penelope. 'Het is niet lullig bedoeld, maar om hem nooit meer over onze "geheime besprekinkjes" te horen, dat is zo'n genot dat het jouw afwezigheid hier bijna waard is. Hoe gaat het met je minnaar?'

'O, mijn vaste verkering, bedoel je? Geweldig.'

'Vertel op,' zei Penelope geforceerd enthousiast. Ik wist dat ze Philip niet kon uitstaan, maar ze was te aardig om dat tegen me te zeggen.

'Eens even kijken. Het is heerlijk. We gaan alleen maar naar fijne feesten waar hij minstens een paar minuten met me praat voordat hij met alle andere vrouwen begint te flirten. En ik mag hem vaak zijn lievelingscocktail brengen – wodka met mineraalwater, mocht je het willen weten. Ik laat me door hem kussen voor de fotografen en dan gaan we weer ieder onze eigen weg. Geen seks, overigens. We hebben niet één nacht samen doorgebracht sinds die eerste keer dat ik bij hem thuis in coma raakte.' Ik dacht even aan de vervelende details, maar ik kon het niet over mijn hart verkrijgen om Penelope erover te vertellen.

'Misschien heeft hij zo veel seks met ieder fotomodel dat hij tegenkomt, iedere actrice en alle vooraanstaande vrouwen uit Londen, Los Angeles en New York dat hij gewoon te moe is. Dat kan best, hoor.'

'Heb ik al gezegd wat een goede vriendin je bent, Pen? Echt, jij weet altijd precies wat je moet zeggen.'

Ze begon te lachen. 'Ja, dat zal wel. Maar nu hebben we lang genoeg over jou geprat, laten we het eens heel even over mij hebben. Ik moet je wat vertellen.'

'Je bent zwanger en je voelt je schuldig dat je het laat weghalen omdat je verloofd bent, en oud genoeg om de verantwoordelijkheid voor je eigen daden te dragen?' vroeg ik gretig, en ik boog me een beetje dichter naar de telefoon, alsof ze me kon zien.

Ze zuchtte en ik wist dat ze haar ogen ten hemel sloeg.

'Je bent zwanger en het kind is niet van Avery?'

Toen dat niets anders opleverde dan een geërgerde zucht, besloot ik het nog één keer te proberen.

'Je bent zwanger en je…'

'Bette!' Haar stem klonk gespannen en ik hoorde dat ze hier minder lol in had dan ik.

'Sorry. Wat is er dan?'

'Ik ga weg.'

'Wát?'

'Ik ga weg. Ik heb het helemaal gehad.'

'Mijn god, dat meen je niet.'

'Jawel.'

'Is het definitief?'

'Ja.'

'Echt waar? Zomaar? Afgelopen? Vind je het niet erg dan?'

Ik deed mijn uiterste best om niet te smullen van het idee dat de bruiloft niet doorging, maar het lukte me bijna niet. Vooral omdat ze Avery waarschijnlijk had betrapt met een ander, het enige scenario dat ervoor kon zorgen dat ze inzag hoe hij echt was, had ik lang geleden bedacht. Maar verder klonk het alsof ze het wel aankon. Dit was het beste, dat besefte zij natuurlijk ook.

'Heel eerlijk? Ik had het zelf niet gedacht, maar ik ben er hartstikke blij mee. Ik wil het eigenlijk al heel lang en ik kijk ontzettend uit naar de toekomst.'

Ik nam heel langzaam een slok van mijn koffie om deze nieuwe informatie te verwerken. 'Je zou nooit zo enthousiast zijn als je niet iemand anders had ontmoet. Wie is het? Ik wist helemaal niet dat Avery en jij problemen hadden. Waarom heb je het me niet verteld?' flapte ik eruit. 'En hoe moet het nu met de ringen? Volgens de etiquette moet je de ring teruggeven als je het zelf uitmaakt. O god, hij gaat toch niet vreemd?' Ik deed alsof ik in shock was bij de gedachte alleen al, alsof ik het me totaal niet kon voorstellen. 'Is die schoft…?'

'Bette, hou op! Ik ga niet weg bij Avery, ik heb ontslag genomen!' zei ze half fluisterend, vanwege haar meeluisterende collega's.

Ik moest even helemaal omschakelen.

'Je gaat weg bij UBS? Gefeliciteerd! Wat is er gebeurd?'

'Ik had eigenlijk geen keus. Avery is toegelaten tot de rechtenstudie aan UCLA, dus we gaan verhuizen naar Los Angeles. Hij begint pas in januari, maar het leek ons beter om nu al te vertrekken, zodat we daar vast een beetje kunnen wennen.'

'UCLA?'

'Hh-hm.'

'Dus je gaat niet weg bij Avery, maar bij mij?' fluisterde ik jammerend, en ik vroeg me af hoe het smeuïge verhaal van mijn beste schoolvriendin die haar verloofde bedonderde met een ander ineens het verhaal had kunnen worden van mijn beste schoolvriendin die naar de andere kant van het land ging verhuizen.

'Ik laat je niet in de steek,' zei ze met een zucht. 'Ik neem ontslag en ga naar Californië verhuizen. Het is waarschijnlijk maar voor drie jaar, dan kom ik weer terug. En natuurlijk komen we hier regelmatig op bezoek. Jij zult straks blij zijn als je me daar kunt opzoeken in februari, wanneer je al twaalf dagen de deur niet uit bent geweest vanwege de kou.'

'Kan hij hier geen rechtenstudie volgen? Is Avery echt zo egoïstisch dat hij je hier vandaan sleurt om zo ver weg te gaan studeren?'

'Bette, hou eens op! Kun je niet gewoon blij voor me zijn? UCLA is een goede universiteit en ik kan wel wat verandering gebruiken. Ik woon sinds mijn afstuderen al vijf jaar hier, en voor die tijd heb ik ook achttien jaar in New York gewoond. Ik kom terug, dat wel. Maar voorlopig lijkt het me heel fijn, een beetje afwisseling.'

Op dat moment drong het tot me door dat er van mij als vriendin enige steun werd verwacht, hoe zwakjes het waarschijnlijk ook zou klinken.

'Pen, het spijt me. Je overviel me er gewoon mee. Ik wist helemaal niet dat hij zich had ingeschreven. Als jij dit graag wilt, ben ik blij voor je. En ik beloof je dat ik heel hard mijn best zal doen om niet alleen te denken aan de gevolgen die dit voor míj heeft, goed?'

'Hij heeft zich op het laatste moment aangemeld. Ik had nooit gedacht dat hij naar UCLA zou willen. Maar even serieus, om jou maak ik me niet zo veel zorgen. Je hebt een hele ploeg nieuwe mensen om je heen en ik heb het gevoel dat je het wel zult redden zonder mij...' Ze liet de woorden wegsterven in een poging nonchalant te klinken, maar we wisten allebei dat ze het allerbelangrijkste nooit zou uitspreken.

'Goh, dan zullen we een groot afscheidsdiner voor jullie moeten geven,' zei ik gemaakt opgewekt, zonder de kans aan te grijpen om haar bewering tegen te spreken.

'Je zult wel snappen dat onze moeders daar al mee bezig zijn. We vertrekken vrij snel, dus ze hebben een gezamenlijk etentje gepland bij het Four Seasons. Je komt toch wel, hè? Het wordt waarschijnlijk verschrikkelijk, maar je bent evengoed verplicht om te komen.' Ze schraapte haar keel. 'Philip is uiteraard ook uitgenodigd.'

'Pen! Natuurlijk kom ik. En Philips gezelschap zal ik je zeker besparen. Hoe heerlijk het ook mag zijn om bestookt te worden met

150

verhalen over verkeerd gewassen lakens en veel bekende, interessante namen, het blijft jouw etentje.'

Ik kreeg een wisselgesprek binnen, met een nummer dat ik niet kende. Ik besloot op te nemen voor het geval het te maken had met het BlackBerry-feest.

'Sorry Pen, ik krijg een ander telefoontje. Kan ik je straks terugbellen?'

'Natuurlijk, geen probleem.'

'Goed, dan spreek ik je zo. En nog gefeliciteerd! Als jij er blij mee bent, ben ik het ook. Tandenknarsend, natuurlijk, maar ik ben blij voor je.'

We hingen op en ik kon nog net het andere telefoontje aannemen voordat de voicemail werd ingeschakeld. 'Zou ik Bette even kunnen spreken?' vroeg een schorre mannenstem.

'Daar spreekt u mee.'

'Bette, je spreekt met Sammy. Ik werk voor Amy Sacco. Je had gebeld over het reserveren van de club?'

Sammy? Heette die uitsmijter van de Bungalow niet zo? Amy kon toch niet meer dan één Sammy in dienst hebben? Ik wist niet dat uitsmijters ook op kantoor werkten.

'Ja, hallo,' zei ik zo professioneel mogelijk, al wist hij natuurlijk niet wie ik was en hoe ik heette.

'We hebben je bericht ontvangen en Amy vroeg of ik je wilde terugbellen, want ze heeft vanmiddag geen tijd.' De rest werd overstemd door het geloei van sirenes.

'Sorry, ik versta je niet. Zo'n harde sirene heb ik nog nooit gehoord. Volgens mij rijden er wel acht brandweerwagens langs,' riep ik boven het lawaai uit.

'Ik hoorde het ook, maar niet door de telefoon. Waar ben je nu?'

'Bij Starbucks op de hoek van 8th Street en Broadway, hoezo?'

'Dat is maf, ik sta letterlijk op een steenworp afstand. Mijn les was net afgelopen toen ik Amy's berichtje kreeg dat ik je moest terugbellen. Wacht, dan kom ik daarheen.' Toen hij had opgehangen, staarde ik nog even naar mijn telefoon voordat ik paniekerig lipgloss en een borstel uit mijn tas griste en naar de wc sprintte, die natuurlijk bezet was. Ik zag hem op de ingang afkomen en rende terug naar mijn tafeltje, waar ik buiten adem op mijn stoel plofte voordat hij me had gezien.

Er was geen subtiele manier om nu nog iets recht te zetten tussen ons, want ik had al mijn energie nodig om zo druk en onverschillig mogelijk over te komen. Dat lukte totaal niet: ik wist dat ik me zou verslikken als ik een slok koffie nam of dat ik mijn telefoon zou laten vallen wanneer ik deed alsof ik zat te bellen, dus ging ik in mijn agenda zitten staren, zó geïnteresseerd dat ik even bang was dat het papier door mijn intense blik spontaan in brand zou vliegen. Een snelle mentale controle van mijn voorkomen ontlokte me een hele lijst clichéreacties – trillende handen, bonzend hart, droge mond – die maar één ding konden betekenen. Het was duidelijk dat mijn lichaam me vertelde dat ik Sammy leuk vond; sterker nog, dat ik hem wel eens helemaal het einde zou kunnen vinden. Mocht je een parallel willen trekken; ik voelde me zoals Victoria zich voelde vlak voor haar eerste ontmoeting onder vier ogen met Marcello in *De tedere aanraking van de magnaat*. Voorzover ik me kon herinneren was dit de allereerste keer dat mijn hele lichaam tintelde van de spanning, zoals altijd gebeurt bij vrouwen in romannetjes.

Ik voelde hem naast me staan nog voordat ik hem zag, een helemaal in het zwart geklede gestalte. En wat rook hij lekker! Naar versgebakken brood of koekjes of iets anders lekkers. Zo stond hij daar een halve minuut te staren naar mijn gestaar in mijn agenda voordat ik eindelijk de moed bijeengeraapt had om op te kijken, precies op het moment dat hij zijn keel schraapte.

'Hallo,' zei ik.

'Hallo,' antwoordde hij meteen. Hij wreef onbewust over iets wat eruitzag als een deegvlek op zijn zwarte broek, maar zodra hij me zag kijken hield hij ermee op.

'Eh, ga zitten,' stamelde ik. Waarom was het opeens volslagen onmogelijk om een begrijpelijke, samenhangende zin uit te brengen?

'Graag. Ik eh… Het leek me handiger om dit persoonlijk te regelen, aangezien ik eh… vlakbij was, snap je?'

'Dat is inderdaad veel logischer. Kwam je nou net uit een les, zei je? Volg je een cursus cocktails shaken of zo? Dat heb ik altijd al eens willen doen!' Ik ratelde maar door, ik kon het niet helpen. 'Dat lijkt me heel nuttig, ook voor mensen die niet in een bar werken. Ik weet niet. Het lijkt me handig om te weten hoe je een fatsoenlijk drankje mixt, of zoiets. Snap je?'

Hij glimlachte voor het eerst, oogverblindend en van oor tot oor. Ik dacht dat ik ter plekke dood zou gaan als hij ermee ophield. 'Nee, niet cocktailshaken, ik volg een cursus patisserie maken.'

Ik kon me niet voorstellen waarom een uitsmijter gebak zou moeten kunnen maken, maar het was leuk dat hij nog andere interesses had buiten zijn werk. Per slot van rekening leek dat me tame-

152

lijk saai, afgezien van de dagelijkse egokick dat je mensen puur op basis van hun uiterlijk mocht afwijzen.

'O ja? Wat interessant. Kook je vaak in je vrije tijd?' Ik vroeg het alleen maar uit beleefdheid, en dat was helaas duidelijk te horen. 'Ik bedoel, is koken je grote passie of zo?'

'Passie?' vroeg hij grijnzend. 'Ik weet niet of ik het een passie zou noemen, maar ik kook wel graag, ja. Dat moet ook wel, met mijn werk.'

Shit. Hij lachte me uit omdat ik dat belachelijke woord 'passie' had gebruikt.

'Je moet wel?' Het kwam er ronduit hooghartig uit. 'Sorry, zo bedoelde ik het niet. Maar voor wie kook je dan?'

'Ik volg een opleiding tot chef-kok,' zei hij, en hij wendde zijn blik af.

'Chef-kok? Echt waar? Waar kook je dan?'

'Nou, eigenlijk nog nergens. Ik heb de hotelschool gedaan en volg nu een paar avondcursussen. Op dit moment dus patisserie.' Hij lachte.

'Waar komt je belangstelling voor patisserie vandaan?'

'Die heb ik niet speciaal, maar zo'n cursus is altijd meegenomen. Vroeger heb ik nooit gekookt, ik maakte hooguit een omelet klaar wanneer het mijn beurt was om voor het avondeten te zorgen. Toen ik nog op de middelbare school zat, heb ik een keer samen met een vriend een zomer in Ithaca gewerkt, als ober in het Statler Hotel op de campus van Cornell. Toen de manager me daar op een dag het kopje van een gast zag bijvullen door de koffiepot er ruim een meter boven te houden, ging hij helemaal uit zijn dak. Dat vond hij om de een of andere reden een ontzettende kick, en hij heeft me overgehaald om me aan te melden bij de hotelschool. Via hem heb ik een beurs gekregen en ik heb al die tijd gewerkt, als hulpkelner, ober, nachtportier, barkeeper, noem maar op. Toen ik klaar was met de opleiding, heeft hij een stage van een jaar voor me geregeld bij een sterrenrestaurant in Frankrijk. Ik heb het allemaal aan hem te danken.'

Ik was me er vaag van bewust dat mijn mond nogal onaantrekkelijk openhing van verbazing om deze ontwikkeling, maar Sammy was zo charmant me tegen mezelf in bescherming te nemen en gewoon verder te praten.

'Je vraagt je natuurlijk af waarom ik als uitsmijter bij Bungalow werk, hè?' Hij grinnikte.

'Helemaal niet, dat is jouw keuze. Ik bedoel, eh… het is ook een dienstverlenend beroep, toch?'

'Ik moet nu gewoon de kost verdienen. Voor mijn gevoel heb ik al in ieder denkbaar restaurant in de hele stad gewerkt,' zei hij lachend. 'Maar als ik straks mijn eigen zaak kan openen, is het de moeite waard geweest. Ik hoop dat het niet lang meer duurt.'

Ik moet nog steeds verbaasd hebben gekeken, want hij begon te lachen. 'Het geld is de belangrijkste reden. Je kunt aardig wat verdienen als uitsmijter en barkeeper en ik heb een heleboel van die klussen. En omdat ik moet werken, ga ik zelf niet uit en dat scheelt ook een hoop geld, dus ik hou het nog wel even vol. Ze zeggen dat het een enorme kick is om in deze stad een restaurant te openen. Het schijnt heel belangrijk te zijn dat je de sociale achtergronden kent, wie het met wie doet en welke mensen écht belangrijk zijn en welke zich alleen maar belangrijk voordoen. Mij interesseert het totaal niet, maar omdat het mijn types niet zijn, is het wel handig dat ik ze nu in hun natuurlijke omgeving kan bekijken.'

Hij sloeg zijn hand voor zijn mond en keek me geschrokken aan. 'Dat had ik misschien niet moeten zeggen. Het was niet mijn bedoeling om jou en je vrienden te beledigen, maar ik...'

Verliefd. Helemaal, hartstikke verliefd. Het kostte me grote moeite om niet zijn gezicht vast te pakken en hem vol op zijn mond te kussen... Hij keek zo geschrokken! Maar het was wel vervelend dat hij dacht dat al die figuren echt mijn vrienden waren, dat ik uit vrije wil omging met iemand die meer geld uitgaf aan zijn beddengoed dan mijn ouders voor hun auto hadden betaald.

'Echt niet, ik wil er niks meer over horen,' zei ik, en ik stak instinctief mijn hand uit om even de zijne aan te raken, maar doordat ik op het laatste moment niet meer durfde, bleven mijn vingers onhandig ergens boven de tafel zweven. Lucinda uit *De magnaat* zou natuurlijk cool genoeg zijn geweest voor zo'n handeling, maar ik dus niet. 'Ik vind het heel goed wat je doet. Je zult wel de gekste dingen meemaken iedere avond, of niet?'

Dat was de aansporing die hij nodig had. 'Hou op, het is ongelooflijk. Al die mensen... Ze barsten van het geld en de vrije tijd en het lijkt wel of ze er niks mee doen, behalve mij smeken om hen binnen te laten, avond na avond.'

'Maar het is toch ook leuk? Ik bedoel, de mensen wringen zich in allerlei bochten om toch maar vooral aardig tegen je te doen.'

'Ach, kom op, Bette, je weet net zo goed als ik dat het zo niet in elkaar zit. Ze likken mijn hielen omdat ze me nodig hebben, niet omdat ze ook maar iets van me weten of omdat ze me als mens aardig vinden. Hun respect en vriendelijkheid gaan maar heel kort

154

mee: de paar minuten tussen hun aankomst en het moment dat ze naar binnen mogen. Als ze me ergens anders zouden zien dan bij dat roodfluwelen koord, zouden ze me met de nek aankijken.' Zijn sombere blik was terug en ik zag dat de rimpeltjes in zijn gefronste voorhoofd hem alleen maar leuker maakten. Toen hij zuchtte, voelde ik het bizarre verlangen om hem te omhelzen. 'Ach, ik weer met mijn grote mond. Vergeet alsjeblieft alles wat ik heb gezegd. Zo serieus neem ik mijn baan niet, dus moet ik de nadelen ook niet gaan opblazen. Het is gewoon een manier om de kost te verdienen, en ik vind het allemaal prima zolang het me dichter bij mijn eigen restaurant brengt.'

Ik wilde niets liever dan dat hij doorpraatte, hij mocht alles zeggen over iedereen, zodat ik kon blijven kijken naar dat volmaakte gezicht en de bewegingen van zijn mond en zijn handen, maar hij was uitverteld. Toen ik mijn mond opendeed om te zeggen dat ik precies begreep wat hij bedoelde en dat ik het zo nog nooit had bekeken, viel hij me voorzichtig in de rede. 'Ik zou het fijn vinden als je dit niet bij jou op kantoor vertelde. Het is voor mij makkelijker om mijn werk te doen als niet iedereen, eh… je weet wel.'

Dat wist ik inderdaad. Als niet iedereen wist waar je vandaan kwam, waar je naartoe ging en telkens ter plekke besliste of je binnen hun persoonlijke categorie van 'de vriendschap waard' viel of de categorie 'kan ik met een gerust hart negeren'. Als niet iedereen zich in allerlei bochten wrong om het juiste standpunt in te nemen, de situatie naar zijn hand probeerde te zetten of langzaam maar zeker je zelfvertrouwen ondermijnde, alleen omdat ze zich dan zelf beter voelden. Oom Will zei altijd: 'Wat je niet kunt krijgen, moet je afkraken.' Híj zei het voor de grap, maar de meeste mensen om hem heen meenden het. Jawel, ik begreep Sammy maar al te goed.

'Natuurlijk, ik weet wat je bedoelt. Ik begrijp het volkomen. En ik vind het heel goed wat je doet,' wist ik uit te brengen, voor mijn eigen gevoel na minstens vijf pogingen.

Weer zo'n verblindende glimlach. Hmm! Ik probeerde iets te verzinnen om hem er nog een te ontlokken, maar toen herinnerde een van ons zich eindelijk dat we daar waren voor ons werk.

Hij kwam sterk en zelfverzekerd over en leek zijn kwetsbare moment volledig overwonnen te hebben toen hij zei: 'Ik haal even een kop koffie, dan kunnen we daarna de details van het feest doornemen. Wil jij ook iets?'

Ik schudde mijn hoofd en wees naar mijn beker koffie.

'Geen dubbele, suikervrije, extra warme koffie verkeerd met va-

155

nillesmaak en magere melk zonder schuim?' Ik schudde lachend nogmaals mijn hoofd. 'Je denkt dat ik een grapje maak, hè? Echt niet, dat bestel ik hier altijd.'

'Ik geloof er niks van.'

'Ik zweer het je. Drieëntwintig jaar van mijn leven ben ik tevreden geweest met een doodgewone kop koffie. Soms met veel melk en suiker, soms vroeg ik 's avonds laat om cafeïnevrij, maar het was in ieder geval altijd gewone koffie. Toen hoorde ik van een vriend dat hij koffie verkeerd zo lekker vond. Vrij snel daarna zei iemand die ik van school kende dat het nog lekkerder was als je er een smaakje aan toevoegde. De rest ging vanzelf, en zo is het helemaal uit de hand gelopen. Ik zou willen dat ze mijn bestelling gewoon een keer weigerden en dat ze zouden zeggen: 'Doe normaal, Sammy. Wees een vent en neem verdomme een gewone bak koffie.' Maar dat zeggen ze nooit, en ik zelf helaas ook niet.' Met die woorden liep hij weg.

Ik keek toe hoe het meisje achter de koffiebalie hem een onmiskenbare 'ik ben beschikbaar'-glimlach toewierp. Zolang hij weg was knipperde ik niet één keer met mijn ogen, en ik ademde hoorbaar uit toen hij weer naast me kwam zitten.

'Maar goed, genoeg over mij. Zullen we nu eens aan dat feest beginnen?' Toen hij over zijn achterhoofd wreef, kreeg ik het gevoel dat ik hem dat gebaar al duizenden keren had zien maken.

'Prima. Waar beginnen we?' Ik nam een slokje koffie en probeerde nonchalant en professioneel over te komen.

'Hoeveel mensen verwachtte je ook alweer?'

'Dat weet ik niet precies, omdat ik nog geen definitieve gastenlijst heb opgesteld,' – nog helemáál geen gastenlijst, maar dat hoefde hij niet te weten – 'maar ik denk dat het om een paar honderd personen zal gaan.'

'Brengt Kelly & Co overal eigen mensen voor mee of gebruiken jullie ook personeel van ons?'

Ook weer iets waar ik nog niet over nagedacht had, maar ik probeerde terug te denken aan de besprekingen op kantoor en zo een enigszins redelijk antwoord te verzinnen. 'We zullen wel een paar sponsors regelen, dus waarschijnlijk verzorgen we zelf de alcohol, maar met jullie barkeepers. En ik neem aan dat we ook jullie, eh...'

'Beveiliging?' zei hij behulpzaam, alsof hij aanvoelde dat ik er moeite mee had om nu het woord 'uitsmijters' te gebruiken.

'Ja, precies. Al moet ik dat nog even navragen.'

'Klinkt goed. Zoals het er nu uitziet, is die avond alleen Lot 61 vrij, maar misschien wil Amy nog wel wat schuiven. Wie is de gast-heer?'

'O, eh, een zekere Philip Weston. Dat is, eh…'

'Ik weet wie hij is. Je vriend, toch? Ik heb jullie de laatste tijd vaak genoeg samen zien stappen. Dat zal Amy wel geweldig vinden, dus je hoeft niet bang te zijn dat Bungalow die avond niet vrij is.'

'Nee, nee, hij is absoluut niet mijn vriend,' zei ik zo snel moge-lijk. 'Zo zit het helemaal niet. Het is gewoon een heel rare jongen die ik min of meer ken en…'

'Dat zijn mijn zaken niet. Ik heb het altijd nogal een eikel gevon-den, maar wat weet ik er nou van, hè?' Hoorde ik daar nou verbitte-ring in zijn stem? Of wilde ik die alleen maar horen?

'Inderdaad, het gaat je niet aan,' zei ik, en het kwam er zo nuffig uit dat hij letterlijk even terugdeinsde.

Hij nam een laatste slok van zijn koffie en pakte zijn spullen bij elkaar. 'Nou, het was gezellig. Ik overleg even met Amy en dan hoor je nog welke ruimte er vrij is. Ga er maar van uit dat het wel goed-komt. Zoals ik al zei: wie laat er nu de kans schieten om een feest binnen te halen met Zijne Britse Hoogheid als gastheer? Hij moet maar vast aan een nieuw zonnebankkuurtje beginnen als hij op tijd bruin genoeg wil zijn.'

'Fijn dat je zo meedenkt, ik zal het doorgeven. Veel plezier met je gebakjes nog, hè? Ik werk de details verder zelf wel uit, of samen met Amy, want hoe leuk ik het ook vind om me door jou te laten af-bekken, ik heb er nu helaas geen tijd voor.' Ik stond zo beheerst als ik kon op en beende naar de deur. Hoe had het in zo korte tijd zó verkeerd kunnen lopen?

'Bette!' riep hij toen ik met de deurknop in mijn hand stond. Hij had er spijt van. Het was een lange, zware dag geweest en hij had het de laatste tijd erg druk gehad, hij had weinig geslapen, maar dat had hij niet op mij mogen afreageren. Dat moest het zijn, óf hij was zo knetterjaloers op Philip dat hij daarom lullig over hem had gedaan. Of misschien een combinatie van die twee. Hoe dan ook, ik zou het hem uiteraard vergeven wanneer hij me smeekte om begrip en me uitgebreid zijn excuses aanbood.

Ik draaide me om in de hoop dat hij naar me toe zou hollen en om vergiffenis zou smeken, maar hij hield alleen iets omhoog en zwaaide ermee. Mijn telefoon. Die natuurlijk begon te rinkelen nog voordat ik het tafeltje had bereikt.

Sammy keek naar het toestel, en vlak voordat hij een geforceerd lachje op zijn gezicht toverde, zag ik zijn strakke blik. 'Wat een toeval, het is de grote man zelf. Zal ik een boodschap voor je aannemen? Wees maar niet bang, ik zal tegen hem zeggen dat we in een privé-jet op weg zijn naar huis vanuit Cannes, niet dat we in een ordinaire Starbucks zitten.'

'Geef hier,' zei ik vinnig, en ik kon mezelf wel voor mijn kop slaan omdat ik het nummer van Philip in mijn telefoon had geprogrammeerd. Ik rukte het toestel uit Sammy's hand en merkte nog hoe fijn het was om zijn huid aan te raken. Toen drukte ik Philip weg en smeet de telefoon in mijn tas.

'Je hoeft het gesprek voor mij niet te weigeren.'

'Ik doe helemaal niks voor jou. Ik kan heus wel zelf beslissen wanneer en waar ik mijn telefoon beantwoord,' zei ik. En toen ik bij het naar buiten stormen nog één keer omkeek, zag ik dat hij me hoofdschuddend nakeek. Zo zou de scène nooit geëindigd zijn in *De tedere aanraking van de magnaat*, dacht ik met een tikkeltje spijt. Maar ik beurde mezelf op met het besef dat iedere nieuwe relatie – zelfs een fictieve – in het begin hindernissen moest overwinnen. En ik gaf in dit geval de hoop niet op. Nog niet.

13

Na Starbucks ging de rest van de dag in een roes voorbij. Ik werd heen en weer geslingerd tussen gepieker over mijn bizarre ruzie met Sammy en het nieuws dat Penelope ging verhuizen. Die twee, gecombineerd met het feit dat ik in mijn eentje de verantwoordelijkheid droeg voor een feest dat al over tweeënhalve week werd gehouden, maakten dat ik het liefst thuis met Millington op de bank was gekropen om een paar keer achter elkaar naar *When Harry Met Sally* te kijken. Mijn koetjes-en-kalfjesquotiënt naderde met rasse schreden het nulpunt en ik moest nog de hele entreehal door naar de lift, waar ik ongetwijfeld aangeklampt zou worden door mijn dronken, nieuwsgierige portier. Ik had het knopje al ingedrukt en genoot in stilte van mijn overwinning toen hij ineens, zoals altijd, uit het niets naast me opdook.

'Fijne dag gehad?' vroeg hij met een brede grijns.

159

'Eh ja, gaat wel. En jij?'
'"Gaat wel" is heel wat anders dan "goed", Bette,' zei hij overdreven opgewekt. Straalde ik soms iets uit waardoor ik de indruk wekte dat ik met hem wilde praten?

'Het is inderdaad wat anders, maar "goed" zou nu niet het juiste woord zijn. Het ging wel, vandaag,' legde ik uit, terwijl ik me afvroeg of ik er dertien trappen voor over zou hebben om niet met hem te hoeven praten.

'Nou, laten we zeggen dat ik sterk het gevoel heb dat je dag straks een stuk beter zal worden,' antwoordde hij met een niet mis te verstane knipoog.

'Hmm, o ja?' vroeg ik, met een wanhopige blik op de liftdeur, waarvan ik met iedere vezel in mijn lijf wenste dat hij snel open zou gaan. 'Dat zou mooi zijn.'

'Ja, en je hebt het van mij gehoord, hè? Ik voorspel officieel dat je dag er binnen een paar minuten met sprongen op vooruit zal gaan.' Hij zei het zo vastberaden – en op zo'n akelige 'ik weet iets wat jij niet weet'-toon – dat ik hem zowaar vrijwillig aankeek.

'Is er iets wat ik moet weten? Is er iemand voor me?' vroeg ik vol afschuw, maar ook nieuwsgierig. Wie kon er voor mijn deur staan te wachten tot ik thuiskwam?

'Goed, ik heb genoeg gezegd, dat is wel duidelijk!' zei hij vrolijk. 'Het gaat me natuurlijk ook niets aan. Ik moest maar weer eens teruggaan naar mijn plek bij de deur.' Hij tikte tegen zijn pet en draaide zich op zijn hakken om, en ik vroeg me af of er een manier was om hem beleefd te verzoeken nooit meer tegen me te praten.

Het werd meteen duidelijk waarop hij had gedoeld toen ik de hoek om liep naar het geluksnummer 1313. Tegen de deur stond het schitterendste boeket bloemen dat ik ooit had gezien, laat staan had ontvangen. Eerst dacht ik dat ze per ongeluk bij mijn appartement waren achtergelaten terwijl ze voor iemand anders bedoeld waren, maar toen ik dichterbij kwam, zag ik dat mijn naam met zwarte viltstift op het envelopje was geschreven dat achter het cellofaan zat. Zodra me duidelijk werd dat het geen vergissing van de bezorger was geweest, kwam er een tweede gedachte bij me op: ze waren natuurlijk van Sammy, die nog eens had nagedacht over wat er die dag was gebeurd en nu zijn excuses wilde aanbieden. Yes! Ik wist wel dat hij de kwaadste niet was, en bloemen sturen was zo'n lieve, attente manier om me te laten weten dat het hem speet. Het spijt mij ook, zei ik in gedachten tegen de bloemen, alsof hij zelf voor mijn deur zat. Ik weet ook niet waarom ik zo misselijk tegen je deed, vooral niet omdat ik sindsdien de hele tijd aan je moet denken. Ja, ik wil graag een keer met je uit eten, zodat we dat stomme gesprek achter ons kunnen laten. En als je het dan echt wilt weten, ik zie je in gedachten al als de vader van mijn toekomstige kinderen, dus moeten we elkaar maar gauw beter leren kennen. Wat zal ons kroost het leuk vinden om te horen dat onze eeuwigdurende liefde is begonnen met ruzie en een boeket bloemen om het goed te maken! Het is bijna te romantisch voor woorden. Ja, lieverd, ja, ik vergeef het je en bied je honderdmaal mijn excuses aan. Ik weet dat dit onze relatie zal versterken.

Ik pakte het zware boeket op en maakte de deur open, zo blij met deze verrassing dat ik amper merkte dat Millington meteen aan mijn been ging hangen. Bloemen speelden altijd een belangrijke rol in damesromannetjes, dat maakte de ontvangst van zo'n schitterend boeket extra mooi. Het waren maar liefst vijfendertig rozen, in verschillende tinten paars, roze en wit, strak bijeengebonden in een lage, ronde vaas die gevuld was met een soort glinsterende zwarte knikkers. Iedere vorm van versiering – linten, strikken, opvulgroen of van dat lelijke gipskruid – ontbrak; het geheel was nadrukkelijk eenvoudig, elegant en peperduur. Ook het kaartje was niet zomaar een kaartje: dik, gebroken wit perkament, dat ik niet snel genoeg uit het envelopje met de paarse rand kon rukken. Maar binnen een fractie van een seconde hadden mijn ogen de afzender gevonden, en ik dacht dat ik van mijn stokje zou gaan.

Pop, reken maar dat ik gastheer wil zijn op het BlackBerry-feest! We maken er het chicste feest van het jaar van. Je bent geweldig. Dikke zoen! Philip

Wat? Ik las het wel tien keer om mezelf ervan te verzekeren dat mijn hersenen de tekst goed begrepen, en toen nog een keer omdat ik het nog steeds niet kon geloven. Hoe wist hij waar ik woonde? Hoe kon hij al op de hoogte zijn van het feest terwijl ik er nog niets over had gezegd? Maar wat belangrijker was: waar bleef Sammy met zijn liefdesverklaring? Ik smeet het kaartje de kamer door, liet de bloemen op het aanrecht staan en plofte theatraal op de bank. Binnen een paar seconden begonnen mijn mobiele telefoon en mijn vaste toestel tegelijk te rinkelen, en een snelle blik op beide leverde een nog teleurstellender resultaat op: Elisa op mijn gsm en oom Will op de vaste lijn. Geen Sammy.

Ik klapte mijn mobieltje open, vroeg Elisa nog voordat ze haar mond kon opendoen om even te wachten en begroette Will op de andere lijn.

'Lieverd, is alles wel goed met je? Je bent laat; Simon en ik waren bang dat je in je eentje je publieke vernedering zat te verdrinken. Je staat hartstikke goed op die laatste foto in de *New York Scoop*! Laten we ons met z'n allen bezatten. Ben je bijna onderweg?'

Shit! Helemaal vergeten. Ook al waren onze etentjes op donderdag al sinds ik van de middelbare school af was vaste prik, ik had de afgelopen weken niet kunnen gaan vanwege mijn werk en de afspraak van die avond was me helemaal ontschoten.

'Will! Sorry dat ik zo laat ben, maar ik kom nét van kantoor. Ik ben alleen even naar huis gerend om Millington eten te geven. Ik ga letterlijk op dit moment de deur uit.'

'Ja schat, dat zal wel. Als je geen beter smoesje hebt, wil ik het best geloven, maar je ontkomt niet aan ons etentje. Tot zo dan, hè?'

'Natuurlijk. Een paar minuutjes…'

Ik hing op zonder dag te zeggen en pakte snel mijn mobiele telefoon. 'Hallo, sorry. Mijn oom belde en…'

'Bette! Je raadt het nooit! Ik heb het beste nieuws van de wereld. Zit je op een stoel? O god, het is zo geweldig.'

Ik dacht niet dat ik nóg een verloving aan zou kunnen, dus liet ik me achterover in de kussens zakken en wachtte geduldig af. Elisa zou toch niet lang haar mond kunnen houden.

'Je raadt nooit wie ik zojuist heb gesproken…' Haar stilte beduidde dat ik nu iets moest zeggen, dus raapte ik al mijn energie bij elkaar om te vragen wie ze bedoelde.

'Niemand minder dan de verrukkelijke en niet langer beschikbare vrijgezel Philip Weston. Hij belde om het hele stel uit te nodigen voor een party en ik was toevallig degene die opnam en… O, Bette, niet boos zijn, hoor. Ik kon het niet laten – ik heb hem gevraagd of hij gastheer wil zijn op jouw BlackBerry-feest en hij zei dat hij het graag wil doen.' Dat laatste kwam er compleet juichend uit.

'Echt waar?' zei ik quasi-verrast. 'Fijn. Natuurlijk ben ik niet boos, nu hoef ik het hem zelf niet te vragen. Klonk hij enthousiast of gewoon bereidwillig?' Niet dat het me wat kon schelen, maar ik kon zo gauw geen andere vraag bedenken.

'Nou, ik heb hem technisch gezien niet echt gesproken, maar ik weet zeker dat hij het hartstikke leuk vindt.'

'Hoe bedoel je "technisch gezien"? Je zegt net dat hij je belde en dat hij…'

'O, heb ik dat gezegd? Oeps!' zei ze giechelend. 'Ik bedoel eigenlijk dat zijn assistente belde. Ik heb het met haar doorgenomen en zei ze dat Philip het natuurlijk wil doen. Dat komt op hetzelfde neer, Bette, dus ik zou me er geen zorgen om maken als ik jou was. Is het niet fantastisch?'

'Ik denk dat je gelijk hebt, want ik heb net bloemen van hem gekregen met een kaartje waarop staat dat hij het doet. Het is dus allemaal geregeld, neem ik aan.'

'Oooo, mijn god! Stuurt Philip Weston jou bloemen? Bette, hij is vast verliefd op je! Wat is het toch een fantastische man.' Lange, diepe zucht.

'Ja. Zeg Elisa, ik moet nu ophangen. Echt, nog bedankt dat je het hebt geregeld, dat waardeer ik enorm.'

'Waar ga je naartoe? Heb je vanavond een afspraakje met hem?'

'Eh, nee. Ik ga bij mijn oom eten en daarna meteen naar bed. Sinds ik met deze baan ben begonnen ben ik niet één keer voor twee uur 's nachts thuisgekomen, dus...'

'Vertel mij wat! Wat geweldig, hè? Ik bedoel, bij welke andere baan mag je nou de hele nacht feesten? We hebben het zo getroffen.' Weer een zucht, gevolgd door een korte stilte waarin we beiden over deze uitspraak konden nadenken.

'Inderdaad. Nogmaals bedankt, Elisa. Veel plezier vanavond.'

'Ik maak altijd plezier. En Bette? Je mag deze baan dan misschien aan je oom te danken hebben, ik vind dat je het tot nu toe heel goed hebt gedaan.'

Die was raak. Dat was typisch Elisa: een dubieus compliment uitdelen alsof het volkomen oprecht en positief was. Ik had niet de fut om erop in te gaan, dus zei ik: 'Meen je dat nou? Dank je wel, Elisa. Dat betekent heel veel voor me.'

'Ja, je hebt iets met Philip Weston en nu ben je ook nog eens helemaal in je eentje een feest aan het organiseren. Het heeft mij bijna een jaar gekost voordat ik dat had bereikt.'

'Welke van de twee?' vroeg ik.

'Allebei,' antwoordde ze.

We lachten samen en namen afscheid, en ik hing op voordat ze mijn aanwezigheid op het zoveelste feestje kon eisen. Op dat moment voelde het echt alsof ze mijn vriendin was.

Na een snelle krabbel achter Millingtons oortjes en een nog snellere verkleedpartij in een spijkerbroek met blazer wierp ik nog één verbitterde blik op de bloemen en haastte me naar beneden, waar ik een taxi nam.

Will en Simon waren net aan het kibbelen toen ik mezelf met

mijn eigen sleutel binnenliet. Ik wachtte stilletjes in de ultramoderne hal op de granieren bank, onder een felgekleurde Warhol die ik kende van de kunstgeschiedenisles op school, maar waarover ik me niets herinnerde.

'Ik snap gewoon niet hoe je hem hier in ons huis kunt uitnodigen,' klonk Simons stem, zo te horen vanuit de werkkamer.

'En ik snap niet wat jij daar niet aan snapt. Hij is een vriend van me en hij is toevallig in de stad, dus het zou heel onbeleefd zijn om hem niet te ontvangen,' antwoordde Will, een beetje in het nauw gedreven.

'Will, hij heeft de pest aan homo's. Daar verdient hij de kost mee. Hij wordt betááld voor zijn homohaat! Wij zijn homoseksueel. Wat begrijp je er nou eigenlijk niet aan?'

'Ach, dat zijn maar details. We zeggen allemaal wel eens dingen die we niet menen om de boel een beetje op te ruien. Dat is goed voor je carrière. Maar dat wil nog niet zeggen dat we het ook menen. Ik heb nota bene in mijn column van vorige week in een moment van zwakte, of misschien tijdens een hallucinatie, dat slijmerige stukje geschreven over rap als kunstvorm of zoiets onzinnigs. Maar er is geen mens die denkt dat ik het meen, Simon. Zo moet je het bij Rush ook zien. Zijn haat tegen joden, homo's en zwarten is puur om te scoren, het zegt niets over zijn persoonlijke opvattingen.'

'Wat ben jij naïef, Will. Ik heb geen zin meer in dit gesprek.' Ik hoorde een deur dichtslaan, een diepe zucht en toen ijsblokjes die rinkelend in een glas vielen. Het was zover.

'Bette! Lieverd! Ik heb je helemaal niet horen binnenkomen. Heb je het geluk gehad onze laatste ruzie te mogen opvangen?'

Ik zoende hem op zijn gladgeschoren wang en nam mijn eigen plekje in op de limegroene chaise longue. 'Nou en of. Je gaat toch niet echt Rush Limbaugh hier thuis ontvangen?' vroeg ik enigszins ongelovig, maar niet eens echt verbaasd.

'Jawel. Ik ben in de loop der jaren minstens vijf keer bij hem thuis geweest en hij is heel aardig. Natuurlijk besefte ik tijdens die avondjes niet dat hij zwaar onder de medicijnen zat, maar op de een of andere manier geeft dat hem ook wel weer iets vertederends.' Hij haalde diep adem. 'Genoeg. Vertel me eens wat over jouw flitsende leven.'

Ik stond er altijd van te kijken dat hij overal zo onverschillig over kon doen. Ik kan me nog herinneren dat mijn moeder me als kind had verteld dat oom Will homo was en Simon zijn vriend, en dat geslacht, huidskleur of godsdienst er niet toe doet zolang twee mensen samen gelukkig zijn. (Niet van toepassing wanneer ik met een niet-jood zou willen trouwen, natuurlijk, dat sprak voor zich. Mijn ouders waren heel ruimdenkend en liberaal, zolang het maar niet over hun eigen kind ging.) Een paar weken later waren Will en Simon langsgekomen in Poughkeepsie en hadden we samen aan tafel met lange tanden handenvol alfalfa en eindeloze porties vegetarische *dal* weggewerkt.

'Oom Will, hoe is het om homo te zijn?' had ik met mijn lieve tienjarige kinderstemmetje gevraagd.

Hij had zijn wenkbrauwen gefronst naar mijn ouders, een snelle blik op Simon geworpen en me toen recht in de ogen gekeken. 'Heel fijn, lieverd, al zeg ik het zelf. Ik heb natuurlijk ook vriendinnetjes gehad, maar je komt er gauw genoeg achter dat dat eh… niet werkt, als je begrijpt wat ik bedoel.' Dat begreep ik helemaal niet, maar ik genoot van de pijnlijke blikken van mijn ouders.

'Slapen Simon en jij in hetzelfde bed, net als papa en mama?' ging ik verder, zo lief en onschuldig als ik kon.

'Jazeker, schat. We zijn precies hetzelfde als je ouders. Maar dan anders.' Hij nam een flinke slok van de whisky die mijn ouders speciaal voor hem in huis hadden gehaald en glimlachte naar Simon. 'Net een getrouwd stel: we ruziën en maken het weer goed, en ik durf gerust tegen hem te zeggen dat zelfs híj niet in een witte linnen broek kan lopen als de bladeren eenmaal gevallen zijn. Er is geen enkel verschil.'

'Nou, dat was een verhelderend gesprek, hè?' Mijn vader schraapte zijn keel. 'Als je maar vooral onthoudt, Bette, dat je iedereen hetzelfde moet behandelen, ook al zijn sommige mensen anders dan jij.'

Saaaai! Ik had geen zin in het volgende hippielesje, dus hield ik het bij één laatste vraag. 'Wanneer heb je ontdekt dat je homo was, oom Will?'

Hij leek er even over na te denken, nam nog een slokje whisky en zei toen: 'Waarschijnlijk toen ik in het leger zat. Op een dag werd ik wakker met het besef dat ik al een tijdje het bed deelde met mijn bevelvoerend officier,' antwoordde hij nonchalant. Hij knikte, inmiddels zekerder van zijn zaak. 'Ja, nu ik erover nadenk: dat maakte veel duidelijk.'

Het gaf niet dat ik niet precies begreep wat hij bedoelde met 'het bed delen' of 'bevelvoerend officier'; de manier waarop mijn vader naar adem hapte en de blik die mijn moeder Will vanaf de andere kant van de tafel toewierp waren meer dan genoeg. Toen ik hem jaren later een keer vroeg of dat echt het moment was geweest waarop hij besefte dat hij op mannen viel, had hij lachend geantwoord: 'Ik weet niet of dat toen pas tot me doordrong, lieverd, maar het was de enige anekdote die geschikt was om onder het eten te vertellen.'

Nu zat hij rustig aan zijn martini te nippen en te wachten tot ik hem alles zou vertellen over mijn mooie nieuwe leven. Maar voordat ik een geschikt antwoord had kunnen bedenken, zei hij: 'Ik neem aan dat jij ook een uitnodiging hebt gekregen voor het oogstfeest?

'Inderdaad,' zei ik met een zucht. Mijn ouders gaven ieder jaar een 'oogstfeest' in de achtertuin om met al hun vrienden Thanksgiving te vieren. Het was steevast op donderdag en ze maakten nooit kalkoen. Een paar dagen eerder had mijn moeder me gebeld, en nadat ze beleefd had geluisterd naar de verhalen over mijn nieuwe baan – die in hun ogen maar een haartje beter was dan mijn zakkenvullerij bij een grote bank – had ze me er nogmaals aan herinnerd dat ik op het feest werd verwacht. Will en Simon zeiden altijd dat ze zouden komen, maar ze belden altijd op het laatste moment af.

'We zullen er de woensdag ervoor maar met z'n drieën naartoe rijden zodra jij klaar bent met je werk, hè?' zei Will, en het lukte me nog net om niet met mijn ogen te rollen. 'Hoe gaat het verder met je? Als het allemaal waar is wat ik lees, heb je je, eh... helemaal vastgebeten in je nieuwe baan.' Hij lachte niet, maar zijn ogen glinsterden. Ik gaf een mep tegen zijn schouder.

'Hmm, je doelt natuurlijk op dat artikeltje in de *New York Scoop*. Waarom hebben ze het toch zo op me gemunt?'

'Ze hebben het op iedereen gemunt, lieverd. Wanneer je als columnist – op internet of in de bladen – als enig doel hebt om datgene te schrijven waarvan ze smullen in de kantine van Condé Nast, hoef je nergens van op te kijken. Heb je de laatste nieuwe gelezen?'

'Was dit niet de laatste nieuwe dan?' Ik voelde de bekende angst opkomen.

'O nee, lieverd, ik ben bang van niet. Mijn assistente heeft de nieuwe column een uur geleden doorgefaxt.'

'Is het heel erg?' vroeg ik, maar eigenlijk wilde ik het antwoord niet horen.

'Hij is niet bepaald complimenteus. Voor ons allebei niet.'

'Nee, hè? Om de een of andere reden hebben ze zich in mij vastgebeten en doen ze niets anders dan me achtervolgen en vernederen, en daar kan ik niets aan veranderen. Maar moeten ze jou nu ook al hebben?'

166

'Ik red me wel, lieverd. Ik ben er niet blij mee, maar ik kan het wel aan. En je hebt gelijk, je kunt er weinig aan doen. Maar ik raad je wel aan om geen al te domme dingen te doen in het openbaar, in ieder geval niet in het gezelschap van een bepaalde jongeman. Maar goed, dat wist je natuurlijk al.'

Ik knikte. 'Ik snap alleen niet dat mijn leven interessant genoeg is om erover te schrijven. Het stelt toch niks voor? Ik ga naar mijn werk, ik ga 's avonds uit omdat het moet voor mijn werk en opeens liggen al mijn activiteiten voor het oprapen voor het grote publiek.'

'Niet de jouwe, die van hém,' wees hij me terecht, en hij friemelde afwezig aan de platina ring die Simon als hun trouwring beschouwde, maar die Will altijd 'Simons vangnet' noemde.

'Klopt. Maar ik kan me niet van hem losmaken. Hij is letterlijk overal. En het is zo'n idiote situatie.'

'Hoezo?' We glimlachten allebei toen Simon langsstoof in een wolk van ivoorkleurig linnen, en Will vormde met zijn lippen geluidloos het woord 'druktemaker'.

'Er spelen zo veel dingen mee. Ik vind Philip niet eens áárdig, maar...'

'Lieverd! Laat je daar vooral niet door weerhouden. Als 'aardig vinden' – dit zei hij heel schamper – 'een vereiste was om met iemand naar bed te gaan, zouden we allemaal een probleem hebben.'

'Dat is ook zoiets. Ik ga helemaal niet met hem naar bed. Of liever gezegd: hij gaat niet met mij naar bed.'

'Ik moet toegeven dat ik je nu niet helemaal kan volgen.'

'Eerst kwam het doordat ik niet wilde. Althans, dat dacht ik. Ik vond hem een lul, en hoewel ik dat nu nog wel een beetje vind, heeft hij toch wel iets. Niet echt goede karaktereigenschappen of zo, maar hij is in ieder geval anders dan anderen. Ik denk echt niet dat hij een vriendin heeft; ik zie hem vijf keer per week! Hij is gewoon niet geïnteresseerd.'

Will wilde iets zeggen, maar hij slikte het op het laatste moment in. Het leek of hij zich even moest herstellen en toen zei hij: 'Aha. Nou eh, ik moet zeggen dat me dat niet verbaast.'

'Will! Ben ik echt zo onaantrekkelijk?'

'Schat, ik heb geen tijd en geen zin om jou nu de complimentjes te geven waarnaar je zit te vissen. Je weet dat ik dat niet bedoelde. Het verbaast me gewoon niet omdat mannen die het altijd over seks hebben en het tot een belangrijk onderdeel van hun identiteit maken meestal niet, eh... naar verwachting presteren. De meeste mensen die op dat gebied tevreden zijn, houden er hun mond over. Daar

167

wil ik maar mee zeggen dat je volgens mij in ideale omstandigheden verkeert.'

'O? Hoe bedoel je?'

'Uit wat je me eerder hebt verteld, kan ik opmaken dat het voor je baas en je collega's belangrijk is dat die Brit in beeld blijft, toch?'

'Klopt. Je nichtje is een veredelde prostituee, en dat is jouw schuld.'

Die opmerking negeerde hij. 'Nou, dan kom je toch goed weg? Je kunt met hem omgaan zo veel als je wilt – en zo veel als je werkgever wil – maar je hoeft geen, eh... onsmakelijke dingen te doen. Je gaat met de eer strijken terwijl je er weinig moeite voor hoeft te doen.'

Dit was een interessante manier om het te bekijken – beter dan mezelf als prostituee beschouwen. Ik wilde hem over Sammy vertellen en misschien zelfs om advies vragen, maar ik zag wel in dat dat belachelijk zou zijn. Voordat ik een besluit kon nemen, ging mijn telefoon.

'Philip,' zei ik, en zoals altijd stond ik in dubio of ik zou opnemen. 'Die man heeft een neus voor de meest ongelegen momenten.'

'Neem nou op, lieverd. Dan ga ik intussen Simon zoeken om hem een beetje tot bedaren te brengen. Hij is op van de zenuwen, en ik vrees dat dat voor een groot deel aan ondergetekende te wijten is.' Met die woorden liep hij de kamer uit.

'Hallo?' zei ik; zoals iedereen altijd doet, deed ik ook alsof ik geen flauw idee had wie er belde.

'Ogenblikje, ik heb hier Philip Weston voor u,' antwoordde een holle stem. Even later kwam Philip aan de lijn. 'Bette! Waar zit je? De chauffeur zei dat je niet thuis was, maar ik kan me niet voorstellen waar je dán zou kunnen zitten.'

Dat waren een paar dingen die verwerkt dienden te worden, niet in de laatste plaats de openlijke aantijging dat ik buiten hem geen eigen leven zou hebben.

'Pardon, met wie spreek ik?' vroeg ik formeel.

'Ach, hou toch op, Bette. Met Philip. Ik heb een auto naar je flat gestuurd, maar je bent er dus niet. Het wordt vanavond een dolle boel bij Bungalow en ik wil je zien. Maak dat je hier komt,' droeg hij me op.

'Ik stel het op prijs dat je me wilt zien, maar ik heb vanavond al plannen, Philip. Ik kan niet komen,' zei ik nadrukkelijk.

Op de achtergrond hoorde ik Eminem en daarna een gedempte tweede mannenstem.

'Hé, ik moet je de groeten doen van een of andere kerel hier. De uitsmijter, nota bene! Jezus, Bette, jij komt vaker in dit etablissement dan ik dacht. Jij daar, hoe heet je?'

Als ik had mogen kiezen, had ik op dat moment de dood verkozen boven een gesprek met Sammy via Philip. Maar voordat ik over iets anders kon beginnen of hem kon vragen op een rustiger plekje te gaan staan zodat ik hem beter kon verstaan, zei Philip tegen Sammy: 'Sta je me nou af te luisteren? Rot op, man!'

Ik kromp in elkaar.

'Philip, hartelijk bedankt voor de prachtige bloemen,' ratelde ik, in een wanhopige poging het onderwerp Sammy te laten rusten. 'Ik heb nog nooit zo'n mooi boeket gezien, en ik ben heel blij dat je gastheer wilt zijn op het BlackBerry-feest.'

'Wat zeg je?' Nog meer gedempte stemmen. 'De uitsmijter heet Sammy en hij zegt dat hij met je samenwerkt voor een of ander feest. Waar heeft hij het over, Bette?'

'Ja, dat zei ik net. Het BlackBerry-feest.' Ik schreeuwde nu in de telefoon om boven het achtergrondlawaai uit te komen. 'Waar jij gastheer van wilt zijn? De bloemen… het briefje… Gaat er al een belletje rinkelen?' Ik praatte nu alsof ik me verstaanbaar wilde maken aan een dove, seniele bejaarde.

'Bloemen?' Hij klonk oprecht verbaasd.

'Het boeket dat je me vandaag hebt gestuurd? Weet je nog?'

'O, ik snap het al. Dat zal Marta wel geregeld hebben. Die is heel attent als het om de details gaat. Ze stuurt mensen op het juiste moment bloemen en dat soort shit. Het is een schat.'

Nu was het mijn beurt om verbaasd te reageren. 'Marta?'

'Mijn assistente. Ze regelt mijn hele leven en doet alles waarvan ze denkt dat ik er goed mee voor de dag zal komen. En dat werkt aardig, hè?' Ik kon hem door de telefoon horen grinniken.

Zijn assistente had er ongetwijfeld een dagtaak aan om zich te bekommeren om Philips vriendinnen, feesten en duur beddengoed.

'Heeft ze je ook verteld dat ze namens jou ja heeft gezegd op het gastheerschap van het BlackBerry-feest?' Ik probeerde mijn stem zo vast en afgemeten mogelijk te laten klinken.

'Daar weet ik niets van, *love*, maar dat geeft niet. Als zij het goed vindt, doe ik het. Ik hoor wel van haar waar en wanneer ik me moet melden. Wat nou weer?'

'Wat is er?'

'Wacht even, de uitsmijter wil je spreken. Het gaat over werk, zegt hij.' Wat kregen we nou? Dit was onaanvaardbaar. Ik was bijna

– bijna – vergeten dat Sammy dit hele gesprek had gehoord. Ook over de bloemen, en zeker Philips neerbuigende toon toen hij zo charmant verkondigde dat de uitsmijter me wilde spreken. 'Wacht! Philip, je kunt niet zomaar...'

'Hallo, Bette?' Dat was Sammy. Ik kon geen woord uitbrengen. 'Ben je er nog?'

'Ja, ik ben er nog,' zei ik gedwee. De vlinders in mijn buik, die zo levendig werden beschreven in al mijn romannetjes, begonnen onmiddellijk in alle hevigheid te fladderen.

'Sorry, ik wilde alleen maar...'

Ik viel hem in de rede zonder erbij na te denken en flapte eruit: 'Het spijt me dat hij nu klinkt als een ontzettende eikel, maar daar kan hij niets aan doen, want dat ís hij namelijk ook.'

Na een korte stilte begon Sammy goedkeurend heel hard te lachen. 'Dat zijn jouw woorden, niet de mijne. Maar ik zal je niet tegenspreken.' Ik hoorde weer gedempte stemmen en daarna riep Sammy: 'Ja, ik bewaar hem voor je.'

'Wat is er aan de hand?' vroeg ik.

'Je vriendje – eh, gewone vriend – zag een andere, eh, gewone vriend en is naar binnen gegaan. Hij heeft zijn telefoon bij me achtergelaten. Hopelijk wordt hij niet boos als er dadelijk per ongeluk een taxi overheen rijdt. Luister eens, eigenlijk wilde ik je alleen mijn excuses aanbieden voor vanmiddag. Ik weet niet wat me bezielde, ik had al die dingen niet tegen je mogen zeggen. We kennen elkaar niet eens. Ik ben veel te ver gegaan.'

Daar had ik mijn grote verontschuldiging! Sammy had niet oprechter kunnen klinken wanneer hij voor mijn flatgebouw was opgedoken en me een serenade had gebracht in de mooie Calvin Klein-boxershort waarvan ik zeker wist dat hij die droeg. Ik was het liefst door de telefoon heen gekropen om bij hem op schoot te gaan zitten, maar gelukkig wist ik nog een klein beetje zelfbeheersing te veinzen.

'Geeft niet. Het spijt mij ook dat ik zo tegen je snauwde, ik weet niet hoe het kwam. Het was net zo goed mijn schuld, dus maak je er alsjeblieft niet druk om.'

'Mooi. Dit staat onze professionele relatie toch niet in de weg, hè? Amy heeft me vandaag laten weten dat ik de belangrijkste contactpersoon word voor jullie feest en ik zou niet willen dat we door dit incident ons werk minder goed zouden doen.'

'Eh, nee.' Werk. Natuurlijk. 'Nee, dat is geen enkel probleem.'

Ik probeerde mijn teleurstelling te verbergen, maar dat lukte

170

duidelijk niet al te best, want hij stamelde meteen: 'Eh, ja, ons werk, maar natuurlijk ook, eh… onze vriendschap. Weet je wel?' Ik vóélde hem bijna blozen, en op dat moment had ik niets liever gewild dan met mijn vlakke hand zijn gezicht strelen, om me vervolgens met mijn hele lijf op hem te storten.

'Juist. Onze vriendschap.' Dit werd met de seconde erger, en hoe fijn het ook was om zijn stem te horen, ik besefte wel het weinig zin had om dit gesprek nog langer te rekken.

'O Bette, dat zou ik je bijna vergeten te vertellen! Ik heb het er nog met Amy over gehad en jullie kunnen die avond Bungalow huren. Het staat al genoteerd in de boeken, geen enkel probleem. Ze hoeft alleen een paar verzoekjes voor mensen die ze graag op de gastenlijst zou willen zetten, maar verder mogen jullie zelf bepalen wie er komen. En dat staat ze maar zelden toe. Perfect, toch?'

'Wauw!' zei ik met het laatste greintje geforceerd enthousiasme dat ik kon opbrengen. 'Dat is pas goed nieuws. Hartstikke bedankt!'

Op de achtergrond begonnen een paar meisjes te giechelen en een van hen zei een paar keer zijn naam, duidelijk om zijn aandacht te trekken.

'De plicht roept. Ik ga maar weer aan het werk. Het was leuk je te spreken, Bette, en ik ben blij dat je het begrijpt, van vanmiddag. Is het goed als ik je morgen bel? Om eh… nog wat details door te nemen?'

'Goed, heel goed,' zei ik vlug, want ik wilde nu zo snel mogelijk ophangen omdat Will net weer binnengekomen was en ik had gezien dat hij een onheilspellend vel papier op schoot had. 'Dan spreek ik je morgen. Dag.'

'Was dat je vriend?' vroeg Will, die zijn drankje pakte en weer ging zitten.

'Nee,' zuchtte ik, en ik pakte mijn martini. 'Dat was absoluut niet mijn vriend.'

'Ik wil de sfeer niet bederven, maar je zult het toch een keer moeten lezen.' Hij schraapte zijn keel en pakte het vel papier. 'Door Ellie Insider. Ze schrijft eerst een alinea over haar reis naar Los Angeles van vorige week, en over alle filmsterren met wie ze op stap is geweest. Gevolgd door een kort stukje over haar immense populariteit bij de modeontwerpers, die zich verdringen om haar te mogen kleden. Dan zijn wij aan de beurt. Kort maar helaas erg krachtig. "Aangezien de vrienden van Philip Weston ook onze vrienden zijn, beseften we hoe weinig we eigenlijk weten van zijn nieuwe vriendin, Bette Robinson. We weten dat ze is afgestudeerd aan Emory

171

University en dat ze heeft gewerkt bij UBS Warburg en nu het nieuwe lievelingetje is bij pr-bedrijf Kelly & Company, maar wist u ook dat ze het nichtje is van columnist Will Davis? Toegegeven, de eens toonaangevende chroniqueur van trendy Manhattan heeft zijn beste tijd gehad, maar wat zal hij vinden van de zeer publieke gedragingen van zijn nichtje? We durven wel te stellen dat hij er niet blij mee zal zijn..." Meer staat er niet,' zei Will zachtjes, en hij verfrommelde het vel papier kalm tot een prop en gooide die weg.

Ik voelde me meteen een beetje duizelig, alsof ik net was ontwaakt uit een naakt-in-de-schoolkantine-droom. 'God, Will, wat vervelend. Het laatste wat ik wilde was jou hierbij betrekken. En wat ze over je column zegt, dat slaat nergens op,' loog ik.

'Bette, lieverd, hou toch je mond. We weten allebei dat ze de spijker op de kop slaat. Je hebt niet in de hand wat er wordt geschreven, dus laten we ons er geen seconde langer druk om maken. Kom, we gaan dineren.' Hij gebruikte de juiste woorden, maar zijn gespannen gezicht zei iets heel anders en ik kreeg een vreemd triest, weemoedig verlangen naar de tijd voordat mijn hele leven was veranderd.

14

'Kun je me nog een keer uitleggen waarom je moeder een afscheidsetentje geeft terwijl ze woedend is omdat jullie gaan verhuizen?' vroeg ik aan Penelope. Na een lange dag lijstjes afstrepen en sponsors bellen voor het BlackBerry-feest – dat nu al over vier dagen was – leek alles keurig volgens plan te verlopen, en ik was naar Penelope toe gegaan in de hoop eens iets te kunnen bespreken wat niets te maken had met publiciteit. Ik plofte neer op de vloer van de slaapkamer die Avery en Penelope nu deelden, al had Avery zich niet bepaald aangepast toen ze hun spullen samenvoegden: het enorme waterbed stond op een imposant zwart podium en de rest van de ruimte werd in beslag genomen door een zwartleren bank in die typische mannenstudentenstijl. Het enige voorwerp dat je verder 'aankleding' zou kunnen noemen, was een uit de kluiten gewassen, enigszins verbleekte lavalamp. Maar het topstuk van de flat was een plasmascherm van één meter twintig aan de wand in de huiskamer. Volgens Penelope kon Avery geen bord of sok wassen, maar zijn flatscreen reinigde hij ieder weekend zorgvuldig met een speciale, niet-schadelijke vloeistof. De vorige keer dat ik bij hen was had ik Avery tegen Penelope horen zeggen: 'Hou de schoonmaakster bij mijn tv vandaan met haar middeltjes. Dat spul tast het scherm aan. Ik zweer het je, als ik haar met haar spray in de buurt van mijn flatscreen zie, kan ze een andere baan gaan zoeken.' Penelope had toegeeflijk gelachen, alsof ze wilde zeggen: 'Ach, zo zijn mannen.' Nu was ze Avery's kleren aan het inpakken in de Louis Vuitton-kofferset die ze van zijn ouders hadden gekregen voor een weekendje Parijs, hun verlovingscadeau. Intussen klaagde ze steen en been over het etentje die avond, ter ere van hun vertrek. Ik vroeg wijselijk maar niet waarom Avery zijn eigen kleren niet kon inpakken.

'Waarom ze een etentje geeft? Weet ik veel! Ze zei nog iets belachelijks over "de schijn ophouden" of zoiets. Ik denk dat ze vanavond gewoon niets beters te doen heeft en dat ze er niet aan moet denken om thuis te zitten.'

'Wat een positieve invalshoek.' De lege pondszak in mijn hand herinnerde me eraan dat ik zojuist in twaalf minuten tijd vijfhonderd gram hete kaneelsnoepjes had weggewerkt. Mijn mond was het ene moment gevoelloos en dan weer branderig, maar daar liet ik me niet door weerhouden.

'Het wordt een doffe ellende, dat weet je best. Ik kan alleen maar hopen dat het nog een béétje draaglijk zal zijn. Wat is dit nou weer?' mompelde ze, en ze hield een felblauw T-shirt omhoog waarop met gele letters *I Rock Catholic Girls* stond. 'Gatver! Zou hij dat ooit gedragen hebben?'

'Vast wel. Weg ermee.'

'Zeker weten,' zei ze, en ze mikte het in de vuilnisbak. 'Haat je me echt niet omdat je vanavond naar dat etentje moet?'

'P! Ik haat je omdat je gaat verhuizen, niet omdat je me hebt uitgenodigd voor je afscheidsdiner. Mij hoor je niet klagen dat je ouders betalen voor een etentje bij het Four Seasons, hoor. Hoe laat moet ik er zijn?'

'Zie maar. Het begint om een uur of halfnegen. Misschien kun je iets eerder komen, dan kunnen we nog wat sterks drinken op het toilet.' Ze lachte boosaardig. 'Ik denk er echt over om een zakflacon mee te nemen. Is dat heel erg fout van me? Jakkes! Niet zo fout als deze.' Ze hield een vale, afgedragen boxershort omhoog, met een niet bepaald subtiele fluorescerend roze pijl die naar het kruis wees.

'Een zakflacon is een prima idee. O, wat moet ik toch zonder jou?' kreunde ik dramatisch. Ik was nog niet gewend aan het idee dat Penelope, die al negen jaar mijn beste – en enige – vriendin was, naar de andere kant van het land ging verhuizen.

'Jij redt je heus wel,' zei ze, een stuk overtuigder dan ik graag had willen horen. 'Je hebt Michael en Megu en al je nieuwe collega's, en tegenwoordig ook nog eens een vriend.'

Ik vond het gek dat ze over Michael begon, want we zagen hem nog maar zelden.

'Doe me een lol, zeg. Michael en Megu hebben elkaar en mijn collega's zijn niet meer dan dat: collega's. Ze lijken op raadselachtige wijze allemaal bakken met geld te hebben, dat ze uitgeven aan handenvol pillen. En je opmerking over die vriend, daar ga ik niet eens op in.'

'Waar is mijn schatje?' riep Avery nadat we de voordeur hadden horen dichtvallen. 'Ik heb de hele dag gewacht op het moment dat ik thuis lekker met je in bed kon duiken, met dat lekkere kontje van je.'

'Avery, hou op!' riep ze, hooguit een tikkeltje opgelaten. 'Bette is hier!'

Maar het was al te laat. Hij stond met ontbloot bovenlijf in de deuropening, de gulp van zijn spijkerbroek open, zodat ik zijn pastelroze boxershort met groene krokodilletjes kon zien.

'O, hoi Bette,' zei hij met een knikje in mijn richting, totaal niet van zijn stuk gebracht door het feit dat ik getuige was geweest van zijn 'verleidingsscène'.

'Hoi, Avery.' Ik hield mijn blik strak op mijn sneakers gericht en vroeg me voor de zoveelste keer af wat Penelope toch in hem zag, afgezien van die schitterend gespierde borst. 'Ik wilde net gaan. Ik moet me thuis nog mooi maken voor jullie grote avond. Nu we het er toch over hebben: wat hoor je eigenlijk te dragen in het Four Seasons?'

'Wat je anders ook draagt tijdens een etentje met je ouders,' zei Penelope. Intussen begon Avery in een zware ADHD-aanval zijn opgerolde sokken in het rond te gooien.

'Nou, dat zou ik niet zeggen. Tenzij je wilt dat ik vanavond verschijn in een gebloemde pofbroek met een *Give Peace a Chance*-T-shirt. Ach, ik zal wel zien. Tot vanavond.'

'*Yeah, man*,' zei Avery met twee opgestoken vingers, in een soort combinatie van gangsta- en vredesteken. 'Later, B.'

Ik nam afscheid van Penelope en liet mezelf uit, waarbij het me de grootste moeite kostte om niet voor me te zien wat er onvermijdelijk zou gebeuren zodra ik weg was. Als ik snel naar huis ging, zou ik nog tijd hebben om Millington mee te sleuren voor een kort wandelingetje en misschien zelfs om in bad te gaan. Ik nam een taxi naar mijn appartement, waar ik een paar minuten moest rondrennen achter Millington aan, die haar uiterste best deed om aan me te ontsnappen. Ze voelde dat ik haar wilde uitlaten, en anders dan alle andere honden die ik kende, had ze daar vreselijk de pest aan. Al dat stof en stuifmeel en andere hooikoortsveroorzakers – ze was naderhand uren van slag, maar ik vond dat ze toch één keer in de maand naar buiten moest. Anders werd het gewoon een blokje om. Haar spijsvertering was onvoorstelbaar. We waren net bij Madison Square Park – en hadden weten te ontsnappen aan de idioot die daar altijd sliep en die het leuk vond om met zijn winkelwagentje achter Millington aan te rennen – toen ik mijn naam hoorde.

'Bette! Hé, Bette, hier!'

Toen ik omkeek, zag ik Sammy met een beker koffie op een bankje zitten. Met een bloedmooi meisje naast hem. Verdomme. Er was geen ontsnappen mogelijk. Hij had me gezien en ik had hem recht in de ogen gekeken, dus ik kon onmogelijk doen alsof ik zijn aanwezigheid niet had opgemerkt. Bovendien had Millington besloten om zich voor het eerst van haar korte leventje sociaal op te stellen, en ze trok de uitschuifbare riem helemaal uit de houder, rende op hen af en stortte zich bij hem op schoot.

'Hé, hondje. Hoe gaat het met jou? Bette, wie is dit schatje?'

'Leuk,' zei het meisje met het bruine haar koeltjes. 'Ik hou meer van Cavalier King Charles-spaniëls, maar yorkshireterriërtjes zijn ook wel grappig.'

Miauw!

'Hallo, ik ben Bette,' wist ik uit te brengen, met mijn hand naar haar uitgestoken. Ik probeerde warm naar Sammy te glimlachen, maar ik ben er vrij zeker van dat het een vreemde grimas werd.

'O, gaan we formeel doen?' zei ze met een lachje. Ze gaf me een hand, maar pas nadat ze me drie onaangename seconden te lang had laten wachten. 'Isabelle.'

Isabelle was van dichtbij niet minder aantrekkelijk, maar ze bleek een stuk ouder te zijn dan ik aanvankelijk had gedacht. Ze was lang en slank zoals alleen zeer hongerige vrouwen dat kunnen zijn, maar ze had niet dat jonge en frisse, die jeugdige voldoening van 'ik heb me nog niet uit het veld laten slaan door de relatiemarkt van Manhattan – sterker nog, ik heb nog hoop dat ik op een dag een fijne man zal vinden'. Isabelle had die droom duidelijk lang geleden opgegeven, al kon ik me voorstellen dat haar Joseph-broek in maatje xxs, in combinatie met een roze Marc Jacobs-tas en die walgelijk stevige borsten, haar wel enige troost boden.

'Goh, wat doe jij hier?' vroeg Sammy, en hij schraapte zo opgelaten zijn keel dat me meteen duidelijk werd dat die twee niet zomaar vrienden, broer en zus of collega's waren. Bovendien deed hij geen enkele moeite om met een verklaring te komen.

'De hond uitlaten. Een frisse neus halen. Je kent het wel,' zei ik, en ik besefte hoe verdedigend het klonk. Om de een of andere reden hadden mijn beleefde conversatievaardigheden me compleet in de steek gelaten.

'Ja, ik ook,' zei hij schuupuchtig en een beetje opgelaten.

Toen duidelijk werd dat we geen van beiden nog wat te zeggen hadden, pakte ik Millington van Sammy's schoot – waar ze lag te genieten van zijn aanhalingen; ik begreep het helemaal! – en nam mompelend afscheid, waarna ik zo snel wegstoof in de richting van mijn appartement dat het bijna gênant was. Ik hoorde Isabelle lachend aan Sammy vragen wie dat vriendinnetje was en het kostte me al mijn wilskracht om me niet om te draaien en te zeggen dat ze eens aan de dokter moest vagen of hij de volgende keer wat minder botox kon gebruiken, zodat ze niet de gezichtsuitdrukking kreeg van een hert dat geschrokken in de koplampen van een auto kijkt. Maar zoiets spitsvondigs zou ik op dat moment waarschijnlijk niet eens verzonnen hebben. Ik denk eerder dat ik heel hard had geroepen: 'Ik hoor het wel!' Dus ik zei niets.

Nu was het officieel, dacht ik toen ik onder een gloeiend hete douche stond: Sammy had een vriendin. Een vriendin die geen dag jonger kon zijn dan veertig. Natúúrlijk was hij niet jaloers geweest toen hij Philip die dag bij Starbucks belachelijk had gemaakt; hij had er alleen maar mee aangetoond dat hij gevoel voor humor had, want eerlijk is eerlijk: Philip vroeg erom. Ik voelde me met de minuut onnozeler. Na het douchen trok ik snel een van mijn oude broekpakken aan uit het banktijdperk, die ik achter in de kast had weggestopt, en ik besteedde niet meer dan de hoogst noodzakelijke tijd aan het droogföhnen van mijn haar en het aanbrengen van een vleugje camouflagestift.

Tegen de tijd dat ik bij het Four Seasons aankwam, had ik mezelf al bijna wijsgemaakt dat het me niets kon schelen. Als Sammy echt liever iemand had met mooiere kleding, meer geld en drie keer zo grote borsten als ik, nou, dan moest hij dat zelf maar weten. Een man die zo oppervlakkig was, die wilde ik niet eens! Net toen ik wilde beginnen aan een lijst van zijn vele, vele tekortkomingen (die geen van alle onmiddellijk duidelijk waren, maar die toch ergens verscholen moesten zitten), ging mijn telefoon. Het was Elisa, waarschijnlijk om me weer allerlei obsessief gedetailleerde vragen te stellen over waar, wanneer, waarom en met wie ik Philip voor het laatst had gezien, dus ik drukte haar weg en liep naar de gastheer van het restaurant. Binnen een paar tellen ging mijn telefoon weer, maar ik schonk er geen aandacht aan. Meteen daarna stuurde ze een sms'je: *Noodgeval! Bel me.*

'Bette? Hoi, heb je ze al gevonden?' vroeg Michael, die naar me toe kwam lopen. Hij zag er dodelijk vermoeid uit en keek niet al te vrolijk. Penelope had me verteld dat de bank weer eens bezig was met een grote fusie en dat Michael al vier avonden op rij tot diep in de nacht had overgewerkt.

'Nee, zijn wij de eersten?' Ik gaf hem een zoen op zijn wang en bedacht hoe lang het geleden was dat ik hem had gezien. Weken, zo lang dat ik het niet eens meer precies wist. 'Waar is Megu?'

'In het ziekenhuis, ze moest werken. Ik geloof dat Pen iets zei over een tafel achterin, dus laten we maar eens gaan kijken.'

'Goed.' Ik pakte hem bij de arm die hij me aanbood en kreeg meteen een vreemd vertrouwd gevoel, alsof ik thuiskwam. 'Het is zo lang geleden dat we met z'n allen iets gedaan hebben. Wat ga jij hierna doen? Zullen we vragen of Pen zin heeft om met ons naar de Black Door te gaan voor een drankje… of zes?'

Zijn glimlach kostte hem zo te zien al zijn energie, maar hij zei: 'Doen we. We zijn nu al samen in één ruimte, hoe vaak komt dat nog voor? We doen het.'

De tafel was gedekt voor achttien of twintig personen, maar net toen ik de vader van Penelope wilde begroeten, begon mijn telefoon te trillen.

'O, wat vervelend, een momentje,' zei ik tegen Penelopes vader, en ik liep naar de deur. Het was Elisa weer. Jezus, wat kon er nou zo belangrijk zijn dat ze me zo'n beetje moest stalken? Ik wachtte tot het gezoem stopte en klapte het toestel open om het uit te schakelen, maar ze moest nog een keer hebben gebeld, want ineens hoorde ik haar stem in mijn handpalm.

'Bette? Bette, ben je daar? Het is heel belangrijk.'

'Sorry, het komt erg ongelegen. Een vriendin van me geeft…'

'Je moet onmiddellijk komen. Kelly gaat helemaal door het lint, want…'

'Elisa, je laat me niet eens uitpraten. Het is zaterdagavond half-negen en ik heb dadelijk een etentje in het Four Seasons Hotel met mijn vriendin en haar hele familie. Het is erg belangrijk, dus ik neem aan dat je Kelly en datgene waarvan ze door het lint gaat zelf wel kunt afhandelen.' Ik feliciteerde mezelf omdat ik voet bij stuk had gehouden en grenzen had gesteld, iets wat mijn moeder me al probeerde te leren sinds ik zes was.

Elisa ademde nu zwaar en ik hoorde op de achtergrond vaag het gerinkel van glazen. 'Sorry schat, Kelly laat zich vanavond niet af-schepen. Ze heeft nu een etentje bij Vento met de mensen van BlackBerry en wij móéten straks naar Soho House komen, uiterlijk om halftien.'

'Onmogelijk. Je weet dat ik het zou doen als ik kon, maar ik kan hier de komende uren absoluut niet weg...' zei ik, en ik hoorde hoe onvast mijn stem klonk. 'Ik bedoel, halftien is belachelijk vroeg en als ze wil dat we die mensen spreken, waarom moet dat dan op za-terdagavond en waarom heeft ze er niets van gezegd?'

'Ik snap wat je bedoelt, maar het kan niet anders. Jij hebt de lei-ding over dat feest, Bette! Ze zijn blijkbaar onverwacht in de stad en het leek Kelly een goed idee om hen mee uit eten te nemen, maar kennelijk willen ze jou zien... en Philip. Vanavond nog. Omdat de datum van het feest nadert, krijgen ze zeker vreselijk de zenu-wen.'

'Komt Philip ook? Dat meen je niet!'

'Je bent zijn vriendin, Bette. En hij is de gastheer op het feest,' zei ze als een bazige oudere zus. Ik zag vanuit mijn ooghoek Pene-lope dichterbij komen en ik wist dat ik me vreselijk onbeleefd ge-droeg.

'Elisa, ik moet echt...'

'Bette, liefje, ik wil niet lullig doen, maar je baan staat op het spel. Ik zal je helpen zo veel ik kan, maar je moet echt komen. Over een halfuur stuur ik een auto met chauffeur naar het Four Seasons. Zorg dat je instapt.'

Toen de verbinding verbroken was sloeg Penelope haar armen om me heen.

'Wat een goed idee!' zei ze, en ze pakte me bij mijn hand en trok me mee naar de tafel, waar ik meneer Wainwright luidkeels iets over een rechtszaak hoorde verkondigen tegen een nogal bedeesde, deftig uitziende dame, en ik vroeg me af of Penelope haar oma niet moest redden van haar toekomstige schoonvader.

'Goed idee?'

'Ja, Michael vertelde net van onze reünie bij de Black Door. Wat een goed plan! Dat is al veel te lang geleden,' – ze keek om zich heen – 'en na dit diner heb ik veel drank nodig. Je wilt niet weten wat de moeder van Avery vanavond heeft gedaan. Ze nam mijn moeder en mij apart en bood me heel trots een boek aan met tips om "creatieve dineetjes" te geven, samen met de complete kookboekenreeks van The Barefoot Contessa. En het wordt nog erger. Ze heeft niet alleen al haar suggesties voor thema-etentjes met viltstift aangestreept, maar ook nog aantekeningen gemaakt bij de lievelingsgerechten van Avery, zodat ik de kok goed kan instrueren. En ik moest vooral goed onthouden dat hij niet van eten houdt dat met "houtjes" geconsumeerd dient te worden.'

'Houtjes?'

'Eetstokjes, bedoelt ze. Dat zou te verwarrend voor hem zijn.'

'Geweldig. Leuke schoonmoeder krijg je.'

'Inderdaad. En mijn moeder stond daar maar een beetje te knikken. Ze stelde Avery's moeder gerust door haar erop te wijzen hoe gemakkelijk het voor ons zal zijn om straks in Californië hulp in de huishouding te vinden, met die hordes Mexicaanse immigranten. Het "beloofde land van de goedkope arbeidskrachten" waren geloof ik haar exacte woorden.'

'We moeten goed onthouden dat we onze ouders nooit meer samen in één ruimte mogen laten, oké?' zei ik. 'Op dit punt zouden ze zich flink kunnen uitleven. Weet je nog hoe rampzalig het de vorige keer is verlopen?'

'Ja, alsof ik dat ooit zou kunnen vergeten.'

Na hun eerste ontmoeting was het Penelope en mij gelukt om onze ouders de vier jaar van onze studietijd bij elkaar uit de buurt te houden, maar toen we afstudeerden lukte dat echt niet meer. Ze waren nieuwsgierig naar elkaar, en na veel aandringen door beide moeders hadden Penelope en ik met tegenzin ingestemd in een gezamenlijk etentje op zaterdagavond. De stress was al begonnen met het uitkiezen van het restaurant: mijn ouders wilden graag het biologische eetcafé proberen waar ze rauw, onbewerkt voedsel serveerden en waarvan een paar beroemde kookboeken waren verschenen, terwijl de ouders van Penelope erop stonden naar hun vaste adres te gaan: Ruth Chris's Steak House, met de dikste biefstukken van de hele stad. Het compromis was een chique, pan-Aziatische keten waar niemand tevreden over was, en vanaf dat moment was het alleen maar bergafwaarts gegaan. In het restaurant was de thee die mijn moeder altijd dronk niet te krijgen, net als de cabernet sauvignon waar Penelopes vader zo dol op was. Het gespreksonderwerp was ook lastig: politiek, carrière en de toekomstplannen van de af gestudeerden waren uit den boze, aangezien de aanwezigen geen enkel raakvlak hadden. Uiteindelijk had mijn vader vrijwel het hele etentje lang met Avery gesproken, om hem later belachelijk te maken; ik praatte met mijn moeder, Penelope alleen met haar eigen moeder, en haar vader en broer wisselden zo nu en dan een stilte uit, tussen de drie flessen rode wijn door die ze samen soldaat maakten. De avond was net zo stroef geëindigd als hij was begonnen, met wantrouwende blikken over en weer terwijl iedereen zich afvroeg wat hun dochters toch in elkaar zagen. Penelope en ik hadden alle betrokkenen bij hun eigen hotel afgezet en waren onmiddellijk de kroeg in gegaan, waar we met onze dronken hoofden iedereen nadeden en zwoeren dat er nooit meer zo'n avond zou komen.

'Kom, wil jij even met mijn vader praten? Het is zeker twintig jaar geleden dat hij buiten kantoor met andere mensen is omgegaan en ik geloof dat hij zich geen houding weet te geven.' Penelope leek me vanavond best opgewekt, en ik vroeg me af hoe ik haar moest vertellen dat ik meteen na het aperitief naar een ander feest moest, samen met de verrukkelijke slechterik van wie algemeen werd aangenomen dat hij mijn vriend was.

'Pen, ik vind het heel erg en ik geef toe dat het de meest egoïstische rotstreek is die je maar kunt verzinnen, maar ik kreeg net een telefoontje van mijn werk en móét weg, want ik heb de leiding over een project en nu zijn er mensen van buiten de stad uit eten met mijn bazin en ze wil per se dat ik ook kom, ook al heb ik gezegd dat ik bij een heel, heel belangrijk etentje ben, maar ze heeft min of meer gedreigd me te ontslaan, via iemand anders natuurlijk, als ik niet binnen een uur daar ben, en ik heb gepraat als Brugman maar ze hield voet bij stuk, dus wil ik er dadelijk naartoe gaan en dan zo snel mogelijk terugkomen en natuurlijk ga ik nog met jullie naar de Black Door, als jullie tenminste op me willen wachten!' Stop. Diep ademhalen. Niet naar Penelopes lijkbleke gezicht kijken. 'Sorry!' Ik jammerde nu zo hard dat er een paar obers onze kant op keken. Het lukte me om het rotgevoel dat in me opborrelde te negeren, net als het verbaasde gezicht van Michael en de verwijtende blik die Penelope me toewierp vanwege alle commotie.

'Wanneer moet je weg?' vroeg ze kalm, met een gezicht dat geen enkele emotie verried.

'Over een halfuur. Ze sturen een auto.'

Ze friemelde onbewust aan het diamanten knopje in haar rech-

181

teroor en keek me aan. 'Doe wat je moet doen, Bette. Ik begrijp het.'

'Echt?' vroeg ik, want ik geloofde het eigenlijk niet, maar ik hoorde geen verwijt in haar stem.

'Natuurlijk. Ik weet dat je liever hier blijft, en natuurlijk vind ik het jammer, maar ik weet ook dat je niet zou gaan als het niet heel belangrijk was.'

'Ik vind het echt rot, Pen. Ik beloof je dat ik het goed zal maken.'

'Maak je daar nu maar geen zorgen om. Vooruit, ga lekker naast die knappe vriend van Avery zitten die nog single is en geniet van het kleine beetje tijd dat je nog hebt.' Ze zei precies wat ik wilde horen, maar haar mond was zo gespannen dat het er geforceerd uitkwam.

De verre van knappe vriend van Avery begon onmiddellijk herinneringen op te halen aan zijn wilde studententijd in Michigan en ik sloeg snel mijn tweede en derde drankje naar binnen. Een van Penelopes vriendinnen van de bank, een meisje dat ik niet had gekend toen ik er nog werkte maar dat nu heel veel met Penelope omging, bracht spontaan een geïmproviseerde toast uit die heel lief en toepasselijk was. Ik probeerde de verbittering te verbijten toen Penelope haar omhelsde en hield mezelf voor dat het mijn eigen paranoia was en dat heus niet iedereen me aanstaarde en me een waardeloze vriendin vond. Het halfuur was in een fractie van een seconde voorbij. Het leek me beter om weg te sluipen dan nu ophef te maken en het verhaal aan iedereen te moeten uitleggen, dus probeerde ik Penelopes blik te vangen. Ik kreeg de indruk dat ze me expres niet aankeek, dus vertrok ik maar gewoon.

Buiten op het trottoir bood ik een goedgeklede man een dollar voor een sigaret, maar nadat hij me er een had gegeven, schudde hij een beetje meewarig zijn hoofd naar het uitgestoken biljet. Er was nergens een auto met chauffeur te zien en ik overwoog om even terug naar binnen te gaan, maar precies op dat moment stopte er een overbekende limegroene Vespa naast me.

'Hallo, *love*, we gaan ervoor,' zei Philip. Hij deed het vizier van zijn helm omhoog en bietste mijn sigaret om een trekje te nemen. Daarna kuste hij me ruw op mijn mond, die nog openhing van de shock, en stapte af om de tweede helm onder de zitting vandaan te halen.

'Wat doe jij hier?' vroeg ik, en ik nam nog een trek van mijn sigaret om op kracht te komen.

'Wat denk je zelf? We moeten verplicht opdraven, dus laten we maar opschieten, oké? En wat is dat voor zakelijk pak, *love?*' Hij bekeek me van top tot teen en lachte schamper.

Zijn mobiele telefoon ging over met het deuntje van 'Like a Virgin' – mijn beurt om schamper te lachen – en ik hoorde hem tegen iemand zeggen dat we er over tien minuten zouden zijn.

'Nou, ik wacht eigenlijk op de auto die Elisa zou sturen,' zei ik.

'Helaas, *love*, ze heeft mij gestuurd. We gaan een bezoekje brengen aan mijn goede vriend Cal en Elisa komt daar met die zakenmannen naartoe.'

Dat klonk erg onlogisch, maar kennelijk had hij orders gekregen van Elisa. 'Wat moeten we nou bij jouw vriend thuis?' vroeg ik.

'Hij geeft een verjaardagsfeestje. Gekostumeerd nog wel. Kom, we gaan.' Pas op dat moment zag ik dat hij van top tot teen in een disco-outfit à la jaren zeventig was gestoken, compleet met bruine polyester broek met wijde pijpen, een strak wit overhemd met puntkraag en een sjaaltje om zijn hoofd geknoopt.

'Philip, je zei net dat we naar Kelly en die mensen van BlackBerry moesten. Dan kunnen we toch niet naar een gekostumeerd feest gaan! Ik snap er niks van.'

'Spring maar achterop, *love*, en loop niet zo te stressen. Laat het maar aan mij over.' Hij liet de Vespa op toeren komen, als je dat zo kunt zeggen van een Vespa, en klopte op het zadel achter hem. Ik stapte zo charmant als mijn broekpak toestond op en sloeg mijn armen om zijn middel. En voelde zijn keiharde buikspieren.

Ik weet nog steeds niet waarom ik omkeek. Ik kan me niet herinneren dat ik het gevoel had dat er iets niet klopte of zo – behalve het feit dat ik werd ontvoerd door een wilde, beroemde metroseksueel op een Vespa – en toch keek ik over mijn schouder voordat we wegscheurden. En daar stond Penelope. Met uitgestoken hand, mijn sjaal er slap overheen gedrapeerd. Ze staarde met open mond naar mijn rug. Mijn blik kruiste heel even de hare, vlak voordat Philip gas gaf en wegstoof, weg van Penelope, en ik het haar allemaal niet meer kon uitleggen.

15

'Maak je nou niet zo druk, *love*. Relax. Ik zei toch dat je het aan mij kon overlaten?' Philip parkeerde de Vespa op de loper voor een schitterend appartementencomplex in de West Village en stopte de portier wat geld toe, dat met een discreet knikje in ontvangst werd genomen. Opeens drong het tot me door dat dit de allereerste keer was dat Philip en ik alleen waren sinds die ochtend dat ik in zijn appartement wakker geworden was.

'Relax? En dat zeg je tegen mij?' krijste ik. 'Sorry meneer, kunt u alstublieft een taxi aanhouden?' vroeg ik aan de portier, die meteen naar Philip keek voor toestemming.

'Bette, hou je verdomme eens koest! Je hebt geen taxi nodig, we zijn er al. Het feest is hier. Ga mee naar binnen, dan halen we een lekker glaasje voor je, oké?'

Glaasje? Die man had alle aantrekkelijke vrouwen in Manhattan

184

tussen de zestien en vijfenveertig jaar geneukt en hij zei 'glaasje'? Maar ik kon er niet te lang bij stilstaan, want ik had minder dan tien minuten over om naar Soho House te gaan en mijn baan te redden. 'Elisa belde me en ik heb gezegd dat we eerst even naar dit feest zouden gaan. Toen vroeg ze of ze hierheen mocht komen met de mensen van BlackBerry, omdat die het cool vonden om "een feest van echte New Yorkers" mee te maken, of dat soort bullshit. Ze kunnen ieder moment hier zijn. We zijn dus op de plaats van bestemming, oké?'

Ik keek hem weifelend aan en vroeg me af hoe het allemaal zo had kunnen lopen. Zette Elisa me bewust op het verkeerde been? Toen ik daar wat beter over nadacht, begreep ik dat ze dit feest onmogelijk subtiel kon saboteren zonder dat Kelly het te weten zou komen, en waarom zou ze dat ook willen? Oké, er was misschien een tijd geweest dat ze achter Philip aan had gezeten en ze leek de afgelopen tijd minder vriendelijk, maar ik nam aan dat dat kwam doordat we het allemaal heel druk hadden op het werk; iedereen was bezig met de planning van afzonderlijke evenementen naast de gezamenlijke voorbereidingen van het *Playboy*-feest. Het enige wat ik nu wilde, was Penelope bellen en haar uitleggen dat mijn verhaal geen smoes was geweest om onder haar etentje uit te komen en ervandoor te gaan met mijn zogenaamde vriend. Philip was al langs de portier geslenterd en stond ongeduldig op me te wachten, en zodra we de lift in stapten stortte hij zich zoals gebruikelijk op me.

'Bette, ik kan gewoon niet wachten tot ik je mee naar huis kan nemen en je de hele nacht kan neuken,' bromde hij in mijn haar terwijl zijn handen mijn hele lijf over gleden en onder mijn blouse verdwenen. 'Zelfs in dat idiote broekpak ben je nog verrukkelijk.'

Ik duwde zijn grijpgrage handen met een zucht weg. 'Laten we ons hier eerst maar eens doorheen slaan, hè?'

'Waarom maak je je toch zo druk, *love*? O, ik begrijp het al, je wilt dat ik harder mijn best voor je doe. Nou, daar kan ik best aan voldoen...' En met die woorden duwde hij zijn hele onderlijf behoorlijk onhandig tegen het mijne en begon hij weer met dat woeste tonggedraai waar hij zo dol op leek te zijn. Had Gwyneth een dergelijke behandeling ook moeten ondergaan? Was het mogelijk dat hij zo veel vrouwen voor één nacht had gehad dat ze geen van allen de moeite hadden genomen om hem te laten weten dat hij geen idee had waar hij mee bezig was? Ik werd er niet goed van – en toch vond ik het leuk. De afgelopen tijd had ik eindelijk in de gaten gekregen dat hij deze vurige hartstocht bewaarde voor de momenten waarop we er niets mee konden, en dit was geen uitzondering: hij liep niet het risico dat ik de kleren van mijn lijf zou rukken en hem om seks zou smeken, want de liftdeuren konden ieder moment opengaan. En dat gebeurde ook; ze boden rechtstreeks toegang tot het penthouse van Cal. Een snelle, subtiele veeg over mijn gezicht om het grootste deel van het kwijl te verwijderen en ik was er helemaal klaar voor.

'Philip, *baby*, kom binnen!' riep een slungelige jongen met lang haar vanaf de bank, waar hij met een opgerold bankbiljet over een spiegel gebogen zat. Er lag een op het eerste gezicht naakt meisje bij hem op schoot, dat hem aanstaarde met een blik die verder ging dan gewone bewondering en aan aanbidding grensde. Hij nam een snelle, moeiteloze snuif, gaf het bankbiljet door aan het meisje en zette toen zijn masker weer op.

'Cally, Cal-man, dit is Bette. Bette, dit is Cal, degene die dit fantastische feest geeft.'

'Hallo Cal, aangenaam,' zei ik tegen het masker. 'Bedankt voor de uitnodiging.'

Ze keken elkaar alle drie aan, wierpen toen een blik op mij en begonnen te lachen. 'Bette, doe lekker met ons mee, dan gaan we dadelijk naar boven. Iedereen is op het dak.'

'Nee, dank je, ik hoef niet,' zei ik. Ik kon mijn ogen niet van het meisje af houden. Ze snoof de twee lijntjes op die Cal voor haar had uitgelegd en draaide zich op haar rug. Strikt genomen was ze niet naakt, als je het lapje fuchsiakleurige zijde meetelde dat laag om haar heupen hing en alleen de voorkant bedekte. Haar billen waren bloot. De string die ik gezien meende te hebben bleek niets meer te zijn dan een plek waar de zon niet was geweest; haar borsten waren allang ontsnapt uit een ander zijden niemendalletje, dat de vorm van een beha had, maar dan zonder haakjes of bandjes. Ze rolde zich met een tevreden glimlach op, nam een slokje champagne en verkondigde dat ze hier beneden nog even een feestje wilde bouwen voordat ze zich bij de anderen voegde.

'Ook goed, schat,' zei Cal, en hij gebaarde ons om hem te volgen. We stapten weer in de lift, waar hij een speciale sleutel gebruikte voor de knop 'terras'. Toen de deuren weer opengingen, dacht ik dat ik van mijn stokje zou gaan. Ik weet niet wat ik precies had verwacht, maar dit in ieder geval niet. Misschien had ik gedacht dat het net zoiets zou zijn als Michaels Halloweenfeest van

186

het jaar daarvoor, met een hoop vrienden van hem van UBS en uit zijn studententijd. Het was in zijn flatje op de vierde verdieping geweest en de keukentafel had vol gestaan met flessen goedkope drank en kommen met zoete popcorn, zoutjes en salsa. Een paar mannen in vrouwenkleren hadden medegedeeld dat de pizza onderweg was en de andere gekostumeerde feestgangers hadden zitten praten over hun studietijd, wie er inmiddels verloofd waren of promotie hadden gemaakt en president Bush die er een zootje van had gemaakt in Irak.

Dit was een compleet ander tafereel. Het dakterras zelf zag eruit als een exacte kopie van de Sky Bar in Los Angeles: strak, chic en gestroomlijnd, met lage ligbedden en geometrische kandelaars die alles een zachte gloed gaven. Een matglazen bar was nog net zichtbaar achter een rij indrukwekkende planten; in een andere hoek stond een podium voor de deejay, deels aan het oog onttrokken om vooral geen centimeter van het schitterende uitzicht op de stad verloren te laten gaan. Maar niemand leek geïnteresseerd in de Hudson, en ik begreep meteen hoe dat kwam: de hoeveelheid blote huid op het dakterras was veel fascinerender dan een of andere rivier, en een stuk overvloediger.

Je hebt gewone feestjes, gekostumeerde feesten en dan heb je wat zich hier voltrok op het dak van Cal, iets waarvan de definitie strikt genomen 'gekostumeerd feest' zou luiden, maar wat er eerder uitzag als een revival van *Hair* – maar dan met Gucci-tassen en zonder kitscherige sixtieskapsels. Ik kreeg meteen de behoefte om mijn schoenen en broekpak uit te trekken en in mijn beha en slip te gaan rondlopen, al was het alleen maar omdat ik niets liever wilde dan zo min mogelijk opvallen. Zelfs in mijn ondergoed zou ik aanzienlijk meer bedekt zijn dan alle andere vrouwen hier, maar ik zou tenminste niet zo uit de toon vallen.

Cal was even weg geweest en kwam terug met een glas champagne voor mij en een laag glas met een amberkleurig drankje voor Philip. Ik dronk dat van mij in één teug leeg en gaapte openlijk naar het meisje dat hij had meegebracht. Onze introductie werd voorafgegaan door een lange, zeer zichtbare kus waarbij zowel Cal als het meisje hun monden zo ver opendeden en zo enthousiast met hun tongen in de weer gingen dat ik me bijna een gelijkwaardige deelnemer voelde.

'Hmmm,' mompelde hij, en hij beet speels in haar hals nadat hij zijn tong uit de krochten van haar gezicht had verwijderd. 'Mensen, dit is... het allermooiste meisje van het feest. Is ze niet lekker? Even serieus, hebben jullie ooit zoiets schitterends gezien?'

'Prachtig,' stemde ik in alsof ze er niet bij was. 'Daar heb je helemaal gelijk in.' Het meisje leek er niet mee te zitten dat Cal haar naam was vergeten – of nooit had geweten. Dat was ook niet zo gek: veel mensen gaan met elkaar om zonder de naam van de ander te weten. De muziek staat altijd te hard en meestal is iedereen dronken. Maar de belangrijkste reden is dat niemand erin geïnteresseerd is. 'Ik onthoud haar naam wel als ik hem in Page Six lees,' had ik Elisa een keer horen zeggen. Dit meisje vond het zo te zien geen enkel probleem, misschien omdat ze geen woord van het gesprek leek te verstaan. Ze giechelde alleen en deed zo nu en dan haar outfit goed, maar verder concentreerde ze zich er vooral op om Cal zo vaak en suggestief mogelijk aan te raken. De zoveelste travestiet (deze keer met een soort 'lichaamsmasker' met blote borsten, glitter-eyeliner en een rood-witte Yasser Arafat-sjaal) kwam naar ons toe om door te geven dat binnen een paar minuten de auto's werden verwacht om ons naar Bungalow te brengen, naar het 'echte' feest.

'Hopelijk wordt het beter dan dat waardeloze feest van een paar jaar geleden,' zei Philip.

'Hoezo waardeloos?' vroeg ik. Niet dat het me ook maar iets interesseerde, maar als ik deed alsof, zou het misschien minder opvallen dat ik zo om me heen stond te staren.

'Dat was een feest van Heidi Klum bij Capitale. Er zouden alleen maar topgasten komen, maar die idioten aan de deur hadden iedereen binnengelaten en binnen een uur zat de zaal vol met gewoon volk. Vreselijk.'

'Klopt,' zei de Arafat-travestiet. 'Echt vreselijk. Maar vanavond zal het wel beter gaan. Die grote, brede portier, hoe heet hij ook alweer…? Sammy. Die staat aan de deur. Hij is ook niet geniaal, maar het is tenminste niet zo'n ontzettende stomkop.'

Sammy! Het liefst had ik zijn naam gezongen, de jongen die hem had uitgesproken omhelsd en een rondedansje gemaakt bij de gedachte dat ik hem vanavond zou zien. Maar eerst moest ik me hier doorheen slaan.

'Wat ben jij eigenlijk?' vroeg de Arafat-sjaal.

'Zij is verkleed als strenge zakentr… eh, vrouw,' was Philip zo vriendelijk namens mij te antwoorden. Toen ik om me heen keek, vroeg ik me af hoe het toch kwam dat de mannen zich op gekostumeerde feesten altijd verkleden als vrouw en de vrouwen als een stelletje sloeries. Hoe chic of trendy het feest ook mag zijn en hoe duur de alcohol die er wordt geschonken ook is, het is altijd het- zelfde. Vanavond was duidelijk geen uitzondering. Ik keek om me heen op zoek naar de gebruikelijke schaars geklede katjes, verpleeg- sters, prinsesjes, zangeressen, kamermeisjes, cheerleaders, katho- lieke schoolmeisjes, duiveltjes, engeltjes of danseressen, maar hier deden de vrouwen kennelijk niet aan dat soort seksistische rollen. Ze droegen stuk voor stuk een professioneel kostuum dat eigenlijk geen kostuum was, eerder een samensmelting van glanzende stof- fen en glinsterende accessoires die ontworpen waren om de mooi- ste vrouwenfiguren die God had geschapen extra goed tot hun recht te laten komen.

Een donkerharig meisje op een van de ligbedden droeg een donkerrode dunne, wijde zigeunerbroek die bloezend onder haar laaghangende riem uitkwam en bij de enkels smaller werd. De transparante stof bood goed zicht op haar string met diamantjes, die tussen haar volmaakte, stevige billen verdween. Daarboven droeg ze een beha met diamantjes die haar borsten samendrukte op die onberispelijke manier die uitdrukte: 'Kijk naar me', maar niet: 'Ik wil op Pamela Anderson lijken.' Haar vriendin, die hoog- uit zestien leek en naast haar met haar haar lag te spelen, droeg zil- verkleurige netkousen die zo strak om haar eindeloze benen zaten dat het wel leek of ze deels geschubd waren. Ze droeg er een rood leren broekje over dat zo laag op haar heupen hing en waarvan de pijpjes zo hoog opgesneden waren dat ze beslist een speciaal ver- zoek had moeten indienen bij degene die haar bikinilijn had ont- haard. Haar 'kostuum' bestond verder uit niets anders dan twee zilverkleurige kwastjes op de tepels van haar appelvormige bor- sten, en een enorm diadeem met gekleurde veren en bont die over haar rug naar beneden golfden. Ik had in al mijn zevenentwintig jaar nog nooit enig seksueel verlangen voor een vrouw gevoeld, maar op dat moment zou ik zo met hen allebei naar bed zijn ge- gaan.

'Ze zien er verdomme uit als lingeriemodellen,' mompelde ik te- gen niemand in het bijzonder.

'Dat zijn ze ook,' zei Philip, die naar hen zat te staren met een blik die alleen maar wellustig te noemen was. 'Ken je Raquel en Maria Thereza dan niet? Ze zijn de belangrijkste modellen van Vic- toria's Secret dit jaar, de jongste Braziliaanse oogst ooit.'

Ik moest tot mijn grote verdriet vaststellen dat er op die foto's toch minder werd geretoucheerd dan ik mezelf altijd had wijsgemaakt. We maakten een rondje over het met glas afgezette dakterras en Philip deelde high fives uit aan Jimmy Fallon en Derek Jeter en zoende – steeds net naast de mond – een lange reeks moderedactrices, actrices uit comedy's en Hollywoodsterretjes. Ik wilde net op mijn telefoon kijken of Elisa of Kelly soms nog gebeld hadden, toen ik zag dat Philip de rug stond te masseren van het meisje met de kwastjes op haar borsten. Ik zag nu pas dat zij degene was die in de catalogus de katoenen slipjes had gedragen die ik had besteld – en vervolgens vervloekt wegens misleiding toen ik ze aantrok en in de spiegel keek. De muziek van Hôtel Costes dreunde uit een plat, plasma-achtig scherm dat aan een van de buitenmuren was bevestigd en de bezoekers dansten, rookten, snoven, aten sushi en lonkten naar elkaar. De pret werd even onderbroken toen Cal aankondigde dat er beneden een vloot auto's stond om iedereen naar de club te brengen, maar het feest ging gewoon verder in de lift en de zeker vijfentwintig limousines die op straat klaarstonden, zo ver het oog reikte.

'Philip, we kunnen hier niet weggaan,' fluisterde ik niet al te zacht toen hij me de lift in probeerde te duwen. 'We moeten op die mensen van BlackBerry wachten.'

'Maak je niet zo druk, *love*. Elisa heeft net gebeld om door te geven dat jouw bazin de bijeenkomst van vanavond heeft geschrapt.'

Dat kon ik niet goed verstaan hebben. Onmogelijk!

'Wat? Dat meen je niet.' Ik durfde er niet eens over na te denken dat ik met dwang was weggehaald van Penelopes etentje om een paar klanten bezig te houden die niet beziggehouden hoefden te worden.

Hij haalde zijn schouders op. 'Tenzij ze uit haar nek lulde, natuurlijk. Kom mee, *love*, dan kun je haar dadelijk in de auto bellen.'

Ik propte mezelf tussen Cal en Philip in en deed mijn best om de blote huid van het meisje dat dwars bij ons op schoot kwam liggen niet aan te raken.

In de auto draaide ik het nummer van Elisa, en ik schreeuwde het bijna uit van frustratie toen ik haar voicemail kreeg. Kelly nam wel op, nadat de telefoon drie keer was overgegaan, en ze leek enigszins verbaasd toen ze mijn stem hoorde.

'Bette? Ik kan je heel moeilijk verstaan. De afspraak van vanavond gaat niet door. We hebben heerlijk gegeten bij Soho House en daarna nog wat gedronken aan het zwembad, maar ik geloof dat ze niet gewend zijn onze New Yorkse avondjes stappen. Ze zijn al terug naar hun hotel, dus je hoeft niet te komen. Maar ze verheugen zich erg op het feest!' Ze schreeuwde nu boven de muziek uit, waar ze ook mocht zijn, en kennelijk realiseerde ze zich niet dat het feit dat ze zichzelf niet kon verstaan, nog niet wilde zeggen dat ík haar niet hoorde.

'O, oké. Nou ja, prima. Als je zeker weet…'

'Ben je daar met Philip?' gilde ze.

Zodra hij zijn naam door de telefoon hoorde kneep Philip in mijn knie en liet hij zijn hand naar boven glijden.

'Ja, hij zit hier naast me. Wil je hem spreken?'

'Nee, nee, ik wil dat jíj met hem praat. Hopelijk zijn jullie bij Bungalow, want het wordt een superavond. Iedereen komt op Calebs verjaardag.'

'Hmm?'

'Veel fotografen, mooie gelegenheden…'

Ik weet tamelijk zeker dat het me zo'n beetje in dezelfde categorie plaatst als een prostituee, maar ik was op dat moment heel blij met mijn baan – en met Kelly. Ik wilde nooit meer terug naar de beleggingen. Het BlackBerry-feest moest de party van het jaar worden, Kelly moest tevreden over me zijn en er mocht niets misgaan. Het kon toch geen kwaad om me te laten fotograferen met Philip en dan weg te glippen en alleen naar huis te gaan? Bovendien waren we er al bijna, nietwaar? Ondanks mijn enorme verontwaardiging dat ik bij Penelopes etentje was weggerukt, kon ik er die avond verder best mee leven…

'Ja, dat is duidelijk,' zei ik quasi-opgewekt terwijl ik Philips hand wegduwde van de binnenkant van mijn bovenbeen en er een tik op gaf zoals mijn oma gedaan zou hebben. 'Bedankt, Kelly. Ik zie je maandag.'

De auto's stopten achter elkaar op 27th Street, en ik zag dat er wel honderd mensen in de rij stonden om binnen te komen. Ze staarden met open mond naar de enorme vloot auto's en de bizarre kostuums van degenen die uitstapten. Sammy stond aan de kant en werd toegeschreeuwd door een man met een lange blonde pruik en torenhoge hakken. Ik probeerde zijn aandacht te trekken toen we naar de deur liepen en de hele rij achter ons lieten, maar we werden te woord gestaan door een andere portier.

'Hoeveel personen?' vroeg hij vriendelijk aan Philip, en niets wees erop dat hij ook maar iemand uit het hele gezelschap kende.

'O, weet ik veel. Veertig? Zestig? Hoe moet ik dat nou weten?'

'Het spijt me, maar dat gaat vanavond niet lukken,' antwoordde de portier, en hij keerde hem de rug toe. 'Het is een besloten feest.'

'Jongeman, ik geloof dat je het niet helemaal begrijpt...' Philip gaf hem een dreun op zijn rug en even leek het alsof de uitsmijter terug zou slaan, maar toen zag hij de creditcard die Philip in zijn hand had. De enige echte Black Card. De onderhandelingen begonnen.

'Ik heb op dit moment maar drie tafels. Ik kan zes personen per tafel binnenlaten, plus tien extra, maar meer lukt echt niet. Het is een gekkenhuis, man. Op iedere willekeurige andere avond zou het geen probleem zijn, maar nu kan ik geen kant op.'

Hij was duidelijk nieuw en had geen idee wie hij voor zich had, maar Philip was bereid daar verandering in te brengen. Met gespannen, afgemeten stem zei hij, op een paar centimeter afstand van het gezicht van de portier: 'Luister, jongeman, het kan me niet schelen hoe je het oplost, maar dit kan zo niet. Caleb is een van mijn beste vrienden en het is zíjn feest. Drie tafels! Ik wil er acht, om te beginnen met twee flessen per tafel, en iedereen mag binnen. Nu meteen.'

Toen ik zag dat Sammy uitgepraat was, probeerde ik zo stilletjes mogelijk weg te schuifelen en in de menigte op te gaan; ik wilde per se niet dat hij me samen met Philip zou zien. Overal om me heen werd druk getelefoneerd naar vrienden en bekenden die de uitsmijter zouden kunnen kennen en ervoor zouden kunnen zorgen dat hij het fluwelen koord opende. Meisjes liepen met grote, onschuldige hondenogen op de portiers af, streelden hun armen en probeerden op die manier binnen te komen. Sammy liep naar Philip toe en ving mijn blik toen ik weer wat dichterbij kwam om te kunnen horen hoe het verderging. Ik hoopte vurig dat hij zou zeggen dat ze allemaal dood konden vallen en dat ze maar ergens anders naartoe moesten gaan met hun dikke portemonnee, maar hij keek me nog een keer vluchtig aan en wendde zich toen tot de andere uitsmijter.

'Anthony, laat ze binnen.'

Anthony, die al die tijd verrassend coulant en inschikkelijk was geweest, was niet blij met deze ontwikkeling en protesteerde. 'Man, ze zijn met z'n tachtigen of zoiets. Het kan me niet schelen hoeveel poen ze hebben, ik heb geen zin om ontslagen...'

'Laat ze binnen, zei ik. Maak zo veel tafels vrij als je nodig hebt en geef ze wat ze willen. Nu.' Met die woorden wierp hij me nog een laatste blik toe voordat hij naar binnen ging en onze groep aan Anthony overliet.

'Zie je nou wel, vriend?' zei Philip glunderend; hij dacht ongetwijfeld dat we het aan zijn grote roem te danken hadden dat we naar binnen mochten. 'Doe wat die goeie man je heeft opgedragen. Hier heb je mijn creditcard, regel verdomme die tafels voor ons. Dat moet toch wel lukken, of niet soms?'

Anthony nam met trillende handen van woede de Black Card aan en hield de deur open voor de groep van een man of veertig die zich al had verzameld. De hele rij wachtenden viel stil toen we naar binnen liepen; iedereen was duidelijk nieuwsgierig naar de beroemdheden onder ons.

'Daar heb je Johnny Depp!' hoorde ik een meisje fluisteren.

'O, mijn god, is dat Philip Weston?' vroeg iemand anders.

'Hij heeft toch iets met Gwyneth gehad?' zei een jongen.

Philip zwol zichtbaar van trots en leidde me naar een tafel die zojuist voor ons was ontruimd. De weggestuurde groep stond een meter of wat verderop, drankjes in de hand, hun gezichten rood van schaamte terwijl wij hun plaatsen op de bank innamen.

Philip trok me bij hem op schoot en begon mijn been te kneden, op zo'n manier dat het onaangenaam kietelde en tegelijk pijn deed. Hij mixte een wodka-tonic, met gebruikmaking van de fles Ketelwodka van 400 dollar die onmiddellijk op onze tafel was verschenen, en begroette iedereen die langsliep bij naam, terwijl hij intussen zo nu en dan zijn gezicht in mijn hals begroef.

Terwijl hij daarmee bezig was legde hij zijn kin op mijn schouder en staarde naar het fotomodel dat naast me zat, haar benen verleidelijk over elkaar geslagen, kin in de handen, ellebogen op de knieën en de tepelkwastjes een tikkeltje verschoven door het late uur.

'Moet je toch eens kijken,' fluisterde hij schor, met zijn blik op het jongste meisje van allemaal gericht. 'Ze imiteert de oudere modellen en kijkt toe hoe ze hun heupen, ogen en monden bewegen, om dan precies hetzelfde te doen, want ze weet dat het sexy is. Ze begint net een beetje te wennen aan dat lichaam van haar, maar ze beseft nog niet wat ze eigenlijk in huis heeft. Al leert ze snel, als een kuiken dat pas uit het ei is gekropen. Is het niet schitterend om te zien?

Ja, schitterend. Heel fascinerend, mag ik wel zeggen, dacht ik, maar ik schudde hem alleen maar van me af en zei dat ik zo terug zou komen. Hij stortte zich zo'n beetje op haar zodra ik me van hem had losgemaakt, en ik hoorde nog net hoe hij haar rechtstreeks een compliment maakte toen ik wegliep naar het voorste gedeelte van de club.

Elisa hing languit tegen een aantrekkelijke man op een van de banken bij de deur, met haar hoofd en schouders op zijn borst terwijl haar blote voeten – de rode strepen van haar sandaaltjes waren nog zichtbaar – bij Davide op schoot lagen. Ze leek zich niet al te druk te maken over – of zich zelfs maar bewust te zijn van – de hele BlackBerry-toestand. Ik was er niet eens zeker van of ze nog wakker of zelfs levend was, totdat ik zo dichtbij kwam dat ik haar holle buik lichtjes op en neer kon zien gaan.

'Bette, liefje!' Ze had nog net genoeg energie om zich boven de muziek uit verstaanbaar te maken, ook al had ze die dag duidelijk niet genoeg calorieën binnengekregen om rechtop te blijven. Ik besloot het BlackBerry-debacle maar voor een andere keer te bewaren.

'Hé,' mompelde ik, omdat ik wilde laten blijken dat ik niet bepaald enthousiast was.

'Kom eens hier, dan zal ik je voorstellen aan de beste schoonheidsspecialist van heel Manhattan. Marco, dit is Bette. Bette, Marco.'

'Estheticus,' verbeterde hij haar onmiddellijk.

Ik was eigenlijk op weg geweest om Sammy te bedanken, maar ik kon er niet onderuit om minstens een paar minuten bij hen aan tafel te gaan zitten. Ik schonk maar meteen een wodka-tonic voor mezelf in. 'Hallo Marco, aangenaam. Waar ken je Elisa van?'

'Waar ik Elisa van ken? Nou, ik meen dat die zuivere, stralende huid mijn verdienste is!' Hij nam haar hoofd tussen zijn gemanicuurde handen en draaide het naar me toe alsof het een levenloos ding was. 'Hier, moet je kijken hoe egaal. Zie je dat er geen enkel oneffenheidje of verkleurinkje te vinden is? Dat is een prestatie!' Hij had een zwierig, licht Spaans accent.

'Hmm, heel mooi. Misschien kun je mij ook eens helpen,' zei ik, eerder omdat ik niets beters kon verzinnen dan omdat ik zo graag van zijn diensten gebruik wilde maken.

'Hmm,' zei hij me na, terwijl hij mijn gezicht bestudeerde. 'Dat betwijfel ik.'

Dat leek me een mooi moment om me uit de voeten te maken, maar Elisa hees zichzelf omhoog tot ze rechtop zat en zei: 'Schatjes, jullie vermaken je wel even, hè? Dan gaan Davide en ik een paar vrienden gedag zeggen.'

Toen ik opkeek, zag ik dat Davide over de tafel gebogen zat om zijn handen aan het zicht te onttrekken. Hij maakte behendig de doorgestikte Chanel-tas van Elisa open die op de grond stond, haalde een sleutel van haar sleutelhanger, strooide wat wit poeder uit een piepklein pakje in de langste groef van de sleutel en hield die snel bij zijn neus. Zijn hand bedekte hem helemaal en als je niet heel goed keek, zou je denken dat Davide gewoon jeuk aan zijn neus had of misschien even snufte omdat hij ergens allergisch voor was. Binnen twee tellen vulde hij de sleutel bij en gaf hem aan Elisa, die ook zo snel te werk ging dat ik amper kon zien wat er onder haar neus gebeurde. Nog een paar seconden en de sleutel zat weer aan de hanger in de tas en ze sprongen allebei op van de bank, klaar om hun ronde te doen.

'Ze hadden ons toch op zijn minst ook wat kunnen aanbieden, hè?' zei Marco.

'Inderdaad,' antwoordde ik. Ik wist niet of ik eraan moest toevoegen dat ik dat spul nog nooit had geprobeerd; hoewel ik er ontzettend nieuwsgierig naar was, won mijn angst het van mijn nieuwsgierigheid.

Marco zuchtte veelbetekenend en nam een lange teug uit zijn glas.

'Zware dag gehad?' vroeg ik, want ik wist niet wat ik anders moest zeggen of hoe ik zou kunnen ontsnappen.

'Dat kun je verdomme wel zeggen, ja. Elisa heeft mijn hele agenda weer overhoop gegooid. Ze weet dat ik er een bloedhekel aan heb als ze flauwvalt in mijn behandelstoel.' Weer een zucht.

'Hè? Is ze flauwgevallen? Gaat het wel goed met haar?'

Hij rolde theatraal met zijn ogen en slaakte een heel diepe zucht. 'Je hoeft alleen maar naar haar te kijken. Ziet ze eruit alsof het goed met haar gaat? Ik heb niets tegen jezelf uithongeren – ik heb het zelf ook een paar keer moeten doen – maar je moet wel de verantwoordelijkheid dragen voor je eigen daden! Je vóélt toch wanneer je gaat flauwvallen? Je krijgt vlekken voor je ogen en meestal word je ook nog duizelig. Daarmee geeft je lichaam het teken dat je even een hapje moet nemen van de PowerBar die je altijd bij je hoort te hebben voor dit soort situaties. Je moet op de waarschuwingstekenen letten en dan maken dat je mijn stoel uit komt, anders gooi je al mijn afspraken in de war.'

Ik wist niet wat ik daar nu eens op moest zeggen, dus luisterde ik alleen maar.

'Die meiden denken dat ze na een lange week vol neusdrugs en zonder eten zomaar kunnen neerploffen en alles aan mij kunnen overlaten. Nou, vroeger vond ik dat niet zo erg, maar tegenwoordig heb ik wel wat beters te doen. Ik zie het zo, het zijn net heroïneverslaafden: mij kan het niet schelen wat je gebruikt, als je maar geen overdosis neemt in mijn huis, want dan wordt het mijn probleem. Snap je?'

Ik knikte. De wereld boft maar met zo'n begripvolle man als Marco, dacht ik.

'Maar er zijn mensen die het nog zwaarder hebben dan ik,' ging hij ernstig verder. 'Een vriend van me is visagist. Hij neemt altijd één koffer met make-up mee en een met PowerBars en vruchtensap, want die meiden gaan allemaal van hun stokje. Als ze bij mij flauwvallen, hoef ik tenminste niet helemaal opnieuw te beginnen. Hij krijgt ze meestal vlak voor grote shows in zijn stoel, wanneer ze zichzelf optimaal hebben uitgehongerd om in de kleding te passen. Dat valt niet mee, hoor. Wij zijn degenen die met de ellende zitten.'

'Ja, het is me wat. Zeg, het was me een genoegen, maar ik moet even een vriendin gaan begroeten. Zit je hier dadelijk nog?' vroeg ik. Als ik niet snel maakte dat ik wegkwam, zou het me nooit meer lukken.

'Ja, mij best, het was leuk je te ontmoeten. Ik zie je straks nog wel.' Hij knikte naar me en boog zich toen over de tafel om een drankje in te schenken.

Ik wilde Sammy weer gaan zoeken om hem te bedanken en misschien uit te leggen dat ik daar niet was als de vriendin van Philip en zelfs niet uit vrije wil, maar tegen de tijd dat ik me naar buiten had gewurmd door de mensenmassa – die het afgelopen uur nog veel groter was geworden – was Sammy nergens meer te bekennen.

'Heb jij Sammy gezien?' vroeg ik zo nonchalant mogelijk aan Anthony.

Hij leek een beetje tot bedaren te zijn gekomen sinds onze vorige interactie en schudde zijn hoofd terwijl hij een klembord raadpleegde.

'Nee, hij is vroeg weggegaan, naar zijn meisje. Hij laat mij alleen op een van de grootste feesten van het jaar. Normaal gesproken zou hij dat nooit doen, dus het zal wel belangrijk zijn geweest. Hoezo, is er iets? Ik zal dadelijk proberen je te helpen, maar eerst moet ik hier een paar mensen zien te lozen.'

'Nee, nee, er is niks. Ik wilde alleen even hallo zeggen.'

'Hij werkt morgen weer.'

Ik bietste een sigaret van een jongen in een smaragdgroene baljurk en spoorde mezelf aan om weer naar binnen te gaan. Maar het was al niet meer nodig: het feest was naar mij toe gekomen.

'Bette! Ik hoopte al dat ik je hier zou zien!' gilde Abby, en haar gigantische borsten dreigden haar gezicht compleet te bedekken. 'Je kunt maar beter binnen blijven om dat vriendje van je in de gaten te houden, denk je ook niet?'

'Hallo, Abby. Ik zou graag een praatje met je maken, maar ik wil de net weggaan.'

'Het is nu Abigail. Ga nou mee naar binnen, dan roken we samen één sigaretje, goed? Kunnen we lekker over de goeie ouwe tijd kletsen.'

Ik wilde zeggen dat er wat mij betrof geen goeie ouwe tijd wás, maar ik voelde alle kracht uit me wegstromen door de gedachte aan Sammy en zijn vriendin.

'Mij best,' zei ik lusteloos.

'Vertel eens, hoe gaat het met Philip? Gewéldig dat jullie iets met elkaar hebben!' zei ze, samenzweerderig naar me toe gebogen.

'Geweldig? Nou, dat valt wel mee.' Ik probeerde iets te bedenken om het gesprek te beëindigen.

'Bette! Natuurlijk is dat geweldig. Ik hoop dat je het niet erg vindt dat ik je iets persoonlijks vraag, maar dat heb ik altijd al willen weten: hoe is hij in bed? Want zoals je weet gaan er geruchten dat...'

'Abby, ik wil niet bot doen, maar ik moet echt weg, oké? Ik kan dit gesprek nu niet voeren.'

Ze leek totaal niet uit het veld geslagen. 'Prima, geen punt. Je zult wel doodop zijn van je nieuwe baan. We praten snel een keertje bij, goed? O ja! Dat wilde ik nog zeggen. Enig, zoals je dat pak draagt. Jij weet van zoiets saais nog wat te maken.'

Ik deinsde achteruit alsof ze een dolle hond was en wankelde in de richting van Elisa's tafeltje. Maar onderweg bedacht ik me en ging naar de bar, waar ik een martini achterover sloeg, gemixt zoals oom Will ze altijd dronk. Het was eigenlijk best lekker om zo in mijn eentje een beetje dronken te worden, maar toen er een hele horde bloedmooie, vrijwel naakte meisjes pal voor mijn neus kwam staan werd de verleiding om te vertrekken toch te groot. Jammer van Kelly's fotomomenten; ik kon het niet opbrengen om nog langer te luisteren naar Philips fascinerende gemijmer over de groeicyclus van Zuid-Amerikaanse fotomodellen of Marco's suggesties voor de effectiefste uithongeringsmethodes, dus stuurde ik Philip en Elisa allebei een eenregelig sms'je waarin ik zei dat ik plotseling ziek geworden was, en ik plofte op de achterbank van een taxi. Ik keek op mijn horloge: halftwee. Zouden ze nog bij de Black Door zijn? Het antwoord werd duidelijk toen Michael na vijf keer rinkelen met dubbele tong de telefoon opnam.

'Sorry,' zei ik.

'Ben net thuis,' zei hij. 'Je hebt een leuke avond gemist, maar de

Black Door met Pen en Avery is toch niet hetzelfde als de Black Door met Pen en Bette!'

Ik toetste Penelopes nummer in zodra de taximeter begon te lopen en bleef haar bellen tot ik thuis even over drieën eindelijk in slaap viel. Ik kreeg telkens haar voicemail.

16

Zeven uur later ging ik meteen verder met stalken, want ik wilde Penelope uitleggen dat het allemaal anders was gegaan dan zij dacht. Er werd niet opgenomen. Vlak na het middaguur kreeg ik Avery aan de telefoon, met een slaperige katerstem.

'Hé Bette, alles goed?'

'Hallo, Avery. Is Penelope thuis?' Ik had weinig zin om meer dan het minimum aan woorden aan hem te verspillen.

Ik hoorde gestommel en daarna iets wat verdacht veel op gefluister leek, voordat Avery zei: 'Ze is bij haar ouders aan het brunchen. Kan ik iets doorgeven?'

'Avery, geef haar alsjeblieft even. Ik weet dat ze thuis is en dat ze kwaad op me is, maar ik wil het uitleggen. Het is echt anders gegaan dan je denkt,' zei ik smekend.

Hij ging zachter praten, samenzweerderig; Penelope mocht het kennelijk niet horen. 'Bette? Maak je maar geen zorgen. Ik was gisteravond ook liever naar het feest van Caleb gegaan. Geloof me maar, als er een manier was geweest om onder dat ellendige etentje uit te komen, had ik hetzelfde gedaan als jij. Pen stelt zich aan.'

Natuurlijk wist Avery van het feest. Ik voelde me beroerd.

'Zo is het helemaal niet gegaan, Avery. Ik was veel liever...' Ik besefte dat ik me tegen de verkeerde persoon aan het verantwoorden was. 'Geef haar nou maar gewoon, oké?'

Ik hoorde weer gestommel, een gedempte stem en toen zei Penelope hallo, op een toon alsof ze niet wist dat ik het was.

'Pen, met mij. Hoe gaat het?'

'O, Bette, hallo. Prima, hoor. En met jou?'

De uitwisseling leek een beetje op de tientallen gesprekjes die ik had gevoerd met mijn overdreven beleefde maar een tikkeltje seniele oudtante. Penelope was duidelijk net zo woest op me als ik had gevreesd.

'Pen, ik weet dat je me nu niet wilt spreken. Het spijt me als Avery je onder valse voorwendselen naar de telefoon heeft gelokt, maar ik wil echt mijn excuses aanbieden. Het is gisteren niet zo gegaan als jij waarschijnlijk denkt.'

Stilte.

'Ik kreeg een telefoontje van mijn werk dat er een paar mensen van BlackBerry onverwacht in de stad waren en dat ik moest komen. Ik heb de leiding over hun feest deze week en ik kon onmogelijk weigeren om ze even te gaan begroeten.'

'Dat zei je al, ja.' Haar stem klonk ijskoud.

'Zo is het echt gegaan. Ik wilde er een uurtje blijven en hoopte dat ik nog voor het dessert terug zou zijn. Toen ik stond te wachten op de auto die Elisa had gestuurd, dook Philip ineens op. Blijkbaar had ze hém gestuurd in plaats van een auto met chauffeur, want de mensen van BlackBerry wilden hem ook zien. Ik wist van niks, Pen, echt niet.'

Het bleef even stil en toen zei ze heel zachtjes: 'Volgens Avery heeft iedereen je gezien op de verjaardag van een of andere vent in de stad. Dat noem ik geen werk.'

Ik kreeg behoorlijk de zenuwen van die opmerking dat 'iedereen me had gezien', maar ik haastte me om uit te leggen hoe het zat. 'Ik weet het, Pen, ik weet het. Volgens Philip had Elisa gezegd dat we eerst naar dat feestje moesten om daar verdere instructies af te wachten. Zij zouden daarheen komen of wij zouden naar hen toe gaan.'

200

'En wat is het geworden? Is de ontmoeting goed verlopen?' Het klonk alsof ze een beetje begon te ontdooien, maar het gedeelte dat nu kwam, zou daar niet echt aan bijdragen.

'Nee, ik heb ze uiteindelijk niet ontmoet. Ze waren blijkbaar moe en zijn na een drankje met Kelly teruggegaan naar hun hotel. Maar toen was het inmiddels één uur! Ik kon niet terugkomen. Het spijt me echt, Pen. Ik ben weggegaan van je afscheidsdineetje omdat ik dacht dat het niet anders kon, maar achteraf was het niet nodig geweest.' Het was ellendig, maar het was wel wáár.

'Waarom ben je dan niet naar de Black Door gekomen?' vroeg ze. Maar haar stem klonk milder. 'Ik weet wel dat je niet zomaar naar een verjaardag zou gaan,' zei ze. 'Maar Avery zei de hele tijd dat je het verhaal had verzonnen omdat het het beste feest sinds tijden zou worden. Ik geloofde het eigenlijk niet, maar het werd wel erg moeilijk om mezelf te overtuigen toen ik je zag wegrijden met Philip.'

Ik had Avery wel kunnen wurgen met het telefoonsnoer, maar ik maakte eindelijk een beetje vorderingen bij Penelope en daar moest ik me nu op concentreren. 'Je weet dat ik zoiets nooit zou doen, Pen. Ik was veel liever bij jullie gebleven. En misschien is het een schrale troost, maar het was een verschrikkelijke avond. Verre van leuk.'

'Ik verheug me er al op om het deze week op internet te lezen.' Ze zei het luchtig en met een lachje, maar ik hoorde dat ze nog steeds boos was. 'Nu we het er toch over hebben, heb je de column van vanmorgen al gelezen?'

Mijn hart maakte een geschrokken sprongetje. 'Vanmorgen? Wat dan?'

'O, het kan veel erger, hoor. Maak je maar geen zorgen,' zei ze snel. Ik wist dat ze me wilde opbeuren, maar haar opmerking had het tegenovergestelde effect. 'Avery liet het me net zien. Er stond een of andere fijne opmerking in over het feit dat je een broekpak aan had naar een gekostumeerd feest.'

Niet te geloven! Relatief gezien was de column van die dag volkomen onschuldig, maar om de een of andere reden had ik er meer moeite mee dan met al die leugens en misverstanden over mijn nachtelijke activiteiten: als ik al geen kledingkeuzes meer kon maken zonder dat er publiekelijk commentaar op werd geleverd, had ik voor mijn gevoel echt geen greintje privacy meer over.

'Geweldig, heel fijn,' was alles wat ik wist uit te brengen. 'Maar dat ik gisteravond in mijn broekpak naar een gekostumeerd feest ben gegaan, toont wel aan dat ik niet van plan was om weg te gaan

201

van je etentje.'

'Dat weet ik, Bette. We houden erover op.'

We wilden net ophangen toen me te binnen schoot dat ik Penelope nog niet had uitgenodigd voor het BlackBerry-feest.

'Pen, kom je dinsdag ook? Je mag Avery meebrengen of alleen komen. Het wordt vast heel leuk.'

'Meen je dat nou?' Ze klonk heel blij. 'Graag! Dan kunnen we eindelijk lekker bijkletsen. Dat lijkt al zo lang geleden, heb jij dat ook?'

'Dat zou ik wel willen, Pen. Ik zou niets liever doen dan stiekem samen in een hoekje gaan zitten om iedereen uit te lachen, maar ik moet je waarschuwen dat ik geen vrije seconde zal hebben. Ik heb de leiding over dat feest, dus ik zal de hele avond rondrennen om honderd dingen te regelen. Ik vind het heel leuk als je komt, maar het is geen geschikte avond om bij te kletsen.'

'O, nee. Natuurlijk, dat wist ik ook wel,' zei ze.

'Zullen we meteen na Thanksgiving iets afspreken?' vroeg ik. 'We zouden ergens kunnen gaan eten, wij met zijn tweeën, voordat jullie vertrekken.'

'Eh, ja. We zien wel, oké?' Ik was haar weer kwijt; het was duidelijk dat ze zo snel mogelijk wilde ophangen.

'Goed. Eh… nogmaals sorry van gisteravond. Ik verheug me op volgende week.'

'Hmmm… nog een fijne dag verder. Dag, Bette.'

'Dag, Pen. Ik spreek je snel weer.'

17

Als je zevenentwintig bent en de telefoon gaat midden in de nacht, ben je over het algemeen eerder geneigd te denken dat het een dronken kerel is die je wil uitnodigen om 'gezellig langs te komen' dan een ramp die met je werk te maken heeft en die je leven voorgoed zal veranderen. Maar niet de nacht voor het BlackBerry-feest. Toen mijn mobiele telefoon om halfvier keihard overging, wist ik met absolute zekerheid dat ik in actie zou moeten komen.

'Spreek ik met Betty?' vroeg een oudere dame zodra ik mijn telefoon had opengeklapt.

'Hallo? Met wie spreek ik? Ja, met Bette,' zei ik, nog slaperig, ook al had ik het voor elkaar gekregen kaarsrecht te gaan zitten, met een pen in de aanslag.

'Betty, met Mrs. Carter,' klonk een vrouwenstem.

'Sorry, kunt u dat nog eens herhalen?'

'Mrs. Carter.' Stilte. 'De moeder van Jay-Z.'

Aha! 'Hallo, Mrs. Carter.' Ik dacht aan de indeling van de genodigden voor het feest: Mrs. Carter was de enige op de lijst met een verwijzing naar de categorie 'moeder van celebrity'.

'We zijn zeer vereerd dat uw zoon en zijn *posse*... eh, vrienden morgen onze gast zullen zijn. Iedereen kijkt er erg naar uit!' zei ik, en ik feliciteerde mezelf in stilte met de zogenaamde oprechtheid die ik in mijn eigen stem hoorde.

'Ja, liefje, daar bel ik voor. Het is toch niet te laat, hoop ik? Ik nam aan dat een belangrijke partyplanner zoals jij rond middernacht nog wel op zou zijn, maar ik heb me toch niet vergist?'

'Eh, nee hoor, helemaal niet. Ik zit natuurlijk in New York en hier is het halfvier 's nachts, maar dat geeft helemaal niets, hoor. U mag me altijd bellen. Is er iets aan de hand?' *Alsjeblieft niet! Zeg dat het niet zo is!* Ik vroeg me af wat ik nog zou kunnen toevoegen aan de cheque van 100.000 dollar, de penthousesuites in Hotel Gansevoort en de business-classtickets die we hadden geboekt voor Jay-Z, zijn moeder, zijn superstarvriendin en negen van zijn beste vrienden. Toen ik vroeg waar ze eigenlijk hotelkamers voor nodig hadden – omdat ik wist dat Jay-Z een kast van een huis had in New York – had zijn moeder alleen maar lachend geantwoord: 'Boek ze nou maar gewoon.' Daarna had ik geen vragen meer gesteld...

'Liefje, mijn jongen belde net om te zeggen dat hij niet begrijpt waarom we morgen zo'n vroege vlucht moeten nemen. Hij hoopte dat je een latere zou kunnen boeken.'

'Een latere vlucht?'

'Ja, een vlucht die later aankomt dan...'

'Ik snap wel wat u bedoelt,' zei ik iets te fel. 'Alleen begint het feest om zeven uur en zoals het er nu bijstaat, landen jullie om twee uur. Als we het nog later maken, is er een kans dat jullie niet op tijd komen.'

'Daar kom je vast wel uit, liefje. Ik moet nu echt gaan rusten voor de grote reis morgen – van LA naar New York vind ik altijd dodelijk vermoeiend – maar fax me de bevestiging maar even door als alles rond is. Toedeloe!' En ze hing op voordat ik nog één woord kon zeggen.

Toedeloe? Toede-fucking-loe? Ik smeet mijn telefoon tegen de muur en voelde geen enkele bevrediging toen hij een zwak piepje voortbracht voordat het klepje van de batterij eraf viel en het schermpje op zwart ging. Millington had haar kop onder mijn hoofdkussen gestopt in de hoop aan mijn toorn te kunnen ontsnappen. Ik vroeg me af of ik al te oud was om nog zwaar verslaafd te raken aan tranquillizers. Of pijnstillers. Of allebei. Godzijdank waren de luchtvaartmaatschappijen de hele nacht open. Ik belde American Airlines met mijn vaste toestel voordat ik nog meer van mijn eigen bezittingen kon beschadigen.

De telefoniste die opnam klonk net zo moe en getergd als ik me voelde, en ik zette me schrap voor een ongetwijfeld lastig gesprek.

'Hallo, ik heb een heel vervelende vraag. Ik heb een vlucht geboekt voor twaalf personen, om acht uur, van LAX naar JFK, maar nu wil ik vragen of ik die zou kunnen omboeken naar een iets later tijdstip.'

'Naam!' blafte ze, niet ongeïnteresseerd, zoals ik had verwacht, maar ronduit agressief. Zou ze 'per ongeluk' de verbinding verbreken, zoals me de laatste tijd zo vaak overkwam wanneer ik iets vroeg waarvoor mensen eens een keer serieus aan het werk moesten?

'Eh, de reservering staat op naam van Gloria Carter. Ze vliegen business class.'

Er viel een beladen stilte en toen zei ze: 'Gloria Carter? Toch niet dé Gloria Carter, de moeder van Jay-Z?'

Het was me een raadsel hoe mensen zulke dingen wisten, maar ik voelde dat ik hier gebruik van zou kunnen maken en sloeg meteen toe. 'Inderdaad. Hij vliegt naar New York voor een optreden, met een paar vrienden en zijn moeder. Mocht je in New York werken en dit voor me kunnen regelen, dan ben je van harte welkom om vanavond ook te komen.'

Ze ademde hoorbaar uit en zei: 'Dat méén je niet! Echt? Ik zit zelf helaas in een callcenter in Tampa, maar mijn broer woont in Queens en ik weet zeker dat hij heel graag zou willen gaan.'

'We zullen eerst eens kijken of we die vlucht kunnen omboeken. Ze mogen niet te laat komen – misschien een uurtje of twee later, hooguit. Is de vlucht meestal op tijd?'

'Meid, LAX naar JFK is nooit op tijd.' Ik kromp ineen. 'Maar ook nooit véél te laat. Ik heb hier een vlucht die om tien uur vertrekt in Los Angeles en om vier uur in Newark is. Heb je daar wat aan?'

'Ja, dat zou heel fijn zijn. Heb je daar nog twaalf vrije stoelen voor dan?' vroeg ik hoopvol, terwijl ik bedacht dat deze vrouw toch wel eens een reddende engel zou kunnen zijn.

Ze lachte. Kakelend. Duidelijk een slecht teken. 'Ja, ik heb nog wel twaalf stoelen, maar niet allemaal in de business class. Het beste wat ik voor je kan doen is vier business, zes first class en twee in economy. Je zult natuurlijk het verschil moeten bijbetalen voor de

first-classplaatsen, dat komt op... even kijken... een totaalbedrag van 17.000 dollar, is dat een bezwaar?'

Nu was het mijn beurt om kakelend te lachen. Niet dat het grappig was of zo, maar het enige alternatief was huilen. 'Heb ik iets te kiezen?' vroeg ik gedwee.

'Helemaal niks,' zei ze, en het leek er verdacht veel op dat ze ervan genoot. 'En je moet snel beslissen, want er is net weer een plek in de business class verdwenen.'

'Doen!' gilde ik bijna. 'Doe het maar, nu meteen.'

Ik gaf haar het nummer van mijn zakelijke creditcard, met in mijn achterhoofd de gedachte dat het beter was dan tegen Mrs. Jay-Z zeggen dat er geen latere vlucht was en daarmee riskeren dat ze helemaal niet kwamen. Daarna kroop ik terug onder de dekens.

Toen mijn wekker een paar uur later keihard begon te kraken en ruisen voelde ik me alsof ik de hele nacht op een betonnen vloer had gelegen. Godzijdank had ik mijn kleding voor het feest de vorige avond al in een aparte tas ingepakt, zodat ik er alleen maar voor hoefde te zorgen dat ik mijn ogen openhield onder de douche.

Als er ooit een moment was om mezelf te trakteren op een taxi, was dit het wel. Ik moest er een halve straat achteraan rennen voordat ik op de achterbank kon duiken. Nu ik niet diep onder de grond in de metro zat zonder bereik, kon ik meteen de dagelijkse websites bekijken op mijn gloednieuwe BlackBerry, een cadeautje van het bedrijf om 'vertrouwd te raken met hun product'. Ik haalde artikeltjes binnen over de première van *Shrek 3*, de lancering van Voxwodka en natuurlijk de *New York Scoop*-column over Philip en mij – en mijn broekpak.

Natuurlijk kwam de taxi al na drie straten muurvast te zitten in het verkeer en natuurlijk besloot ik – tegen het advies van de chauffeur in – om koste wat het kost in de lekker warme auto te blijven zitten, hoe hoog de meter ook opliep en hoe lang het ook duurde om drie kilometer stadspanorama af te leggen. Ik moest het lijstje voor het BlackBerry-feest nog nalopen. Met een zak kaneelsnoepjes en een sigaret in mijn hand (ik had toestemming van de chauffeur) keek ik op mijn telefoon of Mrs. Jay-Z de afgelopen vier uur nog had gebeld. Tot mijn opluchting was dat niet het geval – maar Penelope ook niet, en dat vond ik verontrustend. Mijn pogingen om uit te leggen dat het anders was gegaan dan zij dacht, dat Philip zomaar was opgedoken en dat ik geen ingewikkeld verhaal had verzonnen om onder haar etentje uit te komen, hadden míj al zwak en zielig in de oren geklonken, en ik kon me voorstellen dat

206

het verhaal voor Penelope nog ongeloofwaardiger moest zijn. Het ergste was nog wel dat Avery en zij hun vliegtickets hadden omgeruild en ze die avond al zouden vertrekken. Ik begreep niet waarom ze zo'n haast hadden – vooral niet omdat Avery's studie pas over meer dan een maand begon – maar waarschijnlijk had het iets te maken met zijn wens om zich zo snel mogelijk te kunnen aansluiten bij het partycircuit van de westkust. En het feit dat Penelope er alles voor overhad om Thanksgiving niet te hoeven doorbrengen met haar ouders of haar toekomstige schoonouders. Haar moeder had haar eigen huishoudelijke personeel aan Penelope uitgeleend om de dozen en koffers op te halen en te versturen, dus Avery en Pen vlogen vanaf JFK met niets anders dan hun handbagage en elkaar. Michael ging ze uitzwaaien, maar voor mij was dat natuurlijk totaal geen optie.

Er was alleen een sms'je van Kelly, om me eraan te herinneren dat ik mijn bijgewerkte checklist die ochtend meteen op haar bureau moest leggen, zodat we eventuele last-minute aanpassingen samen konden doornemen. Ik vouwde de inmiddels verkreukelde vellen papier open en trok met mijn tanden de dop van de pen. Het leek me wel genoeg om er die laatste minuten in de taxi een beetje naar te staren, bovendien zou ik nog ruim de tijd hebben voordat Kelly kwam, en op dat moment was het het belangrijkste om Jay-Z en zijn gevolg te laten weten dat de vlucht was omgeboekt en er ook nog eens voor te zorgen dat ze zonder problemen aan boord gingen.

Een vluchtige blik op de *Dirt Alert* leverde voor de verandering goed nieuws op. Page Six had zich aan de afspraak gehouden en over mijn feest geschreven, op zo'n manier dat het exclusief, opwindend en vooral heel, heel cool overkwam:

We hebben gehoord dat Jay-Z vanavond de verrassingsact zal zijn op het feest in Bungalow 8, ter ere van de introductie van het nieuwe model BlackBerry. Bette Robinson van Kelly & Company wilde het niet bevestigen, maar ingewijden beweren dat de vriendschap van haar vriend Philip Weston met de rapper garandeert dat hij de geheimzinnige gast is. Over Weston hebben we nog een ander interessant nieuwtje: hij is zaterdag met een aantal vrienden gezien op een gekostumeerd feest, waar zij het érg gezellig hadden met een paar Braziliaanse modellen, van wie de jongste slechts veertien jaar was.

Ik had niet tevredener kunnen zijn wanneer ze hadden vermeld via welke website de lezers de nieuwe BlackBerry konden bestellen: alle belangrijke punten, van de naam van ons bedrijf tot de vermelding van BlackBerry en de speculaties over het gastoptreden waren precies volgens mijn verzoek, en ik wist dat Kelly uit haar dak zou gaan als ze het zag. Ik gaf mezelf een schouderklopje voor deze publiciteit en dacht terug aan een van de lesjes van Elisa.

'Denk erom: er is een groot verschil tussen een primeur en een gunst,' had ze een keer op kantoor gezegd toen de tafel helemaal vol lag met uitgeprinte artikelen uit de roddelrubrieken.

'Hè? Hoe bedoel je?'

'Kijk hier maar eens.' Ze wees op de uitspraken van een styliste op een filmset die als eerste had gemerkt dat de kostuums van Julia Roberts uitgelegd moesten worden omdat ze zwanger zou zijn. Page Six had de styliste als eerste gesproken. 'Is dit een primeur of een gunst?' vroeg Elisa.

'En dat vraag je aan mij?'

'Bette, die dingen moet je weten. Hoe kun je anders onze klanten de publiciteit bezorgen waarvoor ze ons betalen?'

'Ik weet het niet... Een primeur?' gokte ik.

'Juist. En waarom?'

'Elisa, ik geloof best dat dit belangrijk is, maar ik weet het antwoord niet. Als je het me nou gewoon vertelt in plaats van er een quiz van te maken, zal dat ons waarschijnlijk een hoop tijd besparen,' zei ik grinnikend.

Ze sloeg theatraal haar ogen ten hemel en zei: 'Als je goed kijkt, zie je dat er een verschil is tussen primeur en gunst. Een smeuïge, enigszins schandalige onthulling is een primeur. Een stukje over de aanwezigheid van een celebrity op een feestje of een openbare gelegenheid is een gunst. Je kunt niet van de columnisten verlangen dat ze je altijd gunsten te verlenen zonder hun een keer een primeur te geven. Informatie is een ruilmiddel, en hoe meer je daarvan hebt, hoe meer gunsten je krijgt.'

'Dus volgens jou wilde een pr-medewerkster in dit geval dat de naam van haar cliënte werd genoemd in de column en heeft ze in ruil daarvoor deze informatie verstrekt?' Het klonk ontzettend ranzig, maar er zat wel wat in.

'Precies. De pr-dame heeft die styliste persoonlijk aangedragen bij Page Six, waarna ze haar eisen kon stellen over een ander artikel.'

Nou, dat kon niet moeilijk zijn. Misschien was het interessant voor Page Six dat een paar van de meest begeerde vrijgezellen van New York zich hadden omringd met Braziliaanse fotomodelletjes die niet alleen minderjarig waren, maar die zelfs de komende jaren niet zonder hun ouders naar de meeste bioscoopfilms zouden mogen. En inderdaad, daar bleken ze in geïnteresseerd te zijn, en toen ik vervolgens op de proppen was gekomen met de gebruikelijke 'Tip Sheet' die we altijd voor de pers samenstelden – en fax met alle informatie voor iedereen die over onze evenementen wilde schrijven – hadden ze belangstelling getoond om ook het BlackBerry-feest te vermelden. Hmm, dat was toch niet moeilijk? Het was moreel verwerpelijk en gespeend van alle integriteit, absoluut, maar moeilijk was het niet.

Tegen de tijd dat Kelly om negen uur op kantoor verscheen, had ik de checklist af en drie keer de fax over de nieuwe vlucht nagekeken die was verstuurd naar Jay-Z's aanhang, zijn moeders aanhang en zijn pr-bureau, zijn agent, zijn manager en een stuk of vijf andere medewerkers. Ik liep om tien over negen Kelly's kantoor in met een map vol roosters, contactinformatie en reserveringsnummers en nam plaats op de loveseat met zebraprint voor het raam.

'Is alles geregeld voor vanavond, Bette?' vroeg ze terwijl ze snel door haar inbox scrolde en intussen een liter cola light wegklokte. 'Zeg me dat alles goed geregeld is.'

'Alles is prima geregeld,' zei ik opgewekt, en ik hield de *Post* voor haar neus. 'Buitengewoon, zelfs. Kijk maar.'

Ze liet haar blik gretig over het artikeltje gaan en haar glimlach werd breder bij ieder woord dat ze las. 'O, mijn god,' mompelde ze, en ze slikte haar mondvol cola nog net op tijd door. 'O, mijn god, o, mijn god, o, mijn god. Is dit jouw werk?'

Ik had bijna een rondedansje gemaakt op het hoogpolige zebratapijt. 'Inderdaad,' zei ik zachtjes, vol zelfvertrouwen, al maakten mijn ingewanden een sprongetje van opwinding.

'Hoe heb je dat voor elkaar gekregen? Ze schrijven nooit vooraf al over een feest.'

'Laten we zeggen dat ik goed geluisterd heb naar Elisa's waardevolle les over de begrippen primeur en gunst. Ik verwacht dat ze bij BlackBerry heel tevreden zullen zijn, denk je niet?'

'Fantástisch, Bette! Onvoorstelbaar.' Ze las het voor de derde keer en pakte de telefoon. 'Fax dit onmiddellijk door naar meneer Kroner van BlackBerry. Zeg maar dat ik hem dadelijk bel.' Ze hing op en keek me aan. 'Goed, het begin is perfect. Nu wil ik weten hoe het er verder bij staat.'

'De Tip Sheets zijn tien dagen geleden verstuurd naar de gebruikelijke dag- en weekbladen.' Ik gaf haar een exemplaar en ging door terwijl ze het bekeek. 'Er zijn bevestigingen binnengekomen van diverse auteurs en redacteuren van *New York*, *Gotham*, *The Observer*, *E!* en *Entertainment Weekly*. Verder heb ik een paar mensen van de maandbladen op verzoek een uitnodiging gestuurd om een gebaar te maken, ook al zullen ze nooit over het feest schrijven.'

'En de *Daily News*?' vroeg ze. Dat was een van de kranten die pasgeleden de column van Will hadden laten vallen, en ik voelde me een verrader omdat ik er alleen al contact mcc had opgenomen.

'Nog geen reactie, maar het zou me enorm verbazen als er niet iemand kwam, dus heb ik de portiers opdracht gegeven iedereen binnen te laten die een perskaart van de legitieme media kan overhandigen.'

Ze knikte. 'Over portiers gesproken: we hebben toch wel een uitsmijter, hè? Ik wil niet dat die lui van Grey Goose zomaar allerlei mensen meebrengen.'

Dat was nogal een heikel punt. Grey Goose had zich aangeboden als sponsor en had voor duizenden dollars drank geleverd in ruil voor de vermelding van hun logo op de uitnodigingen en de aandacht van de pers. Ze zeiden dat ze begrepen dat we geen gasten konden binnenlaten die niet vooraf waren geselecteerd en op de lijst waren gezet, maar sponsors hadden er een handje van om tientallen vrienden en zakenrelaties mee te brengen, omdat ze het ook als hún feest beschouwden. Ik had de kwestie met Sammy besproken – overbodig, want hij had dit honderden keren aan de hand gehad en kende het klappen van de zweep – en hij had me verzekerd dat het geen probleem zou zijn.

'Iedereen doet zijn best om ervoor te zorgen dat dat niet zal gebeuren. Sammy is de beste en meest ervaren uitsmijter van Bungalow en hij staat vanavond aan de deur. Ik heb het er al met hem over gehad.' *Terwijl ik ervan droomde het collageen uit de lippen van zijn vriendin te laten lopen*, dacht ik, maar dat was een ander verhaal.

Anders dan Elisa wist Kelly bij het horen van zijn naam meteen over wie ik het had. 'Uitstekend. Hij leek me altijd wel intelligent, althans voor een uitsmijter. Welke vips komen er zeker?'

'Nou, natuurlijk Jay-Z met aanhang. Hij heeft ons verzocht een heleboel mensen van zijn platenmaatschappij uit te nodigen, maar de meesten hebben niet gereageerd. Ik verwacht dus niet dat er veel hen van zullen komen. Verder hebben we bevestigingen van Chloe Sevigny, Betsey Johnson, Drew Barrymore, Carson Daly, Andy

Roddick, Mary-Kate en Ashley en tot slot Jon Stewart. Plus van een handjevol toppers uit de beau monde. En ik verwacht er nog meer. Als er zo'n groot artiest optreedt in een kleine zaal... Het zou me verbazen als we niet onaangekondigd bezoek kregen van Gwen of Nelly of anderen die toevallig in de stad zijn. De portiers zijn op de hoogte.'

'Wie had de eindbeoordeling over de gastenlijst?'

'Ik heb hem doorgenomen met Philip en Elisa en tot slot laten goedkeuren door meneer Kroner van BlackBerry. Hij was zeer, zeer tevreden met de verwachte aanwezigen.'

Ze dronk haar fles cola light leeg en pakte meteen een nieuwe uit het koelkastje onder haar bureau. 'En verder? Aankleding van de zaal, cadeautjes voor de gasten, interviews, wie rapporteert aan wie?'

Ik voelde dat het eind van het gesprek naderde, tot mijn grote vreugde; niet alleen omdat ik snakte naar een kop koffie en misschien een tweede broodje ei-kaas, maar omdat ik wist dat ik het feest goed georganiseerd had en dat Kelly onder de indruk was. Ik had er hele dagen aan gewerkt sinds ik de opdracht in de schoot geworpen had gekregen, en al zag ik in hoe belachelijk het eigenlijk allemaal was, ik vond het ook leuk. Ik was bijna vergeten hoe het voelde om keihard te werken en iets te presteren, maar het was verdomd lekker.

'We hebben Samantha Ronson als deejay en ze weet dat we alleen *upbeat* muziek willen. Bungalow heeft zelf voor de aankleding gezorgd, met de instructies om het minimaal, chic en heel, heel eenvoudig te houden. Ik ga vanmiddag even kijken, maar ik verwacht alleen wat strategisch geplaatste groepjes kaarsen en natuurlijk hun van onderaf verlichte palmbomen. Maar waarschijnlijk kijkt iedereen toch alleen maar naar de vele modellen die er komen.'

Bij het woord 'modellen' leefde Kelly weer helemaal op. 'Hoeveel? Wie?' vroeg ze met de efficiëntie van een sergeant in het leger.

'Ik heb zoals gewoonlijk alle topmodellen uitgenodigd als gast en we hebben gebruikgemaakt van dat nieuwe bureau, hoe heet het ook alweer? Beautiful Bartenders. Die zetten acteurs en fotomodellen in als barkeeper en serveerster. Ik heb ze twee weken geleden aan het werk gezien op een Calvin Klein-feest en meteen een aantal mannen gereserveerd, met de vermelding dat ze allemaal lang haar moeten hebben en van top tot teen in het wit moeten komen. Ze zijn geweldig; je zet er echt een statement mee neer.' *Kwam dat echt over mijn lippen?*

211

'Verder stellen de stagiaires op dit moment de cadeaupakketten voor de gasten samen. Vliegtuigflesjes Skyy, lippenstift en oogschaduw van MAC, het laatste nummer van *US Weekly*, een kortingsbon van dertig procent van Barney's en een zonnebril van Kate Spade.'

'Ik wist niet eens dat Kate Spade ook zonnebrillen maakt,' zei ze. Ze had de tweede fles cola nu bijna leeg.

'Ik ook niet. Daarom wilde ze ze ook schenken voor de cadeaupakketten.' Toen Kelly maar door bleef drinken, besloot ik het af te ronden. 'Dat is het zo'n beetje. Ik heb nog even contact opgenomen met Kroner en hij weet precies waarover hij wel en niet moet praten tegen de pers, en verder ben ik er natuurlijk de hele avond om alles in de gaten te houden. Al met al verwacht ik dat alles op rolletjes zal lopen. O ja, ik heb Philip gesproken en ik geloof dat hij wel inziet dat hij als gastheer beter geen hele flessen wodka kan drinken, naar piepjonge meisjes loeren of openlijk drugs gebruiken. Ik kan niks garanderen, maar ik verzeker je dat hij in ieder geval op de hoogte is van de regels.'

'Ach, we gaan allemaal voor de lol naar het feest, hè? Als Philip plezier wil maken, zullen we daar niet te moeilijk over doen. Als je de pers dan maar uit zijn buurt houdt, begrepen?'

'Natuurlijk.' Ik knikte ernstig en vroeg me intussen af hoe ik de columnisten en fotografen uit de buurt zou kunnen houden van degene voor wie ze kwamen. Dat was van later zorg, besloot ik. 'En Kelly? Het spijt me verschrikkelijk, van al die verhalen in de *New York Scoop*. Het lijkt wel of ik een schietschijf op mijn rug heb, alleen omdat ze denken dat ik iets met Philip Weston heb. Als ik paranoïde was, zou ik nog denken dat die Ellie Insider iets tegen me had.'

Ze keek me heel vreemd aan, met iets van medelijden op haar gezicht, en ik vroeg me af of al die columns haar toch niet meer irriteerden dan ze wilde toegeven. Kelly had steeds mijn verontschuldigingen en verwijzingen naar de artikelen weggewuifd en gezworen dat iedere associatie met Philip Weston meegenomen was en dat het bedrijf er alleen maar meer bekendheid door kreeg – ook al had ik bijna een maagzweer opgelopen van de zenuwen over iedere nieuwe column – maar misschien kreeg ze er genoeg van. Nou, ze was niet de enige.

'Bette, ik moet je iets vertellen,' zei Kelly langzaam. Ze pakte een nieuwe plastic literfles cola light uit haar koelkastje.

Ik hoorde aan haar toon dat dit geen goed nieuws zou zijn. Nou komt het, dacht ik. Nu word ik ontslagen voor iets waar ik geen invloed op kan uitoefenen. Zo te zien gaat het haar vreselijk aan het hart dat ze dit moet doen. Per slot van rekening is ze altijd heel loyaal geweest ten opzichte van Will. Maar ze moet wel, ze heeft geen keus. In een wereld waar alles draait om de manier waarop je dingen presenteert aan de pers, heb ik jammerlijk gefaald. Het is haar plicht om me te ontslaan, ze kan niet anders: zij heeft dit bedrijf van de grond af opgebouwd en ik kom zomaar binnenwalsen en werp er een smet op. Hoe moet ik het Will vertellen? Of mijn ouders? Ik zat in gedachten al uit te rekenen hoeveel tijd het me zou kosten om mijn cv bij te werken en op zoek te gaan naar een andere baan, toen Kelly nog een slok nam en haar keel schraapte.

'Bette, beloof me dat wat ik je dadelijk ga vertellen absoluut onder ons blijft.'

Ik ademde opgelucht uit. Dat klonk niet als het begin van een ontslagtoespraak.

'Natuurlijk,' zei ik haastig en gretig. 'Als ik er niet over mag praten, praat ik er natúúrlijk niet over.'

'Ik heb laatst geluncht met een vrouw van Polo Ralph Lauren. Dat bedrijf wil ik heel graag binnenhalen als klant – het zou onze grootste en indrukwekkendste tot nu toe zijn.'

Ik knikte en ze ging verder.

'Daarom is het van het grootste belang dat je dit niet doorvertelt. Als het uitlekt – als jij het aan iemand vertelt – weet ze dat het van mij afkomstig is en dan kunnen we het schudden.'

'Dat begrijp ik,' zei ik plechtig.

'Het gaat over de *New York Scoop*…'

'Ellie Insider, bedoel je?'

Kelly keek me aan. 'Ja. Zoals je weet, is dat een pseudoniem. Ze heeft er alles aan gedaan om haar ware identiteit geheim te houden, zodat ze zich vrij onder de mensen kan begeven en met iedereen kan praten zonder dat ze iets in de gaten hebben. Ik weet niet of de naam je iets zegt, maar de column wordt geschreven door ene Abigail Abrams.'

Vraag me niet hoe, maar een fractie van een seconde voordat ze de naam noemde wist ik dat het Abby was. Ik had er geen moment bij stilgestaan dat de columniste iemand zou kunnen zijn die ik kende, maar op de een of andere manier, in die korte flits, wist ik zeker dat Kelly Abby's naam zou noemen. Toch had dat besef me niet op de schok kunnen voorbereiden, en ik kon Kelly alleen maar aanstaren, met mijn handen onder mijn bovenbenen geklemd en met hetzelfde benauwde, ademloze gevoel dat ik had gehad toen er op de lagere school tijdens de gymles keihard een rubberen bal tegen mijn buik was geknald en ik geen lucht meer kreeg. Hoe had ik zo stom kunnen zijn? Maar hoe had ik het moeten weten? Ik hapte naar adem en probeerde het nieuws te verwerken. Al die vreselijke dingen die er over me waren geschreven – zwaar overdreven, vol verkeerde conclusies en pure leugens – waren afkomstig van niemand minder dan Abby, in haar eigen woorden de 'vortex' van de mediawereld. Wat heb ik haar in godsnaam misdaan? bleef ik maar denken, steeds opnieuw. Waarom? Waarom? Waarom? Natuurlijk, we hadden elkaar nooit gemogen, dat was duidelijk. Maar wat had haar ertoe aangezet mijn leven te verwoesten? Wat had ik haar misdaan?

Kennelijk had Kelly mijn shock geïnterpreteerd als onwetendheid, want ze zei: 'Nee, de naam zei mij ook niets. Waarschijnlijk is het een of andere onbenul die het heel handig speelt – als niemand je kent, zal ook niemand je verdenken. Die vrouw bij Ralph Lauren is haar schoonzusje en ik heb moeten zweren dat ik mijn mond zou houden. Ik had het gevoel dat ze het graag aan iemand kwijt wilde. Of misschien stelt ze mijn discretie op deze manier op de proef, maar dat doet er niet toe. Geen woord, tegen niemand, maar mocht je haar tegen het lijf lopen, dan zorg je ervoor dat ze de júíste foto's of informatie toegespeeld krijgt.'

Ik had in eerste instantie gedacht dat Kelly de identiteit van de columniste onthulde om ervoor te zorgen dat ik haar zorgvuldig kon mijden, maar dat was duidelijk niet haar bedoeling.

Ze ging verder: 'Nu kun je haar allerlei informatie toespelen – heel nonchalant, zodat ze denkt dat ze een primeur heeft – en op die manier kunnen we de publiciteit voor onze cliënten nog beter sturen.'

'Klinkt goed,' zei ik schor. Ik kon bijna niet wachten tot ik weg zou kunnen uit dat kantoor om ieder woord dat Abby had geschreven nog eens te lezen. Waar haalde ze het allemaal vandaan? Ik bedacht bitter hoe ze zich gevoeld moest hebben toen ze op een goudmijntje was gestuit, die eerste avond bij Bungalow toen ik Philip had ontmoet. Nu vielen de puzzelstukjes natuurlijk allemaal op hun plaats: ze was de laatste tijd overal geweest, was overal onverwacht opgedoken met een valse opmerking of een sarcastische blik.

'Oké, dat weten we dan. Maak je er maar niet al te druk om en concentreer je op vanavond. Het wordt fantastisch, denk je ook niet?'

Ik mompelde een paar keer 'fantastisch' en schuifelde Kelly's kantoor uit. Ik had nu al fantasieën waarin ik Abby ermee confronteerde. Er waren duizenden mogelijkheden en ze klonken allemaal

214

even verrukkelijk. Pas toen ik weer aan de ronde tafel zat en mijn laptop had opgestart, besefte ik dat ik helemaal niks kon doen. Niemand mocht weten dat ik op de hoogte was, en Abby al helemaal niet.

Ik moest me concentreren. Nadat ik het Page Six-artikeltje had uitgeknipt en op de gemeenschappelijke ronde tafel had geplakt, logde ik in om te kijken of Jay-Z's toestel op tijd uit New York vertrokken was, wat de kans dat de vlucht op tijd in LA zou arriveren én vertrekken aanzienlijk vergrootte. Zag er goed uit. Ik gaf twee stagiaires de opdracht om met twee auto's naar het vliegveld te rijden en zijn komst af te wachten. Dat was op zich niet nodig, want Hotel Gansevoort stuurde twee verlengde limousines om het gezelschap af te halen, maar ik wilde een persoonlijke bevestiging dat hij was aangekomen én in de auto gestapt; ik wilde dat er iemand was die kon ingrijpen, mocht hij onderweg afgeleid worden. Een kort telefoontje naar Sammy – wees stil, mijn hart – bevestigde dat alles vlekkeloos verliep. Nu mijn lijstje was afgewerkt, probeerde ik iedere gedachte aan Abby's rotstreek uit mijn hoofd te zetten. De middag liep ten einde en ik hoefde alleen nog maar... nee, helemaal niets meer.

18

Het vliegtuig van Jay-Z kwam niet alleen op tijd, het landde zelfs een paar minuten vroeger dan gepland. Hij was beleefd en voorkomend. Bijna iedereen die de uitnodiging had aangenomen kwam ook daadwerkelijk op het feest, en wonder boven wonder waren degenen die op het laatste moment onaangekondigd aan de deur verschenen allemaal mensen van wie ik toch al graag had gewild dat ze op het feest zouden komen. Meneer Kroner van BlackBerry zat de hele avond met zijn zakenrelaties aan een tafeltje en we hadden ervoor gezorgd dat het bordje GERESERVEERD prominent in het zicht stond en dat er een gestage stroom mooie meisjes langskwam om hen te begroeten.

Philip verbaasde me nog het meest – in positieve zin. Ik was als de dood geweest dat hij met zijn dronken kop iets zou uithalen wat gênant was voor mij of het bedrijf, maar hij had zich keurig gedragen en zijn neus niet in de coke of iemands decolleté begraven – in ieder geval niet voor het oog van de fotografen, en daar ging het om. Ik had wel honderd keer geprobeerd hem te waarschuwen dat hij als gastheer voor iedereen aardig moest zijn, maar mijn angst was totaal ongegrond geweest. Vanaf het moment dat hij binnenkwam had hij het fantastisch gedaan. Hij maakte zijn ronde langs de verschillende groepjes, schudde mensen de hand, knikte wijs mee met de zakentypes, bestelde shooters voor de bankiers en miniflesjes champagne voor de fotomodellen en sloeg met de charme van Bill Clinton joviaal de celebrity's op de rug. Hij slenterde glimlachend rond en voerde moeiteloos gesprekken, en ik zag mannen én vrouwen voor hem vallen. Het was meteen duidelijk waarom de roddelbladen hem op de voet volgden en waarom alle vrouwen in zwijm vielen zodra hij zijn aandacht op hen richtte. Babbelen en grapjes maken ging hem zo gemakkelijk af dat andere mensen de indruk kregen dat het geluid van alles en iedereen zachter werd gezet zodra Philip Weston in de buurt was. Mensen genoten van zijn aanraking en zijn aanwezigheid, en ik merkte dat ik me liet meevoeren door zijn energie. Ik kon niet ontkennen dat ik me op een bizarre manier tot hem aangetrokken voelde.

De enige potentiële ramp diende zich aan toen de vlucht van Samantha Ronson uit Londen geannuleerd werd en we zonder deejay kwamen te zitten. Precies op dat moment kreeg ik een telefoontje van de pr-dame van Jake Gyllenhaal, met het verzoek of we hem voor die avond op de vip-lijst konden zetten. Ik had pas een artikel gelezen over doe-het-zelfdeejays en ik vroeg aan Jake en de andere vips die zouden komen of ze hun iPod wilden meebrengen om allemaal een uurtje te draaien na het twintig minuten durende optreden van Jay-Z. Het was een groot succes; alle grote namen brachten een iPod vol persoonlijke favorieten mee en de 'gewone' feestgangers vonden het geweldig om te weten wat het lievelingsnummer van Jerry Seinfeld was. Alles verliep probleemloos. Geen ruzie om de cadeaupakketten, geen vechtpartijen aan de deur en eigenlijk helemaal geen ongewenst drama dat kon afleiden van de boodschap die we wilden overbrengen; iedereen die ook maar een béétje jong, hip, *urban* of cool is, komt naar het feest van BlackBerry, dus dat moet wel betekenen dat BlackBerry zelf ook jong, hip, urban en cool is. Dus moet jij, wie je ook bent en waar je ook over dit fantastische feest leest, ook een BlackBerry hebben, want dan word jij ook jong, hip, urban en cool.

Al met al was het feest een enorm succes. Kelly was tevreden, de klant was dolgelukkig (al voelde hij zich de volgende dag enigszins opgelaten en had hij een enorme kater; meneer Kroner was het blijkbaar niet gewend om vol overgave aan de drank te gaan) en de fotografen hadden *klik, klik, klik*, plaatjes geschoten van zo'n beetje alle celebs die onze roulerende groep stagiaires en coördinatoren hun voor de voeten hadden geschoven. En dan was er nog het effect dat het feest op mijn liefdesleven had.

Toen het even wat minder druk was, sloop ik naar buiten met het gebruikelijke smoesje dat ik een sigaret wilde roken. Sammy stond weer een beduimelde paperback te lezen: *Empire Falls* van Richard Russo.

'Heb je het naar je zin?' vroeg hij toen hij me een vuurtje gaf. Ik vouwde mijn handen om zijn aansteker om het vlammetje uit de wind te houden en kreeg vlinders in mijn buik toen mijn huid de zijne raakte. Was het lust, liefde of waren het gewoon de eerste tekenen van longkanker? Op dat moment deed het er niet toe.

'Tot mijn grote verbazing wel, ja,' zei ik lachend, en opeens had ik het gevoel dat het allemaal goed zou komen. 'Als je me een paar maanden geleden had verteld dat ik een party zou organiseren in Bungalow met een optreden van Jay-Z, zou ik gedacht hebben dat je aan de drugs was. Ik had de pest aan mijn werk bij de bank. Ik was min of meer vergeten hoe het voelde om iets goed te wíllen doen.'

'Dit doet je duidelijk goed. Iedereen heeft het over je.'

'Over mij? Ik weet niet of ik daar zo blij mee moet zijn.'

Hij controleerde de namen van een paar meisjes op de gastenlijst en liet ze binnen. 'Nee, nee, alleen maar positieve dingen. Dat je dit allemaal goed geregeld hebt en dat je precies weet waar je mee bezig bent. Ik kan me niet herinneren wanneer we hier een party hebben gehad waar alles zo soepel verliep.'

'Echt waar?' Ergens wist ik wel dat dit een belachelijk gesprek was – we hadden het per slot van rekening over het organiseren van evenementen – maar toch was het fijn om te horen.

'Echt waar. De vraag is alleen of je het leuk vindt.'

'Nou, leuk is een groot woord, vind je ook niet?' Hij lachte, en ik moest letterlijk mijn handen in mijn jaszakken stoppen om mezelf ervan te weerhouden zijn gezicht vast te pakken. 'Het is heel wat anders dan het Vredeskorps, maar voorlopig bevalt het me wel.'

Zijn gezicht betrok meteen. 'Tja,' zei hij alleen maar.

'Wat ga je met Thanksgiving doen?' flapte ik eruit, zonder te beseffen dat het misschien klonk alsof ik hem mee uit vroeg, terwijl ik alleen maar van gespreksonderwerp wilde veranderen. 'Ga je nog ergens naartoe met je vriendin?' voegde ik er langs mijn neus weg aan toe, om te laten merken dat ik wist hoe de vork in de steel zat.

Hij keek me nog een keer ongemakkelijk aan en kromp zichtbaar ineen. De boodschap was duidelijk: ik had mijn grenzen overschreden.

'O, ik eh… Het was niet mijn bedoeling om…'

'Nee, geeft niet,' viel hij me in de rede, en hij leunde achterover tegen de deur alsof hij duizelig was. 'Het is alleen… Nee, dat ligt nogal ingewikkeld. Lang verhaal. Maar goed, ik ga dit weekend naar huis. Het gaat niet al te best met mijn pa en ik ben er al een paar maanden niet geweest.'

'Waar kom je vandaan?'

Hij keek me vragend aan, alsof hij iets van mijn gezicht probeerde te lezen, en zei toen zachtjes: 'Poughkeepsie.'

Ik zou niet geschokter zijn geweest als hij had gezegd dat hij geboren en getogen was in Laos. Hield hij me nou voor de gek? Was het een grapje? Was hij er op de een of andere manier achter gekomen waar ik vandaan kwam en wist hij dat ik dat weekend naar huis ging? Hij dacht zeker dat hij leuk was. Maar na een snelle blik op zijn gezicht – een lieve glimlach terwijl hij toekeek hoe ik deze informatie verwerkte – wist ik dat dat niet het geval was.

'Poughkeepsie, New York?' was alles wat ik kon uitbrengen.

'De enige echte.'

'Dat is maf, daar kom ik ook…'

'Ja, dat weet ik. Ik wist alleen niet of jij het ook wist. Ik ken je nog van vroeger,' zei hij zachtjes, en hij staarde 27th Street in, ogenschijnlijk helemaal nergens naar.

En natuurlijk kwam het toen allemaal naar boven. Niet dat er zo veel aanwijzingen waren geweest, maar ik had altijd het gevoel gehad dat ik hem ergens van kende. Die keer dat we op deze plek hadden gestaan en hij lachend had gezegd dat een van de meisjes die hij zojuist had binnengelaten wel een lesje hippie-chic kon gebruiken, omdat ze helemaal de verkeerde kaftan aanhad: hij had gezegd dat ze maar eens de stad uit moest om voorbeeld te nemen aan de profs. Die dag bij Starbucks toen hij op zijn achterhoofd had gekrabd en ik gezworen zou hebben dat ik dat gebaar vaker had gezien – maar toen had ik het niet kunnen thuisbrengen. Die allereerste avond, met het verlovingsfeest van Penelope, toen hij me niet binnen wilde laten en ik steeds het gevoel had gehad dat hij naar me stond te staren, alsof hij wachtte tot ik iets tegen hem zou zeggen. Het werd me nu allemaal heel duidelijk. Samuel Stevens, de jongen op de middelbare school die te knap voor woorden was. De jongen van wie iedereen had aangenomen dat hij homo was omdat hij groot, breed en mooi was en niet aan sport deed, maar die altijd nogal op zichzelf was geweest en die bij een paar bekende plaatselijke restaurants had gewerkt. De jongen die verwaand en arrogant overkwam toen wij nog tieners waren, te jong om te beseffen dat hij gewoon heel verlegen was, een einzelgänger, iemand die zich niet thuisvoelde in een van de vele kliekjes op school. De jongen die schuin tegenover me had gezeten bij handvaardigheid en altijd helemaal was opgegaan in het houten dienblad of de kauwgomballenautomaat die we moesten maken en die nooit had geflirt, ruzie gezocht, zitten slapen of fluisteren met zijn buurman. De jongen op wie ieder meisje gek op had moeten zijn, maar aan wie ze allemaal een hekel hadden omdat hij op de een of andere manier te hoog gegrepen was en hij altijd al vérder keek dan het idiote gedoe van de middelbare school en de sociale hiërarchie daar; hij leek zich niet bewust van de aanwezigheid van anderen. Ik rekende snel uit dat ik hem bijna twaalf jaar niet had gezien. Ik had in het eerste jaar gezeten en hij in het laatste toen we samen handvaardigheid hadden – houtbewerking, geloof ik – en daarna had hij zijn diploma gehaald en was hij verdwenen.

'Handvaardigheid van meneer Mertz, hè? In 1991.'

Hij knikte.

'Jezus, waarom heb je dat niet eerder gezegd?' vroeg ik, terwijl ik een nieuwe sigaret pakte en hem er ook een aanbood. Hij gaf mij eerst vuur voordat hij die van hem aanstak.

'Ik weet niet, dat had ik wel moeten doen. Ik zag dat jij geen flauw idee had wie ik was en ik vond het gek om er na een tijdje nog over te beginnen – en later was er al te veel tijd verstreken. Maar ik weet nog dat je altijd zat te schrijven terwijl de anderen aan het hakken en schuren waren. Brieven, dacht ik, vellen vol, en ik vroeg me altijd af hoe iemand zo veel te vertellen kon hebben. Wie was de gelukkige?'

Dat was ik bijna vergeten, van die brieven. Ik had er in geen jaren meer een geschreven. Het was gemakkelijker nu ik niet langer de stemmen van mijn ouders hoorde die me vroegen wat ik die dag voor goeds had gedaan voor de wereld. Ze hadden me brieven leren schrijven zodra ik oud genoeg was om een zin op papier te zetten en ik had het een geweldig idee gevonden om de wereld te verbeteren met pen, papier en een postzegel. Ik schreef brieven aan Congresleden, senatoren, president-directeuren, lobbyisten, milieuorganisaties en zo nu en dan aan de president. Elke dag tijdens het avondeten bespraken we een of ander groot onrecht en dan schreef ik de dag erna mijn brief, waarin ik uiteenzette hoe verontwaardigd ik was over de doodstraf, ontbossing, de macht van de olieproducerende landen, anticonceptie voor tieners of de strenge immigratiewetten. Mijn brieven liepen altijd over van gewichtigheid en achteraf bekeken waren het onhebbelijke, zelfingenomen epistels, maar mijn ouders waren zo kwistig met hun goedkeuring dat ik er niet mee kon stoppen. Na de middelbare school was het een stuk minder geworden, maar pas toen een vriendje in het eerste jaar van de universiteit een brief van mijn bureau pakte en langs zijn neus weg zei hoe schattig hij het vond dat ik de wereld probeerde te verbeteren, was ik er helemaal mee gestopt. Het ging niet zozeer om wát hij zei als wel om het moment waarop. Tegen die tijd vond ik de leefwijze van mijn ouders al steeds minder aantrekkelijk worden. Ik had al vrij snel mijn rol van de alternatieve, freaky wereldverbeteraar verruild voor een aanzienlijk gewoner studentenleventje. Soms vroeg ik me af of ik daar niet in doorgeslagen was. Er moest toch ook een middenweg zijn, maar mijn werk als bankmedewerker en – laten we eerlijk zijn – partyplanner had me niet bepaald teruggevoerd naar de weg der onzelfzuchtigheid.

Ik realiseerde me dat Sammy aandachtig naar me stond te kijken terwijl ik aan die tijd terugdacht, en ik zei: 'De gelukkige? O, het waren geen brieven aan een vriendje of zo. De jongens vielen in die tijd niet op mijn dreadlocks en espadrilles. Het waren brieven aan... ach, weet ik veel, niks bijzonders.'

'Ik vond je anders altijd heel leuk om te zien.'

Ik voelde meteen dat ik begon te blozen.

Om de een of andere reden vond ik dit nog fijner dan wanneer hij me zijn liefde zou hebben verklaard, maar ik kreeg niet de tijd om ervan te genieten, want mijn telefoon begon te piepen en er was een nood-sms'je.

Pop, waar zit je? Heb dringend champagne nodig.

Ik begreep niet waarom Philip die niet gewoon kon bestellen bij een van de vijfendertig fotomodellen/obers die daar speciaal voor rondliepen, maar ik wist dat ik terug naar binnen moest om te kijken of alles goed ging.

'Ik moet naar binnen, me ervan verzekeren dat iedereen dronken genoeg is om het naar zijn zin te hebben, maar niet zo bezopen dat ze gekke dingen doen. Maar wat ik me afvroeg: kan ik je soms een lift naar huis aanbieden morgen?'

'Naar huis? Naar Poughkeepsie? Ga jij dan ook?'

'Ik mag het jaarlijkse oogstfeest niet missen!'

'Oogstfeest?' Hij moest weer even weg om het fluwelen koord open te houden, deze keer voor een stel dat bijna niet meer kon lopen, maar kennelijk nog wel helder genoeg was om elkaar overal wild te betasten.

'Dat wil je niet weten. Het is een jaarlijkse Thanksgiving-traditie van mijn ouders en mijn aanwezigheid is vereist. Ik weet bijna zeker dat mijn oom het zal laten afweten – hij verzint op het laatste moment altijd een of andere verplichting – maar dan mag ik zijn auto lenen. Ik wil je met alle plezier een lift geven,' zei ik, en ik hoopte vurig dat hij niet alleen ja zou zeggen, maar ook zijn wederhelft thuis zou laten.

'Nou, graag, als je het niet vervelend vindt. Ik had donderdagochtend de bus willen nemen.'

'Ik wil eigenlijk morgen na mijn werk gaan, dus als je het niet erg vindt om een dag eerder te vertrekken... Ik kan wel wat gezelschap gebruiken. Tegen Peekskill krijg ik altijd zin om keihard de berm in te rijden.' Ik juichte mezelf in stilte toe omdat het me eindelijk lukte om een normaal gesprek met hem te voeren.

'Ja, dat zou ik heel fijn vinden,' zei hij enthousiast. Ik zou het in zijn plaats natuurlijk ook fijn hebben gevonden als ik niet vier uur in een Greyhound-bus hoefde te zitten voor een afstand die je normaal gesproken in twee uur kon afleggen.

'Prima. Kun je naar het appartement van mijn oom komen, laten we zeggen om een uur of zes? Hij woont aan Central Park West, op de noordwestelijke hoek van 68th Street. Lukt dat?'

Hij kreeg nog net de tijd om te zeggen dat hij ernaar uitkeek, toen Philip opdook en me letterlijk aan mijn arm mee naar binnen sleurde. Maar ik vond het niet zo erg, want ik had iets om naar uit te kijken. Tevreden zweefde ik door de club, waar ik van alle medewerkers complimenten in ontvangst nam en hoorde hoe de gasten tegen elkaar zeiden dat er zo'n 'lekker sfeertje' hing die avond. Toen het feest tegen twee uur op zijn einde liep, meldde ik me weer met zogenaamde hoofdpijn af bij Philip, die het allang best vond om

222

achter te blijven met Leo en een fles champagne. Thuis kroop ik in
bed met een Slim Jim en een gloednieuw boek uit de Bouquetreeks.
Het was de verrukkelijkste avond die ik me kon heugen.

19

Ik kon mijn enthousiasme nauwelijks in toom houden toen ik bij Will beneden in de hal op Sammy wachtte. De dag had oneindig geduurd, ook al had Kelly het hele kantoor op een ontbijt getrakteerd om het succes van de vorige avond te vieren. Later had ze me bij zich geroepen in haar junglekantoor en gezegd dat ze zo onder de indruk was van het feest dat ze me officieel wilde aanstellen tot subhoofd van het *Playboy*-feest, rechtstreeks onder haar. Elisa's gezicht verstrakte toen ze die aankondiging hoorde; ze werkte er anderhalf jaar langer dan ik en het was duidelijk dat ze had verwacht dat zíj de leiding zou krijgen over het evenement van het jaar. Maar na een paar opmerkingen dat ze 'graag iemand anders de kans gaf' om een ongetwijfeld grote chaos in banen te leiden, had ze een quasi-vrolijk gezicht opgezet en geproost om het te vieren.

Er was zelfs over het feest geschreven door kranten en websites die er niet bij waren geweest: ze deden ademloos verslag van de enorme hoeveelheid celebs en vooraanstaande personen die hun gezicht hadden laten zien om 'het hotste nieuwe stadsaccessoire' in de bloemetjes te zetten. Het drong maar amper tot me door toen er rechtstreeks van het kantoor van Kroner een doos werd bezorgd met genoeg BlackBerry's om een complete elektronicazaak mee te vullen, en het begeleidende briefje was zo lovend dat ik me bijna schaamde. Ik had zelfs geen oog voor de paar regeltjes in de *New York Scoop* waarin werd gemeld dat ik huilend in een hoekje was gekropen omdat Philip had zitten vrijen met een soapsterretje uit Nigeria en het deed me niets toen Elisa vertrouwelijk tegen me zei dat ze 'per ongeluk' was meegelift met Philip op zijn Vespa omdat ze vreselijk dronken was geworden en ruzie had gehad met Davide, maar 'er is niks gebeurd, echt niet, ik zweer het op jouw leven en dat van mezelf'. Nee, dat alles was bijna niet tot me doorgedrongen omdat het de minuten niet korter had gemaakt en het er niet voor had kunnen zorgen dat ik eerder met Sammy in één auto zat. Toen hij bij mijn oom de hal in kwam lopen in een vale spijkerbroek en een heerlijk strakke trui, met een grote plunjezak over zijn schouder, wist ik niet of ik wel lang genoeg mijn ogen van hem af zou kunnen houden om de stad uit te rijden.

'Hallo,' zei hij toen hij me op het bankje zag zitten, zogenaamd verdiept in mijn krant. 'Ik kan je niet zeggen hoezeer ik dit waardeer.'

'Doe niet zo gek,' zei ik, terwijl ik opstond en op mijn tenen ging staan om hem te begroeten met een zoen op zijn wang. 'Jij doet míj een plezier. Ogenblikje, dan laat ik mijn oom naar beneden komen met de sleutels.'

Will had ermee ingestemd dat ik zijn Lexus meenam, maar ik had eerst moeten zweren dat ik zijn smoes om zijn afwezigheid te verklaren zou bevestigen. En ook al kreeg Sammy alleen maar een lift naar zijn ouders, Will stond erop dat ook hij het hele verhaal instudeerde.

'Ken je echt alle details, lieverd?' vroeg hij nerveus toen we met zijn drieën in de ondergrondse garage stonden en hij op het punt stond me de sleutels te overhandigen.

'Will, loop niet zo te stressen. Ik beloof je dat ik je niet zal verraden. Ik lijd wel in mijn eentje; dat is mijn Thanksgiving-cadeautje voor jou.'

'Doe me een lol en neem het nog één keer met me door. Wat zeg je als ze vraagt waar ik ben?'

'Ik leg gewoon uit dat Simon en jij er niet aan moesten denken om een heel weekend te moeten logeren in een huis op zonne-energie waar nooit genoeg warm water is, waar de ecokatoenen lakens kriebelen en waar het nooit echt schoon is omdat mijn ouders geen chemische middelen gebruiken. Dus in plaats daarvan heb je besloten om voor de oogst te bedanken vanuit je gratis beschikbaar gestelde suite in het Ocean Key-resort op Key West. O ja, en je vindt het dodelijk saai wanneer er aan tafel uitsluitend over ecopolitiek wordt gesproken. Klopt dat zo'n beetje?' Ik glimlachte poeslief.

Hij keek hulpeloos naar Sammy en kuchte een paar keer.

'U hoeft niet bang te zijn, Bette weet precies wat ze moet zeggen,' verzekerde hij Will terwijl hij instapte aan de passagierskant. 'Simon moest op het laatste nippertje invallen voor een van de afwezige muzikanten en u vond het niet prettig om hem met Thanskgiving alleen te laten, hoe graag u iedereen ook had willen zien. U had zelf wel willen bellen, maar u zit met een strakke deadline door die eikel van een redacteur van u, en u belt Bettes ouders volgende week wel. Ik neem het onderweg nog wel een keer met haar door.'

Will liet de sleutels in mijn geopende hand vallen. 'Sammy, dank je wel. Bette, let goed op tijdens de lesjes feminisme – vrouwen kunnen alles, moet je weten – en probeer maar niet te veel medelijden met mij te hebben als ik straks met een daiquiri en een pocketboek aan het zwembad lig.'

Ik wilde kwaad op hem worden, maar hij was zo tevreden met zijn alibi en zijn snode plannetjes dat ik alleen maar mijn armen om hem heen sloeg om afscheid te nemen en de auto startte. 'Je staat bij me in het krijt. Alweer.' Ik zette Millingtons draagmandje op de achterbank en gooide er een hondenspeeltje in zodat ze onderweg niet zou gaan janken.

'Je weet het, lieverd. Ik breng wel zo'n kitscherig T-shirt met franjes voor je mee, of misschien een paar kokosnootkaarsen. Afgesproken? Rij voorzichtig. Of niet. Als je me maar niet belt als er iets gebeurt, in ieder geval niet de komende drie dagen. Veel plezier!' riep hij, met een handkusje naar de binnenspiegel.

'Wat een leuke man,' zei Sammy toen we tussen het langzaamrijdende verkeer op de West Side Highway reden. 'Net een kind dat schoolziek is.'

Ik stopte Monster Ballads ('s nachts om drie uur in een aanval van slapeloosheid besteld van tv) in de cd-wisselaar en skipte een paar nummers tot ik bij 'To Be With You' van Mr. Big kwam. 'Ja, hè? Ik zou niet weten wat ik zonder hem moest. Het is alleen aan hem te danken dat ik nog een beetje normaal gebleven ben.'

'En je ouders dan? Zo vreemd zullen die toch niet zijn?'

'Ze zijn in de jaren zestig blijven hangen,' zei ik. 'En dat nemen ze heel serieus. Mijn moeder moest huilen toen ik op mijn dertiende voor het eerst mijn benen schoor, want ze was bang dat ik me zou onderwerpen aan de door mannen voorgeschreven culturele opvattingen over de schoonheid van de vrouw.'

Hij lachte en ging languit zitten, met gestrekte benen en zijn handen achter zijn hoofd. 'Je gaat me toch hopelijk niet vertellen dat ze je die gewoonte uit het hoofd heeft gepraat, hè?'

'Nee, dat niet. Niet meer, maar tot aan de universiteit heb ik het niet meer gedaan. Mijn ouders wisten me bijvoorbeeld aan te praten dat ik in mijn eentje verantwoordelijk was voor het verstoren van een heel ecosysteem omdat ik een keer een vest had gekocht dat met bont was afgezet. O ja, en dan was er nog die keer dat ik niet naar een logeerpartijtje mocht omdat de ouders van dat vriendinnetje hun oud papier niet gescheiden inleverden. Ze vonden het een te groot risico om me twaalf uur te laten doorbrengen in zo'n in- en inslechte omgeving.'

'Dat meen je niet.'

'Jawel. Ik wil niet zeggen dat het geen lieve mensen zijn, want het zijn schatten. Ze zijn alleen érg principieel. Soms zou ik willen dat ik wat meer op hen leek.'

'Ik heb je op de middelbare school niet zo heel goed gekend, maar ik weet wel dat je toen meer op je ouders leek dan nu, nu je zo... New Yorks bent.'

Ik wist niet zo goed wat ik daar op moest zeggen.

'Nee, zo bedoel ik het niet,' haastte hij zich te zeggen. 'Ik kreeg alleen de indruk dat je je altijd inzette voor goede doelen en zo. Je hebt een keer voor de schoolkrant een artikel geschreven over de rechten van vrouwen. Ik hoorde er in de studiezaal twee docenten over praten: ze konden haast niet geloven dat je pas in het eerste jaar zat. Toen ik hen erover had gehoord heb ik het gelezen, en ik vond het ook ongelooflijk.'

Ik voelde een lichte huivering over mijn rug gaan bij de gedachte dat hij mijn artikel had gelezen en het zich herinnerde. Het voelde alsof we een intieme band hadden.

'Ach ja, het is moeilijk vol te houden. Vooral wanneer die weg voor je is uitgestippeld en je er niet zelf voor hebt gekozen.'

'Dat kan ik me voorstellen.' Ik zag hem vanuit mijn ooghoek

knikken. 'Maar je ouders klinken interessant.'

'O, je moest eens weten. Gelukkig waren ze behalve hippies ook nog joods, en hielden ze niet van een al te sober leven. Zoals mijn vader nog altijd verstandig zegt: "Je bent niet overtuigender wanneer je in armoede leeft dan wanneer je je omringt met comfort. Het gaat om het argument, niet om materiële zaken of het ontbreken daarvan."'

Sammy keek op van zijn beker koffie. Ik voelde zijn ogen op me gericht en wist dat hij aandachtig luisterde.

'En inderdaad, dat is waar. Ik ben geboren in een commune in New Mexico, een plek waarvan ik pas geloofde dat het een officiële staat is toen ik in 2000 de kaart van de verkiezingen op CNN zag. Mijn moeder vertelt nog altijd graag het verhaal over mijn geboorte in hun "bruidsbed", ten overstaan van alle kinderen uit de commune, die er speciaal bijgehaald waren om het wonder van het leven met hun eigen oogjes te aanschouwen. Geen artsen, geen pijnstillers, geen steriele lakens – alleen een echtgenoot die plantkunde had gestudeerd, een zweverige vroedvrouw die haar bijstond met yoga-ademhalingsoefeningen en de goeroe van de commune die onafgebroken zat te *chanten* – plus een stuk of vijfentwintig kinderen onder de twaalf die hoogstwaarschijnlijk tot ver in de dertig maagd zijn gebleven na het bijwonen van dat "wonder".'

Ik weet niet waarom ik zo doorratelde. Het was jaren geleden dat ik het verhaal had verteld – de laatste keer was geloof ik tijdens de introductieweek op Emory toen ik Penelope had leren kennen en we samen hadden geblowd in de bosjes bij de tennisbanen. Zij had opgebiecht dat haar vader het personeel op zijn kantoor beter kende dan zijn eigen gezin en dat ze tot haar vijfde had gedacht dat haar zwarte kindermeisje haar moeder was. Ik bedacht dat er vast geen betere manier was om haar op te vrolijken dan door haar te laten zien hoe gewóón haar ouders eigenlijk waren. We hadden die avond urenlang gelachen, languit in het gras, stoned en gelukkig. Hoewel ik mijn vriendjes wel had voorgesteld aan mijn ouders, had ik nooit met hen over deze dingen gepraat. Sammy had iets waardoor ik hem alles wilde vertellen.

'Wat een ongelooflijk verhaal. Hoe lang heb je daar gewoond? En kun je het je nog herinneren?'

'Mijn ouders hebben er gewoond tot ik een jaar of twee was, daarna zijn ze naar Poughkeepsie verhuisd omdat ze allebei een baan kregen op Vassar. Maar mijn naam komt er nog vandaan. Eerst wilden ze me Soledad noemen, ter ere van de gevangenis in Californië waar demonstranten uit Berkeley hebben vastgezetten, maar toen kwam hun sjamaan of wie dan ook met de naam Bettina, naar Bettina Aptheker, het enige vrouwelijke lid van een belangrijk comité voor vrijheid van meningsuiting. Op mijn twaalfde wilde ik per se Bette genoemd worden, toen "The Wind Beneath My Wings" een hit was en Bette Midler nog kon. Tegen de tijd dat het tot me doordrong dat ik mezelf had vernoemd naar de roodharige zangeres van een zwijmelnummer uit de Top-40, was het te laat. Iedereen noemt me Bette, behalve mijn ouders natuurlijk.'

'Goh, dat klinkt zo interessant. Ik zou ze heel graag een keer ontmoeten.'

Ik wist niet hoe ik daarop moest reageren – hij zou misschien een beetje zenuwachtig worden als ik nu verkondigde dat ze zijn aanstaande schoonouders waren – dus vroeg ik hem naar zíjn ouders. Ik kon me niks van hen herinneren uit de tijd dat we op de middelbare school hadden gezeten en ik besefte dat ik niets van zijn privé-leven wist. 'En jij? heb jij nog smeuïge verhalen over je ouders, of zijn ze heel normaal?'

'Nou, "normaal" zou ik niet zeggen, nee. Mijn moeder is gestorven toen ik zes was. Borstkanker.'

Ik deed mijn mond open om me te verontschuldigen, om een hol cliché te stamelen, maar hij was me voor.

'Het klinkt vreselijk, maar ik was eerlijk gezegd te jong om me haar echt te herinneren. Het was wel gek om als kind geen moeder te hebben, maar voor mijn oudere zus is het veel zwaarder geweest. Bovendien ving mijn vader ons erg goed op.'

'Hoe is het nu met hem? Je zei gisteren dat het niet goed met hem gaat.'

'Hij is niet ziek, hoor. Alleen eenzaam. Denk ik. Hij heeft jarenlang een vriendin gehad en ik weet niet precies wat er is gebeurd, maar ze is een paar maanden geleden verhuisd naar South Carolina en mijn vader kan het niet zo goed aan. Ik dacht dat een bezoekje hem goed zou doen.'

'En je zus? Vertel eens wat over haar.'

'Ze is drieëndertig. Getrouwd, vijf kinderen. Vijf kinderen – vier jongens en een meisje – niet te geloven, hè? Meteen na de middelbare school begonnen. Ze woont in Fishkill, dus ze zou vaak genoeg naar mijn vader toe kunnen, maar haar man is nogal een lul en ze heeft het erg druk omdat ze tegenwoordig een verpleegstersopleiding volgt, dus…'

'Heb je een goede band met haar?' Het was zo vreemd om dit

hele verhaal te horen, een compleet andere wereld waarvan ik het bestaan nooit had geweten; ik had het me ook niet kunnen voorstellen toen ik hem iedere avond joviaal zag doen tegen al die belangrijke types en belangrijke-types-in-opleiding bij Bungalow.

Hij leek even over mijn vraag na te denken terwijl hij een blikje cola opentrok dat hij uit zijn plunjezak had gepakt. Hij bood me een slokje aan voordat hij er zelf een nam.

'Een goede band? Ik weet niet of ik het zo zou noemen. Volgens mij neemt ze het me kwalijk dat ik het huis uit ben gegaan om te gaan studeren terwijl zij al een kind had en zwanger was van de tweede. Ze zegt vaak dat mijn vader voor me lééft en dat ik de enige ben op wie hij trots is – dat soort dingen. Maar ze is oké. Jezus, wat een zwaarmoedig verhaal. Sorry, hoor.'

Voordat ik mijn mond open kon doen om te zeggen dat het prima was, dat ik hem over álles wilde horen praten, begon er een nummer van Whitesnake en moest Sammy lachen. 'Dat is toch zeker een geintje, die muziek? Hoe kun je naar die shit luisteren?'

Daarna bleef het gesprek luchtig, gewoon een beetje kletsen over muziek, films en de belachelijke mensen met wie we allebei de hele dag te maken hadden. Hij vermeed het onderwerp Philip zorgvuldig ik deed hetzelfde door niet over zijn vriendin te beginnen. Maar verder was het alsof we elkaar al jaren kenden. Toen ik zag dat we nog maar een halfuurtje van Poughkeepsie waren, belde ik mijn ouders om door te geven dat ik even iemand ging afzetten en dat ik niet lang zou wegblijven.

'Bettina, doe niet zo gek! Hij komt natuurlijk bij ons eten!' gilde mijn moeder zo'n beetje in de telefoon.

'Mam, hij wil vast graag naar huis. Hij komt voor zijn eigen familie, niet voor de mijne.'

'Geef de uitnodiging dan in ieder geval aan hem door. We krijgen je vrienden nooit te zien, terwijl je vader dat zo leuk zou vinden. Hij is natuurlijk ook van harte welkom op het feest morgen. Alles staat al klaar.'

Ik beloofde haar dat ik het zou doorgeven en hing op.

'Waar ging dat over?' vroeg hij.

'O, mijn moeder wil dat je straks blijft eten, maar ik heb gezegd dat je waarschijnlijk liever naar je vader gaat. Bovendien is het spul dat zij eten noemen niet weg te krijgen.'

'Nou, als je het niet erg vindt, zou ik het eigenlijk wel leuk vinden. Mijn vader verwacht me toch pas morgen. Bovendien zou ik een handje kunnen helpen in de keuken, om de tofu een beetje smakelijker te maken.' Hij zei het aarzelend, quasi-onverschillig, maar ik voelde (wilde, hoopte, wenste) dat er meer achter zat.

'O, eh...oké.' Ik wilde cool lijken, maar in plaats daarvan kwam het eruit alsof ik het idee helemaal niet zag zitten. 'Ik bedoel, als je dat zou willen doen... Het lijkt me heel leuk.'

'Weet je het zeker?'

'Heel zeker. Ik zet je na het eten wel even thuis af en ik beloof dat ik je niet onnodig lang zal ophouden. Ondanks dat zullen ze proberen je over te halen vegetariër te worden, maar hopelijk is het verder wel een beetje vol te houden.' Het pijnlijke moment was voorbij. Ik was dolblij. En ook een beetje bang.

'Oké, dat klinkt goed. Na alle verhalen die je me hebt verteld, vind ik dat ik ze gewoon móét zien.'

Mijn moeder zat in vele lagen wol gewikkeld op de schommelbank op de veranda toen we de oprijlaan op reden, die door het midden liep van de bijna tweeënhalve hectare grond waar mijn ouders al een kwart eeuw woonden. De hybride Toyota Prius die ze alleen in noodgevallen gebruikten (ik vroeg me dikwijls af wat ze ervan zouden vinden als ze wisten dat veel Hollywood-sterren er ook een hadden) was afgedekt met zeildoek, aangezien ze 99 procent van de tijd de fiets namen. Ze legde enthousiast het boek weg dat ze in haar in wanten gestoken handen had gehad (*Alles over batik*) en kwam op de auto afgerend nog voordat ik hem had stilgezet.

'Bettina!' Ze rukte het portier open en klapte enthousiast in haar handen. Toen trok ze me aan mijn arm naar buiten om me te omhelzen, en ik vroeg me af of er behalve mijn moeder en mijn hond ooit nog iemand zó blij zou zijn om me te zien. Zo stonden we een tikkeltje langer dan nodig was en heel even vergat ik hoezeer ik tegen dit bezoek op had gezien.

'Hoi, mam. Je ziet er goed uit.' En ik meende het. We hadden hetzelfde lange, onhandelbare dikke haar, maar dat van haar had een heel mooie kleur grijs gekregen. Het hing letterlijk schitterend op haar rug, en ze droeg het al sinds haar tienerjaren in een middenscheiding. Ze was lang en broos om te zien; alleen haar vastberaden gezicht verraadde dat ze niet zo kwetsbaar was als ze eruitzag. Zoals gewoonlijk droeg ze geen make-up, alleen een turkooizen zonnetje aan een ragfijn zilveren kettinkje. 'Mam, dit is Sammy. Sammy, dit is mijn moeder.'

'Dag, Mrs. Robinson.' Hij zweeg even. 'Goh, dat klinkt gek, *Mrs. Robinson*. Maar u zult er wel aan gewend zijn, hè?'

'Inderdaad. *Jesus loves me more than you will know.* Maar zeg toch alsjeblieft Anne.'

'Fijn dat je me hebt uitgenodigd, Anne. Ik hoop dat ik jullie etentje niet verstoor.'

'Wat een onzin, Sammy. Bettina en jij maken onze avond juist goed. Kom gauw binnen voordat je kou vat.'

We gingen met een hevig niezende Millington achter ons aan door de eenvoudige vurenhouten voordeur naar binnen en liepen door de gedateerde keuken naar de kleine serre die ze een paar jaar eerder aan het huis hadden gebouwd 'om van de natuur te genieten wanneer het weer niet meewerkt'. Het was het enige moderne aspect aan het verder rustieke huis en ik vond het er heerlijk. In sterk contrast met de blokhutuitstraling van alle andere vertrekken had de serre een zen-achtige, minimalistische sfeer, zoals je die zou verwachten in het beautycentrum van een nieuw, trendy hotel of zo. Hij was heel strak en recht, helemaal van glas, met aan de zijkant esdoorns en alle denkbare planten, struiken en bloemen die maar konden gedijen in een dergelijke omgeving. Er was een vijver, iets groter dan een zandkuil op een golfbaan, vol drijvende waterlelies en met een paar teakhouten ligstoelen ernaast. De serre keek uit op de enorme, door bomen omsloten achtertuin. Mijn vader zat aan een houten tafel werkstukken te corrigeren, bij het licht van een lamp van Chinees rijstpapier. Hij zag er redelijk uit: een spijkerbroek met Naot-sandalen en dikke, wollige sokken ('Waarom zou je van die Duitse Birkenstocks kopen terwijl ze in Israël even goede sandalen maken?' zei hij altijd). Zijn haar was een beetje grijs geworden, maar hij sprong kwiek als altijd op en omhelsde me stevig.

'Bettina, Bettina, terug in het nest,' zei hij, terwijl hij een dansje met me probeerde te maken. Ik deed opgelaten een stapje terug en gaf hem snel een zoen op zijn wang.

'Hoi pap, mag ik je voorstellen aan Sammy? Sammy, dit is mijn vader.'

Ik hoopte vurig dat mijn vader normaal zou doen. Het was nooit te voorspellen wat hij ging zeggen of doen, meestal om mij aan het lachen te maken. De eerste keer na mijn afstuderen dat mijn ouders me waren komen opzoeken in New York en we uit eten gingen, had ik Penelope meegenomen. Ze had hen gezien met het afstuderen en één keer daarvoor, en waarschijnlijk kon ze zich hen amper herinneren, maar mijn vader vergeet zelden iets. Hij had galant haar hand gekust toen ik hen opnieuw aan elkaar voorstelde en gezegd: 'Penelope, meisje, natuurlijk ken ik je nog. We zijn met z'n allen uit eten geweest en jij had die aardige jongen bij je. Hoe heette hij ook alweer? Adam? Andrew? Ik weet nog dat hij heel intelligent en welbespraakt was,' zei hij met een stalen gezicht, zonder ook maar een vleugje merkbaar sarcasme.

Dat was mijn vaders subtiele manier om grapjes te maken die alleen ík begreep. Tijdens het etentje waarnaar hij verwees was Avery zo stoned geweest dat hij moeite had gehad met het beantwoorden van de simpelste vragen over zijn studie en de plaats waar hij vandaan kwam. En al had mijn vader Avery en Penelope jaren niet gezien, als hij me belde deed hij zich nog steeds wel eens voor als de zogenaamde dealer van Avery, waarbij hij me met zware, verdraaide stem vroeg of ik misschien een pondje 'verdomd goeie shit' wilde kopen. We vonden het hilarisch, en hij kon het kennelijk niet laten zo nu en dan nog een steek onder water te geven. Penelope, die gewend was aan haar eigen afwezige ouders, mensen die nooit iets in de gaten hadden, had er gelukkig niets van gemerkt en alleen maar vriendelijk geglimlacht. Godzijdank wist mijn vader niets van Sammy, dus ik nam aan dat we veilig waren.

'Aangenaam, Sammy. Ga zitten en houd deze oude man even gezelschap. Kom je hier uit de buurt?'

We gingen allemaal zitten en mijn vader schonk de Egyptische Yogi-zoethoutthee in die mijn moeder met emmers tegelijk zette. Sammy vlijde zijn lange lichaam zorgvuldig op een van de grote vloerkussens met kraaltjes en spiegeltjes die rond de lage tafel lagen. Ik plofte neer tussen hem en mijn moeder, die zo gracieus in kleermakerszit ging zitten dat ze meteen twintig jaar jonger leek.

'En, wat zijn de plannen voor het weekend?' vroeg ik opgewekt.

'Iedereen komt morgen pas laat in de middag, dus tot die tijd kun je doen waar je zin in hebt. Waarom gaan jullie niet kijken wat er op de universiteit te doen is? Er zijn vast goede optredens,' zei mijn moeder.

'Morgen is er een vroege matineevoorstelling van het campusballet. Ik kan wel kaartjes voor je regelen als je wilt,' bood mijn vader aan. Hij was al heel lang ecologiedocent aan Vassar en was zo geliefd op de campus dat hij vrijwel álles kon regelen. Mijn moeder werkte op de afdeling Geestelijke Gezondheid van de studentenkliniek, waar ze haar tijd verdeelde tussen de hulptelefoon (crises rond verkrachtingen, zelfmoord en algehele depressie) en haar eigen strijd voor een holistischer benadering van de problemen van de studenten (met acupunctuur, kruiden en yoga) door de universiteit.

Samen waren ze de lievelingen van Vassar, zoals ze dat in de jaren zestig waren geweest op Berkeley.

'Misschien ga ik er wel heen, maar jullie vergeten dat Sammy hier voor zijn eigen familie is,' zei ik, met waarschuwende blikken in hun richting. Ik deed een schepje ruwe rietsuiker in mijn thee en gaf het kommetje door aan Sammy.

'Over familie gesproken, wat was Wills excuus voor zijn afwezigheid ook alweer?' vroeg mijn moeder nonchalant.

Sammy begon het verhaal voordat ik hem kon tegenhouden; hij wist niet dat mijn ouders de armzalige smoesjes en leugens van Will al lang doorhadden en dat het bij ons thuis een geliefd tijdverdrijf was geworden om zijn nieuwste vondsten na te vertellen. Will had een hechte band met mijn moeder, ondanks het kleine detail dat zij een irritante linkse hippie was die weigerde zich aan te sluiten bij een politieke partij en hij een irritante conservatieve Republikein die zijn hele leven liet bepalen door de politieke partij van zijn voorkeur. Toch spraken ze elkaar wekelijks en waren ze altijd heel lief voor elkaar wanneer ze samen waren, ook al vonden ze niets leuker dan de ander tegenover mij belachelijk maken.

Sammy zei tegen mij: 'Had het niet iets te maken met Simons werk? Het Philharmonisch Orkest belde op het laatste nippertje om te vragen of hij kon invallen voor een zieke muzikant. Eigenlijk had hij geen keus, hij kon niet weigeren,' ging hij snel verder, voordat ik het kon verpesten. Hij was loyaal, dat moest ik hem nageven.

Mijn moeder glimlachte eerst naar mij en toen naar mijn vader. 'O, ja? Ik dacht dat het iets was met een belangrijke afspraak met zijn advocaat op het kantoor in New Jersey.'

Sammy begon te blozen, ervan overtuigd dat hij het verhaal niet goed begrepen had. Tijd om in te grijpen.

'Ze weten dat Simon helemaal niet hoeft in te vallen, Sammy, en ze weten dat jij dat ook weet. Maak je geen zorgen, je hebt hem niet verraden.'

'Het geeft niks, Sammy. Ik ken mijn lieve broertje te goed om zijn verhalen nog langer te geloven. Waar zijn ze naartoe?'

'Key West,' zei ik, terwijl ik voor iedereen nog wat thee inschonk.

'Jij hebt gewonnen,' zei mijn vader. 'Je moeder zei dat hij op het laatste moment zou afzeggen en dat hij Simon de schuld in de schoenen zou schuiven. Ik ben eerlijk gezegd blij dat hij dat uitgekauwde smoesje van de deadline niet meer gebruikt.' Ze lagen allebei in een deuk.

'Ik zal maar eens aan het eten beginnen,' kondigde mijn moeder aan. 'Ik ben vandaag naar de biologische markt geweest en ik heb alle winteraanbiedingen meegebracht.'

'Kan ik u misschien helpen?' vroeg Sammy. 'Dat is het minste wat ik kan doen nadat ik heb geprobeerd tegen u te liegen. Bovendien heb ik al een tijdje niet in een privé-keuken gestaan en het lijkt me heel leuk.'

Mijn ouders keken hem nieuwsgierig aan.

'Sammy is chef-kok,' zei ik. 'Hij heeft het Culinary Institute of America gevolgd en wil ooit zijn eigen restaurant beginnen.'

'Echt waar? Wat interessant. Kook je momenteel ook ergens in New York?' vroeg mijn vader.

Sammy glimlachte schuchter, keek naar de grond en zei: 'Ik verzorg sinds een paar maanden de zondagbrunch bij de Gramercy Tavern. Dat is niet het gemakkelijkste publiek. Het is een erg goede ervaring.'

Ik keek verrast op. Wie wás deze jongen?

'Nou, in dat geval mag je me helpen. Kun je iets leuks met courgette?' vroeg mijn moeder, en ze stak haar arm door de zijne zodra hij zich van het kussen overeind had gehesen.

Binnen een paar minuten stond Sammy achter het fornuis en zat mijn moeder stilletjes aan tafel vol verwondering naar hem te kijken. Ze deed geen enkele moeite om haar verrukking te verbergen.

'Wat maak je?' vroeg ik toen hij een pan tagliatelle afgoot en er een scheutje olijfolie bij deed. Hij veegde zijn handen af aan het keukenschort dat mijn moeder hem had gegeven (met de opdruk BERUSTING GEEFT VREDE) en bekeek zijn vorderingen.

'Ik dacht, laten we eens beginnen met een pastasalade met gegrilde worteltjes, komkommer en pijnboompitten, en misschien een antipasto van courgette. Je moeder wil graag iets eenvoudigs als hoofdgerecht, dus ik dacht aan focaccia-sandwiches met kikkererwtencurry, en als bijgerecht gevulde rode paprika's met rijst, andijvie en bonen. Wat zouden jullie zeggen van appels uit de oven met verse slagroom en dit sorbetijs als toetje? Ik moet zeggen, mevrouw Robinson, dat u fantastische ingrediënten hebt uitgekozen.'

'Jeetje mam, wat had jij willen maken?' vroeg ik. Ik genoot van de uitdrukking op hun gezichten.

'Een ovenschotel,' zei ze. Ze kon haar ogen niet van Sammy afhouden. 'Ik zou alles bij elkaar in een schaal gedaan hebben en het een paar minuten in de oven hebben gezet.'

'Nou, dat klinkt ook heel lekker,' zei Sammy snel. 'Dat wil ik ook best doen, als u dat liever hebt.'

'Nee!' riepen mijn vader en ik tegelijk uit. 'Ga alsjeblieft door, Sammy. Dit wordt een traktatie voor ons,' zei mijn vader, en hij sloeg hem op zijn schouder en proefde met zijn vinger van het kik-kererwtenmengsel.

Het eten was natuurlijk verrukkelijk; zo lekker dat ik niet één rotopmerking maakte over het gebrek aan vlees of de overvloed aan biologisch voedsel, maar dat kwam vooral doordat je daar niets van merkte. Al mijn zorgen over hoe vreemd het zou zijn om met Sam-my en mijn ouders aan één tafel te zitten waren verdwenen tegen de tijd dat we de pastasalade op hadden. Sammy straalde door de onaf-gebroken stroom complimenten waarmee hij werd overladen en hij werd spraakzamer en vrolijker dan ik hem ooit had gezien. Voordat ik het wist, stond ik de tafel af te ruimen terwijl mijn ouders hem hadden meegenomen naar de serre om hem mijn gevreesde naakt-in-het-badje babyfoto's te laten zien en hem te vertellen wat ik zo-genaamd allemaal had bereikt in het leven – van die dingen die be-halve degenen die je op de wereld hebben gezet onmogelijk ook maar iemand kunnen interesseren. Het was bijna middernacht toen mijn ouders eindelijk aankondigden dat ze naar bed gingen.

'Blijven jullie gerust zitten, maar je vader en ik moeten nu echt gaan slapen,' zei mijn moeder nadat ze het peukje van haar kretek had uitgemaakt – iets waar ze zichzelf wel eens op trakteerden wan-neer ze in een feestelijke bui waren. 'Morgen is de grote dag.' Ze stak haar hand uit naar mijn vader, die hem lachend vastpakte. 'Het was erg leuk je te ontmoeten, Sammy. Bettes *vrienden* zijn hier altijd welkom.'

Sammy sprong op. 'Ik vond het ook erg leuk om jullie te leren kennen. Bedankt voor de uitnodiging en veel plezier op het feest morgen. Het wordt vast heel leuk.'

'Ach, het is traditie. We hopen dat je ook komt. Welterusten,' zei mijn vader opgewekt, en hij liep achter mijn moeder aan naar bin-nen, maar niet voordat hij zich naar Sammy toe had gebogen om hem fluisterend te bedanken voor de kans om eens fatsoenlijk te eten.

'Ze zijn hartstikke leuk,' zei Sammy zachtjes toen de deur dicht was. 'Na jouw beschrijving verwachtte ik echt een stelletje freaks, maar ze zijn volkomen normaal.'

'Het ligt eraan wat je onder normaal verstaat,' zei ik. 'Ben je zo-ver?'

'Eh, ja… als je wilt gaan.'

'Nou, ik nam aan dat jij naar huis wilde, maar ik wil anders best nog wat gaan doen.'

Daar leek hij even over na te denken voordat hij zei: 'Heb je soms zin om naar de Starlight te gaan?'

Nu was het officieel: hij was de ideale man.

'Goede keuze. Het allerbeste eettentje ter wereld. Ben jij er net zo gek op als ik?'

'Gekker. Vroeger op school ging ik er in mijn eentje naartoe, hoe vernederend dat ook was. Ik ging er gewoon zitten met een boek of tijdschrift en een kop koffie. En ik vond het verschrikkelijk toen het eerste wrattenvrouwtje wegging.'

De Starlight was het epicentrum geweest van ons sociale leven op de middelbare school, de plek waar ik het grootste deel van mijn tienerjaren had doorgebracht, samen met mijn vrienden en vriendinnen die, net als ik, niet knap of cool genoeg waren om echt populair te zijn, maar die wel met opgeheven hoofd konden zeggen dat ze niet bij de slome sukkels hoorden (voornamelijk de sociaal zeer onhandige wiskunde- en computernerds) die tegen hun zin de lagere regionen bevolkten. De sociale hiërarchie was zeer strikt: de coole kids namen alle tafeltjes in het rookgedeelte in beslag, de sociaal zwakbegaafden deden helemaal achterin videospelletjes, en mijn clubje (diverse hippies, alternatieve punks en de sociale strevers die nog niet tot de hogere regionen waren toegelaten) hadden de vijf of zes tafels daartussenin en de bar. De jongens zaten bij elkaar te roken en te discussiëren – wereldwijs en zogenaamd ervaren – over de vraag of ze zouden kunnen leven zonder orale en andere seks, mochten ze met een pistool tegen het hoofd gedwongen worden die geneugten op te geven. Intussen zaten wij, hun trouwe vriendinnetjes (die meestal niet meer met hen deden dan zoenen) sloten koffie te drinken en tot in de kleinste details te bespreken welke meisjes op school de beste kleding, borsten en vriendjes hadden. De Starlight was de Poughkeepsie-versie van Central Perk, alleen wat smoezeliger en met tl-verlichting, bruine kunstleren bankjes en bedienend personeel dat ongelooflijk genoeg zonder uitzondering een harige wrat op het gezicht had of een vinger miste. Zoals andere mensen trouw blijven aan de slaapkamer uit hun jeugd of de plek waar ze vroeger op vakantie gingen, en altijd wanneer ik in Poughkeepsie was, zo ging ik naar de Starlight; als een postduif die terugkeerde naar huis. Het idee dat Sammy er vroeger helemaal alleen had gezeten maakte me treurig en weemoedig.

We gingen op het laatste kleverige vrije bankje zitten en deden alsof we de plastic menukaart bestudeerden die in geen twintig jaar veranderd was. En ook al zat ik propvol, ik twijfelde tussen een kaneelbroodje en friet, maar toen besloot ik dat het buiten de grenzen van Manhattan was toegestaan om je vol te proppen met koolhydraten, dus nam ik ze allebei. Sammy bestelde een gewone kop koffie. Een van mijn lievelingsserveersters, de vrouw met de langste haren van allemaal op de wrat bij haar lip, snoof minachtend toen hij om magere melk vroeg, en vanaf dat moment hielden ze een soort boze-blikkenwedstrijd, dwars door de zaak.

We dronken koffie, kletsten en namen zo nu en dan een hapje van het eten.

'Je hebt me nooit verteld dat je de brunch verzorgt bij de Gramercy Tavern. Ik zou heel graag een keer langskomen.'

'Ach, jij hebt mij ook nooit verteld dat je de afscheidsspeech van jouw klas hebt gehouden of dat je de Martin Luther King-onderscheiding hebt gekregen voor je crossculturele vrijwilligerswerk.'

Ik moest lachen. 'Ze hebben echt niets overgeslagen, hè? Ik was al blij dat je drie jaar eerder van school bent gegaan dan ik, zodat je al die dingen niet meer hebt meegemaakt, maar ik had het kunnen weten.'

De serveerster kwam Sammy's koffiekopje bijvullen en knoeide expres een beetje.

'Ze zijn heel trots op je, Bette. Dat is toch lief?'

'Ze wáren trots op me. Nu is het allemaal anders. Ik geloof dat mijn pasverworven vaardigheid om beroemde mensen naar Bungalow 8 te trekken en over me te laten schrijven in de roddelrubrieken toch iets anders is dan wat ze voor me in gedachten hadden.'

Hij glimlachte treurig. 'Iedereen doet water bij de wijn. Dat wil niet zeggen dat je een ander mens bent dan vroeger.'

Hij zei het op zo'n manier dat ik het graag wilde geloven. 'Zullen we gaan?' zei ik, terwijl ik met een gebaar vroeg om de rekening, die ongeacht het aantal personen of de bestelling altijd drie dollar per persoon bedroeg. 'Ik moet mijn energie sparen voor het feest van morgen, waarvan ik overigens hoop dat ik je kan overhalen er ook naartoe te komen...'

Hij legde een briefje van twintig dollar op tafel ('als compensatie voor al die avonden dat ik een fooi van niks heb achtergelaten terwijl ik hier uren had gezeten') en leidde me met zijn hand op mijn rug naar buiten. We maakten een omweggetje langs de grijpautomaat in de hal – pal naast de ronddraaiende gebaksvitrine – waar

238

Sammy een pluchen varkentje voor me won. Ik drukte het beestje enthousiast tegen me aan en hij zei dat hij nog nooit twee dollar aan kwartjes zó goed had besteed. De vijftien kilometer lange rit naar zijn ouderlijk huis verliep in stilte, en ik realiseerde me dat ik in al die jaren dat ik in Poughkeepsie had gewoond nooit in zijn deel van de stad was geweest. We waren allebei in gedachten verzonken, zonder het gebabbel, de grapjes en vertrouwelijke verhalen van de afgelopen negen uur die we samen hadden doorgebracht – negen uur die wel vijf minuten leken. Ik draaide de korte, onverharde oprit op van een klein, keurig huis in koloniale stijl en zette de auto stil.

'Ik vond het heel leuk vanavond. Vandaag, vanavond, allemaal. Bedankt voor de lift en voor het eten – voor alles.' Hij leek geen haast te hebben om uit te stappen en ik stond mezelf eindelijk de gedachte toe dat hij me misschien wel zou gaan zoenen. Ieder romannetje zou ongetwijfeld hebben vermeld dat er heel wat vonken over en weer gingen.

'Ben je gek, ik moet jou bedanken! Je hebt ons eigenhandig behoed voor een ellenlange avond en een akelige voedselvergiftiging,' zei ik snel. En ik klemde mijn handen onder mijn knieën omdat ze zo trilden.

Toen stapte hij uit. Zomaar ineens. Hij deed gewoon het portier open, pakte zijn plunjezak van de achterbank en zwaaide naar me. Misschien zei hij nog dat hij me de volgende dag zou bellen. De teleurstelling was als een klap in mijn gezicht, en ik zette de auto zo snel als ik kon in zijn achteruit; ik moest daar weg voordat ik zou gaan huilen. *Hoe haal je het ook in je hoofd dat hij ook maar een béétje in je geïnteresseerd zou zijn?* hield ik mezelf voor, terwijl ik in gedachten de hele avond nog eens de revue liet passeren. *Hij kon wel een lift gebruiken en jij bood hem die aan. Hij is alleen maar heel aardig voor je geweest, meer niet. Het is je eigen waanidee, zet het onmiddellijk uit je hoofd, voordat je jezelf compleet belachelijk maakt.* Toen ik achteruit de knerpende oprit afreed, zag ik een gestalte naar de auto toe komen.

Hij zei iets, maar ik kon hem niet horen met het gesloten raampje, dus draaide ik het open en trapte op de rem.

'Ben je iets vergeten?' vroeg ik met zo vast mogelijke stem.

'Ja.'

'O, wacht even. Zo, het achterste portier is open. Je kunt...'

Ik kon mijn zin niet afmaken. Hij stak zijn hand naar binnen door het raampje aan de bestuurderskant en ging ermee in de richting van mijn schoot. Even schrok ik, totdat hij de versnellingspook

pakte en de auto in zijn vrij zette. Toen maakte hij mijn veiligheids-
gordel los, rukte het portier open en trok me de auto uit.

'Wat is er? Ik weet niet...'

Maar hij legde me het zwijgen op door mijn gezicht tussen zijn
handen te nemen, precies zoals iedere vrouw het altijd graag wil en
geen enkele man dat ooit doet. Precies zoals op het omslag van *Liefde en wellust*, als ik het me goed herinnerde; de afbeelding die voor
mij het symbool was van de ultieme romantische vrijpartij. Zijn
handen waren koel en sterk en ik wist zeker dat hij zou voelen hoe
mijn gezicht gloeide, maar ik had geen tijd om me daar druk om te
maken. Hij boog zich naar me toe en kuste me zo zachtjes dat ik bijna niet kon reageren. Ik had geen andere keus dan daar maar een
beetje te blijven staan en het te laten gebeuren, te geschrokken om
hem zelfs maar terug te zoenen.

'Ik beloof je dat ik dat de volgende keer niet zal vergeten,' zei hij,
en ik zweer je dat het bijna nors klonk, zoals je alleen in films zou
verwachten. Toen hield hij galant de deur voor me open en gebaarde dat ik weer kon gaan zitten. Blij dat ik niet meer afhankelijk was
van de draagkracht van mijn eigen benen liet ik me onhandig in de
stoel vallen en ik grinnikte toen hij het portier dichtdeed en naar
het huis liep.

20

Ik had net het laatste lampionnetje in de vorm van een maïskolf aan een koord geregen toen mijn moeder zich eindelijk gewonnen gaf en over Sammy begon.

'Bettina, lieverd, Sammy lijkt me erg aardig. Je vader en ik vonden het heel leuk om hem gisteravond te ontmoeten.'

'Ja, hij lijkt me inderdaad wel aardig.' Ik zou haar flink laten ploeteren en er volop van genieten.

'Komt hij ook naar het feest?' Ze zette een schaal hummus naast de gemengde olijven en deed een stapje terug om haar werk te bewonderen voordat ze haar aandacht weer op mij richtte.

'Ik denk het niet. Hij zou het wel willen, maar we zijn hier allebei maar een paar dagen en volgens mij wil hij die tijd graag met zijn vader doorbrengen. Hij zei iets over een steakhouse waar ze zouden gaan eten.'

'O?' vroeg ze afgemeten, en ik kon zien dat ze haar best deed om geen commentaar te leveren op wat zij ongetwijfeld voor zich zag als een woeste vleesorgie. Sammy had alleen maar gezegd dat zijn vader en hij met Thanksgiving waarschijnlijk ergens zouden gaan eten, maar het was te gemakkelijk en te leuk om haar gek te maken. 'Misschien heeft hij zin om na afloop langs te komen en een hapje te proeven van onze lokale producten.'

'Nou, die opwindende uitnodiging zal ik zeker aan hem doorgeven.' Ik had enorm gebaald toen Sammy me belde om te zeggen dat hij niet naar het feest kon komen, en nog meer toen hij zei dat hij niet met me mee terug zou rijden naar New York. Nadat hij me tamelijk beleefd had bedankt voor de lift van de vorige dag, had hij uitgelegd dat hij zaterdagavond moest werken en daarom met de bus terug zou gaan. Ik overwoog om ook eerder terug te rijden, maar ik wist dat mijn ouders dat niet leuk zouden vinden, dus wenste ik hem eenvoudigweg een fijne avond en hing op.

'Bettina, kun je me even helpen?' Mijn vader schikte liefdevol een berg takken en haardblokken tot een ingewikkeld bouwwerk. Het pronkstuk van ieder oogstfeest was het ceremoniële vreugdevuur waar iedereen zich verzamelde om te dansen, wijn te drinken en 'een serenade te brengen aan de oogst', wat dat ook mocht betekenen.

Ik holde meteen naar hem toe, met een heerlijk vrij gevoel in mijn versleten, stokoude ribbroek, wollen trui met rits en een dik fleece vest erover. Het was een raar maar heerlijk gevoel om bevrijd te zijn van de flinterdunne mouwloze truitjes die ik de laatste tijd fanatiek had gedragen, en de strakke *must-have* spijkerbroeken die mijn billen liftten en mijn bovenbenen afknelden. Mijn voeten waren vandaag gestoken in dikke angorasokken en boterzachte Minnetonka-mocassins. Met rubberzolen. En kraaltjes. En franjes. Op de middelbare school hadden ze op modegebied écht niet gekund, maar toch had ik ze gedragen. Het voelde een tikkeltje als verraad om ze weer aan te trekken nu de *Lucky* er vol mee stond, maar ze zaten te lekker om het alleen uit principe te laten. Ik ademde de late novemberlucht diep in en voelde iets wat verdacht veel op geluk leek.

'Hoi pap, wat kan ik voor je doen?'

'De haardblokken die bij de serre liggen hierheen slepen, als dat lukt,' gromde hij, met een enorm stuk hout op zijn schouder.

Hij wierp me een paar grote werkhandschoenen toe – die al lang geleden pikzwart geworden waren van het zand – en zwaaide in de richting van het hout. Ik trok de handschoenen aan en bracht het hout blok voor blok van de ene naar de andere kant.

Mijn moeder kondigde aan dat ze ging douchen, maar dat er een pot Yogi-zoethoutthee voor ons in de keuken stond. We gingen er even voor zitten.

'Vertel eens, Bettina, wat is je relatie met die aardige jongeman van gisteravond?' vroeg mijn vader zogenaamd nonchalant.

'Aardige jongeman?' zei ik, meer om tijd te rekken dan om hem uit te lachen. Ik wist dat ze allebei dolgraag wilden horen dat ik iets met Sammy had – en niemand had dat liever gewild dan ikzelf – maar ik kon het niet opbrengen om hem uit te leggen hoe het precies in elkaar zat.

'Je weet natuurlijk ook wel dat je moeder en ik ervan dromen dat je nog eens iemand vindt zoals de vriend van Penelope. Hoe heet hij ook alweer?'

'Avery.'

'Juist ja, Avery. Ik bedoel, het zou heerlijk zijn om te kunnen beschikken over een eindeloze voorraad goeie wiet, maar mocht zo'n droomvriend er niet in zitten, dan lijkt Sammy me ook wel aanvaardbaar.' Hij grinnikte om zijn eigen grapje.

'Nee, ik heb niets spannends te melden. Hij is gewoon met me meegereden.' Ik had geen zin om erop in te gaan – ik voelde me een beetje te oud om mijn ouders te vertellen dat ik smoorverliefd was, want daar begon het aardig op te lijken.

Mijn vader nam een slokje thee en keek over de rand van zijn 'Veteranen voor de Vrede'-mok naar me. Voorzover ik wist waren mijn ouders geen van beiden veteraan, maar ik hield mijn mond. 'Goed, dan niet,' zei mijn vader. 'Hoe gaat het met je nieuwe baan?'

Het was me gelukt om een heel etmaal niet aan mijn werk te denken, maar ineens voelde ik dringend de behoefte om de berichten op mijn telefoon te checken. Gelukkig had mijn mobiele telefoon bij mijn ouders thuis geen bereik, en ik had geen zin om naar mijn voicemail thuis te bellen.

'Heel goed,' zei ik snel. 'Het is veel leuker dan ik had verwacht. De meeste collega's zijn erg aardig. De feesten zijn ook nog steeds leuk, al denk ik dat dat er op een gegeven moment wel af zal gaan. Ik leer een heleboel nieuwe mensen kennen. Al met al denk ik dat het een goed idee is geweest.'

Hij knikte een keer, alsof hij de informatie even moest verwerken, maar ik zag dat hem iets dwarszat.

'Wat is er?' vroeg ik.

'Nee, niks. Het is allemaal heel interessant.'

'Wat is er nou interessant aan? Het is maar een pr- en evenementenbureau. Echt fascinerend zou ik het niet willen noemen.'

'Inderdaad, en dat bedoel ik eigenlijk. Vat het niet verkeerd op, Bettina, maar wij – je moeder en ik, bedoel ik – staan er een beetje van te kijken dat je hiervoor hebt gekozen.'

'Het is beter dan UBS. Mama kreeg bijna een hartverzakking toen ze erachter kwam dat Dow Chemical een van onze klanten was. Ze heeft me drie weken lang iedere dag een brief geschreven om me ervan te beschuldigen dat ik meewerkte aan ontbossing, longkanker bij kinderen en zelfs – al begrijp ik de link nog steeds niet – de oorlog in Irak. Weet je nog? Ze was zo in paniek dat ik uiteindelijk toestemming heb moeten vragen om hun portefeuille aan anderen te geven. Hoe kun je het dan erg vinden dat ik nu een andere baan heb?'

'We vinden het niet erg, we hadden alleen gedacht dat je er nu aan toe zou zijn om iets, iets… zinvols te gaan doen. Misschien iets met subsidieaanvragen of zo. Je hebt altijd heel goed kunnen schrijven. Heb je het ook niet eens gehad over het Bureau voor Gezinsplanning? Wat is daar eigenlijk van geworden?'

'Ik heb het over zo veel dingen gehad, pap. Maar dan komt er iets anders op je pad, en ik doe dit graag. Is dat nou zo erg?' Ik wist dat het verdedigend klonk, maar ik had helemaal geen zin in dit gesprek.

Hij legde glimlachend zijn hand op de mijne. 'Natuurlijk niet. We weten dat je uiteindelijk je weg wel zult vinden.'

'Mijn weg vinden? Weet je wel hoe neerbuigend dat klinkt? Er is niets mis met wat ik op dit moment…'

'Bettina? Robert? Waar zitten jullie? De meisjes van de biologische boerderij hebben net gebeld dat ze onderweg zijn. Is het vuur startklaar?' galmde de stem van mijn moeder door het houten huis, en we keken elkaar aan en stonden op.

'Ik kom eraan, schat,' riep mijn vader.

Ik zette onze bekers in de gootsteen en liep langs mijn vader heen naar boven, waar ik de ene ruimvallende broek verruilde voor een andere. Tegen de tijd dat ik een borstel door mijn haar had gehaald en een beetje vaseline op mijn lippen had gesmeerd (dezelfde lippen die Sammy nauwelijks twintig uur geleden had gekust) hoorde ik de eerste stemmen in de tuin.

Binnen een uur zat het huis bomvol. Ik besefte dat ik de meeste mensen helemaal niet kende. Naast een handjevol buren en collega's van mijn ouders van de universiteit die ik al jaren kende, liepen er grote groepen vreemden warme appelcider te drinken en *baba ghanoush* te proeven.

'Mam, wie zijn al die mensen toch?' vroeg ik toen ik me bij haar voegde in de keuken, waar ze verse limonade aan het maken was. De zon was net onder – of eigenlijk was het alleen nog donkerder geworden, want de zon had zich de hele dag niet laten zien – en er begon een of andere klezmerband te spelen. Een man die net zulke sandalen droeg als mijn vader stootte een uitgelaten kreet uit en begon verontrustend op en neer te hopsen; het had net zo goed kunnen duiden op een liesbreuk als op het verlangen om te dansen. Niet echt een doorsnee Thanksgiving-dineetje.

'Eens even kijken,' zei mijn moeder. 'Er zijn veel nieuwe mensen dit jaar. Nu je vader dit semester maar één college geeft, hebben we meer tijd om contacten te leggen. De groep daar aan tafel is van onze biologische boerderij. Wist je dat we een paar maanden geleden zijn overgestapt op een andere? De vorige werd zo fascistisch! O ja, die twee lieve stelletjes daar kennen we van de zaterdagse groentemarkt in Euclid Street. En verder… O ja, er zijn een paar mensen die we hebben leren kennen tijdens de stille tocht tegen de doodstraf vorige maand, die een week duurde, en van ons comité voor de oprichting van duurzame ecodorpen…'

Ze kletste opgewekt verder terwijl ze ijslaatjes vulde en in de vriezer deed. Ik leunde tegen het aanrecht en vroeg me af wanneer ik de draad was kwijtgeraakt van het leven dat mijn ouders leidden.

'Kom, dan stel ik je voor aan Eileen. We werken samen bij de hulptelefoon en ik heb dit jaar heel veel aan haar gehad. Ze weet alles over je en ik wil jullie heel graag aan elkaar voorstellen.'

We hoefden niet lang te zoeken, want Eileen kwam de keuken al in gelopen voordat we de karaffen limonade mee naar buiten hadden kunnen nemen.

'O, dat moet Bettina zijn!' riep ze uit, terwijl ze met zwabberende bovenarmen op me af kwam stormen. Ze was aangenaam dik, overal even rond en zacht, en haar enorme glimlach gaf haar iets vertrouwenwekkends. Voordat ik er zelfs maar aan kon dénken om opzij te gaan, had ze me als een klein kind opgetild.

'O, wat leuk dat ik je eindelijk ontmoet! Je moeder heeft me alles over je verteld. Ik heb zelfs een paar van die fantastische brieven gelezen die je op de middelbare school hebt geschreven!' Bij die opmerking wierp ik mijn moeder een dodelijke blik toe, maar ze haalde alleen maar haar schouders op.

'O? Nou, dat is lang geleden, hoor. Ik heb natuurlijk ook heel veel over jou gehoord,' loog ik. Tot een halve minuut geleden had ik haar naam niet één keer horen vallen, maar mijn moeder keek tevreden.

'Ach! Echt waar? Kom eens bij me. Kom eens bij tante Eileen zitten en vertel me hoe het is om beroemd te zijn.'

Dat 'tante Eileen' ging me een beetje ver, vooral omdat ze hooguit tien jaar ouder was dan ik. Maar ik ging braaf op de keukentafel zitten. 'Beroemd? Ik denk dat je de verkeerde voorhebt. Ik werk wel min of meer samen met beroemde mensen – ik zit in de pr – maar ik zou mezelf zeker niet beroemd willen noemen,' legde ik langzaam uit, ervan overtuigd dat Eileen me aanzag voor de dochter van iemand anders.

'Meid, ik mag dan in Poughkeepsie wonen, niemand leest zo veel roddelbladen als ik! Hou je alsjeblieft niet in. Hoe is het om met die goddelijke Philip Weston uit te gaan?' Op dat punt haalde ze diep adem en deed ze alsof ze flauwviel. 'Kom op, ik wil alle details horen. Het is de verrukkelijkste man op deze hele planeet.'

Ik lachte ongemakkelijk en nam in gedachte de ontsnappingsroutes door, maar pas toen ik het gezicht van mijn moeder zag, voelde ik me echt beroerd.

'Pardon?' vroeg ze. 'Welke Philip?'

Eileen keek haar ongelovig aan en zei: 'Anne, je gaat me toch niet vertellen dat je niet wist dat je bloedeigen dochter iets heeft met de meest begeerde man ter wereld, hè? Dat méén je niet!' krijste ze. 'De enige reden dat ik je er nooit rechtstreeks naar heb gevraagd, is dat ik wist dat ik Bettina vanavond zou ontmoeten. Ik wilde alle smeuïge details rechtstreeks uit haar mond horen!'

Mijn moeder zou niet verbaasder hebben gekeken wanneer ik haar een klap in haar gezicht had gegeven, en in die paar seconden trok ik de conclusie dat mijn ouders godzijdank de laatste berichten van Abby niet hadden gelezen.

'Ik, eh... wist niet dat je een vriend hebt,' stamelde ze. Waarschijnlijk voelde ze zich verraden: haar dochter had haar niet alleen belangrijke informatie onthouden, maar nu kwam dit hiaat in de moeder-dochterverhouding ook nog eens aan het licht waar haar collega bij was. Ik wilde mijn armen om haar heen slaan, haar daarvandaan sleuren en alles uitleggen, maar Eileen bleef me bestoken met vragen.

'Heeft hij je verteld waarom het is uitgegaan tussen hem en Gwynnie? Dat heb ik me altijd afgevraagd. O, en heeft hij de koningin van Engeland wel eens persoonlijk ontmoet? Ik neem aan van wel; zijn eigen familie heeft per slot van rekening ook koninklijk bloed, maar ik vraag me af hoe dat nou echt gaat.'

'Koninklijk bloed?' fluisterde mijn moeder, terwijl ze zich aan het aanrecht vastklampte. Ze keek erbij alsof ze duizenden vragen had, maar ze zei alleen: 'En die jongen van gisteravond dan?'

'Is hij hier geweest?' vroeg Eileen meteen. 'Is Philip Weston hier geweest? In Poughkeepsie? Gisteravond? O, mijn god...'

'Nee, Philip Weston is niet hier geweest. Ik heb een vriend van me een lift gegeven en die is gisteren hier geweest. Maar ik heb ook niet echt iets met Philip, hoor. We zijn gewoon een paar keer samen uit geweest. Hij is bevriend met al mijn collega's.'

'Oooo,' hijgde Eileen. Die verklaring was blijkbaar goed genoeg voor haar. Mijn moeder keek een stuk ongemakkelijker.

'Met wíé ben je een paar keer uit geweest? Iemand van Weston? Toch niet van de beroemde Engelse familie Weston?'

Ik was er best trots op dat Philip kennelijk zo bekend was dat zelfs mijn moeder van hem had gehoord. 'De enige echte,' zei ik, blij dat ze eindelijk een beetje bijtrok.

'Bettina, je weet toch wel dat de familie Weston bekendstaat als antisemitisch? Herinner je je die toestand met Zwitserse bankrekeningen uit de holocaust niet? En alsof dat nog niet erg genoeg is, schijnen ze ook nog Zuid-Amerikaanse werkplaatsen met zwaar onderbetaalde krachten te gebruiken voor hun bedrijven. En met zo iemand ga jij uit?'

Eileen voelde schijnbaar aan dat het gesprek een vervelende wending begon te nemen en kneep ertussenuit.

'Ik heb niks met hem,' hield ik vol, al klonk de ontkenning tamelijk idioot nadat ik zojuist had toegegeven dat ik wel eens met hem uitging.

Ze tuurde naar me alsof ze mijn gezicht voor het eerst in maanden zag en schudde langzaam haar hoofd. 'Dit had ik nooit van je verwacht, Bettina. Echt niet.'

'Wát had je niet verwacht?'

'Dat mijn dochter geassocieerd wil worden met dat soort lui. We zijn blij dat je bent zoals je bent – intelligent, ambitieus en succesvol – maar we hebben altijd geprobeerd om je een zeker sociaal en burgerlijk bewustzijn bij te brengen. Waar is dat toch gebleven, Bettina? Wat is daar nog van over?'

Voordat ik antwoord kon geven, kwam er een man die ik niet kende de keuken in gehold om te zeggen dat mijn moeder buiten moest poseren voor de plaatselijke krant. Mijn ouders gebruikten hun oogstfeest de laatste vijf jaar om geld in te zamelen voor opvanghuizen voor mishandelde vrouwen, en het was inmiddels zo'n vast gebruik geworden in Poughkeepsie dat alle lokale en schoolkranten erover schreven. Ik keek toe hoe de fotograaf mijn ouders liet poseren, eerst in de serre en daarna bij het vreugdevuur, en de rest van de avond maakte ik kennis met zo veel mogelijk van hun vrienden en collega's. Mijn ouders zeiden geen van beiden nog een woord over mijn werk of Philip Weston, maar beide onderwerpen bleven in de lucht hangen en lieten een smerige smaak in mijn mond achter. Ik kon opeens bijna niet wachten om terug te gaan naar de stad.

21

De week na Thanksgiving was een verschrikking geweest. De bezorgdheid van mijn ouders drukte als een loden last op mijn schouders en Philip belde onophoudelijk. En hoewel ik mezelf voorhield dat er geen reden tot ongerustheid was, had ik nog niets van Sammy gehoord. Een paar dagen lang had ik dromerig De Kus opnieuw beleefd, teruggedacht aan de manier waarop Sammy me uit de auto had getrokken en me afgevraagd wanneer hij eindelijk contact met me zou opnemen, maar na een tijdje verloor dat ook zijn charme. Om het nog erger te maken was Abby al die tijd over me blijven schrijven, ook al was ik vijf volle dagen de stad uit geweest. Er waren weinig zaken waar ik van op aan kon in die tijd, maar ik wist heel zeker dat Abby niet op het oogstfeest van mijn ouders was geweest. Daarom was het extra verontrustend om mijn naam in de kop boven een artikel van de *New York Scoop* te zien staan. DONKERE WOLKEN? ROBIN-

SON HUILT UIT BIJ OUDERS. Abby schreef dat mijn 'plotselinge afwezigheid' opmerkelijk was omdat Philip en ik 'onafscheidelijk' waren, en het feit dat ik naar mijn ouders buiten de stad was 'gevlucht' duidde natuurlijk op een grote relatiecrisis. Er stond nog een speciaal zinnetje in om te suggereren dat mijn 'weekendje weg van het partycircuit' ook wel eens iets te maken zou kunnen hebben met de noodzaak om 'af te kicken' of misschien 'de wonden van de afwijzing te likken'. Ze beëindigde het artikel met de aansporing vooral haar column te blijven lezen en zo op de hoogte te blijven van de nieuwste verwikkelingen in het Weston/Robinson-relaas.

Ik had het bovenste vel losgescheurd van het aan elkaar geniete stapeltje, verfrommeld en zo hard als ik kon de kamer door gesmeten. Relatiecrisis? Afkicken? *Afwijzing*? Nog beledigender dan de suggestie dat we iets met elkaar hadden, was de suggestie dat het uit was. En dan afkicken! Het was al erg genoeg om afgeschilderd te worden als een losgeslagen feestbeest, maar het was bijna nog gênanter om te worden neergezet als iemand die het uitgaansleven niet aankon. Het hele verhaal werd zo langzamerhand te belachelijk voor woorden. Het had me drie hele dagen gekost om Kelly (en Elisa, die het zich erg leek aan te trekken) ervan te overtuigen dat Philip en ik geen ruzie hadden, dat ik niet in Poughkeepsie was geweest om een goede afkickkliniek uit te kiezen en dat ik niet van plan was Philip binnen afzienbare tijd te 'dumpen'.

Het grootste deel van december had ik zo veel mogelijk evenementen bezocht, me laten fotograferen met Philip en vooral veel vals commentaar uitgelokt van Abby (die maar al te graag meewerkte), en het leven was weer normaal – althans, de verknipte versie daarvan. Kelly had een rooster gemaakt voor de feestdagen omdat we niet allemaal tegelijk vrij konden nemen, en ik had ermee ingestemd om op kerstavond te werken op de cocktailparty voor een joods bedrijf, een ruil voor een vrije avond met oud en nieuw. Ik verheugde me erop om die in Los Angeles door te brengen bij Penelope, die vaak had gevraagd wanneer ik langskwam. Zodra het rooster bekend was, had ik een ticket gekocht. Kerstmis was al over twee weken en de maandagochtendvergadering was hectischer dan ooit. Ik zat net te dagdromen over hoe ik aan het strand met Pen zou bijkletsen: met een bloody mary in de hand, op teenslippers en in korte broek, en dat midden in de winter. Mijn gedachten werden verstoord door de stem van Kelly.

'We hebben een nieuwe klant aangenomen waarmee ik heel blij ben,' zei ze met een brede grijns. 'Vanaf vandaag werken we officieel voor de Vereniging van Nachtclubeigenaren in Istanbul.'

'Is er dan een nachtleven in Istanbul?' vroeg Leo, die een ogenschijnlijk volmaakte nagelriem bestudeerde.

'Ik wist niet dat clubs toegestaan waren in Syrië!' riep Elisa geschokt uit. 'Ik bedoel, moslims drinken niet eens, toch?'

'Istanbul ligt in Turkije, Elisa,' zei Leo met een zelfvoldaan gezicht. 'En al is het een islamitisch land, het is er heel, heel westers en ze kennen er een strikte scheiding van kerk en staat. Van moskee en staat, moet ik eigenlijk zeggen.'

'Precies, Leo, helemaal juist. Zoals jullie weten willen we graag uitbreiden naar wat meer internationale klanten, en dit lijkt me de ideale start. De vereniging bestaat uit een stuk of dertig clubeigenaren in Istanbul en omstreken, en zij zoeken een bedrijf dat het actieve nachtleven in de stad kan promoten. Daar hebben ze ons dus voor uitgekozen,' voegde ze er met een tevreden glimlach aan toe.

'Ik wist niet dat er mensen zijn die naar Turkije gaan om te stappen,' snoof Elisa. 'Ik bedoel, het is nu niet direct Ibiza, hè?'

'En daarom hebben ze dus onze hulp nodig,' zei Kelly. 'Ik heb begrepen dat Istanbul een echte wereldstad is, erg chic, en dat het geen probleem is om allerlei geweldige Europeanen te trekken die van strand, stappen en goedkoop winkelen houden, maar het toerisme heeft te lijden onder 11 september. Nu willen ze Amerikanen – vooral jonge Amerikanen – laten zien dat je in Istanbul net zo goed uit kan gaan als in Europa, maar wel een stuk goedkoper en aanzienlijk exotischer. Het is onze taak om van Istanbul dé partybestemming te maken.'

'En hoe gaan we dat aanpakken?' vroeg Leo, die nu de gesp van zijn Gucci-riem bestudeerde en er uitermate verveeld bij keek.

'Om te beginnen moeten we de stad die we straks zullen promoten beter leren kennen. Daarom gaan jullie de jaarwisseling doorbrengen in Istanbul. Skye en ik blijven hier om de boel draaiende te houden. De rest vertrekt de 28ste.'

'Wat?' Ik schrééuwde bijna. 'Gaan we naar Turkije? Wóénsdag al?' Ik voelde een combinatie van afschuw omdat ik Penelope zou moeten vertellen dat ik niet naar LA kon komen en opwinding bij het vooruitzicht om naar zo'n exotische stad te gaan.

'Kelly, ik ben het met Bette eens. Ik weet niet of dit wel zo'n goed idee is. Het is geen gewoonte van me om landen te bezoeken die door oorlog verscheurd worden,' zei Elisa.

'Ik zei niet dat ik er niet naartoe wil,' fluisterde ik gedwee.

'Oorlog? Ben jij nou echt zo dom?' vroeg Skye.

251

'Oorlog kan me niet schelen, ik heb alleen erg weinig trek om naar een of ander derdewereldland te gaan waar je voedselvergiftiging oploopt, waar het water niet te drinken is en je niet eens fatsoenlijk roomservice kunt krijgen. En dat met nieuwjaar? Dat meen je toch niet, hè?' zei Leo met een blik op Kelly.

'Kijk, dat is dus een deel van het probleem,' zei Kelly, die zich veel rustiger hield dan ik in haar positie gekund zou hebben. 'Turkije is een westerse democratie. Ze staan op het punt om zich aan te sluiten bij de EU. Er is een Four Seasons Hotel in Istanbul, en een Ritz en een Kempinski. Er zit verdorie zelfs een Versace-boutique. Ik heb er alle vertrouwen in dat jullie daar zeer comfortabel zullen verblijven. Het enige wat jullie ter plaatse hoeven te doen is zo veel mogelijk clubs, lounges en restaurants bezoeken. Neem leuke kleren mee. Drink de champagne die je aangeboden zult krijgen, ga shoppen, smijt met geld. Feest zo veel en zo vaak als je wilt. Luid samen het nieuwe jaar in. En vermaak je gasten, natuurlijk.'

'Gasten? De nachtclubeigenaren, bedoel je? Ik ga godverdomme niet de hoer spelen voor een stelletje Turkse clubeigenaren, Kelly! Zelfs niet voor jou,' zei Elisa, en ze sloeg haar armen over elkaar om haar morele standvastigheid te tonen.

Kelly grinnikte. 'Heel grappig.' Ze zweeg even om haar volgende woorden kracht bij te zetten. 'Wees niet bang, freule Elisa. De gasten die ik bedoel behoren tot een zorgvuldig samengestelde groep smaakmakers hier uit Manhattan.'

Elisa keek met een ruk op. 'Wie dan? Wie gaan er mee? Wat bedoel je? Gaan er bijzondere mensen mee?'

Davide en Leo leefden ook op. We zaten allemaal licht voorovergebogen te wachten tot Kelly de namen prijsgaf. 'Ik heb nog niet van iedereen een definitieve bevestiging binnen, maar tot nu toe zijn er afspraken met Marlena Bergeron, Emanuel de Silva, Monica Templeton, Oliver Montrachon, Alessandra Uribe Sandoval en Camilla von Alburg. Het scheelt dat er hier met nieuwjaar niet echt iets bijzonders te doen is. Jullie vliegen er met een privé-vliegtuig heen en logeren in het Four Seasons. De klant verzorgt alles, van auto, drank en eten tot wat jullie verder nodig hebben om het de gasten – en de fotografen – naar de zin te maken.'

'Privé-vliegtuig?' mompelde ik.

'Fotografen? Je gaat me toch niet vertellen dat je ons daarheen stuurt met een vliegtuig vol paparazzi, hè?' zei Elisa klaaglijk.

'Het gebruikelijke verhaal: niet meer dan drie, allemaal freelancers, zodat ze niet aan één blad vastzitten. Tel daarbij vier of misschien vijf freelance schrijvers op en de publiciteit moet uitstekend zijn.'

Ik dacht even na over deze informatie. Binnen twee weken zou ik onderweg zijn naar Istanbul, Turkije, om daar te drinken, te dansen en een beetje aan het zwembad te liggen van een van de mooiste hotels ter wereld, met als enige taak een zorgvuldig geselecteerd groepje vooraanstaande *party people* te voorzien van zo veel alcohol en drugs om ervoor te zorgen dat ze dronken genoeg zouden zijn om tevreden te kijken op de foto, maar nog wel zo helder dat ze iets samenhangends konden uitbrengen tegen de verslaggevers. De foto's zouden bij onze thuiskomst in alle weekbladen en roddelrubrieken staan, met begeleidende teksten waarin werd verteld dat iedereen die iets voorstelde tegenwoordig op stap ging in Istanbul, en geen mens zou in de gaten hebben dat we letterlijk betaald hadden gekregen om het feestgedruis daarheen te verhuizen, compleet met door onszelf uitgekozen fotografen en schrijvers om het vast te leggen. Het was een schitterende zet, de belichaming van het motto van onze bedrijfstak: regisseer het en publiceer het – tot in de puntjes.

Toen zag ik in gedachten Penelope voor me, en mijn keel werd dichtgesnoerd. Hoe kon ik haar dit wéér aandoen?

'Bette, ik ben zo vrij geweest om de Vereniging te vragen voor jou en Philip de bruidssuite te reserveren. Dat is wel het minste wat ik kan doen voor mijn favoriete stel!' zei Kelly vol trots.

'Gaat Philip ook mee?' vroeg ik schor. Sinds de kus van Sammy voelde mijn neprelatie met Philip nog vreemder.

'Natuurlijk gaat hij mee! Dit was grotendeels zijn idee. Ik vertelde hem tijdens het BlackBerry-feest over onze nieuwe klant en toen bood hij zijn diensten aan. Hij zei dat hij best met een groep vrienden naar Istanbul wilde vliegen om daar te gaan stappen als hij mij daarmee kon helpen. Hij heeft zelfs de privé-jet van zijn vader aangeboden, maar de Vereniging had al een eigen toestel ingezet. Goh Bette, wat zul jij blij zijn.'

Ik deed mijn mond open om iets te zeggen, wat dan ook, maar Kelly was al naar de deur van de vergaderruimte gelopen. 'Oké, jongens, er is de komende weken veel werk aan de winkel. Elisa, jij onderhoudt het contact met de klant en de gasten om alle details vast te leggen en te bevestigen – zorg ervoor dat iedereen weet waar hij heen moet en wanneer, en wat ze nodig hebben. Leo, jij houdt contact met de schrijvers, fotografen en redacteuren; regel een persmapje en een Tip Sheet met alle foto's van onze gasten die je zo gauw kunt vinden. Davide, jij verzamelt informatie over de gasten. Ze zitten uiteraard allemaal in het bestand, dus geef hun sociale achtergronden en voorkeuren zo snel mogelijk door aan het team en later aan het Four Seasons, zodat ze daar het aanbod van water, wijn en hapjes per kamer persoonlijk kunnen afstemmen. Ik geloof niet dat er belangrijke romantische verwikkelingen zijn, maar ga dat ook even na. Afgezien van het feit dat Camilla het heeft gedaan met Oliver en Oliver nu het bed schijnt te delen met Monica, is het incestgehalte binnen de groep vrij laag, hetgeen de zaken een stuk gemakkelijker zou moeten maken.'

Iedereen maakte druk aantekeningen en de Lijstmeisjes, die achter in de vergaderruimte hadden mogen zitten om toe te kijken, staarden vol verwondering naar ons.

'Kelly, wat is mijn taak?' riep ik toen ze wilde weggaan.

'Jouw taak? Bette, jij hoeft je alleen maar om Philip te bekommeren. Hij speelt een belangrijke rol in dit hele verhaal, dus richt jij je er maar op het hem optimaal naar de zin te maken. Geef hem alles wat hij wil. Als Philip tevreden is, zijn zijn vrienden het ook, en dan wordt dit hele project een eitje.' Ze knipoogde, voor het geval er nog mensen waren die niet begrepen waar ze op doelde, en toen ging ze terug naar haar kantoor.

Leo, Skye en Elisa zaten vrolijk te kletsen en besloten om bij Pastis te gaan lunchen en daar de planning voort te zetten, maar ik ging niet mee. Er zat een nachtmerrieachtig beeld in mijn hoofd dat ik er maar niet uit kreeg: Philip die in een zijden boxershort languit op het balkon van een weelderige bruidssuite lag en zich in de vreemdste yogakronkels wrong terwijl een fotograaf ons gezamenlijke bed op de gevoelige plaat vastlegde en Penelope van een afstand toekeek.

22

Dinsdagavond kreeg ik Penelope eindelijk te pakken. Ze leek heel ver weg, en niet alleen door de afstand en het tijdverschil – het ging verder dan dat. Ze zwoer dat ze me mijn vertrek tijdens haar afscheidsetentje had vergeven, maar ik kreeg niet de indruk dat ze het kon vergeten. Ik had haar nog niet verteld over de zoen van Sammy of de toestand met mijn ouders tijdens het oogstfeest, en zelfs niet dat ik van Kelly wist dat Abby achter de gemene verhalen zat die over me verschenen. Drie maanden eerder zou dat nooit hebben kunnen gebeuren, en nu ging ik het allemaal nog veel, veel erger maken. Misschien kwam het wel nooit meer goed tussen ons.

Het had me drie uur gekost om mezelf ertoe aan te zetten Penelope te bellen, en in die uren was ik met mijn gedachten bij Sammy geweest. Ik vroeg me af of hij thuis was, of hij zich erop voorbereidde het uit te maken met zijn vriendin, zodat we samen konden zijn.

255

Hij leek altijd heel blij om me te zien bij Bungalow, waardoor ik wist dat hij de juiste keuze zou maken – en de juiste keuze was natuurlijk onmiddellijk de relatie met haar verbreken en zich storten op een ongetwijfeld langdurige verbintenis met mij. Het was volkomen duidelijk. Althans, in mijn ogen.

Eindelijk volgden mijn vingers het commando van mijn hersenen op om het nummer in te toetsen, en voordat ik voor de duizendste keer kon ophangen nam Penelope op.

'Hé! Hoe gaat-ie?' vroeg ik veel te enthousiast. Ik had nog altijd niet de juiste woorden gevonden en probeerde zo veel mogelijk tijd te rekken.

'Bette! Hallo! Hoe gaat het met je?' Ze klonk al net zo enthousiast.

'Ach, z'n gangetje.' Toen besloot ik de pleister in één ruk los te trekken, in plaats van tergend langzaam en pijnlijk. 'Ik moet je iets vertellen, Pen...'

Ze onderbrak me al na een paar woorden. 'Bette, voordat je verdergaat moet ik iets heel vervelends zeggen.' Ze ademde een keer diep in en zei: 'Ik kan niet oud en nieuw met je vieren.'

Wat? Wat kregen we nou? Was ze er op de een of andere manier achtergekomen dat ik naar Turkije ging? Was ze daar zo kwaad om dat ze me voor wilde zijn? Waarschijnlijk interpreteerde ze mijn verbaasde stilte als kwaadheid, want ze ratelde snel door.

'Ben je daar nog? Bette, het spijt me heel erg, je hebt geen idee hoe verschrikkelijk ik het vind. Mijn ouders belden net om te zeggen dat ze een appartement hebben gehuurd in Las Ventanas voor de week tussen kerst en nieuwjaar. Ik zei nog dat ik al plannen had gemaakt voor oud en nieuw, maar ze hebben de ouders en de broer van Avery ook uitgenodigd en ik heb geen keus. Zoals gewoonlijk.'

Dit was te mooi om waar te zijn.

'Echt waar? Dus je gaat naar Mexico?' vroeg ik voor alle zekerheid, maar in Penelopes oren moest het woedend geklonken hebben, want ze zei: 'O, Bette, het spijt me zo verschrikkelijk. Natuurlijk betaal ik je vliegticket terug en je krijgt een nieuw van me om zo snel mogelijk alsnog te komen. Vergeef het me alsjeblieft. Het is misschien een schrale troost, maar oud en nieuw wordt een ramp...' Ze klonk zo van streek dat ik haar het liefst had omhelsd.

'Pen, maak je geen zorgen...'

'Wat? Ben je niet boos?'

'Als we dan toch eerlijk zijn: ik belde om te zeggen dat ik niet kan komen met oudjaar. Kelly stuurt ons allemaal naar Turkije.'

'Turkíje?' vroeg ze verbaasd. 'Hoezo dat dan?'

'Om te werken, ongelooflijk maar waar. We hebben een nieuwe klant – een of andere groep nachtclubeigenaren – die wil dat we het uitgaansleven in Istanbul gaan promoten. We verplaatsen min of meer het hele nachtleven daarheen, zodat er zeker over geschreven zal worden. En oudjaar leek ze de ideale avond om daarmee te beginnen.'

Ze begon te lachen en zei: 'Dus jij laat me eerst dat hele treurige verhaal vertellen terwijl je eigenlijk belt om zélf af te zeggen? Wat ben je toch een vals loeder!'

'Eh, párdon, jij bent hier degene die keihard zegt dat ik niet mag komen, dus ik snap niet waarom ík het loeder zou zijn.' We lachten nu allebei en er viel een enorme last van mijn schouders.

'Even serieus. Het klinkt ontzettend gaaf,' zei ze. 'Heb je ook nog tijd voor de bezienswaardigheden? Ik heb wel eens gehoord dat de Aya Sofia een soort bovennatuurlijke ervaring moet zijn. En de Blauwe Moskee, de Grote Bazaar… Een boottochtje over de Bosporus! Mijn god, Bette, dat lijkt me geweldig!'

Ik wilde haar niet vertellen dat de enige activiteiten die tot nu toe voor overdag gepland waren *hot stone*-massages waren en dat de boottochtjes die op het programma stonden alleen bedoeld waren om te borrelen, dus mompelde ik maar wat en probeerde op een ander onderwerp over te gaan. 'Ja, het wordt vast heel leuk. Hoe is het daar?'

'O, gaat wel,' zei Penelope. 'Gewoon, je kent het wel.'

'Penelope! Je bent pasgeleden naar de andere kant van het land verhuisd, als ik het me goed herinner. Hoe is het daar? Wat gebeurt er allemaal? Vertel!' Ik stak een sigaret op en trok Millington bij me op schoot, klaar om te horen hoe verrukkelijk het leven in het zonovergoten Los Angeles was, maar Penelope klonk allesbehalve enthousiast.

'Ach, het is best leuk,' zei ze aarzelend.

'Zo klink je anders niet. Wat is er aan de hand?'

'Ik weet het niet,' zei ze met een zucht. 'Californië is wel leuk. Heel leuk zelfs. Als je door die flauwekul van onbespoten tarweshakes en zo heen kijkt, is het lang geen slechte plek om te wonen. Het appartement bevalt goed en het is heerlijk om zo ver van onze ouders te wonen. Maar ik weet niet, het is gewoon…'

'Gewoon wat?'

'Ik had gedacht dat Avery wel wat rustiger zou worden als we hier eenmaal woonden, maar hij heeft meteen contact gezocht met een heel stel vrienden uit zijn Horace Mann-tijd die hier naartoe zijn verhuisd. Ik zie hem bijna nooit meer. En omdat zijn eerste semester pas half januari begint, heeft hij nóg een hele maand de tijd om avond na avond op stap te gaan, tot diep in de nacht.'

'O, lieverd, hij moet natuurlijk gewoon nog wennen. Het wordt vast wel anders wanneer hij straks colleges heeft.'

'Misschien wel. Je zult ook wel gelijk hebben. Ik vind het alleen… Ach, laat ook maar.'

'Penelope! Wat wilde je zeggen?'

'Je zult me vast een ontzettend gemene trut vinden.'

'Laat me je er even aan herinneren dat je het hebt tegen iemand die op puur zakelijke gronden een "relatie" heeft, hè? Ik ben niet bepaald in de positie om jou te veroordelen.'

Ze zuchtte. 'Ik heb gisteravond Avery's mailbox bekeken toen hij naar de Viceroy was en ik heb een paar verontrustende mailtjes gevonden.'

'Hebben jullie toegang tot elkaars e-mail?' vroeg ik verschrikt.

'Natuurlijk niet, maar zijn wachtwoord was niet bepaald moeilijk te achterhalen. Ik toetste de naam van zijn hasjpijp in en voilà, ik was binnen.'

'Zijn hasjpijp? En wat heb je gevonden?' Ik vond haar zeker geen gemene trut omdat ze zijn mailbox had gekraakt. Zelf had ik maandenlang geprobeerd het wachtwoord van Cameron af te kijken wanneer hij het intoetste, maar hij typte te snel.

'Ik zal me wel aanstellen, maar er zaten wat al te vriendschappelijke mailtjes bij naar een meisje met wie hij in New York samenwerkte.'

'Wat versta jij onder "al te vriendschappelijk"?'

'Hij schrijft vol lof dat ze alle andere meisjes die hij ooit heeft gekend onder de tafel kan drinken.'

'Goh, het is een echte Don Juan, P. Die jongen moet een boek schrijven met versiertrucs.'

'Ik weet dat het idioot klinkt, maar de toon was echt flirterig. En hij had het mailtje ondertekend met drie kruisjes.'

'Mijn god, is hij homo of zo? Nee, dat is hij niet, toch? Welke kerel doet zoiets in godsnaam?'

'Bij mij heeft hij het in ieder geval nooit gedaan. Ik kreeg er de kriebels van. Toen hij vannacht om drie uur thuiskwam heb ik langs mijn neus weg gevraagd of hij nog wel eens contact heeft met zijn oude collega's, en hij zei nee voordat hij als een blok in slaap viel. Zoek ik er nou te veel achter? Vanmorgen was hij heel lief en bood

258

hij aan om met me te gaan winkelen en samen iets leuks te doen...'

Ik wist niet wat ik moest zeggen. De bruiloft was pas over ruim acht maanden en het klonk alsof Penelope misschien – heel misschien – nog op tijd zou inzien dat Avery een enorme lul was die het niet verdiende dat ze de rest van haar huwelijksleven met hem doorbracht. Ik wilde het vuur maar al te graag aanwakkeren, maar ze zou eerst zelf tot die conclusie moeten komen.

'Tja,' zei ik langzaam. Ik moest mijn woorden zorgvuldig kiezen. 'Het is toch normaal dat een relatie zijn ups en downs heeft? Daarom verloven mensen zich eerst. Jullie zijn nu nog verloofd. Als je iets aan hem ontdekt waarvan je denkt dat je er niet mee kunt leven, dan ben je nog niet getrouwd, dus...'

'Bette, dat bedoel ik helemaal niet,' zei ze fel. Oeps. 'Ik hou van Avery en natuurlijk ga ik met hem trouwen. Ik vertelde mijn beste vriendin alleen over mijn ongetwijfeld belachelijke, ongegronde en paranoïde wantrouwen. Het probleem zit bij mij, niet bij Avery. Ik moet wat meer vertrouwen hebben in zijn liefde voor mij, dat is alles.'

'Tuurlijk, Pen, tuurlijk. Ik wilde ook niets anders suggereren. En natuurlijk ben ik er voor je, een luisterend oor. Sorry voor die opmerking.'

'Geeft niet. Ik ben gewoon erg emotioneel op het moment. Ik heb een beetje heimwee. Bedankt dat je naar me wilde luisteren. Sorry, hoor. Hoe is het verder met jou? En met Philip? Alles goed?'

Hoe had het toch zo uit de hand kunnen lopen dat mijn beste vriendin niet alleen naar Philip informeerde, maar ook nog eens geen idee had van Sammy's bestaan? In de tijd dat we collega's waren geweest en we 's avonds naar de Black Door gingen, zou het ondenkbaar zijn geweest dat ik iemand als Sammy had gezoend zonder het haar binnen een halve minuut te vertellen. Maar die tijd lag heel ver achter ons. Althans, zo voelde het.

'Het is nogal ingewikkeld. Iedereen denkt dat we iets met elkaar hebben – misschien zelfs híj wel – maar dat is niet zo,' zei ik, en ik besefte maar al te goed hoe onzinnig het klonk, maar ik had de fut niet om bij het begin te beginnen en haar alles uit te leggen.

'Het is misschien niet aan mij om dit te zeggen, maar ik vraag me af of hij wel bij je past, Bette.'

Ik was benieuwd wat ze zou zeggen als ze wist wat mijn moeder me had verteld over de familie Weston.

Ik zuchtte. 'Dat weet ik, Pen. Er gebeurt nu nogal veel tegelijk, snap je?'

259

'Niet echt,' zei ze. 'Maar je legt het ook niet uit.'

'Deze baan sijpelt de rest van mijn leven binnen. Mijn bazin kan niet erg goed onderscheid maken tussen wat er op kantoor en elders gebeurt, dus overlapt het elkaar voortdurend. Ben ik een beetje te volgen?'

'Nee. Wat heeft je bazin met je privé-leven te maken?'

'Dat is het niet alleen. Will heeft me deze baan bezorgd en hij verwacht veel van me. Hij heeft er een enorme vriendendienst voor moeten inlossen. Ik doe het ook wel goed, geloof ik, wat dat ook mag betekenen. Maar dat hele Philip-verhaal zit er een beetje in verweven.' Ik wist dat het niet te volgen was, dat ik net zo goed een of andere Afrikaanse kliktaal had kunnen spreken, want het was voor mezelf net zo onduidelijk als voor Penelope. Toch moest ik er niet aan denken het verhaal op dat moment écht op te helderen.

'Oké,' zei ze aarzelend. 'Ik heb geen idee waar je het over hebt, maar ik ben er altijd voor je. Je hoeft maar te bellen als er iets is.'

'Dat weet ik, en dat vind ik heel lief van je.'

'Nogmaals sorry voor nieuwjaar, maar ik ben blij dat je iets nog veel leukers gaat doen. Ik lees er wel over in de bladen...'

'Dat is waar ook! Ik heb je nog niet verteld... Hoe kon ik dat nou vergeten? Je weet toch dat er een hoop negatieve berichten over me zijn verschenen in de *New York Scoop*?'

'Ja, daar kun je de laatste tijd moeilijk omheen.'

'Heb je enig idee wie die column schrijft?'

'Wacht, ik weet haar naam nog. Was het niet Ellie nog wat?'

'Ja, en weet je wie dat is?'

'Nee, moet ik haar kennen dan?'

'Ellie, lieve Pen, is Abby. Vortex. Die hoer heeft me al die tijd gevolgd en een hoop onzin gepubliceerd onder een pseudoniem.'

Ik hoorde haar diep inademen. 'Zit Abby erachter? Weet je dat zeker? Wat ga je daaraan doen? Je moet haar de mond snoeren.'

Ik snoof. 'Vertel mij wat! Kelly heeft het me weken geleden al verteld, maar ik heb moeten zweren dat ik mijn mond zou houden. Ik word er gek van, maar omdat we altijd zo'n haast hebben als we elkaar bellen, had ik het je nog niet verteld. Wat een idioot verhaal, hè? Ik had nooit gedacht dat ze zó'n hekel aan me heeft.'

'Het is inderdaad idioot. Ik wist wel dat ze niet dol op je is – op mij ook niet, trouwens – maar dit is wel erg gemeen, zelfs voor haar doen.'

'Ik zou haar er zó graag op aanspreken, maar dat kan dus niet. Ontzettend irritant.' Ik keek naar de klok op het kastje van de kabeltv en sprong van de bank. 'O, mijn god, Pen, het is al acht uur! Ik moet opschieten! Ik heb vanavond de leesclub bij mij thuis en ik moet alles nog klaarzetten.'

'Ik weet niet waarom, maar ik vind het geweldig dat je die boekjes nog steeds leest. Je bent zo romantisch, Bette.'

Ik dacht aan Sammy en maakte er bijna een opmerking over, maar op het laatste nippertje besloot ik mijn mond te houden.

'Ach ja, je kent me. Altijd even hoopvol,' zei ik luchtig.

Ik voelde me een beetje beter toen we hadden opgehangen. Eigenlijk had ik die avond op Google alle mensen moeten opzoeken die meegingen naar Turkije, maar ik wilde de leesclub niet afzeggen als het niet strikt noodzakelijk was. Het kostte me een dik uur om alles in orde te maken voor de meiden, maar toen de intercom voor het eerst zoemde, wist ik dat het de moeite waard zou zijn.

'Ik heb me helemaal aan het latinothema van het boek gehouden,' kondigde ik aan toen iedereen zat. We lazen *Haar Latijns-Amerikaanse minnaar*, met op het omslag een lange man in smoking (waarschijnlijk de Latijns-Amerikaanse minnaar) die een elegante vrouw in avondjurk in zijn armen hield op het dek van iets wat eruitzag als een jacht. 'Hier hebben we een karaf sangria en een karaf margarita.'

Ze klapten en juichten en schonken in.

'Verder heb ik miniquesadilla's, burritootjes en verrukkelijke tortillachips met guacamole. En als toetje cakejes van Magnolia.'

'Wat hebben cakejes met roze glazuur nou met Latijns-Amerika te maken?' vroeg Courtney, terwijl ze er een van het dienblad plukte.

'Dat is inderdaad nogal onzin, maar ik ken geen enkel Spaans toetje dat ik lekkerder vind dan Magnolia-cakejes,' zei ik. Precies op dat moment klonk er een blafje van Millington, die zich had verstopt onder het aanrecht. 'Kom maar, schatje. Kom dan, braaf!' riep ik. Ze gehoorzaamde en kwam aangelopen, zodat iedereen het piepkleine sombrerootje kon zien dat ze voor deze gelegenheid op haar kopje had.

'Nee, hè?' riep Jill lachend. Ze pakte Millington op en bewonderde haar hoedje.

'Jazeker. Bij een feestwinkel voor kinderen gekocht. Kijk, met een bandje om haar kin zodat hij blijft zitten. Geweldig, hè?'

Janie nam nog een quesadilla en aaide Millington afwezig. 'Goh Bette, het idee dat je van een aarzelend groepslid dat ons thuis weigerde te ontvangen bent veranderd in de Martha Stewart van de leesclub… Ik moet zeggen, indrukwekkend.'

Ik begon te lachen. 'Ik geloof dat mijn baan effect begint te krijgen op de rest van mijn leven, hè? Ik kan tegenwoordig in mijn slaap iets organiseren.' We gingen eerst eten en drinken, om in een lekkere roes te raken van de sangria, zodat we open en eerlijk konden bespreken hoe geweldig we het boek van die avond vonden. Tegen de tijd dat Vika haar beduimelde exemplaar uit haar ultrahippe, alternatieve koerierstas pakte, waren we behoorlijk ver heen.

'Oké, ik zal de samenvatting van de website even voorlezen,' zei ze terwijl ze de uitgeprinte tekst openvouwde. 'Zijn we er klaar voor?'

We knikten allemaal.

'Oké, daar komt-ie. "De Spaanse miljonair Cesar Montarez zet zijn zinnen op Rosalind zodra hij haar ziet; deze allesverzengende aantrekkingskracht heeft hij nooit eerder ervaren. Maar Cesar heeft weinig respect voor geldbeluste vrouwen – als minnares of dure echtgenote. Rosalind heeft zich vast voorgenomen nooit in een van die categorieën terecht te komen, totdat Cesar ontdekt dat ze geheime schulden heeft. Nu kan hij haar kopen als minnares… en Rosalind heeft weinig andere keus dan hem terug te betalen zoals hij dat wil." Wauw, dat klinkt goed. Opmerkingen?'

'Het is zo romantisch als hij haar bij dat restaurantje aan zee ziet zitten. Hij weet gewoon dat zij de ware is. Waarom zijn gewone mannen niet zo?' vroeg Courtney.

Ik weet zeker dat Sammy zo wel is, dacht ik, en mijn gedachten dwaalden af.

We leverden allemaal een bijdrage en noemden onze favoriete personages, plotwendingen en seksscènes, wat weer onvermijdelijk leidde tot een gesprek over onze eigen levens: verhalen over werk, nieuwe klachten over familie, maar vooral mannen.

Het was bijna middernacht toen de zoemer van de intercom ging.

'Ja?' zei ik vragend, terwijl ik het knopje indrukte.

'Bette, er is hier een zekere Philip Weston voor je. Kan ik hem naar boven sturen?'

'Philip? Is hij hier? Nu?' Ik besefte pas dat ik het hardop had gezegd toen Seamus vrolijk terugriep: 'Inderdaad, Bette.'

'Ik heb bezoek,' zei ik paniekerig. 'Kun je aan Philip vragen of hij me wil bellen zodra hij thuis is?'

'Bette, *love*, laat me nou binnen. Mijn vriend hier – hoe heet je?

Seamus? Prima kerel! We hebben samen een biertje gedronken en besproken hoe aardig je bent. Wees nu eens lief voor me en laat me boven komen.'

Ik keek naar mijn kapotte spijkerbroek en vale T-shirt en vroeg me af wat Philip in godsnaam midden in de nacht kwam doen. Bij een gewone vent zou het duidelijk zijn, maar Philip had me nooit dronken opgebeld – laat staan bezocht – en ik werd er een beetje draaierig van.

'Wat kan mij het ook schelen,' zei ik met een zucht. 'Loop maar door.'

'O, mijn god, is Philip Weston hier? Nu?' vroeg Janie ademloos. 'Maar we zien er niet uit. Jíj ziet er niet uit.'

Ze had natuurlijk gelijk, maar er was geen tijd om daar wat aan te doen.

'Bette, zo gemakkelijk kom je niet van ons af. We gaan nu weg, maar bereid je er vast op voor dat je ons de volgende bijeenkomst een verklaring schuldig bent,' zei Vika onheilspellend.

Courtney knikte. 'Je hebt al die tijd ontkend dat het waar is wat er in de *New York Scoop* staat, maar nu duikt Philip Weston midden in de nacht op bij je flat. We hebben recht op alle smeuïge details!'

Er werd geklopt, gevold door een doffe dreun in de gang. Toen ik de deur opendeed, kwam Philip binnengewankeld.

'Bette, *love*, ik ben een tikkeltje bezopen,' zei hij met dubbele tong, tegen de muur geleund.

'Ja, dat zie ik. Kom binnen.' Ik moest hem half ondersteunen en hem naar binnen sleuren, en de meiden weken uiteen om een weg vrij te maken naar de slaapbank.

'Philip Weston,' fluisterde Janie.

'De enige echte,' zei hij grinnikend, en hij keek om zich heen voordat hij zich achterover op de bank liet vallen. 'Popje, waar komen al die mooie meisjes vandaan?'

Courtney staarde hem tien lange seconden aan voordat ze een beetje bits tegen mij zei: 'Bette, we zullen nu maar gaan. Kom mensen, dan laten we Bette en Philip, eh… alleen. Ik weet zeker dat ze ons er de volgende keer álles over zal vertellen. Over de volgende keer gesproken: wat gaan we lezen?'

Alex hield *Het temmen van de donkere lord* omhoog, een beetje schuin zodat alleen wij het omslag konden zien, en zei: 'Ik nomineer deze.'

'Goed,' zei ik. 'Die wordt het. Bedankt voor jullie komst.'

'Nee, jíj bedankt,' zei Janie toen ik iedereen bij het afscheid even omhelsde.

'Ik kan niet wachten om het hele verhaal te horen,' fluisterde Jill.

Toen ze allemaal weg waren, richtte ik mijn aandacht weer op de dronken Engelsman op mijn slaapbank. 'Koffie of thee?'

'Ja lekker, een gin-tonic gaat er wel in, *love*. Ik lust wel een slaapmutsje.'

Ik zette water op voor thee en ging op de stoel tegenover hem zitten. Dichterbij kon ik niet opbrengen; de alcoholwalm was te sterk. De lucht kwam uit al zijn poriën, zoals je dat vaak hebt bij mannen die de hele avond hebben gedronken. Alles binnen een straal van anderhalve meter werd bedolven onder die onmiskenbare studentenhuislucht. Toch zag hij er nog steeds heerlijk uit. Met die bruine huid van hem zou hij nooit zo groen zien als je in dit geval misschien zou verwachten, en zijn blonde stekeltjeshaar zat perfect in de war.

'Waar ben je vanavond geweest?' vroeg ik.

'Ach, overal en nergens, *love*, overal en nergens. Ik ben de hele avond gevolgd door zo'n ellendige verslaggeefster met haar ellendige cameraman. Ik zei nog dat ze moesten ophoepelen, maar ik denk dat ze me hierheen zijn gevolgd,' mompelde hij. Hij stak zijn hand uit naar Millington, die een vluchtige blik op hem wierp, gromde en ervandoor ging. 'Kom eens hier, hondje. Kom eens hallo zeggen tegen Philip. Wat is er met je hond aan de hand, *love*?'

'O, ze is altijd heel wantrouwend tegenover lange, dronken Britten op Gucci-loafers zonder sokken. Niks persoonlijks, hoor.'

Om de een of andere reden vond hij dat ontzettend grappig en hij rolde bijna van de bank van het lachen. 'Nou, als zij het niet doet, waarom kom jij me dan niet even fatsoenlijk begroeten?'

De ketel floot, en toen ik naar het fornuis liep om thee te zetten, ving ik een glimp op van Millington, die op de vloer van de donkere badkamer in een hoekje zat te bibberen.

'*Love*, je had echt niet al die moeite hoeven doen,' riep hij, al een beetje minder lallend.

'Het is maar thee, Philip. Water koken is geen moeite.'

'Nee, ik bedoelde je kledingkeuze. Echt, ik zoen toch wel met je, wat je ook aanhebt.' Hij lag weer dubbel van het lachen en ik vroeg me af hoe iemand zó spitsvondig kon zijn.

Toen ik een beker thee voor zijn neus zette, kneep hij als dank in mijn billen.

'Philip,' zei ik met een zucht.

Hij legde zijn handen op mijn heupen en trok me verrassend krachtig bij hem op schoot.

'Iedereen denkt dat je mijn vriendin bent,' Hij praatte nu weer met dubbele tong.

'Ja, gek, hè? Terwijl we toch nooit... intiem zijn geweest.'

'Moet je daar nou op blijven hameren?' vroeg hij snel, en hij leek voor het eerst sinds hij was binnengekomen alert te zijn.

'Waar hamer ik op?'

'Kom eens dichterbij, pop. Kus me.'

'Ik ben hier, Philip.' Ik ademde door mijn mond.

Hij schoof zijn hand onder mijn T-shirt en streelde mijn rug. Het voelde zo lekker dat ik heel even kon vergeten dat dit een dronken Philip was en niet, eh... laten we zeggen Sammy. Zonder erbij na te denken sloeg ik mijn armen om zijn nek en drukte mijn mond op de zijne. Het drong niet meteen tot me door dat hij zijn mond opendeed om te protesteren, niet om me terug te zoenen.

'Ho ho, *love*, rustig een beetje!' Hij maakte zich los en keek me aan alsof ik zojuist al mijn kleren had uitgetrokken en hem had besprongen.

'Wat is er nou? Wát?' vroeg ik. Deze keer kwam hij niet zo makkelijk van me af – ik wilde voor eens en altijd weten dat ik het me niet verbeeldde en dat het niet een of ander slap smoesje was. Ik wilde bevestigd hebben dat hij om de een of andere reden nog liever doodging dan dat hij me met een vinger aanraakte.

'Natuurlijk val ik op je, *love*. Waar blijft die gin-tonic? Als ik nou eerst eens een slokje neem, dan kunnen we daarna praten.'

Ik stapte van hem af en ging een flesje Stella Artois uit de koelkast pakken. Dat had ik een jaar eerder gekocht nadat ik in *Glamour* had gelezen dat je altijd een hip biertje in huis moet hebben voor het geval er eens een echte man langskomt, en ik juichte in stilte de redactie toe. Maar toen ik terugkwam leek Philip buiten westen te zijn.

'Philip? Kijk eens, ik heb een biertje voor je.'

'Argh,' kreunde hij. Zijn oogleden bewogen; een duidelijk teken dat hij maar deed alsof.

'Kom op, opstaan. Je mag dan dronken zijn, je slaapt niet. Zal ik je maar in een taxi zetten?'

'Hmm, ik doe even een dutje, *love*. Argh.' Hij zwaaide verrassend soepel zijn loafers op mijn slaapbank en drukte een sierkussen tegen zijn borst.

Het was even na twee uur toen ik een deken over de snurkende

Philip heen gooide, Millington uit de ruimte tussen het bad en de wastafel viste en samen met haar onder de dekens kroop zonder me uit te kleden of het licht uit te doen.

23

Eindelijk was het zover: die avond zouden we vertrekken naar Turkije. Toen ik op kantoor kwam om nog wat laatste spulletjes op te halen, lag daar een fax van Will. Op het voorblad stond alleen maar 'jakkes', en er zat een knipsel bij van de *New York Scoop*. De kop luidde: IS MANHATTANS FAVORIETE PARTY BOY GAY OF NOG ZOEKENDE? Geschreven door Ellie Insider, natuurlijk. Dat ik nu wist wie die trut was, maakte het alleen maar erger. De tekst liet niets te raden over.

Philip Weston, erfgenaam van het Weston-kapitaal en lid van de Britse Brat Pack in New York, zorgde vorige week voor veel verbaasde blikken in de Roxy, de zeer extravagante nachtclub in Chelsea. Weston, die in de pers al is gekoppeld aan diverse redactrices van Vogue, *Braziliaanse fotomodellen en Hollywood-sterretjes, werd*

volgens bronnen gespot terwijl hij in de vip-ruimte wel érg dicht te-
gen een onbekende man aan kroop. Zodra Weston in de gaten kreeg
dat hij was gezien, haastte hij zich op zijn Vespa naar het huis van
zijn huidige vlam, Bettina Robinson, medewerkster van Kelly &
Company (zie rechterkader). Westons woordvoerder weigert elk
commentaar.

Zie rechterkader, zie rechterkader, zie rechterkader. Die twee
woorden las ik wel tien keer voordat ik naar rechts durfde te
gluren. En jawel, daar stond een foto van mij die was genomen bij
Bungalow, de avond dat ik Philip voor het eerst had ontmoet. Ik
zat suggestief tegen hem aan gedrukt, met mijn hoofd in mijn nek,
in duidelijke extase terwijl ik de champagne letterlijk mijn keel in
leek te gieten, me blijkbaar niet bewust van de camera of het feit
dat Philip mijn billen vasthad. Als ik behalve die bewusteloze
nacht bij Philip thuis nog meer bewijs nodig had van mijn dronkenschap die avond, was dit het wel. Kop: WIE IS BETTINA ROBIN-
SON? Door Ellie Insider. In het paginahoge kader van één kolom
werden mijn gegevens opgesomd, waaronder mijn geboortedatum en -plaats (gelukkig stond er alleen maar 'New Mexico'),
scholen, diploma's, positie bij UBS en mijn relatie met Will, die
werd omschreven als 'de controversiële landelijke columnist die
uitsluitend schrijft voor een blank, rijk publiek van boven de vijftig'. Een nachtmerrie natuurlijk, maar het was wel allemaal waar.
Pas toen ik mijn blik naar de onderkant van de bladzijde dwong,
dacht ik dat ik zou moeten overgeven. Abby had iemand gevonden
die zich wilde laten 'citeren' en die beweerde dat ik tijdens mijn
eerste jaren op Emory 'genoeg mannenbedden van dichtbij had
gezien' en dat er sprake was geweest van 'beschuldigingen op het
gebied van academische integriteit, maar niemand wist het zeker'.
Een ander beschreef dat ik 'van plan was geweest Kelly & Company over te nemen', ook al had ik totaal geen ervaring op pr-ge-
bied. Toen Abby om meer uitleg vroeg, had de 'bron' slechts laten
doorschemeren dat 'iedereen wist dat ze haar scripties niet zelf
schreef en dat ze erom bekendstond aan te pappen met de docenten van vakken waarmee ze moeite had – en dat waren eerlijk gezegd bijna alle vakken'. De laatste zin van de korte alinea sugge-
reerde dat ik Philip vanaf het allereerste moment fanatiek had
belaagd, om zo naamsbekendheid te krijgen en mijn nieuwe carrière te versterken.
Mijn eerste reactie was natuurlijk de behoefte om Abby te gaan

zoeken en haar op creatieve wijze dood te martelen, maar het viel niet mee om echt creatief te zijn, want ik stikte bijna. Een tijdlang hapte ik theatraal naar lucht. In zekere zin had ik bewondering voor Abby's zelfkennis: als ze alle genoemde eigenschappen had toegewezen aan zichzelf in plaats van aan mij, zou ik haar accuratesse en eerlijkheid hebben toegejuicht. Maar dat inzicht duurde maar heel kort en verdween zodra Kelly in de deuropening verscheen met een exemplaar van dezelfde krant. Ze grijnsde zo maniakaal dat ik instinctief achteruitreed met mijn bureaustoel.

'Bette! Je hebt het dus ook gezien?' vroeg ze overdreven enthousiast, en ze kwam met de gratie van een rugbyspeler op me af gedenderd.

Kennelijk interpreteerde ze mijn vertraagde reactietijd als een ontkenning, en ze smeet letterlijk de krant op mijn bureau. 'Dan heb je toch minstens wel de *Dirt Alert* gelezen?' krijste ze. 'De meiden belden me vanmorgen thuis op om me erop te wijzen.'

'Kelly, ik word niet goed van die...'

'Sluwe sloerie die je bent! En ik maar denken dat je als een braaf werkpaardje had lopen sloven bij die bank en nooit iets meemaakte. Kom ik ineens tot de ontdekking dat je in het geniep een echte party girl bent! Even serieus, Bette, ik ben helemaal in shock. We dachten hier allemaal dat je een beetje... gereserveerd was, zal ik maar zeggen. Niet lullig bedoeld, hoor. Ik had gewoon het idee dat je het niet in je had. Waar heb jij je toch al die jaren schuilgehouden? Besef je wel dat je een eigen káder hebt gekregen? Hier, lees maar.'

'Ik heb het al gelezen,' zei ik toonloos, niet langer gechoqueerd omdat Kelly duidelijk verrukt was in plaats van vol afschuw te reageren op een dergelijk artikel. 'Je beseft toch wel dat hier niets van waar is, hè? Degene die dat heeft geschreven zat vroeger bij mij op school en ze...'

'Bette, een heel eigen kader in de krant! Zeg mij na: een eigen kader. In de *New York Scoop*! Er staat een gigantische foto bij waarop je net een rockster bent. Je bént een ster, Bette. Gefeliciteerd! O, dit moet écht wel gevierd worden!'

Kelly ging er op een drafje vandoor, waarschijnlijk om een vroege ochtendtoast met champagne te regelen, en ik bleef achter met de overweging om gewoonweg naar Istanbul te vliegen en daar voorgoed te blijven. Binnen een paar minuten stond mijn telefoon roodgloeiend. Het waren alleen maar onverkwikkelijke telefoontjes, elk op zijn eigen manier walgelijk. Mijn vader belde onmid-

269

dellijk om te vertellen dat een van zijn studenten hem de *Scoop* had gemaild, ondanks het feit dat het kerstvakantie was, gevolgd door mijn moeder, die een paar vrijwilligers bij de hulptelefoon tegen elkaar had horen zeggen dat ze zich afvroegen wanneer ik zou opbiechten dat ik inderdaad iets had met een anti-joodse slavendrijver, en ze vroeg of ik misschien met iemand wilde praten over mijn problemen met 'promiscuïteit/gebrek aan eigenwaarde'. Een vrouw bood me via de voicemail haar diensten aan als publiciteitsagente en was zo vriendelijk erbij te zeggen dat dit nooit gebeurd zou zijn als zij me onder haar hoede had genomen. Een paar roddeljournalisten van een kleine regionale krant ergens aan de andere kant van het land wilden weten of ik bereid was een telefonisch interview te geven over cruciale onderwerpen als de beëindiging van de relatie tussen Brad en Jen, mijn favoriete uitgaansgelegenheid in New York en mijn evaluatie van Philips seksuele geaardheid. Megu belde om namens Michael te zeggen dat ze allebei voor me klaarstonden als ik soms wilde praten en Elisa belde vanuit een taxi onderweg naar kantoor om me te feliciteren met mijn eigen kader in de krant, net als Marta, de assistente van Philip. Simons telefoontje kwam toen ik in de limousine naar het vliegveld zat. Hij verklaarde, heel lief in het licht van onze eerdere gesprekken, dat geen enkele respectabele persoon de *New York Scoop* las en dat ik me vooral geen zorgen hoefde te maken, want hij wist zeker dat geen mens het artikel zou zien.

Ik besloot ze allemaal te negeren, maar toen bedacht ik dat ik niet het land uit kon gaan zonder afscheid te nemen van mijn ouders. Ik koos voor de mobiele telefoon van mijn vader, in de hoop dat hij niet zou opnemen en ik een boodschap kon inspreken om ze een fijn weekend toe te wensen en te zeggen dat ik wel zou bellen wanneer ik terug was. Maar helaas.

'Wie we daar hebben! Anne, kom eens, onze beroemde dochter is aan de telefoon. Bettina, je moeder wil je spreken.'

Ik hoorde geschuifel en een paar piepjes toen ze per ongeluk wat telefoontoetsen indrukten, waarna de stem van mijn moeder luid en duidelijk in mijn oor schetterde.

'Bettina? Waarom schrijven ze al die vreselijke dingen over je? Is het waar? Vertel me alsjeblieft hoe het zit, want ik weet niet meer wat ik moet antwoorden als de mensen ernaar vragen. Ik zou er nooit een woord van geloofd hebben, maar sinds ik heb gehoord van die jongen van Weston...'

'Mam, ik kan er nu niet op ingaan. Ik ben op weg naar het vliegveld. Natuurlijk is het allemaal gelogen – hoe kun je nou denken van niet?'

Ze zuchtte, en ik zou niet kunnen zeggen of het van opluchting of frustratie was. 'Bettina, lieverd, je begrijpt toch wel dat een moeder zich afvraagt wat er precies aan de hand is, zeker wanneer ze ontdekt dat haar dochter opeens een vreemd, mysterieus leven leidt.'

'Mijn leven is misschien best vreemd, mam, maar er is niets mysterieus aan, dat verzeker ik je. Ik leg het je uit als ik terug ben, maar nu moet ik opschieten, anders mis ik het vliegtuig. Doe papa de groeten van me. Ik bel jullie zondag als ik weer thuis ben, goed? Ik hou van je.'

Ik merkte een korte aarzeling op; ze wist niet of ze moest aandringen of niet. Toen zuchtte ze weer. 'Goed dan, tot zondag. Ga zo veel mogelijk bekijken, lieverd, en pas goed op jezelf. En probeer je privé-leven uit de pers te houden, oké?'

Al met al was het een onvervalste rotochtend geweest, maar gelukkig had ik een nieuw probleem om mijn gedachten af te leiden van de roddelrubriek: Louis Vuitton. Véél Louis Vuitton. Karrenvrachten; meer hutkoffers en koffers met en zonder wieltjes en kledinghoezen, handbagage en tasjes met het LV-logo dan er in de Vuitton-winkel in Milaan of de enorme boutique op Fifth Avenue zouden passen. Drie kruiers in donkerrode uniformen zwoegden op het vliegveld met de subtiele naam Million Air om ze van de terminal te verplaatsen naar het ruim van de Gulfstream, maar hun vorderingen waren traag en pijnlijk. Elisa, Davide, Leo en ik waren een paar uur eerder per limousine naar Teterboro gegaan om ons ervan te verzekeren dat alles gereed was voor de helikopter die Philip en zijn groepje zou vervoeren van de helihaven op Wall Street naar het vliegveld waar we vertrokken.

Intussen was ik gezegend met allerlei stimulerende en uitdagende taken: toezicht houden op het inladen van de Louis Vuitton-bagage en controleren of er genoeg Evian-gezichtsspray aan boord was. Daardoor had ik weinig tijd om me druk te maken over zoiets onbenulligs als afgeschilderd worden als liegende, bedriegende prostituee in wat inmiddels gold als de hipste en populairste roddelrubriek, in een krant die kennelijk zijn weg had gevonden naar zo'n beetje al mijn vrienden, collega's en familieleden. De geplande vertrektijd van vijf uur naderde – en vrijwel iedereen was aanwezig, op een van onze last-minute uitgenodigde gasten na, een societyvrouw die zelf een 'gast' meebracht en die had gebeld om

271

door te geven dat ze in de file stonden in de Lincoln Tunnel – toen de eerste crisis zich aandiende.

Er was zo veel bagage dat de kruiers niet alle koffers het vliegtuig in kregen. 'We zitten vandaag helemaal vol,' zei een van hen. 'Een Gulfstream Five biedt in principe plaats voor zes middelgrote of vier extra grote koffers per persoon, maar deze groep gaat daar ver overheen.'

'Hoe ver?'

'Nou...' zei hij met gefronst voorhoofd. 'Gemiddeld vier extra grote koffers per persoon, maar één vrouw heeft er zeven bij zich, waaronder een hutkoffer die zo groot is dat we hem met een speciale kraan aan boord hebben moeten hijsen.'

'En nu?' vroeg ik.

'Het beste zou zijn als er een paar koffers afvielen.'

In het volste besef dat "het beste" niet zou plaatsvinden, besloot ik behulpzaam te zijn en te gaan vragen of iemand misschien een deel van zijn bagage wilde achterlaten. Ik ging aan boord, leende een microfoon van de copiloot en legde via de luidsprekers uit wat er aan de hand was. Zoals te verwachten werd mijn mededeling ontvangen met hatelijke opmerkingen en een fluitconcert.

'Dat kun je dus écht niet menen,' zei Oliver met een hysterisch lachje. 'Dit is verdomme een privé-vliegtuig! Zeg maar dat ze er wat op moeten verzinnen.' Oliver was het gewend om dat soort eisen te stellen: hij was de oprichter van zo'n succesvol *hedge fund* dat hij door *Gotham* was uitgeroepen tot 'Meest Begeerde Vrijgezel van Manhattan 2004'.

'Als je ook maar één seconde denkt dat ik zonder mijn schoenen vertrek, vergis je je deerlijk,' riep Camilla, erfgename van een cosmeticabedrijf, tussen twee slokken Cristal-champagne door. 'Vier dagen, twaalf kledingcombinaties en twee schoenenkeuzes per outfit. Ik peins er niet over om hier iets achter te laten.'

'Ik wil dat iedere koffer aan boord gaat, tot de allerlaatste toe,' verkondigde Alessandra. 'Ik ben nota bene zo slim geweest om lege koffers mee te nemen voor alles wat ik daar koop; dan kunnen zij op zijn minst een oplossing bedenken om het allemaal in Istanbul te krijgen.' Haar moeder was een berucht shopper, een vrouw die erom bekendstond miljoenen dollars per jaar te besteden aan kleding, schoenen en tassen, als een ware Imelda Marcos. De appel was duidelijk niet ver van de boom gevallen.

'Maak je niet zo druk, *love*. Kom lekker een glaasje met me drinken. Laat het personeel dit maar oplossen – daar worden ze voor betaald.' Dat was natuurlijk Philip, die languit in een van de gebroken witte leren stoelen hing, met zijn geruite Armani-overhemd net een knoopje te ver open. Elisa zat al even zorgeloos bij Davide op schoot, al haar aandacht gericht op de iPod die ze wilde aansluiten op de speakers in de cabine.

Mij best. Als niemand zich er druk om maakte, zou ik het ook niet doen. Bovendien, zolang ze die ene, verre van coole, zilverkleurige Samsonite van mij niet achterlieten, was het niet mijn probleem. Ik nam een glas bubbels aan van een stewardess wier perfecte figuur alleen maar werd geaccentueerd door haar donkerblauwe uniform en luisterde naar het overzicht van onze vlucht door een van de piloten, die er ook al uitzag als een filmster, compleet met gebeeldhouwde Brad-kaaklijn en subtiele highlights in zijn haar. Het was een ietsiepietsie zenuwslopend om te zien dat zowel de passagiers als de bemanning eruitzagen alsof ze waren weggelopen uit een aflevering van *Fabulous Life of...*, behalve ondergetekende natuurlijk.

'De verwachte vluchttijd bedraagt tien uur, met minimale turbulentie boven de Atlantische Oceaan,' zei de piloot met een adembenemende grijns en een Europees accent dat ik niet kon thuisbrengen. Iemand die er zo goed uitziet zou niet verantwoordelijk mogen zijn voor ons leven, dacht ik. Bij een iets lelijker en minder trendy piloot was de kans groter dat hij minder dronk en meer nachtrust kreeg.

'Hé Helmut, kunnen we niet gewoon doorvliegen naar Mykonos?' riep Philip naar hem.

Gejuich alom.

'Mykonos?' vroeg Camilla, de cosmetica-erfgename. 'Dat is een stuk aantrekkelijker dan Beiroet. Het is er tenminste beschaafd. Ze hebben er een Nobu.'

Helmut begon weer te lachen. 'Zeg het maar, mensen. Ik vlieg jullie er zo naartoe.'

Een vrouwenstem klonk boven de rest uit. Het geluid kwam van buiten het toestel de trap op. 'Gaan we naar Mykonos?' hoorden we haar aan iemand vragen, maar we konden niet zien aan wie, aangezien ze nog niet in de deuropening was verschenen. 'Ik dacht dat we naar Istanbul gingen. Jezus, mijn publiciteitsagent kan ook nooit iets goed doen! En ik wilde nog wel een Turks tapijt kopen,' jammerde ze.

Dat moest Isabelle zijn, onze ontbrekende societydame die nooit werkte en volgens mij dus nergens een publiciteitsagent voor nodig had. Net toen het tot me doordrong dat ze zowaar wist dat Istanbul in Turkije lag, stapte er een stelletje aan boord. Ze keken om zich heen. Het stelletje bestond – zoals bij stelletjes wel vaker het geval is – uit twee personen. Mijn hersenen hadden een seconde of wat nodig om te registeren dat de mannelijke helft van het stel niemand minder was dan Sammy. Mijn Sammy.

'Isabelle, schat, we gaan gewoon naar Istanbul. De jongens halen een beetje gekkigheid uit – je weet hoe ze zijn als je over de Griekse eilanden begint! Zet je spullen daar maar neer en neem iets te drinken,' haastte Elisa zich om haar gerust te stellen. Ik herkende de vrouw onmiddellijk van die keer in het park, maar ik had haar nooit in verband gebracht met de naam Isabelle. 'En stel ons eens voor aan die verrukkelijke vriend van je.'

Bij die woorden verstijfde Sammy. Hij stond er zo ongemakkelijk en opgelaten bij dat ik dacht dat zijn benen het zouden begeven. Hij had me nog niet gezien; hij had de hele groep nog niet goed bekeken, maar hij wist stamelend iets uit te brengen. 'Ik ben Sammy. Van Bungalow?' zei hij er met een vreemde, hoge stem achteraan.

Elisa staarde hem zonder ook maar een blik van herkenning aan terwijl Isabelle een enorme Louis Vuitton-tas de cabine in zeulde. Ze gaf Sammy een mep tegen zijn schouder en knikte naar de tas, die hij zonder enige moeite optilde en onder een van de leren stoelen schoof.

'Bungalow? Hebben wij elkaar daar wel eens ontmoet?' vroeg Elisa verbaasd. Ik dacht terug aan de vele keren dat ik haar er bij aankomst met Sammy had zien flirten. Ze had hem omhelsd, bedankt en behandeld alsof hij een goede vriend van haar was. Maar voorzover ik het kon beoordelen was haar verbazing niet gespeeld; ze had echt geen flauw idee wie hij was.

Inmiddels ging alle aandacht uit naar de gênante situatie die daar ontstond; waarschijnlijk vroeg iedereen zich af waar ze deze razend aantrekkelijke man toch van kende.

'Ik werk daar,' zei hij zachtjes, en hij keek haar recht in de ogen. 'Bij Bungalow?' vroeg Elisa, nog onnozeler dan anders. 'O, ik snap het al! Je bedoelt dat je er zo vaak komt dat het een soort kantoor voor je is geworden. Ja, ik begrijp precies wat je bedoelt. Zo voelen wij het ook, hè Bette?' Ze giechelde, nam nog een slokje en leek opgelucht dat het raadsel was opgelost.

Er ging een schok door Sammy heen bij het horen van mijn

naam, maar hij hield zijn ogen strak op Elisa gericht, alsof het hem niet lukte zijn blik af te wenden. Er gingen tien hele seconden voorbij voordat hij langzaam zijn hoofd mijn kant op draaide en me aankeek. De glimlach die volgde was treurig, maar niet verrast.

'Hé,' zei hij. Het kwam er bijna fluisterend uit. Isabelle had zich naast Elisa geïnstalleerd en iedereen zat weer druk te praten, waardoor het moment alleen nog maar intiemer leek.

'Hallo,' zei ik zo nonchalant mogelijk, terwijl ik verwoede pogingen deed om deze nieuwe ontwikkeling te verwerken. Toen Kelly ons de definitieve gastenlijst had gegeven, had ze erbij gezegd dat Isabelle Vandemark alleen mee wilde als ze haar assistent mocht meenemen. Uiteraard had Kelly daarin toegestemd. Wilde dat zeggen dat Isabelle niet Sammy's vriendin was? Ik moest het weten.

'Hier is nog plaats,' zei ik, met een vaag gebaar naar links. 'Als je een plekje zoekt.'

Hij keek naar Isabelle, wie het kennelijk niets kon schelen waar hij ging zitten, en stapte toen voorzichtig over benen en tassen naar me toe. Hij vormde een groot contrast met de flamboyante Leo en de onberispelijk geklede Philip, mannelijker en tegelijk ook kwetsbaarder. Toen hij neerplofte in de luxe leren stoel naast me, was het alsof alle lucht uit de luxe cabine werd gezogen.

'Bette,' begon hij, zo zachtjes dat ik me naar hem toe moest buigen om het te verstaan. 'Ik had geen idee dat jij ook hier zou zijn. Het spijt me, ik wist echt niet dat dit een reisje van jullie was.'

'Wat dan? Heeft ze alleen maar gezegd dat jullie samen een paar dagen naar Istanbul gingen?' Het kostte me moeite om mijn tranen in te houden.

'Ja, hoe ongelooflijk dat misschien ook klinkt, zo is het inderdaad gegaan. Ze vroeg vorige week of ik meeging met een of ander persreisje en ik heb gisteren pas te horen gekregen waar we precies naartoe gingen. Ik heb verder geen vragen gesteld en gewoon mijn koffer gepakt.'

'Dus je doet braaf wat zij je opdraagt? En je werk dan? Je opleiding? Ik snap niet dat je alles zomaar achter kunt laten, alleen omdat zij het wil. Geen van de anderen hier heeft een baan, dus van hen is het niet zo gek dat ze zomaar naar Istanbul kunnen vliegen wanneer ze daar zin in hebben. Heb je ontslag genomen?'

Hij keek eerst schaapachtig, maar toen werd zijn blik harder. 'Nee, ze hebben er begrip voor. Soms komt er gewoon iets tussen.'

275

'O, nou is het me volkomen duidelijk,' zei ik vals. 'Ik snap het helemaal.'

'Bette, het spijt me. Het is nogal ingewikkeld. Zíj is… ingewikkeld.'

Ik ontdooide een beetje toen ik zijn ongelukkige gezicht zag. 'Sorry, Sammy. Het gaat me ook niets aan. Het verbaast me alleen, dat is alles.' Ik besefte nu dat hij me – helaas – geen enkele verklaring schuldig was. Sinds De Kus had ik hem alleen bij Bungalow gezien. Op een van die avonden was hij lastiggevallen door een groep in kaki gestoken bankiers die er niet blij mee waren dat ze op het trottoir moesten wachten, en toen Sammy me zag had hij alleen maar even geglimlacht en het fluwelen koord voor me opengemaakt, zodat ik kon doorlopen.

'Laten we erover ophouden, goed? Het was vandaag al zo'n ramp om haar hier te krijgen.' Hij deed zijn ogen dicht.

Ik dacht aan de afgelopen tien uur, aan die vreselijke *Dirt Alert*, maar in plaats van de strijd aan te gaan over wie de rottigste dag had gehad, bedacht ik dat hij het misschien niet had gelezen. Dat zou het eerste lichtpuntje van die dag zijn.

De mannen bij het ruim bedachten op de een of andere manier een oplossing voor het bagageprobleem, en na de angstaanjagend ingekorte veiligheidsinstructies door het cabinepersoneel stegen we op in de maanloze lucht. Binnen een paar minuten begon Elisa een berg pillen in stapeltjes te verdelen op het tafeltje voor haar, en ze prees ze aan alsof ze bij Sotheby's werkte.

'Uppers, downers, wat willen we? Wordt het feesten of slapen?' vroeg ze aan het nu al verveelde gezelschap. 'Dit blijft wel onder ons, hè?' voegde ze eraan toe tegen een van de verslaggevers, die alleen maar lusteloos knikte.

'Slapen,' zei Isabelle klaaglijk. 'Ik heb een afgrijselijke dag gehad, ik ben kapot.'

'Ja, slapen, absoluut,' stemde Leo in. Hij schopte zijn Pradasneakers uit en wiebelde met zijn bepoederde tenen in de lucht.

Davide knikte, en zelfs Philip was het ermee eens dat het verstandig zou zijn om te gaan slapen, aangezien hun enige taak voor de komende vier dagen feestvieren was.

'Jullie zijn ook niet gezellig!' pruilde Elisa op een babytoontje, quasi-teleurgesteld met haar hoofd schuddend. 'Maar goed, als jullie het willen… wat kan ik eraan bijdragen?'

'Wat heb je allemaal?' vroeg Emanuel, de Argentijnse miljardair, zonder al te veel belangstelling. Het leek erop dat hij er grote moei-

276

te mee had zijn gezicht op te heffen van het reusachtige martiniglas dat hij met twee handen vasthield.

'Alles wat je wilt. Zeg maar wat je wilt hebben. Het moet sowieso op voordat we gaan landen, want ik heb *Midnight Express* gezien en daar zit ik niet op te wachten,' zei ze.

'Ja, de Turken laten niet met zich sollen als het om drugs gaat,' zei Philip instemmend. 'Als we eenmaal daar zijn, regelt de concierge van het hotel wel wat, maar ik raad iedereen af om zelf iets mee te nemen.'

'Geef mij maar een paar Valiumpjes,' zei Leo.

'Voor mij graag Xanax.'

'Heb je Ambien? Als ik die twee inneem met wat drank erbij, zit ik goed.'

'Heb je ook Percocet?'

Iedereen wachtte geduldig op zijn beurt terwijl Elisa de cabine rondging en iedereen zijn persoonlijke bestelling bezorgde; ze bleek ieder merk en elke gewenste dosis op voorraad te hebben. Alleen Sammy en ik deden niet mee, maar dat leek niemand op te merken. Ik stak een sigaret op in een poging niet al te braaf over te komen, maar bij dit publiek was roken niet bepaald ruig. Sammy excuseerde zich, zei dat hij hoofdpijn had en vroeg aan Philip of het goed was als hij in de slaapkamer ging liggen.

'Het is niet mijn vliegtuig, jongen, dus ga je gang. Je moet alleen niet gek opkijken als ik je over een tijdje vraag om even plaats te maken,' zei Philip welwillend, met een geile blik in mijn richting.

Ik kromp ineen, maar daarna klapte ik mijn voetensteun omhoog en lukte het me om me een paar minuten te concentreren op *Pulp Fiction*, die net begon op het enorme plasmascherm aan de wand. Net toen ik er een beetje in begon te komen en ik Sammy al een paar keer zeker dertig seconden uit mijn hoofd had verbannen, kwam Elisa naar me toe.

'Oké, ik snap er dus helemaal niks van,' zei ze, terwijl ze de folie van een vers pakje Marlboro light scheurde. 'Wie is hij toch?'

'Wie? Sammy?'

'De vriend van Isabelle. Hoezo wérkt hij bij Bungalow?'

'Hij is daar uitsmijter, Elisa. Je hebt hem duizenden keren aan de deur zien staan.'

'Uitsmijter? Wat moet de úitsmijter op ons reisje?' fluisterde ze fel. Maar haar gezichtsuitdrukking veranderde vrijwel onmiddellijk van afschuw in begrip. 'O, ik snap het al. Hij is natuurlijk van

Downtown. Ja, dat is eigenlijk wel logisch.'

'Ik geloof niet dat hij *downtown* woont,' zei ik, terwijl ik me probeerde te herinneren of ik eigenlijk wel wist waar Sammy woonde. Ze staarde me minachtend aan. 'Bette, je kent Downtown Boys! Het bedrijf dat knappe mannen inzet als barkeeper, beveiligingsmedewerker of ober op privé-feesten en evenementen. Jij hebt zelf toch ook een aantal mooie mannen ingehuurd voor het BlackBerry-feest? Nou, Downtown Boys is véél exclusiever. En het is een publiek geheim dat hun medewerkers beschikbaar zijn voor álle wensen van de klanten.'

'Wat wil je daarmee zeggen?'

'Dat het me niets zou verbazen als Isabelle een contract heeft met Sammy om zich door hem te laten vergezellen naar feestjes en dergelijke. Hij... houdt haar gezelschap, snap je? Dat soort dingen. Haar man is niet bepaald geïnteresseerd in haar sociale verplichtingen.'

'Is ze getrouwd?' Dat was het beste nieuws dat ik de hele dag had gehoord.

'Ja, hallo!' zei Elisa verbijsterd. 'Dacht je soms dat ze de meest geziene societyvrouw van heel Manhattan was omdat ze zo charmant is? Haar man is een of andere Oostenrijkse burggraaf – al zul je niet snel een Oostenrijker tegenkomen die geen adellijke titel heeft – en staat al sinds het begin van de jaren tachtig in de top-100 van de rijksten der aarden van *Forbes*. Misschien nog wel langer. Hoezo, dacht jij dat die uitsmijter haar vriend was?'

Mijn stilzwijgen zei genoeg.

'O, god, dat dacht je echt! O, wat schattig, Bette. Denk je nou echt dat iemand als Isabelle Vandemark iets zou beginnen met een uitsmijter!' Ze moest zo hard lachen dat ze er bijna in bleef. 'God, ik zie het al helemaal voor me! Ze mag dan met hem neuken, ze heeft heus geen relátie met hem, hoor!'

Ik overwoog even om haar met mijn sigaret te bewerken, maar ik was te blij met het nieuws om Elisa heel erg te haten. Binnen een paar minuten verslapte haar aandacht en vlijde ze zich weer languit tegen Davide aan – die zijn ogen niet van de borsten van Isabelle af kon houden – en probeerde ze te flirten met Philip, die met Leo in gesprek was verwikkeld over de voor- en nadelen van het laten verwijderen van eelt door een pedicure in plaats van het er zelf af te schuren met puimsteen. De fotografen en verslaggevers klitten grotendeels bij elkaar en zaten aan de grote eettafel voorin te pokeren en grote glazen bourbon achterover te slaan. Alle anderen waren knock-out of iets wat daarop leek, en nog voordat we bij de scène kwamen waarin Travolta de naald in de borst van Uma Thurman ramt, lag ik ook te slapen.

24

Pas de volgende middag tegen twee uur had ik voor het eerst even tijd voor mezelf. We hadden de hele nacht gevlogen en na de landing, op donderdagochtend om elf uur, waren we meteen van de koele, luxe leren stoelen in de Gulfstream overgestapt in de koele, luxe leren stoelen van een hele vloot limousines, met dank aan de Vereniging van Nachtclubeigenaren of VvN, zoals de heer Kamal Avigdor het handig afkortte. Hij had duidelijk ook het memootje ontvangen over de uiterlijke kenmerken van ons groepje: zelf was hij aantrekkelijk in de meest klassieke zin van het woord. Hij stond ons op te wachten met twee opvallend mooie meisjes – zijn assistentes, beweerde hij, maar het was duidelijk dat ze allebei minstens een tijdje dienst hadden gedaan als zijn vriendin – op de rode loper die klaarlag op het vliegveld, met een warme glimlach op zijn hartelijke gezicht. Zijn zwarte getailleerde pak had een pasvorm die alleen Europese mannen kunnen hebben, en de combinatie van overhemd en stropdas in dezelfde kleur groen benadrukte zijn donkere huid en haar en zijn groene ogen nog eens extra. Natuurlijk maakten de details het helemaal áf: Ferragamo-loafers, een horloge van Patek Philippe en een boterzachte mannentas waarvan een normale man zou janken van ellende, maar die hem alleen maar nóg mannelijker maakte. Ik schatte hem tussen de dertig en vijfendertig, maar het zou me niet verbaasd hebben als hij tien jaar ouder of jonger bleek te zijn. En het indrukwekkendst van alles was dat hij bij het uitstappen iedereen bij naam begroette.

Elisa, Leo, Davide en ik reden met meneer Avigdor – die erop stond dat we hem Kamal noemden – mee naar de stad en de anderen stapten in de limousines achter ons. Hij nam alvast het weekend met ons door en drukte iedereen op het hart dat onze enige gezamenlijke taak erin bestond ervoor te zorgen dat onze gasten een fantastische tijd hadden. De rest konden we aan hem overlaten. Als ze iets wensten, wat dan ook ('en dan bedoel ik echt alles: jongens, meisjes, lederwaren, moeilijk verkrijgbaar eten of drinken of "geestverruimende middelen"') hoefden we het hem maar te vragen en hij zou ervoor zorgen dat het bij de juiste persoon terechtkwam. De schema's die hij uitdeelde waren eerder een opsomming van restaurants en clubs dan een werkrooster; alle dagen waren helemaal leeg, met genoeg tijd voor 'schoonheidsslaapjes, bezoekjes aan het beautycentrum, winkelen en zonnebaden, de dingen waar iedereen vast behoefte aan zal hebben', maar de avonden zaten overvol. Drie dagen lang zouden we vanaf acht uur 's avonds eten in de beste en mooiste restaurants, twee prachtige lounges bezoeken en dan eindigen in een nog schitterender, flitsender nachtclub, waar we zo'n beetje tot zonsopgang zouden blijven, net als de jonge Turken en de Europese bezoekers. Oudjaar verschilde in één opzicht van de andere avonden: klokslag twaalf uur zouden we live op de landelijk televisie proosten met champagne. De fotografen gingen iedere minuut van dit fantastische festijn vastleggen en Kamal verwachtte dat de publiciteit die daaruit voortkwam in Turkije net zo veel zou opleveren als in Amerika; wie wilde er nu niet eten in de zaak waar Philip Weston zijn pittig gekruide lamskebab had genuttigd?

Het inchecken verliep soepeler dan ik had durven hopen, met slechts een handjevol klachten over de kamers ('te dicht bij het hok waar de kamermeisjes hun schoonmaakshit hebben staan'; 'veel te weinig handdoeken voor iemand met zo'n bos haar als ik'; 'écht geen zin om uit te kijken op een moskéé!') en een indrukwekkend elegante champagnebrunch speciaal voor ons op het dakterras van het hotel, met uitzicht op het majestueuze Topkapi-paleis. Toen iedereen naar zijn kamer was, uitgeput van tien uur reizen in de grootst denkbare luxe, liep ik het kleine stukje naar de Grote Bazaar, om langs de overvolle winkeltjes te slenteren en alles en iedereen uitgebreid te bekijken. Ik liep naar binnen door de Nuruosmaniye-poort, onder kreten als 'Miss, ik heb wat u zoekt!' en wandelde op mijn gemak langs de uitpuilende zaakjes met schijnbaar onuitputtelijke hoeveelheden kraaltjes, zilver, kleden, specerijen, waterpijpen en handelaren die thee dronken en rookten, thee dronken en rookten. Toen ik over een lichtblauwe pashmina aan het onderhandelen was met een man die geen dag jonger dan negentig kon zijn, werd er op mijn schouder getikt.

'Je beseft toch wel dat je aan het ruziën bent over een verschil van omgerekend veertig cent, hè?' vroeg Sammy, en hij grinnikte alsof hij zojuist een groot geheim had ontdekt.

'Natuurlijk besef ik dat!' riep ik verontwaardigd uit. Wat natuurlijk niet waar was.

'Waarom doe je het dan?'

'Het is wel duidelijk dat jij deze cultuur niet kent. Er wordt van je verwacht dat je afdingt. Ze beschouwen het als een belediging als je dat niet doet.'

'Echt waar? Meneer, hoeveel vraagt u voor deze sjaal?' vroeg hij op de mildst denkbare toon aan de gebochelde verkoper.

'Zes Amerikaanse dollar, meneer. Het is de beste kwaliteit. Uit het zuiden. Hij is vorige week door mijn eigen kleindochter gemaakt. Prachtig.' Toen de man glimlachte, maakte zijn tandeloze mond dat hij er nog vriendelijker uitzag.

'We nemen hem,' zei Sammy, en hij pakte een stapeltje Turkse lira's uit zijn portefeuille en stopte het in de vliesdunne hand van de man. 'Dank u wel, meneer.'

'U ook bedankt. Een mooie pashmina voor een mooi meisje. Nog een prettige dag verder,' zei hij vrolijk, en hij gaf Sammy een klopje op zijn rug voordat hij terugkeerde naar zijn waterpijp.

'Ja, je hebt gelijk,' zei Sammy grinnikend tegen mij. 'Hij keek inderdaad erg beledigd.' Toen sloeg hij de sjaal om mijn hals, tilde mijn haar eroverheen en liet het op de zijdezachte stof vallen.

'Dat had je niet hoeven doen!'

'Weet ik. Maar ik wilde het graag, om me te verontschuldigen voor mijn onaangekondigde komst. Ik wist echt niet dat jij hier ook zou zijn, Bette. Het spijt me.'

'Wat spijt je?' vroeg ik luchtig. 'Doe niet zo gek, je hoeft je nergens voor te verontschuldigen.'

'Zullen we ergens koffie gaan drinken? Ik ben hier al uren en ik heb nog niet eens Turkse koffie gehad. Heerlijk dat ze hier niet doen aan magere melk, extra heet, suikervrij of opgeklopt. Nou, ga je mee?'

'Goed. Volgens mijn boek zit het beste koffiehuis een paar gangen verderop.'

'Je boek?'

'De *Lonely Planet*. Hoe kun je nou ergens naartoe gaan zonder *Lonely Planet*?'

'Wat ben jij toch een halvegare,' zei hij, met een speels rukje aan mijn pashmina. 'We logeren in het Four Seasons, worden rondgereden door privé-chauffeurs en krijgen een enorme onkostenvergoeding, en jij loopt met de *Lonely Planet* te zeulen. Ongelooflijk.'

'Wat is daar nou ongelooflijk aan? Misschien wil ik graag een paar dingen zien die buiten het beautycentrum/pal aan zee/chique restaurants/exclusieve clubs-circuit vallen.'

Hij schudde zijn hoofd, deed de rits van zijn rugzak open en rommelde er even in. 'Kijk, dit is er ongelooflijk aan,' zei hij, en hij haalde een exemplaar van hetzelfde boek te voorschijn. 'Kom op, dan gaan we jouw koffietentje zoeken.'

We namen plaats op twee minikrukjes aan een piepklein tafeltje en bestelden met veel gebaren twee koffie, die werd geserveerd met een schaaltje suikerkoekjes.

'Mag ik je iets vragen?' vroeg ik nadat ik wat van het donkere vocht uit het kopje had geslurpt.

'Ga je gang.'

'Wat voor relatie heb je met Isabelle?' Ik probeerde het zo luchtig mogelijk te vragen.

Zijn gezicht verstrakte. Hij zei niets en staarde alleen maar knarsetandend naar het tafelblad.

'Laat maar, het gaat me niets aan,' zei ik snel, want ik wilde de sfeer niet bederven.

'Het is nogal ingewikkeld,' zei hij.

'Dat is me duidelijk, ja.' Ik keek naar een piepklein katje dat vanaf de grond op een enorme stapel kleden klauterde, waar het tienermeisje dat in het winkeltje stond het beestje meteen een schoteltje melk gaf. Na een hele tijd zei ik: 'Het is jouw zaak. Laten we gewoon van onze koffie genieten, oké?'

'Ze betaalt me om haar gezelschap te houden,' zei hij zacht, en hij keek me aan terwijl hij een slokje koffie nam.

Ik wist even niet wat ik met die informatie aan moest. Het was geen complete schok meer na de vermoedens van Elisa, maar de manier waarop hij het zei, heel rustig, op die nuchtere toon waarvan ik begon te beseffen dat die typerend voor hem was – nou ja, het klonk erg vreemd.

'Ik weet niet of ik het goed begrijp. Heeft het iets te maken met zo'n bureau waar je knappe mannen kunt inhuren als barkeeper en zo?'

Hij lachte hardop. 'Nee! Voor die weg heb ik nooit gekozen, maar ik vind het leuk om te horen dat je denkt dat ik aan hun strenge eisen zou voldoen.'

'Dan begrijp ik er echt niks van.'

'Er zijn vaak mensen die ons kennen van Bungalow en die ons inhuren voor privé-feesten en dergelijke. Ik werkte afgelopen zomer als barkeeper bij Bungalow toen Isabelle daar vaak kwam. Kennelijk vond ze me leuk. In het begin betaalde ze me een paar duizend dollar per avond om achter de bar te staan tijdens etentjes bij haar thuis of om haar gasten te begroeten op liefdadigheidsavonden. Toen ze werd benoemd tot medevoorzitter van het jaarfeest van de Botanische Tuinen van New York besloot ze een soort assistent aan te nemen. Ze koos bijna vanzelfsprekend voor mij omdat ik ook eh... andere dingen kon doen.'

'Andere dingen? Betaalt ze je om met haar naar bed te gaan?' Ik had het eruit geflapt voordat ik het besefte.

'Nee!' zei hij fel, met een staalharde blik. 'Sorry. Het is niet zo gek dat je dat denkt. Het is voor mij duidelijk een gevoelig punt. Het korte antwoord luidt: nee, ik ga niet met haar naar bed. Maar als ik heel eerlijk ben, weet ik niet hoe lang ik daar nog mee weg zal komen. In het begin had ik absoluut niet gedacht dat het erop uit zou draaien, maar nu wordt me vrij duidelijk dat ze het wel van me verwacht.'

'En haar man dan?'

'Wat is er met hem?'

'Zit hij er niet mee dat zijn vrouw een bloedmooie jongen heeft ingehuurd om bij haar thuis te komen, haar te helpen bij allerlei liefdadigheidsavonden en haar te vergezellen op romantische weekendjes naar Istanbul?' Ik voelde een tinteling door me heen gaan toen ik hem indirect 'bloedmooi' noemde.

'Waarom zou hij daar niet juist heel blij mee zijn? Zolang ze het discreet aanpakt, hem niet te schande maakt en beschikbaar is wanneer ze voor zijn werk samen hun gezicht moeten laten zien, kan ik me voorstellen dat hij dolgelukkig is dat hij niet mee hoeft naar al die sociale toestanden van haar. Hij hoeft niet voortdurend te zeggen hoe mooi ze is en tot gek wordens toe te beslissen of hij haar liever ziet in Stella McCartney of Alexander McQueen. Sterker nog: hij betaalt mijn salaris. Het is een prima kerel.'

Ik had geen idee wat ik daarop moest zeggen, en ik probeerde een reactie te bedenken die niet al te beledigend zou zijn.

'Het is gewoon werk, alleen betaalt het heel, heel goed. Als ik ooit mijn eigen restaurant wil openen, kan ik nu geen nee zeggen tegen een inkomen met vijf nullen, alleen om een paar uur per week met een mooie vrouw door te brengen.'

'Vijf nullen? Dat méén je niet!'

'O, jawel. Waarom zou ik het anders doen? Het is te gênant voor woorden, maar ik denk aan de beloning. En die zou wel eens dichterbij kunnen zijn dan ik had gedacht.'

'O? Hoezo?'

'Het is nog niet definitief, maar ik ben vorige week benaderd door een paar mensen van het Culinary Institute of America, die met me in zee willen om samen een restaurant te openen.'

'Echt waar?' Ik schoof wat dichter naar hem toe. 'Vertel.'

'Nou, het zou meer een franchiseverhaal worden dan een echt nieuw restaurant, hoor. Het is van de eigenaars van de restaurantketen Houston's; aan de westkust zitten al een paar filialen. Ze schijnen heel goed te lopen. Het is typisch Amerikaanse kost – niet echt een kans om creatief te zijn, aangezien er over het concept en het menu niet te onderhandelen valt, maar het zou wel mijn eigen zaak worden. Nou ja, van mij en hen samen.' Hij klonk net zo enthousiast als iemand die zojuist te horen had gekregen dat hij een geslachtsziekte had.

'Goh, dat klinkt goed.' Ik probeerde nog een beetje enthousiasme in mijn stem te leggen. 'Verheug je je erop?'

Daar leek hij even over na te denken, en toen zuchtte hij. 'Ik weet niet of "verheugen" het juiste woord is, maar het lijkt me een mooie kans. Het is niet helemaal wat ik in gedachten had, maar wel een stapje in de goede richting. Het is gekkenwerk om te denken dat ik op dit punt in mijn carrière al een zaak met een geheel eigen visie zou kunnen opzetten – dat is niet realistisch. Dus om terug te komen op je vraag: brand ik van verlangen om voor eenderde eigenaar te worden van een Houston's-achtig restaurant in de Upper East Side? Niet echt. Maar als ik daardoor zou kunnen stoppen met mijn werk bij Bungalow en het als een mooi opstapje zou kunnen gebruiken, dan denk ik dat ik dat er wel voor over heb.'

'Oké,' zei ik. 'Het lijkt me inderdaad een mooie kans.'

'Voorlopig.' Hij stond op, haalde nog twee koffie en zette er een voor me neer. 'Goed, nu is het jouw beurt.'

'Waarvoor?' vroeg ik, al wist ik natuurlijk goed waar hij naartoe wilde.

'Hoe zit het tussen jou en Weston?'

'Dat is nogal ingewikkeld.'

Hij lachte weer en rolde theatraal met zijn ogen. 'Ja, dág! Kom op, ik heb jou ook alle smerige details verteld. Hoe ben je in godsnaam bij hem terechtgekomen?'

'Wat bedoel je daarmee?'

'Niks, alleen dat jullie me heel... verschillend lijken.'

'In welk opzicht?' Ik wist precies wat hij bedoelde, maar het was leuk om hem te zien zweten.

'Kom op nou, Bette, doe niet zo flauw. Ik weet hoe het is om uit Poughkeepsie te komen en in New York bij het coole clubje te horen, hoor. Dat gedeelte snap ik nog wel. Maar wat ik niet begrijp, is dat je hem leuk vindt. Je gaat wel met die lui om, maar je zult nooit een van hen worden. Dat is overigens zeer positief bedoeld.'

'Ik heb niet echt iets met hem.'

'Iedere roddelrubriek in Manhattan ziet jullie voortdurend overal samen. Trouwens, ik heb je vaak genoeg met eigen ogen met hem bij Bungalow gezien. Jij mag dan zeggen dat je niks met hem hebt, volgens mij ziet hij dat toch anders.'

'Ik weet echt niet hoe ik het moet uitleggen, omdat ik het zelf amper begrijp. Het is alsof Philip en ik een stilzwijgende overeenkomst hebben om te doen alsof we bij elkaar horen, ook al hebben we het nooit met elkaar gedaan.'

'Hè? Dat geloof ik niet.'

'Toch is het zo. Ik zou liegen als ik nu zei dat ik me nooit heb afgevraagd waarom hij daar niet bepaald mee lijkt te zitten, maar ik verzeker je dat we nog nooit met elkaar...'

Sammy dronk zijn minikopje koffie leeg en leek even over deze informatie na te denken. 'Dus je wilt zeggen dat je nooit met hem naar bed bent geweest?'

Ik keek hem aan en zag tot mijn vreugde dat het hem duidelijk iets deed.

'In de verste verte niet. En als we toch aan het opbiechten zijn: ik heb zelfs een paar keer geprobeerd hem te verleiden. Hij heeft altijd wel een excuus. Te veel gedronken, laat op stap geweest met een ander meisje... Ongelooflijk beledigend als je er goed over nadenkt, maar wat doe je eraan? De hoeveelheid tijd die ik met hem doorbreng heeft rechtstreeks effect op mijn werk. Kelly is dolblij met de publiciteit die hij het bedrijf bezorgt en ik hoef alleen maar te lachen voor de foto's. Ik had nooit gedacht dat ik dit zou doen, maar we hebben een tamelijk bizarre, onuitgesproken overeenkomst gesloten: ik doe alsof ik zijn vriendin ben en hij helpt me hogerop op mijn werk. Het is eng, maar op een maffe manier staan we quitte. We houden er allebei iets goeds aan over.' Het was een opluchting om hardop uit te spreken wat ik nog aan niemand had uitgelegd.

'Ik heb geen woord gehoord van wat je net hebt verteld.'

'Nou, leuk. Fijn dat je zo goed luistert. Je vroeg er zelf naar, hoor.'

'Ik ben min of meer afgehaakt nadat je zei dat je nooit met hem naar bed bent geweest. Heb je écht niks met hem?' vroeg hij, terwijl hij met zijn duim het lege kopje rondjes liet draaien.

'Sammy, je ziet toch wel hoe Philip is? Hij is niet het type voor verkering. Ik heb geen flauw idee waarom hij mij heeft uitgekozen en eerlijk gezegd is het wel goed voor mijn ego, maar ik zou nooit iets kunnen hebben met een man zoals hij. Al heeft hij nog zulke schitterende buikspieren.'

'Schitterende buikspieren, zei je? Mooier dan deze?' En voordat ik het wist had hij zijn shirt omhooggetrokken en toonde hij me zijn strakke buik.

'Shit,' zei ik, terwijl ik mijn hand uitstak om een klopje op de harde ribbels te geven. 'Ik geloof dat ik je op dit punt gelijk moet geven.'

'Dat gelóóf je?' Hij liet zijn shirt los, maar pakte mijn hand en trok me naar zich toe.

Deze keer zoenden we echt, zo dicht tegen elkaar aan als de piepkleine krukjes toelieten, graaiend naar gezichten, haar en nek in een poging nog dichterbij te komen.

'Dat doen we hier niet,' zei een klein mannetje, met twee klopjes op het tafelblad. 'Het is niet netjes.'

We vlogen uit elkaar, beschaamd door de terechtwijzing, en fatsoeneerden onze kleding. Sammy bood zijn excuses aan bij het mannetje, dat alleen maar knikte en doorliep. Daarna keek Sammy mij aan.

'Hebben we nou net voor het eerst in het openbaar gezoend?' vroeg hij.

'Echt wel,' zei ik dolgelukkig. 'En volgens mij was het meer dan een beetje zoenen. Ik denk dat we dit wel een halve vrijpartij mogen noemen. En dat in de Grote Bazaar in Istanbul.'

'Er is toch geen betere plek?' zei hij, en hij trok me overeind van mijn krukje. Ik wilde voor hem uit het koffiehuis uit lopen, maar hij hield me tegen en draaide me om, met mijn gezicht naar hem toe. 'Ik meen dit serieus, Bette. Ik speel geen spelletje met je.'

'Dat is je geraden, Sammy.' Ik was even bang dat ik in mijn eigen woorden zou stikken, maar zijn glimlach gaf me weer lucht.

'Ik zou je stevig willen vastpakken, maar ik ben bang dat ik dan gearresteerd word wegens onzedelijk gedrag.' Hij sloeg wel zijn arm om mijn schouder. 'Laten we ons gewoon door de komende dagen heen slaan, oké? We sluipen weg wanneer we maar kunnen, alleen moeten we ervoor zorgen dat we niet betrapt worden.'

Ik knikte, al had ik het liefst een weekvoorraad valium in de drankjes van Isabelle en Philip gedaan en toegekeken hoe ze nog even wankelend op de been bleven voordat ze zich overgaven aan een vredige eeuwige slaap. Nee, dat was niet eerlijk! Ze hoefden niet dood, dat verdienden ze nu ook weer niet. Ik stemde er in stilte mee in om hun leven te sparen, mits zij ermee akkoord gingen een enkele reis te boeken naar een Afrikaans dorpje naar keuze ergens aan de rand van de Sahara. Dat was aanvaardbaar.

Sammy en ik deden er ruim een uur over om te voet de vijf straten terug naar het hotel af te leggen. We zoenden, aaiden, streelden en graaiden in ieder verscholen portiekje dat we konden vinden en maakten gebruik van elk verlaten steegje, halletje, elke boom of elk bankje dat ons een paar minuten kon beschermen tegen afkeurende blikken. Tegen de tijd dat het goudgele gebouw van het Four Seasons in zicht kwam, had ik met zekerheid kunnen vaststellen dat Sammy inderdaad een strakke, katoenen boxershort van Calvin Klein droeg.

'Ga jij maar eerst naar binnen. Doe wat je moet doen om de komende dagen door te komen – als je maar met je vingers van Philip Weston afblijft. Ik vind het verschrikkelijk dat je met hem op één kamer slaapt.' Hij trok zijn mondhoeken omlaag om zijn afkeer te tonen en huiverde zichtbaar.

'O ja, en ik vind het gewéldig dat jij naast Isabelle in bed kruipt en haar zegt hoe prachtig ze eruitziet in haar nieuwe setje van La Perla.' De gedachte alleen al maakte me misselijk.

'Ga maar.' Hij drukte zijn mond op de mijne. 'Ik zie je vanavond bij het eten, oké?'

'Oké,' zei ik, en ik kuste hem snel terug. Toen stamelde ik, in weerwil van mezelf: 'Ik zal je missen.' En ik grijnsde als een crack-verslaafde naar de portier en huppelde letterlijk van de lobby naar de lift en van de lift naar mijn kamer. Ik had nauwelijks oog voor Philip, die languit op bed lag met alleen een handdoek om zijn middel en een zijden maskertje voor zijn ogen.

'Waar was je nou, *love*? Ik ben doodop, ik heb een enorme kater en jij liet me hier helemaal alleen achter,' zei hij klaaglijk. 'Kun je niet even een koud kompres voor me maken? Dat zou heerlijk zijn.'

'Waarom doe je het zelf niet, Philip?' vroeg ik opgewekt. 'Ik kom alleen wat spullen wegleggen en dan ga ik naar het beautycentrum. Neem twee aspirientjes en zorg dat je om kwart voor acht aangekleed in de lobby staat, oké?' Ik gooide de deur keihard en met zo veel mogelijk lawaai dicht en huppelde het hele eind naar het chique marmer van het Turkse bad. Daar bestelde ik bij de receptioniste een massage, een pedicure en een groot glas muntthee bij mijn scrubbeurt, en ik kwam langzaam tot rust in het naar eucalyptus geurende stoombad – denkend aan Sammy.

25

Met ons groep-
je, dat bestond uit twaalf mensen die niets anders hoefden te doen
dan drinken en niksen, deden we die eerste avond tijdens het eten
een triviaquiz. Zo werd het natuurlijk niet genoemd – er werd niet
eens hardop gesproken van een spelletje, laat staan zoiets triviaals
als een quiz – want dat was niet cool. Maar de manier waarop we
over en weer vragen afvuurden kon je toch moeilijk anders noemen
dan een quiz. Het deed me denken aan de vragen over *Beverly Hills
90210* die Michael en Penelope elkaar altijd stelden. 'Wie was de
oorspronkelijke eigenaar van de Peach Pit After Dark?' vroeg Michael dan, voorovergeleund alsof het een bloedserieuze zaak was.
'Ja, alsof niet iedereen dat weet. Rush Sanders, de vader van Steve.
Een weggevertje!' riep Penelope. Zo konden ze uren doorgaan. ('In
welk hotel woonde Dylan met zijn vader Jack?' 'Hoe heette het
personage dat zichzelf in het eerste seizoen per ongeluk neerschoot

op zijn eigen verjaardag?' 'Waar of niet waar: Donna is naar bed geweest met Ray Pruit?') Ze wilden allebei koste wat het kost bewijzen dat ze elke scène en ieder personage kenden.

Ik kan moeilijk beweren dat ik me verheven voelde boven Elisa en Marlena, alleen omdat zij de namen van alle leden van Madonna's kabbalagroep konden opsommen, vooral omdat mijn eigen beste vrienden exact wisten wanneer Jackie (de moeder van Kelly) was bedrogen door Mel Silver en ik zelf op commando de namen van de *wedding planner* van Trista en Ryan en van het geadopteerde Cambodjaanse zoontje van Angelina Jolie kon noemen. Maar ik moet zeggen dat ik nog nooit een groep mensen zo verveeld, onverschillig en ongeïnteresseerd en toch zó fel een quiz heb zien spelen.

'Ja zeg, iedereen weet dat Marc Anthony al twee kinderen had toen hij met J.Lo trouwde. Dat is zo'n beetje de meest elementaire informatie die er is. Maar kun je me ook de locatie vertellen van de rechtbank waar hij de echtscheiding indiende?' schrééuwde Alessandra zo'n beetje tegen Monica.

Die antwoordde verontwaardigd: 'Alsjeblieft, zeg! Dat kun je niet serieus menen. Als je ook maar iets leest, weet je dat hij de scheiding heeft aangevraagd in de Dominicaanse Republiek, om de zaak te bespoedigen. Maar wat jij waarschijnlijk niet weet – omdat het niet in de blaadjes heeft gestaan die de massa dagelijks leest – is de naam van de boot die George bij zijn huis aan het Comomeer heeft liggen.'

'George?' vroeg Oliver toen iedereen naar voren leunde om mee te luisteren.

'Clooney,' zei Marlena korzelig. 'Wie anders?'

'Mijn god, ik kan het niet meer aanhoren,' klaagde Leo. 'Wat zijn jullie een zielig zootje.'

Ik juichte in stilte zijn verstandige opmerking toe, maar ik had te vroeg gejuicht.

'Dat is toch allemaal niet relevant? Noem maar eens drie mensen met wie Jade Jagger iets heeft gehad, en dan wil ik ook weten bij welk sieradenbedrijf ze momenteel werkt.'

Philip zuchtte en sloeg Leo lusteloos op zijn rug. 'Leo, jongen, daag ons liever eens uit. Dat was de slechtste vraag die ik kan bedenken – vooral omdat alle aanwezigen hier bij de opening van Garrard zijn geweest.'

Zo ging het de hele maaltijd door. Gelukkig leek de onuitputtelijke voorraad Dom Perignon tegen de tijd dat het dessert werd opgediend zelfs de grootste enthousiastelingen een beetje in te dammen, en we gingen over op de vraag hoe een Turkse nachtclub eruit zou zien.

'Ik ga me niet nog meer bedekken, hoor. Ik weet dat dit een moslimland is en zo, maar conservatievere kleding dan dit heb ik niet in mijn kast hangen,' verkondigde Isabelle met een blik op haar outfit. Haar halterjurk zag eruit alsof hij van metaal was en liet haar rug helemaal bloot, net als een deel van haar billen, al was het echt obscene gedeelte wel bedekt en kwam de jurk zowaar tot haar knieën. De voorkant was uitgesneden tot aan haar navel, maar de stof bedekte haar perfecte borsten tot net naast de tepels. Bij nadere inspectie stelde ik vast dat ze de jurk vastgetaped moest hebben. Zilverkleurige open sandaaltjes met naaldhakken en een krokodillenleren tasje maakten het geheel compleet.

'Zouden ze hier eigenlijk wel Cristal schenken?' vroeg Davide, duidelijk in paniek. 'De drank gaat toch wel per fles, Bette?'

Ik wilde hem net vertellen dat hij de avond ook wel zou overleven zonder magnums Cristal, maar Kamal, die met een uitgestreken gezicht stilletjes had zitten luisteren, boog zich samenzweerderig naar voren. 'Vrienden, ik verzeker jullie dat alles naar wens zal zijn. De club van vanavond zal jullie beslist bevallen, alles is geregeld.'

'Zeg Kamal, even over de vrouwtjes. Hoe zit het met de Turkse dames?' vroeg Philip. Davide lachte waarderend en Elisa wierp mij nadrukkelijk een geërgerde blik toe. Ik begreep al snel dat je zo als vriendin hoorde te reageren, en ik beantwoordde haar blik door eveneens mijn ogen ten hemel te slaan.

'Hypothetisch gesproken?' vroeg Kamal. Hij dacht even na en zei toen: 'Meneer Weston, ik denk dat u zult zien dat de Turkse vrouwen precies hetzelfde zijn als de Amerikaanse of Britse of welke vrouwen dan ook: sommige zijn… laten we zeggen… bereidwillig, terwijl andere van goeden huize komen en niets met dat soort dingen te maken willen hebben.'

'En welke categorie zullen wij vanavond tegenkomen, denk je? De bereidwillige dames of de ijskonijnen?'

Philip had Kamal kennelijk voor zich gewonnen, want die grijnsde als een idioot om zijn opmerking. Hij nam een grote slok uit zijn whiskyglas voordat hij een gezicht trok dat bij benadering serieus te noemen was en zei: 'De eerste, meneer Weston. Ik voorspel dat u vanavond voornamelijk de eerste categorie zult tegenkomen.'

Philip grinnikte terug en hield zijn hand omhoog voor een high five, die Kamal meteen beantwoordde. 'Dat lijkt me acceptabel, meneer Avigdor. Dank u wel.'

Het verbaasde me niet dat er geen rekening op tafel kwam, en tegen de tijd dat we in de boot stapten – een jacht of misschien een zeilboot – die ons over de Bosporus naar Bella zou brengen, was ik een tikkeltje aangeschoten en begon ik van de avond te genieten. In een poging mezelf af te leiden van de aanblik van Isabelle die met haar grijpgrage handen aan Sammy zat, was ik de groep rondgegaan om iedereen een voor een over te halen een halfuur voor aankomst bij de club te poseren voor de fotografen, gevolgd door een halfuurtje officieel feesten, waarbij alles wat er werd gezegd of gedaan mocht worden genoteerd door de journalisten die we hadden meegebracht. Maar daarna zat het werk er officieel op en kon iedereen zich zo losbandig gedragen als hij maar wilde, zonder zich al te druk te hoeven maken over vervelende krantenkoppen als COKE EN HOEREN!. We moesten nog wel op onze hoede zijn voor de Turkse media, maar daar verwachtte ik geen echte problemen van, en Kamal had beloofd ze weg te houden uit de vip-ruimtes. Al met al was bijna iedereen tevreden, en de hele ploeg leek haast opgewonden toen de boot aanlegde aan een steiger waar de rode loper al klaarlag.

'Worden we dadelijk aangestaard door al die mannen?' vroeg Elisa met grote, ongeruste ogen aan Kamal.

'Aangestaard? Hoezo? Natuurlijk zullen ze je schoonheid opmerken, maar ik denk niet dat je je er ongemakkelijk onder zult voelen,' zei hij.

'Nou, als ze gewend zijn aan vrouwen in burka, neem ik aan dat we behoorlijk zullen opvallen,' zei ze zelfvoldaan.

Sammy wierp me een blik toe – een van de vele die avond, aangezien we tijdens het etentje tegenover elkaar hadden gezeten – en ik onderdrukte een lach, al ontsnapte er wel een geluid aan mijn keel. Ze draaide met een ruk haar hoofd om en keek me kwaad aan. 'Wat nou? Heb jij soms zin om de hele avond aangegaapt te worden door een stelletje boerenpummels? Daar heb ik niet dat hele eind voor gevlogen – dan hadden we net zo goed naar New Jersey kunnen gaan!'

Kamal was zo aardig om net te doen alsof hij het niet hoorde. Hij hielp iedereen van boord en stelde ons voor aan een ander groepje mannen, die er stuk voor stuk heel goed en zeer, zeer succesvol uitzagen. Dat waren onze andere klanten, en ze hadden ieder tussen de twee en vier bloedmooie meisjes bij zich, die aan hun lippen hingen en hun 'hulp' boden bij de meest uiteenlopende zaken. Tot verbazing van Elisa en Isabelle droegen ze geen burka's. Ze droegen niet eens een beha, nu we het er toch over hebben. De hoeveelheid zichtbaar vrouwenvlees was bijna verblindend, en we waren nog niet eens binnen.

Een van de nieuwe mannen stelde zich voor als Nedim en kondigde nogal gewichtig aan dat hij de eigenaar was van Bella, het enorme uitgaanscomplex dat zich voor ons uitstrekte. Het had een eigen jachthaven die door celebrity's en gelegenheidsvips kon worden gebruikt om de hoofdingang te omzeilen; de gasten hoefden maar van hun jacht te stappen en zo in een zitje te ploffen, waar alles wat ze zich maar konden wensen onmiddellijk werd gebracht. Nedim zag eruit als iedere clubeigenaar die ik ooit had ontmoet: de klassieke kettingroker met het vintage T-shirt en de retrosneakers met stekeltjeshaar die niemand een blik waardig zou keuren als hij niet in de onvermijdelijke rode Porsche reed en niet de nodige flessen champagne weggaf.

'Dames en heren, welkom bij Bella,' verkondigde hij met een weids armgebaar. 'Dé eersteklas uitgaansgelegenheid in Istanbul. Zoals u ziet ligt Bella eigenlijk ín de Bosporus, op de scheidslijn tussen Europa en Azië, en ook onze clientèle straalt dat internationale gevoel uit. Gaat u mee en bereid u voor op alles wat Bella te bieden heeft.'

Hij nam ons mee naar een enorme ronde tafel pal boven het water, in een met touwen afgescheiden gedeelte van de club dat onmiskenbaar de vip-ruimte was. Slechts een flinterdun teakhouten poortje scheidde ons van de rivier. Het poortje was niet hoger dan vijfenzeventig centimeter en vroeg gewoon om een dronken ramp, maar het uitzicht was schitterend: grote en kleine boten voeren traag voorbij over het bruinige water en passeerden een prachtig verlichte moskee met minaretten die tot aan de hemel leken te reiken. De vloeren waren van glanzend donker hout, bijna zwart, en de zitbanken van satijnbrokaat met gouddraad erdoor geweven. De hele club lag in de openlucht; er hingen alleen een paar canvas doeken die opbolden in de wind en die het geheel iets sexy-exotisch gaven. Het enige licht kwam van Turkse glazen lantaarns en honderden theelichtjes in houdertjes met kraaltjes. Op alle tafels stonden ruwhouten schalen vol miniabrikoosjes en pistaches. Het was zonder enige twijfel de meest sexy club waar ik ooit was geweest; chic op een veel natuurlijker manier dan alle coole plekken in New York, maar zonder het kenmerkende zelfbewustzijn dat zulke zaken leken te ontwikkelen wanneer ze wisten dat ze populair waren. Een hele stoet stijlvolle obers omringde onmiddellijk onze tafel om de bestelling op te nemen. Binnen een halfuur was iedereen aangenaam aangeschoten, en tegen middernacht dansten Elisa en Philip op de tafels. Aan hun woeste heupbewegingen te zien voelden ze zich prima op hun gemak. Het leek te duiden op iets romantisch – en iets zeer recents. De fotografen flitsten erop los, maar Nedim en zijn mensen gaven ze zo veel drank, vrouwen en god weet wat nog meer dat ze te laat waren voor een plaatje van Marlena die wijdbeens op schoot zat bij een beroemde Turkse voetballer die de vip-ruimte had opgezocht. Het lukte me om hen uit elkaar te halen voordat iemand het zag, en ik wist ze ervan te overtuigen dat ze beter naar haar kamer in het Four Seasons konden gaan. Ze protesteerden niet eens toen ik hen naar een gereedstaande limousine begeleidde en de chauffeur opdracht gaf ze terug te brengen naar het hotel. Ik had net de portier van het Four Seasons gebeld – die me had verzekerd dat hij hen vliegensvlug naar haar kamer zou brengen en alle fotografen en verslaggevers zou weren – toen Sammy naast me opdook.

'Waar zat je nou?' zei hij, en hij sloeg van achteren zijn armen om me heen en zoende me in mijn nek. 'De hele avond heb ik je in de gaten kunnen houden, maar ineens was je verdwenen.'

'Hallo,' zei ik. Hij keek snel om zich heen of Isabelle of Philip ons niet zag, of iemand met een camera.

'Kom, we gaan hier weg,' zei hij nors. 'Ze zijn allemaal zo dronken dat ze het toch niet merken.' Hij kuste nog een keer mijn nek, deze keer ruwer, en voor het eerst kreeg ik het vermoeden dat Sammy niet alleen maar lief en aardig was. Gelukkig.

'Dat gaat niet, Sammy. Ik zou het wel willen, maar ik moet hier iedereen in de gaten houden. Dat is letterlijk mijn enige taak.'

'Het is bijna twee uur. Hoe lang houden ze dit nog vol?'

'Ha! Met gemak tot morgenvroeg. Misschien kunnen we iets regelen als we terug zijn in het hotel, maar nu moet ik echt terug naar binnen.'

Hij liet zijn armen slap langs zijn lichaam vallen en zuchtte diep. 'Ik weet dat het niet anders kan, maar ik baal ervan. Ga jij maar eerst, dan kom ik over een paar minuten.' Hij wilde met zijn vingers door mijn haar gaan, maar hij trok snel zijn hand terug toen iemand zijn naam riep.

'Sammy? Ben je hier? Heeft iemand mijn vrie… eh, assistent gezien?' galmde de schelle stem van Isabelle over het water. Toen ik me omdraaide, zag ik dat ze de vraag had gesteld aan een van de geüniformeerde bewakers die ons nauwlettend in de gaten hielden, om ervoor te zorgen dat we niet lastiggevallen werden.

'Jezus!' mompelde Sammy, terwijl hij een stapje achteruit deed. 'Wat nou weer? Kan ze de wc niet in haar eentje vinden? Ik moet gaan.'

'Wacht, laat mij maar,' zei ik met een kneepje in zijn hand. 'Isabelle, hier! Hij is hier.'

Isabelle draaide met een ruk haar hoofd om. Toen ze ons zag keek ze eerst opgelucht en toen verbaasd. Ze negeerde mij compleet en klaagde tegen Sammy: 'Ik ben je al de hele tijd aan het zoeken.' Zodra ze zich kennelijk herinnerde dat ik er ook bij was, liet ze haar jammertoontje varen.

'Sorry dat ik hem bij je vandaan heb gehouden, Isabelle. Marlena en de man die bij haar was waren nogal ver heen, en Sammy was zo aardig om me te helpen ze in een auto te zetten. We wilden net weer naar binnen gaan.'

Dat leek haar wat milder te stemmen, al deed ze nog altijd alsof ik er niet was. Ze bleef naar Sammy kijken, die aandachtig naar zijn schoenen stond te staren.

'Goed, ik ga maar eens kijken hoe het daar binnen is,' zei ik opgewekt, en ik liep naar de deur, maar ik hoorde nog hoe Isabelles toon veranderde van klaaglijk in ronduit kil en chagrijnig.

'Ik betaal je niet om me te negeren en alleen te laten!' fluisterde ze kwaad.

'Hou toch op, Isabelle,' zei Sammy, eerder vermoeid dan geërgerd. 'Ik heb haar vijf minuutjes geholpen. Dat is wat anders dan jou alleen laten.'

'Hoe denk je dat het voor mij voelt om daar in mijn eentje te zitten terwijl mijn vent een ander gaat helpen?'

Helaas moest ik doorlopen en kon ik Sammy's antwoord niet meer horen. De vip-ruimte was helemaal leeg toen ik me eindelijk een weg had gebaand door de hordes gewone bezoekers. De Amerikaanse rap en hiphop hadden plaatsgemaakt voor een soort Turkse trance en het leek wel of de hele club meedeinde met de schaars geklede lichamen. Camilla, Alessandra en Monica hadden alle drie een man gevonden – een voetballer van Real Madrid, een nieuwslezer van CNN International en een Engelse playboy die Philip beweerde te kennen van hun gezamenlijke kostschooltijd – en ze zaten met hen in de verschillende donkere hoekjes van Bella, onder toeziend oog van Nedim en de andere clubeigenaren. Ik zag Elisa en Davide aan de rand van de dansvloer druk naar elkaar staan gebaren en ik nam aan dat ze ruzie hadden, tot ik dichterbij kwam. Het was geen felle discussie en zelfs geen gewoon gesprek; ze waren allebei duidelijk zo high van de coke dat ze druk tegen elkaar stonden te praten en ieder hun eigen ideeën zo belangrijk vonden dat ze elkaar enthousiast overstemden. Zoals gewoonlijk hadden de fotografen en verslaggevers een tafeltje voor zichzelf gevonden, ver weg van ons allemaal, en ook nu leken ze zich vol te gieten met sterke drank. Er lagen zes lege sigarettenpakjes om hen heen en ze keken amper op toen ik vroeg of ik iets voor hen kon betekenen. Leo was nergens te bekennen, maar Philip had ik zo gevonden: ik zocht gewoon naar het blondste meisje met de grootste borsten en verplaatste mijn blik toen een paar centimeter naar rechts. Hij had zijn arm om haar middel geslagen en zo stonden ze samen voor de deejay. De blondine kwam me vaag bekend voor, maar ik kon haar van achteren niet thuisbrengen. Terwijl ik stond te wachten tot ze zich zouden omdraaien, zag ik Philip een dik pak geld uit de kontzak van zijn Paper Denim-broek halen en naar de magere deejay gooien, die bleef staan in de bekende deejayhouding: met zijn koptelefoon tussen kin en schouder geklemd.

'Zeg vriend, wat kost het me om jou zover te krijgen dat je muziek draait waar verdorie in gezóngen wordt?' vroeg hij, en het meisje nam giechelend een slok van haar drankje. 'Ik kan die Turkse shit niet meer horen.'

De deejay nam het geld aan en liet het soepel verdwijnen onder een van de apparaten op zijn tafel. Hij gebaarde naar een jochie dat bij hem in het deejayhok zat en zei iets tegen hem. Het joch draaide zich om naar Philip en vroeg: 'Wat wilt u horen? Hij draait alles wat u maar wilt.'

'Zeg maar dat we zin hebben in Bon Jovi of Guns n' Roses.'

Het hulpje vertaalde het en de deejay knikte, al keek hij nogal verbaasd. Binnen tien tellen schalde 'Paradise City' uit de boxen en stond Philip overdreven te headbangen. Toen hij me zag, fluisterde hij het meisje iets in het oor en maakte ze zich uit de voeten.

'Hallo *love*, dit is een stuk beter, hè?' vroeg hij terwijl hij naar zichzelf keek in het glazen wandje van het deejayhok.

'Was dat Lizzie Grubman?' vroeg ik toen ik eindelijk wist waarom ze me zo bekend voorkwam. Hij stond nog steeds met zijn hoofd tegen een denkbeeldige muur te rammen. 'Ja, Tara Reid en zij hadden van ons chique feestje gehoord en wilden een kijkje komen nemen.'

'Ze is eh, heel mooi,' zei ik suf. Ik wist dat ik blij zou moeten zijn, professioneel gezien, dat Lizzie Grubman en Tara Reid ons gezelschap helemaal naar Istanbul waren gevolgd.

'Een gezicht als een krokodillenleren handtas,' zei Philip, en met die woorden trok hij me de dansvloer op. 'Kom op, *love*, laat je gaan. Lekker dansen.'

Na een paar minuten sloop ik weg, terug naar Elisa, die enigszins tot bedaren leek te zijn gekomen. Ze zat bij Davide op schoot zachtjes te praten terwijl hij haar schouders masseerde, zo nu en dan onderbroken door een lange haal van de joint die hij net had opgestoken.

'Denk je dat je het verder wel redt hier? Er zijn al een hoop mensen terug naar het hotel en ik wilde eigenlijk gaan kijken of alles daar oké is.'

'O, mij best. Je maakt je veel te druk, Bette. Iedereen heeft het naar zijn zin. Waar is Leo? Zeg even tegen hem dat je naar het hotel gaat, dan zien we je daar wel, oké?' Ze giechelde toen Davide de wietdamp in haar gezicht blies.

'Prima. Doe ik. Dan zie ik jullie morgen wel.'

'Hmm. Ik ben niet van plan om morgen daglicht te zien, maar we komen elkaar wel tegen als ik uit bed ben. O ja, waar is Philip eigenlijk?' Ze deed haar uiterste best om het heel nonchalant te laten klinken.

'Philip? O, de laatste keer dat ik hem zag stond hij te dansen met Lizzie Grubman en Tara Reid.'

'Wat, zijn die hier?' Ze sprong van Davides schoot en toverde onmiddellijk een brede glimlach op haar gezicht. 'Ik ga écht wel hallo zeggen. Ik zie je nog wel.'

Ik keek om me heen of ik Leo zag, maar toen ik hem niet kon vinden nam ik aan dat hij een vriendje had opgeduikeld en met hem naar zijn kamer was gegaan. Nedim bood aan om me in zijn Porsche naar het hotel te brengen, en ik kwam in de verleiding om ja te zeggen, totdat hij zijn hand over mijn billen liet glijden en met een suggestief lachje zei dat hij me een rondleiding wilde geven langs de mooiste plekjes van Istanbul bij nacht. Ik sloeg zijn aanbod beleefd af en nam een van de limousines. De receptioniste van het hotel begroette me bij naam en vertelde me in het kort wie er allemaal teruggekomen waren en wanneer.

'O, wacht, er is een boodschap voor u.' Ze gaf me een dichtgevouwen vel papier, dat ik onmiddellijk openmaakte omdat ik een of andere ramp verwachtte. KOM NAAR KAMER 18 ZODRA JE TERUG BENT stond er in hoofdletters op. Geen naam, alleen een bijgesloten plastic kamersleutel.

Ik woog even mijn optics af. Het briefje moest van Sammy zijn. Hij had vast een kamer geregeld buiten Isabelle om, zodat we ongestoord tijd met elkaar konden doorbrengen. Dat was, als ik er al over na durfde te denken, het spannendste romantische gebaar dat ik ooit van mijn leven had meegemaakt. Ik was nog helemaal schoongeboend en opgedoft van het beautycentrum eerder die dag en nu lokte mijn geheime liefde. Ik werd er helemaal licht van in mijn hoofd.

De lift naar boven leek er een eeuwigheid over te doen. Om mijn geweldige presentatie nog meer luister bij te zetten begonnen mijn handen te zweten en werd mijn mond droger en droger naarmate ik de zigzaggende gangen doorliep. Tegen de tijd dat ik op de deur klopte, meende ik echt schuurpapier te proeven.

Het duurde bijna een volle minuut voordat er werd opengedaan, een minuut die wel een maand leek, en heel even had ik het afschuwelijke vermoeden dat het Sammy helemaal niet was, dat het briefje misschien wel voor iemand anders was bedoeld. Minstens tien mogelijke misverstanden schoten door mijn hoofd in de zestig seconden dat ik daar stond, aan de vloerbedekking genageld, me in stille paniek afvragend hoe ik me in godsnaam goed moest houden als hij het niet was, als hij daar binnen niet stond te wachten om de kleren van mijn lijf te rukken en me neer te leggen op het gigantische bed dat daar ongetwijfeld in volle Four Seasons-glorie donzig en met verrukkelijke lakens op ons stond te wachten. Alsjeblieft, smeekte ik een onbekende entiteit, laat hij het alstublieft zijn en laat hem net zo naar mij verlangen als ik naar hem en zorgt u er ook voor dat hij…

De deur zwaaide open. Sammy trok me meteen naar binnen en had zijn mond al op de mijne gedrukt voordat hij de deur dichtschopte. 'Ik verlang zo naar je,' bracht hij hijgend uit, en hij liet zijn mond over mijn gezicht, hals en schouders gaan en wilde de bandjes van mijn hemdje opzijschuiven voordat hij gefrustreerd het hele ding over mijn hoofd trok omdat ze niet meegaven.

Dat waren de laatste woorden die een van ons uitbracht. We vielen op het bed, dat precies zo verrukkelijk was als ik me had voorgesteld, en stortten ons zo gretig op elkaar dat ik het griezelig gevonden zou hebben als het niet zo verrukkelijk was geweest. Je kon niet meer zien welke ledematen van wie waren en ik verloor alle idee van tijd en plaats – ik wist zelfs niet meer waar ik precies werd aangeraakt. Mijn zintuigen maakten overuren; het gewicht van zijn lichaam, de geur van zijn deodorant, de manier waarop de haartjes op mijn armen en achter in mijn nek overeind gingen staan telkens wanneer hij met zijn vingers over mijn rug ging. Het was, moest ik toegeven, een seksscène die recht uit de Bouquetreeks kwam – misschien zelfs nog wel beter. Pas toen er op de deur werd geklopt merkte ik de tientallen kaarsen op die in de kamer verspreid stonden, en de twee onaangeroerde glazen rode wijn en de klanken van de fantastische Buddha-Bar-cd die uit de Bose-speler naast het bed kwamen.

'Wie weet dat je hier bent?' fluisterde ik. Ik kroop van hem af en liet me in diezelfde houding achterover op het bed vallen.

'Alleen de receptie. Ik heb de kamer op mijn eigen creditcard geboekt.'

'Zou Isabelle je gehoord kunnen hebben?'

'Onmogelijk. Ze heeft een handvol Ambien ingenomen om het tijdverschil te overbruggen. Die wordt pas over twee dagen wakker.'

We overlegden nog een paar minuten, tot ik besefte dat de nacht ongemerkt was overgegaan in de ochtend en ik maar beter kon teruggaan naar mijn eigen kamer als ik niet wilde dat er heel veel vragen gesteld zouden worden.

Hij trok me weer op zich en begon aan mijn oorlelletje te sabbelen, met oorbel en al. 'Niet weggaan. Nog niet.'

'Ik móét gaan, sorry. Je wilt toch niet dat dit bekend wordt? Niet op deze manier.'

'Ik weet het, je hebt gelijk. Niet op deze manier. We hebben alle tijd van de wereld als we straks terug zijn in New York.'

'Als we weer thuis zijn, kom je zomaar niet van me af,' fluisterde ik. Mijn korte jurkje met pailletten lag verfrommeld op het bureau, maar ik slaagde erin me er nog enigszins fatsoenlijk mee te bedekken voordat ik me weer op het bed liet vallen. De gedachte om me in mijn ondergoed te moeten wurmen was ondraaglijk; nadat ik mijn beha van het hoofdeinde had gevist propte ik hem samen met mijn lelijke katoenen onderbroek in mijn handtas.

Sammy rukte een laken van het niet meer zo fraai opgemaakte bed en sloeg het om zijn middel toen we samen naar de deur liepen. 'Bette, bedankt voor een heerlijke avond,' zei hij, en hij nam mijn gezicht tussen zijn handen, waardoor ik me klein en fijn en superaantrekkelijk voelde.

Ik ging op mijn tenen staan om nog één keer mijn armen om zijn hals te slaan. 'Het was helemaal goed,' zei ik.

En dat was het ook geweest, precies zoals ik had gehoopt, tot aan het moment dat hij de deur opendeed en ik werd begroet door de felste, agressiefste flitslichten die ik ooit had gezien. Het ging als een spervuur bijna een halve minuut door en ik stond daar maar, als aan de grond genageld, te geschrokken om me te verroeren.

'O jee, sorry hoor. Verkeerde kamer,' zei John, een van de fotografen die met ons meegekomen waren.

'Wat krijgen we nou, verdomme?' zei Sammy.

'Laat mij maar,' zei ik. 'Jij blijft hier.'

Ik liep de gang op en trok de deur achter me dicht. 'Wat moet dit voorstellen? Waar ben je mee bezig?' gilde ik half.

'Sorry, meid, het spijt me. Maak je geen zorgen, ik heb niks gezien,' zei hij zonder enige overtuiging. Hij was de sluwste van het stel; ik had al van het begin af aan de kriebels van hem gekregen. Zijn werk bestond voornamelijk uit paparazzi-achtige foto's die hij tegen het hoogste bod aan de ergste roddelbladen verkocht. Kelly had volgehouden dat het goed zou zijn om hem mee te nemen, omdat de fotoredacties smulden van alles wat hij aanbood.

'Stond je te posten voor mijn kamer? Eh, zijn kamer, bedoel ik? Ik ben net begonnen onze hele groep langs te gaan om te bespreken wat we vanavond gaan doen. Niks interessants aan, hoor.'

'Het maakt mij niet uit met wie je ligt te wippen, meid.' Hij grinnikte hard en enthousiast. 'Ik kan natuurlijk wel iemand bedenken die zou willen weten dat het vriendinnetje van Philip de nacht niet met hem heeft doorgebracht, maar je bent dit weekend heel goed voor ons geweest, dus we vergeten gewoon wat er is gebeurd.'

De lul. Hij gluurde nu openlijk naar mijn jurkje en mijn gezicht, dat natuurlijk onder de uitgelopen make-up zat. Al met al moest ik eruitzien als iemand die onmiskenbaar een hele nacht seks achter de rug had.

'Trouwens,' ging hij verder terwijl hij de flitslamp van zijn camera haalde en terugstopte in zijn zwarte schoudertas, 'wat er volgens mij bij hém op de kamer is gebeurd, is veel interessanter dan het nieuws dat jij het met het vriendje van Isabelle hebt gedaan.'

'Pardon?' Ik kon hem wel wurgen vanwege de suggestie dat er ook maar iets interessanters bestond dan de nacht die ik achter de rug had, en omdat hij mijn belachelijke smoes over het doornemen van die avond niet geloofde én omdat hij het waagde Sammy 'het vriendje van Isabelle' te noemen. Natuurlijk kon ik geen enkele beledigende of spitsvondige opmerking verzinnen.

'Laten we het erop houden dat het volgens bronnen heel goed zou kunnen dat er vannacht een privé-feestje is geweest tussen jouw vriend en een paar zeer goede kennissen van hem.' Hij trok zijn borstelige, in elkaar doorlopende wenkbrauwen op en trok zijn lippen strak tegen zijn tanden in iets wat waarschijnlijk een glimlach moest voorstellen.

'En met "jouw vriend" bedoel ik Philip Weston,' voegde hij er zelfvoldaan aan toe.

Ik slikte mijn woede in. 'Hmm, hoe fascinerend dat ook mag klinken, ik moet nu naar boven om mijn ronde af te maken, dus neem me niet kwalijk...' Ik duwde hem opzij en liep op blote voeten langs hem heen, met mijn sandaaltjes in de ene hand en mijn tas in de andere, recht op de lift af. Het duurde een eeuwigheid tot die kwam.

Hoe langer ik erover nadacht, hoe minder rampzalig het me voorkwam, vooral omdat hij niet erg veel belangstelling leek te hebben voor het schandaal – of het gebrek daaraan – van Sammy en mij. En waarom zou hij ook, dacht ik. Die man volgde zijn hele leven waanzinnig beroemde sterren en legde de schandalen vast die ze om zich heen wisten te creëren, dus waarom zou hij ook maar enigszins geïnteresseerd zijn in een onbekend pr-meisje dat het bed in dook met iemand die misschien niet haar eigen vriend was? Hij was niet eens beroemd! Natuurlijk speelde Philip wel een rol in het verhaal. En als Kelly erachter zou komen dat ik Isabelles ingehuurde vriendje gezelschap had gehouden en daarbij was betrapt, zou ze daar niet blij mee zijn. Isabelle zou er wel eens op kunnen staan dat ik ontslagen werd. Maar nu liep ik op de zaken vooruit; ik dacht niet dat John het zou doorvertellen. Alleen Abby leek belangstelling te hebben voor mijn doen en laten, maar zelfs haar tentakels reikten niet helemaal tot Istanbul. Ik besefte nu dat dat deels de reden was waarom ik zo van streek was geraakt bij het zien van de fotograaf: ik was een verrukkelijk etmaal lang vergeten hoe het voelde om gestalkt en bespied te worden en me kwetsbaar te voelen. Nu Abby vijfduizend kilometer verderop zat, had ik niet meer voortdurend het akelige gevoel dat iemand probeerde mijn privé-leven bloot te leggen voor het grote publiek. Ik haalde diep adem en herinnerde mezelf eraan dat het veel erger kon, en dat ik dankbaar moest zijn dat Abby helemaal in een ander land zat.

Toen ik kwam aanlopen, zag ik dat de deur van de suite die ik met Philip deelde op een kier stond – wat pas opviel als je er vlak naast stond – en ik hoorde binnen gedempte geluiden. Het was acht uur 's morgens (vrijwel midden in de nacht als je bedacht dat ik pas om drie uur was teruggekeerd in het hotel en dat Philip nog in Bella was geweest toen ik daar wegging) en ik begreep onmiddellijk dat Philip waarschijnlijk inderdaad een 'privé-feestje' hield, maar dan wel in mijn kamer. Ik overwoog nog heel even om aan te kloppen, maar uiteindelijk duwde ik gewoon de deur open.

Toen ik de hoek van de zitkamer om kwam, door de klapdeuren naar de slaapkamer, zag ik Leo languit op bed liggen, naakt, op zijn rug. Het duurde nog een seconde of twee voordat het tot me doordrong dat de dot haar die op en neer ging ter hoogte van zijn naakte kruis – en de blote kont die me begroette – toebehoorden aan de heer Philip Weston. Voordat ik kon reageren had Leo me gezien.

'Hoi Bette, alles goed?' vroeg hij nonchalant, zonder zelfs maar te proberen zichzelf of Philip te bedekken.

Bij het horen van mijn naam draaide Philip met een ruk zijn hoofd om, waarbij hij me zicht bood op de laatste paar centimeter van Leo's naakte lijf die ik nog niet had gezien. 'O, hallo schatje, hoe gaat het?' vroeg hij, waarna hij fijntjes zijn mond afveegde aan de kussensloop. 'Waar heb je de hele nacht gezeten?'

'Waar ik de hele nacht heb gezeten?' Zoals gewoonlijk kwam ik niet verder dan het nazeggen van de vorige spreker.

'Ik heb een eeuwigheid op je gewacht, *love*,' zei hij klaaglijk, en hij sprong uit bed als een klein jochie op zijn verjaardag en trok een badjas aan.

'Een eeuwigheid?' zei ik spitsvondig.

'Ja, als jij gewoon thuisgekomen was, zou Leo nu niet bij mij in bed gelegen hebben. Of denk jij van wel, *love*?'

Ik moest hard lachen om die absurde opmerking. 'Philip, alsjeblieft, zeg! Je wilt nooit met me naar bed, al zeker…'

'Rustig, pop, maak je niet zo druk. Mijn vriend hier kwam net binnen en viel meteen in slaap. Ik denk dat ik ook ingedommeld ben. Het was stom van ons om zo veel te drinken, maar gelukkig hebben we onze roes uitgeslapen.'

Ik stond nu helemaal te trillen. 'Is dit een grap of zo? Wou je beweren dat ik het niet goed heb gezien?' Als een van beiden nog het fatsoen had gehad om opgelaten te reageren op wat er zojuist was voorgevallen, zou ik er misschien – misschien! – minder moeite mee hebben gehad.

'Jongens, ik bestel koffie, jus d'orange en misschien een paar croissants. Ik voel een vreselijke kater opkomen,' zei Leo. Hij had nog steeds geen poging ondernomen om zichzelf te bedekken en had de afstandsbediening gepakt om te kijken welke films het hotel in de aanbieding had.

'Goed idee. Doe mij maar een dubbele espresso, een paar aspirientjes en een extra groot glas bloody mary,' zei Philip.

'Dit kan niet waar zijn,' zei ik, en ik vroeg me af op welk punt mijn leven in de *twilight zone* was beland. Het voelde alsof ik in een soort schemerwerkelijkheid terechtgekomen was, maar kennelijk was ik de enige.

'Hmm?' zei Philip. Hij liet voor onze ogen de badjas op de grond vallen en ging onder de douche staan, met de deur wijd open. 'Leo? Zeg eens tegen je collega dat ze niet zo uit haar nek moet lullen. Jij en ik zijn gewoon vrienden, meer niet.'

Leo bevrijdde zichzelf uit de wirwar van lakens, die eruitzagen alsof ze urenlang afgebeuld waren, en trok zijn spijkerbroek aan *sans* onderbroek. 'Natuurlijk, Philip. Bette, we zijn gewoon vrienden, hoor. Wil jij ook iets eten?'

'Eh nee, dank je. Ik, eh… denk dat ik maar beneden ga ontbijten, oké? Ik zie jullie straks wel.' Ik pakte snel een schone spijkerbroek, een T-shirt en een paar teenslippers, propte alles in de pastic tas die bedoeld was voor vuile was en spurtte de kamer uit, en ik voelde me een beetje misselijk toen ik Philip en Leo knus samen achterliet.

Ik wilde de tijd doden in het restaurant in de lobby en een hapje eten voordat ik veilig terug naar mijn kamer zou kunnen gaan, maar net toen de ober mijn koffie met alles erop en eraan en een mandje met verrukkelijke zoete broodjes en muffins had gebracht, kwam Elisa de ontbijtruimte binnengestrompeld. Ze ging op de stoel tegenover me zitten.

'Mag ik bij je komen zitten?' vroeg ze. 'Ik kan verdomme niet slapen en ik ben in staat om mezelf van kant te maken.'

Ik raakte in paniek zodra ik haar zag, er onmiddellijk van overtuigd dat ze al van de fotograaf had gehoord wat er was gebeurd. Ik nam aan dat niemand op dat uur al wakker kon zijn, maar de klitten in haar verwarde haar, de donkere kringen onder haar ogen en haar drukke handgebaren duidden erop dat ze de avond ervoor waarschijnlijk veel te veel cocaïne had gebruikt om zelfs maar aan slapen te denken, dus was ze naar beneden gekomen.

'Ja, ga zitten,' zei ik quasi-terloops, terwijl ik dolgraag wilde horen of ze iets wist.

De ober bracht haar onmiddellijk een kop en schotel. Ze staarde er even glazig naar, alsof ze nog nooit zoiets had gezien, maar ze herstelde zich en schonk koffie in. Toen keek ze me wantrouwend aan.

'Wat ben jij vroeg op. Waar is Philip?' vroeg ze. Ze dronk haar kopje in één teug leeg.

'Philip?' Ik probeerde nonchalant te lachen, maar het klonk eerder alsof ik me verslikte. 'O, die slaapt, denk ik. Ik weet ook niet waarom ik zo vroeg uit bed ben. Het tijdverschil, denk ik.'

'Tijdverschil?' zei ze minachtend. 'Als dat je enige probleem is, moet je een Ambien nemen. Ik voel me pas echt beroerd.'

'Hier, neem wat te eten. Zo te zien kun je dat wel gebruiken.'

Weer een minachtend geluid. 'In zo'n muffin zitten evenveel vet en koolhydraten en waarschijnlijk ook calorieën als in minimaal twee Big Macs. Nee, dank je.'

Ze schonk nog een kop zwarte koffie in en dronk die leeg.

'Is Davide boven?' vroeg ik, niet uit belangstelling maar omdat ik het gevoel had dat ik iets moest zeggen.

'Ik zou niet weten waar hij is. Vannacht om een uur of drie ben ik hem uit het oog verloren. Hij zal wel met een of andere Turkse meid naar huis gegaan zijn.' Ze zei het op een toon alsof het haar niet verbaasde en ze er totaal niet mee zat.

Ik staarde haar alleen maar aan.

Ze zuchtte. 'Dat zou Philip jou nooit aandoen, hè? Hij is zo fantastisch…'

Ik spuugde bijna mijn jus d'orange uit, maar ik kon me nog net inhouden. 'Hmm,' mompelde ik. 'Heb jij wel eens iets gehoord over de mogelijkheid dat Philip… Dat hij geïnteresseerd zou zijn in…'

Ze staarde me met een lege blik aan. 'Geïnteresseerd in wat?'

'O, ik weet niet… Mannen?'

Dat ontlokte haar een geschrokken kreet en haar mond viel wijd open. 'Philip Weston? Homo? Dat meen je niet. Bette, hoe kun je zo naïef zijn? Dat hij een geweldig gevoel voor stijl heeft, Vespa rijdt en aan yoga doet, wil absoluut nog niet zeggen dat hij, zeg maar, op mannen valt.'

Nee, dacht ik bij mezelf. Natuurlijk niet. Maar dat ik hem een halfuur geleden heb betrapt terwijl hij onze openlijk zeer homoseksuele collega van orale seks voorzag, zegt dat ook niks?

'Nee, ik begrijp wat je bedoelt, alleen…'

'Bette, wanneer ga jij die jongen eindelijk eens waarderen? Iedere vrouw met een greintje verstand zou er alles aan doen om hem niet te verliezen, maar dat zie jij schijnbaar niet in. Er is trouwens een of ander schandaal geweest vanmorgen, hè?' Ze was zo snel van tactiek veranderd dat ik nauwelijks de tijd kreeg om te laten bezinken dat ze het wel eens over mij kon hebben.

'Schandaal? Toch niet binnen ons gezelschap? Heeft iemand het gezien?'

Ze keek me recht in de ogen en heel even wist ik zeker dat ze het hele verhaal al had gehoord. Maar ze zei alleen maar: 'Ik weet het niet precies. Een van de fotografen – die dikke, hoe heet hij ook alweer? – zei dat hij wel eens een paar "interessante" foto's genomen zou kunnen hebben van iemand in een compromitterende positie. Heb jij enig idee om wie het gaat of wat er is gebeurd?'

Ik kauwde langzaam op mijn croissant en hield mijn blik strak gericht op de voorpagina van de *International Herald Tribune*. 'Hmm, nee, ik heb niks gehoord. Moeten we ons zorgen maken? Ik bedoel, er mag natuurlijk niks uitlekken wat echt schadelijk zou kunnen zijn.'

Elisa schonk haar derde kop koffie in en stond zichzelf deze keer een zakje zoetstof toe. Haar handen trilden van de inspanning. 'Dat moeten we maar afwachten, hè? Ik geloof dat ik maar eens in bed kruip – over een paar uur moet ik alweer beneden zijn voor mijn scrubbeurt in het beautycentrum. Tot straks.'

Ik keek toe hoe ze op haar magere beentjes weghobbelde en probeerde voor mezelf vast te stellen wat dit gesprek zo bizar had gemaakt. Maar haar opmerking over een scrubbeurt herinnerde me aan mijn eigen afspraak, dus at ik mijn ontbijt op en ging naar het beautycentrum voor de massage die me moest voorbereiden op een middagje sightseeing. Ik besloot er meteen ook maar een paraffinepakking voor mijn handen bij te nemen.

26

'Ik moet zeggen dat dit toch wel mijn favoriet is,' zei Will, en hij schoof over de tafel een computerprint naar me toe. Het klonk alsof hij er niet bepaald blij mee was. Hij had de taak op zich genomen om knipsels te bewaren van alle artikelen waarin mijn naam was genoemd sinds ik bij Kelly & Co was begonnen, en nu zaten we ze samen door te nemen bij de brunch. Het was een week nadat ik was teruggekomen uit Turkije, na een ongelooflijk succesvol weekend – dacht ik toen nog. Niemand leek ook maar enig vermoeden te hebben van wat er echt was voorgevallen met Philip of Sammy. Maar ik had duidelijk te vroeg gejuicht.

Abby was blijkbaar alwetend. Op de een of andere manier moest ze in contact gekomen zijn met John de fotograaf, want ze was erin geslaagd om van een flintertje halve waarheid een walgelijke leugen te brouwen. Dat juweeltje was vrijdags geplaatst, en ik was bang dat Kelly een hartaanval zou krijgen.

*Publiciteitsagente Bette Robinson heeft deze keer zichzélf de nodi-
ge publiciteit bezorgd, volgens bronnen, met haar nevenactivitei-
ten tijdens een persreisje naar Istanbul vorige maand. Robinson,
die vooral bekend is van haar relatie met Philip Weston, schijnt
een korte affaire gehad te hebben met Rick Salomon – beter bekend als de man van de sekstape met Paris Hilton – in hetzelfde
hotel waar zij een kamer deelde met Weston. Misschien kunnen de
lezers vast uitkijken naar een nieuwe versie van deze beroemde
sekstape, deze keer met in de hoofdrol ieders favoriete partyplanner in plaats van ieders favoriete party girl. We houden u op de
hoogte.*

De foto bij het lieflijke schrijfseltje was genomen toen ik de deur
van Sammy's hotelkamer opendeed, met mijn sandaaltjes in de ene
hand terwijl ik de andere door mijn warrige haar haalde. Mijn mond
hing onaantrekkelijk open en ik werd er niet knapper op door de
make-upvegen onder mijn ogen. Net zo ordinair als Paris, maar dan
zonder haar perfecte figuur en kleding. Op de achtergrond was een
wazig gemaakte gestalte zichtbaar; bij nadere inspectie kon je duidelijk zien dat het een man was met een laken om zijn middel, maar
verder was onmogelijk vast te stellen om wie het ging. Het was natuurlijk Sammy – die eikel van een fotograaf had vijf volle dagen
met hem doorgebracht en wist maar al te goed wie hij was, maar
kennelijk had hij het niet nodig gevonden die informatie erbij te leveren toen hij de foto aan Abby verkocht. Ik stelde me zo voor dat
ze een minimum aan tijd had besteed om uit te zoeken wie het was,
voordat ze willekeurig iemand had uitgekozen die mijn naam flink
kon schaden, om hem de rol toe te wijzen van mijn clandestiene
nachtelijke minnaar.

Voor het eerst sinds ik voor haar was komen werken zag ik dat
Kelly niet blij was met de publiciteit. Ze vroeg me op de man af of
het waar was wat er was gebeurd en wilde vervolgens weten wat
Abby toch tegen me had. Ik verzekerde haar dat ik de man van de
Hilton-sekstape nog nooit had gezien en dat ik al helemáál niet met
hem naar bed was geweest – niet met en ook niet zonder camera –
en ik kreeg de indruk dat ze me geloofde. Vreemd genoeg kwam het
niet bij haar op om te vragen wie de man op de foto dan wél was, als
hij niet Mr. Paris Hilton bleek te zijn, dus hoefde ik geen ingewik-
kelde verhalen of verklaring te bedenken. Na deze korte vraag-en-
antwoordsessie had Kelly me opdracht gegeven mijn problemen
met Abby uit te praten, aangezien haar verhalen niet langer van nut

waren voor het bedrijf en ze ze niet meer in de roddelrubrieken wilde tegenkomen. Ze bracht me in herinnering dat het *Playboy*-feest al over vijf weken was en dat we tot die tijd geen negatieve publiciteit over mijn privé-leven konden gebruiken, waar of onwaar. Ik verzekerde haar dat ik dat goed begreep en beloofde haar dat ik het een halt toe zou roepen, al had ik geen enkel realistisch plan om die belofte uit te voeren. Ik wist dat ik Abby moest opbellen en dat ik haar er rechtstreeks op zou moeten aanspreken, maar de gedachte alleen al om met haar te praten maakte me misselijk van ellende.

Philip had uiteraard zijn mond gehouden; ik was de enige die wist dat hij opgelucht was omdat het een foto was geweest van mijn indiscrete misstap – ook al stond hij nu te boek als een loser wiens vriendin openlijk vreemdging, of als 'de bedrogen echtgenoot', in Wills bewoordingen – en niet van zijn overstap naar het andere team. Philip en ik hadden samen met geen woord gerept over wat er die eerste nacht in Turkije was voorgevallen. Niets. Nada. De rest van de reis was alles zijn gewone gangetje gegaan. Twee dagen vol bezoeken aan het beautycentrum en nachtelijke uitspattingen. Twee dagen naar Sammy kijken, maar handjes thuis (de Ambien van Isabelle had niet lang genoeg gewerkt) en ervoor zorgen dat de gasten tevreden waren en zich niet in de nesten werkten. Philip en ik hadden Turkije verlaten zoals we waren gekomen (zogenaamd als stelletje), maar als iemand de moeite had genomen om wat beter te kijken, zou hij gezien hebben dat ik nog niet eens een dutje had gedaan in Philips slaapkamer.

In de week na onze terugkeer hadden we elkaar tijdens het uitgaan gezien, en we hadden het geen van beiden ontkend wanneer anderen ervan uitgingen dat we bij elkaar hoorden. Na de chaos van de krantenfoto had onze 'verzoening' me weer wat speelruimte gegeven bij Kelly, maar ik zocht naar een manier om zonder al te veel drama onder deze 'relatie' uit te komen; niet alleen vanwege de bladen, maar omdat ik Sammy echt heel leuk vond.

Het goede nieuws was dat iedere krant en elk tijdschrift dat er ook maar enigszins toe deed enorme artikelen had gewijd aan de zorgvuldig geregisseerde uitspattingen van ons gezelschap, en de zeer tevreden Vereniging van Nachtclubeigenaren in Istanbul had al laten weten een ongeëvenaard aantal Amerikaanse feestgangers te hebben ontvangen sinds de foto's en verslagen in de pers waren verschenen. Alleen de *New York Scoop* had die lelijke foto van mij geplaatst. Kelly had zich er niet langer druk om gemaakt nadat Philip en ik het 'goedgemaakt' hadden. Sammy had zich uitgeput in excuses, maar Isabelle hield hem zo kort dat we na het uitstapje maar heel weinig contact hadden gehad. De enigen die echt vol afschuw reageerden waren mijn ouders.

Mijn moeder belde me zo hysterisch op dat ik midden in het gesprek moest ophangen en haar door Will moest laten terugbellen om uit te leggen dat je niet alles moest geloven wat je las, zeker niet in de roddelrubrieken. Hij had haar enigszins tot bedaren kunnen brengen, maar dat veranderde niets aan het toch wel tamelijk vervelende feit dat, ook al was ik dan niet met de man van de Hilton-sekstape naar bed geweest, mijn ouders evengoed een foto van me hadden gezien die was genomen nadat ik overduidelijk een hele nacht seks achter de rug had. Ze waren allebei kwaad op me, vanwege de publiciteit en omdat ze niet begrepen waar ik mee bezig was, professioneel én privé... en waarom. Maar al was het een vreselijke situatie geweest, het ergste leek nu achter de rug te zijn, en de enige die zich er nog echt druk om maakte was Will.

Het was zondag, precies een week na onze terugkeer uit Turkije, en ik had mijn gebruikelijke brunch met Will en Simon. Midden in mijn verontwaardigde betoog over het schandelijke gebrek aan feiten en waarheden in het artikel viel Will me in de rede.

'Bette, lieverd, gebruik toch niet steeds het woord "waarheid" met betrekking tot de roddelbladen. Dat klinkt zo naïef.'

'Wat moet ik dan? Gewoon maar accepteren dat dat wraakzuchtige kreng alles over me kan verzinnen wat ze maar wil om het te laten publiceren? Ik mag van geluk spreken dat ik niet ontslagen ben.'

'O ja?' Hij trok zijn wenkbrauwen op en nam een slokje van zijn bloody mary, met zijn pink in de lucht.

'Jij bent hier degene die min of meer heeft geëist dat ik deze baan nam, als ik het me goed herinner. Je zei dat ik meer vrienden moest maken, dat ik vaker op stap moest gaan en meer moest léven. Nou, dat heb ik dus gedaan.'

'Dit,' zei hij, en hij hield de foto omhoog om zijn woorden kracht bij te zetten, 'is niet wat ik daarbij in gedachten had. Dat weet je best. Lieverd, ik wil je graag steunen bij alles wat jou gelukkig maakt, maar volgens mij kan ik met een gerust hart stellen dat dit daar niet onder valt.'

Daar was ik even stil van.

'Wat verwacht je dán van me?' zei ik zo kattig als ik kon. 'Bankieren vond je saai en nu keur je ook al de baan af die je zelf voor me hebt uitgezocht, alleen omdat zo'n trut die ik uit een vorig leven ken het op me gemunt heeft. Dat is niet eerlijk.'

Hij zuchtte. 'Nou, lieverd, zet je er maar overheen. Je bent nu een grote meid en je vindt vast wel iets… hoe zal ik het zeggen? Iets discreters dan je huidige leventje. Feesten organiseren, uitgaan, zo nu en dan een drankje nuttigen en een beetje rollebollen met een leuke jongeman is één ding, daar sta ik helemaal achter. Maar verkering nemen met een verwende nicht alleen om het je bazin naar de zin te maken en je naam én gezicht terugzien in ieder vod in de kiosken, plus – heel belangrijk – de verjaardag van je oude oom vergeten omdat je het te druk hebt als internationaal babysitter van een stelletje tweederangs sterren en societyfiguren, dat is niet bepaald wat ik in gedachten had toen ik je deze baan aanraadde.'

Wills verjaardag. 2 januari. Helemaal vergeten.

Will gebaarde naar de ober dat hij nog een bloody mary wilde. 'Lieverd, een ogenblikje. Ik loop even met mijn mobieltje naar buiten om te kijken waar Simon blijft. Het is niets voor hem om zo laat te komen.' Hij legde zijn servet op zijn stoel en liep met een paar grote passen de enorme ruimte door, op en top de gedistingeerde heer.

Toen hij terugkwam, glimlachte hij beheerst. 'Hoe is het met je liefdesleven, lieverd?' vroeg hij, alsof we het helemaal niet over Philip hadden gehad.

'Heb ik nog niet genoeg gezegd? Ik heb geen interesse in Philip.'

'Hou maar op, lieverd. Ik had het niet over Philip. Wat is er geworden van die grote, brede jongen die je laatst een lift hebt gegeven naar Poughkeepsie? Ik vond hem leuk.'

'Sammy? Hoezo vond je hem leuk, Will? Je hebt hem maar een halve minuut gezien.'

'Ja, maar in die halve minuut heeft hij zich bereid getoond om voor me te liegen. Dat noem ik nog eens een goed mens. Vertel op, heb je helemaal geen belangstelling voor hem?' Hij keek me aan met een gretigheid die Will zelden aan de dag legde, naar wat dan ook.

Ik probeerde voor mezelf in te schatten of ik hem het hele verhaal over Istanbul moest vertellen en zwichtte toen. Minstens één persoon in mijn leven moest toch weten dat ik geen complete sloerie was. 'Eh ja, dat kun je wel zeggen,' mompelde ik.

'Wat kun je wel zeggen? Dat je belangstelling voor hem hebt? Of dat je géén belangstelling voor hem hebt?' Hij knipoogde.

Ik haalde diep adem. 'Hij is degene die op die foto staat; je kunt het alleen niet zien.'

Will keek alsof hij een brede grijns moest onderdrukken. 'Was hij ook met jullie in Turkije? Hoe heb je dat voor elkaar gekregen, lieverd?'

'Dat is nogal een lang verhaal, maar laat ik zeggen dat ik niet wist dat hij mee zou gaan.'

Will trok een wenkbrauw op. 'O? Nou, het doet me deugd. Jammer dat het in de roddelbladen terechtgekomen is, maar ik ben blij dat jullie eh… je relatie bezegeld hebben.'

Ik luisterde nog even naar het geratel van Will: hij had me in gedachten altijd gezien met een man als Sammy – het sterke, zwijgzame type – en het werd tijd dat ik een echte vriend kreeg, iemand die begreep wat belangrijk was in het leven. O ja, wat was zijn politieke voorkeur? Ik beantwoordde met plezier al zijn vragen, blij dat ik in ieder geval over Sammy kon praten als ik dan niet bij hem kon zijn. We zaten net onze omelet te eten toen Will begon over het enige onderwerp dat ik uit mijn hoofd probeerde te zetten.

'Nu weet ik tenminste dat er een goede reden voor is dat ik mijn eigen nichtje pas weer zag toen ze al een week terug in het land was. Ik zou beledigd zijn geweest als je de hele week alleen maar voor je werk aan de boemel was geweest, maar nu er een vriendje in beeld is… Nieuwe relaties moet je koesteren, en het begin is altijd de mooiste tijd. O, ik weet het nog goed! Je kunt geen genoeg van elkaar krijgen. Ieder moment dat je niet samen bent is een kwelling. Die fase duurt natuurlijk maar een jaar of twee, en dan komt er een totale ommekeer en probeer je zo vaak mogelijk even lekker alleen te zijn. Maar dat is bij jullie nog heel ver weg, lieverd. Vertel op, hoe was het?'

Ik prikte in een stuk ei, speelde er even mee en legde toen mijn vork maar helemaal weg. 'Eerlijk gezegd hebben we elkaar niet meer gezien sinds we terug zijn,' zei ik, en ik hoorde zelf hoe vreselijk het klonk. 'Er is niets aan de hand, hoor,' voegde ik er snel aan toe. 'Hij is druk in gesprek met een paar mensen die samen met hem een filiaal van Houston's willen openen. Dat is wel niet zijn einddoel, maar het zou een mooie kans voor hem kunnen zijn. We hebben elkaar een paar keer aan de telefoon gesproken, maar ik heb het ook razend druk met de voorbereidingen van het *Playboy*-feest en… nou ja, je kent het wel.'

Ik hoorde de woorden uit mijn eigen mond komen en ik wist dat het klonk als iemand die zichzelf en iedereen om zich heen probeerde wijs te maken dat een of andere man gek op haar was, terwijl alle tekenen op het tegendeel wezen. Het was vreselijk dat ik Sammy sinds onze thuiskomst niet meer had gezien, maar wat ik zei was wel waar: we hadden het allebei verschrikkelijk druk, en bovendien is het in New York heus niet zo gek om een nieuwe man een week niet te zien. Trouwens, stelde ik mezelf gerust, hij had in zeven dagen tijd drie keer gebeld en steeds gezegd dat hij het zo leuk had gevonden met mij in Turkije, dat hij niet kon wachten tot het allemaal wat rustiger was en we een keer echt samen uit konden. Ik had genoeg romannetjes gelezen om te weten dat aandringen of eisen stellen het ergste was wat je kon doen. Tot nu toe was het allemaal heel natuurlijk verlopen, en al zou het leuk geweest zijn om hem die week een paar keer gezien te hebben, ik hoefde me echt geen zorgen te maken. Per slot van rekening wist ik zeker dat we nog een lange, mooie toekomst voor ons hadden, dus waarom zouden we het in het begin overhaasten?

'Hmm. Ja ja.' Will keek even bezorgd, maar toen verdwenen de rimpels uit zijn voorhoofd. 'Je zult vast wel weten wat je doet, lieverd. Heb je al plannen om hem weer te zien?'

'Jazeker. Morgen is er een feest van *In Style* waar ik even naartoe wil, en dan moet hij werken. Hij heeft al gevraagd of ik na afloop met hem koffie ga drinken.'

Daar leek Will tevreden mee te zijn. 'Uitstekend. Doe hem de groeten van me.' Hij vouwde zijn handen en leunde naar voren, als een gretige vriendin die het laatste nieuws wilde horen. 'Ik sta erop dat je hem volgende week zondag meebrengt naar de brunch,' zei hij toen Simon eindelijk binnenkwam.

'Sammy? Ooo, wat een goed idee! Wij met zijn viertjes. Dan kunnen we die jongeman van je eens netjes ontmoeten,' zei Simon instemmend. Mijn 'geheime' relatie met Sammy was kennelijk helemaal niet zo geheim geweest.

'Hoe leuk me dat ook lijkt, Sammy moet op zondag weken. Hij verzorgt de brunch bij de Gramercy Tavern, dus zal hij zelf niet kunnen gaan brunchen. Een andere keer misschien,' voegde ik eraan toe toen ik hun teleurgestelde gezichten zag.

'Misschien gaan we dan wel een keer bij Gramercy brunchen,' zei Will halfhartig. 'Het eten schijnt er niet slecht te zijn.'

Simon knikte niet al te enthousiast. 'Ja, waarom niet? Dat lijkt me leuk. Een keertje…'

En toen ging het gesprek gelukkig over op hun komende vakantie naar het Caribisch gebied en kon ik zwijgend doen alsof het me interesseerde terwijl ik droomde van mijn romantische nachtelijke koffieafspraakje met mijn nieuwe vriend.

27

Die maandag ging in een roes voorbij. Ik verheugde me er zo op om Sammy na het werk te zien dat ik als in een droom de dag door zweefde. Ik kon me later niet één agendapunt van de ochtendvergadering herinneren; ik moest een van de Lijstmeisjes een kopie van haar aantekeningen vragen om na te lezen wat er was gezegd, ook al was ik er van het begin tot het eind zelf bij geweest. Het kantoor was in alle staten nu het feest van *Playboy* snel naderde, en ook al had ik officieel de leiding (onder Kelly natuurlijk), ik kon me er niet op concentreren. Tijdens de lunchpauze glipte ik weg om mijn nagels te laten doen. Om drie uur kondigde ik aan dat ik even koffie ging halen, terwijl ik in werkelijkheid naar de stomerij ging om het sexy jurkje op te halen dat ik dat weekend had gekocht en dat nu korter werd gemaakt. Toen het eindelijk zes uur was, begon ik letterlijk leugens te stamelen en onduidelijke verhalen op te hangen over mijn ouders, oom Will, een zieke vriendin – alles om eerder weg te kunnen en mezelf thuis nog een béétje rustig om te kleden en op te maken. Ik stuurde Kelly en Elisa een mailtje dat ik die avond naar het feest van *In Style* zou gaan en de volgende dag verslag zou uitbrengen, waarna ik exact om halfzeven het kantoor verliet.

De avond vloog om in een wervelwind van optutten (inclusief scheren, scrubben, epileren, borstelen, beschilderen en smeren) en tegen de tijd dat de taxi bij Bungalow stopte kreeg ik bijna geen lucht meer van de spanning. Will had me de dag ervoor na de brunch meegenomen naar Bergdorf's en erop aangedrongen het schitterende jurkje van Chaiken dat ik nu droeg voor me te betalen. Het had een prachtige ingesnoerde taille waardoor ik heel slank leek, en het rokje viel soepel en zwierig tot op de knie. Ik had nog nooit zoiets moois of duurs gehad; vanaf het moment dat ik een uur eerder de rits had dichtgetrokken, wist ik dat het een bijzondere avond zou worden.

Sammy's gezicht toen ik uit de taxi stapte stelde me niet teleur. Ik zag zijn ogen van mijn zilverkleurige glitterhakken omhoog gaan naar de superfeestelijke oorbellen die ik van Penelope voor mijn verjaardag had gekregen. Zijn grijns werd nog breder toen hij eindelijk uitgekeken was en hij zei: 'Wauw,' gevolgd door een soort gekreun. Ik dacht dat ik ter plekke aan zijn voeten dood zou neervallen van puur geluk.

'Vind je hem mooi?' vroeg ik, en ik had bijna een rondje gedraaid. Wonder boven wonder waren we de enigen daar op de stoep; de laatste mensen van een groepje rokers waren net terug naar binnen gegaan.

'Bette, je ziet er schitterend uit,' zei hij, en het klonk alsof hij het echt meende.

'Dank je wel. Jij mag er anders ook wezen.' Hou het luchtig, hield ik mezelf voor. Licht en luchtig, laat hem maar naar meer verlangen.

'Gaat onze afspraak voor straks nog door?' vroeg hij, met een 'één seconde'-gebaar naar twee meisjes die het fluwelen koord naderden.

'Ja, wat mij betreft wel…' Het klonk nonchalant, maar ik moest alle zeilen bijzetten om niet hoopvol te jammeren.

'Mooi, wat mij betreft ook. Als je het tenminste niet erg vindt om op me te moeten wachten. Ik kan hier om één uur weg, uiterlijk kwart over één. Ik ken een leuk zaakje hier vlakbij.'

Ik slaakte een zucht van verlichting omdat hij niet had afgezegd.

Het maakte niet uit dat het nog vier uur duurde voordat het één uur was en dat ik de volgende dag als een zombie zou rondlopen op mijn werk. Dat was allemaal onbelangrijk, want binnen een overbrugbare periode zou ik ergens in een knus hoekje zitten met mijn hoofd op Sammy's sterke, brede schouder en met een piepklein kopje espresso meisjesachtig giechelen om de verrukkelijke dingen die hij in mijn oor fluisterde: dat het tijd werd dat we allebei een eind maakten aan de 'situatie' met Isabelle en Philip, zodat we samen konden zijn, openlijk écht samen; dat hij nog nooit iemand had ontmoet die hem zo goed begreep, en hoe ongelooflijk het was dat we elkaar vroeger in Poughkeepsie al hadden gekend. Hij zou zeggen dat het niet gemakkelijk zou worden om samen te zijn, met de sociale en professionele druk waaronder we allebei stonden, maar dat het iets was om voor te vechten en dat hij daartoe bereid was. Ik zou doen alsof ik er even over na moest denken, zo nu en dan knikken en mijn hoofd scheef houden bij bepaalde woorden, alsof ik wilde zeggen: 'Ja, ik begrijp wat je bedoelt.' Als ik dan uiteindelijk naar hem opkeek om te zeggen dat het mij ook een goed idee leek, zou hij me naar zich toe trekken om me te zoenen, eerst zachtjes en dan heviger. Vanaf dat moment zouden we samen zijn in iedere betekenis van het woord, beste vrienden en geliefden en zielsverwanten, en al zouden er beslist nog hindernissen komen, we zouden ze wel overwinnen, zij aan zij. Ik had hetzelfde verhaal al zo vaak in mijn romannetjes gelezen dat ik bijna niet kon geloven dat ik het nu echt ging meemaken.

'Prima, dat klinkt goed.' En voordat hij zich kon bedenken of nog iets anders kon zeggen heupwiegde ik bevallig (hoopte ik) langs hem heen, deed zelf de deur open en ging naar binnen, de bomvolle club in.

Het was verrassend snel één uur. Ik profiteerde van mijn goede humeur door een rondje te lopen en even met Elisa en Davide te kletsen, en daarna met een paar jongens die ik vaag kende via Avery. Niets kon mijn avond nog bederven, zelfs niet toen ik een glimp opving van Abby die zich schuilhield in een donker hoekje naast de bar. Ze zag me kijken, en voordat ik het wist stond ze naast me en begroette ze me met een omhelzing. Ik maakte me van haar los, deed een stap achteruit en tuurde naar haar gezicht alsof ik het niet kon thuisbrengen, waarna ik me eenvoudigweg omdraaide en wegliep. Ze riep me nog na en probeerde me te volgen, maar ik stak alleen mijn rechterhand omhoog terwijl ik bij haar vandaan liep, en toen ik bij de tafel van Kelly & Company kwam, was ze verdwenen.

Ik had net heel beheerst een glas champagne voor mezelf ingeschonken toen Sammy eraan kwam en gebaarde dat hij weg kon.

We liepen zo'n tien straten naar een piepklein eetcafeetje waar nog kerstversiering voor het raam hing. Eerst hield Sammy de deur voor me open en toen zocht hij een tafeltje uit in een rustig hoekje – precies zoals ik me had voorgesteld. Ik blies mijn handen warm, en toen ik ze om mijn beker warme chocolademelk vouwde, legde Sammy de zijne eroverheen.

'Bette, ik moet je iets vragen,' zei hij, en hij keek me recht in de ogen.

Ik hapte al half naar lucht, maar ik wist mijn ademhaling te beheersen. *Iets vragen? Wat wil je me vragen? Of ik nog met iemand anders uitga, omdat dit je een goed moment lijkt om daarmee te stoppen? Wil je me vragen of ik mezelf zou kunnen zien als jouw levenspartner? Het antwoord is ja, ja natuurlijk, Sammy, maar is het niet een tikkeltje te vroeg voor die vraag?* Dat en meer schoot door mijn hoofd toen hij zei: 'Ik wil je vragen geduld te hebben.'

Dat bracht mijn fantasie nogal abrupt tot stilstand. Geduld? Ik kon me vergissen, maar dit klonk mij niet in de oren als het begin van een vaste-verkeringsgesprek. Althans, niet zoals die in ieder zichzelf respecterend romannetje verliepen.

Zoals gewoonlijk wanneer ik me overrompeld of ongemakkelijk voelde verloor ik alle beheersing over mijn moedertaal.

'Geduld?' herhaalde ik.

'Bette, ik wil er iets moois van maken – ik zou niets liever willen – maar dan moet je geduld met me hebben. Vanmorgen heb ik een telefoontje gekregen dat mijn hele wereld op zijn kop zet.'

'Wat voor telefoontje?' vroeg ik. Dit was beslist geen goed nieuws.

'Ik werd gebeld door een advocaat van een grote firma. Een van zijn klanten is investeerder, iemand die graag geld wil steken in een nieuw restaurant. Ze hebben daar kennelijk al aandelen in een heleboel verschillende bedrijven, maar nog niet in een restaurant. Ze willen graag in zee met een hippe nieuwe superkok – zijn woorden, niet de mijne – en ze zijn een paar verschillende opties aan het bekijken. Of het me wat leek, wilde hij weten.'

Ik weet niet wat ik had verwacht, maar dit in ieder geval niet. Gelukkig herinnerde ik me op tijd dat ik moest reageren. 'Gefeliciteerd!' zei ik automatisch. 'Dat lijkt me heel goed nieuws, of niet?'

Sammy keek opgelucht. 'Jawel. Ja, zeker wel. Alleen… als ik dit serieus wil gaan aanpakken, zal ik het razend druk krijgen. Ze willen dat ik een soort bedrijfsplan maak waarin ik mijn ideeën op papier zet over mogelijke locaties, thema's, de inrichting en zelfs mijn eigen keukenbrigade. Dat alles, plus drie totaal verschillende mogelijke menukaarten, willen ze binnen een maand hebben.'

Ik begreep eindelijk waar ik dat geduld voor nodig zou hebben.

Hij ging verder: 'Ik heb nu al nauwelijks tijd, met mijn werk en mijn opleiding, maar dit zal iedere vrije seconde opslokken. Gelukkig kan ik nu stoppen met dat hele Isabelle-verhaal en dat is een enorme opluchting, maar ik krijg het drukker dan ooit. Ik zou nooit van je verlangen dat je op me wacht, maar als je het op de een of andere manier zou kunnen begrijpen...'

'Stil maar,' zei ik, en ik boog me over de tafel heen naar hem toe. 'Ik begrijp het heel goed en ik ben hartstikke blij voor je.' Ik dwong mezelf om de juiste dingen te zeggen, en toen ik later aan het gesprek terugdacht, thuis in mijn flat, met Millington op schoot, feliciteerde ik mezelf ermee dat ik al die woorden uit mijn mond had gekregen. Het was niet gegaan zoals ik had gehoopt, zeker niet, maar zoals alle heldinnen over wie ik had gelezen zou ik vechten voor datgene wat ik wilde bereiken.

Het lukte me om naar Sammy te glimlachen, ook al zat hij er nogal sip bij. 'Je zult het vast heel goed doen,' zei ik. We hielden elkaars hand vast boven de tafel, en bij die woorden gaf ik een kneepje in de zijne. We dronken onze koffie op en ik kon mijn tranen inhouden tot hij me in een taxi had gezet. Dit was gewoon een kleine hindernis; de beloning zou het wachten waard zijn. Je moest je best doen voor alles wat de moeite waard was, en Sammy was beslist de moeite waard. Als ik geduld moest hebben, zou ik geduld hebben. Sammy en ik waren duidelijk voor elkaar bestemd.

28

'Oké mensen, aan de slag. Stilte, dan kunnen we beginnen!' Kelly had zojuist haar vierde cola light naar binnen gewerkt en haar vijfde besteld en we waren klaar voor de laatste bijeenkomst voor het *Playboy*-feest. We zaten in een afgescheiden gedeelte bij Balthazar, Kelly's favoriete lunchplek en haar eerste keus om werkbesprekingen voor grote evenementen te houden. Het eten was net gebracht; Kelly schoof haar salade niçoise opzij en ging aan het hoofd van de tafel staan, een beetje bibberig van de cafeïne.

'Zoals jullie weten is morgen de grote dag. We nemen samen de checklist nog een keer door, maar dat is een formaliteit. Waarom doen we het dan? zul je je afvragen. Omdat alles – álles – vlekkeloos moet verlopen. Als er ooit een moment is dat het perfect moet zijn, is het morgenavond. En mocht er nog iemand over twijfelen: het wórdt verdomme perfect, want iets anders sta ik niet toe.'

We knikten allemaal, gewend aan Kelly's peptalk voorafgaand aan onze evenementen, toen er lichte opschudding ontstond bij de deur. Ons hele gezelschap keek ernaar, net als de rest van de zaak. Leo deed als eerste zijn mond open.

'Ashlee en Jessica Simpson met...' Hij rekte zijn hals om de andere binnenkomers te kunnen zien. 'Hoe heet dat joch ook alweer? Dat knipperlichtvriendje van Ashlee? Ryan? En de vader van de meisjes.'

'Wie werkt dit af?' blafte Kelly.

'Ik,' snauwde Elisa meteen.

Ze pakte haar telefoon uit haar enorme pauwblauwe Stella-bag van Marc Jacobs en scrolde door het adresboek. Toen ze het juiste nummer had gevonden, drukte ze op 'verbinden'. Tien tellen later zat ze druk te praten terwijl wij allemaal toekeken.

'Hallo, met Elisa van Kelly & Company. Ja, precies. Ik heb gehoord dat de meiden in New York zijn en we zouden het enig vinden als ze morgen naar onze *Playboy*-party kwamen.' Ze ging er duidelijk van uit dat de andere partij op de hoogte was van het feest. Wie was dat immers niet?

Elisa glimlachte, wierp Kelly een veelbetekenende blik toe en wees naar haar telefoon. 'Ja, natuurlijk. Nee, dat begrijp ik. We zijn bereid een persoonlijke aankomstperiode van een kwartier in te lassen, zodat ze de rode loper niet met anderen hoeven delen. En natuurlijk zullen ze worden begeleid naar hun eigen tafel in het vipgedeelte.'

Ze luisterde even en zei toen: 'De meisjes krijgen de hele avond een medewerker toegewezen die alles haalt waaraan ze behoefte hebben. Ik garandeer dat ze beslist niet geïnterviewd zullen worden, maar mochten ze bereid zijn te poseren voor een select groepje fotografen, dan nemen wij met alle plezier de kosten op ons voor hun hotelsuites, kapper, visagist, vervoer en indien nodig kleding.'

Nog een stilte, gevolgd door een frons. 'Ja, natuurlijk zullen zij allebei aanwezig zijn. Hm-hm. Dat regel ik graag voor u.' Haar enthousiasme was nu een stuk minder; het was duidelijk gespeeld. 'Heel fijn! Ik neem morgenvroeg meteen contact met u op om alles nog eens door te nemen. Fantastisch! Ciao!'

'Goed gedaan!' zei Kelly toen er een applausje losbarstte in ons groepje, wat me er nog eens aan herinnerde dat Kelly voor een bazin toch wel erg leuk was. 'Wat was dat laatste verzoek nou?'

Elisa zei tandenknarsend: 'O, de publiciteitsagente zei dat de meiden allebei een zwak hebben voor Philip Weston en ze vroeg of hij hen persoonlijk zou willen begroeten.'

Kelly snerpte: 'Natuurlijk! Een fluitje van een cent! Bette, Philip en jij gaan die meisjes begroeten zodra ze aankomen en jullie brengen ze naar hun plaatsen. Zeg tegen Philip dat hij met ze moet flirten, flirten en nog eens flirten. Elisa, laat Bette dat telefoontje met de publiciteitsagente morgen maar afhandelen, oké? En nu we het er toch over hebben: Bette, hoe staat jouw gedeelte erbij?'

Ik voelde de blik van Elisa; het leek me geen liefdevolle. 'Eh, ik geloof dat alles prima in orde is.' Mijn klapstuk was de verrassing om middernacht. Ik had er een maand lang onafgebroken aan gewerkt tot alle details klopten, en ik had er eindelijk vertrouwen in dat het spectaculair zou worden. Mijn plan was door Kelly goedgekeurd, maar ze stond erop dat het onder ons bleef omdat ze niet het risico wilde lopen dat het zou uitlekken naar de pers. Het gevolg was dat behalve wij tweeën en Hef *himself* niemand wist wat er om twaalf uur zou gaan gebeuren. 'Het optreden om middernacht is rond – ook op dat gebied verwacht ik geen problemen.'

Elisa geeuwde luidruchtig.

Ik ging verder: 'Ik heb voor de pers pasjes laten maken die onmogelijk te kopiëren of te wijzigen zijn. Ze worden precies een uur voor aanvang per koerier bezorgd, persoonlijk bij iedere gebruiker. Hier heb ik een voorbeeld van de perslijst...' – ik haalde een stapel papieren en pasjes te voorschijn en deelde ze uit – 'met daarop alle journalisten en fotografen die komen; hun specifieke onderwerp, indien van toepassing; de persoon over wie ze waarschijnlijk het meest zullen schrijven; de mensen en plekken die ze wel of juist niet mogen benaderen en natuurlijk hun drankvoorkeuren.'

Kelly knikte en bestudeerde een van de vellen. 'Staat erbij wie wie zal begeleiden?'

'Jazeker. Iedereen van kantoor rouleert volgens mijn rooster en vergezelt verschillende mediamensen, om ervoor te zorgen dat ze terechtkomen bij degenen van wie wij graag willen dat ze hen spreken.'

'Ik heb gisteren het eindoverleg gehad met de productiemaatschappij en ik ben tevreden over de vorderingen,' viel Elisa me in de rede. 'Hun plannen voor de indeling van de bar, barkeepers, belichting, podia, muziek, aankleding en catering komen overeen met onze instructies en de voorkeur van de klant.' Ze schoof een blaadje sla heen en weer over haar bord, bedacht zich toen en nam een slokje chardonnay.

'Hmm, heel goed,' mompelde Kelly. 'Maar om even terug te komen op de pers: Bette, heb je alle fotoredacties laten weten dat we volledige medewerking zullen verlenen?'

'Ja. Ik heb aan het begin van de week een paar stagiaires laten bellen en woensdag hadden ze iedereen gesproken. Al met al gaat het uitstekend.'

Zo ging de eetbespreking nog een uur door, totdat Kelly de mededeling deed dat we de rest van de middag vrij kregen om naar huis te gaan, ons mooi te maken of laten maken, te proberen te relaxen en ons mentaal voor te bereiden op de volgende avond. Ik had me al voorgenomen om die avond thuis te blijven – met Millington en een grote bak magnetronpopcorn met lekker veel boter – en de ene slechte film na de andere te kijken, dus ik was dolblij met het nieuws dat ik er ook nog een vrije middag bij kreeg. Die tijd was meer dan welkom, al kreeg ik dan wel weer de gelegenheid om aan Sammy te denken. De afgelopen weken waren niet zo'n probleem geweest vanwege de drukke voorbereidingen, maar ik huiverde bij de gedachte aan het gepieker dat de kop op zou steken als ik weer een beetje vrije tijd kreeg.

Kelly betaalde de rekening en iedereen was net afscheid aan het nemen toen Elisa me apart nam.

'Kan ik jou even spreken?' vroeg ze.

'Ja hoor, wat is er?'

'Ik weet dat het een beetje lullig is gelopen tussen ons, weet je wel, maar ik vind echt dat we ons best moeten doen om morgenavond samen te werken. We willen geen van beiden de hele avond wérken, dus zullen we een systeem moeten bedenken waarin de een bezig is en de ander zich even kan vermaken. En dan wisselen, snap je?'

Het verbaasde me dat ze toegaf dat er spanningen waren tussen ons, maar ik was allang blij dat haar ergernis schijnbaar verdwenen was. 'Prima, dat klinkt goed. Ik kan me niet voorstellen dat er morgen tijd overblijft voor iets anders dan werken, maar we kunnen het altijd proberen.'

Meer hoefde ze blijkbaar niet te horen. 'Fijn. Heel fijn. Tot morgen dan maar, Bette!'

Ik keek toe hoe ze haar sjaal met franjes om haar magere nekje knoopte en de koude straat op liep. Rare meid, dacht ik toen ik haar een taxi zag aanhouden. Ik wachtte tot hij weggereden was voordat ik zelf naar buiten ging. Voor het eerst sinds lange tijd had ik de hele middag voor mezelf, en ik wilde er geen minuut van verspillen.

29

Ik had *You've Got Mail* gekeken en was halverwege *Can't Buy Me Love* toen de telefoon ging. De nummermelder gaf 'Penelope' aan, tot mijn verbazing – en blijdschap. Ik had haar wel in grote lijnen over Sammy verteld, maar ze had geen idee hoe gek ik op hem was. Het was me tussen de regels van haar opgewekte monologen door wel duidelijk geworden dat Avery niet veel thuis was, dat ze nog geen werk had gevonden en dat ze niet bepaald enthousiast was over de stellen met wie ze omgingen, maar dat zou ze nooit openlijk toegeven. Omdat we elkaar verder weinig te zeggen hadden, mailden we flauwe internetgrapjes door, sms'ten wat onzin en spraken elkaar heel af en toe over veilige onderwerpen, maar ik kon me niet herinneren wanneer ik voor het laatst ouderwets laat op de avond was gebeld door mijn beste vriendin.

'Hé B, hoe is het met je? Sorry dat ik zo laat bel, maar dat stomme tijdverschil is ook zo onhandig. Avery is de stad weer eens uit en ik heb hier verder niemand die ik kan lastigvallen, dus jij bent vanavond de gelukkige!'

Haar stem klonk hol en ik wenste dat ze niet zo ver weg was. 'Pen, wat leuk dat je belt! Hoe is het met je?'

'Ik heb je toch niet wakker gebeld?'

'Nee, joh. Ik zat gewoon stomme films te kijken. Vertel eens hoe het gaat. Ik ben echt blij dat je belt.'

'Is je rijke Britse vriendje daar?'

Als alles normaal was geweest, had Penelope al honderd keer met me doorgenomen wat Sammy bedoelde met 'geduld hebben' en zou ze me vele malen hebben verzekerd dat het een kwestie van tijd was voordat we samen konden zijn. Maar nu leek ze niet te begrijpen, hoewel ze wist van Sammy, dat ik echt niets met Philip had.

'Pen, hij is mijn vriend niet, dat weet je best. Philip en ik moeten samen naar het *Playboy*-feest, maar alleen voor de foto's.'

'Ja, natuurlijk. Wanneer is het? Dat was toch heel belangrijk?'

'Het is morgenavond al! Ik vind het doodeng. We hebben er zo lang aan gewerkt en ik heb zo'n beetje de leiding, onder Kelly. Tot nu toe lijkt het allemaal goed te gaan. Als de fotografen zich netjes gedragen en alle Bunny's komen opdagen, zal het wel loslopen.'

Zo praatten we nog een tijdje door. We wilden geen van beiden toegeven dat we nog maar heel weinig wisten over elkaars leven.

'Wat ga je doen aan Abby en de leugens die ze maar over je blijft schrijven?' vroeg ze toen, en voor het eerst klonk ze weer als de oude Penelope.

Ik had geprobeerd om er niet meer aan te denken, maar zodra ik dat wel deed kwam de woede terug, en het gevoel dat er inbreuk werd gemaakt op mijn privacy. 'Ik snap nog steeds niet waarom ze me zo haat. Het is een kwelling om er niets over te mogen zeggen. Denk je dat de mensen echt geloven dat ik iets heb gehad met die vent van de Hilton-sekstape? Ik weet niet eens hoe hij heet!'

'Nee, dat weet niemand,' zei ze grinnikend. 'Ik heb geen idee wat ze tegen je heeft, al zie ik haar er wel voor aan om op die manier leugens over je rond te strooien. Vroeger leverde ze toch ook geleende werkstukken in alsof ze ze zelf had geschreven? Weet je nog dat ze in het eerste jaar niet naar de begrafenis van haar oma ging omdat er die dag sollicitatiegesprekken werden gehouden voor een nieuwe columnist van de schoolkrant? Dat kind is ernstig gestoord. Avery zegt altijd dat ze haar eigen ouders nog zou verkopen om hogerop te komen, en volgens mij heeft hij daar gelijk in. Hij is natuurlijk met haar naar bed geweest, dus hij kan het weten.'

'Gatver! Met Abby? Dat wist ik niet.'

'Ik weet het niet heel zeker, maar volgens mij wel. Al zijn vrienden hebben haar gehad. Trouwens, alle mannen op de universiteit. Ik wil het eigenlijk liever niet weten, maar als ik erom zou moeten wedden...'

Ik slikte mijn misselijkheid weg bij de gedachte alleen al en wist met moeite uit te brengen: 'Hoe gaat het verder eigenlijk met die verloofde van je? Was hij nou de stad uit, zei je?'

Haar zucht zei meer dan de woorden die volgden. 'Het gaat wel goed, geloof ik. Ik zie hem niet vaak, dat is een ding dat zeker is. Ik dacht dat het wel beter zou worden zodra hij weer studeerde en hij iedere dag college had, maar nu heeft hij alleen maar nóg meer tijd om tot diep in de nacht op stap te gaan. Hij heeft een hoop nieuwe vrienden gemaakt en dat is wel weer positief, lijkt me.'

'Hebben ze geen leuke vriendinnen?'

Ze snoof minachtend. 'Vriendinnen? Het zijn allemaal jochies van tweeëntwintig, net van school. Hij gedraagt zich als een soort *godfather* met een troep volgelingen. Het is nogal verontrustend, maar wie ben ik om er wat van te zeggen?'

Nou, ze was niet de enige: wat moest ík daar in godsnaam op zeggen? Ik probeerde het gesprek naar neutraler terrein te voeren. 'Ach, het is vast maar tijdelijk, tot hij aan de situatie gewend is. Gaan jullie wel samen de stad verkennen? Ik weet dat LA geen New York is, maar er zal toch wel iets te doen zijn?'

'Ik ga zo nu en dan naar het strand. Ik haal boodschappen bij Whole Foods, ben op yoga gegaan en doe mee aan dat hele tarwe-shake-gedoe. En veel solliciteren. Ik weet dat ik heus wel iets zal vinden, maar tot nu toe zat er niets tussen. Overmorgen is Avery terug en dan kunnen we misschien een dagje naar Laguna gaan. Of weer naar Mexico, dat was leuk. Als hij tenminste niet constant moet studeren.' Ze klonk zo moedeloos dat ik wel kon janken.

'Waar is hij naartoe? En hoe lang?'

'O, hij is voor drie dagen terug naar New York. Een of andere familieaangelegenheid – een gesprek met de trustbeheerder en zijn accountant of zoiets. Ik weet het eigenlijk niet precies, maar ik had vandaag een sollicitatiegesprek en hij zei dat hij het wel alleen af kon en dat ik echt niet helemaal mee hoefde naar de andere kant van het land.'

'Tja. Nou, ik had wel gewild dat je mee kon naar het *Playboy*-feest. Dan zou ik je benoemen tot Bunny-opzichter: de hele avond rondlopen en erop toezien dat ze hun pakje aanhouden. Klinkt goed, toch?'

'Inderdaad. B, ik mis je.'

'Ik jou ook, Pen. En mocht je zin hebben: pak het vliegtuig en kom langs. Je bent niet naar Guam verhuisd, het is de westkust maar. Als je een beetje heimwee hebt, zien we je hier graag verschijnen. Misschien kunnen we een keer samen gaan lunchen met Abby, dan lezen we de volgende dag in de krant dat we gezien zijn terwijl we samen alle verdedigers van de Giants afwerkten. Klinkt ook niet slecht, hè?'

Toen ze lachte, had ik haar wel willen omhelzen. 'Eerlijk gezegd zou ik er geen moeite mee hebben om met het hele team naar bed te gaan. Of is dat heel erg van me?'

'Helemaal niet. Luister eens, ik moet proberen nog een beetje te slapen, want morgen wordt het een gruwelijk lange dag. Spreek ik je als het feest eindelijk achter de rug is?'

'Prima. Ik vond het zo fijn om je stem weer te horen. Veel sterkte morgenavond; hopelijk verloopt het allemaal zonder al te grote schandalen. Ik hou van je, B.'

'Ik ook van jou, Pen. Vanaf nu wordt het allemaal beter, dat beloof ik je. Ik mis je. We spreken elkaar snel weer.'

Ik zette de telefoon terug in de oplader en kroop in bed voor de rest van de film, blij dat ik wist dat het wel weer goed zat tussen Penelope en mij.

30

'Test, een-twee-drie, test. Horen jullie mij? We tellen af. Een...' riep ik in mijn microfoontje, in de hoop dat de anderen allemaal hun nummer zouden noemen om me te laten weten dat de koptelefoontjes het deden. Toen Leo 'zestien!' riep, wist ik dat iedereen paraat was en haalde ik opgelucht adem. De eerste gasten druppelden al binnen en ik deed wanhopig mijn best om de schijnbaar eindeloze stroom problemen in te dammen. Al mijn kalme zelfvertrouwen en perfecte plannen van de vorige dag sijpelden langzaam weg en het werd steeds moeilijker om mijn paniek te onderdrukken.

'Skye, hoor je me?' fluisterde ik in het microfoontje dat aan mijn oor ontsproot en vlak boven mijn lip eindigde.

'Bette, liefje, ik ben hier. Rustig maar, alles is in orde.'

'Ik word pas rustig als jij me vertelt dat het podiumpje aan het eind van de rode loper eindelijk klaar is. Tien minuten geleden zag het er niet uit.'

'Ik sta buiten en het ziet er prima uit. Tien meter *Playboy*-logo's op karton, klaar om als achtergrond te dienen voor de poserende celebs. Het is net nog een beetje bijgewerkt, maar de verf moet over een paar minuten wel droog zijn. Maak je geen zorgen.'

'Elisa? Heb jij het definitieve rooster voor de pers en beveiliging? Sammy van Bungalow houdt toezicht bij de vip-ingang en hij moet weten welke fotografen naar binnen mogen, en waar.' Ik blaf te als een bezetene bevelen en kreeg een steeds grotere hekel aan mijn eigen stem. Maar ik had Sammy's naam zonder haperen uitgesproken, dat was al heel wat. Toen hij me bij mijn aankomst een paar uur eerder op de wang had gezoend en 'veel succes' had gefluisterd, was ik bijna flauwgevallen. Het enige wat me door de avond heen sleepte was de wetenschap dat we de komende zes uur in dezelfde ruimte zouden doorbrengen.

'Oké. *Entertainment Tonight* en *Access Hollywood* staan eerste rang. *E!* twijfelt nog steeds of ze wel zullen komen – ze zijn pissig dat ze geen exclusieve rechten hebben gekregen – maar als ze iemand sturen, zijn we er klaar voor. Dan nog CNN, MTV en iemand die een partydocumentaire maakt voor Fox en die van een van de hoge heren van de studio toegang heeft gekregen tot het feest; gewone paparazzi komen er niet in. Iedereen weet inmiddels wie wie is en wie vip genoeg is om zijn ingang te mogen gebruiken. Ik heb alleen nog één vraag: wie is Sammy?'

Ik kon moeilijk door de microfoon zeggen dat Sammy meeluisterde en ieder woord kon horen – of dat ik in vuur en vlam stond zodra ik hem maar even zag. 'Heel leuk, Elisa. Geef hem de lijst nu gewoon, oké?' Ik hoopte dat ze het daar bij zou laten, maar haar wereld was voortdurend wazig door de honger en ze hield voet bij stuk.

'Nee, serieus, Bette. Wie is Sammy in godsnaam?' zeurde ze. 'O, wacht, dat is natuurlijk het hoofd van het productieteam, hè? Waar heeft hij nou een vip-lijst voor nodig?'

'Elisa, Sammy is vanavond het hoofd van de beveiliging. We hadden niet zo'n zin om die gestapo's van Sanctuary in te zetten en Sammy was zo aardig om ons te helpen. Als het goed is, staat hij voor de deur om de laatste details door te nemen. Geef hem die lijst nu maar.' Ik dacht dat de kous daarmee af was, maar Elisa was nog niet klaar.

'O, wacht even! Sammy, is dat niet die vent die Isabelle als vriendje had ingehuurd? Ja! Nu weet ik het weer. Hij was toch met ons in Istanbul? Ze heeft hem het hele weekend als een slaafje laten rondrennen. Jij dacht nog dat...'

'Wat zeg je? Elisa, ik versta je niet. Ik sta met Danny te praten, dus ik zet m'n oortje even uit. Spreek je dadelijk.' Ik rukte de koptelefoon van mijn hoofd, liet me op een bankje vallen en probeerde er niet aan te denken wat Sammy van dat gesprekje zou vinden.

'Alles kits?' vroeg de altijd welbespraakte Danny vanaf zijn post achter de bar. Hij gluurde naar de Bunny's die door de club liepen en zich voorbereidden op de aanval van grijpgrage mannen en jaloerse vrouwen.

'Prima, prima. Ik geloof dat we er klaar voor zijn, jij ook?'

'Klaar.'

'Kun jij nog iets bedenken wat ik misschien over het hoofd heb gezien?'

Hij goot zijn derde bier in vijf minuten naar binnen. 'Neuh,' boerde hij.

Ik keek om me heen en was tevreden met wat ik zag. De club was getransformeerd in de ideale plek om vijftig jaar centerfolds te vieren. Er waren twee ingangen, een voor de vips en een voor alle anderen, allebei overkoepeld met een zwarte tent en ingericht met veel rode loper en logo's. De mannen van de beveiliging droegen een pak en hadden subtiele oortjes in om zo min mogelijk op te vallen. Na het betreden van een buitentent werd iedere gast toegelaten tot een lange, met zwart beklede gang die eindigde bij een grote trap met heel dunne zwarte gordijnen. Na het bestijgen van die trap en het passeren van de gordijnen stonden de gasten op een soort podium, waar iedereen kon zien hoe ze een tweede trap afdaalden naar de grote zaal. De linkerkant daarvan werd in beslag genomen door een vijfentwintig meter lange bar waarachter vijfendertig vrouwelijke barkeepers in hotpants, bikinibovenstukjes en met Bunny-oren op hun hoofd de hele avond de drankjes zouden mixen. De wand achter de bar was van de vloer tot het plafond bedekt met een collage van *Playboy*-centerfolds van de afgelopen vijftig jaar, allemaal in kleur en uitvergroot tot twee keer posterformaat. Ze hingen willekeurig door elkaar, zonder duidelijk patroon (behalve de overdaad aan schaamhaar uit het tijdperk van vóór de bijgewerkte bikinilijn). We hadden de vip-lounge helemaal aan de rechterkant geplaatst: een afgezet gedeelte met banken van zwart fluweel en bordjes met gereserveerd naast de wijnkoelers op iedere glazen tafel. Pal in het midden van de ruimte schitterde een rond podium in de vorm van een enorme taart met verschillende verdiepingen. De onderste twee boden ruimte voor de dansende Bunny's tijdens het verrassingsoptreden om twaalf uur en op de bovenste laag zou onze geheime gast onthuld worden. Rondom het taartvormige podium was een enorme ronde dansvloer, met langs de rand lage fluwelen bankjes.

'Hé, hoe gaat het?' vroeg Kelly, en ze draaide een rondje om haar ultrastrakke, ultrakorte, zeer doorzichtige wikkeljurkje te showen. 'Vind je het mooi?'

'Je ziet er prachtig uit,' zei ik, en ik meende het.

'Bette, ik wil je even voorstellen aan Henry. Henry, dit is een van mijn toppers: Bette.'

Een vriendelijke, maar volkomen onopvallende man van een jaar of veertig – gemiddelde lengte, normale lichaamsbouw, bruin haar – gaf me een hand en lachte hartelijker dan ik iemand ooit had zien lachen. 'Wat leuk om je te ontmoeten, Bette. Kelly heeft me heel veel over je verteld.'

'Niets dan goeds, hoop ik,' zei ik zonder een greintje creativiteit. 'Heb je het naar je zin? Als het goed is, komt de boel dadelijk pas echt op gang.'

Ze lachten allebei en keken elkaar zo enthousiast en liefdevol aan dat het onmogelijk was om ze niet te haten.

Om een uur of tien was het feest in volle gang. Hef nam de twee prominentste vip-tafels in beslag met zijn zes vriendinnen en dronk 'Jack Rabbit', een of andere mix van rum en cola light. Aan de tafels om hem heen zaten diverse celebrity's met hun gevolg: James Gandolfini, Dr. Ruth, Pamela Anderson, Helen Gurley Brown, Kid Rock, Ivanka Trump en Ja Rule zagen er heel tevreden uit met hun eindeloze stroom drankjes en de schalen Bunny-bonbons en aardbeien die we voor hen hadden klaargezet. Het gewone publiek had het punt bereikt dat ze een paar drankjes op hadden en zin kregen om te dansen, en de Bunny's maakten volop hun rondes en vlijden zich tegen alle mannen en bijna alle vrouwen in de zaal aan. Het was een fascinerend gezicht: bijna tweehonderd meisjes met konijnenoren in zwart satijnen bustiers en strings die met hun billen schudden om hun konijnenstaartjes extra goed te doen uitkomen en die hun heupen naar voren duwden om de rozetten met hun naam en geboorteplaats te laten zien. Wat de mannen niet in de gaten hadden, was dat het echte feest plaatshad beneden op de damestoiletten, waar de Bunny's zich verzamelden om te roken, te kletsen en de loerende mannen belachelijk te maken. Om te plassen moesten ze hun bustier losmaken en er helemaal uitstappen, en ze konden zich niet zonder hulp opnieuw aankleden. Ik stond tegen de meur geleund naar hen te kijken en te wachten tot er een toilethokje vrij-

331

kwam, toen een blond meisje met twee handen de enorme borsten van een andere Bunny beetpakte. Ze bewonderde ze even en vroeg toen (met de borsten nog in haar handen): 'Echt of vakwerk?'

De betaste dame in kwestie schudde even giechelend met haar borsten en zei toen: 'Meid, deze komen rechtstreeks uit de winkel.' Vervolgens ging ze op haar hurken zitten, leunde naar voren, drukte haar borsten zo plat als ze maar kon tegen zich aan en gebaarde naar haar betastster dat ze het pakje moest dichtritsen. Toen ze weer rechtop ging staan, bedekte het zwarte satijn haar tepels maar net en zag ze eruit alsof ze voorover zou kieperen omdat ze topzwaar was. Ze dronken hun meegesmokkelde cosmopolitans op, lieten de lege glazen op de wastafel staan en stortten zich half hopsend weer in het feestgedruis.

Toen ik zelf ook terug was, nam ik via de koptelefoon nog even snel met iedereen contact op om te kijken of alles volgens plan verliep. Er bleken heerlijk weinig noodsituaties te zijn: een gevallen discobal die niemand had geraakt, en paar vechtpartijtjes die Sammy en zijn team al hadden gesust en een tekort aan cocktailkersjes, dankzij hongerige Bunny's die ze schijnbaar met handenvol tegelijk achter de bar wegsnaaiden. Elisa was zo te zien nuchter en had de vip-lounge onder controle, terwijl Leo zijn gulp lang genoeg dicht had weten te houden om de bar en de dansvloer te overzien. Nog maar een uur tot de verrassingsact om middernacht; het werd tijd dat ik me daarop ging richten.

Het optreden om twaalf uur was mijn kindje, iets waaraan ik sinds de terugkeer uit Turkije extra hard had gewerkt, en ik wilde verschrikkelijk graag dat het goed zou verlopen. Op dat moment wisten alleen Kelly, het hoofd van de pr-afdeling van *Playboy* en Hef zelf wat ze konden verwachten, en ik keek ontzettend uit naar de reacties. Net toen ik voor de derde keer aan Sammy en zijn mensen aan de deur wilde vragen of ze nog wisten dat ze Abby moesten weigeren, mocht ze proberen binnen te komen, hoorde ik Sammy's stem krakend door de koptelefoon komen.

'Bette? Sammy hier. Jessica en Ashlee komen net aangereden.'

'Oké, ik kom eraan.' Ik pakte snel een gin-tonic van de grote bar om Philip mee om te kopen, maar ik kon hem nergens vinden. Omdat ik niet wilde dat de zusjes zonder begeleider naar binnen zouden moeten, stuurde ik via mijn microfoontje het bericht rond dat iedereen die Philip zag hem naar de ingang moest sturen. Toen ik aangesneld kwam, stapten de zusjes net uit de Bentley die we hadden gestuurd om ze op te halen.

'Hé, jongens,' zei ik niet al te galant. 'Fijn dat jullie er zijn. Kom binnen, dan leid ik jullie rond.' Ik leidde ze over de rode lopers, mijn ogen dichtgeknepen tegen het flitslicht.

Ze poseerden professioneel het verplichte kwartiertje, met de heupen naar voren en de armen om elkaar heen geslagen, en liepen zwierig op hun zilveren schoentjes met torenhoge hakken heen en weer voordat ze me volgden, langs Sammy (die knipoogde) en in een rechte lijn naar het vip-gedeelte, onderweg vrijwel niet gestoord door de gewone bezoekers. Ik riep de superknappe jongen die we hadden ingehuurd om aan hun wensen te voldoen en ging ervandoor om Philip te zoeken, die nog steeds onvindbaar was.

Ook al had ik vele sos-berichten doen uitgaan en was ik zelf meerdere keren de hele club door gelopen, ik kon hem nergens vinden. Net toen ik iemand naar de herentoiletten wilde sturen om te kijken of hij daar misschien god-weet-wat aan het uitspoken was, keek ik op mijn horloge. Het was vijf voor twaalf; de show zou zo beginnen. Ik rende naar beneden en seinde de deejay in, die 'Dancing Queen' halverwege afzette en elektronisch tromgeroffel liet horen. Dat was het teken. Hef maakte zich los van zijn kwetterende vriendinnetjes en klom langzaam op de tweede verdieping van het ronde podium, tikte op de microfoon en baste toen: 'Fijn dat jullie zijn gekomen.' Hij werd onderbroken door luid gejuich uit het publiek, dat klapte en joelde en scandeerde: 'Hef, Hef, Hef!'

'Ja, ja, bedankt. Bedankt dat jullie hier allemaal zijn om samen met mij en mijn team…' – hij zweeg even om naar het publiek te knipogen, wat hem instemmend geloei opleverde – 'te feesten op vijftig jaar belangrijke artikelen, gevierde auteurs en natuurlijk mooie meisjes!' De rest van zijn goedmoedige toespraak werd overstemd door het gejuich van het publiek, dat bijna oorverdovend werd toen hij iedereen nog één keer bedankte voordat hij terugging naar de tafels op de eerste rang, waar zijn vrouwen op hem wachtten. Een paar mensen dachten dat het al afgelopen was en liepen terug in de richting van de bar of de dansvloer, maar ze bleven met een ruk staan toen de deejay 'Happy Birthday to You' draaide. Voordat iedereen besefte wat er gebeurde, kwam er een heel klein rond podiumpje – net groot genoeg voor één persoon – omhoog uit het midden van de taart. Het bleef opstijgen tot de contouren van een vrouw zichtbaar werden onder het flinterdunne doek waarmee het was afgedekt. Iedereen stond als aan de grond genageld reikhalzend naar boven te kijken. Toen het podiumpje zo'n drie verdiepingen boven de vloer halt hield, loste het dunne witte gaas eenvoudigweg op en daar stond ze, in een strakke, paarse glitterjurk met kraaltjes en lovertjes en een bontkraag: Ashanti. Ze zag er adembenemend uit. Ze begon met lage, hese stem te zingen: de meest sexy versie van 'Happy Birthday to You' die ik ooit had gehoord. Het was een overduidelijk eerbetoon aan Marilyn Monroe's beroemde optreden voor John F. Kennedy, alleen was Ashanti's lied opgedragen aan Hef en noemde ze hem 'de president van *pussyland*'. Toen ze uitgezongen was, ging de zaal uit zijn dak. Gouden glitterconfetti dwarrelde neer op het uitzinnige publiek en alle aanwezige Bunny's dansten in revuestijl op de onderste laag van de cake. De deejay zette meteen 'Always on Time' op en het dansen ging over van uitbundig in uitzinnig. Ik hoorde achter me een jongen in zijn mobiele telefoon schreeuwen: 'Man, dit is het feest van de eeuw!' en meerdere kersverse stelletjes begonnen te vrijen op de dansvloer. Op de *pussyland*-opmerking na was het precies volgens plan verlopen – of nog beter.

Elisa, Leo en Sammy hadden me al via hun oortjes gemeld dat het een groot succes was; zelfs Kelly had van iemand een microfoontje geleend en snerpte er goedkeurend in. De euforie duurde nog zeven tot tien hele minuten, en toen ging alles in duizelingwekkend tempo bergafwaarts en dreigde ik in de val meegesleurd te worden. Ik was in de vip-ruimte op zoek naar Philip toen ik in een van de donkerste hoekjes van het afgezette gedeelte een bekend blond hoofd op en neer zag gaan tussen een paar Bunny-achtige borsten. Ik zocht verwoed naar een camera, in de vurige hoop dat iemand een foto zou nemen van Philip die aan het decolleté van dat kind zat te knabbelen. Ik wilde dat de foto in ieder roddelblaadje terecht zou komen, zodat ik eindelijk, eindelijk van hem af was. Toch vond ik het vreemd om hem zo intiem te zien met een vrouw, zo kort nadat ik hem nog veel intiemer had gezien met een man, maar ik was allang blij met deze gemakkelijke oplossing. Dit was mijn kans, besefte ik: ik zou met alle plezier de rol op me nemen van de bedrogen vriendin, als ik daarmee een excuus had om voorgoed met hem te breken. Dus ik bukte om hem op zijn schouder te tikken, klaar om openlijk verontwaardigd te gaan doen, maar ik deinsde letterlijk achteruit toen de man zich omdraaide en snauwde: 'Wat moet je, verdomme? Zie je niet dat ik bezig ben?'

Het was Philip niet. Geen Brits accent, geen gebeeldhouwde kaaklijn, geen betrapte, jongensachtige grijns. Tot mijn stomme verbazing was het gezicht dat me aankeek, vertrokken van woede en ergernis, dat van iemand anders die ik goed kende: Avery. Zijn mond viel open toen hij me zag. 'Bette,' fluisterde hij.

'Avery?' Ik wist heus wel dat hij het was, maar ik kon me niet verroeren, niet nadenken, geen enkele zinnige opmerking bedenken. Ik was me er vaag van bewust dat de vrouw met de borsten ons met een tamelijk zelfvoldane blik bekeek, maar ik kon haar nauwelijks onderscheiden in het donker. Bovendien was bijna haar hele mond gezwollen van het zoenen en was haar lippenstift uitgesmeerd over haar kin en wangen. Maar nadat ik haar een seconde of vijftien had bestudeerd, besefte ik dat ik haar kende. Het was Abby.

'Bette, dit is...eh, dit is niet wat je... Je kent Abby, hè?'

Hij transpireerde zichtbaar en zwaaide spastisch met zijn handen, tegen de klok in, en gebaarde naar de vrouw in kwestie terwijl hij tegelijkertijd probeerde te doen alsof ze er niet was.

'Bette! Wat leuk om je weer eens te zien. Ik heb laatst dat artikel over je gelezen,' kirde ze. Ze wreef nadrukkelijk met haar hand over de rug van Avery, strelend en knedend voor mijn ogen, en ze keek hoe ik stond te kijken.

Ik bleef maar staan staren, nog steeds sprakeloos, toen het tot me doordrong dat Abby natuurlijk dacht dat ik geen flauw idee had van haar professionele identiteit. Het was allemaal té erg. Omdat ik niet wist wie van de twee ik als eerste moest aanvallen, stond ik daar maar. Kennelijk vatte Avery het op als een teken dat hij moest doorpraten. 'Penelope weet dat ik in New York ben en natuurlijk weet ze dat ik graag uitga, maar ik betwijfel, eh... of het wel goed is om haar hier iets over te vertellen. Ze is, eh... Ze moet nog wennen na de verhuizing en zo en het lijkt me, eh... beter voor haar als we haar niet nog meer van streek maken, snap je?' Hij lalde nu zo'n beetje.

Abby koos dat moment uit om zich over hem heen te buigen en aan zijn oorlelletje te likken, met gesloten ogen van zogenaamde hartstocht, nadat ze me recht had aangekeken. Avery wuifde haar weg als een lastige mug, stond op, pakte me bij mijn elleboog en voerde me bij het tafeltje vandaan. Hij was zo dronken dat hij bijna knock-out ging, maar toch bewoog hij zich nog best behendig.

Ik liet me ongeveer een seconde meevoeren, tot ik met een schok terugkeerde in de werkelijkheid en me van hem losrukte. 'Stomme eikel,' fluisterde ik. Ik wilde schreeuwen, maar er kwam geen geluid.

'Zijn er problemen?' vroeg Abby, die naast Avery kwam staan.

Ik staarde haar aan en werd bijna bang van mijn eigen haat. 'Problemen? Hoe kom je daar nou bij! Helemaal niet. Weet je wat gek is? Ik heb zo'n voorgevoel dat jij morgen niet zult schrijven dat je je hebt opgedrongen aan de verloofde van een ander – iemand die je nota bene al acht jaar kent. Nee, ik denk dat er in de column van morgen met geen woord wordt gerept over jou of Avery. Ik verwacht eerder een leuk verhaaltje over mij, dat ik de fooi van het barpersoneel heb gestolen en drugs hebt gebruikt met de danseressen, of een potje groepsseks heb gehad met de fotografen. Of niet soms?'

Ze staarden me allebei aan. Abby deed als eerste haar mond open.

'Waar heb je het over, Bette? Ik begrijp er helemaal niets van.'

'Ach, echt niet? Interessant. Helaas voor jou weet ik dat jij Ellie Insider bent. En zal ik je eens vertellen waarom dat heel vervelend voor je is? Omdat ik niet zal rusten voordat iedereen het weet. Ik ga iedere journalist, redacteur, weblogger en assistent in deze hele *fucking* stad bellen om te vertellen wie je bent en wat voor leugens je rondbazuint. Maar het leukst lijkt me nog wel om het hele verhaal aan je hoofdredactrice te vertellen. Ik ga voor de lol eens met woorden als "smaad" en "rechtszaak" strooien. Misschien wil ze ook wel horen dat je bijna van school getrapt bent omdat je het werkstuk van een ander had gejat. Of het verhaal dat je in één nacht niet met een, twee of drie, maar met vier leden van het lacrosseteam naar bed bent geweest. Hmm, wat denk je, Abby, zal ze dat interessant vinden?'

'Bette, luister nou, ik...' Avery leek geen woord gehoord te hebben van wat ik had gezegd. Hij maakte zich alleen druk om de gevolgen voor zijn eigen leven.

'Nee Avery, jíj moet luisteren,' beet ik hem toe nadat ik me van Abby naar hem had gewend, en met meer venijn in mijn stem dan ik ooit had gehoord. 'Je hebt vanaf vandaag precies een week de tijd om dit aan Penelope te vertellen. Hoor je me? Eén week, anders krijgt ze het van mij te horen.'

'Jezus, Bette, je weet niet wat je zegt. Je weet helemaal niet wat er is gebeurd. Er is niks aan de hand.'

'Avery, luister nou even naar me. Hoor je wat ik zeg? Een week.' Ik draaide me om om weg te lopen en smeekte in stilte dat hij het niet zover zou laten komen dat ík het haar moest vertellen. Het zou al moeilijk genoeg zijn om mijn beste vriendin te vertellen dat die lul van een verloofde van haar haar alleen in een vreemde stad had achtergelaten om een weekendje te komen zuipen en modellen te versieren, maar het zou pas echt lastig worden om dat te moeten vertellen nu onze relatie nog niet helemaal de oude was.

Toen ik een paar passen bij hem vandaan was, nam Avery mijn elleboog in een ijzeren greep. Hij rukte er zo hard aan dat ik struikelde, en ik zou languit op mijn gezicht gevallen zijn als hij me niet in een zitje had gesmeten. Met zijn gezicht vijf centimeter van het mijne, zijn drankadem warm op mijn huid, klonk hij ineens een stuk minder dronken toen hij fluisterde: 'Bette, ik ontken het woord voor woord. Wie zal ze geloven? Mij, de man die ze al tien jaar compleet aanbidt, of jou, de vriendin die haar laat stikken op haar afscheidsetentje om met een vriendje op stap te gaan? Nou?' Hij kwam nog dichterbij, met zijn hele lijf over me heen gebogen terwijl hij me een enigszins gekwelde, deels dreigende blik toewierp. Even vroeg ik me af of het gepast of misschien toch te agressief zou zijn om hem een knietje te geven. Ik was niet eens bang voor mijn eigen veiligheid; het was eerder walging vanwege zijn nabijheid. Maar ik hoefde geen besluit te nemen, want voordat ik mijn knie in de aanslag kon houden, leek Avery's hele lijf vanzelf naar achteren te verdwijnen, bij me vandaan.

'Kan ik je ergens mee helpen?' vroeg Sammy aan Avery terwijl hij hem aan de achterkant van zijn overhemd omhoog hield.

'Fuck man, sodemieter op. Wie mag jij dan wel zijn?' Avery zag er nu dronkener en gemener uit dan ik hem ooit had gezien. 'Je hebt hier geen ene fuck mee te maken, begrepen?'

'Ik ben van de beveiliging, dus ik heb er wel degelijk een fuck mee te maken.'

'Dit is een fucking vriendin van me en we zijn in gesprek, dus rot op.' Avery rechtte zijn rug in een vruchteloze poging een greintje van zijn waardigheid te herwinnen.

'O ja? Gek, je vriendin ziet er niet uit alsof ze ook maar een fuck zin heeft in dat "gesprek" met jou. Wegwezen.'

Ik keek naar deze uitwisseling, en terwijl ik over mijn pijnlijke arm wreef, vroeg ik me af wie van de twee als eerste drie keer 'fuck' zou zeggen in één zin.

'Man, hou je een beetje koest. Niemand heeft om jouw fucking hulp gevraagd, oké? Ik ken Bette al een eeuwigheid, dus ga weg en laat me uitpraten. Moet jij geen drankjes rondbrengen of zo?'

Heel even dacht ik dat Sammy Avery zou slaan, maar hij beheerste zich, haalde diep adem en vroeg aan mij: 'Gaat het een beetje?'

Ik wilde hem alles vertellen, uitleggen dat Avery de aanstaande echtgenoot van Penelope was, dat ik hem had betrapt met een ander en dat die ander Abby was, toevallig dezelfde persoon als Ellie Insider, en dat ik Avery nog nooit zo agressief en irritant had gezien, al had ik altijd geweten dat hij een vuile vreemdganger was. Ik wilde mijn armen om Sammy's hals slaan en hem keer op keer bedanken dat hij het voor me had opgenomen omdat hij dacht dat ik in de problemen zat, en ik wilde hem om advies vragen: wat moest ik Penelope vertellen en hoe kon ik Avery het beste aanpakken?

Het scheelde niet veel of ik had het gedaan – wat kon mij het feest schelen, of mijn baan, of wat Abby ongetwijfeld de volgende dag over me zou schrijven? Bijna had ik Sammy's arm gepakt en was ik samen met hem overal voor weggelopen. Maar natuurlijk wist hij wat ik dacht, het stond op mijn gezicht te lezen. Hij boog zich naar me toe en fluisterde: 'Rustig blijven. We hebben het er later wel over, Bette.' Net toen ik dat probeerde – rustig blijven – kwamen Elisa en Philip aangelopen, arm in arm.

'Wat is hier aan de hand?' vroeg Philip, zo te zien totaal niet geïnteresseerd in de hele situatie.

'Philip, hou je erbuiten. Er is niks aan de hand.' Ik wilde alleen maar dat ze weggingen.

'Kun je die fucking kleerkast niet terugfluiten, Elisa?' zei Avery klaaglijk nadat hij nog een drankje voor zichzelf had ingeschonken. 'Die grote lomperik bemoeit zich met zaken die hem niet aangaan. Ik stond gezellig te praten met een oude vriendin van me en ineens flipte hij. Werkt hij voor jou?'

Philip, die zijn belangstelling voor de hele situatie allang verloren had, liet zich dronken op de bank vallen en ging onmiddellijk in de weer om een wodka-tonic voor zichzelf in te schenken. Maar Elisa hoorde niet graag dat het personeel een van haar favoriete *party boys* lastigviel.

'Wie ben jij?' vroeg ze aan Sammy.

Hij keek haar glimlachend aan, alsof hij wilde zeggen: Dat meen je niet, idioot. We zijn pasgeleden vijf volle dagen samen in het buitenland geweest en nu heb je geen idee wie ik ben? Toen ze hem nog steeds zonder een spoortje van herkenning aankeek, zei hij alleen maar: 'Ik ben Sammy, Elisa. We hebben elkaar tientallen keren gezien bij Bungalow en we zijn samen in Istanbul geweest. Ik ben vanavond het hoofd van de beveiliging.' Zijn stem klonk krachtig en vast, zonder een spoortje laatdunkendheid of sarcasme.

'Hmm, dat is interessant. Jij wilt beweren dat je, omdat je toevallig een paar keer per week aan de deur staat bij Bungalow en je het ingehuurde speelkameraadje van Isabelle Vandemark bent, ineens denkt dat je het recht hebt om een van onze vrienden – een vip nog wel – zo bot te bejegenen?' Ze was duidelijk dronken en genoot er zichtbaar van dat ze haar macht kon tonen aan deze hele groep.

Sammy keek haar uitdrukkingsloos aan. 'Met alle respect, je vriend was vervelend tegen mijn Hij ging je collega fysiek te lijf. Ze leek niet gediend te zijn van zijn aandacht, dus heb ik hem gevraagd die ergens anders op te richten.'

'Sammy? Zo heet je toch?' vroeg ze vals. 'Avery Wainwright is een van onze beste vrienden en ik weet zeker dat Bette zich nooit ongemakkelijk zou voelen in zijn aanwezigheid. Moet jij niet eens op de toiletten vechtersbazen uit elkaar gaan halen en tegen die ordinaire pubers voor de deur zeggen dat ze hier niet welkom zijn?'

'Elisa,' zei ik zachtjes. Ik wist niet hoe dit verder moest. 'Hij deed gewoon zijn werk. Hij dacht dat ik hulp nodig had.'

'Waarom verdedig je hem, Bette? Ik zal erop toezien dat zijn baas te horen krijgt dat hij een incident heeft veroorzaakt met een van onze vips.' Ze wendde zich tot Sammy en hield een lege Grey Goose-fles omhoog. 'Maak je intussen nuttig en haal een nieuwe fles voor ons.'

'Elisa, schat, ze verdedigt hem omdat ze met hem neukt,' klonk opeens een vrouwenstem achter ons. Abby. 'Althans, dat is mijn gok. Philip, daar zul jij wel niet blij mee zijn, hè? Je vriendin doet het met de uitsmijter van Bungalow. Heftig,' zei ze lachend.

Philip grinnikte, maar hij was natuurlijk als de dood dat ik uit de school zou klappen als er een wie-doet-het-met-wie-spelletje werd ontketend. 'Welnee,' zei hij lachend, met zijn benen languit op de glazen tafel. 'Ze is me dan misschien niet trouw, maar we hoeven haar er nu ook weer niet van te beschuldigen dat ze het met het personeel doet, hè *love*?'

'Echt wel,' giechelde Abby. 'Elisa, waarom heb je me dát gedeelte nooit verteld? Het is overduidelijk – jij moet het ook geweten hebben. Ik snap niet dat ik het zelf niet eerder heb gezien.'

Het was alsof ik een klap op mijn kop kreeg met een ijzeren schop. *Waarom heb je me dát gedeelte nooit verteld?* Ineens werd alles akelig duidelijk. Abby wist altijd waar ik was en met wie omdat Elisa haar dat vertelde. Zo eenvoudig was het. Einde verhaal. Het enige wat ik niet helemaal begreep, was waarom Elisa het deed. Van Abby snapte ik het wel: dat was gewoon een door en door misselijk, wraakzuchtig en gemeen mens dat haar eigen stervende moeder nog zou verkopen – of met de verloofde van een vriendin naar bed zou gaan – als ze daarmee haar carrière of haar reputatie kon opkrikken. Maar Elisa?

Elisa, die geen idee had wat ze anders moest doen, begon te giechelen en nam nog een slokje champagne. Ze keek me maar één keer aan – lang genoeg om me duidelijk te maken dat ze wist dat ik haar doorhad – en wendde toen haar blik af voordat ik iets had kunnen zeggen. Avery was weer aan het smeken en Sammy had zich met een van afkeer vertrokken gezicht omgedraaid en liep naar de deur. Alleen Philip was te dronken of te onverschillig om nog te kunnen volgen wat er allemaal aan de hand was. Hij bleef aandringen.

'Nee toch, schatje? Heb je liggen rollebollen met de uitsmijter?' Hij speelde afwezig met het haar van Abby, die me doordringend aankeek, met een uitgesproken tevreden uitdrukking op haar botoxgezicht. Pas toen vroeg ik me af of Philip misschien óók al die tijd op de hoogte was geweest van het bondgenootschap van Elisa en Abby. Of erger nog: misschien zat hij zelf in het complot en had hij behoefte gehad aan een publieke 'bevestiging' van zijn heteroseksualiteit. Dat was zo vreselijk dat ik er niet over na durfde te denken.

'Hmm, interessante vraag, Philip,' zei ik zo hard als ik durfde. Avery, Elisa, Philip, Abby en Sammy keken me allemaal aan. 'Ik vind het interessant dat jij zo graag wilt weten of ik naar bed ben geweest met de "uitsmijter", zoals jij hem noemt. Het kan geen jaloezie zijn. Tenslotte zijn wij samen nooit verder gekomen dan een natte, slobberige zoen.'

Philip zag eruit alsof hij het liefst dood wilde. Alle anderen keken verbaasd.

'Wat? Kom op nou, mensen, alsjeblieft! Jullie weten alles over iedereen, en dan zouden jullie nooit vermoed hebben dat deze zelfbenoemde droom van iedere vrouw in New York in werkelijkheid op mannen valt? Nou, toch is het zo,' zei ik.

Iedereen begon door elkaar te praten.

'Echt niet,' zei Elisa.

'Bette, *love*, waarom zeg je zulke dingen?' vroeg Philip, met een kalmte in zijn stem die niet werd bevestigd door zijn gezichtsuitdrukking.

Toen riep een stem die ik niet meteen herkende in mijn koptelefoon dat P. Diddy zojuist onaangekondigd was gearriveerd, na een ander feestje ergens in de buurt. Normaal gesproken zou dat reden tot grote vreugde zijn geweest, maar hij had vanavond zo'n honderd man aanhang bij zich en dat was rampzalig. Bovendien was hij schijnbaar al erg ontstemd over het feit dat hij zo lang moest wachten aan de deur, maar omdat Sammy binnen was, durfde de bewaker die onder hem werkte niet zelfstandig een beslissing te nemen. Moesten ze zeggen dat Diddy niet binnen mocht omdat het al te druk was? Of dat hij met tien van zijn vrienden aan een vip-tafel naar keuze kon plaatsnemen, maar dat de rest van zijn gezelschap moest vertrekken? Of moesten ze een manier bedenken om honderd feestgangers de deur uit te werken en P. Diddy met de hele ploeg binnenlaten? En wie was dan de geluksvogel die dat nieuws mocht gaan brengen? Niemand zat erom te springen.

Voordat we de Diddy-kwestie konden oplossen, belde een van de stagiaires me met het nieuws dat de beroemde leden van een boyband die bij ons te gast waren op dat moment gearresteerd werden omdat ze drugs hadden gekocht op de toiletten – waar toevallig een politieagent was binnengewipt toen hij klaar was met zijn dienst buiten, waar hij de menigte in bedwang had gehouden. Het verontrustende aan deze informatie was uiteraard niet het incident op zich, maar het feit dat het volgens de stagiaire werd vastgelegd door maar liefst vijf paparazzi, van wie de foto's in de roddelpers alle positieve verhalen waarop we hadden gehoopt zouden overschaduwen.

Het derde bericht kwam van Leo. Hij deelde me mede dat de productiemaatschappij een fout had gemaakt bij de bestelling – niemand begreep hoe het kon – en dat de champagne op was.

'Onmogelijk. Ze wisten hoeveel mensen er zouden komen. Ze wisten dat de champagne onze grootste zorg was op drankgebied. Bunny's drinken het. Vrouwen drinken het. Bankiers drinken het. De enige manier om ervoor te zorgen dat de vrouwen lang blijven op een feest is door ze champagne te schenken. Het is pas halféén! Wat nu?' gilde ik boven het oorverdovende geluid van een Ashlee Simpson-nummer uit.

'Ik weet het, Bette. Ik ben ermee bezig. Ik heb een paar barkeepers op pad gestuurd om zo veel mogelijk dozen te halen, maar op dit uur van de nacht zal het niet meevallen. Ze kunnen nog een paar flessen kopen bij verschillende slijterijen, maar ik weet niet waar we nu grote hoeveelheden vandaan moeten halen,' zei Leo.

'Bette, ik moet nu echt weten wat ik moet doen met, eh… onze wachtende vip,' riep de jongen aan de deur paniekerig door mijn koptelefoon. 'Hij wordt ongeduldig.'

'Bette, ben je daar?' Mijn oortje ruiste en ik hoorde Kelly's galmende stem. Ze had kennelijk iemands headset gepakt en kreeg nu in de gaten wat er aan de hand was. De gebruikelijke aardige bazin was verdwenen en had razendsnel plaatsgemaakt voor een duivels monster. 'Weet je wel dat er hier jochies gearresteerd worden wegens drugsbezit? Op onze evenementen worden geen arrestaties verricht, ja!'

Ze zweeg even, maar ging toen luid en duidelijk verder: 'Bette, hoor je me? Ik wil dat je onmiddellijk naar deze ingang komt. Alles loopt in de soep en jij bent nergens te vinden. Waar zit je, verdomme?'

Ik zag dat Elisa haar koptelefoon afzette – of het uit bewuste sabotage of van pure dronkenschap was, wist ik niet – en naast Philip neerplofte, waarna ze zijn aandacht probeerde te trekken. Ach ja, waarom zou je ruziemaken als je ook kunt drinken? Ik probeerde mezelf net op te peppen om alle problemen aan te pakken die me eigenlijk bijzonder weinig interesseerden, toen ik nog één opmerking hoorde.

'Zeg, beste man. Ja, jij daar.' Philip, die nu zijn ene arm om Abby heen had geslagen en de andere om Elisa, riep Sammy. Avery zat naast hem onsamenhangend te brabbelen.

'Ja?' zei Sammy, niet helemaal zeker of Philip het tegen hem had.

'Wees eens aardig en ga een fles drank voor ons halen. Meisjes, wat willen we? Bubbels? Of hebben jullie liever iets met wodka?'

Sammy reageerde alsof Philip hem had geslagen. 'Ik ben je ober niet.'

Dat vond Philip blijkbaar reuze grappig, want hij kwam niet meer bij van het lachen. 'Ga nu maar wat te drinken halen. Het kan me niet schelen hoe, als ik het maar krijg.'

Ik wachtte niet af of Sammy hem zou slaan, negeren of hem een fles wodka zou brengen. Het enige waar ik aan kon denken was hoe heerlijk een bed nu zou zijn en hoe weinig het me kon schelen of P. Diddy één of honderd gasten meebracht – en of hij überhaupt kwam. Het drong tot me door dat ik bijna iedere minuut van iedere dag én avond had doorgebracht met de afschuwelijkste mensen die ik ooit had ontmoet, Kelly misschien uitgezonderd, en dat het me niets anders had opgeleverd dan een schoenendoos vol knipsels die niet alleen voor mij vernederend waren, maar ook voor alle mensen van wie ik hield. Terwijl ik daar stond te kijken hoe een fotograaf plaatjes schoot van Philip die zich misdroeg en ik hoorde dat er nog meer problemen door mijn oortje schalden alsof het om belangrijke internationale crises ging, dacht ik aan Will, Penelope, de meiden van de leesgroep, mijn ouders en natuurlijk Sammy. En met een kalmte die ik al maanden niet meer had gevoeld zette ik mijn koptelefoontje af, legde het op tafel en zei zachtjes tegen Elisa: 'Ik ben er klaar mee.'

Toen wendde ik me tot Sammy, en het kon me niets meer schelen wie het hoorde. 'Ik ga naar huis. Als je zin hebt om straks langs te komen, heel graag. Ik woon in East 28th Street, nummer 145, appartement 1313. Ik wacht op je.'

En voordat iemand nog iets kon zeggen draaide ik me om. Ik stak de dansvloer over, langs een stelletje dat volgens mij daadwerkelijk gemeenschap had pal naast de deejay, regelrecht naar de uitgang, waar een hele horde mensen mee stond te deinen op de maat van de muziek. Uit mijn ooghoek zag ik Kelly en een paar Lijstmeisjes die stonden te flirten met het gezelschap van P. Diddy, maar ik wist ongemerkt langs ze heen naar buiten te glippen. De mensenmassa op het trottoir dreigde de straat te overspoelen en niemand lette op mij. Ik legde een halve straat af zonder met iemand te praten en trok net het portier open van de taxi die ik had aangehouden toen ik Sammy mijn naam hoorde roepen. Hij kwam naar me toe geholid en sloeg het portier dicht voordat ik kon instappen.

'Bette, niet doen. Ik kan mezelf heus wel redden. Vooruit, ga terug naar binnen, dan hebben we het er later wel over.'

Ik ging op mijn tenen staan om hem op zijn wang te zoenen en stak mijn hand op om een nieuwe taxi aan te houden. 'Ik wil niet terug, Sammy. Ik wil naar huis. Ik hoop dat je straks komt, maar ik moet hier nu écht weg.'

Hij deed zijn mond open om te protesteren, maar ik was al in de taxi gestapt. 'Ik kan mezelf ook prima redden,' zei ik glimlachend. En toen reed ik weg van die steeds erger wordende nachtmerrie.

31

Om halfdrie 's nachts was er nog steeds taal noch teken van Sammy. Ik werd platgebeld door Kelly, Philip en Avery, maar ik nam de telefoon niet op. Inmiddels was ik voldoende gekalmeerd om een verontschuldigende brief aan Kelly op te stellen, en om drie uur was ik tot de conclusie gekomen dat Elisa – in tegenstelling tot Abby – niet per se kwaadaardig en gemeen hoefde te zijn; ze stikte gewoon van de honger. Toen het tegen vieren liep en ik nog steeds niets had gehoord van Sammy, begon ik het ergste te vrezen. Om een uur of vijf viel ik in slaap, en ik kon wel janken toen ik een paar uur later wakker werd en er geen berichten waren – en geen Sammy.

Om elf uur 's morgens belde hij me eindelijk. Ik dacht er nog over om niet op te nemen – ik had zelfs al besloten om het niet te doen – maar al mijn wilskracht verdween toen ik zijn naam op het schermpje zag.

344

'Hallo?' zei ik. Het was luchtig bedoeld, maar het klonk eerder alsof ik last had van zwaar zuurstofgebrek.

'Bette, met Sammy. Komt het ongelegen?'

Ach, het hangt ervan af, had ik willen zeggen. Bel je om je excuses aan te bieden voor vannacht of me op zijn minst uit te leggen waarom je niet bent gekomen? Want als dat het geval is, komt het uiterst gelegen. Kom gauw langs, dan maak ik een heerlijk luchtige omelet voor je klaar, en ik masseer je vermoeide schouders en kus je hele lichaam. Maar mocht je bellen met de mededeling dat er iets mis is – met jou, met mij, of het allerergste: met ons – dan kan ik je vertellen dat ik het momenteel erg, erg druk heb.

'Nee, natuurlijk niet. Wat is er?' Dat klonk toch best relaxed en onbezorgd?

'Ik wilde vragen hoe het vannacht afgelopen is. Ik heb me echt zorgen om je gemaakt nadat je zomaar opstapte, midden in al die commotie.' Hij zei niets over mijn uitnodiging om langs te komen, maar de ongerustheid in zijn stem maakte veel goed. Het besef dat het hem echt interesseerde maakte dat ik begon te praten, en toen ik eenmaal was begonnen, kon ik niet meer ophouden.

'Het was waardeloos van me om zomaar weg te gaan; heel onvolwassen en onprofessioneel. Ik had moeten blijven en het feest moeten afronden, hoe ellendig het ook is gelopen. Maar het leek wel of ik uit mijn eigen lichaam was getreden. En ik ben blij dat ik ben opgestapt. Heb je enig idee wat er vannacht allemaal is voorgevallen?'

'Niet echt, maar ik weet wel dat ik een enorme hekel aan die figuren heb. Waarom zat die Avery zo aan je te plukken? Wat was er nou aan de hand?'

Dus legde ik hem het hele verhaal uit. Ik vertelde dat ik Philip en Leo samen had betrapt in Istanbul, deed de situatie Abby/Ellie uit de doeken en zei dat ze al haar informatie van Elisa had gekregen. Ik vertelde dat Elisa de laatste tijd erg prestatiegericht was geweest en dat ik wist dat ze graag iets met Philip wilde, maar dat ik ervan geschrokken was dat ze me dit had aangedaan. Ik vertelde hem alles over Penelope en Avery, van hun eerste ontmoeting tot aan de dag van hun verloving, en ik zei erbij dat ik Avery had betrapt met Abby. Ik biechtte op dat ik vele etentjes bij Will en Simon had overgeslagen en nogal wat brunches op zondag had afgezegd omdat er altijd iets belangrijkers te doen leek. Ik vertelde hem dat ik Michael, die me een paar keer had gebeld om te vragen of ik zin had om iets met hem te gaan drinken, nooit had teruggebeld omdat ik het te druk had en ik niet wist wat ik tegen hem moest zeggen. Ik gaf toe dat

mijn ouders zo teleurgesteld in me waren dat ze er moeite mee hadden om met me te praten en dat ik er eigenlijk geen flauw idee van
had wat voor leven mijn beste vriendin de laatste tijd leidde. En ik
bood Sammy mijn excuses aan voor het feit dat ik had geprobeerd
te verzwijgen dat ik iets met hem had gehad en zei dat ik me er niet
voor schaamde – integendeel.

Hij luisterde en stelde een paar vragen, maar bij die laatste zin
zuchtte hij. Slecht teken. 'Bette, ik weet dat je je niet voor me
schaamt, dat dat er niets mee te maken heeft. We waren het erover
eens dat het beter was om erover te zwijgen, gezien de situatie waarin we op dat moment verkeerden. Je moet jezelf geen verwijten maken. Gisteravond heb je de juiste beslissing genomen. Ik ben hier
degene die zijn excuses zou moeten aanbieden.'

Ik trok een zakje hete kaneelsnoepjes open en strooide er een
paar in mijn hand. 'Hoe bedoel je? Je kwam voor me op.'

'Ik had die snotneus een klap voor zijn kop moeten geven,' zei
hij. 'Heel simpel.'

'Wie, Avery?'

'Avery, Philip, wat doet het ertoe? Het heeft me al mijn wilskracht gekost om ze niet te vermoorden.'

Dat was wat ik wilde horen, dus waarom zonk de moed me dan
in de schoenen? Was het omdat ik me afvroeg hoe bezorgd hij geweest kon zijn terwijl hij me tien uur lang niet had gebeld? Of omdat hij nog met geen woord had gerept over ons toekomstige sa-
menzijn? Of misschien was het iets veel eenvoudigers en kwam het
gewoon door de stress vanwege mijn onverwachte werkloosheid;
het begon tot me door te dringen dat ik wéér op zoek moest naar
een nieuwe baan. Ik had altijd geweten dat het werk bij de bank
niets voor mij was, maar het was ontmoedigend om na het uitpro-
beren van iets totaal anders – en heel wat leukers – tot de ontdekking te komen dat ik daar ook niet geschikt voor was. Alsof hij het
aanvoelde vroeg Sammy precies op dat moment wat ik van plan was
te gaan doen, en ik vertelde hem dat Kelly zo aardig was geweest om
me een paar freelanceprojecten aan te bieden toen ik haar die ochtend belde om mijn excuses aan te bieden. Maar mijn ontslag had ze
zonder protest aanvaard. Ik zei tegen Sammy dat het misschien tijd
werd om mijn trots opzij te zetten en voor Will te gaan werken.
Mijn gedachten dwaalden af en ik besefte dat ik hem nog niet eens
had gevraagd hoe het met zijn restaurant ging.

Toen ik erover begon, was het even stil voordat hij zei: 'Ik heb
goed nieuws.'

'Je hebt het gekregen!' riep ik zonder erbij na te denken. Toen wachtte ik heel even voordat ik er, een stuk terughoudender, aan toevoegde: 'Heb je het gekregen?'

'Ja, ik heb het gekregen,' zei hij, en ik kon zijn glimlach horen. 'Ik heb het bedrijfsplan en de menuvoorstellen binnen twee weken ingeleverd. Volgens de advocaat waren zijn cliënten onder de indruk. Ze hebben mij gekozen als chef-kok en een pandje gekocht in de East Village.'

Ik kon haast geen woord uitbrengen van enthousiasme, maar hij leek het niet eens te merken.

'Ja, het gaat nu allemaal heel snel. Er zou op die plek kennelijk een andere zaak geopend worden, maar de investeerders hebben zich op het laatste moment teruggetrokken. Als indirect gevolg van een of ander zakelijk schandaal, geloof ik. Maar goed, toen zijn die stille investeerders ingestapt en zij hebben de tent goedkoop kunnen overnemen. Ze zijn meteen op zoek gegaan naar een chef-kok en ze willen zo snel mogelijk opengaan. Ongelooflijk, hè?'

'Gefeliciteerd!' riep ik oprecht enthousiast. 'Wat goed. Ik wist wel dat je het in je had!' Natuurlijk meende ik het, maar zodra de woorden mijn mond uit waren, bekroop me een heel ander gevoel. Ik vond het walgelijk van mezelf dat ik zo dacht, maar voor onze relatie leek dit me geen goed nieuws.

'Dank je wel, Bette, dat betekent veel voor me. Ik kon bijna niet wachten om het je te vertellen.'

Voordat ik zelfs maar kon overwegen mijn eigen woorden te censureren, flapte ik eruit: 'Maar wat betekent dit voor ons?'

Er viel een afschuwelijke, verschrikkelijke, allesoverheersende stilte, en toch vatte ik het nog niet meteen. Ik wist gewoon dat we bij elkaar hoorden. De hindernissen waren niet onoverkomelijk; eigenlijk waren het eerder opstapjes naar een sterkere relatie.

Toen hij eindelijk antwoord gaf, klonk Sammy verslagen en behoorlijk treurig. 'Ik ben straks getrouwd met dit project,' was het enige wat hij kon uitbrengen, en op het moment dat ik die woorden hoorde, wist ik dat het niets zou worden. En met 'het' bedoel ik 'wij'.

'Natuurlijk,' zei ik automatisch. 'Dit is de kans van je leven.'

Op dat punt zou de held in een romannetje gezegd hebben: 'Maar dat ben jij ook, en daarom ga ik er alles aan doen om onze relatie te laten slagen.' Maar dat zei Sammy niet. Hij zei alleen heel zachtjes: 'Het is allemaal een kwestie van timing, Bette. Ik heb te veel respect voor je om je te vragen op me te wachten, hoewel ik er-

347

gens natuurlijk wel hoop dat je dat zult doen.'

Verdomme! dacht ik. Je hoeft het me maar te vragen en ik wacht op je. Zeg dat ik moet begrijpen dat het moeilijk zal worden, maar dat we sámen gelukkig en verliefd zullen zijn zodra deze zware periode achter de rug is. En dat vreselijke woord respect wil ik helemaal niet horen! Ik wil niet dat je respect voor me hebt, ik wil dat je naar me verlangt.

Maar dat zei ik niet. Ik veegde de tranen weg die naar mijn kin biggelden en deed mijn uiterste best om mijn stem niet te laten bibberen. Toen ik eindelijk mijn mond opendeed, was ik trots op mijn beheerste, goed geformuleerde reactie. 'Sammy, ik begrijp dat dit een buitenkans voor je is en ik vind het echt fantastisch voor je. Je moet nu al je tijd en energie aanwenden om er het toprestaurant van te maken waarvan je altijd hebt gedroomd. Ik verzeker je dat ik niet boos of verdrietig of iets dergelijks ben, ik ben alleen maar verschrikkelijk blij voor je. Doe wat je moet doen. Ik hoop alleen wel dat je me zult uitnodigen om een keer te komen eten wanneer je restaurant straks het populairste van heel New York is, want ik weet zeker dat het dat zal worden. We houden contact, oké? Ik zal je missen.'

Ik legde zachtjes de hoorn op de haak en staarde er bijna vijf hele minuten naar voordat ik echt begon te huilen. Hij belde me niet terug.

32

'Vertel me nog eens één keer dat mijn leven ooit weer leuk zal worden,' zei ik tegen Penelope toen we samen in mijn huiskamer zaten. Ik hing onder-uitgezakt op de bank, helemaal in joggingpak gestoken, zoals iede-re dag de afgelopen drieënhalve maand. Ik had geen enkele behoef-te om nog ooit in normale kleding de straat op te gaan.

'O, Bette, natuurlijk wordt je leven weer leuk. Moet je kijken hoe fantastisch het momenteel met mij gaat!' voegde ze er sarcastisch aan toe.

'Wat komt er vanavond op tv? Heb je vorige week *Desperate Housewives* opgenomen?' vroeg ik lusteloos.

Ze gooide de *Marie Claire* opzij en keek me kwaad aan. 'Bette, dat hebben we zondag al gezien toen het werd uitgezonden. Waar-om zou ik het dan opnemen?'

'Ik wil nog een keer kijken,' zei ik klaaglijk. 'Kom op, er moet toch wel íéts fatsoenlijks komen? Misschien *Going Down in the Valley*, die pornodocumentaire op HBO? Hebben we die nog?'

Penelope zuchtte alleen maar.

'Of *Real World*?' Ik hees mezelf overeind en drukte een paar knoppen in op de dvd-recorder. 'Er moet toch nog minstens één aflevering op staan, al is het een oude. Hoe kan het nou dat we niet eens meer een *Real World* hebben?' Ik was nu bijna in tranen.

'Jezus, Bette, hou je een beetje in. Dit is echt niet meer normaal, hoor.'

Ze had natuurlijk gelijk. Ik wentelde me al zo lang in zelfmedelijden dat het gewoon de nieuwe norm was geworden. Deze periode van werkloosheid was heel anders dan de vorige; geen verrukkelijke ochtenden in bed, opbeurende uitstapjes naar de snoepwinkel of lange wandelingen om onbekende wijken te verkennen. Ik was niet op zoek naar een baan – niet eens halfslachtig – en ik betaalde de rekeningen (met moeite) van het freelance correctiewerk dat Will en een paar collega's van hem me uit medelijden toeschoven. Daar worstelde ik me 's morgens in mijn flanellen ochtendjas op de bank doorheen, waarna ik vond dat ik het recht had om de rest van de dag een beetje te lanterfanten. Het feit dat Penelope – die alle reden had om er veel slechter aan toe te zijn dan ik – met de dag beter ging functioneren, begon nu toch wel alarmerend te worden.

Ik had niets meer van Sammy gehoord sinds ons gesprek de ochtend na het *Playboy*-feest, nu drie maanden, twee weken en vier dagen geleden. Penelope had meteen daarna gebeld om me te vertellen dat ze Avery had gesproken en dat ze 'alles wist'. Avery had haar nog tijdens het feest opgebeld om te zeggen dat hij heel, heel dronken was geworden en dat hij 'per ongeluk' een willekeurig meisje had gezoend. Ze was die ochtend van streek geweest, maar ze had hem nog steeds verdedigd. Ik had eindelijk de moed verzameld om haar het hele verhaal te vertellen. Toen ze hem ermee confronteerde, had Avery bekend dat hij al een tijdje met Abby naar bed ging en dat er ook anderen waren geweest.

Penelope had heel kalm de huishoudster (het verlovingscadeau van Avery's ouders voor het gelukkige paar) opdracht gegeven al haar spullen in te pakken en zo snel mogelijk terug te sturen naar New York. Vervolgens had ze twee last-minute, first class vliegtickets geboekt op Avery's creditcard, de grootste en meest luxueuze limousine die ze kon vinden besteld en zichzelf in het vliegtuig een heerlijke champagneroes bezorgd terwijl ze languit op beide stoelen lag. Ik had haar afgehaald van het vliegveld en haar meteen meegesleurd naar de Black Door, waar ik al snel net zo stomdronken was geworden als zij. De eerste paar weken had ze bij haar ouders gelogeerd, die – dat moet ik ze nageven – niet één keer hadden gezegd dat ze het hem moest vergeven of dat ze hem moest terugnemen. Toen Pen het thuis niet meer uithield was ze bij mij ingetrokken.

Eindelijk weer samen, allebei een zielig hoopje ellende met een gebroken hart en zonder werk, hadden we een ideaal stel gevormd: we deelden de badkamer, vele flessen wijn én de huur en keken samen angstaanjagend veel buitengewoon slechte tv-programma's. Alles was perfect geweest totdat Penelope een baan vond. Ze had de week daarvoor aangekondigd dat ze ging forenzen naar een kleine beleggingsbank in Westchester en dat ze een eigen nieuwe woonruimte zou betrekken; vanavond was onze laatste avond samen. Ik had natuurlijk wel geweten dat ons pyjamafeestje niet eeuwig kon duren, maar toch voelde ik me een tikkeltje verraden. Het ging zo goed met haar dat ze zelfs had laten vallen dat de man met wie ze het sollicitatiegesprek had gehad een ontzettend lekker ding was. Al met al was het schokkend duidelijk: Penelope pakte de draad weer op en ik was voorbestemd om voorgoed een zielige nietsnut te blijven.

'Hoe lang moet ik nog wachten voordat ik een kijkje kan gaan nemen in het restaurant, denk je?' vroeg ik voor de duizendste keer.

'Ik heb het je al gezegd: ik wil er best een keer vermomd met je naartoe gaan. Heel onopvallend; mij kent hij niet eens! Of het een gezond idee is? Neuh, misschien niet, maar het zou wel lachen zijn.'

'Heb je dat artikel in *The Wall Street Journal* gezien? Ze zijn helemaal wég van zijn zaak. Sammy wordt een van de beste koks van de afgelopen vijf jaar genoemd.'

'Ik weet het lieverd, ik weet het. Daar zijn ze het allemaal over eens, hè? Ben je niet blij voor hem?'

'Je moest eens weten,' fluisterde ik.

'Wat zeg je?'

'Niks, niks. Ja, natuurlijk ben ik blij voor hem. Ik zou alleen graag blij mét hem willen zijn.'

Sammy had twee maanden daarvoor zonder veel ophef zijn restaurant geopend, een leuk klein fusionzaakje met gerechten uit het Midden-Oosten dat in niets op een franchiseketen leek. Ik zou het niet eens geweten hebben als Will het me niet terloops had verteld tijdens een van onze etentjes op donderdagavond, maar vanaf dat moment had ik alle nieuwe ontwikkelingen nauwgezet bijgehouden. In het begin was er niet veel informatie geweest: een biografie van de chef-kok en wat gegevens over de snelle opening. Kennelijk was het schattige Italiaanse restaurantje met twaalf tafeltjes in de Lower East Side het troetelproject geweest van een prominente voormalige belegger, die op de hielen was gezeten door de belasting en uiteindelijk twee tot drie jaar gevangenisstraf had gekregen. Hij had al zijn bezittingen moeten verkopen om de enorme boete te betalen die hem daarnaast was opgelegd. Aangezien het hele pand pas nog compleet gestript en gerenoveerd was en de keuken perfect in orde was gemaakt, had Sammy zijn zaak vrijwel meteen kunnen openen, nadat alles haastig was afgewerkt. In het begin had er alleen hier en daar een recensie van klanten op verschillende websites gestaan, en een korte vermelding van het restaurant in een artikel over de verbetering van bepaalde wijken, maar toen was er iets gebeurd; Sammy's restaurant verschoof binnen een paar weken van de categorie 'leuke buurtrestaurantjes' naar 'een omweg waard'.

Volgens het meest recente artikel in het lifestyle-katern van *The Wall Street Journal* gingen de buurtbewoners er vaak en al vroeg eten, waardoor Sammy zijn deuren kon openhouden terwijl hij zijn eigen menu verder ontwikkelde. Tegen de tijd dat Frank Bruni een recensie schreef voor *The New York Times* was Sammy helemaal op dreef gekomen. Bruni gaf hem drie sterren, vrijwel ongeëvenaard voor een onbekende chef-kok en zijn allereerste zaak. De andere kranten en bladen in New York waren onmiddellijk gevolgd met al even uitzinnige recensies. Het tijdschrift *New York* publiceerde zo'n typisch onderkoeld artikel waarin Sevi 'het enige restaurant dat er toe doet' werd genoemd. Hij was gepromoveerd van volslagen onbekende tot chef-kok van een restaurant waar je gegeten móést hebben om mee te tellen. Het enige minpuntje was dat Sammy geen tafels reserveerde. Voor niemand. Nooit. Volgens alle interviews die ik had gelezen – en geloof me, ik sloeg er niet één over – zei Sammy nadrukkelijk dat iedereen welkom was, maar dat niemand een voorkeursbehandeling hoefde te verwachten. 'Ik heb jarenlang moeten beslissen wie er binnen mocht en wie niet, en daar heb ik nu geen zin meer in. Als mensen hier willen eten, wie ze ook mogen zijn, kunnen ze gewoon langskomen, net als alle anderen,' zo luidde het citaat. Het was de enige eis die hij aan zijn klanten stelde.

'Maar als je niet kunt reserveren, gaat er niemand heen!' had ik tegen Penelope gegild toen ik het voor het eerst las. 'Niet dat mij dat wat kan schelen, natuurlijk.'

'Hoe bedoel je, "niemand gaat erheen"?'

'Je moet een afschuwelijk kattige vrouw in dienst hebben die de telefoon aanneemt en zegt dat er het komende halfjaar geen enkele tafel te krijgen is, alleen vóór vijf uur of na middernacht.'

Ze begon te lachen.

'Nee, echt! Ik ken die mensen. Ze gaan alleen ergens eten als ze het gevoel krijgen dat ze er niet welkom zijn, snap je? De snelste manier om die tafels te vullen is door tegen iedere beller te zeggen dat er niets meer vrij is en vervolgens alle hoofdgerechten acht dollar duurder te maken, en de drankjes vier. Neem obers in dienst die voedsel en drank serveren eigenlijk beneden hun waardigheid vinden, en een gastvrouw die iedere klant bij aankomst afkeurend van top tot teen bekijkt. Dan maakt hij nog een kansje.' Het was niet eens helemaal een grapje, maar wat maakte het uit? Sammy's aanpak werkte blijkbaar.

In de recensie in *The Wall Street Journal* stond verder nog dat het restaurantwezen in New York de laatste jaren gedomineerd werd door geruchtmakende openingen van nieuwe topzaken met koks als supersterren; alleen al in het chique nieuwe Time Warner-gebouw zaten vijf van dergelijke restaurants. Maar op zeker moment waren de mensen al die pracht en praal beu geworden. Ze verlangden naar een heerlijke maaltijd in een eenvoudig restaurant, en dat was precies wat Sammy te bieden had. Ik was zo trots op hem dat ik bijna moest huilen wanneer ik weer een artikel over hem las of iemand over hem hoorde praten, en dat was verdomd vaak. Ik wilde dolgraag zelf een kijkje gaan nemen, maar ik kon er moeilijk omheen dat Sammy me overduidelijk níét had opgebeld om me uit te nodigen.

'Hier,' zei Penelope, en ze gaf me de map met afhaalmenu's. 'Vanavond betaal ik het eten. Laten we iets bestellen en daarna ergens wat gaan drinken.'

Ik staarde haar aan alsof ze een spontane vliegreis naar Bangladesh had voorgesteld. 'Iets drinken? Buiten de deur? Ha ha.' Ik bladerde ongeïnteresseerd de menu's door. 'Er zit niks bij.'

Ze griste de map uit mijn handen en haalde er een paar willekeurige menukaartjes uit. 'Niks? Ik heb hier Chinees, hamburgers, sushi, Thais, pizza, Indiaas, Vietnamees, broodjes, salades, Italiaans... en dat is alleen dit stapeltje nog maar. Kies nou iets uit, Bette. Kom op.'

'Nee echt, Pen, kies jij maar. Ik vind het allemaal prima.'

Ik zag dat ze het nummer intoetste van een tent die Nawab heette, waar ze twee kip tikka masala met basmatirijst en twee mandjes chapati bestelde. Toen ze opgehangen had, gaf ze mij de telefoon terug.

'Bette, ik vraag het je nog één keer: wat wil je dit weekend gaan doen?'

Ik zuchtte veelbetekenend en bleef languit op de bank hangen. 'Pen, het maakt me niet uit. Het is maar een verjaardag. Ik moet de leesclub ook al ontvangen, dat is meer dan genoeg. Waarom vind je toch dat we per se iets moeten doen? Ik sla dat hele gedoe veel liever over.'

Ze snoof minachtend. 'Ja ja, dat zal wel. Iedereen zegt altijd dat zijn verjaardag hem niks kan schelen, maar eigenlijk vinden ze het allemaal hartstikke belangrijk. Zal ik voor zaterdagavond een etentje organiseren? Jij en ik, Michael en misschien een paar mensen van UBS? En een paar meiden van je leesclubje.'

'Dat klinkt leuk, Pen, echt waar, maar Will zei iets over een etentje zaterdag. We gaan naar een goed restaurant, ik weet niet meer precies welk. Heb je zin om mee te gaan?'

We kletsten tot het eten kwam, en toen hees ik mijn met de dag dikker wordende kont van de bank om aan het keukentafeltje te gaan zitten. Terwijl we de grote brokken pittig gekruide kip op onze rijst schepten, bedacht ik hoezeer ik Penelope zou missen. Haar aanwezigheid was een grote afleiding en wat belangrijker was: het was eindelijk weer als vanouds tussen ons. Ik keek hoe ze met haar vork zwaaide om een grappig verhaal kracht bij te zetten en stond op om haar te omhelzen.

'Waar heb ik dat aan verdiend?' vroeg ze.

'Ik zal je missen, Pen. Goh, wat zal ik je vreselijk missen.'

33

'Bedankt allemaal. Jullie zijn geweldig,' zei ik toen ik iedereen die in de kring om me heen stond omhelsde. Tijdens onze speciale verjaardagsbijeenkomsten van de leesclub aten we altijd taart en deden we een groepsshot. Met drank, bedoel ik. Mijn verjaardagstaart was er een van witte chocolademousse, en het bijbehorende shot was een ouderwetse *lemon drop*, compleet met zakjes suiker en schijfjes citroen. Ik was een beetje aangeschoten en voelde me lekker na ons minifeestje, dat was geëindigd met het aanbieden van een boekenbon van honderd dollar.

'Veel plezier vanavond bij je etentje,' riep Vika me na. 'Bel ons maar als je nog iets wilt afspreken wanneer je terugkomt van je oom.'

Ik knikte, zwaaide en ging naar beneden, en ik bedacht dat ik de uitnodigingen om met anderen op stap te gaan maar weer eens moest gaan aannemen. Het was één uur 's middags en ik hoefde pas om acht uur bij Will te zijn, dus koos ik een tafeltje uit op het terras van Starbucks op Astor Place, waar ik met een koffie verkeerd met vanillesmaak de *Post* ging zitten lezen. Sommige gewoontes zijn moeilijk af te leren, dus bladerde ik zoals altijd door naar Page Six. Ik kon mijn ogen niet geloven: een groot artikel over Abby, compleet met foto. Er stond in dat *New York Scoop* haar 'Ellie Insider'-column had stopgezet en dat ze was ontslagen wegens het vervalsen van haar cv. De details waren nogal vaag, maar volgens een niet nader genoemde bron had ze beweerd dat ze was afgestudeerd aan Emory University, terwijl ze in werkelijkheid de laatste drie studiepunten niet had gehaald. Ze had haar doctoraal dus niet. Ik belde Pen nog voordat ik het artikel had uitgelezen.

'Heb je Page Six vandaag toevallig gelezen? Je moet het zien. Nu meteen!'

Al was ik Abby niet bepaald vergeten, ik had me ook niet gehouden aan mijn voornemen haar leven te verwoesten. Sinds de avond van het *Playboy*-feest had ze geen woord meer over me geschreven, maar ik vroeg me af of dat kwam doordat ze bang was geworden door mijn dreigementen of omdat ik geen vermelding meer waard was nu ik niets meer met Philip had en niet meer voor Kelly & Company werkte. Het zou ook nog kunnen dat er een eind was gekomen aan haar relatie met Avery. Hoe dan ook, ik was vurig blijven hopen op haar ondergang.

'Fijne verjaardag, Bette!'

'Hè? O ja, dank je. Maar luister nou even, heb je de *Post* al gezien?'

Ze lachte een minuut lang en ik kreeg sterk het gevoel dat ik iets had gemist. 'Dat was mijn cadeautje, Bette. Gefeliciteerd met je achtentwintigste verjaardag.'

'Wat wil je nou eigenlijk zeggen? Ik snap er niks van. Heb jij hier iets mee te maken?' vroeg ik zo hoopvol dat het bijna gênant was.

'Dat zou je wel kunnen zeggen,' zei ze bescheiden.

'Pen! Vertel me onmiddellijk wat er is gebeurd. Dit zou wel eens de mooiste dag van mijn leven kunnen zijn. Verklaar je nader.'

'Oké, rustig maar. Het is eigenlijk allemaal heel onschuldig gegaan. Het is me min of meer in de schoot geworpen.'

'Wát is je in de schoot geworpen?'

'De informatie dat onze vriendin Abby geen doctorandus is.'

'Wat is er dan gebeurd?'

'Nadat mijn verloofde me had verteld dat hij met haar neukte…'

'Correctie, Pen: hij vertelde je dat hij met iémand had geneukt, en ik heb je verteld dat hij met háár neukte,' voegde ik er behulpzaam aan toe.

'Juist. Maar goed, toen ik wist dat ze het met elkaar deden, had ik erg veel zin om haar een brief te sturen om duidelijk te maken wat ik van haar vond.'

'Wat heeft dat te maken met het al dan niet afmaken van haar studie?' Ik was veel te nieuwsgierig naar lekkere roddels om al die irrelevante details aan te horen.

'Bette, daar kom ik zo op! Ik wilde haar niet mailen omdat je dan altijd de kans loopt dat het naar duizenden mensen wordt doorgestuurd, maar haar adres in New York staat niet in het telefoonboek – ze denkt zeker dat ze een grote beroemdheid is en dat de mensen bij haar op de deur komen bonzen om een glimp op te vangen van de grote ster. Dus heb ik de *New York Scoop* gebeld, maar daar wilden ze niets loslaten. Toen kwam ik op het idee om Emory te bellen.'

'Oké, tot zover kan ik je volgen.'

'Ik nam aan dat ze mij als medeafgestudeerde haar adres wel zouden geven. Ik heb het centrum voor oud-studenten gebeld en gezegd dat ik op zoek was naar een jaargenote die ik uit het oog was verloren en die ik wilde uitnodigen voor mijn bruiloft.'

'Leuk detail,' zei ik.

'Dank je, dat vond ik zelf ook. Maar goed, bij het natrekken van de gegevens bleek er niemand met haar naam bij de afgestudeerden te zitten. Ik zal je de details besparen, maar na een paar minuten zoeken kwam aan het licht dat onze lieve Abby wel tegelijk met ons is begónnen, maar dat ze niet met de rest van ons jaar is afgestudeerd – en daarna ook niet.'

'Jezus! Ik geloof dat ik nu wel snap waar dit heen gaat. Ik ben apetrots op je.'

'Het wordt nog mooier. Ik had iemand van Bureau Inschrijvingen aan de telefoon, die me op voorwaarde van strikte geheimhouding vertelde dat Abby is gestopt met haar studie terwijl ze nog maar drie studiepunten tekortkwam omdat het faculteitshoofd erachter was gekomen dat Abby met haar man naar bed ging. Ze heeft haar dringend verzocht onmiddellijk op te stappen. Wij wisten van niks omdat Abby het niemand heeft verteld. Ze bleef gewoon op de campus rondhangen tot wij allemaal afstudeerden.'

'Niet te geloven,' zei ik ademloos. 'En toch verbaast het me niet.'

'Nou, daarna kostte het me maar een paar minuten om een ano-

357

niem Hotmail-adres te openen en de redactie van de *New York Scoop* te laten weten dat hun stercolumniste haar doctoraal niet heeft gehaald, met een kleine hint over de reden van haar vertrek. Ik heb iedere dag naar de krant gebeld om naar haar te vragen, tot ik gisteren te horen kreeg dat ze daar niet meer werkte. Toen heb ik ook nog even heel behulpzaam een anomieme tip naar Page Six gestuurd.'

'Mijn god, Penelope, wat ben jij een vals kreng. Ik heb nooit geweten dat je dat in je had!'

'Dus, zoals ik al zei: gefeliciteerd met je verjaardag! Ik weet het al maanden, maar ik dacht dat het leuker zou zijn om een tijdje te wachten, zodat ik er een mooi verjaardagscadeau van kon maken. Voor jou, maar ook voor mezelf,' voegde ze eraan toe.

Meteen nadat ik had opgehangen maakte ik me ongegeneerd vrolijk met de gedachte aan Abby die op straat liep te bedelen of – beter nog – in een schort bij McDonald's stond. Toen de telefoon binnen een paar tellen weer ging, klapte ik het toestel open zonder eerst te kijken.

'Ja, wat nog meer?' vroeg ik meteen, omdat ik ervan uitging dat het Penelope was met een vergeten smeuïg nieuwtje.

'Hallo?' hoorde ik een mannenstem zeggen. 'Bette?'

O mijn god, het was Sammy. Sammy! Saaaammmmmy! Ik had wel kunnen zingen en dansen en zijn naam door de hele koffiezaak en de wijde omtrek schreeuwen.

'Hallóóó,' zei ik ademloos. Ik kon haast niet geloven dat het telefoontje waar ik bijna vier maanden op had gewacht – en vurig op had gehoopt – eindelijk was gekomen.

Hij lachte om mijn overduidelijke vreugde. 'Ik vind het fijn om je stem weer te horen.'

'Ik de jouwe ook,' zei ik veel te snel. 'Hoe is het met je?'

'Goed, goed. Ik heb eindelijk een restaurant geopend en...'

'Ik weet het, ik heb er alles over gelezen. Gefeliciteerd! Het is een groot succes, dat vind ik echt geweldig!' Ik wilde dolgraag horen hoe hij het zo snel voor elkaar had gekregen, maar ik wilde nu niets op het spel zetten door hem meteen te bestoken met irritante vragen.

'Ja, dank je. Ik moet eigenlijk rennen, maar ik bel je even om...'

O. Dit klonk als iemand die de draad allang weer had opgepakt. Waarschijnlijk had hij een nieuwe vriendin met een zinvolle baan die andere mensen hielp... Niet iemand die een oude, vale joggingbroek bezat, maar een vrouw die altijd in een mooi zijden setje door het huis liep en die...

'… om te vragen of je zin hebt om vanavond met me te gaan eten.'

Ik wachtte even om me ervan te verzekeren dat ik het goed gehoord had, maar hij zei niets meer. 'Eten?' zei ik aarzelend. 'Vanavond?'

'Je hebt natuurlijk allang andere plannen, hè? Sorry dat ik er zo laat mee kom, maar…'

'Nee, geen andere plannen!' riep ik voordat hij zich kon bedenken. Quasi-onverschillig doen kon ik nu ook wel vergeten, maar dat leek opeens niet belangrijk meer. Sinds ik weg was bij Kelly & Company had ik niet één brunch of etentje op donderdag meer gemist, dus Will moest maar begrijpen dat ik die avond niet kon komen. 'Ik kan met je gaan eten, zeker weten.'

Ik kon hem door de telefoon horen glimlachen. 'Heel goed. Zal ik je om een uur of zeven komen halen? Dan drinken we bij jou in de buurt iets en daarna wil ik je graag meenemen naar de zaak. Als je dat niet erg vindt…'

'Niet erg? Het klinkt perfect, gewoon perfect,' ratelde ik. 'Zeven uur? Tot straks dan,' zei ik, en ik klapte mijn telefoon dicht voordat ik nog iets stoms kon zeggen. Voorbestemd. Het moest wel voorbestemd zijn dat Sammy me uitgerekend op mijn verjaardag belde: een teken dat we bij elkaar hoorden, voor altijd. Ik overlegde in gedachten met mezelf of ik hem moest vertellen dat ik die dag achtentwintig werd, maar toen bedacht ik dat ik hem 's avonds zou zíén.

Mijn voorbereidingen waren koortsachtig. Ik belde Will in de taxi naar huis en smeekte hem om vergiffenis, maar hij lachte alleen maar en zei dat hij ons etentje graag tegoed wilde houden als dat betekende dat ik eindelijk uitging met een man. Ik rende naar de nagelstudio op de hoek voor een snelle manicure en pedicure en gooide er meteen een massage van tien minuten (en tien dollar) tegenaan om een beetje tot rust te komen. Penelope nam de rol van styliste op zich en legde meerdere outfits voor me klaar, waaronder drie jurkjes, een druk bewerkt topje met kraaltjes, twee paar schoenen, vier tassen en haar complete collectie sieraden, die de laatste tijd flink was aangevuld door haar ouders in een poging haar een beetje op te vrolijken. Daarna vertrok ze naar Michael en Megu, waar ze zou wachten op nieuws van mij. Ik trok van alles aan en keurde het weer af, ruimde als een gek mijn flat op en danste met Millington in mijn armen op 'We Belong' van Pat Benatar – en uiteindelijk ging ik braaf op de bank op Sammy zitten wachten, precies een uur voor de afgesproken tijd.

Toen Seamus naar boven belde dat Sammy er was, dacht ik dat ik geen lucht meer kreeg. Even later stond hij voor mijn deur. Hij had er nog nooit zo goed uitgezien: een combinatie van overhemd/jasje/geen stropdas die hem stijlvol en mondain maakte zonder dat het te gelikt was, en ik zag dat hij zijn haar had laten groeien. Het had nu de perfecte lengte, niet te kort, niet te lang; een beetje Hugh Grant-achtig, als ik het zou moeten uitleggen. Toen hij zich bukte om me op mijn wang te zoenen rook hij naar zeep en mint, en als ik me niet had vastgeklampt aan de deurpost zouden mijn knieën het vast begeven hebben.

'Ik vind het echt heel leuk om je weer te zien, Bette,' zei hij, en hij pakte mijn hand en nam me mee naar de lift. Ik liep moeiteloos op mijn geleende D&G-schoenen en voelde me mooi en vrouwelijk in een rokje dat net tot de knie kwam en een zomervestje van kasjmier dat precies de juiste hoeveelheid decolleté liet zien. Het was helemaal zoals je in alle Bouquetboekjes kon lezen: ook al hadden we elkaar maanden niet gezien, het leek wel of er hooguit een dag tussen zat.

'Ik vind het ook leuk om jou te zien,' zei ik, en ik had de hele avond naar zijn profiel kunnen kijken.

Hij nam me mee naar een gezellig wijnbarretje drie straten bij mijn flat vandaan, waar we aan een rustig tafeltje meteen begonnen te praten. Tot mijn grote vreugde was hij helemaal niet veranderd.

'Ik wil eerst weten hoe het met jou gaat,' zei hij na een slokje van de syrah die hij vakkundig had uitgekozen.

'Nee, nee, ik ben hier niet degene met het grote, spannende nieuws,' zei ik. En dat is een understatement, dacht ik bij mezelf. 'Volgens mij heb ik ieder woord gelezen dat er over je is geschreven en het klinkt allemaal even fantastisch!'

'Ja, maar ik heb ook geluk gehad. Heel veel geluk.' Hij kuchte en keek een beetje ongemakkelijk. 'Bette, eh... ik moet je iets vertellen.'

O, shit. Dit kon onmogelijk een goed teken zijn, op wat voor manier dan ook. Ik kon mezelf wel voor mijn kop slaan vanwege mijn voortijdige enthousiasme. Hoe had ik kunnen denken dat het feit dat Sammy me had gebeld – en nog wel op mijn verjaardag – méér wilde zeggen dan dat hij gewoon aardig voor me was en hij zijn belofte aan een goede vriendin wilde waarmaken. Het kwam allemaal door die stomme romannetjes! Ik nam me voor onmiddellijk met die rotdingen te stoppen; ze leidden alleen maar tot onredelijke verwachtingen. Ik bedoel, Dominick of Enrique zei nooit 'ik moet je iets vertellen' voordat ze de vrouw van hun dromen ten huwelijk vroegen. Dat waren duidelijk de woorden van een man die op het punt stond te vertellen dat hij verliefd was – maar niet op mij. Ik dacht niet dat ik ook nog maar een klein beetje slecht nieuws zou kunnen verdragen.

'O, ja?' wist ik uit te brengen, en ik sloeg mijn armen over elkaar in een onbewuste poging mezelf fysiek schrap te zetten voor wat er komen ging. 'Wat dan?'

Er verscheen weer zo'n vreemde uitdrukking op zijn gezicht, maar toen werden we onderbroken door de ober, die Sammy de rekening gaf. 'Sorry dat ik jullie moet wegsturen, maar we gaan dadelijk dicht voor een besloten feest. Ik kom zo bij jullie terug.'

Ik kon wel gillen. Het was al erg genoeg om te moeten aanhoren dat Sammy verliefd was op een badpakkenmodel-annex-Moeder Teresa, maar moest ik nu ook nog op die mededeling wáchten? Blijkbaar wel. Sammy zocht uitgebreid in zijn portemonnee naar gepast geld en daarna ging hij ook nog eens naar de wc. Buiten moesten we bovendien op een taxi wachten, en daarna besprak Sammy met de chauffeur de beste route naar Sevi. We waren eindelijk op weg naar zijn restaurant, maar ik moest wéér wachten toen Sammy na een omstandige verontschuldiging zijn mobiele telefoon beantwoordde. Hij mompelde wat, zei zo nu en dan 'hm-hm' en een keer 'ja', maar verder was het een erg vaag gesprek, en ik voelde gewoon dat hij Haar aan de lijn had. Toen hij eindelijk zijn telefoon uitzette, keek ik hem recht in de ogen en vroeg: 'Wat wilde je me nou vertellen?'

'Ik weet dat het heel stom zal klinken en ik zweer je dat ik het zelf ook pas een paar dagen weet, maar kun je je nog herinneren dat ik je verteld heb over die onbekende investeerders?'

Hmm, dat klonk niet als een liefdesverklaring voor een andere vrouw; beslist een positieve ontwikkeling.

'Ja. Ze wilden graag met een hippe nieuwe superkok in zee, toch? En jij moest je ideeën en menuvoorstellen op papier zetten.'

'Precies.' Hij knikte. 'Nou, het zit zo: ik heb dit eigenlijk min of meer aan jou te danken.'

Ik keek hem vol aanbidding aan; nu ging hij me vertellen dat ik zijn inspiratiebron was, zijn duwtje in de rug, zijn muze. Maar de woorden die volgden, hadden eigenlijk niets met mij te maken.

'Ik vind het gek dat je het van mij moet horen, maar ze stonden erop. De investeerders die me op weg hebben geholpen zijn Will en Simon.'

'Wat?' Ik keek met een ruk naar hem op. 'Míjn Will en Simon?'

Hij knikte en pakte mijn hand. 'Je wist het echt niet, hè? Ik dacht dat jij ze misschien op de een of andere manier had overgehaald, maar ze hielden vol dat je van niets wist. Ik ben er zelf ook nog maar net achter. Ik had ze niet meer gezien sinds ze een paar maanden geleden bij de Gramercy Tavern zijn komen brunchen.'

Ik was met stomheid geslagen, en toch leek het wel of de enige informatie die écht tot me doordrong datgene was wat ik níet had gehoord: Sammy had niet gezegd dat hij tot over zijn oren verliefd was op een ander.

'Ik weet niet wat ik moet zeggen.'

'Zeg alsjeblieft dat je niet boos bent,' zei hij, naar me toe gebogen.

'Boos? Waarom zou ik boos zijn? Ik ben hartstikke blij voor je! Ik snap niet waarom Will het me niet heeft verteld. Morgen bij de brunch zal ik het hele verhaal wel te horen krijgen.'

'Ja, dat zei hij ook al.'

Ik kreeg niet de tijd om deze nieuwe ontwikkeling te verwerken, want de taxi had in recordtijd de Lower East Side bereikt. Zodra we stopten, herkende ik het piepkleine luifeltje van de foto's in de krant. Toen Sammy het portier van de taxi dichtgooide, zag ik een goedgekleed stel een bordje bij de ingang lezen. Ze draaiden zich naar ons om en zeiden zwaar teleurgesteld: 'Ze zijn vanavond blijkbaar gesloten, om de een of andere reden,' en ze liepen door om een ander restaurant te gaan zoeken.

Ik keek Sammy vragend aan, maar hij glimlachte alleen maar. 'Ik heb een verrassing voor je,' mompelde hij.

'Een rondleiding achter de schermen?' vroeg ik, zo hoopvol dat het bijna gênant was.

Hij knikte. 'Ja. Ik wilde dat het een extra bijzondere avond zou worden, dus heb ik de zaak gesloten zodat we alleen kunnen zijn. Ik hoop dat je het niet vervelend vindt dat ik wel een paar minuutjes in de keuken zal moeten staan,' zei hij. 'Ik heb speciaal voor vanavond een Sevi-menu samengesteld.'

'Echt waar? Ik kan niet wachten. Wat betekent *sevi* eigenlijk? Volgens mij heb ik dat nog nergens gelezen.'

Hij pakte mijn hand en lachte naar me voordat hij naar de grond keek. 'Het betekent "liefde" in het Turks,' zei hij.

Ik dacht dat ik van mijn stokje zou gaan van blijdschap, maar ik concentreerde me erop de ene voet voor de andere te zetten. Zo liep ik achter hem aan het donkere eetzaaltje in. Ik probeerde mijn ogen aan het donker te laten wennen, maar even later had hij het lichtknopje gevonden en kon ik alles zien. Of liever gezegd iedereen.

'*Surprise!*' werd er geroepen, gevolgd door een kakofonie van 'Happy Birthday'. Toen zag ik dat ik al die starende gezichten kende.

'O, mijn god.'

Alle tafeltjes waren tegen elkaar geschoven en vormden één lange tafel in het midden van de ruimte. Al mijn vrienden en mijn hele familie zaten eromheen naar me te zwaaien en roepen.

'O... mijn... god.'

'Kom, ga zitten,' zei Sammy, en hij pakte nog een keer mijn hand en leidde me naar het hoofd van de tafel. Ik omhelsde en zoende in een roes iedereen die ik passeerde en liet me toen op de aangewezen stoel vallen. Op dat moment zette Penelope een kartonnen kroontje op mijn hoofd en zei ze iets gênants in de trant van: 'Vanavond ben jíj onze heldin.'

'Gefeliciteerd, lieverd!' zei mijn moeder, en ze gaf me een zoen op mijn wang. 'Papa en ik hadden dit voor geen goud willen missen.' Ze rook vaag naar wierook en droeg een schitterende handgebreide poncho die ongetwijfeld was gemaakt van wol zonder chemische kleurstoffen. Mijn vader zat naast haar, zijn haar in een keurige paardenstaart en zijn beste paar Naots trots in het zicht.

Ik keek naar iedereen die daar aan tafel zat. Penelope en haar moeder, die verrukt was dat Penelope zomaar iemand kende die ervoor kon zorgen dat ze in dit hippe nieuwe restaurant mocht eten; Michael en Megu, die allebei speciaal een avond vrij hadden gevraagd om hier mijn verjaardag te kunnen vieren; Kelly en Henry, de man met wie ze op het *Playboy*-feest was geweest; alle meiden van de leesgroep, ieder met zo te zien een ingepakt nieuw romannetje; en natuurlijk Simon, die zich voor de gelegenheid in een overdaad aan linnen had gehuld, en Will, die aan het andere hoofd van de tafel, pal tegenover me, een naar hem vernoemde martini naar binnen goot (ik zou later horen dat Sammy de huiscocktail de 'Will' had genoemd).

Na een heleboel 'speech, speech!'-geroep stond ik op om onhandig een woordje te spreken. Er kwam vrijwel meteen een ober aan met flessen champagne, en we proostten samen op mijn verjaardag en op Sammy's succes. Toen begon het etentje pas serieus. Boordevolle schalen werden op de schouders van de obers de keuken uit gedragen en zwierig voor ons neergezet, dampend heet en allemaal even verrukkelijk geurend. Ik keek naar Sammy, die aan de andere kant van de tafel zat. Hij keek me aan en knipoogde. Daarna begon hij met Alex te praten; hij wees op haar neuspiercing en zei iets wat haar aan het lachen maakte. Ik keek er een tijdje naar terwijl ik een paar happen nam van een verrukkelijke lamsschotel met komijn en dille en liet toen mijn blik over de rest van de tafel gaan: iedereen zat tevreden te kletsen, gaf schalen met eten aan elkaar door en vulde de champagneglazen bij. Ik hoorde hoe mijn ouders zich voorstelden aan Kelly terwijl Courtney aan de moeder van Penelope vertelde over onze leesgroep en Simon grapjes maakte tegen Michael en Megu.

Zo zat ik daar alles in me op te nemen toen Will zijn stoel naast de mijne schoof. 'Wat een bijzondere avond, hè?' vroeg hij meteen. 'Was het een verrassing voor je?'

'Helemaal! Will, waarom heb je me niet verteld dat Simon en jij achter dit hele project zitten? Ik weet niet hoe ik je moet bedanken.'

'Je hoeft me niet te bedanken, lieverd. We hebben het niet voor jou gedaan, of zelfs voor Sammy, al mag ik hem verschrikkelijk graag. Jij had verteld dat hij 's zondags de brunch verzorgde bij de Gramercy Tavern en we waren nieuwsgierig geworden. Simon en ik zijn er maanden geleden eens naartoe gegaan en ik moet zeggen dat we erg onder de indruk waren. Die jongen is geniaal! En dat niet alleen, hij luistert blijkbaar ook goed, want de brunch was vlekkeloos: bloody mary precies zoals ik hem graag heb, met een extra scheutje tabasco en twee schijfjes limoen. Er lag een *New York Times* op tafel, al opengeslagen bij het Styles-katern. En nergens aardappels te bekennen! Helemaal niks. Ik brunch nu al tientallen jaren bij The Essex House en dat doen ze nog steeds verkeerd. We raakten er niet over uitgepraat, dus besloten we dat we hem gauw moesten wegkapen voordat iemand ander het deed. En ik denk dat we een goede zet hebben gedaan, hè?'

'Zijn jullie bij de Gramercy Tavern gaan brunchen? Alleen om Sammy te zien?'

Will vlocht zijn vingers in elkaar en trok zijn wenkbrauwen naar me op. 'Lieverd, je was duidelijk gek op die jongen, en niet zomaar een beetje. Dat was overduidelijk. Natuurlijk waren Simon en ik nieuwsgierig! We hadden niet verwacht dat we zo onder de indruk zouden zijn van zijn talent, dus dat was alleen maar meegenomen. Toen ik hem die dag naar zijn toekomstplannen vroeg, begon hij meteen over die restaurantketen, Houston's. Ik wist dat ik moest ingrijpen om hem te behoeden voor de hel van een franchisezaak.'

'Ja, hij had me in Turkije verteld dat hij overwoog om er een te openen in de Upper East Side, samen met een paar mensen van het culinair instituut,' zei ik.

Will hapte hoorbaar naar lucht en knikte. 'Ik weet het. Afschuwelijk! Die jongen is niet bedoeld voor een franchisezaak. Ik heb tegen die advocaat gezegd dat ík alles zou betalen en dat Sammy het werk moest doen. Ik wilde alleen een vaste tafel, maar verder wil ik absoluut niet om advies gevraagd worden. Dit is beter dan dat al mijn geld naar de staat verdwijnt, of niet dan? Bovendien zocht ik al een tijdje naar iets nieuws waarop ik me kan storten; ik heb besloten om met de column te stoppen.'

Daar keek ik echt van op. Het was een avond vol verrassingen, maar dit was misschien wel de grootste van allemaal. 'Wát? Meen je dat nou? Waarom nú? Hoe lang doe je het nou al, een jaar of honderd? De hele wereld leest jouw column, Will! Hoe moet het dan verder?'

Hij nam een slokje van zijn martini en keek peinzend voor zich uit. 'Wat een vragen, lieverd, wat een vragen. Zo'n interessant onderwerp is het niet. Het was een kwestie van tijd. Ik heb de *New York Scoop* niet nodig om me te vertellen dat mijn column volkomen uit de tijd is. Het is jaren en jaren uitstekend gegaan, maar nu wordt het hoog tijd om ermee op te houden.'

'Dat begrijp ik wel,' zei ik uiteindelijk. Ik wist diep in mijn hart dat het een goed besluit was, maar Will schreef die column al vóór mijn geboorte en het was een raar idee dat die nu zomaar zou ophouden te bestaan.

'Ik wil je nog wel laten weten dat ik het er met mijn hoofdredacteur over heb gehad – met dat kínd – en dat hij me heeft verzekerd dat er altijd een plekje voor je zal zijn, mocht je daar willen werken. Ik wil er niet over doorzeuren, Bette, maar als ik jou was, zou ik er echt eens over denken. Je schrijft heel goed en ik begrijp niet dat je daar niets mee doet. Je hoeft het maar te zeggen en er is een baan voor je, eerst als researcher en daarna hopelijk als leerling-journaliste of zo.'

'Daar heb ik zelf ook over nagedacht,' zei ik, hoewel ik me heilig had voorgenomen er met geen woord over te reppen voordat ik er wat langer over had nagedacht. 'Ik wil inderdaad graag gaan schrijven…'

'Uitstekend! Dat hoopte ik al. Eerlijk gezegd vind ik dat je er veel te lang mee hebt gewacht, maar beter laat dan nooit. Ik bel hem vanavond nog om te zeggen…'

'Nee, dat bedoel ik niet, Will. Je zult het vast verschrikkelijk vinden.'

'O, lieve god, ga me alsjeblieft niet vertellen dat je huwelijken wilt verslaan voor het Styles-katern of zoiets onzinnigs. Alsjeblieft niet.'

'Erger nog,' zei ik, meer voor het effect dan omdat ik het zelf zo zag. 'Ik wil een romannetje gaan schrijven. Ik heb zelfs al een opzet en volgens mij wordt het niet slecht.' Ik bereidde me voor op een verbaal spervuur, maar tot mijn verbazing bleef dat uit.

In plaats daarvan keek Will me aan alsof hij een antwoord van mijn gezicht probeerde te lezen en toen knikte hij alleen maar. 'Het kan door al die Will-martini's komen, maar het lijkt me een heel goed idee, lieverd.' Hij boog zich naar me toe en gaf me een zoen op mijn wang.

Romannetjes schrijven – ik wilde het echt. Sinds Turkije en de luxe wereld van Kelly & Company waarin hij me had geïntroduceerd had ik twee hoofdpersonen bedacht, met de nodige tegenslagen en gebeurtenissen die hen toch samen zouden brengen. Je zou kunnen zeggen dat ik uit eigen ervaring putte, of gewoon uit mijn fantasie, maar het voelde hoe dan ook goed. En het was lang geleden dat ik ergens een goed gevoel over had gehad. Tot vanavond dan.

Net toen ik me erop voorbereidde mijn ouders over mijn plannen te vertellen ging mijn mobiele telefoon. Wat gek, dacht ik. Iedereen die ik ken zit hier in dit restaurant, dus wie kan me nou bellen? Ik stak mijn hand al in mijn tas om het toestel uit te schakelen, maar toen zag ik dat het Elisa was die me met haar gsm belde. Elisa, die ik sinds het *Playboy*-feest niet meer had gezien of gesproken, dezelfde persoon die om wat voor reden dan ook – een ondervoed brein, haar vreemde obsessie met Philip of misschien gewoon voor de sport – Abby al die informatie over mij had ingefluisterd. Ik was té nieuwsgierig, dus liep ik de keuken in.

'Hallo, Elisa?' zei ik in de telefoon.

'Bette, ben je daar? Luister, ik heb fantastisch nieuws!'

'O ja? Zeg het eens,' zei ik, en tot mijn tevredenheid klonk het precies zo koel, afstandelijk en volkomen ongeïnteresseerd als ik het had bedoeld.

'Ik kan me herinneren dat jij, eh… iets te maken had met die uitsmijter van Bungalow die nu Sevi heeft, toch?'

Ze deed zoals gewoonlijk alsof ze zich Sammy's naam niet kon herinneren, maar ik had geen zin meer om haar terecht te wijzen. 'Ja, dat klopt. Ik ben nu toevallig bij Sevi,' zei ik.

'Je bent dáár? In het restaurant? O mijn god, dat is perfect! Luister, ik heb net te horen gekregen dat Lindsay Lohan een nachtje in New York is, op doorreis naar LA vanaf Londen. Je weet toch dat we tegenwoordig Von Dutch als klant hebben en dat zij hun nieuwe woordvoerster is, hè? En wat denk je? Ze wil vanavond bij Sevi eten! Sterker nog, ze staat erop. Ik ga haar nu halen bij het Mandarin Oriental. Ik weet niet met hoeveel mensen ze precies is, maar dat kunnen er nooit heel veel zijn. We zijn er over een halfuur, hooguit een uurtje. Zeg maar tegen dat chef-kokvriendje van je dat hij de hele vip-behandeling uit de kast moet trekken, oké? Bette, dit gaat hem zulke goede publiciteit opleveren!' Ze was buiten adem van enthousiasme.

Ik zou liegen als ik zei dat ik niet overwoog om het tegen Sammy te zeggen. Het zou inderdaad geweldige publiciteit opleveren: het was de snelste manier om vermeld te worden in de laatste landelijke bladen die hem nog niet ontdekt hadden. Maar ik gluurde door het raampje van de keukendeur en zag Sammy een enorme taart op tafel zetten. Het was een heel groot rechthoekig geval met grote toeven slagroom en gekleurd glazuur, en toen ik naar voren leunde om het beter te kunnen zien, zag ik dat het omslag van *Lang, donker en exotisch* er tot in de kleinste details op ge-airbrusht was. Iedereen wees er lachend naar en vroeg aan Will waar ik was.

De virtuele deur die een fractie van een seconde opengestaan had om de mogelijkheden die Lindsay Lohan bood binnen te laten, viel met een klap dicht en ik zei: 'Bedankt voor het aanbod, maar toch maar niet, Elisa. Hij is vanavond gesloten wegens een privé-feestje.'

Ik hing op voordat ze kon protesteren en ging terug naar de tafel. Het was niet eens gelogen, dacht ik bij mezelf terwijl ik om me heen keek. Dit moest wel hét evenement van het seizoen zijn.

Dankwoord

Ik wil drie mensen in het bijzonder bedanken voor hun steun tijdens dit project: Marysue Rucci, de enige redacteur die er echt toe doet en die er meester in is om op honderd verschillende elegante, subtiele manieren duidelijk te maken dat iets waardeloos is; David Rosenthal, mijn uitgever, dankzij wiens Rolodex en etentjes ik niet zeven dagen per week thuis hoefde te zitten met een afhaalmaaltijd; Deborah Schneider, mijn fantastische literair agente. Zij regelt de logistieke details van mijn leven en biedt mij daarmee de gelegenheid om belangrijke hedendaagse literatuur te schrijven.

Mijn enorme dank gaat ook uit naar Hanley Baxter, Aileen Boyle, Gretchen Braun, Britt Carlson, Jane Cha, Deborah Darrock, Nick Dewar, Lynne Drew, Wendy Finerman, Cathy Gleason, Tracey Guest, Maxine Hitchcock, Helen Johnstone, Juan Carlos Maciques, Diana Mackay, Victoria Meyer, Tara Parsons, Carolyn Reidy, Jack Romanos, Charles Salzberg, Vivienne Schuster, Jackie Seow, Peggy Siegal, Shari Smiley, Ludmilla Suvorova en Kyle White.

En natuurlijk ben ik ook mijn ouders Cheryl en Steve en mijn zus Dana erg dankbaar. Zonder jullie had ik nooit zo'n meesterwerk kunnen schrijven.

Alle personages in mijn boek zijn geheel fictief, maar Millington de yorkshireterriër is gebaseerd op het dwergkeesje Mitzi.